Nienke Jos

Die Einsamkeit der Schuldigen

Der Abgrund

Nienke Jos

Die Einsamkeit der Schuldigen

Der Abgrund

GMEINER SPANNUNG

THRILLER

Bisherige Veröffentlichungen im Gmeiner-Verlag:
Die Einsamkeit der Schuldigen – Das Verlies (2019)

Immer informiert

Spannung pur – mit unserem Newsletter informieren wir Sie regelmäßig über Wissenswertes aus unserer Bücherwelt.

Gefällt mir!

Facebook: @Gmeiner.Verlag
Instagram: @gmeinerverlag
Twitter: @GmeinerVerlag

Besuchen Sie uns im Internet:
www.gmeiner-verlag.de

Im Ehnried 5, 88605 Meßkirch
Telefon 07575/2095-0
info@gmeiner-verlag.de

1. Auflage 2019

Lektorat: Teresa Storkenmaier
Herstellung: Julia Franze
Umschlaggestaltung: U.O.R.G. Lutz Eberle, Stuttgart
unter Verwendung eines Fotos von: © Grigoriy Pil / shutterstock
Druck: GGP Media GmbH, Pößneck
Printed in Germany
ISBN 978-3-8392-2449-6

An Entführer gerächt: »Ich habe es für meine Freundin getan!«

Wie eine Mörderin sieht Ann B. nicht aus. Auch nicht wie jemand, der ein halbes Jahr zuvor verschwindet, um ein neues Leben zu beginnen. Weil sie die Ehe mit ihrem Mann nicht mehr ertragen habe, sei sie untergetaucht und in der Nacht zufällig Zeugin einer Entführung geworden. »Ich hätte doch meinen Namen angeben müssen«, so Ann B. auf die Frage, warum sie nicht die Polizei gerufen habe. »Ich habe nicht sofort erkannt, was der Mann vorhatte.« Dunkel sei es gewesen, und kalt. Dass eine Frau verschleppt worden sei, das habe sie nicht wahrhaben wollen. Ann B. nimmt in Kauf, dass die entführte Frau (Berne J. aus Kälberberg) ein halbes Jahr als Sexsklavin in einer verlassenen Waldhütte gefangen gehalten wird. »Dann habe ich es nicht mehr ausgehalten«, weint Ann B. Einfach losgefahren sei sie und habe das entführte Opfer im Alleingang aus dem Verlies befreit. Verzweifelt und unter Tränen berichtet sie, dass sie die entführte Frau mit nach Hause genommen habe. Hilfe habe sie dennoch geholt, erzählt Ann B. stolz. Mithilfe des Psychiaters Theodor S. erhalte Berne J. fortan psychologische Betreuung. Medizinisch versorgt worden sei die junge Frau nicht. »Sie hatte ja nichts«, so Ann B., auch habe sie es nicht für notwendig befunden, die Polizei zu alarmieren. Dass DNA-Spuren wochenlang unter der Dusche weggespült worden seien, habe sie nicht bedacht, und dass der Entführer Thies H. in aller Ruhe Spuren beseitigen konnte, ebenfalls nicht. »Berne hatte es gut bei mir«, behauptet Ann B. uneinsichtig. Die echte Identität des Entführers habe sie nicht interessiert. »Ich habe ihn ›Der Aal‹

getauft und immerhin wusste ich, wie er aussieht.« Zufällig läuft sie dem Entführer Thies H. Wochen später über den Weg und ersticht ihn mit einem Steakmesser in einem Restaurant. Am helllichten Tag, aus dem Affekt heraus. »Ich habe es für meine Freundin Berne getan!«, gesteht Ann B. Ob sie wisse, dass der Entführer außerdem auf einem Video zu sehen sei? Ann B. reagiert erstaunt. Gefilmt wurde, wie drei Männer, darunter auch Thies H., die minderjährige Ewra W. brutal vergewaltigen. So brutal, dass sie an den Folgen innerer Verletzungen stirbt. Die Vergewaltiger Thies H., Ruben O. und Fitz M. schaffen die Leiche weg und verbrennen sie. Alle drei Männer sollen mit dem Video erpresst worden sein. Die Erpresserin soll eine Heirat mit Thies H. erzwungen haben, außerdem sei jahrelang Geld geflossen. Gegen die beiden Vergewaltiger Ruben O. und Fitz M. sowie gegen Ann B. wird nun ermittelt. Das entführte Opfer Berne J. sei laut polizeilichen Angaben verschwunden. »Die Frau ist extrem verwirrt und braucht dringend medizinische und psychologische Betreuung«, so der leitende Ermittler. Berne J. soll aus Ann B.s Wohnung geflohen sein und gilt als psychisch und körperlich labil.

PROLOG – 1958

Lasius niger.

Weil Leen Roger so hässlich war, lag sie auf dem Bauch. Die Beine angewinkelt, die Füße überkreuzt, ihren Kopf in speckige Hände gestützt.

Ihr war es egal, dass sie hässlich war, dass andere sich quälten, sie anzuschauen, ihr grässliches Aussehen mitleidig bedauerten. Sie hatte zu tun. Sie beobachtete. Das tat sie immer. Beobachtete die mikroskopisch kleine Welt des monogynen Ameisenvolkes.

Leen brachte das Leben der schwarzen Ameisen hier und da ins Wanken. Nach Lust und Laune, nach Befinden und Belieben. Sie konnte die Welt der Hautflügler willkürlich erschüttern oder mit Geschenken überhäufen. Leen wahrte die Distanz einer erhabenen Göttin, an manchen Tagen gutmütig, an anderen böswillig.

Die winzig kleinen Arbeiterinnen, vielleicht drei, höchstens fünf Millimeter lang, krabbelten aus den unterirdischen Kammern und Gängen am Strand von Samsø. Geschäftig, gehorsam. Leen liebte sie. Sie waren robust, aggressiv, aphidophil. Der Eingang, ein winzig kleiner Nesthügel aus feinem Sand, befand sich zwischen den Steinen. Die Sonne glühend heiß, kein Lüftchen wehte, dafür war der Himmel gelb, aufgeladen, gewittrig. Die Insekten flogen tief, und mit ihnen auch die Schwalben. Bald musste sie aufbrechen, ein Unwetter nahte. Leen aber wollte sich noch nicht losreißen, beobachtete fasziniert, wie Arbeiterinnen einzelne Melonenstücke den Pfad entlang transportierten. Leens Geschenk als Zeichen ihres Bedauerns über die gestrige Böswilligkeit: Sie hatte eine schwarze Arbeiterin in das Volk der roten gesetzt. Mit Entsetzen hatte sie zugesehen, wie ihre schwarze Freundin in trivialem Idealismus um ihre eigene invariante Bedeutung kämpfte. Ihr Tod unbedeutend für den Rest des einweibigen Stammes. Leen hatte es noch einmal tun wollen. Heute. Jedoch war sie, den Unwert ihrer vorsätzlichen Tat erkennend, zurückgetreten. Ihre tätige Reue ließ die Strafbarkeit entfallen.

Es grummelte, das Gewitter rollte an, gelber Wind kam auf, warm und unheimlich.

Vor ihr erschien ein nackter Kinderfuß, dann ein zweiter. Leen blickte auf. Ein blonder Junge ließ Speichel aus seinem Mund herabtropfen. Genüsslich sah er zu, wie die schleimige Masse den kleinen Sandhügel traf. Rote, braune und beigefarbene Sandkörner quälten sich, wurden fast hineingesogen, überspült, als wäre die durchsichtige Masse heiße, dickflüssige Lava.

Leen stand auf.

»Du bist hässlich«, sagte der Junge. »Das sagen auch die anderen.«

Leen stemmte ihre Hände in die Hüften, dabei stapfte sie von einem Fuß auf den anderen. Ihre Beine kribbelten, waren eingeschlafen, Sand klebte an den Knien.

»Du bist der hässlichste Mensch, der mir je begegnet ist.« Er zuckte mit den Schultern. »Und ich bin schon vielen hässlichen Menschen begegnet.«

Leen drehte sich um und stapfte entschlossen los. Sie trug Sandalen, Sand hatte sich zwischen ihre Zehen gemischt. Weglaufen wollte sie nicht. Nur los. Loslaufen.

»He, warte mal!« Der blonde Junge lief ihr nach. »Ist doch nicht schlimm, wenn du hässlich bist!«

Er war älter als sie. Vielleicht zehn. Sie hatte ihn gestern mit seiner Familie am Strand gesehen. Er hatte Eltern und Brüder. Leen hatte nur ihren Vater. Und ihre Ameisen.

»Bist du schon lange hier?«, fragte er, und ohne auf eine Antwort zu warten, fuhr er fort: »Wir wohnen in dem Haus neben euch. Ich habe dich gestern gesehen. Ist das dein Vater? Bist du nur mit deinem Vater hier?«

Leen lief schneller.

»Dein Vater ist eigentlich auch hässlich, weißt du das? Ihr seid beide hässlich. Meine Mutter hat behauptet, du hast eine Gesichtsskoliose. Stimmt das?«

Leen wusste nicht genau, wo sie war. Der lange Weg zwischen den Dünen führte zum Strand. Es war früher Abend, die Sonne stand hinter ihr. Während der Junge immer weiter redete, wirbelte sie herum, der Sand zwischen ihren Zehen stach wie kleine Nadeln in ihre Haut. Sie lief in die Richtung zurück, aus der sie gekommen war. Sie musste gen Westen. Ja, ihr Haus stand im Westen, das hatte sie direkt bei ihrer Ankunft geprüft. Sie schaute zum Horizont. Der Himmel war nicht dunkel, sondern gelb. Immer noch gelb. Gelber Himmel, gelber Wind. Er war wie elektrisch aufgeladen, es verursachte ihr Gänsehaut. Sie hatte zu lange gewartet, hätte sich früher von ihren Ameisen losreißen sollen. Jetzt würde sie in ein Gewitter geraten. Ein Gewitter nur mit Blitz und Donner, ohne Regen.

Der blonde Junge redete immer noch. »Wie heißt du?« Er lief jetzt neben ihr. »Hast du Angst vor Gewitter?«, fragte er.

Leen erkannte die Stelle, an der sie abbiegen musste. Wäre sie allein gewesen, hätte sie sich besser konzentrieren können, jetzt aber wurde sie abgelenkt von dem blonden Jungen, dessen Name ihr nicht einfallen wollte. Der Holzzaun entlang der getrockneten Gräser, der viele Sand, der jetzt vom Wind in Bewegung kam, ihre schmerzenden, wund gescheuerten Füße. Das Gewitter.

»Der Himmel holt sich hässliche Menschen. Er packt sie an den Haaren und zieht sie hinauf. Du musst schneller laufen, damit er dich nicht kriegt«, zischte der Junge.

Der helle Blitz und der Donner direkt über ihnen ließen beide zusammenzucken. Leen rannte los, so kraftvoll wie der warme Gewitterwind, der die langen Gräser auf den Feldern flach auf den Boden zwang. Der Junge neben ihr hatte zu reden aufgehört. Er war schneller als sie. Leen fasste einen Entschluss, hielt an, setzte sich unter den gelben Wolken auf den Boden, zog ihre Sandalen aus.

Wo der Regen wohl blieb? Ihre Ameisen.

Der Junge drehte sich zu ihr. »Wir müssen hier weg. Das freie Feld, das ist nicht gut. Komm!« Und dann nahm er ihre Hand, eine Sandale fiel hinunter, und weil sie Ungleichheit nicht aushielt, ließ sie auch die zweite fallen. Gänsehaut kroch ihren Nacken entlang und stellte ihre Haare auf. Die Hand des Jungen hatte die ihre fest umschlossen. Er zog sie in die Dünen hinein, schubste sie in den Sand. »Du musst dich flach hinlegen«, befahl er. »Verdeck dein Gesicht, sonst holt dich das Gewitter!«

Im Sand lagen sie beide auf dem Bauch, neben ihnen vertrocknete Äste und verbrannte Gräser, und weil der warme Wind über die Dünen fegte, hatte sie ihren Kopf in die Ellenbogen gepresst, die Augen fest zugekniffen. Trockener Sand wurde in ihre Ohren gepeitscht. Donner rollte von weit her an, explodierte genau über ihnen.

»Du bist so hässlich, dass dich die Dämonen holen. Ich hasse dich!«, schrie der Junge neben ihr.

Sie fühlte seine Hand auf ihrem Hinterkopf. Leen verstand nicht. Sand drückte sich in ihren Mund. Sie versuchte vergeblich, ihren Kopf anzuheben, aber der Junge war stark, hielt dagegen. Leen hätte gern geatmet.

Plötzlich fiel ihr ein, wie der Junge hieß. Theodor. Sie hörte seinen Namen, und dann hörte sie ihn wirklich. Jemand rief, und plötzlich war die Hand und mit ihr der blonde Junge weg. Theodor.

Sie wollte weinen. Am liebsten. Aber dann erst recht würde der Himmel kommen und sie holen.

Wo der Regen nur blieb.

PROLOG – 2018

Es roch nicht modrig oder feucht. Nur kalt. Diese Kälte lag in der Luft, wog schwer, vakuumierte jede Form der Zuversicht.

Junia hatte aufgegeben, eine andere Sitzposition einzunehmen. Sie schaffte es, im Wechsel ihre Gesäßhälften anzuheben. Erst die rechte, dann die linke, spürte, wie sich das kalte Blut kribbelnd verteilte. Ein Hauch von Leben zwischen Taubheit und Schmerz, mehr gab es nicht. Sie versuchte seit vielen Stunden ihre Schultern zu entlasten, hatte probiert, über den Boden zu rutschen. Es war ihr nicht gelungen, und der Kabelbinder um ihre Handgelenke war so eng, dass der Schmerz in ihren Händen längst der Kälte gewichen war.

»Isa?«, fragte sie erneut. Alle paar Minuten. Aus Sorge, aus Anstand, vielleicht auch, um sich eine Zeiteinheit zu erschaffen. Es war so dunkel. Es war so still. Nicht ein einziges Geräusch. Wenn wenigstens irgendwo ein Tropfen stetig auf ein Blech fallen würde, sie hätte sich stoisch daran orientieren können. Dieser Tropfen hätte alle paar Sekunden ihr Bewusstsein genährt. Aber es gab kein einziges Geräusch. Kein Geräusch, keinen Geruch. Nur die Dunkelheit. Schwarz.

Und die Kälte.

Der Gedanke, dass sie sterben würde, hatte sich ganz unauffällig herangeschlichen. Hier und da hatte er gelauert, im Augenwinkel hatte sie ihn registriert. Er hatte dagestanden, schüchtern, sie erwartungsvoll beobachtet, als wolle er geduldig fragen: »Jetzt?«

Aufdringlich war er nicht, der kleine Gedanke an den Tod. Hatte sich wieder getrollt, solange sie sich mit Isa unterhalten hatte. Er hatte sich zurückgezogen, wann immer sie ihre eigene

Stimme gehört hatte, wann immer sie ihren Geist angestrengt, Perspektiven geschaffen hatte. Wenn es still war, tauchte er wieder auf. Er war freundlich, liebevoll, fürsorglich. Wahrscheinlich sanft, aber Junia hatte ihn lieber wieder weggescheucht. Fast mit schlechtem Gewissen. Gewehrt hatte sie sich, gegen die Einsamkeit, die sie aufsuchte. Der Tod war ihr einziger Gefährte, aber sie durchschaute das Konstrukt. Mehrmals hatte sie den Kopf geschüttelt, sich nicht einnehmen lassen. Mehrmals hatte sie belächelt, dass der kleine Freund, ihr einziger in dieser Dunkelheit, auf sie wartete. Da war das Ende verlockend. Wohlig. Aber der kleine Freund war rücksichtsvoll. Ließ ihr Zeit. Warum nicht, dachte sie jetzt. Sie hatte ihn so lieb. Er war für sie da. Alle anderen waren weg. Peer und Marten, Thies, Ann und ihre Eltern. Und Isa? Sie hörte die Frau nicht einmal mehr atmen.

Isa war immer leiser geworden. Die Antworten waren mit Verzögerung gekommen, die Stimme kraftlos, müde. Junia hatte sich irgendwann lächerlich gefunden: »Isa, bleib bei mir, nicht einschlafen. Bleib wach, rede mit mir! Hast du eine Lieblingsfarbe? Sag mir ein Gedicht auf, an das du dich erinnerst!«

Das war ihre letzte Frage gewesen. Isa hatte nicht geantwortet. Als hätte der Tod sie schon erreicht, sanft gestreichelt und behutsam durch den kalten Tunnel geführt.

»Bist du so weit?«, fragte ihr kleiner Freund.

»Und dann?« Junia wollte noch ein bisschen Zeit herausschlagen. Sterben wollte sie nicht, aber es war so kalt. Trockene, schwarze Kälte. Mit dem Leben hatte sie nichts zu tun.

»Wohin du willst«, erklärte ihr der Tod. Sanftmütig, verständnisvoll, verlockend.

»Gehörst du mir?«, fragte sie ihn.

Der kleine Freund strahlte jetzt, als hätte sie endlich etwas Wesentliches verstanden. Er nickte. »Nur dir!«, versicherte er glaubhaft.

»Und wohin gehen wir?«

»Ich lasse dich nicht allein.«

»Ich will nicht mit dir gehen.« Junia wurde skeptisch.

»Schschscht«, machte der Tod und hielt weiche Finger vor seine Lippen. Wann immer er sich bewegte, lösten sich farbige Kristalle aus seiner Figur und verschwanden wieder. Der Tod so bunt. Nicht schwarz.

»Ich soll sterben«, stellte Junia fest.

Der Freund, die Figur, der Tod, einladend und unverbindlich. Abermillionen Kristalle, die jeder für sich bunt explodierten und sie faszinierten.

Sie suchte nach einem Gedicht. Nach einem Anker. Irgendetwas in ihrem Bewusstsein, was sie zurückholte, wachhielt. Und dann war da wieder Thies. Immer sah sie Thies, der von einem Wolf gerissen und weggezogen wurde. Seine Beine so schlaff, die Arme weit von sich gestreckt, sein Gesicht ausdruckslos. Er war schuld daran, dass sie hier im Sterben lag. Hier, mit ihrem einzigen Freund.

»Ich werde nicht mit dir gehen«, verkündete sie.

Ihr kleiner sanftmütiger Freund nickte. »Dann komme ich später wieder.« Die Kristalle verblassten, er wandte sich ab, im Begriff zu verschwinden.

»Halt! Nein!« Junia wollte nicht schon wieder allein sein. Diese Einsamkeit.

Der kristallene Freund kam näher, reichte ihr seine Hand. »Komm!«, forderte er sie auf. »Komm!«, wiederholte er.

Er nahm ihren Atem mit, zog sie zu sich. Es war plötzlich so leicht, wurde wärmer, kein Kabelbinder, kein harter Boden, keine Dunkelheit mehr. Kein kalter Tunnel und am Ende Licht. Nur Kristalle. Bunt.

Sie ließ sich fallen, aber sie fiel nicht. Er war schon da, der Freund, und hielt sie.

Vielleicht würde sie Thies doch hassen. Irgendwann.

Und Isa auch.

KAPITEL 1

Gelblich, aufgedunsen, verbraucht. Widerlich. Isa würde ihn noch das Leben kosten. Sein Leben. Ein Scheißleben. Eigentlich zerfraß ihn der Hass auf die schwammige Frau. Er ekelte sich vor ihrem Äußeren, vor ihrem Bewusstsein, vor ihren verwelkten Gedanken. Im Grunde gab es niemanden, den er so sehr verabscheute wie sie.

Ruben hatte sich vorgenommen, Isa nicht aus den Augen zu verlieren, hatte sie glauben lassen, dass ihm die Briefe mit dem Video egal waren, hatte sie glauben lassen, dass ihr Druckmittel keine Wirkung hatte, nicht für Fitz, nicht für Thies und nicht für ihn. Er hatte ihr versichert, dass sie sterben würde, mit oder ohne das Video. Isas Existenz. So unbedeutend und armselig wie keine andere. In Wirklichkeit wusste er, dass Isa nicht bluffte. Sie würde nicht lange warten, und er würde sie erwischen. Gestern war sie aus der Wohnung geschlichen, irgendwohin. Ruben war ihr argwöhnisch gefolgt. Sie war flink und er schwerfällig. Ihm war schon der Schweiß den Rücken heruntergelaufen, als er endgültig aufgegeben hatte. Isa war verschwunden. Ruben wollte glauben, dass sie sich auf den Weg gemacht hatte, um ihre Katzen zu holen, zu seiner Verwunderung war sie ohne Katzen, stattdessen mit einer Plastiktasche zurückgekehrt. Er hatte keine Lust, sich mit aufwendigen Theorien abzumühen, hatte träge beschlossen, dass es ihm für heute egal war, was sie tat oder ließ. Sollte sie doch in der Hitze verrecken, ohne ihre Katzen, dafür mit dem Teufel.

Er war zum Thai gelaufen, hatte grünes Curry gegessen, extrascharf. Er hatte längst akzeptiert, dass sein Schwitzen etwas Internales, Unausweichliches, Abstoßendes hatte. Er provozierte und zelebrierte, dass sich aus den winzig kleinen Poren, den ekkrinen Schweißdrüsen, aus seiner blassen, schuppengeplagten Haut gewaltige Massen klebrigen Schweißes pressten. Er fand, dass es zu ihm passte.

Bis morgen Vormittag würde er Isa beschatten. Er würde dafür sorgen, dass sie ins Gastwerk Degenhardt fuhr und ihr Wort hielt. Wenn er an Thies dachte, überkam ihn abermals Ekel. Thies und seine panische Idee, er könne nicht mehr weitermachen. Was hätte Ruben darum gegeben, seinen alten Freund fallen zu lassen. Stattdessen hatte er sich freigenommen, zwei ganze Tage, um Isa zu überwachen. Isa musste die Scheidungspapiere unterschreiben. Wenn sie das erledigt hatte, würde Ruben zurückfahren. Vielleicht würde er Isa auch töten.

Ruben verschluckte sich. Der saure Kaffee rutschte in seine Nase, er holte Luft, hustete ungeniert über den Tisch, nasse Krümel blieben auf der Tischplatte kleben. Ruben zuckte mit den Schultern. Er bemühte sich erst gar nicht, sein Erscheinungsbild zu fälschen.

Die Nacht hatte Ruben im Keller des schäbigen Wohnhauses verbracht, in dem Isa seit gestern untergebracht war. Er hatte zwischen Fahrrädern und Kinderwagen an der Wand gelehnt, kaum geschlafen. Isa hatte ihre Wohnung in der Nacht nicht verlassen. Seit heute Morgen um sieben saß er auf der Lauer, mit Kaffee und Marzipancroissant in einem schlechten Café, eher einer Bäckerei mit zwei Tischen und Stühlen, und starrte wie ein armer Detektiv aus dem Schaufenster. Auf die Frage, ob er noch einen weiteren Kaffee wolle, schüttelte Ruben nur den Kopf. »Komm schon raus, Isa«, flüsterte er. »Komm schon raus.«

Die Verkäuferin hinter der Theke machte ihn aggressiv. Sie trug ein gelbes Shirt mit Papageien, deren Federkleid verziert mit Pailletten, die Haare der Frau am Hinterkopf fettig und platt gelegen. Sein Stuhl war unbequem, das gesamte Stehcafé dunkelrot dekoriert, mit Tischläufern, Gardinen, Schleifen und Kissen, Gläschen zur Hälfte gefüllt mit Espressobohnen und einem Teelicht, auf dessen weißem Wachs sich feiner Staub gelegt hatte. Ruben setzte seine Brille ab, drückte mit flachen Händen gegen seine Stirn, bis die Haut Falten warf, strich sie wieder glatt. Er hatte Kopfschmerzen von der schlaflosen Nacht.

Isa ließ sich Zeit, er war überrascht, und dann endlich kam sie, unter dem Arm eine große Anzahl Briefe. Er staunte, begriff, dass sich das für andere scheinbar harmlose Bild wie eine stickige Haube über sein Dasein stülpen, in sein Schicksal drängen würde. Ruben stand auf, zeigte auf den Schein, den er auf den Tisch neben die Untertasse gelegt hatte. »Stimmt so«, rief er der Verkäuferin zu, ohne Isa aus den Augen zu lassen. Er schaute ihr hinterher, sie ging schnell und zielstrebig, steuerte nicht auf die Bushaltestelle zu, sondern den Bürgersteig entlang in die entgegengesetzte Richtung. Ruben biss sich auf die Lippe, als könne er damit das Bild zurechtrücken, als könne er Isa anhalten, vielleicht auch die Zeit. Briefe. Briefe in weißen großen Briefumschlägen, einen ganzen Stapel davon. »Scheiße«, flüsterte Ruben. Er wurde hektisch, verließ das Café.

Ruben war plötzlich sicher, dass Isa nie vorgehabt hatte, im Gastwerk Degenhardt aufzutauchen. Er hätte es gestern schon wissen sollen. Gestern. Gestern. Gestern. Er blickte die Straße hinunter und entdeckte, wonach er suchte. Isa war von ihrem Ziel keine 200 Meter mehr entfernt. Ruben rannte los, rannte auf den Briefkasten zu, den Isa fast erreicht hatte, rannte um sein Leben und um das von Fitz und Thies, wissend, dass er Isa nicht rechtzeitig einholen würde, wissend, dass es zu spät war, aus und vorbei.

Er hatte es verbockt. Vor allem, weil er fett war.

KAPITEL 2

Titus atmete nicht, formte seine Augen zu schmalen Schlitzen, hatte das Gefühl, er könne dadurch schärfer sehen, sogar besser hören, riechen, denken. Pepper lag mit staubigem Fell und ausgestreckten Beinen in der Sonne, sein Bauch bewegte sich hektisch auf und ab. Wenn er nur keine Bestie wäre, bedauerte Titus still, dann würde er ihm eine Schüssel mit Wasser hinstellen. So aber würde Pepper sterben, es war nur eine Frage der Zeit. Nicht, weil er in der Hitze verdursten, sondern weil Titus irgendwann treffen würde. Genau zwischen seine Augen. Heute wollte er nur auf die Hinterläufe zielen. Vorerst.

Eigentlich wusste Titus nicht, ob der verwahrloste Hund überhaupt einen Namen hatte, aber eine Bestie zu taufen schien ihm hilfreich. Pepper eben.

Er wollte Pepper zuvorkommen, einen Schritt voraus sein. Gleich würde der schwarze Hund losstürmen und ihn jagen. Kein Pflock der Welt, und war er noch so tief in der Erde verankert, würde ihn aufhalten, nicht einmal der Unimog, an dem Pepper festgekettet war. Pepper würde das Blechmonster hinter sich herziehen wie ein billiges Spielzeugauto, und dann würde Titus um sein Leben rennen.

Titus hatte den Hof zufällig entdeckt. Vor vier Tagen. War umhergestreunt, hatte sich neues Material gesucht, dabei ganz und gar aus den Augen verloren, wohin und wie weit er gelaufen war. Erst, als ihm die aufdringliche Hitze unerträgliche Kopfschmerzen bereitet hatte, war der Hof wie ein geheimnisvoller Ort auf der Bildfläche erschienen. Aus dem Nichts. Etwas an dem Hof war ihm mystisch vorgekommen, die Atmosphäre geisterhaft. Er hatte einen kurzen Blick darauf werfen wollen, das bedrohliche Geräusch einer rasselnden Kette aber hatte seine Erkundungsreise auf der Stelle beendet. Noch bevor sich Pepper überhaupt hatte blicken lassen, war Titus wie angestochen losgestürmt, zurück in die Richtung, aus der er gekommen war. Kopflos.

Titus hatte intuitiv gewusst, dass am Ende der Kette etwas wartete, was ihn mit übergroßen Zähnen zerfleischen würde, wenn es ihn nur zu fassen bekam.

Titus fühlte sich von dem verlassenen Hof angezogen. Seit Tagen spielte er mit dem Gedanken, ihn erneut aufzusuchen, sich zu verstecken und das Gelände aus der Ferne zu inspizieren. Ein Gedanke, der ihm Bauchschmerzen bereitete. Heute hatte er einen Entschluss gefasst, hatte sich nach dem Frühstück auf den Weg gemacht, bewaffnet mit seiner Steinschleuder, und sich einen Platz zwischen Brombeersträuchern und Brennnesseln gesucht.

Der Hof war übersät mit untauglichen alten Landmaschinen. Titus erkannte unter ihnen wenigstens einen Feldhäcksler und einen Mähdrescher. Auch wenn nicht ganze Teile fehlten und die Maschinen bis zur Unkenntlichkeit ausgeschlachtet waren, war Titus sicher, dass es sich um ausrangierte Gerätschaften handelte, umgeben von Dutzenden Ersatz- und Zubehörteilen, die in großen Bergen, angelegt wie Gräber eines Stahlfriedhofs, davor warnten, das Grundstück zu betreten. Auch ein paar schrottreife Autos hatte jemand abgestellt, darunter einen alten Pick-up. Pepper setzte sich auf und gähnte, Titus konnte sein Gebiss sehen, sogar den bedrohlichen Reißzahn weit hinten im Kiefer. Der Hund setzte sich träge in Bewegung, Staub wirbelte auf, als er die schwere Kette hinter sich herzog.

Titus schlich rückwärts hinter den Baumstamm einer Eibe, kniete sich nieder, der Geruch von aufgewärmtem Harz umklammerte seine Atemwege, hier und da hörte er das Summen der Insekten. Er ließ Pepper nicht aus den Augen, war auf alles vorbereitet. Dass sich Titus versteckt hielt, schien Peppers scharfem Geruchssinn zu entgehen, die Neugier des Hundes ließ sich in der Hitze nur schwer beflügeln. Der Hund, der vor vier Tagen noch wachsam gewirkt hatte, hatte seinen Kopf abgelegt und die Augen geschlossen.

Titus hörte in der Ferne ein Geräusch. Es kam vom Hof, entkräftete die geheimnisvolle Stimmung, die Hitze und Staub in ihm geweckt hatten. Titus vermutete, dass jemand weit hinten auf dem Grundstück eine Werkstatt eingerichtet hatte, in der Schweißarbeiten verrichtet wurden. Pepper war das Geräusch offensichtlich vertraut, er hob nicht einmal den Kopf.

Titus holte seine Steinschleuder heraus, strich zaghaft über den Griff, er hatte Murmeln in der Tasche, von denen er eine zwischen seinen Fingern hin- und herrollte. Er würde treffen. Titus war angespannt, aufgeladen, über dem erdigen Boden flimmerte heiße Luft. Er schloss die Augen, holte ein letztes Mal Luft, mit der Ausatmung brachte er die Steinschleuder in die richtige Position, spannte das Gummi, blinzelte nicht, atmete nicht, dachte nichts, ignorierte eine winzige Fliege, die unaufhörlich vor seinen Augen tanzte, spannte das Gummi einen weiteren Zentimeter, fühlte sein ausgedörrtes Herz klopfen, konzentrierte sich auf den Moment zwischen zwei Schlägen.

Los!

In der Sekunde, in der Titus losließ, die Murmel mit lautem Zischen wie eine Rakete von ihm weg die exakte Flugbahn zu Peppers Hinterläufen fand, ergriff ihn Entsetzen. Aus der hintersten Ecke des Hofes trat ein Mann in sein Blickfeld, aus dem Nichts, wie der Hof vor vier Tagen, wie ein Geist, ein Toter, jemand aus der anderen Welt, ein Hologramm. Pepper sprang auf, hetzte erst winselnd, dann jaulend hin und her, den Schwanz eingezogen. In geduckter Haltung begann er, sich unkontrolliert im Kreis zu drehen. Nach endlosen Sekunden, in denen Titus sich wegwünschte, schob sich Pepper winselnd und mit augenscheinlich kraftlosen Hinterläufen rückwärts über den Hof und verschwand hinter mehreren Metalltonnen. Der Mann, mittelschwer, hochgewachsen, mit kurzem grauem Zopf und blauem Overall, hatte einen leeren Kanister in der Hand und lief unbeirrt über den Hof, gerade so, als entspräche das Geschehen der letzten Sekunden nicht der Wirklichkeit. Titus hielt den Atem an, sein Warnsystem auf Anschlag, hysterisch, flatterhaft. Der Mann war von durch und durch abschreckender Gestalt, sein Körperbau löste in Titus übermächtige Angst aus, Panik vor der Bedrohlichkeit seiner Aura. Titus suchte krampfhaft nach einem Namen. Mittke. Er taufte ihn Mittke, und während er den Namen in sein taubes Bewusstsein rutschen ließ, packte ihn die Gewissheit, dass Mittke weder überrascht noch unbeirrt war, sondern in höchstem Maße vorbereitet. Mit steifem Gang lief der Mann direkt auf ihn zu. Titus wagte nicht zu schlucken, seine Kehle zugeschnürt, seine Nackenhaare aufgestellt, seinen Blick konnte er nicht abwenden, gleichermaßen fasziniert wie entsetzt. Titus erstarrte. Mit jedem Schritt, den Mittke auf ihn zukam, fühlte er sich ohnmächtiger, wie eingefroren, rechnete damit, dass Mittke ihn erreichen und mit groben Händen seinen Hals umfassen, ihn hochheben würde, als wäre er ein winziges Stoffpüppchen, das aus einem Kinderwagen gefallen war. Aber der große Teufel blieb stehen, der leere Kanister schaukelte in seiner Hand. Er blickte auf, seine Augen milchig und trüb. Titus hielt dem Blick nicht länger stand. Er sprang auf und rannte um sein Leben. Er stolperte durch Brombeerhecken. Dornen rissen ihm die Haut auf, Brennnesseln peitschten ihm die Beine aus. Er schaute sich nicht um, nahm in Kauf, nicht zu wissen, ob Pepper oder Mittke ihm folgten. Am Ende würde er auf dem Pick-up unter einer Plane liegen und sein schauderhaftes Schicksal würde sich unter den Staub mischen. Titus rannte und rannte, rannte und rannte, bis seine Kräfte schwanden. Misstrauisch und nur allmählich verlangsamte er sein Tempo, seine Beine brannten, seine Lunge war bis zum Bersten mit Luft gefüllt. Er atmete aus, schloss die Augen, dann sackte er zusammen und kauerte sich auf das weiche Gras, mit seinen Händen verdeckte er sein Gesicht. Als nichts geschah, kein Hund ihn stellte, kein Mittke ihn hochriss, wagte er einen Blick in die Richtung, aus der er gekommen war. Plötzlich fand er es albern, dass ihm der Hof inmitten der sommerlichen Idylle Angst eingejagt hatte. Pepper war nur ein Hund. Ein Wachhund an einer Kette, und Mittke nur der Besitzer eines ungepflegten Hofes, vielleicht ein Einzelgänger, jemand, der sich zurückgezogen hatte. Titus ließ sich rückwärts ins Gras fallen, die Arme und Beine von sich gestreckt, japste er nach Luft.

Am Abend überlegte er, sich Pepper zu stellen. Ohne Steinschleuder. Er würde sich bemerkbar machen, vielleicht pfeifen, aus sicherer Entfernung. Er würde sich bereithalten und das Geräusch der Kette als ein sicheres Zeichen dafür deuten, dass Pepper ihn entdeckt hatte.

»Überleben«, flüsterte Titus im Bett. »Noch ein Leben mehr, heute. Für mich.«

Peppers Sprint würde ein abruptes Ende nehmen, die Kette seine Hetzjagd abwürgen.

Titus nickte zuversichtlich. Morgen.

Nach seinem Entschluss lag er noch lange wach, konnte nicht einschlafen. Was, wenn die Kette versagte? Titus' Herz flatterte. Wenn Pepper ihn erst erwischt hatte. Was dann? Dann würde sich Mittke über ihn beugen und ihm beim Sterben zusehen. Titus schauderte.

In der Nacht träumte er von glasigen Augen und klebrigem Harz.

KAPITEL 3

Ruben musste pinkeln, stapfte von einem Fuß auf den anderen. Sein Harndrang kam ihm in der Hitze verschwenderisch vor.

Er wartete ungeduldig, um 10 Uhr sollte der Briefkasten geleert werden. Mittlerweile waren 20 Minuten vergangen, ohne dass sich jemand hatte blicken lassen. Er dachte an Isa, die in ihrer Wohnung an der Heizung klebte und sich vermutlich den Tod wünschte. Er hatte ihren Kopf gegen den Briefkasten geschlagen, so fest, dass er ihre Nase hätte brechen hören, wäre der Stoß nicht per se schon durch ganz Bierstadt gehallt. Zu seiner Überraschung hatte es niemanden interessiert. Niemanden, nicht einmal Isa hatte sich gewehrt und nur ein ohnmächtiges Stöhnen von sich gegeben. Isa hatte ihre Hände schützend vor das Gesicht gehalten, als er ein zweites Mal ihr Haar gepackt und ihren Kopf auf die Kante des Briefkastens geschleudert hatte. Mehrere Handknochen hatten dabei Frakturen erlitten, das hatte er vorhin beim Fesseln deutlich erkennen können.

Endlich hielt ein weißer Wagen an. Ein kleiner Mann mit Schirmmütze biss hektisch von seinem Butterbrot ab und kaute, während er mit einem Kugelschreiber Notizen machte. In seinen Ohren steckten weiße Kopfhörer. Der Mann ließ den Motor laufen, stieg aus und lief eilig um sein Auto herum. Er öffnete die Flügeltüren und holte einen Sack heraus.

Ruben brachte sich in Stellung. »Sie müssen mir meine Post zurückgeben, es handelt sich um Briefe in weißen großen Umschlägen«, forderte er den Mann auf. »Ich habe sie versehentlich eingeworfen. Leider habe ich die Adressen vertauscht«, entschuldigte er sich und trat einen Schritt zur Seite.

Der Mann nahm einen der beiden Knöpfe aus seinem Ohr. »Was haben Sie gesagt?«

»Ich habe versehentlich Briefe eingeworfen, deren Adressen ich vertauscht habe, und außerdem habe ich keinen Absender hinterlassen.« Ruben faltete seine Hände vor der Brust. »Bitte, ich bin gerade Vater geworden und noch etwas durcheinander. In den Umschlägen sind Fotos …«

»Das darf ich nicht«, unterbrach ihn der Mann. »Das ist verboten. Nicht einmal, wenn Sie mir Ihren Ausweis zeigen. Ich muss alle Briefe scannen und zur Filiale bringen.« Der Mann öffnete die Klappe des Briefkastens und schaute zu, wie sämtliche Briefe in den Sack fielen und verschwanden. »Tut mir leid«, bedauerte er. »Da müssen Sie beim nächsten Mal besser aufpassen.«

»Ich bin gerade erst Vater geworden und völlig übermüdet. Sie müssen mir die Briefe mitgeben. Das sind weiße große Umschläge ohne Absender. Sie dürfen sie sogar öffnen«, schlug Ruben vor.

Der Mann schüttelte den Kopf. »Geht leider nicht«, wiederholte er.

»Und hiermit?« Ruben hielt ihm einen Fünfzigeuroschein entgegen. »Bitte, nur meine Weißen. Niemand erfährt es, das verspreche ich Ihnen«, versicherte er.

Der Mann starrte ihn unverhohlen an. »Haben Sie den Verstand verloren?«, fragte er entsetzt. »Ich zeige Sie wohl besser an«, drohte er.

Ruben wehrte ab. »Das war eine dumme Idee, ich weiß. Aber hören Sie, ich kann Ihnen genau sagen, was darin ist. Wir öffnen hier und jetzt einen der Umschläge und ich beweise Ihnen, dass Sie mir vertrauen können. Einverstanden?«

»Wenn ich das tue, verliere ich meinen Job. Briefgeheimnis.« Er drehte den oberen Teil des Sacks mit großem Kraftaufwand zusammen.

»Was sage ich denn dann meiner Frau? Die wird verzweifelt sein«, betonte Ruben.

»Ich bringe diesen Sack jetzt in diesen Wagen«, er machte eine Kopfbewegung Richtung Auto, »und dann fahre ich weg. Und zwar mit Ihrer Post, egal, wie verzweifelt Ihre Frau ist.«

Ruben wandte sich ab. »Fick dich«, schnaubte er. »Fick dich halt.«

Dann war es so, überlegte er. Dann wurden die Briefe eben verschickt. Ewra würde davon auch nicht wiederauferstehen.

Isa kauerte im dunklen Badezimmer vor der Heizung, die Arme nach oben gestreckt und mit einer Kordel festgebunden, einen nassen Waschlappen im Mund, fixiert mit einem Bademantelgürtel, die Beine überkreuzt und an den Fesseln zusammengebunden.

»Du Scheißfotze«, schimpfte Ruben. »Ich hätte dich gestern schon abfangen sollen. Ich hab's gewusst! Ich hab's einfach gewusst!« Er ballte seine Hände zu Fäusten. »Was bist du nur für eine Zecke«, fluchte er durch zusammengebissene Zähne. »Eine verdammte Scheißzecke.« Er schlug sich mit der Faust auf die Handinnenfläche und brüllte mit hochrotem Kopf in den Spiegel: »Scheiße!«

Er pinkelte in die Toilette, spülte ab. Während er seinen Reißverschluss nach oben zog, überkam ihn der Wahnsinn. Er lachte hell. Die würden ihn suchen und festnehmen, und dann würde er bis an sein Scheißlebensende im Knast sitzen.

Eigentlich war es ihm egal.

Er bückte sich zu Isa und öffnete grob ihre Fesseln. Beide Hände sahen gruselig aus, rot unterlaufen und stark geschwollen, deformiert. Bahnen aus getrocknetem Blut zeichneten sich von Isas Nase bis in ihren Mund ab. Dunkel, krustig, klebrig. Ihre Augen so stark geschwollen, dass sie geschlossen blieben und Ruben nicht einmal ihren Augapfel erkennen konnte. Isa sah aus, als würde sie jeden Moment sterben.

»Tja«, bedauerte Ruben, »das geht nicht mehr lange mit dir.« Er nahm ihr den nassen Waschlappen aus dem Mund. »Was in den Briefumschlägen ist, brauche ich dich nicht zu fragen, oder?«

Isa versuchte zu sprechen.

»Wirklich?«, fragte Ruben ungeduldig. »Fällt dir irgendetwas dazu ein?«

»Wasser«, flüsterte Isa durch ihre verstopfte Nase. »Bitte!«

»Ja, Wasser kannst du haben.« Er drehte den Hahn auf und spritzte ihr eine grobe Menge Flüssigkeit ins Gesicht und über den Körper. »Erfrischendes Wasser, siehst du?« Er drehte den Hahn wieder zu. »Wenn du trinken möchtest, sag mir, an wen du das Video geschickt hast. Wer bekommt das Scheißvideo zu sehen?«

Isa zuckte mit den Schultern.

»Ja, ist dir alles egal. Zu Recht. Sterben wirst du, sonst gar nichts mehr.«

Ruben beugte sich über Isa, packte ihren Arm und zerrte sie auf die Füße. »Wir fahren los«, erklärte er ihr barsch. »Schau dich an!« Er stellte Isa vor den Spiegel. »Du siehst mitgenommen aus. So kann ich dich nicht mitnehmen.« Er klatschte sich mit der flachen Hand an die Stirn. »Wie dumm ich bin. Du kannst dich ja gar nicht sehen«, kicherte er. »Aber ich! Ich kann dich sehen, und so kommst du auf keinen Fall mit.«

Eine halbe Stunde später setzte er Isa auf den Beifahrersitz. Sie hatte den Weg zu seinem Auto kaum geschafft. Er hatte sie stützen müssen, ihren Arm um seinen Hals gelegt, fast getragen.

Er hatte das viele Blut aus ihrem Gesicht gewaschen, während Isa gezittert und gewimmert hatte. Als sie ihm die Hand hatte wegschlagen wollen, hatte er ihr in den Rücken getreten und sie auf den Boden gezerrt. Er hatte sich auf sie gesetzt, mit seinen Knien auf ihren Armen. Isa hatte einen gellenden Schrei von sich gelassen, war ohnmächtig geworden in dem Moment, als ein neuer Schwall warmes Blut aus ihrer gebrochenen Nase gequollen war. Ihr Kreislauf hatte unter den Schmerzen und dem Blutverlust versagt. Ruben hatte ihre Nase gerichtet, sich die Hände gewaschen, Isa auf die Seite gedreht und liegen lassen, in der Wohnung ihre Tasche gesucht, sich vergewissert, dass ihr Telefon darin verstaut war. Als er zurück ins Bad gekommen war, hatte Isa zusammengekrümmt auf dem Boden gelegen, offensichtlich bei Bewusstsein.

»Eine Geste, ein Zeichen zu irgendjemandem, und ich schlage dir deine Zähne aus und stopfe sie dir einzeln in deinen Arsch«, zischte Ruben, als sie endlich im Auto saß.

Isa nickte knapp und ließ sich anschnallen.

Auf dem Weg von Wiesbaden nach Kempten versuchte er erfolglos, Thies auf seinem Handy zu erreichen. Aber weder er noch Fitz gingen ans Telefon.

Er suchte angestrengt nach einem Plan. Er musste Isa unterbringen. Seine Frau würde hysterisch werden und die Polizei rufen, würde sie Isa zu Hause finden, egal, was er ihr vorgaukelte. Ihm fiel kein anderer Ort ein als das Glashaus eines Kollegen in der Nähe von Kempten, für das Ruben einen Schlüssel besaß. Ein Schweizer Architekt hatte das Haus entworfen, ohne durchgehende Außenwände, mit vorgeschobenen Quadern, im spitzen Winkel zulaufenden Ecken. Ein winzig kleines Grundstück, versteckt hinter zugewucherten Brombeersträuchern, Bäumen, riesigen Hecken. Sie hatten jeden Zentimeter des kleinen Grundstücks ausgenutzt, im oberen Stockwerk waren die Flächen durch erkerartige Vorsprünge erweitert worden. Sein Kollege hatte sich eine Auszeit genommen, acht Wochen Skandinavien, hatte Ruben gebeten, ab und zu nach dem Rechten zu sehen. Zu erreichen war das Glashaus nur nach langem Fußmarsch, sein Kollege hatte von einem Bunker geschwärmt, dessen Eingang versteckt neben dem Haus lag. Genau dieser Bunker, dachte Ruben zufrieden.

Er hoffte, Isa würde bis zu ihrer Ankunft nicht in seinen Sitz pinkeln. Tote taten das.

KAPITEL 4

Leen Roger stand auf der obersten Stufe und wartete auf einen Impuls. Melancholie traf es nicht. Müdigkeit, Trauer, Angst? Vielleicht auch nur die Hitze.

Sie schaute über das Bowling Green. Das Wasser der beiden Kaskadenbrunnen glitzerte in der Sonne. Mit Erleichterung stellte sie fest, dass es regnete. Sommerregen. Es war warm. Schwül. Heiß. Zu heiß. Die Hitze des Sommers schwebte wie ein vollgesogener Teppich über der Stadt.

Sie hatte keine Lust mehr. Das Gefühl, sie müsse sich auf den Boden kauern und aufgeben, begleitete sie seit einigen Tagen, heute besonders intensiv. So intensiv, dass sie überlegte, ihren Vater zu besuchen. Sie stellte den Gedanken zurück. Heute nicht. Heute würde sie nach Hause gehen und kalt duschen. Sie würde für sich und Katta Scampi zubereiten, dann würde sie sich in den Garten legen und versuchen, nicht vorzeitig einzuschlafen. In der Nacht würde sie ihre Blumen gießen.

Leen besuchte das Grab ihres Vaters trotzdem.

»Wie hast du das geschafft? So lange?«, fragte sie ihn.

»Es ist eine Berufung. Es hat meinem Leben einen Sinn gegeben.«

»Und der Druck? Der wahnsinnige Druck?«

»Der hat mich angetrieben. Immer weiter.«

Im Studium hatte Leen davon geträumt. Gewinnen wollte sie, es hatte ihren Geist geschärft, aber in diesen Tagen strengte es sie an. Sie ärgerte sich darüber. Sie hatte das Gefühl, die Quelle ihres einst sprudelnden Kampfgeistes versiegte. Es konnte nur an der Hitze liegen.

Oder an ihrer Vorahnung.

Leen hatte immer eine gute Konstitution gehabt, war glücklich trotz ihrer hässlichen Erscheinung. Leen war so hässlich, dass Menschen sich intuitiv berufen fühlten, sie mitleidig anzuschauen. Inke dagegen war nicht hässlich. Inke war gar nichts. Inke war auf die Welt gekommen und gestorben, sie hatte keine zehn Minuten gelebt. Leen hatte keinen Schmerz verspürt, weil sie für ihre Schwester nie Liebe empfunden hatte. Inke war keine Schwester, sondern nur ein dicker Bauch gewesen, der ihre Mutter fröhlich gemacht hatte. Manchmal hatte Leen den Bauch streicheln wollen, aber sie fürchtete sich vor der gedehnten Haut und davor, dass Inke sich nicht würde wehren können, wenn Leens hässliche Hände ihr Unbehagen bereiteten. Leen hatte nichts übrig. Nichts für Inke und auch nichts für ihren Tod. Auf der Beerdigung lag ihre Mutter mit dem toten Baby in einem Sarg, verschlossen. Leen stand da, in Sandalen, die Hand ihres Vaters war das Einzige, was sie hatte spüren können. Leen liebte nicht. Vielleicht weil sie so hässlich war. Und weil ihr Vater nicht weinte, weinte Leen auch nicht. Leen blieb hässlich und stimmte ihr Leben darauf ab. Sie hatte auswendig gelernt, allen Stoff in sich hineingeprügelt, bis ihre Synapsen wund waren und ihr Hippocampus zu platzen drohte. Leen hatte nie etwas verloren, auch nicht mit dem

Tod ihrer Mutter. Leen hatte einfach weitergelebt. Glücklich, trotz der Widerwärtigkeit ihres abscheulichen Erscheinungsbildes, und trotz der grausigen Exempel, die ihre Mitschüler und Nachbarskinder an ihr statuiert hatten. Auf dem Weg zur Schule wurde sie abgefangen und mit Brennnesseln ausgepeitscht, während der Pausen bemalten Mitschüler ihren Ranzen mit Edding. »Ich heiße Scheide«, stand in großen Buchstaben von Weitem lesbar, eine ironisch gemeinte Hommage auf ihr Haar, das sich kräuselte wie die Bedeckung der Schamgegend. Auf ihrem Tisch lagen regelmäßig benutzte Binden, die sich Leen auf den Kopf kleben sollte, und man stopfte ihr in Ketchup getränkte Tampons in die Nase. Als sich Leen mit aufgeplatzter Lippe und abrasierten Haaren ein Jahr nach ihrer Einschulung nach Hause schleppte, weinte sie zum ersten Mal um ihre Schwester. Leen wollte nicht aushalten, dass sie mit ihrer eigenen Hässlichkeit kaum lebte und trotzdem ganz und gar lebendig war.

Ihr Vater ließ nicht mit sich reden, meldete Leen an einer Privatschule an. Er hatte sich vor die Klasse gestellt, mit straffen Schultern und erhobenem Haupt, und hatte allen Mitschülern gedroht. Er hatte langsam und deutlich gesprochen, hatte keine großen Worte gefunden, keine Strafen oder Konsequenzen angekündigt, die Ausstrahlung seiner Autorität hatte ausgereicht: »Niemand, niemand wird meine Tochter auch nur anrühren.« Seine Ansprache hatte Leen Frieden und Einsamkeit beschert, bis zu jenem Tag, an dem ihr ein blonder Junge auf dem Nachhauseweg hinterhergeschlichen war. Der Junge hatte schneeweißes Haar, war ihr erst unauffällig, dann immer hemmungsloser gefolgt, bis sich Leen abrupt umgedreht und ihn wütend angestarrt hatte. »Hau ab!«, hatte sie befohlen.

Der Junge aber hatte sie angelächelt. »Lauf schnell nach Hause!«, hatte er ihr sanft befohlen, dann hatte er Speichel aus seinem Mund tropfen lassen.

Es war ihr nicht sofort eingefallen, erst, als sie abends im Bett gelegen hatte: Der weiße Junge hieß Theodor, und sie beide waren sich in den Sommerferien auf der Insel Samsø begegnet.

»Hast du mich lieben können?«, fragte sie ihren toten Vater.

»Sehr.«

Leen nickte. »Ich gehe gleich nach Hause und bringe Katta Erdbeeren.« Leen machte eine Pause. »Katta wirkt müde. Sie wird bald sterben.«

»Katta wird immer für dich da sein.«

Leen hätte der romantischen Idee gern etwas abgewonnen. »Wenn Katta stirbt, sind alle weg«, stellte sie traurig fest. »Du bist weg.«

»Sei nicht melancholisch.«

»Inke und Mutter waren nicht alt und du auch nicht. Nur Katta ist alt.«

»Freu dich, dass es Katta noch gibt, statt schon ihren Tod zu prophezeien.«

Leen rollte mit den Augen, hauchte dem Grabstein einen Kuss zu.

Auf dem Weg zurück zu ihrem Auto begegnete sie einer dicken Frau, die unaufhörlich schluchzte und sich die Hände rieb. Leen hatte sie hier schon öfter gesehen. Jetzt fiel ihr auf, dass die Frau einen neuen Haarschnitt trug. Vorher lang, waren die Haare jetzt kurz abgeschnitten, auffällige Segelohren ragten an den Seiten heraus. Leen wunderte sich, dass sie immer an ein und demselben Grab stand und heftig weinte, obwohl die Tote, um die die junge Frau trauerte, vor mehr als zehn Jahren verstorben war.

Leen blieb zum ersten Mal stehen. »Hallo«, sagte sie.

Die junge Frau schaute überrascht auf, ließ Tränen unbeirrt über ihre Lippen und von ihrem Mundwinkel auf den Boden tropfen.

Die Frau lachte verlegen. »Ich weine. Ich weine oft. Das kann ich gut.« Sie leckte die Tränen weg, und Leen konnte aus der Ferne das warme Salz schmecken.

»Ich habe Sie hier öfter gesehen.« Leen streckte der Frau die Hand entgegen. »Ich bin Leen Roger, mein Vater ist hier begraben.« Sie machte eine abwinkende Geste. »Schon viele Jahre her.«

Die junge Frau lächelte. »Ich trauere nicht. Also nicht um jemanden, der gestorben ist.« Sie zeigte auf den Grabstein vor ihr. »Ich kenne die Frau nicht.« Sie zuckte mit den Schultern. »Sie bedeutet mir nichts.«

»Und um wen weinen Sie dann?«, fragte Leen.

»Ich muss sehr viel weinen. Ich glaube, dass ich selbst gestorben bin. Das hört sich unsinnig an, oder?«

Leen überkam Ekel. »Die neue Frisur steht Ihnen.«

»Rainer würde mich nicht mehr erkennen. Aber der weiß sowieso nicht, dass es mich noch gibt.«

Leen versuchte zu lächeln. »Dann einen schönen Tag noch.«

Sie schob sich schnell an der dicken Frau vorbei. Im Auto schnallte sie sich nicht einmal an, sondern startete den Motor und fuhr los.

Sie war der Frau schon einmal begegnet. Woanders. »Woher kenne ich dich?« Leen schüttelte den Kopf. Es wollte ihr nicht einfallen, aber irgendetwas an dem Gedanken bereitete ihr Unbehagen.

KAPITEL 5

Sie hätte gern das viele Blut erbrochen, das sich in ihrem Magen zu einem gallertartigen Geschwulst zusammengeklebt hatte. Sie konnte nur durch den Mund atmen. Ihre Augenlider waren geschwollen, Isa schaffte es nicht einmal, sie einen winzigen Spalt zu öffnen, selbst wenn sie den dazugehörigen Schmerz vollständig ausblendete.

»Gib mir dein Telefon«, befahl Ruben, der neben ihr unaufhörlich fluchte.

Zu ihren Füßen lag ihre Handtasche, in der Ruben ihr Portemonnaie, den Schlüssel, ihre Tabletten, eine kleine Wasserflasche und ihr Smartphone verstaut hatte. Isa startete einen Versuch, sich zu bewegen. Sie hätte sich gern nach vorn gebeugt, um nach ihrem Smartphone zu tasten, schüttelte aber den Kopf.

»Ich schaffe es nicht«, flüsterte sie. Sie konnte kaum ihre Lippen formen, und wenn sie schluckte, schoss ein dumpfer Schmerz ihren Gaumen entlang.

»Dann später. Fass es nicht an.«

Isa hatte Schwierigkeiten, ihre rechte Hand so zu positionieren, dass sie der Erschütterung durch Rubens hektische Fahrweise nicht unaufhörlich zum Opfer fiel. Ihre Hand drohte vor Schmerz zu explodieren, wann immer sie irgendwo gegen stieß.

Sie zweifelte nicht daran, dass sich ihr Leben dem Ende neigte, wenn nicht durch ihre Verletzungen, dann durch Ruben. Sie würde sterben, hier war Endstation. Was für ein Elend. Einzig der Gedanke an die Briefe, die sich unaufhaltsam auf den Weg gemacht hatten, beflügelte ihre Perspektive auf einen sinnvollen Tod.

Wo Ruben sich wohl verstecken würde?

Irgendwo musste er hin. Genauso wie Fitz und Thies. Alle drei würden mit vorläufigem Haftbefehl gesucht werden, das Video war eindeutig, selbst wenn es technisch untersucht würde.

Isa versuchte zu lächeln.

Fitz. Sie stellte sich sein Gesicht vor. Seinen überraschten Blick, wenn die Polizei an seiner Tür klingelte.

Und Thies?

Thies tat ihr leid. Er war freundlich zu ihr gewesen, hatte sich vom Täter zum hilflosen Opfer machen lassen. Thies hatte ein anderes Leben verdient. Wohin die Wege führten, staunte sie. Thies war anständig, er hätte Ewra nie von sich aus vergewaltigt. Hat er aber, dachte sie still.

In wen Thies sich wohl verliebt hatte?

Isa fiel in einen unruhigen Schlaf, schreckte immer wieder auf, weil ihr Kopf durch die Fahrt hin- und herschaukelte. Ihre Hand rutschte vom Schoß herunter und stieß gegen die Verkleidung der Seitentür. Isa unterdrückte einen Schrei, aus Angst, ihr Peiniger würde ihr nur noch stärkere Schmerzen bereiten. Sie träumte oberflächlich vom Sterben, schwankte zwischen Schlaf und Wirklichkeit.

Isa schreckte auf, als das Auto stehen blieb. Sie brauchte einen Moment, ihre Augen ließen sich noch immer nicht öffnen. In stoischer Dunkelheit verschaffte sie sich einen Überblick über ihre Situation. Sie saß im Auto, Ruben hatte offensichtlich geparkt, sie hörte kein Motorgeräusch mehr, dafür Schritte. Isa erschrak, als neben ihr die Tür aufschwang. Ihre Tasche wurde weggezerrt und auf den Boden geworfen.

»Abschnallen, aussteigen«, bellte Ruben.

Sie hörte ihn in der Tasche wühlen. Keuchend schleuderte er sie zurück in den Fußraum. Isa war immer noch mit dem Versuch beschäftigt, sich abzuschnallen, und schrie vor Schmerz, als Ruben sich über sie beugte und den Gurt zurückschnellen ließ. Er packte Isa grob und zerrte sie aus dem Auto. Die

Angst, er könne ihre Hand weiter malträtieren, war allgegenwärtig und übertraf die Hitze, die ihr entgegenschlug, bei Weitem. Es musste Mittag sein. Isa rechnete sich aus, dass sie einige Stunden mit dem Auto unterwegs gewesen waren, um hierher zu gelangen. Unter ihren Schritten knirschte Schotter. Isa hatte keinen blassen Schimmer, wo Ruben sie hingebracht hatte, und tatsächlich spielte es auch keine Rolle mehr. Sie würde sterben. An welchem Ort ihr Leben schließlich sein Ende fand, war von äußerst geringer Bedeutung.

Sie stolperte fast, als Ruben ihr einen Stoß in den Rücken versetzte. Sie schob einen Fuß vor den anderen, immer noch blind schlurfte sie über den Schotter, grelles Sonnenlicht brannte sich durch die geschwollenen Lider in ihre Netzhaut. Ihre Kehle fühlte sich trocken an und sie schmeckte Blut. Sie lachte. Die Briefe. Alles andere war ihr egal.

»Lach nur.«

Die Nuance amüsierter Ironie in Rubens Stimme wirkte bedrohlich. Isa bekam Gänsehaut, trotz der elenden Hitze.

In der Nähe hörte sie einen Hund bellen, Vögel zwitscherten, und Insekten verbrannten in der Glut der Sonne. Sie gingen immer weiter, Ruben schnaufte. Nicht einmal Schweiß lief ihr den Rücken herunter, ihr Körper hatte sich auf das Wesentliche beschränkt. Schweiß schienen die letzten Reserven nicht mehr herzugeben.

»Kann ich etwas trinken?«, fragte sie vorsichtig.

In kleinen Schlucken trank sie aus ihrer Flasche, das Wasser schmeckte heiß und süß, ihr Gaumen fühlte sich an, als würde er zerreißen. Durch das Wasser würde sie ein paar Stunden länger leben, ob sie das wirklich anstrebte, wusste Isa nicht, aber ihr intuitives Verlangen nach Flüssigkeit dominierte den heimlichen Wunsch auf ein schnelles Ende. Das Wasser mischte sich unter das blutige Geschwulst im Magen. Isa beugte sich vornüber und erbrach. Ihr Schädel drohte unter dem Druck des Würgens zu platzen, das Gemisch aus Blut und Magensaft brannte in ihrem Rachen, Tränen stauten sich in ihren Augen. Ein erneuter Schwall frisches Blut schoss aus ihrer Nase, Isa glaubte, jeden Moment zu ersticken. Sie spürte etwas. Eine Hand. Zu ihrem Entsetzen streichelte Ruben ihren Rücken.

»Gleich geschafft«, beruhigte er sie sanft.

Isa kicherte zwischen Galle und klumpigem Schmerz. »Du bist ein abartiges Monster«, lachte sie. »Du bist krank! Wie lange wirst du mich leben lassen, du fetter Sadist?«, fragte sie, und ohne auf eine Antwort zu warten, schleppte sie sich weiter über den Schotter. Schier endlos zog sich der Weg, bis Ruben ihr befahl, stehen zu bleiben. Isa ließ sich auf den Boden sinken, hörte Ruben mit einem Schlüssel hantieren.

»Da gehen Stufen runter«, erklärte er. »Die sind steil. Pass auf.«

»Worauf aufpassen? Dass ich mir nicht mein Genick breche? Ich wäre ja bescheuert.« Sie tastete sich blind ein paar Stufen hinunter, es wurde dunkel und kühl.

»Fürs Erste«, erklärte Ruben. »Ich hole etwas zu essen und Verbände, um deine Hand zu stabilisieren. Ich bringe dir Schmerzmittel mit.«

»Und hast du einen Plan? Was soll hier passieren?« Isa räusperte sich. »Mit mir?«, schob sie hinterher.

»Alles oder nichts.« Rubens Stimme klang fremd. »Wird sich zeigen.«

Isa hörte eine Tür, einen Schlüssel, der sich im Schloss drehte. Dann Schritte, die sich entfernten.

Sie hockte sich hin und tastete vorsichtig den feuchten Boden ab, lehnte sich umständlich mit ihrem Rücken an die Wand, ihre Beine ausgestreckt, ihre Hände vorsichtig in den Schoß gelegt. Isa wunderte sich. Der pulsierende Schmerz in ihrer Hand, der unaufhörliche Druck in ihrem Kopf, die verstopfte Nase, die geschwollenen Augen, das Gefühl, ihre Lippen würden jeden

Moment platzen, machten sie euphorisch. Sie unterdrückte einen Glücksschrei.

Das Jauchzen in ihrer Kehle fühlte sich wahnsinnig an.

Isa begann zu zählen.

KAPITEL 6

Noch würde ihn niemand festnehmen.

Es war früher Abend, als er auf den Parkplatz fuhr. Er roch nach Schweiß, sein durchnässtes Hemd war zerknittert, unter den Achseln zeichneten sich große Ränder ab. Er musste dringend etwas trinken. Er kaufte sich Eistee und für Isa Cola und Wasser, Schokoriegel und Bananen. In der Bude nebenan besorgte er zwei halbe Hähnchen.

Während er beide Hälften im Auto verschlang, versuchte er zum wiederholten Male, Thies zu erreichen. Er kaute gierig, während er das Tuten ungeduldig über die Freisprechanlage dröhnen ließ, wunderte sich, dass Thies nicht ans Telefon ging oder zurückrief. Fitz zu erreichen hatte er längst aufgegeben.

Isa musste durchhalten, Thies zurückkommen. Wenn die Scheidungspapiere unterschrieben waren, konnte die vergammelte Nutte sterben, niemandem würde das auffallen.

Er leckte seine fettigen Finger ab und entsorgte die Tüte im

Mülleimer direkt neben den Einkaufswagen. Ihn ärgerte der verwunderte Blick des Verkäufers, als er zwei weitere Hähnchenhälften bestellte.

Als er anschließend den Motor starten wollte, klingelte sein Telefon. Fitz. Er zögerte, nahm ab.

»Wäre das nicht früher gegangen?«, fragte Ruben vorwurfsvoll. »Jetzt ist es zu spät. Du musst verschwinden, untertauchen. Verdammter Hurensohn, wieso bist du nie erreichbar?«

»Was ist jetzt schon wieder? War nicht alles geklärt?«

»Ja, alles geklärt.« Ruben hielt die Luft an.

»Und deswegen meldest du dich? So oft? Ich habe unzählige Anrufe von dir auf meinem Handy. Ist was schiefgelaufen?«

»Nichts. Isa hat unterschrieben und ist cool. Ich habe sie in ihre Wohnung nach Bierstadt gebracht. Die Katzen wollte sie allein holen.«

»Und hat sie dir die Briefe gegeben?«

»Alle 15 Stück.«

»Und?«

»Und was?«

»Was ist drin?«

»Fotos von uns. Unsere Namen, Adressen, ein Stick.«

»Und?«

»Was, und?«, bellte Ruben. »Was soll sein? Und, und, und? Hast du noch etwas anderes zu sagen außer ein scheiß ›und‹?«, äffte er ihn nach. »Was willst du denn hören?«

»Hast du dir das Video angeschaut?«

»Scheiße, kapierst du irgendwann mal, was hier los ist? Scheißvideo! Scheiße! Alles ist Scheiße! Ich sitze hier in der verdammten Hitze in meiner verdammten Scheißkarre und schwitze mir mein verdammtes Hirn durch die Poren.« Ruben spuckte, bekam kaum Luft. Er schleuderte die Tüte mit den heißen Hähnchen aus dem geöffneten Fenster. Eine Mutter mit Kinderwagen blieb stehen und starrte Ruben erschrocken an. Ruben zeigte mit dem Finger auf sie. »Ein Scheißkommentar und ich stopf dir das heiße Hähnchen in deinen Rachen!«, schrie er sie an. Dann wandte er sich wieder dem Telefonat zu. »Du kannst dir das Video holen, guck's dir an, hol' dir einen runter …«

Fitz hatte aufgelegt.

»Scheiße!«, brüllte Ruben. »Scheiße!«

Er öffnete wütend die Autotür, stapfte zur Hähnchentüte und packte sie, während er der Frau einen hasserfüllten Blick zuwarf. »Ein einziger Kommentar, und ich …«, rief er bedrohlich in ihre Richtung. Dabei tat er so, als würde er sich mit seinem Zeigefinger die Kehle durchschneiden.

Die Frau wandte sich ab, schob den Kinderwagen mit kleinen schnellen Schritten über den Parkplatz. Ruben stieg zurück ins Auto, lehnte sich in den Sitz und wählte erneut Fitz' Nummer.

»Hör mir zu«, befahl Ruben mit rauer Stimme. »Isa hat ihr Schließfach geleert, die Briefe habe ich, die Scheidungspapiere sind unterschrieben, fertig.«

»Und was regst du dich so auf?«

»Ich rege mich nicht auf.«

»Wo ist Thies?«

»Was weiß ich!«

»Und warum rufst du mich an?«

»Scheiße. Fick dich doch.« Ruben legte auf.

Isa musste durchhalten. Nur noch, bis er Thies erreicht hatte.

Ruben startete den Motor. Seine Brille. Er konnte kaum etwas erkennen. Ein fettiger Film und winzige Hautschuppen vernebelten ihm die Sicht. Für einen Moment schloss er die Augen, seine Lider zitterten. Das Hähnchen verursachte ihm Übelkeit, er musste aufstoßen. Ruben unterdrückte den Impuls, seine Brille abzunehmen und mit bloßer Hand zu zerquetschen. Er stellte sich das helle Geräusch vor, mit dem die beiden Gläser und der Steg zerbröseln würden. Rubens Nasenlöcher weiteten sich. Er war kurz davor, sich zu übergeben, wünschte sich, auf

Thies einzuprügeln, bis seine rehhaften Augen erloschen und Blut aus seinem Mund lief. Wünschte sich, seine Frau mitsamt Fötus zu erwürgen, wünschte sich, Isa beim Sterben zuzusehen, wünschte sich, die Frau mit dem Kinderwagen über den Haufen zu fahren, wünschte sich, Ewra in den Arsch zu ficken, bis sie platzte. Ruben hielt an, öffnete hektisch die Autotür und kotzte das unverdaute Hähnchen mit vornübergebeugtem Körper ungehemmt aus. Er wischte seinen Mund mit dem Handrücken ab. Eine schmierige Spur glotzte ihn während der Fahrt unaufhörlich an. Er strich genüsslich über das Polster des Beifahrersitzes und ergötzte sich an den Resten seines Erbrochenen, die seine Hand auf dem schwarzen Stoff hinterlassen hatte.

Ruben fuhr unkonzentriert. Lapidar nahm er in Kauf, dass er gegen einen Bordstein stieß. Der Reifen verlor an Druck, lief nach wenigen Metern nur noch auf seiner Felge. Das regelmäßige Geräusch, mit dem der aufgeschlitzte Reifen auf die Straße klatschte und wieder hochschnellte, nahm Ruben wie ein meditatives Mantra in sich auf. Kurz vor der Einfahrt zu seinem Haus pisste er in seine Hose. Er ließ den warmen Urin laufen, starrte dabei auf das Garagentor, genoss, wie sich die Flüssigkeit zwischen seinen Schenkeln verteilte, seine beige Hose dunkel färbte. In der Garage blieb er noch eine Weile sitzen, rührte sich nicht, bis von der wohligen Wärme nur noch nasse Kälte übrig war. Er stieg aus, seine Haut an den Beinen begann zu jucken.

Noch würde ihn niemand festnehmen.

»Wie siehst du denn aus?« Seine Frau stierte ihn von oben bis unten an. Sie lag auf der Couch, eine der Katzen hatte sich in ihrem Schoß zusammengerollt. »Hast du in die Hose gepinkelt?«, fragte sie entrüstet.

»Ging nicht anders. Ich muss duschen.«

Er stieg aus seiner nassen Hose, die an seiner Haut klebte und zu stinken begann. »Was für eine Scheiße«, murmelte er.

Er verwendete fast eine ganze Tube Duschgel, schäumte sich gründlich ein. Er duschte kalt, viel zu lange, nahm zur Kenntnis, dass seine Frau ins Bad kam und die Hose musterte.

»Soll ich die waschen?«, fragte sie angeekelt.

»Was denn sonst?«

»Ich weiß nicht. Vielleicht wegwerfen?«

Ruben antwortete nicht.

»Und dein Auto?«

»Was ist mit meinem Auto?«

»Ist dein Auto nicht auch voller Pisse?«

»Kann sein.«

»Was ist mit dir?«, fragte sie.

»Gar nichts ist. Ich habe in die Hose gepinkelt.«

»Hast du einen Infekt?«

Er drehte die Dusche ab, Emma reichte ihm ein Handtuch.

»Und?«, fragte sie ihn.

»Was ›und‹?«

»Na, ob du einen Infekt hast, habe ich gefragt.«

Ruben drehte sich zu seiner Frau und formte seine Augen zu schmalen Schlitzen. »Raus hier«, hauchte er. »Du und dein scheißdicker Bauch, raus hier.«

»Aber Ruben …«

»Raus hier!«, brüllte er und schubste sie zur Tür. »Und mach meine Brille sauber!«, schrie er ihr hinterher.

Im Spiegel starrte er sich an. »Ich bin so was von am Arsch«, flüsterte er.

Noch wollte ihn niemand festnehmen. Noch nicht. Noch nicht. Noch nicht.

KAPITEL 7

Sie lief.

Lief und atmete heiße Luft ein, sog die Farben und den Himmel in sich auf. Berne wunderte sich, dachte und fühlte. Sie rutschte ab, stolperte über Dunkelheit und Ekel, fing sich, tauchte wieder auf und war da, an der Oberfläche zum Leben, zu ihrem Mann, zu ihrem kleinen Sohn Torge. Wenn sie an Torge dachte, an seine tiefschwarzen Haare und seine zarten Ohren, an seine winzigen Nasenlöcher und seine weichen Lippen, dann wollte sie schreien und schreien und schreien. Wenn sie an ihn dachte, wollte sie schneller laufen, wollte leben, wollte sterben, wollte weinen und wollte lachen, aber das Lachen blieb stecken, wenn sie an ihren Sohn dachte, an ihren Torge, weil er nicht bei ihr war. Berne dachte an den Moment, als er aus ihr herausgerutscht war, ganz von allein, unaufhaltsam.

»Schieben, schieben, schieben«, hatte die Hebamme befohlen. »Und jetzt stopp! Warte, warte, und noch einmal, Kinn auf die Brust, Augen zu und fest schieben, schieben, schieben …«

Berne hatte während der Geburt kaum einen Laut von sich gegeben. Die letzten Zentimeter hatte Torge allein geschafft, sie hatte ihn nicht mehr gespürt. Torge war weg. Sie hatte ihren Kopf angehoben, da kam er schon auf sie zu, lila und verschmiert, mit eingedrückter Nase und Fäustchen, so hatte sie ihn in Empfang genommen. Sie hatte die Hände ihres Mannes gespürt, die er schützend um ihre Wangen gelegt hatte, ihre nasse Stirn hatte er geküsst, sie liebkost, ihr zugeflüstert. »Hey, Torge«, hatte er gesagt. »Willkommen. Das ist deine Mama, und das hier, das bin ich, dein Papa.« Er hatte den Jungen geküsst und an ihm gerochen, und Berne hatte es ihm gleichgetan.

Seinen Sohn ließ man nicht allein. Nicht ein halbes Jahr. Und nun lief Berne immer schneller. Sie suchte hektisch nach ihrem Zuhause. Ein WI auf den Nummernschildern. Ihre Gedanken versuchten sich zu sortieren, welches Jahr, welcher Monat, welche Welt und welches Leben, war sie Berne? Sie glitt in die Dunkelheit ab. Als sie eine Stimme hörte, hätte sie gern geantwortet, aber es gelang ihr nicht.

»Ich rufe einen Notarzt.«

Eine Frauenstimme. Ann?

»Nehmen Sie ihren Oberkörper hoch, hier, meine Jacke.«

Eine Männerstimme. Energisch.

»Was ist mit der Frau?«

»Vielleicht ein allergischer Schock?«

»Hier, den Oberkörper, Sie müssen den Oberkörper hochnehmen.«

»Haben Sie den Notarzt gerufen?«

»Ist schon unterwegs. Atmet die Frau?«

Berne zog sich zurück, ließ ihren Sohn los, ließ ihn allein ins Leben rutschen. Ich bin deine Mama. Ich komme wieder. Gleich bin ich bei dir. Dann weinte Berne, schluchzte, flüsterte Torge zu.

»Ist ja gut«, beruhigte sie eine Frau.

Berne öffnete ihre Augen. Hier war sie, im Leben, es war hell und warm, sie lag in einem Schoß, jemand streichelte sie. Vielleicht Pius? Pius hatte sie immer geliebt, sie waren glücklich, Berne erinnerte sich. Sie war schwanger gewesen, in der sechsten Woche, oder hatte sie das nur geträumt?

»Ich bin schwanger«, flüsterte Berne.

»Der Notarzt ist gleich hier«, sagte die Frauenstimme. »Gleich wird alles gut.« Berne wurde festgehalten und geschaukelt. Wie schön. »Atmen Sie ruhiger«, hörte sie wieder. »Versuchen Sie, ruhiger zu atmen. Gleich ist alles gut.«

Gleich ist alles gut. Torge und Pius. Torge und Pius. Wie ein Mantra. Sie flüsterte.

Jemand sprach sie an. Wieder eine Frau. »Hören Sie mich?«

»Die Frau ist schwanger!«

Berne spürte einen Stich in ihrer Hand. Sie wollte die Hand wegziehen, aber es gelang ihr nicht.

»Mein Name ist Friede, ich bin die Notärztin.«

Berne spürte einen Druck an ihrem linken Arm. Starken Druck. Jemand leuchtete in ihre Augen.

»Ich bin schwanger«, versuchte sie zu sagen, doch es kam nur ein Krächzen.

»Wie heißen Sie?«, hörte sie die Ärztin fragen.

»Friede.«

»Ja, das bin ich. Ich heiße Camilla Friede. Wunderbar, dann kennen Sie schon meinen Namen. Achtung, jetzt wird es holprig, wir heben Sie auf eine Trage.«

Berne überlegte. Ja. Sie war gar nicht Friede, aber sie liebte Friede. Sie hörte noch einmal ein »Achtung« und ein »Eins, zwei, drei« und ein »Jetzt hopp«. Berne ließ es zu. Und dann verschwand Berne wieder in der Dunkelheit, in dem weißen Rauschen, sie träumte von den zarten Ohren ihres Sohnes, sie träumte davon, dass sie ihn nie wieder loslassen würde. Torge schlief ruhig und fest, atmete gleichmäßig, seine kleinen Lippen formten hin und wieder ein Lächeln. Berne küsste ihn. Dann kam Pius und legte sich zu ihnen. Jetzt, dachte sie. Jetzt.

Wie gern wäre sie einfach geblieben. »Ich komme zu dir«, flüsterte Berne. »Mit deinem Geschwisterchen.« Sie lächelte. »Bin gleich da.«

Sie weinte. Und wie sie weinte.

KAPITEL 8

Leen fuhr die breite Einfahrt hinauf, schaute hoch zum Fenster, seufzte vor Erleichterung, als sie Katta winken sah.

Sie stellte ihrer alten Freundin ein kühles Fußbad in die Küche, bereitete eiskalte Milch mit Pfefferminzsirup zu, die Eiswürfel ließ sie vorsichtig in die hohen Gläser gleiten.

»Komm«, forderte sie Katta auf, die am Küchentisch saß und ihre nackten Füße betrachtete. Katta trug Flipflops, ihre fleckigen Füße waren unförmig, die Fußnägel zu lang, gefüllte Adern schlängelten sich wie krauses Geschenkband über den Spann.

Katta war der einzige Mensch, der Ameisen so sehr liebte, wie Leen es tat. Jeden Abend saßen sie zusammen in ihrem Park und beobachteten still, was das Ameisenvolk bewegte. Dabei tranken sie kalte Pfefferminzmilch und aßen gesalzene Nüsse. Auch heute, aber Leen war an diesem Abend nicht gesprächig.

»Woran arbeitest du?«, fragte Katta.

»An diesem und jenem.«

»Läuft es gut?«

»Wird sich zeigen.«

»Brauchst du Rat?«

»Es gibt eine neue Staatsanwältin.«

»Und?«

»Nichts. Sie ist neu. Das ist alles.«

»Und du?«

»Und ich?«

Und damit schauten sie weiter auf ihre Ameisen und tranken Milch. Leen schenkte dem Volk eine Nuss, es machte sie glücklich, und weil Katta das Geschehen mit ebenso großer Faszination und befriedigtem Wohlwollen betrachtete, kehrte für Leen der Frieden ein.

Katta war schon 92 Jahre alt. Sie hatte langes Haar und schrumpelige Haut. Sie tanzte Ballett und auf ihrer rechten Wange hatte sie ein winziges Feuermal, das der Form eines Schmetterlings ähnelte. Katta hatte alles vergessen, und weil sie aus ihren zähen Zellen nichts als Schwachsinn melken konnte, blieb sie die meiste Zeit still, es sei denn, Leen erzählte von ihren Mandanten. Leen involvierte Katta gern, sie war ihr in juristischen Fragen eine kompetente Ratgeberin. Vor allem war Katta vertrauenswürdig, und Leen hatte das Gefühl, sie könne mit Gesprächen über ihre Strategien Kattas cleveren Verstand herausfordern. Katta war für Leen immer noch eine Autoritätsperson, einst eine erstklassige Richterin, etwas verschwenderisch mit der Vergabe von Freisprüchen, »da mihi factum, dabo tibi ius«, »gib mir die Tatsachen, ich werde dir das Recht geben«, und für Leen der einzige Mensch, den sie beliebig lange in ihrer Nähe erduldete.

Leen hatte Katta vom ersten Moment an geliebt.

In der Nacht stand Leen auf, wanderte die idyllischen Wege entlang zum Brunnen, holte aus der aufwendig gestalteten Voliere den Gartenschlauch und widmete sich im Mondschein ihren Blumen und dem alten Baumbestand. Sie spritzte die vielen Ruheplätze ab, brauchte dafür mehr als zwei Stunden.

Das gesamte Anwesen, fast 2.000 Quadratmeter groß, pflegten Leen und Katta mit großer Hingabe. Das ehemalige Garagenhaus hatte ihr Vater vor vielen Jahren zu einem Carport umbauen lassen, ansonsten war die Villa aus der Gründerzeit wie eh und je historisch geprägt. Leen war hier aufgewachsen, für ihr Studium weggezogen und mit dem frühen Tod ihres Vaters zurückgekehrt. Die elf Zimmer hatten sich Katta und Leen aufgeteilt, 538 Quadratmeter Wohnfläche auf zwei Etagen wirkten verschwenderisch, aber es hatte nie einen Grund gegeben, irgendetwas daran zu ändern. Wenn sie abends durch die gepflasterte Toreinfahrt auf das Areal fuhr, hielt sie inne, um Katta zuzuwinken. Ihre einzige Freundin stand jeden Abend am Fenster des runden Turms, der innerhalb der Geschosse als Erker konzipiert worden war und weithin sichtbar über die Baumwipfel hinausragte, und wartete auf Leen. In der Küche kochten sie, aßen gemeinsam wie ein altes Ehepaar, manchmal schweigend, oft tauschten sie sich aus. Leens größte Angst, Katta würde eines Abends nicht mehr am Fenster stehen, hatte sich in diesen Tagen zu einer beklemmenden Vorahnung gewandelt.

Mit Kattas Tod würde Leen erst ihre Ameisen aufgeben, und dann sich selbst.

KAPITEL 9

Isa rutschte hinab. Je kälter ihre Gliedmaßen wurden, desto schwieriger war es, sich mit den Händen wieder hinaufzuschieben. Ihre rechte Hand fühlte sich an wie ein gefüllter Ballon, was das Abstützen fast unmöglich machte. Sie hievte sich vorsichtig hoch, wählte mit Bedacht die Position der Füße und Ellenbogen, stand auf, hatte Schwierigkeiten, ihr Gleichgewicht zu halten. Ihr Kopf drohte zu platzen, in ihren Schläfen pulsierte das Blut, ihre Nase immer noch geschwollen und verstopft.

Isa tapste im Dunkeln.

Sie begann, den Raum systematisch zu erfassen. An der Wand entlang, die feucht und modrig wirkte, schob sie sich an der Tür vorbei bis zur nächsten Ecke. Dabei schlurfte sie mit den Füßen über den Boden, Zentimeter für Zentimeter. Sie war darauf vorbereitet, in ein Loch zu stürzen, mit ihrer Stirn gegen einen Gegenstand zu stoßen oder von etwas angefallen zu werden. Sie musste schmunzeln, stellte sich vor, ein knochiger Greis würde aus einer der Ecken ein krächzendes »Hallo? Ist da jemand?« rufen. Aber niemand meldete sich. Isa war allein, es war totenstill.

Sie tastete sich weiter voran, von einer Ecke zur nächsten, bis sie drei von ihnen passiert hatte. Nirgendwo hatte jemand etwas an die Wand gelehnt oder gehängt, niemand hatte hier etwas abgestellt. Es gab keine Kisten, die hier lagerten, keine Regale, keine alten Möbel oder Fahrräder. Nichts. Die Flächen entlang der Wände waren vollkommen frei. Die Oberfläche fühlte sich rau und nass an, hier und da bröckelte Putz ab und fiel auf den Boden. Sie schlurfte immer weiter, bis sie glaubte, wieder dort angelangt zu sein, wo sie zu Beginn gesessen und ihre Erkundungstour begonnen hatte, dann machte sie sich auf den Weg zur Mitte des Raumes. Ihr fehlte etwas, was sie berühren konnte, an dem sie Halt bekam, eine Orientierung. Blind durch die zugeschwollenen Augen setzte sie einen Fuß vor den anderen, schwankte, hatte Angst, mit ihrer verletzten Hand irgendwo gegen zu stoßen. Isa stand still, machte eine Pause. Es fiel ihr schwer, durch den Mund zu atmen. Sie hatte das Gefühl, Spinnen lauerten gespannt vor ihrem Gesicht und warteten auf den richtigen Moment, sich durch ihren geöffneten Mund in den Schlund zu stürzen. Isa presste ihre Lippen zusammen, atmete flach durch einen schmalen Spalt, den sie der ein- und ausströmenden Luft widerwillig zur Verfügung stellte.

Weiß man, wenn es so weit ist? Sie räusperte sich. »Ist das mein Ende?«, fragte sie leise in die kalte Dunkelheit hinein. »Warte ich hier auf meinen Tod?« Sie kicherte. »Hey, Tod!«, rief sie laut. »Bist du hier irgendwo?« Kein Hall, niemand, der antwortete. »Trau dich. Komm her und hol mich!«, forderte sie ihn auf. »Oder bist du schon satt von den Ratten, die du verschlungen hast?« Sie schlurfte weiter, quer durch den Raum, bis sie an die gegenüberliegende Wand stieß. »Ja, danke, Wand, du bist hier, ich weiß«, nuschelte Isa. »Und ist noch jemand hier? Und kann mal jemand Feuer machen?« Isa stöhnte, schüttelte den Kopf.

Wenn sie eins war, dann kampferprobt. Ihr gesamtes Leben hatte aus einem einzigen Kampf bestanden, von Geburt an, und endete in der Dunkelheit, vielleicht im Kampf gegen die Kälte, gegen den Hunger, gegen das Verdursten, gegen den Schmerz. Isa grunzte. Das Leben endete im Kampf gegen den Tod, mehr Zauber gab es nicht.

Sie schlurfte von der vermeintlichen Mitte des Raumes in immer größer werdenden Kreisen die gesamte Fläche ab und stellte enttäuscht fest, dass sich außer ihr nichts in diesem Raum befand.

Weil sie sich nicht wieder setzen wollte, schlurfte sie zur Tür. Sie tastete sich erneut an der Wand entlang, bis sie die Einbuchtung spürte, das Holz, die Rillen zwischen den einzelnen Brettern, die schwere Türklinke. Mit der linken Hand fühlte sie über das Buntbartschloss, drückte die Türklinke herunter, wunderte sich nicht, dass die Tür fest verschlossen blieb, sich nicht bewegen ließ. Sie überlegte, sich dagegen zu werfen. Mit der linken Schulter. Isa wog ab. Ihr Kopf dröhnte unaufhörlich. »Insgesamt dem Tode geweiht«, nuschelte sie. Trotzdem beschloss sie, es zu versuchen. Isa bereitete sich vor. Sie straffte ihre Schultern, holte tief Luft, mit der linken Hand hielt sie ihr rechtes Handgelenk fest umschlossen, ihre Finger zeigten nach oben, sie hatte das Gefühl, ihre gebrochenen Knochen damit zu schützen. Sie positionierte sich seitlich zur Tür, stellte sich breitbeinig hin, prüfte, ob sie sicheren Halt hatte. Sie presste ihre Lippen aufeinander, lauschte, und in dem Moment, in dem sie ausholen und sich gegen die Tür werfen wollte, hörte sie, wie jemand den Schlüssel in das Schloss steckte. Ruben.

Sie schnellte zurück, lief quer durch den Raum, orientierungslos auf der Suche nach ihrer vertrauten Stelle, hörte, wie sich die Türklinke bewegte, entschied, dass sie keine Zeit mehr hatte, und legte sich flach auf den Boden. Mit ihren Ellenbogen stützte sie sich ab, unterdrückte ein Stöhnen, drehte sich zur Seite, damit ihre Hand geschützt war, und hielt inne. Sie japste leise nach Luft, vernahm ein Rascheln und Schritte, wartete. Sie würde hier nicht sterben, entschied sie. Nicht hier.

Isa biss die Zähne zusammen, als Ruben sie packte und auf den Rücken drehte.

KAPITEL 10

Er zielte, beobachtete, wie dichte Schleierwolken emporstiegen, sich über den Berg legten. Der mit Eiskristallen besetzte Saharastaub würde die Sonneneinstrahlung schwächen, die Luft in 9.000 Metern Höhe gelblich grau färben, würde eine Eisfront über das Land jagen. Hagelartige und teilweise gewittrige Regenfälle würden den Westwind aufleben lassen, die Sonne würde sich verdunkeln, die Erde ihre Umlaufbahn verlassen, und nur einer würde die Naturkatastrophe überleben. Dieser eine würde sich durchschlagen, hier und da gäbe es Material zu sammeln, er würde nicht genau wissen, wohin er gehen sollte, aber etwas würde ihn antreiben, vielleicht ein natürlicher Instinkt, und er würde nicht aufgeben, würde weiterlaufen, bis seine Füße wund und seine Augen vom Staub erblindet wären. Titus setzte erneut an, ein, zwei, drei Meteoriten schlugen neben seinem Helden ein, verfehlten ihn um Haaresbreite, ließen ihm keine Zeit zum Verschnaufen, die Gravitation außer Kraft gesetzt, Planeten, Monde, Satelliten und Kometen, sogar die Galaxien und Sterne im Kosmos gerieten durcheinander, fielen. Er hätte seinen Helden gern verschont, aber Titus konnte keinen Einfluss nehmen. Er konnte nur ohnmächtig zuschauen, wie der Held dem Tode geweiht war, mit dem Gesicht im Staub, der Speichel würde aus seinem Mundwinkel laufen, seine Hand neben seinem Kopf noch einmal die Erde fühlen. Dann würde er hinaufgezogen und herumgewirbelt werden, schwerelos würde er irgendwann sein Bewusstsein verlieren und Abermillionen Jahre lang würde es Explosionen und Vulkanausbrüche geben, die das Leben auslöschen und für immer begraben würden. Titus war außer Atem, schüttelte den Kopf. Was für eine Katastrophe. Sein einziger Held …

»Jetzt!«, rief seine Mutter aus dem Wohnzimmer.

Titus zuckte zusammen. Er hatte seinen Auftrag vergessen, stand vor der Anrichte in der Küche, seinen Blick aus dem Fenster gerichtet. Er füllte das Glas mit Wasser und trank es in einem Zug leer.

»Hast du schon wieder geträumt?«, fragte sie ihn.

Titus nickte. »Er ist gestorben«, bedauerte er. »In den Himmel hinaufgesogen und herumgewirbelt worden, er war der einzige Überlebende.« Er zuckte mit den Schultern. »Ich konnte nichts mehr tun.«

Seine Mutter sah ihn verständnisvoll an. »Und jetzt? Wird jemand Neues kommen und ihn ersetzen?«

Titus schüttelte den Kopf. »Leider nein«, er knabberte an seiner Unterlippe, überlegte angestrengt. »Leider nein«, wiederholte er.

Titus ließ sich von seiner Mutter auf die Wange küssen. »Wie schade«, sagte sie. Er liebte es, wenn sie an seinen Haaren herumzupfte und sein zerknittertes T-Shirt zurechtzupfte. »Dann such dir neue Geschichten«, forderte sie ihn auf und schob ihn zur Haustür. »Und sei zum Mittagessen zurück«, bat sie ihn, »dann kannst du mit anpacken, wir müssen die Gräber mit Sommerflor bepflanzen. Bella hilft auch.«

»Bella ist ein feines Mädchen«, säuselte er. »Ein feines Mädchen.«

Seine Mutter stupste ihn an. »Lass das!«, befahl sie streng, und weil Titus selbstgefällig grinste, rollte sie mit den Augen und ließ die Tür ins Schloss fallen, ohne ihm wie sonst noch einmal über den Kopf zu streicheln.

Titus hüpfte über den Hof, vorbei an Gewächshaus drei und vier, ignorierte die vielen Paletten, die rechts und links den Weg säumten und von den Gastarbeitern leergeräumt wurden. Bella, Bella, Bella. Bella war strebsam, wie Mädchen eben sind, und würde ihm noch den Sommer verderben. Gehorsam, fleißig, gewissenhaft und mit Hingabe und Liebe zu Blumen und Schnecken und Marienkäfern und Läusen. Titus hatte nichts übrig für den Betrieb. Er interessierte sich nicht für Frühblüher und Einjährige, Sommerflor oder die vielen Floristikgeschäfte, die sie tagein, tagaus belieferten. Einzig die rissige Haut an den Händen seiner Mutter, die dunklen Ränder unter den Nägeln und die gegerbten Arme konnte er mit Anerkennung betrachten, sogar lieben, weil er mochte, wie ihre Hände ihn streichelten oder liebkosten. Er liebte seine Mama, und die wenige Zeit, die sie abends für ihn abzapfte, erfüllte ihn mit Glück. Seine Mama ließ ihn Titus sein, und Bella war Bella. Nur an Tagen wie heute, wenn der Betrieb großflächig ausliefern musste, sollte auch Titus mit anpacken. Er war überzeugt davon, dass seine Mutter in ihm einen sechsjährigen Jungen sah, der außer Flausen nur Streiche im Kopf hatte, und er setzte alles daran, dem oktroyierten Image zu folgen. Für heute würde er schnell verschwinden und erst spät zurückkehren, und er wusste, dass seine Mutter schmunzeln und ihn küssen würde, statt zu schimpfen. Das Mittagessen. Sie würde nicht fragen, wo er sich herumgetrieben hatte. Seiner Mutter reichte, wenn er erst abends heimkehrte, am besten mit Stroh im Haar und Zecken in der Kniekehle.

Er hatte ein bequemes Leben.

Titus rannte los, hoffte, dass ihn niemand zurückpfeifen würde, machte einen Freudensprung, als er hinter Treibhaus elf außer Sichtweite war.

Er suchte westlich der Gärtnerei nach einem neuen Rohling. Aufmerksam lief er den Bereich unterhalb der Haselnussbäume ab, fand hier und da geeignete Exemplare, sammelte sie, selektierte, wog ab, bis er einen einzigen behielt, den er ehrfürchtig in seiner Hand bestaunte. Titus entschied, dass es die beste Astgabel war, die er je gefunden hatte. Die beiden Abzweigungen waren symmetrisch gewachsen, mit identischem Durchmesser. Er kürzte sie auf die gleiche Länge, schälte die Rinde sorgfältig ab, kerbte die beiden oberen Enden der Zwillinge an den Außenseiten ein. Er wühlte in seiner Hosentasche nach den Einweckgummis, knotete sie zusammen und legte sie um die Astgabel. Er spannte das Gummi, spannte es Zentimeter um Zentimeter, immer weiter, bis es zu reißen drohte. »Gut«, stellte er zufrieden fest.

Der erste Versuch ging schief. Der Stein verfehlte sein Ziel, schoss mehr als zehn Zentimeter daran vorbei. Titus entspannte sich, schloss die Augen, atmete tief ein und aus. Die Astgabel hielt er in der linken Hand, mit der rechten spannte er das Gummi erneut. Auf Augenhöhe. Er hielt inne, konzentrierte sich, auf den Herzschlag und seine Atmung, auf sein Ziel.

Zwischen zwei Herzschlägen ließ er los.

Der Stein schoss mit gnadenlos hoher Geschwindigkeit aus seiner Position und schlug mit lautem Knall in den Stamm ein, weit unterhalb seines anvisierten Ziels. Rinde platzte zu allen Seiten ab, in der Nähe schreckte ein Tier auf und verschwand in den Büschen. Vielleicht ein Vogel oder Eichhörnchen. Titus grunzte, versuchte es ein drittes und viertes Mal, ohne Erfolg. Grimmig stopfte er seine Steinschleuder in die Hosentasche. Dann eben nicht. Nicht jetzt. Später würde es schon klappen.

Er machte sich auf den Weg, wenig zuversichtlich, schlecht gelaunt, deprimiert. Der erste Teil führte durch dichte Brombeerhecken und Brennnesseln. Mit einem Stock bahnte er sich seinen Pfad, wollte nicht, dass man seiner Spur folgte, weswegen er nur vorsichtig einzelne Ranken zur Seite schob oder herunterdrückte. Der Weg zog sich an den Brennnesselfeldern vorbei entlang des ausgetrockneten Bachs. Titus atmete flach, ekelte sich vor dem Geruch, der sich durch zwei vergammelte Kröten unter die Hitze gemischt hatte. Fasziniert und angewidert beobachtete er die grünen Schmeißfliegen, die sich gierig durch ausgehöhlte Augen und verdorbenes Gehirn drängten. Er lief weiter, blickte in die Ferne. Hier gab es nur noch Wiesen und Felder, einige von ihnen so groß, dass er nicht einmal erkennen konnte, wo die jeweilige Grenze verlief. Titus entschied, dass er hier richtig war, orientierte sich erst an einer kleinen Kapelle, dann an einer Bank, deren obere Beplankung fehlte. Er erinnerte sich an ein zerfleddertes Stück weiße Folie, das jemand unter einem Stein befestigt hatte, hielt Ausschau danach, und tatsächlich entdeckte er den kleinen Wegweiser. Er lief und lief, die Temperaturen stiegen. Er machte sich Sorgen um den Rückweg, war kurz davor umzukehren. Mindestens eine Stunde, so kam es ihm vor, war er bereits unterwegs, aber die Aussicht auf ein Abenteuer, darauf, dass der Hof gleich aus dem Nichts erscheinen würde, gab ihm Zuversicht. Titus schleppte sich weiter und weiter, bis er an der entscheidenden Weggabelung angelangt war, auf die er so lange gehofft hatte. Er wählte intuitiv den rechten der beiden Pfade, erkannte freudig eine Schlinge aus verrostetem Draht wieder, die jemand über einen Stein gelegt hatte. Seine Schritte wurden schneller, fast hüpfte er, und dann war es so weit: nur noch wenige Meter bis zum Hof. Er legte eine kurze Pause ein, musste sich sammeln, seine Konzentration bündeln, sich vorbereiten. Er würde Pepper heute erneut aufschrecken, hoffte, Mittke damit auf den Hof zu locken. Vielleicht hatte er Glück. Einfach so.

Titus stand auf und schlich sich näher an den Hof heran. Er fand einen geeigneten Posten, etwas höher gelegen, sodass er auf den Hof hinunterschauen konnte. Der Hof war von hier aus nicht zu erreichen, es sei denn, man rutschte den Abhang hinunter. Titus hockte sich hin, mit einem Stock schleuderte er angewidert eine vergilbte Saftpackung aus seinem Blickfeld.

Er entdeckte Pepper nicht sofort. Mit schmalen Augen suchte er den Hof ab, fand den Hund weit hinten unter einem Wellblech liegen. Eher zufällig an einen großen Stein gelehnt, bot es gerade so viel Schatten, dass Peppers Kopf darunter Schutz fand.

Titus hörte das Geräusch. »Da schweißt doch jemand«, murmelte er.

Er pflückte einen langen Halm ab, kaute lässig darauf herum. Pausenlos scheuchte er winzige Fliegen fort, die unentwegt vor seinen Augen tänzelten, eine Bremse saß auf seiner Wade und das getrocknete Gras kitzelte seine Beine. Titus war enttäuscht. Sein Posten war ganz und gar nicht geheimnisvoll. Er hörte Insekten und Grillen, es roch nach Pisse und statt Hufgeklapper wie in einem Western, dröhnte in der Ferne ein Motorrad.

Er brachte sich dennoch in Stellung, seine Steinschleuder in Position, holte seine schönste Murmel heraus, legte an, spannte das Gummi, spannte es weiter, hielt den Atem an. Er hatte sein Ziel genau im Visier, war bereit. Dann blinzelte er. Titus wurde abgelenkt. Das Motorrad machte ihn nervös.

»Das geht so nicht«, sagte er ungeduldig. Er stand auf, wütend stopfte er seine Steinschleuder in die Gürtellasche seiner Shorts. »Hier kann man nicht in Ruhe beobachten«, schimpfte er.

Energisch stapfte er Richtung Westen zum Hang, von wo er einen guten Blick auf die kurvige Landstraße hatte. Kein Auto weit und breit, dafür näherte sich das Motorrad, dessen lautes Knattern ihn am meisten von allen Geräuschen störte. »Ich habe eine wichtige Mission«, rief er genervt. Er wartete, bis das Motorrad in seinem Blickfeld erschien. Es drosselte seine Geschwindigkeit und bog in einen Weg ein, den Titus bis dahin übersehen hatte. »Da fährst du also hin«, murmelte er. »Wirst schon sehen.«

Er stapfte zurück zu seinem Posten und stemmte die Hände in die Seiten, seinen Blick hinunter auf den Hof gerichtet. Er wusste selbst nicht, wie genau er sich seinen Nachmittag vorgestellt hatte, aber so ganz bestimmt nicht. Titus fluchte über die Hitze, über die Insekten, über die hässliche Packung, die sein schönes Reich gestört hatte, er fluchte über Pepper, der sich gar nicht wie eine Bestie verhielt, und über Mittke, der sich nicht blicken ließ. Zu allem Überfluss hatte er Durst. Der Weg zum Hof hatte sich heute nicht gelohnt.

Titus fing an zu heulen. Wütend rollten seine Tränen die Wangen herab. Ihm war heiß, er hatte Durst, er wollte nach Hause. Er entschied, seinen Heimweg anzutreten, ein letzter Blick zu der Scheune weit hinten auf dem Hof, aus der Mittke beim letzten Mal plötzlich aufgetaucht war.

Und wenn er Pepper heute doch noch einmal aufscheuchte? Nur um zu schauen, ob seine neue Steinschleuder funktionierte? Er seufzte. »Also gut«, sprach er sich Mut zu. »Ein Versuch!«

Titus legte an, wagte kaum zu atmen, zu blinzeln, zu schlucken. Er schloss die Augen, zählte bis zehn. Dann hörte er ein vertrautes Geräusch. Es weckte seine Alarmglocken. Peppers Kette. Titus' Herz begann augenblicklich zu rasen. Er ließ seinen Blick über den Hof zum Wellblech gleiten, erschrak, glaubte, sein Herz würde jeden Moment stehen bleiben: Pepper lag nicht mehr im Schatten. Kein Pepper mehr, nur staubige Luft. Titus suchte krampfhaft nach der Kette, suchte, suchte, suchte und fand sie. Seine Augen glitten den verchromten Strang entlang. Titus bekam Gänsehaut. Mit gefletschten Zähnen und aufgerichteter Rute stand Pepper direkt vor ihm, schaute hoch, sein scharfer Blick auf ihn gerichtet.

Ein ohrenbetäubender Knall.

Titus duckte sich, intuitiv, schnappte nach Luft, warf sich flach auf den Boden, kniff die Augen zusammen, seine Hände über seine Ohren gelegt. Er hielt inne, schluckte, lauschte. Ein zweiter Schuss. Titus entfuhr ein Schrei. Hektisch robbte er los, wie eine Schlange bewegte er sich zurück, entfernte sich aus der Gefahrenzone. Er kroch über kleine Wurzeln und harte Äste, sein T-Shirt verrutschte, die Haut seines nackten Bauches brannte wie Feuer. Staubige Erde, ein dritter, ein vierter Schuss, Titus sprang auf und stolperte los, rannte um sein Leben, kopflos, rutschte den Hang hinunter, rannte, rannte, rannte, bis er die Straße erreichte und überquerte. Auf der anderen Seite lief er, fiel seitlich in einen tiefen Graben. Seinen Kopf fest im Ellenbogen vergraben japste er nach Luft, seine schnelle Atmung ging in angstvolles Schluchzen über, es schnürte ihm die Luft ab. »Nicht schießen«, jammerte er leise.

Titus wünschte sich zum ersten Mal, er wäre wie Bella.

Seine Zwillingsschwester würde in diesem Moment Kisten mit Sommerflor auf einen Anhänger zum Friedhof fahren und die Gräber damit bedecken. Lächelnd, glücklich, zufrieden.

Ein fünfter Schuss.

In diesem Moment war Titus überzeugt, dass es demnächst sein Grab war, das Bella so hingebungsvoll bepflanzen würde. Er dachte an die sonnengegerbte Haut seiner Mutter, die rissige Haut an ihren Händen, die dunklen Ränder unter den Nägeln. Sie hatte ihm heute nicht über den Kopf gestreichelt. Zum Abschied. Wie sonst. Das war's. Er würde sterben. Jetzt und hier. Deswegen und für Bella.

Ein sechster Schuss. Ein letzter Schuss.

Titus schloss seine Augen. Schwarz.

KAPITEL 11

Isa lag in der Mitte des Raumes, hob den Kopf, als Ruben die schwere Tür öffnete.

»Du lebst noch«, stellte er erleichtert fest. Er ließ die Tür weit geöffnet, die abendliche Sonne huschte an ihm vorbei in die Dunkelheit. Isa sah aus wie der Tod.

»Engel«, spottete er leise. »Eher ein satanischer Witz.«

Er packte ihren Arm und drehte sie zur Seite.

»Ich habe Hunger, und ich habe Schmerzen.« Sie setzte sich auf, dabei stützte sie sich mit ihren Ellenbogen ab, die verletzte Hand hielt sie nach oben. »Mein Gaumen tut weh, ich kann nicht schlucken.«

»Ich weiß«, sagte Ruben wenig überrascht. »Wenn dein Gaumen wehtut, hast du Einblutungen.« Er hob seine Augenbrauen. »Pech, aber nicht so schlimm. Ich habe dir etwas mitgebracht.« Er warf ihr die Tüte in den Schoß. »Bis morgen musst du überleben, alles andere ist mir egal.«

»Halt deine Fresse«, motzte Isa. »Einen Scheiß werde ich.« Sie öffnete die Tüte. »Was ist das?«

»Stimmt. Du kannst ja nichts sehen«, stellte Ruben belustigt fest. »Und riechen auch nicht. Dann kann dir egal sein, was es ist, oder?« Er beugte sich zu ihr hinunter, sein Gesicht unmittelbar vor ihrer Nase. »Das ist Hähnchen«, flüsterte er.

Isa wich zurück. »Scheiße«, sagte sie angewidert. »Warum keine Pizza? Irgendwas anderes?«

»Halt deinen Mund.«

»Ich dachte, ich soll bis morgen überleben.« Sie zuckte mit den Schultern. »So wird das nichts.«

Er stand auf. »Dann iss halt Schokoriegel. Bis morgen wirst du's noch schaffen, so oder so.« Er reichte ihr die Cola.

»Ich kann die Flasche nicht öffnen.«

Ruben seufzte. »Was ist mit dir? Hast du keine Angst?«

»Vor dir?«

»Vor dem Tod. Du wirst hier verrecken.«

»Und dann? Komme ich in den Himmel.«

»In die Hölle.« Ruben begann, Isa zu umkreisen. »Und wenn ich dich noch mal ficke?«, fragte er.

Isa lächelte. »Mach doch«, forderte sie ihn auf. »Pass nur auf, dass ich dich dabei nicht …«

»Halt deine Fresse«, unterbrach Ruben sie, formte seine Augen zu schmalen Schlitzen. »Du glaubst, dass du mich austricksen kannst.« Er stieß Isa mit dem Fuß an. »Glaubst du doch, oder?«

»Fick mich einfach«, lachte sie.

»Mach's dir selbst.« Ruben öffnete ihr die Flasche und den Schokoriegel, reichte ihr zwei Bananen. »Du verstehst nicht ganz, um was es hier geht«, begann er. »Hast du eine Idee, was Fitz mit dir macht, wenn er davon erfährt?«

Isa biss in die Banane. Sie zuckte unbeteiligt mit den Schultern und kaute.

»Er wird dich nicht einfach töten«, erklärte Ruben. »Er wird dich foltern.«

Isa lachte laut auf, mit weit geöffnetem Mund. Eine Fratze wie aus der Hölle. Ruben glotzte auf den Bananenbrei zwischen ihren Zähnen. »Du bist am Arsch, Isa.«

»Ja«, antwortete sie mit vollem Mund, »weiß ich. Ich bin vorbereitet«, nickte sie.

Ruben staunte über ihr geschwollenes Gesicht. Eine Fleischwulst, beginnend an den Augenbrauen, hatte sich über ihre Lider gelegt. Man konnte nur noch die winzigen Enden der Wimpern erkennen, die sich wie vorwitzige Fühler aus einem Schmetterlingskokon herausstreckten. Der Bereich rund um Augen und Nase war tiefblau, die Ödeme zogen sich bis zu ihrer Lippe herunter. Isa sah aus wie jemand, der seine Folter schon hinter sich gebracht hatte.

»Willst du das wirklich?«, fragte er sie angewidert. »Ist dir das alles egal?«

Isa wurde ernst. Sie streckte ihm ihre Hände entgegen. »Ich habe höllische Schmerzen. Ich würde dich gern vollkotzen, ich habe aber nichts mehr im Magen.« Isa tastete vorsichtig nach der Colaflasche.

»Du hättest die Briefe nicht einwerfen sollen.«

»Japp«, bestätigte sie zwischen zwei Schlucken.

»Hast du aber.«

»Japp.«

»Das war dumm.«

»Das war super.« Isa versuchte zu grinsen. »Ihr hättet mich so oder so umgebracht. Die Briefe ändern daran gar nichts.«

»Wir hätten dich in Ruhe gelassen. Das war unser Plan. Du solltest die Scheidungspapiere unterschreiben, mehr nicht.«

»Wieso lässt du mich leben?«

»Nur bis morgen.«

»Warum?«

»Damit du die Scheidungspapiere unterschreiben kannst. Thies wird sie hierher bringen.«

»Ja, weiß ich. Aber warum?«

»Was ›warum‹?«, fragte er ungeduldig. »Was soll die Frage? Warum, warum, warum?«

»Was hat Thies davon? Scheidungspapiere unterschreiben!« Sie schüttelte den Kopf. »Was soll das überhaupt bringen? Ich unterschreibe sie, und dann?«

»Und dann kann er mit seiner Junia glücklich sein.«

»Ihr glaubt das wirklich, oder?«

»Was? Was glauben wir wirklich?«

»Wie soll denn das ablaufen? Ich unterschreibe die Scheidungsvereinbarung, und dann? Glaubst du ernsthaft, Thies kann sich scheiden lassen, ohne dass ich dabei bin? Wie soll denn das funktionieren? Habe ich keine Lust auf den Termin, oder warum erscheine ich nicht vor Gericht? Und was glaubt ihr, passiert, wenn das Video erst einmal im Umlauf ist? Glaubt ihr, dass ihr einfach so weiterlebt? Glaubt ihr wirklich, dass die euch nicht anrühren?«

»Was quatschst du mich damit voll? Was soll der Scheiß?«

Isa winkte ab. »Macht, was ihr wollt. Geht mich nichts mehr an.«

Rubens rechtes Augenlid zuckte. Er drückte es mit seinem Finger fest an den Augapfel, die Brille rutschte ihm dabei fast von der Nase. Er schob sie wieder zurecht. »Du nervst«, stöhnte er. »Keine Ahnung, was du dir da gerade ausdenkst, aber das kannst du Thies morgen persönlich sagen.«

Isa nickte, tastete nach dem Schokoriegel und biss vorsichtig ein Stück ab.

»Ist von deinem kläglichen Rest armseliger Scheiße eigentlich noch so was wie ein Überlebensinstinkt übrig?«, fragte Ruben ungläubig. »Hast du so was?«

Isa kaute unbeteiligt.

»Hey!«, bellte Ruben. »Ich habe dich was gefragt.«

»Hey«, äffte Isa ihn nach. »Und ich habe nicht geantwortet.«

»Willst du sterben? Machst du das deswegen? Das kann doch nicht sein.« Ruben schüttelte den Kopf. »Niemand will sterben. Der menschliche Instinkt ist auf Überleben programmiert. Ü-b-e-r-l-e-b-e-n, verstehst du? Um zu überleben, fressen Menschen andere Menschen auf, kapierst du das?« Ruben fuchtelte mit der Hand an seinem Kopf herum, tippte mit Daumen und zwei Fingern wild an seine Schläfe. »Geht das da rein? In deinen kaputten Kopf?« Ruben rollte mit den Augen. Isa konnte sowieso nicht sehen, was er ihr mit seiner Geste vermitteln wollte. »Du bist blöd wie ein Knäckebrot«, erklärte er. »Blöd wie ein Knäckebrot.« Er hasste sie.

»Ich frage mich, warum du mich nicht allein lässt.« Isa sah zufrieden aus, schluckte genüsslich. »Du sitzt hier und gehst mir auf die Nerven. Du weißt nicht, wohin, oder? Ist es das?«

»So weit kommt es noch.« Ruben stand auf. »Ich komme morgen früh wieder.«

»Bis dahin bin ich tot.«

»Halt dein Maul!«

Er schloss ab, versuchte dabei möglichst laut zu sein.

Auf dem Weg nach Hause wählte er Thies' Nummer. Das Telefon war ausgeschaltet.

»Ich bin am Arsch, ich bin am Arsch«, flüsterte er. »Ich bin am Arsch, ich bin am Arsch.« Irgendwann wandelte sich sein Flüstern in ein leises Summen. »Ein Schlaflied für den ungeborenen Balg«, säuselte er und parkte in der Garage. Er blieb noch einen Moment im Auto sitzen, sah in der Mittelkonsole Emmas Sonnenbrille liegen, eine Packung Taschentücher, einen

Kamm. Eine klebrige Flüssigkeit hatte sich daruntergemischt. Er seufzte. Die schwangere Emma. Er wollte gar nichts. Nicht das Haus, nicht die teure Küche, nicht den Blumenstrauß auf dem Tisch im Wohnzimmer, er wollte keine Katze, er wollte kein Babybett im Schlafzimmer und keine selbst gestrickte Mütze von der Schwiegermutter. Er wollte das Kind nicht, er wollte Emma nicht. Wenn er sie sah, bekam er das Grauen, Beklemmungen, Hass.

Auf dem Weg ins Haus kam ihm ein Gedanke. Er lauerte auf seiner rechten Schulter, als wäre er ein Schalk, der nur zufällig um die Ecke lugte, sich einen Scherz erlaubte. Ruben schwankte zwischen Frösteln und Entzücken, schaukelte von der einen zur anderen Seite, von links nach rechts, vom Schalk zum Ernst, zur Vorahnung, zur Gewissheit.

Er lehnte sich gegen die Küchenzeile, sein Blick auf die Hochglanztüren gerichtet. Emma hatte hier alles sorgfältig aufgeräumt, die Spülmaschine lief, es roch nach frischer Wäsche. Emma benutzte Weichspüler, dessen Geruch er über alle Maßen verabscheute. Emma schmierte ihren hässlichen Bauch ein. Öl stand überall im Haus herum. Emma las Bücher über Schwangerschaft und Babys, und in der Toilette waren Kataloge für Kinderwagen und Autositze deponiert. Emma benutzte Slipeinlagen, trug Unterhosen und nahm Vitamine zu sich. Wenn sie abends auf der Couch einschlief, mit ihren Händen auf dem Bauch, hätte er ihr gern mit der Faust hineingeboxt. Jeden Abend musste er aufstehen und gehen, sich von ihr abwenden, um dem Impuls zu widerstehen.

Wenn erst einmal alles egal war, dachte er. Wenn alles schon verloren war. Ja, was dann?

Es schauderte ihn.

KAPITEL 12

Jemand streichelte ihre Wange. Jemand.

»Sie werden ja wach.«

Nicht Anns Stimme. Berne leckte sich über ihre Lippen, bewegte ihre Finger, spürte ihre Fersen, die Beine, den Rücken. Sie lag weich, blinzelte vorsichtig.

Eine Frau stand vor ihr, lächelte. »Achtung«, sagte sie. »Ich helfe Ihnen hoch.«

Berne spürte eine Hand, die sich zwischen Rücken und Kissen schob.

»Sie sind im Krankenhaus«, hörte Berne die Frau sagen. »Auf der Gynäkologie. Ich bin Schwester Jolene.«

»Ich bin schwanger«, flüsterte Berne. »In der sechsten Woche. Aber ich war nicht zu Hause.«

Die Frau nahm Bernes Hand. »Passanten haben den Notarzt alarmiert. Können Sie sich daran erinnern?«

Berne nickte. »Was ist mit mir?«

»Sie sind nur etwas schwach. Vielleicht haben Sie zu wenig getrunken.« Die Frau presste ihre Lippen zusammen. »Das ist ja auch eine Hitze da draußen.« Sie stöhnte. »Sie sind nicht die Erste mit einem Kreislaufzusammenbruch, das wird schon wieder, schauen Sie …« Sie zeigte auf die Infusion. »Flüssigkeit und Elektrolyte.« Sie stemmte ihre Hände in die Hüften und schüttelte den Kopf. »Sie sind aber auch dünn«, staunte sie. »Da ist es kein Wunder. Und so blass. Gehen Sie denn nie in die Sonne?«

Berne schüttelte vorsichtig den Kopf. »Ich weiß nicht …«

»Sie sind noch ganz durcheinander.« Jolene schaute auf ihre Armbanduhr. »Gleich gibt es Abendessen. Morgen werden Sie bestimmt wieder entlassen.« Sie hob ihren Zeigefinger. »Bevor ich's vergesse: Ich benötige Ihren Namen und Ihre Adresse, und wir rufen mal Ihren Mann an. Der muss doch wissen, dass Sie hier sind.« Schwester Jolene lächelte, tätschelte Bernes Hand. »Ist nichts Schlimmes, das wird schon wieder. In der sechsten Woche ist das ganz normal.« Sie fächerte sich Luft zu. »Ich schicke gleich mal die Ärztin vorbei.«

»Ich bin Berne Jurin. Ich habe meinen Sohn über ein halbes Jahr nicht mehr gesehen«, flüsterte sie. »Ich bin entführt worden.«

Schwester Jolene lächelte unsicher. Sie öffnete ihren Mund, schloss ihn wieder. »Was?«, fragte sie.

»Ich heiße Berne Jurin. Ich habe einen kleinen Sohn.« Berne schluckte. »Ich bin im Dezember an einer Bushaltestelle überwältigt worden, mich hat jemand entführt.«

Schwester Jolene starrte Berne an, die Augen weit aufgerissen. »Und Sie sind weggelaufen? Heute Mittag?«

Berne schüttelte den Kopf. »Mich hat eine Frau vor ein paar Wochen befreit. Sie hat mich versorgt.«

Die Schwester lächelte unbehaglich, runzelte mitleidig ihre Stirn.

»Ann hat mich aus dem Verlies geholt und bei sich zu Hause aufgenommen, und heute Mittag habe ich Anns Wohnung verlassen, um nach Hause zu gehen.« Berne knetete ihre Hände. »Ich habe Schwierigkeiten mit meinen Erinnerungen. Ich weiß nicht einmal, wo ich hier bin.« Berne schaute sich ratlos um. »Mein Mann hat mich sicher als vermisst gemeldet. Ich muss ihn dringend erreichen.«

Schwester Jolene machte kehrt, ihr Gang glich dem eines Roboters. Steif und ungelenk öffnete sie die Zimmertür. »Und von dem Entführer sind Sie schwanger?«, fragte sie trocken.

Berne schüttelte den Kopf. »Nein«, piepste sie.

Jolene räusperte sich. »Ich bin gleich wieder da.« Sie huschte durch die Zimmertür, als wolle sie verhindern, dass Berne noch weiteren Unfug verkündete.

Berne schaute aus dem Fenster. »Ich bin Berne Jurin. Ich bin entführt worden. Ich habe einen kleinen Sohn«, flüsterte sie. Berne verdeckte ihr Gesicht mit den Händen. »Berne Jurin, Berne Jurin, Berne Jurin«, wiederholte sie. Plötzlich hatte sie Angst. Was, wenn man sie für verrückt erklärte? Ihr nicht glaubte? Was, wenn es nirgendwo einen Entführer gab? Oder wenn Ann nie wieder auftauchte? Berne hatte keine Ahnung, wo Ann sich in diesem Moment aufhielt, sie wusste nicht einmal, wo sich die Wohnung befand, in der sie wochenlang herumgelegen hatte. Berne ärgerte sich plötzlich. Sie hatte die Wochen in Anns Wohnung ausgeblendet. Es gab kaum Erinnerungen daran. Wie konnte eine so lange Zeit einfach verschwinden? Wieso hatte sie nicht viel früher verstanden, wer sie war? Dass sie sich auf den Weg machen musste, um Pius und Torge zu finden? Wochen waren verstrichen, ohne ein Lebenszeichen von ihr. Berne schüttelte den Kopf. »Ich bin Berne Jurin, Berne Jurin, Berne Jurin«, flüsterte sie erneut. Sie versuchte krampfhaft, sich an Pius' Telefonnummer zu erinnern. Zahlen purzelten ihr entgegen, keine wollte sich fangen lassen. Berne wusste nicht einmal mehr, wann sie Geburtstag hatte. »Mein Gott«, hauchte sie entsetzt. »Ich heiße Berne Jurin, ich habe am …« Berne schüttelte den Kopf. »Ich heiße Berne Jurin, und ich bin am …« Sie überlegte, starrte dabei auf die Bettdecke. »Ich heiße Berne Jurin, ich bin Tierärztin, ich wohne in Kälberberg. Ich wohne in Kälberberg. Ich wohne in Kälberberg.« Und dann fiel es ihr ein. »Ich habe am 14. Mai Geburtstag, ich bin 32 Jahre alt.« Sie räusperte sich. »Ich bin 33 Jahre alt.« Sommer und heiß, sie war im Winter entführt worden, vermutlich war August oder September. Sie hatte ihren 33. Geburtstag verpasst. Berne atmete tief ein.

Die Ärztin stellte sich als Gynäkologin vor. »Ich heiße Henrike Lits. Ich bin die diensthabende Ärztin.« Sie lächelte. »Vermutlich war Ihr Kreislauf schwach. Wollen wir nach dem Baby schauen?«

»Ich war in der sechsten Woche«, hauchte Berne. »Aber das war im Winter.«

»Dann wäre Ihre Schwangerschaft weit fortgeschritten.« Die Ärztin schaute auf Bernes Bauch. »Hatten Sie denn einen Abgang?«

Berne wog ab. »Vielleicht?«

Die Ärztin schüttelte den Kopf. »Schwester Jolene hat erzählt, dass Sie glauben, entführt worden zu sein.«

Berne starrte die Ärztin an. Sie zuckte mit den Schultern. »Können Sie meinen Mann anrufen?«

Die Ärztin nickte. Sie reichte Berne ihr Telefon.

»Ich kenne seine Nummer nicht. Können Sie meinen Mann ausfindig machen? Er heißt Pius Jurin. Wir haben einen Reithof in Kälberberg. Gestüt Jurin, wir haben bald Hoffest.«

»Ich werde es versuchen«, sagte sie. »Und Sie heißen Berne Jurin?«

Berne räusperte sich. »Mein Mann hat mich sicher als vermisst gemeldet. Er wird sehr überrascht sein.« Sie lächelte mit zittrigen Lippen. »Und ich muss dringend zur Polizei«, verkündete sie. »Ich weiß nicht, das ist alles so kompliziert, ich weiß gar nicht, wie ich es erklären soll.« Sie seufzte. »Das glaubt mir niemand.«

»Wir rufen jetzt erst einmal Ihren Mann an. Ich werde Sie anschließend untersuchen, einverstanden?«

Berne schüttelte den Kopf. »Wir müssen die Polizei anrufen. Vor ein paar Wochen …«

»Die Polizei haben wir informiert«, unterbrach sie die Ärztin. »Sie schicken jemanden vorbei.«

»Vor ein paar Wochen hat mich eine Frau befreit. Sie hat mich bei sich zu Hause versorgt. Die Frau behauptet, dass sie zur Polizei gegangen ist und bereits ermittelt wird, aber das stimmt nicht. Ich glaube, dass Ann Beck gelogen hat, sonst wäre mein Mann hier, und die Polizei hätte mich befragt, und ich hätte …« Berne presste ihre Lippen aufeinander. »Und ich hätte doch längst Torge wiedergesehen.«

»Torge ist Ihr Sohn?«

Berne nickte.

»Und zum Zeitpunkt der Entführung waren Sie schwanger?«

»In der sechsten Woche.«

»Ich werde mir das gleich anschauen.« Sie drückte Bernes Arm.

Während Berne das Telefon in der Hand hielt, wartete die Ärztin geduldig neben ihr. Es meldete sich niemand. Berne zitterte. »Wir versuchen es gleich noch einmal. Und die Polizei. Wir müssen der Polizei sagen, was mit mir passiert ist.«

»Das habe ich längst.« Sie stand auf. »Ich untersuche Sie jetzt. Keine Angst, wir machen das gemeinsam und ganz vorsichtig. Bitte gehen Sie davon aus, dass wir keine Schwangerschaft feststellen werden.« Die Ärztin half Berne aus dem Bett. »Ich möchte Sie nur darauf vorbereiten.« Sie nahm Bernes Hand. »Können Sie sich an Blutungen erinnern? An Schmerzen?«

Berne versuchte, sich hinzustellen. Ihre Beine wackelten, sie spürte kaum den Boden unter ihren Füßen. »Das geht nicht«, flüsterte Berne. »Ich schaffe das nicht.«

Die Ärztin forderte Schwester Jolene auf, einen Rollstuhl zu besorgen. »Hat der Entführer Sie missbraucht?«, fragte sie vorsichtig.

Berne nickte stumm. »Ich möchte nach Hause«, flüsterte sie heiser. »Nur das.«

»Wir müssen Sie untersuchen. Vielleicht können wir …«

»Nein«, sagte Berne bestimmt. »Ich bin schon ein paar Wochen bei dieser Frau. Da ist nichts mehr.« Berne wollte verschwinden. Weg.

Sie rief erneut bei Pius an, das Freizeichen wirkte auf sie wie ein Countdown. Sie legte auf.

Das weiße Rauschen kam und holte sie.

KAPITEL 13

Stille. Es roch nach Gras und Erde.

Titus öffnete die Augen, hob seinen Kopf, blinzelte. Er lag im Graben, die Arme verschränkt, die Beine gegrätscht, es kitzelte ihn. Er stützte sich hoch, reckte seinen Kopf, sah die Straße vor sich liegen. Und seine Steinschleuder? War da. Er setzte sich auf. Durcheinander. Er lebte. Und Bella? Bella würde nun doch nicht sein Grab pflegen müssen. Titus schüttelte sich. Wie ein Hund, dachte er. Wie Pepper. Die Hitze. Die Sonne. Durst.

Er stand auf, schaute sich irritiert um. Vor ihm die schmale kurvige Straße, dahinter nur Felder. Die Hitze flimmerte über dem Asphalt. Titus entdeckte den kleinen Weg. Der Motorradfahrer war dorthin verschwunden, eingebogen, hatte ihm den Nachmittag verdorben, sein Abenteuer ins Nichts katapultiert. Erschossen worden war er. Beinahe. Titus stöhnte. Seine Erleichterung darüber, dass er nicht getroffen worden war, wich der Wut. Er, Sohn des Sheriffs, hatte Huckleberry Finn und Jim im Stich gelassen. Die Straße, das Ufer, der Mississippi. Der Motorradfahrer, ein alter Kopfgeldjäger, der ihnen auf den Fersen war. Titus schnaubte. Huck Finn auf der Flucht, sein Pferd ausgerissen, er sollte gehängt werden, wenn der Kopfgeldjäger erst einmal zur nächsten Stadt ritt und herumerzählte, dass Huck Finn ihm entwischt war, er dafür sein Pferd eingefangen hatte ... Pferde. Pferde waren viel spannender, als mit einem Floß über den Mississippi zu fahren. Titus duckte sich, legte sich flach ins Gras. Er brauchte einen Plan. Wenn sich der Kopfgeldjäger erst einmal seine Belohnung abholen wollte ...

Titus folgte ihm unauffällig bis in die Stadt.

»Ich weiß, wo sich der Bursche versteckt.«

»Das Pferd nützt uns nichts.« Der Sheriff spuckte. Sein Vater. »Wir wollen den Jungen.«

»Da gibt es ein Problem.« Butt lüftete seinen Hut, Hucks Pferd tänzelte nervös neben seinem auf und ab, klebrige Haare glänzten in der Sonne. »Der Junge ist nicht allein.«

Der Sheriff spuckte erneut, sein Speichel tiefbraun, die Hand an seiner Waffe.

Butt nickte, zeigte auf den Boden. »Er hat einen Rechtlosen dabei, brauner als deine Rotze. Er hat einen Mann erschossen, ich hab's mit eigenen Augen gesehen.«

»Das stimmt nicht«, flüsterte Titus. Er presste die Lippen aufeinander. Jim hatte niemanden erschossen.

»Ein Sklave?« Sein Vater zuckte mit den Schultern. »Bring beide her«, forderte er Butt auf. »Und jetzt verlass' meine Stadt. Du bist ein Gauner.«

»Kopfgeldjäger. Wirst schon sehen.« Butt machte kehrt. »Hooooooo«, beruhigte er das unruhige Pferd.

Titus hatte sich versteckt, nervös das Gespräch belauscht. Er musste zurück, noch vor Butt wieder bei Jim und Huck Finn sein. Er gab seinem Pferd die Sporen, nahm eine andere Route, kannte sich aus. Er war der schnellste Reiter weit und breit. Er war der Sohn des Sheriffs, Hucks Freund, er würde ihn warnen. Titus hatte Butt längst eingeholt, lauerte ihm auf. Er musste Butt töten, Hucks Pferd mitnehmen, seine Freunde warnen. Er kaute nervös auf einem Strohhalm, vernahm endlich Hufgeklapper. »Da bist du, Butt«, flüsterte er und brachte sich in Stellung. Er sah Butt auf seinem Pferd herangaloppieren, eine Staubwolke folgte ihm. Titus setzte an, seine Steinschleuder gespannt, die Kugel in Position. Er zog, zog, zog, verengte seine Augen zu schmalen Schlitzen, sein Ziel anvisiert. Er hielt die Luft an, durfte nicht das Pferd treffen, nur Butt. Am besten auf die Stirn. Nur Butt, nur Butt. Titus ließ los. Die Kugel schnellte zwischen den beiden Enden hindurch, schlug wenige Sekunden später ein. Titus wunderte sich: ein ohrenbetäubender Knall. Butt fiel, beide Pferde gingen durch, plötzlich nur noch eins, das zweite Pferd hatte sich in Luft aufgelöst. Butt trug einen Helm, flog durch die Luft, das Motorrad drehte sich, Titus sah einen Handschuh fliegen, das Motorrad prallte auf den Asphalt, überschlug sich, sprang wie ein Gummiball immer weiter und weiter, bis es an ihm vorbeiflog, aufschlug, im Graben hinter einer dichten Hecke zum Liegen kam. Titus starrte auf das große Fahrzeug, das Hinterrad drehte sich. Er öffnete seinen Mund, die Augen weit aufgerissen, beobachtete er, wie das Hinterrad immer langsamer wurde, bis es zum Stehen kam. Stille. Das Motorrad bewegte sich nicht, der Motor aus. Ein Monster. Kein Pferd. Groß. Riesengroß. Titus blieb starr, blinzelte nicht, atmete nicht. Er starrte auf die Maschine, in seinem Kopf wirbelte alles durcheinander. Titus hielt inne, wie betäubt wartete er darauf, dass sich das Bild wieder zurückzog, auflöste, verschwand. Aber es blieb. Das Motorrad blieb auch, weit weg vom Mississippi, versteckt hinter einem dichten Busch. Titus schluckte, drehte langsam seinen Kopf. Auf der Straße lagen Teile. Blaue und schwarze von der Verkleidung, Blinker, die Halterung, ein Spiegel, verteilt wie nach einer Explosion. Titus bewegte sich, krabbelte aus dem Graben, lief in kleinen Schritten auf die Straße. Ein Trümmerfeld, schwarze Streifen auf dem Asphalt, die Hitze, die Stille, der Tod.

Und dann kam es ihm wie ein Donnerschlag: der Motorradfahrer. Er war nirgendwo zu sehen. Weg. Verschwunden, verschluckt.

Titus starrte in die Ferne, über die Felder, zum Waldrand. Die Hitze. Sie glitzerte in zittrigen Bahnen über dem Mississippi.

Jim und Huck. Tom Sawyer.

Wer waren die schon.

KAPITEL 14

Ruben hatte nicht geschlafen. Die Vorstellung, neben einer Toten zu liegen, hatte ihm die Lust auf Erholung genommen. Er war aufgestanden, im Haus herumgegeistert, hier und da hatte er Gegenstände hochgehoben, umgeräumt, Emmas Vase mitsamt den Blumen vom Tisch gefegt. Genüsslich hatte er zugesehen, wie das Wasser in dünnen Schlangen die Fugen entlanggekrochen war, sie dunkel gefärbt, an Geschwindigkeit verloren hatte, versiegt war.

Er hatte kanadischen Whisky getrunken, Crown Royal, die Beine auf einem Hocker abgelegt und in die Dunkelheit gestarrt. Ruben hatte sich gefühlt, als wäre er Gottes Schoß entsprungen. Dreimal war er ins Schlafzimmer gegangen, hatte Emma auf dem Bett liegen sehen, schlafend, dabei war sie tot.

Sie hatte gelesen, als er nach Hause gekommen war. Ruben war zu ihrem Bett geschlichen, hatte die Katze weggescheucht, die dünne Bettdecke aufgeschlagen.

»Du wirst sterben«, hatte er ihr zugesäuselt. Er hatte sie auf den Bauch gedreht, weil er sich vor ihrer Kugel ekelte. Sie hatte etwas sagen wollen, da hatte er schon ihre Arme verdreht, sich auf sie gesetzt und ihren Kopf in das Kissen gedrückt. Sie hatte kaum eine Chance gehabt, sich überhaupt zu bewegen, und Ruben hatte sich gewundert, dass es ihm weniger um den Akt als um das Ergebnis ging. Es hatte nicht lange gedauert. Schlaff und still. Tot.

Ruben hatte sie zugedeckt, sich geschüttelt. Ihn ekelte die Vorstellung, dass der Fötus im Bauch noch lebte. Er stellte sich den ungeborenen Balg als einen Alien vor. Formaldehyd. Vielleicht sollte er den Fötus herausholen und an Damien Hirst verkaufen. Ruben hatte geschmunzelt. Er fand sich widerwärtig. Ihn machte es nervös, keine Gewissheit zu haben, ob das Alienbaby noch lebte oder nicht. Er konzentrierte sich auf seinen medizinischen Verstand. Mutter tot, Fötus tot.

Er trank noch mehr Whisky, holte sich Tiefkühlpizza, während sie backte, riss er eine Basilikumpflanze aus dem Topf, verteilte die Erde auf dem Küchenboden. Er ließ Postkarten, Terminzettel, ein Rezept und sämtliche Magnetbuchstaben auf den Boden fallen. Die Kühlschranktür freigelegt, bekam er Sicht auf die Kratzer, die sie einst durch den Umzug abbekommen hatte. Er holte sich den Messerblock, setzte sich auf seinen Sessel, begann, jedes einzelne Messer herauszuziehen und zu betrachten. Er sortierte sie der Größe nach in seinem Schoß, schleuderte das kleinste gegen die Wand. Es prallte ab, fiel krachend, klirrend auf den Boden. Er ärgerte sich. Der Reihe nach warf er die Messer gegen das große Metropolis-Poster. Sie verstümmelten die Augen und Wangen, die roten Lippen und den Hals des wunderschönen Gynoiden. »Fritz Lang«, lachte Ruben, »ich hätte da jemanden für dich. Auch heute steigt man nicht auf, daran hat sich in den 91 Jahren nichts geändert. Isa kannst du Joh Fredersen schenken, er wird sie schon der richtigen Klasse zuteilen. Man sieht es ihr an, man riecht es, man hört es, man fühlt es, man weiß es. Isa wollte aufsteigen, verstehst du?« Er gestikulierte mit seinen Händen. »Wollte in die Oberschicht und dachte, das geht einfach. Dachte, das wäre kein Problem.« Ruben lallte. »Isa dachte, sie kann sich hochkaufen in die ›Ewigen Gärten‹. Was für eine dumme alte Schlampe. Unter uns, Fritz, ich habe vorhin meinen Sohn getötet.« Ruben leckte sich die Lippen. »Und du? Du und mein Sohn, ihr habt was gemeinsam, ihr Scheißarchitektenkinder.« Er stellte sein leeres Whiskyglas ab. »Metropolis war ein Scheißfilm«, schimpfte er. Er versuchte aufzustehen, schaffte es nicht. Irgendwann fielen ihm die Augen zu. Die Pizza verbrannte im Ofen.

Er war wie vom Donner gerührt, als um halb neun in der Früh sein Handy klingelte. Sein Kopf dröhnte, seine Zunge war pelzig, seine Lippen verkrustet. Er hob ab.

»Sind Sie krank? Wo bleiben Sie denn?« Die Stationssekretärin wirkte ungehalten. »Hier warten alle auf Sie.«

Ruben ignorierte das Schlachtfeld, stapfte über Erde und Zettel, suchte Emmas Autoschlüssel, dann fiel es ihm ein. Er hatte Emma getötet. Ruben grunzte. Ein letzter Blick, Emma sah tot aus, wirklich tot, es erleichterte ihn. Er würde nur kurz ins Krankenhaus fahren, wollte Medikamente und Verbände holen. Isa. »Die auch noch«, stöhnte Ruben. Er würde sich beeilen.

Im Krankenhaus zog er sich seinen Kittel über, setzte sich an den Schreibtisch. Es klopfte an der Tür, und als er Junia hereinkommen sah, hätte er am liebsten laut gelacht.

»Was willst du denn hier?«, fragte er belustigt. »Scheiße noch mal, dich will hier keiner sehen.«

»Weißt du, wo Thies ist?«, fragte sie.

»Woher sollte ich? Thies arbeitet, oder nicht?«

Junia schüttelte den Kopf. Sie sah schlecht aus, blass und besorgt. »Thies ist nach Wiesbaden gefahren, um Isa die Scheidungspapiere unterschreiben zu lassen. Er hat sich komisch verhalten, sonderbar, er war anders als sonst. Er ist losgefahren, ohne sich zu verabschieden und hat angekündigt, in Wiesbaden zu übernachten.«

»Na und?« Er wandte sich von ihr ab, drehte sich zurück zum Bildschirm.

»Er ist wie vom Erdboden verschluckt.«

»Ist er seitdem nicht wieder zurückgekommen?«

Junia schüttelte unglücklich den Kopf.

»Und hast du es auf seinem Handy versucht?«, hakte er nach.

»Es ist ausgeschaltet, es meldet sich nur seine Mailbox.«

»Und hast du es orten lassen?« Auf die Idee war Ruben auf dem Weg ins Krankenhaus gekommen, er hatte nur noch keine Zeit gehabt.

»Was? Nein! Natürlich nicht. Aber vielleicht kannst du Isa anrufen? Sie fragen, wann Thies wieder nach Hause gefahren ist?«

Er dachte an Isa. Ob sie noch lebte? Ihr Telefon hatte er bei sich. »Isa hat kein Telefon«, behauptete er. »Aber ich könnte bei ihr vorbeifahren, sie besuchen. Das hatte ich sowieso demnächst vor.«

»Demnächst? Demnächst ist noch lange hin.«

Ruben stöhnte, am liebsten hätte er Junia geschlagen, gequält, getötet. Es kitzelte ihn. »Ich weiß es nicht, Junia. Ich habe keine Ahnung. Weißt du, Isa ist eine hinterhältige Schlampe. Vielleicht hat sie ihn umgebracht. Aus Habgier und Hass. Vielleicht liegt er auch in ihrem Bett und lässt sich seine Eier kraulen. Vielleicht schlägt er sie gerade, während er sie in den Arsch fickt.«

»Hör auf damit!«, befahl Junia. »Warum sagst du das?«

»Weil ich dich nicht mag. Weil du alles sehr kompliziert gemacht hast, und weil du am Ende schuld bist, wenn Thies durchdreht. Weil du an allem schuld bist.«

»Was redest du da, Ruben?«

Er drehte sich erneut zu ihr um, legte seine fleischigen Hände in den Schoß. »Thies war glücklich ohne dich. Wir alle waren das. Unsere Freundschaft war sehr eng, verstehst du?«

»Und ich bin schuld daran, dass sich eure Freundschaft verändert hat? Möchtest du mir das sagen?«

»Schlimmer noch, Junia. Viel schlimmer. Du bringst Thies in eine schwierige Lage. Es geht ihm nicht gut. Und wenn es Thies nicht gut geht, dreht er durch.« Es amüsierte ihn, Junia zu beobachten. Belustigt stellte er fest, dass sich in ihren Augen Abscheu zusammenbraute. Sie hasste ihn wirklich. Er versuchte, nicht zu grinsen.

»Was möchtest du mir sagen, Ruben? Rede so, dass ich es verstehe. Im Übrigen ist der Zeitpunkt besonders ungünstig. Und weißt du noch etwas?« Junia hatte ihren Kopf gehoben. »Ich mag dich genauso wenig, wie du mich magst. Von Beginn an. Dein überheblicher Hochmut, deine gespielte Dekadenz, deine widerliche Genugtuung, wenn du referierst. Ich verstehe nicht, was ihm an dir liegt, aber ich habe dich heimlich Zwerg getauft, damit ich deine selbstgefällige Anwesenheit überhaupt ertragen kann.«

Ruben beschloss in diesem Moment, Junia zu töten. Sie gehörte zu den Menschen, die er am meisten verabscheute. Wenn Isa schon auf der Liste stand, sollte Junia nicht fehlen. Er lächelte zufrieden. »Möchtest du wissen, wie ich dich finde?«, fragte er.

»Geht es dir dann besser?«

»Snobistisch. Du bist aufgeblasen, du bist arrogant, hoffärtig, anmaßend, elitär. Du bist eine tasmanische Teufelin. Eine lächerliche Emanze.«

»Dann sind wir uns ja einig. Ich muss dich nie wiedersehen. Aber jetzt muss ich Thies finden, nur das zählt.«

»Finde ihn ohne mich.«

Junia ging, ließ die Tür offen. Ruben schaute ihr angewidert hinterher.

Er stand auf, besorgte Verbandsmaterial und Medikamente, schnauzte eine Schwester an, die im Weg stand. Er lachte. Es war so weit. Er kostete jede Minute aus.

Er fuhr einkaufen, anschließend zum Parkplatz, lief von dort fast 20 Minuten durch die pralle Sonne zum Glashaus. Gestrüpp und sich rangelnde Pflanzen hatten den Weg zugewuchert. Er fluchte, es strengte ihn an, er schwitzte und stank.

Endlich stand er vor dem Bunker hinter dem Haus, sehnte die dunkle Kälte herbei. Schweiß tropfte von seiner Stirn, lief die Schläfen entlang. Er wühlte in seiner Tasche, dann fluchte er. Den Schlüssel zum Bunker hatte er in Emmas Auto liegen lassen. »Was für eine Scheiße«, brüllte er. »Was für eine verdammte Hurensohnscheiße, Isa, ich bringe dich um, darauf kannst du dich verlassen. Ich bringe dich um!« Er hämmerte mit beiden Fäusten gegen den Eingang. »Ich lasse dich hier verrecken! Ich komme nicht noch einmal zurück, du kannst mich mal, ich bin doch nicht bescheuert«, schrie er.

Er sehnte sich nach einer kalten Dusche, beschloss, nichts zu riskieren. Im Glashaus würde ihn jeder finden.

Er machte sich auf den Weg zurück zum Auto, holte den Schlüssel. Dann kam ihm ein Gedanke, der ihn beflügelte, den Rest des Weges erträglicher machte. Ruben lächelte.

Was für ein Glück. Das Ende, der Tod.

Er beschloss, Junia eine Nachricht zu schreiben.

KAPITEL 15

Ann lachte. Im Bewusstsein darüber, dass es sich nicht gehörte. Sie lachte trotzdem, vor allem, weil sie sich freute.

Sie hatte Schwierigkeiten, die Knöpfe ihrer Jacke zu schließen, ihre Fingerspitzen waren schlecht durchblutet, kalt, sie zitterten. Mit kindlicher Selbstverständlichkeit drehte sie sich zur Polizistin um, stand da, die Arme weit von sich gestreckt, glücklich. Zu Anns Bedauern wandte sich die Polizistin ab, statt ihr zu helfen.

»Ziehen Sie Ihren Gürtel und Ihre Schuhe aus«, forderte die Polizistin sie auf.

»Da muss ich jetzt rein?«, fragte Ann entsetzt. »Ohne was zu essen?«

»Ich kann Ihnen etwas zu trinken bringen, wenn Sie Durst haben.«

»Ja, das wäre toll«, sagte Ann und nickte.

»Wir nehmen gleich Ihre Fingerabdrücke.« Die Polizistin forderte Ann auf, die Zelle zu betreten. »Dazu holen wir Sie.«

»Wir sind auf dem ersten Revier, oder?«, fragte Ann vorsichtig. »Wie lange bleibe ich hier? Was passiert mit mir?«

»Sie sind vorläufig festgenommen. Wir werden gleich Ihre Personalien aufnehmen, Sie erkennungsdienstlich behandeln, befragen. Morgen werden Sie dem Haftrichter vorgeführt, das war's.«

»Das war's?« Ann räusperte sich. »Das war's? Was soll das heißen? Bekomme ich gar nichts zu essen? Gar nichts?«

»Wir können Ihnen morgen früh ein Brötchen besorgen.«

»Und kann ich telefonieren?«

Die Polizistin schüttelte geduldig den Kopf. »Ich komme Sie gleich holen, es dauert noch einen Moment.«

Ann hörte die schwere Tür. Zu. Der gekachelte Raum steril, weiß, ganz und gar nicht einladend, grelles Licht. Ann entdeckte eine Kamera, weit oben an der Decke befestigt, eine Ausbuchtung diente als Bett und Sitzgelegenheit. Ann holte tief Luft. »Das war's«, flüsterte sie. »Das war's.«

Sie rieb sich ihre Handgelenke. Das Gefühl der Handschellen hatte sich wie ein Phantom auf ihre Haut gelegt. Ann versuchte klar zu denken, hatte Schwierigkeiten zu begreifen, was passiert war und wann es passiert war, und wie viel sie davon tatsächlich erlebt hatte. Am meisten machte sie sich Sorgen um Berne. Berne hatte sie im Stich gelassen, deswegen war sie überhaupt aus dem Haus gegangen. Wenn Berne eine echte Freundin gewesen wäre, hätte sie sich keine neue suchen müssen, und dann wäre sie erst recht nicht ins Gastwerk Degenhardt gegangen, und dem Aal wäre sie auch nicht begegnet. Es schauderte sie. Die Erinnerung an den Moment, in dem sie zugestochen hatte, verursachte ihr Würgereiz. Sie dachte an das viele Blut. Warum hatte es davon so viel gegeben? Sie hatte dem Aal nur in den Bauch gestochen. Nur in den Bauch. Ann schüttelte den Kopf. Warum eigentlich? Die Antwort darauf saß fest. Ann konnte sie sehen, sie lauerte da. Eine zaghafte Bewegung auf sie zu, und die Antwort trollte sich, rutschte förmlich von ihr weg, entfernte sich, je vehementer sie versuchte, an sie heranzukommen. Dichter, zäher Schleim, golden, geheimnisvoll, in den Untiefen ihrer Seele, der Aal so schwarz, das dicke rote Blut mischte sich darunter. Ann wäre das Bild gern losgeworden.

Und Berne? War Berne zur Polizei gegangen oder nach Hause? Ann wollte auch nach Hause. Zu Rainer. Wäre sie doch nie fortgegangen. Hätte sie in der Nacht doch beschlossen, wieder umzukehren.

Bestimmt hätte Rainer sie ins Bett gelegt, zugedeckt, ihr einen Tee gemacht. Ann mochte keinen Tee. Sie schüttelte den Kopf. Dann eben einen heißen Kakao. Rainer hätte sie behutsam gestreichelt, sie auf die Schläfe geküsst, ihr erklärt, dass das Baby gerade eingeschlafen wäre. »Soll ich uns etwas kochen?« Ann würde dankend zustimmen. »Und wollen wir uns einen Film ansehen? Mit Popcorn?«

Im Zimmer würde der Aal erscheinen, sich an den Türrahmen lehnen. »Wo soll denn das viele Blut hin?«, würde der Aal vorwurfsvoll fragen. »Du hast meine Bauchaorta getroffen. Schande über dich.«

»Er darf mein Baby nicht sehen.«

Rainer würde sie festhalten. »Schschscht. Schlaf, Ann, schlaf.«

Ann erschrak. Ihre Wange hatte sich an den kalten Boden gedrückt. Kein Bett und kein Baby. Kein Rainer. Aber den Aal gab es. Den gab es. Ann nickte, schloss die Augen, fühlte Rainer, der sie beruhigte.

Der Aal räusperte sich. »Wo soll denn das viele Blut hin?«, fragte er erneut.

»Geh weg«, flüsterte Ann. »Geh weg.«

KAPITEL 16

Leen wartete auf eine Antwort, beobachtete genau Kattas feine Fältchen. »Und?« Leen fächerte sich Luft zu, es war heiß, trotz des vorangeschrittenen Abends.

Katta lächelte. »Lass mich hier, ich warte auf dich.«

»Nein«, widersprach Leen. »Ob du dir vorstellen kannst, den Oleander zu kürzen? Auf zehn Zentimeter?«, fragte sie. »Dann können wir die Stecklinge pflanzen.«

Katta runzelte die Stirn. »Das machen wir doch jedes Jahr so. Warum brauchst du dafür mein Einverständnis?«

»Es ist Arbeit.«

»Die haben wir immer.« Katta planschte mit ihren Füßen. »Du solltest auch ein Fußbad nehmen.«

Leen seufzte still.

»Warum warst du den ganzen Tag zu Hause? Haben wir Wochenende?«

Leen zuckte mit den Schultern. »Ich habe meinen Kampfgeist verloren.«

»Das liegt nur an der Hitze.«

Leen schüttelte den Kopf. »Ich überlege aufzuhören.«

»Du bist noch viel zu jung. Deine besten Jahre kommen noch. Man hört auf, wenn man seinen schwierigsten Fall gewonnen hat.«

»Und wenn ich nicht mehr will? Wenn ich so sein möchte wie du?«

»Wie bin ich denn?« Katta hob ihre Augenbrauen. »Vergesslich?«

»Du bist alt. Du verbringst deine Tage in Ruhe. Ich sehne mich auch danach.«

»Nach Ruhe oder nach dem Alter?«

»Nach beidem. Ich bin müde.« Sie trocknete Kattas Füße ab. »Komm, gehen wir raus.«

Leen bereitete Milch mit Pfefferminzsirup zu. Sie hatte das Gefühl, dass nicht Katta, sondern sie selbst im Sterben lag. Sie wollte die Kanzlei schließen, hatte alle neuen Anfragen abgelehnt. Nächste Woche hatte sie ihren Termin zur Untersuchung. Katta hatte sie nichts davon erzählt. Am Ende würde sie gemeinsam mit Katta gehen.

»Hör auf, so melancholisch zu sein«, schimpfte Katta. »Wirst schon nicht sterben.«

»Wieso glaubst du, dass ich glaube, dass ich sterben werde?«

»Du tust so. Schau dich an. Du siehst aus, als wolltest du Abschied nehmen, dabei bist du jung und stark. Wir bauen ein Schwimmbad, was meinst du?« Katta zeigte auf die große Wiese, die sich vor ihnen durch den gesamten Park erstreckte. »Ich habe das vor Jahren schon vorgeschlagen.«

»Wenn wir dort ein Loch graben, finden wir Knochen.«

»Von Niem. Wer weiß, wen dein Vater dort noch begraben hat.«

»Meine Mutter und meine Schwester.«

»Wie kannst du so sarkastisch sein? Ich habe deinen Vater geliebt. Es tut mir leid, dass er die beiden verloren hat.«

»Warum habt ihr kein gemeinsames Kind bekommen?«

»Ein Kind hätte nicht gepasst.«

»Aber du hast dich um mich gekümmert. Du warst wie eine Mutter.«

»Das ist etwas anderes.«

Leen nickte stumm.

»Dein Vater ist nie über den Tod deiner Schwester und deiner Mutter hinweggekommen, und ich wollte niemandem erklären müssen, dass ich keine eigenen Kinder will. Wir haben geschwiegen, jeder hatte seine persönlichen Gründe, und es hat gepasst.« Katta lächelte.

»Ich habe vielleicht Brustkrebs«, erklärte Leen.

Katta wirkte wenig überrascht. »Deswegen willst du sterben?«

»Nein«, widersprach Leen. »Nicht ›deswegen will ich sterben‹«, motzte sie. »Ich bin müde und ausgebrannt. Ich brauche eine Pause, und ja, vielleicht werde ich sterben.«

»Du spinnst vielleicht.« Katta stand auf, wanderte mit nackten Füßen über die Wiese, summte. »Hier könnten wir demnächst schwimmen«, schwärmte sie. »Das wäre doch herrlich.« Sie breitete ihre Arme aus und drehte sich um ihre eigene Achse.

»Heute Mittag wurde jemand erstochen, hier in Wiesbaden«, rief Leen. »Von einer Frau. Das Opfer war sofort tot. Ein Mann.«

»Hier bei uns? Schade für ihn«, lachte Katta und hüpfte.

»Ja, tanz du nur, du glückliche alte Frau«, murmelte Leen. Sie stand auf, stellte ihr leeres Glas auf den Boden neben die Bank. »Ich soll den Fall übernehmen.«

»Und wirst du?«

»Und werde ich?« Leen stellte sich neben Katta auf die Wiese, verschränkte ihre Arme. »Weißt du, wer mich vorhin angerufen hat?«

Katta hörte auf zu tanzen.

»Theodor Stein.«

Kattas Blick. Leen sah Abscheu, Verletzlichkeit, Entschlossenheit.

Kattas Augen verengten sich. »Der Theodor Stein?«, fragte sie. Alle Leichtigkeit dahin.

»Genau der«, bestätigte sie.

»Was hat er mit der Sache zu tun?«

»Er kannte die Frau persönlich. Er hat mich gebeten, den Fall zu übernehmen.«

»Wie kann er es wagen«, flüsterte Katta.

»Wir sind erwachsen. Es sind viele Jahre ins Land gegangen.«

»Also wirst du den Fall übernehmen?«

Leen antwortete nicht.

Da war sie wieder, die Vorahnung, die Gewissheit. Plötzlich hatte sie Angst, dass es Zeit war. Zeit für ihren besten Fall, um danach an Brustkrebs zu sterben. Sie seufzte. Es war keineswegs der Gedanke an Kattas Tod, der diese Melancholie seit ein paar Tagen in ihr reifen ließ. Es war vielmehr der Gedanke an ihren eigenen.

Leen schluckte schwer.

KAPITEL 17

»Sir Francis Galton«, stellte Ann fest, »Sir Francis Galton haben Sie zu verdanken, dass sich meine Fingerabdrücke nun zu den anderen 2,5 Millionen gesellen.« Ann blinzelte. 2,5 Millionen. Das war alles besser, als allein zu sein. »Wird jemand mit mir zusammenwohnen? Also werde ich jemanden haben, mit dem ich mich unterhalten kann?« Sie lachte schrill.

Die Polizistin hatte ein kleines Gerät an den Rand des Tisches geschoben. Eine Art Kasten, mittig mit einer leuchtend grünen Fläche, gerade so groß, dass Anns Finger nebeneinander Platz hatten.

»Jetzt den Daumen«, bat die Polizistin.

»Werde ich?«, fragte Ann neugierig.

Die Polizistin räusperte sich. »Wir nehmen Ihre Fingerabdrücke, dann machen wir ein Foto. Außerdem nehmen wir eine DNA-Probe.« Sie schüttelte den Kopf. »Sie kommen in Untersuchungshaft«, sagte sie bestimmt. »Vorausgesetzt der Richter erlässt auf Antrag der Staatsanwaltschaft einen Haftbefehl gegen Sie.«

»Allein?« Sie zuckte mit den Schultern. »Wir werden sehen. Aber wenn, dann ist es eine Frau, oder? Ich werde mir doch mit einer Frau zusammen ein Zimmer teilen?« Sie wackelte mit ihrem Kopf hin und her. »Eine Zelle?«

»Jetzt die linke Hand«, bat die Polizistin.

Ann gehorchte. »Wie heißen Sie?«, fragte sie die Polizistin, und ohne auf eine Antwort zu warten, entschied sie, dass die Frau Stefanie hieß. Warum nicht. Es gab viele Frauen, die Stefanie hießen. Für Ann hatten Stefanies lange braune Haare und aßen ein Brötchen mit zu viel Butter und Leberwurst. Wie ihre Grundschulfreundin. Ann hatte, wenn überhaupt, nur labbriges Toastbrot mit Honig dabei, keine Butter, und dann waren da noch die schrumpeligen Äpfel, deren Haut sich schon vom Fruchtfleisch gelöst hatte. Ann hatte sich vorgestellt, dass sie an der Haut ziehen und sich darunter eine goldene Kugel zeigen würde. Mit ihr würde sie dann Frau Holle besuchen, und Frau Holle würde sie aus ihrem traurigen Leben befreien.

Ann schüttelte den Kopf. Es war ihr zuwider. Ihr einsames Leben war ihr zuwider. Eigentlich, beschloss Ann, war sie Aschenputtel. Nur nicht so schön und ohne ein glückliches Ende. Alles war vorbei, dachte sie still. Alles. Der enorme Druck, jemand möge eine Torte bestellen, hatte sich in Luft aufgelöst. Genauso wie die Angst, Rainer könnte sie irgendwann aufsuchen und ihr erklären, dass er längst damit gerechnet hätte. Rainer, der plötzlich dastand und ihr versichern würde, dass er das alles hätte voraussagen können. Wenn sie nur auf ihn gehört hätte.

»Diese lächerlichen Ideen und albernen Beweggründe«, würde er kopfschüttelnd nuscheln und abwertend warten, dass sie endlich ins Auto stieg und ihren dicken Körper in den Sitz plumpsen ließ. »Abgehauen nach Wiesbaden. Das ist lächerlich. Du bist lächerlich.«

Auch das würde es nicht mehr geben. Es würde nicht mehr dazu kommen, dass sie mit Rainer im Auto saß. Dieses enge Auto und der Geruch des neuen Leders, seine Hände mit den frisch geschnittenen Nägeln. Er hatte immer tief Luft geholt, als müsse er sich nun einer Tortur hingeben, und dann mit der Befragung begonnen:

»Wie heißt der älteste Baum der Welt?«

Ann hatte immer hektisch überlegt, es hatte sie nervös gemacht. »Alt Tjikko?«

»Ist das eine Frage?«

»Alt Tjikko.«

»Richtig. Und was ist das für ein Baum?«

»Eine Buche?«

»Falsch! Es ist eine Fichte, und sie steht in …?«

»In Schweden?«

»Wo in Schweden?«

Am liebsten hätte sie gesagt, dass sie das nicht will. Dieses Abfragen. Aber sie hatte immer Angst, dass Rainer dann noch weniger mit ihr anfangen konnte als sowieso schon.

»Kommen Sie aus Wiesbaden?«, fragte Ann die Polizistin.

»Schweigen Sie!«

Ann zuckte zusammen, gehorchte enttäuscht.

»Ich werde Sie durchsuchen, anschließend werden wir Ihnen ein paar Fragen stellen.«

»Sie haben mich doch schon durchsucht.«

»Direkt nach Ihrer Festnahme, ja.«

»Vorläufigen Festnahme«, betonte Ann. »Und jetzt noch ein weiteres Mal? Glauben Sie, ich habe noch etwas versteckt? Vielleicht ein paar Goldkugeln?« Ann kicherte.

Die Polizistin ignorierte Anns Bemerkung. »Öffnen Sie Ihren Mund.« Mit einem langen Wattestäbchen nahm sie einen Abstrich. »Noch ein Foto, dann sind wir fertig.«

»War das die erkennungsdienstliche …«

»Lassen Sie das!«, befahl die Polizistin scharf. »Sie sprechen, wenn ich Sie etwas frage, sonst nicht.«

Ann presste belustigt die Lippen aufeinander.

Die Polizistin machte eine einladende Geste zur Wand. »Bitte!«, forderte sie Ann auf und wartete mit einem Fotoapparat in der Hand, bis Ann sich positioniert hatte. »Ein Foto.«

»Sie hätten mich vorher durchsuchen sollen. Erst haben Sie meine Fingerabdrücke genommen, dann haben Sie verlangt, dass ich meine Schuhe ausziehe. Erst jetzt haben Sie mich durchsucht. Das ist die falsche Reihenfolge, finden Sie nicht? Außerdem haben Sie mich nicht belehrt. Was, wenn ich Sie längst …«

Die Polizistin seufzte. »Setzen Sie sich.«

»Darf ich das Foto sehen?«

Die Polizistin lachte laut. Auf Ann wirkte das Lachen unecht, hilflos, verzweifelt. Ann nahm sich vor, nichts mehr zu sagen, was sie nicht gefragt wurde. Sie wollte die Polizistin nicht verärgern. Dann überlegte sie es sich anders. Sie beschloss, ihr etwas Nettes zu sagen, ein Kompliment zu machen. »Ich finde Sie hübsch!«, sagte Ann freundlich.

»Wenn man etwas meldet, dauert es eine Weile, bis es im System erfasst ist«, erklärte die Polizistin. »Das entschuldigt, warum Sie noch als vermisst gelten. Aber …«, sie machte eine anerkennende Geste, »jetzt sind Sie hier und Sie haben angegeben, sich schon vor ein paar Tagen zurückgemeldet zu haben. Wie kam es denn überhaupt dazu, dass Sie als vermisst registriert sind?« Die Polizistin lächelte jetzt.

Ann rutschte auf ihrem Stuhl hin und her. »Ich bin verheiratet. Es war ganz einfach zu verschwinden, also hab ich's getan.«

»Einfach getan?«, fragte die Polizistin. »Aber welchen Grund hatten Sie dazu?«

»Hat das denn irgendwas mit der Sache hier zu tun?«

Die Polizistin antwortete nur knapp. »Warum sind Sie als vermisst gemeldet?«

»Nicht mehr!« Ann hob ihren Zeigefinger. »Nicht mehr!«, betonte sie. »Ich bin ja wieder da, und am liebsten wäre mir, Rainer würde es gar nicht erfahren.«

»Rainer ist Ihr Ehemann?«

Ann nickte. »Wir waren in Sulzberg und haben dort in einem Hotel unseren Urlaub verbracht. Ich finde, Rainer ist schwierig. Ich bin nicht gern mit ihm zusammen. Auch nicht im Urlaub. Rainer nimmt mich nicht ernst. Eigentlich nimmt er nur sich selbst ernst.«

»Seit wann sind Sie mit ihm verheiratet?« Die Polizistin machte sich Notizen.

»Ein paar Jahre schon.« Ann fuhr sich mit ihrer Hand durch das kurze Haar. »Ich habe mir meine Haare erst vor Kurzem abgeschnitten. Er würde mich gar nicht mehr erkennen.« Sie lachte erleichtert. »Es ist ihm egal, wie ich aussehe.«

»Und in Sulzberg haben Sie Urlaub gemacht? Wann war das?«

»Irgendwann im Winter letztes Jahr. Es hat Schnee gelegen«, sagte Ann. »Ich bin dann weg. Nach einer Mountainbike-Tour. Ich konnte nicht mehr zurück zu Rainer.«

»Und sich einfach von Ihrem Mann zu trennen war keine Option?«

Ann zuckte mit den Schultern. »Es wäre ihm egal gewesen.«

Die Polizistin starrte irritiert auf ihre Notizen. »Hatten Sie das geplant?«

Ann schüttelte den Kopf. »Ich habe mich versteckt. Ein paar Tage habe ich in den Katakomben des Hotels verbracht, da hat mich niemand gesucht und niemand gefunden. Und dann bin ich los. In der Nacht, mit einer Decke, es war eisig kalt. Ich habe sogar eine falsche Fährte gelegt. Ich wollte, dass Rainer denkt, dass mir etwas zugestoßen ist.«

»Und weiter? Wo sind Sie dann untergekommen?«

»Ich bin mit dem Zug nach Wiesbaden gefahren.«

»Warum ausgerechnet Wiesbaden?«

»Es gab keinen besonderen Grund.«

»Sie haben Wiesbaden einfach nur so gewählt? Ohne jemanden hier zu kennen?«

Ann runzelte die Stirn. »Ist das ungewöhnlich?«

Die Polizistin schüttelte den Kopf. »Und dann? Wo haben Sie sich versteckt? Wovon haben Sie gelebt?«

»Rainer hat sehr viel Geld. Ich habe mir davon etwas mitgenommen, über Jahre kleinere und größere Beträge vom Konto abgehoben und in einer Tasche aufbewahrt. Bargeld.«

»Also hatten Sie Ihr Verschwinden doch geplant?«

»Nicht unmittelbar. Also, ich hatte nicht unbedingt vor, in dieser bestimmten Nacht abzuhauen. Irgendwann vielleicht, aber es gab noch keinen festen Plan.«

»Und das Geld haben Sie trotzdem mit in Ihren Urlaub genommen?«

»Ja. Vielleicht habe ich einfach gespürt, dass es nun so weit ist. Die Gelegenheit war günstig. Ich habe mir das nicht vorgenommen. Ich habe es einfach gemacht.«

»Gab es einen Auslöser?«

Ann schüttelte den Kopf. Sie hatte ein schlechtes Gewissen, dachte an Junia. »Vielleicht schon«, gab sie leise zu bedenken. »Ich habe mich mit einer netten Frau unterhalten. Sie hat mich ermutigt, endlich als Konditorin zu arbeiten. Mein Mann hat das nie unterstützt. Alles, was ich wollte, fand er dumm. Die Frau hat mir gesagt, dass es ganz und gar nicht dumm ist.« Ann blinzelte. »Sie hat gesagt, dass ich abhauen soll.«

»Und das haben Sie einfach getan?« Die Polizistin schüttelte verständnislos den Kopf. »Nach Wiesbaden also. Und hier? Wo sind Sie hier untergekommen?«

»Ich habe ein Appartement gemietet.«

»Und Ihren Mann weiter in dem Glauben gelassen, Ihnen sei etwas zugestoßen?«

Ann zuckte mit den Schultern. »Das war richtig so, glauben Sie mir.«

»Was haben Sie in Wiesbaden gemacht?«

»Wie meinen Sie das?«

»Wovon haben Sie gelebt? Wie haben Sie das Appartement bezahlt?«

»Das sagte ich doch. Ich habe sehr viel Bargeld. Ich habe sparsam gelebt. Und ich habe Torten gebacken. Damit habe ich mein Geld verdient.«

»Ohne sich ausweisen zu können? Wie konnten Sie sich ummelden? Ihr Gewerbe anmelden oder Rechnungen schreiben?«

»Gar nicht.« Ann schämte sich plötzlich. »Ich habe das Appartement bar bezahlt.«

»Und Ihr Gewerbe?«

Ann schüttelte den Kopf. »Ich habe sehr viel gebacken. Ich habe eine Internetseite betrieben, aber es hat niemand etwas bestellt.« Ann blinzelte. »Eigentlich habe ich damit kein Geld verdient. Es wollte nicht funktionieren. Vielleicht hatte Rainer doch recht.«

»Und für die Internetseite … Was haben Sie als Impressum angegeben? Sie müssen sich doch irgendwie …«

Ann winkte ab. »Elenor Moos. Ich habe die Adresse von der Wohnung angegeben, in der ich tatsächlich gewohnt habe. Was soll's. Es hat sowieso nicht funktioniert.«

»Kommen wir zu dem Vorfall heute Mittag. Warum waren Sie im Gastwerk Degenhardt?«

»Ich wollte mich dort mit einer Freundin treffen.«

»Und stattdessen kommt dieser Mann zur Tür herein?«

Ann schüttelte irritiert den Kopf. »Nein«, sagte sie barsch. »Meine Freundin hat mich nicht im Stich gelassen. Sie war pünktlich zu unserer Verabredung da.«

»Und dann?«

»Wir saßen erst wenige Minuten zusammen am Tisch, als ich den Aal hereinkommen sah.«

»Das heißt, Sie kennen den Mann, den Sie niedergestochen haben?«

»Allerdings.« Ann schluckte. »Können wir das weglassen?«

»Nein, das ist der Moment, die ganze Wahrheit zu sagen, nichts wegzulassen oder hinzuzufügen. Also, bitte fahren Sie fort. Sie nennen den Mann ›Aal‹. Woher kennen Sie ihn?«

Ann verschränkte ihre Arme. »Nein!«, erklärte sie bestimmt.

Die Polizistin seufzte ungeduldig. »Sie werden morgen dem Haftrichter vorgeführt. Es nützt Ihnen gar nichts, den Mund zu halten und einfach zu schweigen. Das ist eher zu Ihrem Nachteil.«

Ann presste die Lippen aufeinander.

»Wenn Sie sich kooperativ verhalten, wäre es dem Strafmaß sehr zuträglich.«

Ann faltete trotzig ihre Hände. »Ich will aber nicht.«

»Das ist ein Fehler«, stellte die Polizistin fest. Sie forderte Ann mit einer Geste auf, sich zu erheben. »Ich bringe Sie jetzt zurück. Vorher müssen Sie hier unterschreiben.«

»Bekomme ich etwas zu essen?«

»Nein«, erklärte die Polizistin gelassen. »Hier unterschreiben.«

»Weil ich Ihnen nichts sage? Bestrafen Sie mich?«

Die Polizistin schüttelte den Kopf. »Wir sind kein Hotel. Auch wenn Sie jetzt kooperativ gewesen wären, hätten Sie nichts zu essen bekommen. Das ist hier so. Vielleicht morgen früh, bevor Sie dem Haftrichter vorgeführt werden, aber garantieren kann ich nichts.«

»Schlimm«, stellte Ann fest. »Das ist schlimm.«

»Nein, schlimm ist, dass Sie jemanden erstochen haben.«

Ann hätte der Polizistin gern erklärt, dass ihr nichts anderes übrig geblieben war, aber sie beschloss, es für sich zu behalten.

KAPITEL 18

Leen lag im Bett, Arme und Beine weit von sich gestreckt.

»Leen Roger? Hier spricht Theodor Stein. Ich benötige Ihre Hilfe.«

Sie hatte aufgelegt, im Affekt, hatte das Telefon wie eine heiße Kartoffel zur Seite gelegt und darauf gestarrt. Theodor Stein. Leen hatte versucht, ruhig zu bleiben, sich Papier zurechtgelegt. Sie hatte an ihrem Schreibtisch gesessen und gewartet, die Hände ausgestreckt und flach auf dem weißen Block abgelegt, den Kugelschreiber zwischen Mittel- und Zeigefinger, ihr Rücken kerzengerade, war bis zur Stuhlkante vorgerutscht, ihre Füße hatten exakt auf einer Linie nebeneinandergestanden. Sie hatte ihre Knie aneinandergepresst, es hatte ihr geholfen.

Ihr Telefon hatte erneut geklingelt. Leen hatte ihn vor Augen. Theodor, mit seinem grauen Haar, wild durcheinander, buschige

Augenbrauen. Seine Lippen spröde, seine Augen rot. Vielleicht, weil er geweint hatte. Möglich. Konnte Theodor weinen?

»Ich muss viel weiter vorne beginnen. Der Fall ist kompliziert«, hatte Theodor erklärt. »Nicht einfach kompliziert. Eher anders. Ungewöhnlich. Ich weiß nicht.« Vielleicht schüttelte er in diesem Moment den Kopf, rieb seine Stirn, schob seine buschigen Augenbrauen lieblos mit den Daumen zusammen, strich sie wieder auseinander. Leen war sicher, dass sie nun noch störrischer, außer der Reihe, strohig sein würden. Leen hatte sich vorgestellt, wie er immer weiter ergraute.

»Ann Beck hat im Affekt gehandelt.« Theodor hatte in diesem Moment vermutlich genickt. »Ich glaube nicht, dass sie geplant hatte, diesen Mann umzubringen.«

»Wer ist dieser Mann? Welche Rolle spielt er in Anns Leben?«, hatte Leen gefragt.

Vielleicht hatte Theodor während des Telefonats in seinem Wohnzimmer gesessen, war kraftlos in den Sessel zurückgerutscht, hatte tief Luft geholt. »Ich weiß gar nichts Genaues. Leen, ich kenne Ann noch nicht lange. Das, was sie mir erzählt hat, muss nicht der Wahrheit entsprechen. Ich kann Ihnen wiedergeben, was ich weiß, aber was davon stimmt, kann ich nicht beurteilen.«

»Das müssen Sie auch nicht.«

»Dieser Kongress …« Wahrscheinlich hatte Theodor in diesem Moment mit der Hand ins Leere gefuchtelt. »Sie waren auch dort, haben sich mit meiner Frau unterhalten. Ich bin dort zufällig jemandem begegnet. Einer Frau. Sie behauptete, mich zu kennen. Sie nannte mich Theo.« Sein Gesichtsausdruck angewidert? »Ich habe diese Frau zuvor noch nie gesehen, ich kannte ihren Namen nicht, ihr Gesicht, nichts, was mir irgendeine Erinnerung in den Sinn gebracht hätte.« Den Kopf geschüttelt? »Ich ließ sie stehen.« Möglich, dass er nun aufgeschaut hatte, vielleicht entschuldigend. »Sie beobachtete mich den ganzen Abend über.

Es kam mir sonderbar vor, aber ich beließ es dabei. Ich beließ es dabei«, hatte Theodor wiederholt. »Und dann begegnete ich ihr immer wieder. Sie schlich um mich herum, das spürte ich. Ständig war sie da, irgendwo, und wartete, dass ich aus meiner Klinik kam. Ich bin sicher, dass sie auch zu mir nach Hause fuhr, dort herumwanderte, mich beobachtete. Ich wollte ihr gern auf die Schliche kommen, sie ertappen, aber das war mir unmöglich.« Er hatte unbehaglich geräuspert. »Ich lag wegen einer Meningitis im Krankenhaus, war viele Wochen nicht in der Klinik. Ich hatte diese Frau vergessen, bis Luzifer eines Abends nicht mehr nach Hause kam.«

»Wer ist Luzifer?«, hatte Leen gefragt.

»Unser Kater.«

Leen hatte genickt. Angewidert.

»Ich erhielt einen Anruf. Die Frau gab sich als Finderin aus, und wir vereinbarten einen Treffpunkt zur Übergabe. Als ich sie sah, wusste ich sofort Bescheid. Es war die Frau, die mich verfolgt hatte, und mir war sofort klar, dass sie das alles inszeniert hatte, um mich zu treffen.« Er hatte eine Pause gemacht, geseufzt. »Ich gebe zu, dass ich da schon hätte misstrauisch werden müssen, und tatsächlich war ich das auch. Ich wollte zur Polizei gehen, die Entführung meines Katers zur Anzeige bringen, aber die Frau war so verzweifelt, dass ich mich dagegen entschied.« Wieder eine Pause. »Können wir uns treffen? Das ist einfacher.«

»Nein«, hatte Leen geantwortet, weiter nichts, und Theodor hatte irritiert gegrunzt.

»Nein?«, hatte er nachgefragt.

»Nein.«

»Gut«, etwas verunsichert. »Gut, ich versuche es weiter.« Theodor hatte tief Luft geholt. »Die Frau stellte sich mir als Elenor Moos vor. Sie behauptete, eine Freundin zu haben, die meine Hilfe bräuchte.«

»Inwiefern?«, hatte Leen nachgehakt, sich Notizen gemacht.

»Elenor Moos gab an, eine Freundin zu haben, die vor einem halben Jahr spurlos verschwunden und nun zurückgekehrt sei. Sie behauptete, nicht zu wissen, wo sich ihre Freundin aufgehalten habe und was mit ihr passiert sei. Sie berichtete, dass die Freundin schwer traumatisiert zu Hause auf dem Sofa läge, nicht spreche und fantasiere. Elenor Moos verlangte von mir, dass ich mir ihre Freundin ansehe und sie therapiere, in häuslicher Umgebung. Sie würde die Kosten der Behandlung bar bezahlen.«

»Und darauf haben Sie sich eingelassen?«

»Elenor Moos hat mich belogen. Sie hat mir eine Geschichte aufgetischt, die erfunden und erlogen ist.« Theodors Stimme war energisch geworden, zittrig. »Erst viel später, als ich nachhakte und meine Zweifel äußerte, erzählte mir Elenor Moos, dass ihre wahre Identität eine ganz andere sei. Sie hieße Ann Beck, erklärte sie, und sei als vermisst gemeldet. Sie sei von ihrem Mann abgehauen, weil er sie nicht ausreichend liebe, habe sich in Wiesbaden versteckt. In der Nacht ihres Verschwindens sei sie Zeugin eines Verbrechens geworden. Sie habe im Wald beobachtet, wie ein Mann mit einem Auto zu einer Hütte gefahren wäre und eine bewusstlose Frau hineingebracht hätte.«

Leen hatte geräuschvoll die Luft eingesogen.

»Genau.«

»Soll ich raten?«, hatte sie gefragt.

Theodor hatte sie nicht antworten lassen. »Aus Angst, sie müsse das Verbrechen melden und ihre Identität angeben, ist sie untergetaucht und hat in Wiesbaden ihr Leben als Elenor Moos begonnen.«

»Sicherlich hat sie nicht erkennen können, dass die Frau bewusstlos war. Nichts hat darauf hingewiesen, dass der Vorgang ohne das Einverständnis der Frau geschehen ist. Es war dunkel, der Abstand zum Geschehen etwas zu groß, für Ann Beck wirkte die Szene weder bedrohlich, noch bestand zu diesem Zeitpunkt Lebensgefahr. Es gab keinen Grund …«

»Ann Beck wusste sehr genau, was dort vor sich ging.« Theodor war laut geworden. »Sie hat sehr bewusst gehandelt, sich entschieden, die Frau im Stich zu lassen.«

»Das ist Ihre Ansicht. Ann Beck sieht das sicher anders.«

»Nein, Ann Beck hat so große Schuldgefühle, dass sie ein halbes Jahr später zu der Hütte zurückkehrt, um zu prüfen, ob dort eine Frau versteckt ist.«

»Das ist falsch«, hatte Leen gesagt. »Ann Beck ist neugierig darauf, den Ort zu besuchen, an dem sie sich das erste Mal frei gefühlt hat. Sie möchte das Gefühl rekapitulieren, es ist ihr gutes Recht.«

»Spinnen Sie? Ann Beck fährt nur zurück, um ihr schlechtes Gewissen zu erleichtern. Sie will sich vergewissern, dass …«

»Aber sie hat kein schlechtes Gewissen. Sie hat sich nichts zuschulden kommen lassen. Sie ist in der Nacht untergetaucht und hat lediglich beobachtet, wie sich ein verliebtes Pärchen nach einer Party in die Hütte zurückzieht. Für Ann wirkte das nicht bedrohlich, sondern in höchstem Maße romantisch.«

»Auf einer Sackkarre? Finden Sie das romantisch? Der Mann hatte die Frau auf eine Sackkarre geschnallt.«

»Sie hatte getrunken und war zu schwer. Der Mann hatte nur zufällig eine Sackkarre dabei. Er hat seine Geliebte aus praktischen Beweggründen damit transportiert, so konnte er sichergehen, dass sie sich im Dunkeln nicht verletzt. Betrunkene stürzen und stolpern, das weiß doch jeder.«

Theodor hatte bestürzt geklungen. »Wollen Sie die Geschichte nicht zuerst zu Ende hören, bevor Sie urteilen?«

»Ich urteile nicht. Ich ziehe nur unterschiedliche Sichtweisen in Betracht. Den Spielraum zu erweitern, Situationen aus verschiedenen Perspektiven zu interpretieren, ist nur dem objektiven Betrachter vorbehalten. Mit der später erfolgten ein oder anderen Information mag dies schon weniger gut gelingen.«

»Jede Sichtweise ist subjektiv. Es gibt keine Unabhängigkeit der Beurteilung. Ein neutraler Standpunkt ist ausgeschlossen.« Theodor hatte vorwurfsvoll geklungen. Wissenschaftlich.

»Stimmt«, hatte Leen amüsiert bestätigt. »Die Klarheit und Differenziertheit des Denkens. Ich bin Anwältin.«

»Sie sind schon bei der Verteidigung?«

»Weswegen hätten Sie mich sonst anrufen sollen?«

Theodor hatte erleichtert aufgeatmet. »Ann Beck fährt zu der besagten Hütte zurück, findet dort die Frau in einem Verlies, befreit sie und bringt sie nach Wiesbaden.«

»Ann Beck bricht in die Hütte ein?«

»Ja, natürlich. Sie weiß doch, dass die Frau dort versteckt ist.«

»Nein, auf der Suche nach nostalgischen Gefühlen liegt sie entspannt im Wald, die Hütte ist für sie das Synonym für verliebte Pärchen, Romantik, all das, was sie sich auch wünscht und weswegen sie ihren Mann verlassen hat.«

»Sie ist untergetaucht. Das ist ein bisschen was anderes, als einen Mann nur zu verlassen.«

»Damit wollte sie die Liebe wieder aufleben lassen, es spannend machen, Sehnsucht einfordern. Sie hatte erwartet, dass ihr Mann zur Besinnung kommt, wenn sie erst einmal verschwunden ist und ihm fehlt. Sie hatte vor, ihm romantische Briefe zu schicken, ihn zurückzugewinnen, aber die Briefe wollen ihr nicht gelingen. Sie sucht nach Inspiration für die richtigen Worte, und um sich in Stimmung zu bringen, kehrt sie zu dem Ort allen Ursprungs zurück, hat das Gefühl, sie könne damit heraufbeschwören, was ihr fehlt. Statt der richtigen Worte zieht ein Gewitter auf, sie sucht Schutz, hört Geräusche und wundert sich, glaubt, dass in der Hütte ein armes Tier eingesperrt ist.«

»Sie sind nicht mehr ganz dicht.«

Leen hatte aufgelegt. »Dann eben nicht«, hatte sie geflüstert, aber wenige Sekunden später hatte das Telefon erneut geklingelt.

»Tut mir leid«, hatte sich Theodor entschuldigt. »Ich bin sehr durcheinander.«

»Dann, bitte«, hatte Leen ihn aufgefordert. »Was ist weiter geschehen?«

»Ann Beck geht wieder nicht zur Polizei. Sie findet die Frau in diesem Verlies, holt sie da raus und fährt mit ihr nach Wiesbaden.«

»Das hatten wir schon.«

»Ja, und dann stellt Ann Beck fest, dass etwas nicht stimmt. Die Frau redet nicht, sie schläft nur, Ann Beck ist irritiert. Sie sucht mich auf und bittet mich als Psychiater um Hilfe. Sie hat die Vorstellung, dass Medikamente helfen können. Sie unterschätzt den Zustand der Frau vollkommen.«

»Nein, sie nimmt Rücksicht auf die Privatsphäre des Pärchens. Sie ist der Überzeugung, dass die Frau in häuslicher Umgebung besser aufgehoben ist. Ann möchte sich vergewissern, dass die Gefangenschaft in dem Verlies nicht Teil eines Liebesspiels ist, bevor sie unnötig die Polizei ruft. Außerdem möchte sie ihre Ehe retten. Sie hat nicht das Gefühl, dass die Frau medizinische Versorgung benötigt oder sich gar unfreiwillig in der Hütte befunden hat.«

»Warum sollte sie dann die Frau befreien?«

»Weil die Frau verwirrt war. Sie hat behauptet, dass ihr Geliebter schon ein paar Tage nicht mehr zurückgekehrt sei. Sie hat Ann überzeugend erklärt, dass ihm sicher etwas passiert sei, aber dass niemand erfahren dürfe, dass die beiden eine Affäre haben und innerhalb dieser Beziehung ungewöhnliche Sexspielchen treiben. Es ist der Frau in höchstem Maße unangenehm und sie möchte auf jeden Fall verhindern, dass ihr Techtelmechtel auffliegt. Der Zustand der Frau verschlechtert sich, und erst zum Ende hin erfährt Ann Beck die wahren Hintergründe.«

»Das ist sehr dünnes Eis.«

»Weiter?«

»Ann Beck weiß, wie der Entführer aussieht. Zufällig begegnet sie ihm im Gastwerk Degenhardt und ersticht ihn.«

»Aus Notwehr.«

»Sicher nicht.«

»Nein?«

»Ich weiß es nicht. In der Meldung der Pressestelle steht, dass es weder ein Wortgefecht noch einen Kampf gab. Das ist alles. Mehr weiß ich nicht. Ann Beck hat mich angerufen, wenige Sekunden nach der Tat. Sie ist festgenommen worden und befindet sich in Untersuchungshaft. Was genau im Gastwerk Degenhardt geschehen ist, kann ich nicht sagen.«

»Und wo ist das Entführungsopfer?«

»Ich bin zur Wohnung gefahren. Berne ist weg.«

»Berne?«

»Ja, die Frau heißt Berne. Sie ist nicht mehr in der Wohnung. Ich weiß nicht, wo sie ist. Ich habe keine Ahnung.«

»Ann wird morgen dem Haftrichter vorgeführt werden«, hatte Leen zu bedenken gegeben.

»Können Sie? Können Sie den Fall übernehmen?«

Leen hatte genickt. »In Ordnung.«

Theodor hatte aufgelegt. Keine Verabschiedung, kein Danke. Einfach aufgelegt.

Leen war zu Katta gegangen, hatte kalte Pfefferminzmilch zubereitet, ihr von dem Telefonat erzählt, an ihren Knoten in der Brust gedacht. Ihr letzter Fall. Ihr bester Fall. Vielleicht war das so.

Leen schlief in der Nacht unruhig, träumte. Ihr Wecker klingelte früh am Morgen. Sie musste zum ersten Revier, noch bevor Ann Beck dem Haftrichter vorgeführt wurde. Sie duschte kalt, machte sich zurecht. Im Spiegel sah sie ihre Fratze. Hässlich blieb sie so oder so, egal, ob sie früh starb oder lange lebte. Brustkrebs konnte daran auch nichts ändern.

KAPITEL 19

Schweiß lief ihm den Rücken herunter, er verscheuchte eine Bremse.

Ob es Torge auch so heiß hatte?

Die Reitstunden in den Sommermonaten fanden erst am späten Abend statt, der Nachmittag war einer Siesta unterworfen, was allen kleinen und großen Menschen in Kälberberg und den umliegenden Dörfern gefiel.

»Wir gehen schwimmen«, bestimmte Pius entschlossen.

Torge liebte schwimmen, und Pius liebte Torge.

Der kleine Junge sprang unerschrocken ins Wasser, verließ sich darauf, dass sein Vater in der Nähe war und ihn rettete. Pius fand das bedingungslose Vertrauen seines Sohnes ein gutes Zeichen. Er hatte das Gefühl, dass Torge im Wasser vergessen konnte, dass jemand fehlte.

Er schloss seine Bürotür ab, schrieb: »Meine geliebte Berne, ich bin mit Torge im Waldfreibad schwimmen. Wir warten dort auf dich. Ich liebe dich.« Pius klebte den Zettel an das Hoftor seines Gestüts. Das tat er immer. Immer. Er hatte es kein einziges Mal ausgelassen, Berne eine Nachricht zu schreiben, und kein einziges Mal hatte er aufgehört zu glauben, dass sie eines Tages auf den Treppenstufen zu ihrer Haustür sitzen würde, den Zettel in der Hand, den Kopf zur Seite geneigt. Sie würde ihnen zulächeln. Verliebt, verträumt, glücklich. Eines Tages. Wenn er dieses Bild nur häufig genug heraufbeschwor, würde es sich irgendwann erfüllen. Er lebte für Berne, dafür, dass sie eines Tages zurückkehrte. Jemand fehlte. In Torges Leben. Und in seinem.

Er packte Badesachen ein. Torge und er trugen die gleiche Badehose. Sie sahen aus wie Zwillinge in unterschiedlichen Formaten. Es war Torges Idee gewesen, und er war dem Wunsch seines Sohnes nachgekommen, hatte entschieden, dass es wichtig für ihn war.

Im Kindergarten beobachtete Pius seinen Sohn eine Weile, ohne sich zu zeigen. Torge kniete im Schatten, in der linken Hand einen Elefanten, in der rechten einen Tiger. Er schaute einem älteren Mädchen zu, das Sand in ein Rohr schaufelte. Ein anderes Mädchen hatte seine nackten Füße ausgestreckt, beide schauten fasziniert zu, wie die Sandkörner zwischen ihre Zehen rieselten und sich verteilten. Torge grinste und streckte seinen Fuß aus. Pius freute sich über das laute Lachen seines Sohnes und darüber, dass ihn die älteren Mädchen teilhaben ließen. Er schlich sich von hinten an seinen Sohn heran und stupste ihn in die Seiten. Torge sprang auf und hüpfte fröhlich in seine Arme. Pius fand, dass nur ein glückliches Kind den nötigen Elan hatte, um in die Höhe zu springen.

Es beruhigte ihn.

»Gehen wir schwimmen?«, fragte Pius.

Torge drückte sich noch fester an ihn und küsste ihn wild auf seine Wange. »Ja, ja, ja!«, rief er. »Hast du mein Krokodil eingepackt?«

»Na klar«, lachte Pius. »Und deine Taucherbrille. Und den Seestern.«

»Und können wir wieder Delfine sein?«

»Was sonst?« Pius strahlte. »Und werden wir wieder tauchen?«

Torge nickte eifrig. »Durch deine Beine.« Er rannte zu seinen Erzieherinnen, um sich zu verabschieden, und Pius lächelte, als er Torge aufgeregt erzählen hörte, was sie heute Mittag vorhatten. »Und wir werden Eis essen und Delfine sein, das machen wir immer so.« Torge hüpfte von einem Bein auf das andere.

»Und wer weiß, vielleicht sitzt Mama da, wenn wir zurückkommen«, flüsterte Pius.

»Ich bringe dich hin«, hatte Pius vorgeschlagen. »Heute soll es schneien.«

Berne hatte abgewehrt. »Ich nehme den Bus.«

»Auf keinen Fall«, hatte Pius widersprochen. »Es ist viel zu kalt, um an der Bushaltestelle zu stehen.«

»Ich bin viel zu alt, um mich bringen zu lassen.«

»Dann hole ich dich wenigstens ab.«

Berne hatte abgewehrt. »Alle anderen sind mit dem Auto da. Ich lasse mich nach Hause bringen. Von Imke, die kommt auf jeden Fall hin.«

»Ich könnte dich wenigstens abholen. Torge schläft, die paar Minuten …«

»Ich lasse mich nach Hause bringen«, hatte Berne wiederholt. »Was hast du da in der Hand?«

Er hatte ihr aus Mascha Kalékos kleinem Büchlein vorgelesen. »Das passt doch: Ein Neutrum ist das Immergrün. Drum hat es stets was anzuzieh'n.« Er hatte weiter darin herumgeblättert, während Berne sich zurechtgemacht hatte. »Nun singen wir ein Lied zum Preis, der lieblichen Tomate. Wie zart errötet sie im Reis, wie lockt sie im Salate.«

»Ich kriege Appetit«, hatte Berne gelacht. »Ist das Buch von Torge?«

»Feine Pflänzchen.« Pius hatte auf das Cover gezeigt. »Habe ich heute von Gitte geschenkt bekommen.« Er hatte das Buch in Bernes Manteltasche gesteckt. »Falls der Bus auf sich warten lässt.«

Sie hatten sich geküsst, Pius hatte versucht, Bernes Bauch zu streicheln, der versteckt war unter warmen Schichten, und hatte kopfschüttelnd aufgegeben.

»Da fühlt man nichts«, hatte sie gesagt. »Das dauert noch.«

Pius hatte mit den Schultern gezuckt. »Ist mir egal. Ich mag es trotzdem, deinen Bauch zu streicheln.«

Nach 23.00 Uhr. Er hatte Imke angerufen.

»Was soll das heißen, sie war heute nicht dabei?«

»Wir haben uns auch gewundert. Wir dachten, dass sie es sich anders überlegt hat.«

»Nein«, Pius war panisch geworden. »Nein, sie wollte kommen. Sie ist mit dem Bus gefahren. Warum habt ihr denn nicht angerufen? Berne ist doch immer dabei.«

»Ich weiß nicht, wir haben angefangen, und Berne hat eben gefehlt. Auch noch ein paar andere, das fanden wir nicht weiter schlimm. Es fehlen immer ein paar.«

»Aber nicht Berne!« Pius war energisch geworden. »Berne liebt den Frauenabend. Er ist …«

»Ist doch jetzt egal«, hatte Imke ihn unterbrochen. »Viel wichtiger ist, wo ist sie?«

Pius hatte aufgelegt, das Telefon in der Hand, hatte aus dem Fenster in die Dunkelheit gestarrt. »Berne«, hatte er geflüstert.

Ein Suchtrupp mit Hunden war tagelang im Einsatz gewesen, hatte das Gebiet rund um Kälberberg durchkämmt, Pius hatte sein gesamtes Anwesen in der Nacht des Verschwindens mit freiwilligen Helfern durchsucht. Die Pferde hatten unruhig in ihren Boxen gestanden, gespürt, dass etwas nicht stimmte.

Berne war verschluckt worden. Spurlos. Vom Erdboden, vom Nebel, von der Kälte, vom Winter. Niemand, niemand hatte sie gefunden, weder tot noch lebendig. Es hatte kein Kleidungsstück gegeben, keine anderen Hinweise auf ihr Verschwinden. Nichts.

Pius hatte in der Nacht kein Auge zugetan, war in der Küche auf- und abgelaufen, hatte pausenlos telefoniert, mit der Polizei, mit Freunden, mit Bernes Landwirten, mit Reitschülern und deren Eltern. Irgendwann hatte es an seiner Tür geklingelt, und er war losgestürmt, dabei hatte er den Stuhl in der Küche umgeworfen und war mit seinem Fuß gegen die Kommode im Flur gestoßen. Eine Lampe war dabei heruntergefallen und ein

Bild von der Wand gerutscht. Er hatte die Haustür aufgerissen, die Luft angehalten, hatte seine Augen fest auf das gerichtet, was er sehen wollte, Berne, vielleicht unter Kragen und Mütze versteckt, durchgefroren, er wollte realistisch bleiben, hatte die Hoffnung, dass sich sein Wunsch dadurch erfüllen ließ. Er war sich bescheiden vorgekommen.

Aber vor ihm hatte Imke gestanden. Imke und ihr Mann. Nicht Berne. Nirgendwo.

»Wir finden sie.« Imke hatte ihn umarmt. »Wir finden sie.«

Ted hatte ihn gedrückt, seine Augenbrauen gerunzelt, seine Stirn betont in Sorgenfalten gelegt. »Sie wollte mit dem Bus fahren?«, hatte er gefragt, vielleicht, um überhaupt etwas zu sagen.

»Ich hätte sie bringen sollen.« Pius hatte sich seinen Nacken massiert. »Hätte ich sie doch nur gebracht.« Er hatte sich an den Küchentisch gesetzt und seinen Kopf vergraben, gespürt, wie Imke ihn an der Schulter streichelte.

»Hattet ihr Streit?«, hatte sie vorsichtig gefragt. »War alles in Ordnung zwischen euch?«

Pius hatte sie entsetzt angestarrt. »Spinnst du?«

»Ich meine ja nur.« Imke war nervös geworden. »Hätte ja sein können.«

»Was?«, hatte Pius irritiert gefragt. »Was hätte sein können? Dass sie weg ist, weil sie mich verlassen wollte? Weil wir uns gestritten haben?« Er war aufgestanden. »Berne ist schwanger. Wir freuen uns wie verrückt auf das Baby. Wir sind glücklich.« Zum ersten Mal hatte er verzweifelt zu weinen begonnen.

»Ist ja gut«, hatte Imke ihn beruhigt. »Ich wollte nur fragen, mehr nicht. Es tut ja auch nichts zur Sache.«

»Doch, natürlich tut es das. Was meinst du, wäre mir denn lieber?«

»Wie meinst du das?«

»Ich liebe Berne, aber jetzt ist sie weg. Vielleicht ist ihr was passiert. Viel lieber wäre mir, wenn sie jetzt anrufen würde, um mir zu sagen, dass sie mich nicht mehr liebt, dass sie uns verlässt. Dann wüsste ich wenigstens, dass es ihr gut geht …«

Imke hatte mit ihrem Kopf Richtung Tür gezeigt und den Finger auf ihre Lippen gelegt.

»Was?« Pius hatte sich umgedreht, mit müden Augen und zerzaustem Haar. Torge saß im Schlafanzug auf der Treppenstufe, er hatte Schneechen in seinem Schoß liegen.

»Komm her, Torge«, hatte Pius ihn sanft aufgefordert. »Komm her.« Aber Torge hatte sich nicht gerührt. Pius hatte sich vor seinen Sohn gehockt, Torge hatte sich hochheben lassen, seinen Kopf angelehnt, das kleine Schäfchen fest an sich gedrückt. »Bist du wach geworden?«

Torge hatte nicht geantwortet.

»Imke und Ted sind da.« Er hatte seinen Sohn gestreichelt, geküsst, ihm sanft zugeredet. »Ich bringe dich wieder ins Bett, dann kannst du weiterschlafen.« Er hatte Torge in sein Zimmer gebracht, ihn zugedeckt. »Soll ich dir dein Licht anknipsen?«

»Was ist mit Mama?«, hatte Torge geflüstert.

Pius hatte schwer geschluckt, versucht, seine Fassung zu bewahren. »Das weiß ich nicht.« Er hatte Torge angelächelt. »Vielleicht hat sie sich nur verlaufen. Morgen früh ist sie bestimmt wieder da, oder?«

Torge hatte nicht einmal geblinzelt. Er hatte auf sein Nachtlämpchen gestarrt und sich nicht gerührt, Schneechen gehalten. Pius hatte seinen Kopf abgelegt, seine Stirn auf die Matratze gepresst, hatte atmen wollen, es kaum geschafft. »Ich werde Mama jetzt suchen fahren. Imke passt auf dich auf, okay?«

Torge hatte heftig den Kopf geschüttelt, war aus seinem Bett in Pius' Arm gekrabbelt.

»Okay. Ist ja gut, ich nehme dich einfach mit.«

Er hatte Torge und Schneechen in eine dicke Kuscheldecke eingewickelt und ins Auto getragen. Er hatte Imke gebeten, hier zu warten, falls Berne doch auftauchte, und war losgefahren.

Vier weitere Männer, darunter Ted, hatten mit ihren Autos die Straßen abgesucht, Waldwege, Hütten, alle Bushaltestellen in der Gegend. Es war finster und kalt gewesen, Torge war während der vielen Stunden im Auto irgendwann eingeschlafen.

Imke, Ted und Pius hatten in den frühen Morgenstunden ungeduldig Kaffee getrunken, gewartet, gehofft, gebetet. Pius hatte einen Versuch gestartet, das Busunternehmen zu erreichen, aber niemand hatte Berne mitgenommen oder an einer Bushaltestelle stehen sehen. Pius hatte mit sich gehadert, ob es richtig war, Torge in den Kindergarten zu bringen, und sich dagegen entschieden. Er hatte seinen Sohn auf den Schoß genommen und fest an sich gedrückt.

»Wir suchen sie weiter«, hatte Pius versichert. »Wir werden so lange suchen, bis wir Mama gefunden haben.« Er hatte ein Schluchzen nicht mehr unterdrücken können, und Torge hatte stumm zugesehen, wie Tränen seine Wangen heruntergelaufen waren. Pius hatte keine Minute daran gezweifelt, dass Berne eines Tages wiederauftauchen würde.

Wenn Berne ihm besonders fehlte, verschwand Pius vom Gestüt, nur, um Berne eine Nachricht zu hinterlassen. Es half ihm. Ihm und Torge.

»Meine liebste Berne, ich bin mit Torge auf der Weide die Esel kämmen. Komm doch zu uns, wenn du wieder da bist.« Und dann ging er mit Torge die Esel und Ziegen striegeln. Sie nahmen sich große Bürsten mit, blieben den ganzen Nachmittag fort.

Ein paar weitere Stunden, in denen Pius daran glaubte, dass Berne zurückkehren würde, wenn sie ihr nur eine Chance dazu gaben. Ein paar Stunden, in denen Pius so etwas wie Zuversicht, Hoffnung, Glauben fand. Es verschaffte ihm eine Auszeit. Schmerz und Sehnsucht wurden hingehalten. Kam er dann mit Torge an der Hand zurück, die kleinen schwitzigen Fingerchen spürend, schluckte er schwer. Er kostete stets den letzten Moment der Hoffnung aus, bevor er um die Ecke bog, wissend, dass Berne nicht auf sie wartete, dass Berne nicht zurückkehren würde, vielleicht irgendwann, aber nicht heute, und vielleicht war die Hoffnung darauf längst ein Automatismus, der ihm half, seinem Leben einen Sinn zu geben. Wenn der Winter erst wiederkäme. Er hatte Angst vor der Jahreszeit. Kalt und dunkel. Diese Kälte und diese Dunkelheit hatten Berne verschluckt.

Berne und das Baby.

KAPITEL 20

Titus' Beine fühlten sich an wie Wackelpudding. Er setzte einen Fuß vor den anderen, mit Bedacht, ehrfürchtig, erst langsam, dann immer schneller. Er lief in die Richtung, aus der er gekommen war, kletterte den Hang hoch, wissend, dass von dort die Schüsse gekommen waren, wissend, dass Pepper und Mittke auf ihn warteten, wissend, dass hier das Unglück des misslungenen Abenteuers seinen Ursprung hatte. Vielleicht würde er jetzt sterben.

Die Sonne stand tief, die glühende Hitze hatte sich zurückgezogen. Titus versuchte, sich auf den Rückweg zu konzentrieren, versuchte, die richtigen Entscheidungen zu treffen. Er lief und lief, seine Zunge klebte am Gaumen, Schweiß tropfte ihm von der Stirn. Wenn er an den Motorradfahrer dachte, schoss ihm ein flaues Gefühl durch den Magen, das sich weiter entfaltete, in seinem Herzen zu explodieren drohte. Titus war der Verbildlichung grausamer Geschehnisse wehrlos ausgesetzt. Zwar versuchte er, die gruseligen Bilder auszublenden, aber sie hingen hart und fest, in allen Farben und Formen vor seinem inneren Auge, ließen sich nicht verschieben, ließen sich nicht in eine neue Relation bringen, verharmlosen, als unwichtiges Erlebnis abhaken, als Vergangenes einrahmen. Titus schüttelte den Kopf. Die Erinnerung an die Augen, die ihn hilflos angestarrt hatten, entsetzt, flehend, begann sich in seinem Inneren zu manifestieren. Die Schuld warf von allen Seiten schwarze Schatten. Schatten inmitten der grellen Sonne, die seine Seele verkühlen, den Sommer verjagen, die Hitze zu Eis wandeln würden. Er ballte seine Hände zu Fäusten, streckte seinen Kopf der Sonne entgegen und ließ einen Schrei über die Wiesen und Felder hallen. Er schrie so laut und lange, dass seine Lungenblätter schmerzten. Er hatte Mühe, ausreichend Luft zu holen, hockte sich hin, vergrub seinen Kopf, begann, vor sich hin zu flüstern. »Das ist nicht passiert, das ist nicht passiert, das ist nicht passiert.«

Er musste nach Hause, musste davonlaufen, die Bilder hier lassen. Wenn er nur schnell genug vorankam.

Und der Motorradfahrer? Stand er in diesem Moment auf und kam hinterher? Oder lag er noch im hohen Gras?

Titus hatte ihn gefunden, weit von der Unfallstelle entfernt. Er hatte sich vorsichtig herangeschlichen, war näher gekommen, hatte nicht sofort erkennen können, ob der Mann noch lebte. Er hatte Stück für Stück die Hand, den Arm, den Brustkorb, die Beine, die Füße angesehen. Ein Schuh hatte gefehlt, war verschwunden. Ein gewöhnlicher Turnschuh. Der Verunfallte hatte auf dem Rücken gelegen, seine Beine weit von sich gestreckt, der linke Fuß, das gesamte Bein bis zur Hüfte verdreht, das war Titus komisch vorgekommen. Der Fahrer hatte eine Jeans getragen, darüber eine Art Motorradjacke mit Lüftungsschlitzen, Handschuhe, einen Helm. Ein Handschuh fehlte. Titus war vorsichtig näher gekommen, hatte die Luft angehalten, jeden Moment damit gerechnet, dass er aufspringen und ihn anschreien würde, aber der Mann hatte sich nicht gerührt. Titus hatte regungslos dagestanden. Fassungslos, entsetzt, überrascht. Dann hatte er den Motorradfahrer gehört. Es war kein Stöhnen, kein Jammern, kein Flüstern. Eher hatte er ein langes Hauchen vernommen. Titus hatte sich über ihn gebeugt, Gänsehaut hatte sich trotz der Hitze auf seiner Kopfhaut und auf seinen Armen ausgebreitet. Titus hatte versucht, das Bild zu begreifen. Zentimeter für Zentimeter hatte er sich vorgearbeitet, herangetastet, seine Augen hatten nur langsam reagiert, so, als müssten sie sich mit seinem Gehirn kurzschließen, sich durch zähe Masse in die Realität kämpfen. Das Visier des Helms war abgerissen, er hatte deutlich die gebrochenen Halterungen erkannt, der Helm klaffte am Kinn auseinander, das Futter quoll heraus. Und dann hatte Titus das Grauen gesehen. In den Augen. Er hatte seinen Blick nicht abwenden können, gleichermaßen fasziniert wie erschrocken. Der Motorradfahrer hatte ihn angestarrt, jede von Titus' Bewegungen mit seinen Augen verfolgt. In seinem Blick Entsetzen, Schmerz, Hilflosigkeit. Titus waren die Tränen gekommen. Aus Furcht. Der Motorradfahrer hatte seine Lippen bewegt. Titus hatte nicht einmal versucht, zu verstehen, was der Mann sagen wollte. Er hatte einfach weiter dagestanden, von oben auf ihn herabgesehen, die Qual, mit der das Opfer zu atmen versuchte, zur Kenntnis genommen. Der Mann hatte geröchelt. Je weniger Luft er bekommen hatte, desto weiter hatte er seine Augen aufgerissen, der restliche Körper bewegungslos, schlaff, ergeben. Titus hatte sich irgendwann näher herangetraut, hatte sich neben den Kopf des Motorradfahrers gesetzt, der Helm übersät mit toten Insekten. Titus hatte still gewartet. Gewartet, dass sich die Situation verändern würde, aber nichts war geschehen. Er hatte zum Himmel geschaut, die

Sonne hatte an Kraft verloren, Titus hatte Erleichterung gespürt. Sein Rückweg würde erträglicher werden.

Irgendwann war Titus aufgestanden, um zu pinkeln. Er hatte dabei genau beobachtet, dass ihn die Augen des Mannes verfolgt hatten, bis er aus seinem Sichtfeld verschwunden war. Er hatte sich wieder neben ihn gesetzt, dann hatte er seinen Finger ausgestreckt und ihn vor das Gesicht des Fahrers gehalten. Er hatte ihn nach rechts und nach links, nach oben und nach unten bewegt. Die Augen des Mannes hatten es ihm gleichgetan. Das Röcheln des Mannes war intensiver geworden, Titus hatte geglaubt, ein Gurgeln zu vernehmen. Er hatte sich ganz nah an das Gesicht herangetraut, sich vor den Geräuschen geekelt, geglaubt, er würde selbst ersticken. Dann hatte der Mann seinen Arm bewegt. Unkontrolliert war der Arm in die Höhe geschnellt und sogleich wieder auf den Boden gefallen. Titus war vor Schreck aufgesprungen. »Lass das«, hatte er befohlen und sich sogleich wieder besonnen. Warum sollte sich der Motorradfahrer nicht bewegen dürfen? Die Augen des Mannes hatten geglänzt, Nase und Jochbein unförmig. Er hatte erneut versucht, etwas zu sagen, aber sosehr sich Titus angestrengt hatte, er hatte nichts verstanden. Er hatte entschieden zu gehen, hatte den Fahrer liegen lassen, hatte sich noch ein paarmal umgedreht, die Reste des Motorrads von der Straße gesammelt. Bei dem Versuch, die Trümmerteile unter das Fahrzeug zu schieben, hatte er sich am Auspuff verbrannt. Titus hatte über die verbrannte Haut geleckt und entschieden, dass es Zeit war für den Heimweg.

So lief Titus jetzt. Er lief und lief, und weil es wieder nach den verwesten Kröten stank, stellte er sich den Motorradfahrer vor, der von Fliegen Stück für Stück ausgehöhlt und entstellt wurde. Titus beschloss, morgen zurückzukehren. Er würde dem Mann etwas zu trinken mitbringen.

Nach den Schmeißfliegen würden die Maden kommen.

KAPITEL 21

Leen hatte Ann sofort wiedererkannt. Die kurzen Haare, die Segelohren, die trotzigen Augen.

»Wir sind uns auf dem Friedhof begegnet«, stellte Ann erfreut fest.

»Ja, wie uns Wege zusammenführen, nicht wahr?«

»Dieses Mal weine ich nicht.« Ann fuhr sich mit der Hand durch das Haar. »Ich habe sie erst vor Kurzem abgeschnitten.«

»Konnten Sie schlafen?«, fragte Leen.

Ann schüttelte den Kopf. »Die ganze Nacht über war das Licht an.« Sie zeigte mit ihrer Hand zur Decke. »Hier sind überall Kameras«, flüsterte sie.

»Theodor Stein hat mich angerufen.«

Ann wirkte ehrlich überrascht. »Theodor Stein?«, staunte sie. »Ist er doch noch mein Freund?«

»Er hat mir erzählt, was gestern geschehen ist und mich gebeten, Sie als Anwältin zu verteidigen.«

»Mich zu verteidigen?«

»Wissen Sie, warum Sie hier sind? Verstehen Sie den Tatvorwurf?«

Ann nickte langsam. »Ich habe den Aal erstochen. Gestern. Stimmt das?«

»Ich habe heute Morgen mit dem Haftrichter telefoniert. Um 9.00 Uhr …« Leen schaute auf ihre Armbanduhr, »also, in knapp einer Stunde, beginnt die Vorführung. Sie werden gleich zum Gericht gebracht, dort wird man Ihnen vorhalten, warum Sie vorläufig festgenommen worden sind. Aufgrund der Schwere der Tat werden Sie in Untersuchungshaft kommen.«

»Aber das bin ich doch jetzt schon. Also in Untersuchungshaft, meine ich.« Ann lächelte schief.

»Noch nicht. Erst muss die Staatsanwaltschaft einen Antrag stellen. Sie bleiben nicht hier.« Leen schüttelte den Kopf. »Sie werden heute in die JVA III nach Frankfurt Preungesheim gebracht. Das ist ein Frauengefängnis.«

»Und wie lange? Also, wie lange werde ich dort sein?«

»Innerhalb von sechs Monaten muss es zu einer Verhandlung kommen, dann werden wir sehen.«

»Sechs Monate?«, flüsterte Ann entgeistert. »Werde ich sechs Monate im Gefängnis sein?«

»In Untersuchungshaft. Die Zeit wird später angerechnet.«

»Wie meinen Sie das?«

»Die Zeit, in der Sie jetzt bis zum Urteilsspruch in Untersuchungshaft sitzen, wird von der späteren Haftstrafe abgezogen.«

»Was denn für eine Haftstrafe?«

Leen verengte ihre Augen. »Ich verstehe Ihre Frage nicht?«

»Sie sprechen von einer Haftstrafe. Heißt das, ich muss im Gefängnis bleiben? Für immer?«

»Das kommt auf das Urteil an.«

»Ich komme hier nicht wieder raus?«

»Das ist abhängig von der Verteidigung.« Leen schüttelte irritiert den Kopf. »Der Richter wird Sie gleich fragen, ob Sie einen Verteidiger benennen möchten. Sie müssen die Frage mit Ja beantworten.«

»Mit Ja, gut.« Ann nickte hektisch. »Und dann?«

»Bin ich Ihre Verteidigerin.«

»Und werde ich befragt? Muss ich noch irgendetwas sagen?«

»Nein. Wir werden uns heute noch nicht äußern. Sind Sie gestern vernommen worden?«

»Ich weiß nicht?«

»Hat man Sie zu dem Tathergang befragt?«

»Zu allem Möglichen.«

»Und hat man Sie vorab über Ihre Rechte belehrt?«

»Ich denke nicht, nein.«

»Nein?«

»Nein.« Ann schüttelte den Kopf. »Nein.«

»Hat man Ihre Aussage protokolliert?«

»Die Polizistin wollte, dass ich ein Dokument unterschreibe.«

»Haben Sie?«

»Nein. Und heute? Werde ich heute etwas sagen müssen?«

»Auf keinen Fall.«

»Auf keinen Fall? Was heißt das?«

»Das heißt, dass Sie gar nichts sagen werden.«

»Aber ist das nicht schlecht? Können wir nicht heute schon alles erledigen?«

»Was meinen Sie damit? Was erledigen?«

Ann seufzte angestrengt. »Wir können sagen, dass ich den Aal erstochen habe, und dann kann der Richter ausrechnen, wie lange ich in Haft muss.«

Leen räusperte sich. »So läuft das nicht, nein.« Sie winkte ab. »Für heute ist nur wichtig, dass Sie Ihren Mund halten. Wenn der Richter fragt, ob Sie einen Verteidiger benennen möchten, nicken Sie. Das ist alles.« Sie hob ihre Augenbrauen. »Haben Sie das verstanden? Das ist alles, was Sie heute tun werden. Sie werden sich nicht äußern, Sie werden keine weiteren Fragen beantworten. Sie werden Ihren Mund halten, wenn der Richter vorträgt, was Ihnen zur Last gelegt wird. Sie werden auf keinen Fall irgendetwas dazu sagen.«

Ann blinzelte.

»Auf keinen Fall«, wiederholte Leen.

»Ja«, bestätigte Ann langsam. »Auf keinen Fall.«

»Wissen Sie, was gleich passiert?«

Ann nickte. »Ich werde meinen Mund halten und nichts sagen.«

Leen schüttelte den Kopf. »Nein, ich meine, ob man Ihnen erklärt hat, wie das ganze Prozedere heute abläuft.«

Ann schüttelte den Kopf.

»Sie werden mit Handschellen ins Gericht gefahren. Dort werden Sie den Wachtmeistern übergeben und in eine Zelle gebracht. Von dort werden Sie in den Raum geführt, Ihre Handschellen wird man Ihnen für die Zeit der Anhörung abnehmen. Sie sitzen neben mir, hinter Ihnen werden Wachtmeister stehen. Das Ganze wird nicht lange dauern, dann kommen Sie zurück hierher, und im Laufe des Tages werden Sie nach Frankfurt gebracht.«

»Was ist in Frankfurt?«

Leen legte ihren Kopf schief. Sie sprach betont langsam und deutlich. »In Frankfurt Preungesheim ist das Frauengefängnis.«

Ann atmete tief ein. »Ja, genau, das sagten Sie ja schon. Ich komme in Untersuchungshaft.«

»Gut. Wir sehen uns gleich noch einmal in der Mainzer Straße im Gericht.«

»Und kommen Sie mit nach Frankfurt?«

»Morgen. Soll ich bis dahin jemanden informieren?«

Ann schüttelte den Kopf. »Wissen Sie vielleicht, wo Berne ist?«

»Berne ist die Frau aus dem Verlies?« Leen wartete nicht auf eine Antwort. »Nein, das weiß ich nicht. Wenn ich etwas höre, werde ich Sie informieren.« Leen stand auf. »Noch etwas?«, fragte sie ungeduldig.

Ann biss sich auf die Lippen. »Ist der Aal tot?«

Leen nickte. »Ja«, sagte sie knapp. »Tot.«

KAPITEL 22

Isa hatte aufgegeben. Kälte und Dunkelheit würden sie in den Tod begleiten, es war nur noch eine Frage der Zeit. Sie hatte irgendwann zu spüren versucht, aus welchen Teilen ihres Körpers die Schmerzen angeschlichen kamen, eher aus Langeweile als aus echtem Interesse, aber sie hatte schon nach kurzer Zeit lustlos entschieden, dass es keine Rolle spielte.

Isas Augen fielen zu, trotz der Kälte. Sie fand sich in einer Art Kapsel wieder, fühlte sich, als würde sie darin durch Wasserrohre befördert. Die Kapsel hatte eine atemberaubende Geschwindigkeit erreicht, beschleunigte immer weiter. Isa wollte sich befreien, tastete mit ihren Händen den Innenraum ab. Durch die Geschwindigkeit und das Geholper stieß sie sich mehrmals den Kopf, der Platz in der Kapsel wurde immer kleiner. Isa musste sich so eng zusammenrollen, dass sie kaum noch Luft bekam. Durch das häufige Anecken hatten sich Risse gebildet, durch die erst geringe, dann immer größere Mengen Wasser eindrangen. Isa versuchte vergeblich, die Kapsel zu öffnen und verletzte sich dabei, fragte sich, wie es ihr wohl ohne den Schutzraum ergehen würde und entschied, dass sie wahrscheinlich längst ertrunken wäre. So kauerte sie sich weiter zusammen, ignorierte die vielen Kopfstöße, hoffte, dass die Fahrt bald ein Ende nahm. Das Wasser stieg, sie wurde wie in einer Waschmaschine hin- und hergeschleudert. Es raubte ihr den Atem, erst recht in der zusammengekauerten Position. Isa empfand Panik, stemmte sich mit beiden Händen gegen die Wände, das Poltern und Rütteln, sich Überschlagen und Drehen, das eiskalte Wasser in Nase und Mund akzeptierte sie als unabdingbaren Teil ihres Sterbeprozesses. Plötzlich wurde es hell, Isa konnte sich aufrichten, atmen. Sie wollte die Augen öffnen. Woher kam das Licht?

»Sieh an, hat dich der Teufel doch nicht geholt? Du siehst scheiße aus.«

Isa versuchte zu blinzeln, vorsichtig, aber die Augen blieben fest verschlossen. Etwas hatte sich verändert. Isa kam nicht sofort darauf, brauchte einen Moment, um zu erfassen, was sie so verwunderte. Ihr Gesicht fühlte sich noch immer aufgeblasen an, gespannt, voluminös, wie ein zu groß geratener Ballon, der zu platzen drohte, aber das andauernde Pulsieren und Pochen hatte aufgehört. Ihr Gesicht fühlte sich taub an, bedrohlich taub. Sie hob ihre Hände, führte sie vorsichtig zu ihrer Nase, tastete sich behutsam näher. Sie hatte Schwierigkeiten, ihre Finger zu strecken, versuchte es nicht weiter.

»Lass das lieber«, hörte sie Ruben, hörte ihn näher kommen, hörte ihn schnaufen, verkrampfte, versteifte sich, hatte Angst, er würde sie grob packen und heraufziehen. »Was machen deine Hände?«, fragte er.

Isa versuchte zu sprechen. »Tun weh.«

»Ich habe dir Kaffee mitgebracht und ein Croissant.« Seine Stimme klang feierlich.

Sie spürte einen Pappbecher, der ihr vorsichtig in die Hände geschoben wurde. Isa schüttelte den Kopf. »Ich kann nicht.«

»Den Becher halten?«

»Ich kann meine Hände nicht bewegen.«

»Thies ist tot.«

Isa brauchte einen Moment. »Was?«, flüsterte sie. »Was hast du gesagt?«

»Thies wurde im Gastwerk Degenhardt erstochen. Ehrlich gesagt, weiß ich nicht genau, ob es Thies ist, aber es würde erklären, warum er nicht an sein Telefon geht.«

»Wie kommst du darauf?«

»Kam in den Abendnachrichten.«

»Was? Was kam in den Abendnachrichten? Dass Thies erstochen wurde? Von wem?«

»Von einer Frau.«

»Und es ist sicher Thies?«

»Keine Ahnung, sag ich ja.« Ruben schnalzte mit der Zunge. »Ich vermute es. Erst dachte ich, du hättest ihn umgebracht, aber das kann nicht sein.« Er lachte. »Oder hast du einen kleinen Ausflug gemacht?«

»Und wer hat ihn erstochen? Wer war das?«

»Keine Ahnung. Junia war gestern bei mir.«

»Und Junia hat ihn erstochen? Wer ist Junia?« Den Namen hatte Isa schon einmal gehört, aber ihr wollte nicht einfallen, wo.

»Junia ist Thies' neue Freundin. Die Frau, derentwegen alles anfing. Nur deswegen sitzt du hier.«

Isa verstummte. Thies. Thies, der Tote.

»Bist du traurig?«, fragte Ruben amüsiert.

Isa reagierte nicht. Thies ist tot.

»Vielleicht hat Junia ihn erstochen«, lachte Ruben.

»Warum sollte sie?« Isa schüttelte den Kopf. »Kann es Fitz gewesen sein?«

»Warum sollte er?«

Isa stöhnte ungeduldig. »Vielleicht glaubt er, dass Thies schuld an den Briefen ist.«

»Er weiß es ja nicht einmal.«

»Was weiß er nicht?«

»Dass du die Briefe abgeschickt hast.«

»Du hast behauptet, dass er mich foltern würde.«

»Das habe ich nur so gesagt. Niemand kommt, um dich zu foltern. Du bist allen egal. Es interessiert niemanden, ob du hier verreckst, ob du die Briefe eingeworfen hast oder nicht.«

Isa nickte knapp. »Und was ist jetzt?«

Ruben atmete laut aus. »Ja«, sagte er langsam. »Was ist jetzt?«

»Was weiß Fitz überhaupt? Weiß er irgendetwas?«

»Nein«, Ruben sog die Luft ein. »Nein und nein und nein. Fitz weiß gar nichts«, säuselte er. »Fitz weiß gar nichts, Thies ist tot, für die Isa seh' ich Rot.«

»Lass das gefälligst.« Isa versuchte aufzustehen. Wenn sie nur ihre Augen öffnen könnte. Sie musste Zeit schinden. »Ich will den Kaffee«, erklärte sie.

»Dann trink ihn.«

»Schaff ich nicht.«

»Apropos, ich habe dir etwas mitgebracht.« Sie hörte Ruben hantieren.

»Was tust du da?« Nervös.

»Ich weiß nicht, warum, aber ich habe das Gefühl, wir zwei könnten ...«

»Spar' dir dein Freundschaftsangebot«, unterbrach Isa barsch. Sie hatte es geschafft, stand auf beiden Füßen, wartete angespannt. »Du bist der Einzige, der noch ...«

»Halt dein Maul. Gib mir deine Hand«, befahl Ruben.

»Bitte, Ruben ...«

»Hand!«

Isa streckte vorsichtig ihren Arm aus, spürte kaltes Gel, das er üppig auf ihrem Handrücken verteilte, dann eine Kompresse.

»Hochhalten«, befahl Ruben. Er positionierte ihre Hand. »Normalerweise würde man dich operieren.«

»Normalerweise«, äffte Isa ihn nach. »Normalerweise wäre ich nicht in diesem bescheuerten Loch.«

»Normalerweise nimmt man Sex nicht auf Video auf und verteilt die Aufnahme in der ganzen Welt.«

»Das war kein Sex, das war eine Vergewaltigung.«

»Dir hätte es gefallen. Wieso hast du das Video eigentlich nicht verkauft? Es gibt Männer, die hätten dafür ein Vermögen bezahlt.«

»Kein Interesse.«

»Verstehe ich nicht.« Ruben fixierte Isas Hand mit einem festen Verband. Sie hörte ihn schnaufen. »Jetzt die andere«, sagte er.

»Wozu soll das eigentlich gut sein?«

»Soll ich es lassen?«

»Nein«, sagte Isa schnell. »Aber sollte ich nicht sterben?«

»Deine Hände sehen scheiße aus.«

»Fühlen sich auch so an.«

»Siehst du?«

»Und was ist mit meinem Gesicht?«

Ruben seufzte mitleidig. »Noch schlimmer. Das ist kein Gesicht mehr. Das ist ein dunkelblauer Matschhaufen.« Ruben lachte. »Ewra hat auch so ausgesehen.«

Isa wollte ihr Gesicht verziehen. »Wann geht das weg?«, fragte sie stattdessen.

»Deine hässliche Fresse? Deine Blutergüsse?«

»Ich will meine Augen öffnen können.«

Ruben antwortete nicht, und Isa ließ das Fixieren beider Hände stillschweigend über sich ergehen. Sie pochten und pulsierten, die neue Position hatte den Schmerz verschlimmert.

»Mach deinen Mund auf«, befahl Ruben.

»Kannst mich mal.«

»Hey!«, bellte er. Isa spürte eine Ohrfeige. »Mund auf«, wiederholte Ruben.

Isa schüttelte den Kopf, spürte, wie Ruben ihr eine Tablette in den Mundwinkel drückte.

»Und noch zwei«, erklärte er knapp. Ruben hielt ihr eine Flasche an den Mund. »Wenn du nicht trinkst, schütte ich's über dich.«

Isa schluckte, spülte alle drei Tabletten mit Wasser hinunter. »Und sterbe ich jetzt?«, fragte sie trotzig.

»Die Tabletten fressen dich von innen auf, wirst schon sehen.«

»Du gibst dir viel Mühe.« Isa versuchte zu lächeln. »Hast du Zigaretten?«

»Keine Zigaretten.«

Sie hörte Ruben erneut hantieren, so, als würde er etwas zusammenknüllen.

»Was passiert jetzt?«, fragte sie.

»Ich weiß es nicht. Eigentlich gibt es nur noch uns zwei.«

»Sind die nicht längst auf der Suche nach dir?«

»Dürfte jetzt so weit sein«, bestätigte Ruben gelassen.

»Und dann? Wo willst du hin?«

»Du wirst sterben, das ist alles.«

»Ruben«, schnauzte Isa und bereute es sogleich. In ihrer Nase kitzelte es. »Was soll denn das alles noch?« Warme Flüssigkeit bahnte sich ihren Weg, sie schmeckte Blut, wischte es vorsichtig mit ihrem frischen Verband ab. »Ruben?«, fragte sie. »Bist du noch da?« Es war still, sie hörte Ruben nicht einmal atmen. »Scheiße«, flüsterte Isa. »Ich weiß, was los ist«, murmelte sie leise. »Du weißt nicht, wohin, und noch weniger weißt du, wie es jetzt weitergehen soll.« Isa lachte plötzlich. »Du hast Angst, allein zu sein, stimmt's? Du hast eine Scheißangst, allein zu sein, deswegen lässt du mich am Leben! Ich soll bei dir bleiben, damit du nicht allein bist. Du scheißerbärmliche Sau!«

Das Licht verschwand, dann hörte sie das Schloss.

»Scheiße«, fluchte Isa.

Stille. Kälte. Dunkelheit.

Die Kapsel kehrte zurück.

KAPITEL 23

Lieblos kochte er Tee, staunte über die Eintagsfliegen, die sich um den Obstkorb tummelten und tanzend nach süßem Saft spähten. Wiebe hatte sich hingelegt, die Hitze hatte ihr zu schaffen gemacht. Nur mit Unterhose bekleidet lag sie auf dem Sofa, Arme und Beine weit von sich gestreckt. Ihre dunklen Achseln schimmerten.

Theodor setzte sich ihr gegenüber auf den Fußboden, lehnte sich an den großen Korbstuhl, seine Tasse hielt er mit beiden Händen, beinahe so, als müsse er inmitten der Hitze noch etwas Wärme abgreifen.

Er war müde, hatte die Nacht kaum geschlafen.

Wiebe hatte ihn gestern Abend abgewiesen. Barsch hatte sie gemotzt, dass sie dringend Schlaf brauche, er solle sie gefälligst in Ruhe lassen, es sei viel zu heiß. Sie war ungehalten von ihm weggerutscht und zum ersten Mal in ihrer Ehe hatte er Angst, dass Wiebe ihn satthatte. Hatte sie? Theodor hatte den Gedanken abgetan. Sie schliefen fast jeden Tag miteinander, und Wiebe würde nicht mit ihm schlafen, wenn sie ihn satthätte. Wiebe tat nie etwas gegen ihren Willen. Nie. Nicht im Alltag und nicht im Bett. Im Gegenteil. Manchmal hatte er übervorsichtig angedeutet, was ihm gefiel. Zum Beispiel wünschte er sich, dass sie sich auf seinen Mund setzte und er sie mit seiner Zunge penetrierte, aber sie hatte lachend abgelehnt, und er hatte es nie wieder angesprochen. Wiebes herablassende Art war vernichtend, dafür ehrlich. Wiebe konnte ihn nicht satthaben. Sie hätte es ihm längst gesagt, ihm zum Vorwurf gemacht. Hätte sie. Oder hätte sie nicht? Er nahm einen Schluck Tee, schaute auf ihre kleinen Brüste, die sich im Takt ihres Atems hoben und senkten. Ihre Brustwarzen waren kaum zu erkennen, zu heiß, als dass sie sich hätten aufstellen können. Er stand auf, stellte seine Tasse leise auf den Tisch und trat zu ihr. Ihre dunklen Achseln hatten winzige Haare, die sich wie ein borstiger Teppich emporreckten. Ihre Brüste ragten wie kleine Igelschnäuzchen in die Höhe. Er liebte sie, sie erregten ihn, waren ihm vertraut. Er hätte sie gern berührt. Hätte gern beobachtet, wie sich Wiebe rekelte, genüsslich zuließ, dass er sie leckte, mit geschlossenen Augen und im Halbschlaf. Er scheuchte die Vorstellung zur Seite. Wiebe würde nicht zulassen, dass er sie streichelte, sie aus dem Schlaf heraus verführte. Sie würde ihn amüsiert ansehen und ihr Blick würde verraten, dass er sich noch so sehr anstrengen und bemühen konnte, es würde nichts in ihr auslösen, solange nicht sie die Initiative ergriff. Er liebte Wiebe. Auch deshalb. Weil sie selbstbewusst, unbeugsam war. Souverän. Genau so. Wiebe hatte alles in der Hand. Sie war diejenige, die entschied, ob und wie sie miteinander schliefen, wie lange, wann und wo. Er schüttelte den Kopf. Selbstbewusst, unbeugsam. Heute Morgen hatte sie wenig leidenschaftlich gewirkt. Sie hatten miteinander geschlafen, und er hatte sie liebevoll berührt, verwöhnt. Während er sie penetriert hatte, waren ihm Bilder gekommen. Berne hatte plötzlich hinter ihm gestanden und Hilfe suchend auf ihn herabgesehen. Er hatte zwischen Wiebes Schenkeln gehockt, sein Hinterteil hoch in die Luft gestreckt, nackt, und plötzlich abgebrochen. Er hatte seine Zunge zurückgezogen und sich neben Wiebe gelegt, ihre Brüste gestreichelt und sie mit der Hand weiter liebkost, bis sie gekommen war. Seine Beine hatte er übereinandergeschlagen und sein Glied geschützt, und es war ihm lächerlich vorgekommen.

»Was ist mit dir?«, hatte Wiebe ihn gefragt.

»Nichts«, hatte er geantwortet.

»Ich bin fertig«, hatte sie irritiert bemerkt und sich seiner

Hand entzogen. »Wie hättest du es gern?«, hatte sie ihn lustlos gefragt. Selbstsicher, unbeugsam. Erfolgsverwöhnt. Blasiert.

»Willst du denn noch?«

»Natürlich. Du bist doch noch nicht …«

»Das war nicht meine Frage«, hatte er sie unglücklich unterbrochen. »Es geht nicht darum, ob ich noch kommen will, sondern darum, ob du überhaupt noch mit mir schlafen möchtest.«

»Wie bitte?« Sie hatte sich aufgesetzt. »Was ist denn mit dir los?« Selbstsicher, unbeugsam. Mondän. Großtuerisch.

»Vergiss es«, hatte er gemurmelt und war aufgestanden. Er hatte sich seine Shorts angezogen und seine Tasse genommen, war die Treppe hinunter in die Küche gegangen und hatte sich neuen Tee zubereitet. Während das Wasser kochend sprudelte, hatte er in den Garten geschaut und sich geärgert.

»Was hast du?«, hatte sie ihn gefragt. Nackt. »Warum schläfst du heute nicht mit mir?« Weltläufig. Offen. Routiniert.

»Du hast mich gestern abgewiesen.«

»Deswegen?« Sie hatte ungläubig vor ihm gestanden. »Ich habe geschlafen. Ist das denn so schlimm?« Selbstsicher, unbeugsam. Herabmindernd.

»Es fühlt sich so an, ja.« Er hatte die Spülmaschine ausgeräumt.

»Es ist heiß. Müssen wir denn die ganze Nacht …«

»Nein, müssen wir nicht.« Er hatte das Gespräch abbrechen wollen.

»Und was ist wirklich mit dir los?« Sie hatte sich auf die Anrichte gesetzt, die Beine übereinandergeschlagen. Theodor hätte sie gern geküsst, hätte gern an ihren Brustwarzen gesaugt, sie von hinten genommen.

»Vielleicht bin ich gedanklich zu verstrickt«, hatte er geantwortet.

»Wegen Ann Beck?«

Er hatte genickt. »Ich habe Leen Roger angerufen.«

Wiebe hatte gelacht. »Das ist dir schwergefallen, nicht wahr?« Herablassend. Herablassend. Herablassend.

»Warum sollte es?«

»Ich erinnere dich an das Gespräch vor ein paar Wochen. Leen Roger ist eine juristische Rasierklinge«, hatte sie ihn nachgeäfft. »Du warst der Meinung, dass sie fanatisch ist, dass sie psychisch kranke Verbrecher nicht nur vor dem Gefängnis bewahrt, sondern sogar bewirkt, dass sie nach Zwangseinweisungen aus der Klinik wieder entlassen werden.« Theodor hatte zu einer Antwort ansetzen wollen, den Mund geöffnet, aber Wiebe hatte seinen Versuch übergangen. »Sie findet Formfehler«, hatte sie seine Stimme imitiert. »Wenn sie irgendwann bei mir vor der Tür steht, weil einer meiner eingewiesenen Patienten von ihr vertreten wird, verstecke ich mich unter meinem Schreibtisch.« Ihre Augen hatten geblitzt.

»Wie kannst du mich so wenig respektieren?«, hatte er entgeistert gefragt.

Wiebe hatte gutmütig gelacht und ihn gestreichelt. »Ich ziehe dich doch nur auf.« Dann war sie ernst geworden. »Was ist mit Ann Beck und Leen Roger? Warum bittest du sie um Hilfe?«

Theodor hatte empört den Kopf geschüttelt. »Ich möchte, dass Leen Roger Ann Beck verteidigt.«

»Damit Ann Beck möglichst gut wegkommt?«

»Sie hat nichts anderes verdient.«

»Das sehe ich anders.«

»Was dann? Was soll mit Ann Beck passieren?«

»Ann Beck hat in Kauf genommen, dass eine Frau ein halbes Jahr lang misshandelt wird. Aus niederen Beweggründen.« Wiebes Augen hatten sich zu kleinen Schlitzen geformt. »Das ist unverzeihlich.«

»Ann Beck hatte ihre Gründe. Sie ist psychisch krank.«

Wiebe hatte ihre Augenbrauen gehoben. »Ach ja? Leen Roger hast du es in der Vergangenheit immer zum Vorwurf gemacht, und jetzt nimmst du das Argument selbst für dich in Anspruch? Damit du fein raus bist? Oder involvierst du Leen Roger, damit sie aus dem Weg ist?«

»Was nur ist in dich gefahren? Was hast du plötzlich? Ist dir die Vernissage mit deinem neuen Superkünstler zu Kopf gestiegen?«

»Deine größte Angst ist doch, dass Leen Roger eines Tages zu dir kommt und du dich unter deinem Schreibtisch verstecken musst?«

»Hör auf damit«, hatte er sie aufgefordert. »Lass das.«

Wiebe war von der Anrichte gesprungen und hatte in eine Nektarine gebissen. »Warum können wir es nicht beim Namen nennen? Du hast Angst vor Leen Roger, ist doch so? Du hast Angst, dass sie dir irgendwann einen Strick um den Hals legt.«

»So ein Blödsinn«, hatte er geschnaubt.

»Nein?« Wiebe hatte sich an den Kühlschrank gelehnt und ihn angesehen. »Hast du ihr nicht einen guten Grund dafür geliefert?«

»Ich habe keine Angst vor ihr. Sie kann machen, was sie will. Ich habe nichts mit alledem zu tun.«

»Und warum hast du sie dann um Hilfe gebeten?«

»Habe ich nicht. Ich habe ihr lediglich angeboten, einen spannenden Fall zu übernehmen. Sie hätte auch ablehnen können, es wäre mir egal gewesen.«

»Wohl kaum.« Sie hatte ihn prüfend angesehen und war duschen gegangen. Sie hatten schweigend gefrühstückt, Wiebe hatte gesummt, aufgeräumt, Zeitung gelesen.

»Bist du der Meinung, dass ich mir etwas habe zuschulden kommen lassen?«, hatte er irgendwann gefragt.

»Hast du denn?«

»Hör auf mit deinen Gegenfragen.«

Sie hatte gezögert. »Ich hätte die Angelegenheit anders gelöst.«

»Welche Angelegenheit genau?«

Wiebe hatte ihre Worte mit Bedacht gewählt. »Du hast mich zu spät miteinbezogen. Ich hatte keinen Einfluss auf den Verlauf der Geschehnisse.«

»Du hattest eine Vernissage.«

»Das ist mein Beruf. Kein Grund, mich nicht miteinzubeziehen«, hatte Wiebe streng gelacht.

»Der Künstler ist dir jetzt offenbar besonders wichtig. Oder wie erklärst du mir, dass plötzlich nichts anderes mehr von Bedeutung ist? Am Abend deiner Vernissage ging es mir äußerst schlecht, aber dir hat jede Antenne dazu gefehlt.«

»Eifersüchtig?«

»Und du? Bist du gekränkt? Ich habe nicht gemacht, was du wolltest, das ist der Grund, warum du so spitz reagierst und behauptest, ich hätte mir etwas zuschulden kommen lassen.«

»Wir gehen die Dinge unterschiedlich an. Das ist in Ordnung.«

»Was ist dann dein Problem?«

»Warum glaubst du, dass ich ein Problem habe?«, hatte sie überrascht gefragt.

Theodor war laut geworden. »Du bist enttäuscht. Enttäuscht darüber, dass ich dich nicht um deinen Rat gefragt habe. Jetzt kannst du behaupten, dass du alles anders gemacht hättest, was für eine bequeme Position.«

Wiebe war ruhig geblieben, das hatte ihn noch weiter geärgert. Sie hatte gelächelt. »Du hast dich in etwas hineinziehen lassen. Das wäre mir nicht passiert.«

»Nein«, hatte er wütend geschnaubt. »Nein, natürlich nicht. Du hättest alles richtig gemacht, wie immer. Was denn überhaupt? Was hättest du denn richtig gemacht?«

Wiebe hatte ihre Augenbrauen hochgezogen. »Warum so ungehalten? Noch mal: Wir gehen Dinge unterschiedlich an. Das ist in Ordnung.«

»Du hast immer hinter mir gestanden.«

Sie hatte den Stuhl zurückgeschoben, ihn angeblitzt. »Ich habe aus der Zeitung erfahren, dass Ann Beck den Entführer erstochen hat.« Sie hatte auf ihn gezeigt. »Du hast mir diese Information vorenthalten, und erzähl mir nicht, dass das ein Versehen war.«

Sie hatte sich zurückgezogen, hatte am Schreibtisch gearbeitet, sich anschließend nackt auf das Sofa gelegt, um zu schlafen. Theodor war indessen wie ein unruhiges Tier auf- und abgelaufen, hatte nichts anzufangen gewusst, sich Tee gekocht und Tee gekocht und Tee gekocht, sich auf den Boden gesetzt und an den Korbsessel gelehnt.

Nahm Wiebe ihn eigentlich ernst? War er für sie ein starker Partner? Es gab viele Indizien, die dagegen sprachen. Wiebe schlief. Schlief in der Hitze. Wiebe und ihre allwissende Überheblichkeit, ihre gelassene Gutmütigkeit, mit der sie ihn beobachtete und abwartete, dass er zu einer Erkenntnis gelangte, die sie selbst schon parat hatte. Selbstbewusst, unbeugsam, souverän. Theodor dachte zum ersten Mal, dass er ihr nicht mehr vertrauen konnte, dass er ihr nicht mehr vertrauen wollte, dass er sich hüten müsse, weil sie ihn sonst filetierte und gnadenlos auseinandernahm. Theodor hatte den gesamten Vormittag darüber nachgedacht, sich immer weiter in den Gedanken hineingesteigert, dass Wiebe unantastbar auf ihn herabsah und ihn unterwürfig kriechen ließ, ihn sorgsam erduldete, seine Anwesenheit großzügig zur Kenntnis nahm. Er hatte nach dem Gespräch in der Küche argwöhnisch beobachtet, wie sie sich in der Dusche die Beine rasiert hatte, dabei ganz und gar für sich war. Lächelnd hatte sie sich eingeschäumt, den Rasierer in gekonnter Eleganz über die Haut gezogen. Ihr emanzipiertes Gehabe hatte für ihn nur abgestandenen Schaum übrig. Die Anziehung, die er sonst für Wiebe und ihre sexualisierte Fraulichkeit empfand, schmolz dahin wie ein Tropfen Wachs in der Sonne. Theodor hasste sich dafür, hasste sich dafür, dass er heute Morgen mit dem Gedanken gespielt hatte, in Wiebes Kaffee zu spucken. Zäh und schleimig hätte sich sein Speichel unter ihre Sahne gemischt, fasziniert und angewidert hätte er Wiebe beobachtet und wohlwollend genossen, dass sie seinen Speichel unwissentlich schluckte. Er hätte die Genugtuung über seine Überlegenheit gern genossen. Stattdessen hatte Theodor ertragen, dass sie glücklich mit Mea plauderte, am Telefon, während er sich für seine Gedanken schämte. Theodor hatte zum ersten Mal Angst, dass Wiebe ihn fallen ließ. Das stellte alles infrage.

Er ging in die Küche und nahm ihr Smartphone. Sollte er? Er legte es zurück, tapste hin und her, öffnete den Kühlschrank, aß den letzten Rest Lachs vom Frühstück. Er wusch sich die Hände, trocknete sie sorgfältig ab, starrte auf das Display. Er schlich zur Tür, vergewisserte sich, dass Wiebe schlief, dann gab er ihren Code ein. 7878. Zu seiner großen Verwunderung ließ sich das Telefon nicht entsperren. Theodor schluckte überrascht. Wiebe hatte ihren Code geändert. Den Code, den sie seit Jahren verwendete. 7878. Sie hatten sich vor Ewigkeiten darauf geeinigt, dass jeder Zugang zum Telefon des anderen hatte, ungefragt, als Zeichen ihres Vertrauens. 7878. Wiebe hatte die Vereinbarung ohne sein Wissen gebrochen. Theodor starrte ungläubig auf das Display, dann legte er das Smartphone wie ferngesteuert auf die Anrichte zurück. 7878.

»Wiebe«, flüsterte er enttäuscht. »Wiebe.«

KAPITEL 24

Geräusche zwängten sich diffizil durch den winzigen Spalt, während das kalte Licht der grellen Lampen mühelos hindurcheilte. Es fügte sich geschmeidig in das Bild ein, unterwarf sich unaufgefordert, bereitwillig, manierlich. Eine Einladung. »Komm her«, schien der Lichtkegel vorzuschlagen. »Schau, welcher Weg hier auf dich wartet.« Sie wäre gern gefolgt. Der Einladung und dem Weg. Wohin eigentlich?

Berne saß im Bett, die Augen geöffnet. Sie rührte in der trüben Suppe ihres eigenen Versagens. Hatte sich nicht irgendwann eine Chance aufgetan, sich zu befreien? Hatte es nicht irgendwann einen Moment gegeben, den Mann zu überwältigen? Fest zubeißen, die Augenbinde herunterreißen, treten, schlagen, einen Gegenstand suchen, mit dem sie ihm den Schädel hätte einschlagen können. Wie oft, wie oft, wie oft hatte Berne diese Szene durchgespielt. Ihr gesamter schwarzer Tag hatte daraus bestanden, und dennoch hatte sie es nicht gewagt.

»Warum nicht?«, flüsterte sie.

Das Flüstern wirkte laut, erschütternd, gellend. Es durchdrang die Schutzschilde und schlug in ihrem Bewusstsein ein. Jetzt, wo sie frei war, zog die Frage nach dem Warum immer engere Kreise, schnürte ihr die Kehle ab.

Warum nicht?

Warum hatte sie kein einziges Mal den Mut gefasst, etwas gegen ihre Situation zu unternehmen?

Hatte sie aufgegeben?

Oder hatte sie niemals aufgehört zu glauben, dass sie eines Tages freikommen würde, weshalb sie alles über sich hatte ergehen lassen?

Hatte es Gewissheit darüber gegeben, dass sie nicht in das Verlies gehörte und aus diesem Grund eines Tages wieder verschwinden würde?

War es der Glaube, der sie hatte überleben lassen, oder war es der Lebenswille, mit dem sie sich paradoxer Naivität hingegeben hatte?

Warum nicht?

Angst?

Berne nickte. Angst, sich zu bewegen und damit etwas zu verändern. Nicht zum Guten, sondern zum Schlechten, zu ihrem Nachteil, vielleicht sogar zu ihrem Tod, und weil sie nicht sterben wollte, hatte sie sich nicht bewegen können. Hatte sich nicht bewegen, sich nicht wehren, nichts verändern können. Kraft ihrer Gewissheit, vordergründig ihrer Naivität, hatte sie sich hingegeben, und weißes Rauschen hatte sich über sie ergossen und ihren Verstand gelöscht, bis von ihm nur noch Brei übrig geblieben war, und in diesem Brei war sie geschwommen, war untergetaucht, hatte sich versteckt. Hatte sich vor dem Leben versteckt, wenn sie ausblenden wollte, was mit ihr passierte.

Berne hatte es leicht. Hatte es leicht zu verschwinden, abzutauchen, sich zu entfernen. Sie durchschaute längst den Mechanismus, hatte ihm verziehen, hatte ihm gedankt. Unter Kontrolle hatte sie ihn nicht. Berne gelang es nicht, ihn zu steuern, beliebig einzusetzen oder auf ihn zu verzichten. Er kam und ging, er rollte an aus der Ferne, sie fühlte ihn kommen. Berne kam es vor wie eine Schlafkrankheit. Narkolepsie. Nur, dass Berne nicht schlief, sich stattdessen wegdachte, an einen anderen Ort beamte, in eine andere Zeit, Gefühle neu verknüpfte, um die Situation zu ertragen. Berne irrte in ihren Erinnerungen umher, bemühte sich um einen klaren Verstand, bettelte um ihn und darum, er möge zu ihr zurückkehren und sie wieder in ihren normalen Alltag heben. Wenn Erinnerungen anrollten und es schwarz zu werden drohte, sog sie den scharfen Duft vom Pfefferminzöl in sich auf. Es kräuselten sich Areale ihres Gehirns zu winzigen Rosinen, so kam es ihr vor. Die heranschleichenden Erinnerungen rutschten dann zurück in den Boden, wo sie herauszukriechen schienen. Dunkel, schwarz, bedrohlich, ganz anders als das Licht.

»Komm her!«

»Ich komme«, flüsterte sie, und das Flüstern wirkte nun weniger bedrohlich, eher verständnisvoll, kompromissbereit, versöhnlich.

Wohin würde sie der Weg führen? Über den Krankenhausflur, der sie grell und kalt empfing, hinüber in die Nacht und hinüber in ihr Leben? Zu Torge? Zu Pius? Zu ihren Tieren und in ihre Praxis? Nach Kälberberg und zum Hoffest?

Das hatte sie den beiden Polizisten gesagt. »Ich muss zurück, die Vorbereitungen für das Hoffest … Vielleicht ist es noch nicht zu spät.«

»Wo findet denn das Hoffest statt?«, hatte einer der beiden gefragt.

»In Kälberberg.«

»Und von dort stammen Sie ursprünglich?«

Berne hatte folgsam genickt, sich gefühlt wie eine Verrückte, die alle anderen davon überzeugen musste, dass sie bei klarem Verstand war, nach Hause wollte, nach Hause.

»Wissen Sie, wo Sie hier sind? Also in welcher Stadt?« Der Polizist hatte freundlich gefragt, trotzdem hatte Berne Angst, er wolle ihr eine Falle stellen.

»In Wiesbaden, das weiß ich von der Ärztin.«

»Und können Sie sich erinnern, wo sich das Verlies befand, in dem Sie festgehalten worden sind?«

Bernes Verstand hatte rotiert, sich wie eine zu schnelle Wasseruhr gedreht, war hin- und hergesprungen, hatte hektisch versucht, ihrer inneren Stimme zu gehorchen, ihr Warnsystem auf Anschlag. »In Sulzberg. Es war unter einer Hütte in einem

Wald.« Bernes Stimme hatte wie die eines Roboters geklungen. Sie ließ die Befragung über sich ergehen, antwortete knapp, erzählte von dem Entführer und schließlich von Ann.

»Und gestern sind Sie von dieser Ann Beck befreit und hierher gebracht worden?«

Berne hatte ihre Lippen aufeinandergepresst, sorgenvoll den Kopf geschüttelt. »Das ist es ja. Ich weiß es nicht. Es kann vor ein paar Wochen gewesen sein oder vor ein paar Tagen. Ich habe keine Erinnerung mehr daran.«

»Nein, Sie sind erst gestern eingeliefert worden, das kann ich Ihnen sicher sagen.« Der Polizist hatte einen Zettel herausgekramt. »Gestern Mittag, hier steht es.«

»Nein, ich bin viel früher befreit worden. Vermutlich vor ein paar Wochen schon. Ann Beck hat mich in ihre Wohnung gebracht und sich dort um mich gekümmert.«

Beide Polizisten hatten sie verständnislos angestarrt. »Vor ein paar Wochen? Und Sie sind bis heute nicht zur Polizei gegangen?«

»Das ging nicht.«

»Was soll das heißen? Wie meinen Sie das?«

Berne hatte gegähnt. Sie hatte sich müde gefühlt, das Gespräch hatte sie überfordert. »Ann hat den Mann immer ›Aal‹ genannt. Sie hat immer vom ›Aal‹ gesprochen.«

»Sie weiß, wie der Mann aussieht und wo die Hütte steht, richtig?«

Berne hatte zugestimmt.

»Wie sind Sie gestern nach Wiesbaden gekommen? Sulzberg und Wiesbaden liegen ein Stück auseinander.«

»Ann Beck hat mich hierhergebracht, aber daran habe ich keine Erinnerung mehr.«

»Wo ist sie? Also, wo ist Ann Beck?«

»Das weiß ich nicht.« Berne hatte geseufzt. »Sie ist gestern weggegangen.«

»Und dass es gestern war, wissen Sie genau?«

Berne hatte genickt. »Vielleicht bin auch ich gegangen.« Sie versuchte krampfhaft, sich zu erinnern. »Ich weiß es nicht mehr. Entweder bin ich gegangen oder Ann Beck.« Sie hatte zur Decke geschaut. »Es fällt mir nicht mehr ein. Manche Erinnerungen sind weg oder ich werfe sie durcheinander.«

Der Polizist hatte tief Luft geholt. »Das ist verständlich«, hatte er mitleidig genickt. »Können Sie Ann Beck beschreiben? Wissen Sie, wie die Frau aussieht?«

»Braune Haare. Erst waren sie lang, dann kurz. Ann Beck ist schwer, so wie ich.« Sie hatte an sich heruntergeschaut, damit eine Geste des Eingeständnisses bewirken wollen, als ihr eingefallen war, dass sie diesem Bild nicht mehr entsprach. Sie war knochig und blass, eingefallen. Berne hatte sich gestern Abend im Spiegel kaum wiedererkannt. »Ich war mal übergewichtig«, hatte sie sich korrigiert.

»Können Sie uns sagen, wo sich die Wohnung befindet?«

»Von Ann Beck?«

»Ja, wo Sie zuletzt untergebracht worden sind. Ist die Wohnung in Sulzberg?«

»Jetzt fällt es mir ein«, hatte Berne hektisch erwidert. »Ich weiß es wieder. Ich bin gegangen. Ich wollte zur Polizei. Ann Beck ist zu Hause, ganz sicher. Als ich gegangen bin, war Ann Beck noch zu Hause.«

Der Polizist hatte ein Telefon aus seiner Tasche geholt. »Wo? Wo ist die Wohnung?«

Berne hatte ihr Gesicht verzogen. »Das weiß ich doch nicht«, hatte sie geflüstert. »Eigentlich weiß ich gar nichts. Ich will nach Hause, nur das will ich.«

»Wo ungefähr? In Sulzberg?«

»Nein«, hatte Berne ungeduldig erwidert. »Natürlich nicht. Die Wohnung ist in Wiesbaden. Hier«, und damit hatte sie aus dem Fenster gezeigt, »irgendwo da.«

»Haben Sie Nachrichten gesehen?«

»Nein, es gab nichts in diesem Verlies.«

Der Polizist hatte abgewinkt. »Nicht im Verlies, sondern gestern. Hier im Krankenhaus.«

Berne hatte den Kopf geschüttelt.

»Hier in Wiesbaden ist ein Mann erstochen worden. Gestern Mittag.«

Berne hatte die Stirn gerunzelt. »Und?«, hatte sie langsam gefragt.

»Die Tatverdächtige, die gestern festgenommen worden ist, behauptet, Ann Beck zu sein.«

Berne hatte den Polizisten angestarrt. »Was?«, hatte sie entgeistert geflüstert.

»Gestern ist in Wiesbaden ein Mann niedergestochen worden. Er ist tot. Ann Beck ist in Untersuchungshaft. Wir waren bei der Festnahme dabei«, hatte der Polizist eindringlich erklärt. »Es könnte sich bei dem Opfer um Ihren Entführer handeln, oder nicht?« Der Polizist hatte auf seine Uhr geschaut. »Der Mann hatte einen Ausweis dabei. Er stammt aus Kempten.«

»Aus Kempten?«

»Bei Sulzberg«, hatte der Polizist erklärt. »Wir werden Ihnen die zwei Kommissare vorbeischicken, die seit gestern in dem Fall ermitteln. Was Sie erzählen, klingt nach …«, er war aufgestanden. »Haben Sie schon jemanden verständigt, der Sie abholt?« Der Polizist hatte sie freundlich angelächelt, und plötzlich hatte Berne wie automatisch genickt. »Kann ich den Mann sehen?«, hatte sie gefragt.

»Das besprechen Sie am besten nachher mit unseren Kollegen.«

Berne hatte verständnisvoll gelächelt, ihr war schwindelig geworden. Sie hatte sich hingelegt und aus dem Fenster gesehen. Irgendwann war es Nacht geworden und der Lichtkegel hatte sich ins Zimmer geschlichen. Und da lag sie nun und grübelte.

War Ann Beck gestern losgezogen, um den Mann zu erstechen? Berne stolperte über eine Ungereimtheit. Warum hatte er sich überhaupt in Wiesbaden aufgehalten?

Hatte der »Aal« sich auf den Weg gemacht, um sie zu holen, weil Ann ihm verraten hatte, wo sie sich befand? Hatte er sie gestern erneut mitnehmen wollen? Vielleicht war sie ihm nur knapp entkommen? Vielleicht hatte Ann sich mit ihm treffen wollen, Geld gefordert, sie verkauft?

Es schauderte sie.

Vielleicht. Vielleicht nicht. Vielleicht hatte Ann ihn kontaktiert, ihn angelockt, ihm eine Falle gestellt, sich an ihm gerächt. Vielleicht. Vielleicht nicht. Berne schüttelte den Kopf. Das war kein Zufall gewesen. Ann hatte dieses Treffen eingefädelt, hatte ihn vielleicht überführen wollen, und irgendetwas war schiefgegangen.

»Oder eben nicht«, flüsterte Berne. »Vielleicht ist auch gar nichts schiefgegangen, sondern genau nach Plan.«

Vielleicht hatte Ann minutiös geplant, den Mann zu erstechen und es getan. Mit Erfolg.

Kurz nach der Befragung durch die beiden Polizisten hatte es an der Tür geklopft. Eine Frau und ein Mann waren hereingekommen, hatten sich als die ermittelnden Kommissare ausgewiesen. Berne hatte sich ihren Fragen unterzogen, ihre eigenen Theorien dargelegt, hatte sich an die losen Fragmente ihrer Geschichte gewagt und Fäden miteinander verknotet. Berne war es gelungen, ihren Verstand zu fesseln, ohne in die Tiefe abzurutschen und zu verschwinden.

Als sich die Kommissare verabschiedet hatten, war sie eingeschlafen, eine Schwester hatte nach ihr gesehen, sie geweckt und gefragt, ob sie endlich etwas essen wolle. Berne hatte eine Scheibe Brot heruntergewürgt und kalten Tee getrunken.

Was, wenn sie Pius auch in den nächsten Tagen nicht erreichen würde?

Berne saß schlaflos im Bett und starrte den Lichtkegel an, der immer noch still und leise seine Einladung aussprach.

Der Psychiater. »Ja«, sagte Berne nickend, kramte in ihrer Erinnerung. »Komm schon«, flüsterte sie. »Komm schon.« Etwas in ihr wollte entdeckt werden. Eine Information, die vernebelt umhergeisterte. Berne riss die Augen auf, hatte das Gefühl, sie könne besser finden, wonach sie suchte, wenn sie nur genau hinsah. Sie klopfte sich mit ihrer Faust an die Stirn. »Komm schon«, zischte sie ungeduldig, und endlich fiel ihr der Name ein, nach dem sie gesucht hatte. Theodor Stein.

Berne schloss die Augen, Tränen sammelten sich und brannten scharf auf den Innenseiten ihrer Lider. So weit weg. Berne war so weit fort von ihrem Zuhause, dass sie sich anstrengen musste, ihren Glauben aufrechtzuerhalten. Ihren Glauben daran, dass Pius sie nicht vergessen hatte, ihren Glauben daran, dass sie zurückkehren konnte.

Was, wenn er längst eine neue Frau hatte und Torge eine neue Mutter? Was, wenn keine der beiden sie wiedersehen wollte? Was, wenn ihr kleiner Torge sie nicht mehr erkennen würde?

Berne fing zu schluchzen an. Tränen pressten sich aus ihren Augen, sie kauerte sich eng umschlungen in das fremde Bett, drückte ihr Gesicht in das Kissen. Heimweh. Schier unendliches Heimweh. Angst. Angst, dass Pius und Torge sie vergessen hatten. Angst, dass sie anrufen und Pius ihr Vorwürfe machen, wütend auflegen würde. Berne hatte plötzlich das Gefühl, dass sie in Kälberberg nicht willkommen sein würde, dass sie Torge nicht umarmen durfte. Berne fühlte sich verdorben, war plötzlich sicher, dass sich alle in Kälberberg für sie schämen und von ihr abwenden mussten. Plötzlich überkamen sie Zweifel, ob sie überhaupt zurückkehren sollte. Pius würde sich vor ihr ekeln.

Berne hätte sich gern in den Schlaf geweint, aber so eng sie sich auch zusammenrollte, es wollte keine Zuversicht einkehren. Der Mangel an Geborgenheit umschlang sie wie eine kalte Hand.

Gewissheit. Zuversicht. Vertrauen. Mit einem Mal hatte Berne alles verloren. Den Anfang, das Ende. Ihre Geschichte.

Sie fehlte.

KAPITEL 25

Junia saß auf der Rückbank im Auto ihrer Eltern und war weit davon entfernt zu glauben, dass noch irgendetwas von ihr übrig war. All die Informationen, mit denen sie konfrontiert worden war, sie kam nicht an die Entschlüsselung. Schwimmende Artefakte auf einer spiegelglatten Oberfläche, die Situation erfüllt von Gegensätzen, das Grauen als Schleier über der gesamten Abfolge aller Geschehnisse, dazu die groteske Komik der zufälligen Begegnungen. Ann, als zierliches Furunkel aus dem Bodensatz der Angst, ihr gegenüber die Monstrosität des Verbrechens. Einzig das wunderlich seltsame Interesse an der unglaubwürdigen Geschichte hatte Junia bei Bewusstsein gehalten. Es schwappte hinüber in eine dämonische Ironie, abermals gespalten von Abscheu und Mitleid zu gleichen Teilen. Das, was sie erfahren hatte, überstieg so sehr ihr Vorstellungsvermögen, dass sie aufgab, es als etwas zu betrachten, was zu ihrem Leben gehörte. Sie hatte das Gefühl, dass nichts aus den vergangenen Monaten in Kempten der Wahrheit entsprach. Sie hatte das Gefühl, dass, wenn sie nur schnell genug verschwand, sich Wahrheit und Geschehnisse weniger wahr und geschehen anfühlen mussten. Sie hatte die Hoffnung, ein halbes Jahr zurückspulen zu können. Sie hatte die Hoffnung, dass sie Thies' Leben auslöschen konnte, wenn sie sich nur weit genug von ihm entfernte. Vor einem halben Jahr hatte sie einen Lebensabschnitt begonnen, der nun kein Leben mehr in sich hatte.

Sie lehnte ihren Kopf an das Fenster und schaute hinaus. Nachdenklich, versunken, abwesend. Junia wusste nicht, wo sie anfangen und wo sie aufhören sollte. Es wechselten Schauplatz und Figuren, Geschehnisse und Erinnerungen. Wann immer sie versuchte, Fakten in eine annehmbare Reihenfolge zu sortieren, Gefühle zu ordnen und abzurufen, ein Fazit zu ziehen, überkam sie moralisches Entsetzen. Thies war tot, und weil er an einer Vergewaltigung beteiligt gewesen war, eine Frau in einem Verlies gefangen gehalten hatte, wurde jede Form der Hingabe, Zuneigung, Liebe, erst recht jede Form der Trauer hinfällig.

»Habt ihr euch gestritten?«, fragte ihre Mutter plötzlich. »Hast du dich von Thies getrennt?«

Junia blinzelte. »Thies ist tot. Er ist erstochen worden.«

Ihre Mutter drehte sich zu ihr um. »Wie bitte?«, hauchte sie entgeistert. »Erstochen worden?«

»Gut, dass ihr ihn nicht kennengelernt habt.« Junia lachte bitter.

»Thies ist erstochen worden?«

Junia nickte stumm.

»Das gibt's doch nicht«, flüsterte ihre Mutter. Das ungläubige Flüstern wurde vom Motorengeräusch absorbiert und davongetragen.

»Erinnert ihr euch an die Frau, die nach einer Mountainbike-Tour spurlos verschwunden ist?«

»Im letzten Winter …«, bestätigte ihre Mutter.

»Genau. Ann Beck. Sie hat Thies erstochen.«

»Was?« Entsetzt, ungläubig, verständnislos. »Aber warum hat sie das getan?«

Junia starrte aus dem Fenster. »Das weiß keiner so genau. Die beiden kannten sich überhaupt nicht. Ich habe von der Frau nie wieder etwas gehört, sie war einfach weg. Und jetzt hat sie Thies erstochen.«

»Und jetzt hat sie Thies erstochen«, wiederholte Junias Mutter wie hypnotisiert. »Und jetzt hat sie Thies erstochen?« Sie schüttelte den Kopf. »Ich bin …« Sie nahm ihre Hand vor den Mund. »Mein Gott«, flüsterte sie. »So etwas gibt es doch gar nicht.«

»Nein«, sagte Junia trocken. »So etwas gibt es doch gar nicht.«

Sie sprachen kein Wort miteinander, erst, als sie im Restaurant saßen und der Kellner die Getränke serviert hatte, berichtete Junia von den Ereignissen im Gastwerk Degenhardt.

»Ich soll Thies morgen in Wiesbaden identifizieren«, erklärte sie abschließend.

»Das kann niemand anderes übernehmen?«, fragte ihre Mutter ungläubig. »Warum musst ausgerechnet du …«

»Thies hat nur einen Bruder, und der lebt in Bukarest. Die beiden haben schon seit Jahren keinen Kontakt mehr.«

»Und seine Eltern?«

Junia lachte. »Thies' Vater hatte vor Kurzem einen Schlaganfall. Sie können nicht so weit reisen.« Sie zuckte mit den Schultern. »Ich kenne sie nicht einmal.«

»Und jemand anderes? Ein Freund?«

Junia winkte ab. »Gestern habe ich noch gedacht, dass ich es nicht schaffen kann.« Sie trank ihr Bier in einem Zug leer. »Seit vorhin habe ich das Gefühl, dass es gut ist, wenn ich Thies sehe. Ich meine, wenn ich ihn tot sehe. Ich werde es trotzdem nicht tun. Ich werde es einfach nicht tun.«

Der Kellner brachte das Essen, ihr Vater kaute wie ferngesteuert auf seinem Schnitzel herum.

»Ich habe mir vorgestellt, ein normales Leben zu führen. Ich habe mich so danach gesehnt.« Sie machte eine Pause. »Und vielleicht habe ich dadurch ein paar Dinge nicht wahrhaben wollen.«

»Was für Dinge?«, fragte ihre Mutter.

»Thies war nicht der, für den ich ihn gehalten habe. Er hatte viele Geheimnisse. Abscheuliche Geheimnisse.« Sie bestellte ein weiteres Bier. »Thies hat vor einiger Zeit ein junges Mädchen vergewaltigt.«

Ihr Vater hörte zu kauen auf. »Davon wusstest du?«, fragte er erstaunt.

»Nein. Davon weiß ich erst seit ein paar Tagen.«

»Und wie lange ist das her?«

Junia schüttelte den Kopf. »Das weiß ich nicht genau. Ein paar Jahre. Es gibt ein Video davon, das ist vor wenigen Tagen aufgetaucht.«

»Ein Video von der Vergewaltigung?«

»Thies ist beteiligt«, bestätigte Junia. »Mit zwei anderen Männern. Einen davon kenne ich, Ruben Olberding, Thies' bester Freund.«

»Das ist der, den du nicht leiden kannst.«

Junia nickte.

»Und jetzt?« Ihr Vater legte sein Besteck zur Seite. »Woher kommt denn plötzlich ein solches Video?«

»Das weiß man nicht. Es ist anonym geschickt worden. Darauf ist zu sehen, dass Thies, Ruben und Fitz ein junges Mädchen vergewaltigen.« Junia schluckte. »Mit Todesfolge. Das Mädchen ist gestorben.«

»Und niemand hat davon gewusst? Keiner der drei ist dafür bestraft worden?«

»Nein.« Junia nahm einen großen Schluck Bier. »Das Mädchen galt als vermisst.« Sie atmete geräuschvoll ein, dann lachte sie. »Durchgebrannt sei sie.«

Ihr Vater steckte sich ein großes Stück Schnitzel in den Mund und kaute energisch. »Was für ein Widerling«, flüsterte er.

»Das ist noch nicht alles.« Junia holte tief Luft. »Thies hat ein Doppelleben geführt. Er hat eine Hütte in Sulzberg besessen, in der Nähe meines Hotels. Darin hat er eine Frau gefangen gehalten. Er hat perverse Fantasien an ihr ausgelebt.«

Ihre Mutter lachte so schrill, dass Junia zusammenzuckte. Ihr Vater erstarrte. »Das auch noch?«, fragte er trocken.

Junia nickte erneut. »Das auch noch.«

»Das ist absurd.«

»Ist aber wahr.«

»Und du hast nichts davon gemerkt? Gar nichts?«

»Nichts.«

»Keine Vorahnung gehabt? Du musst doch irgendwas gemerkt haben?«

»Nichts«, wiederholte Junia. »Gar nichts.«

»Was für ein krankes Schwein«, flüsterte ihre Mutter. »Und mit dem warst du zusammen.«

»Das zu sagen nützt mir jetzt überhaupt nichts.« Junia sah ihre Mutter scharf an.

»Und woher weiß man das mit der Hütte und der Frau?«

»Damit kommen wir zum Anfang unserer Unterhaltung«, verkündete Junia.

»Ann Beck.«

»Habe ich anfangs auch gedacht, aber Ann Beck ist nicht die entführte Frau.«

Ihre Eltern wirkten überrascht. »Sondern?«, fragte ihr Vater.

»Ann Beck hat in der Nacht ihres Verschwindens beobachtet, wie Thies eine Frau in die Hütte gebracht hat.«

Ihr Vater lehnte sich zurück. Er lachte laut.

»Ja«, seufzte Junia verständnisvoll. »Ich weiß.«

»Und deswegen hat sie Thies erstochen?«

»Ann Beck hat mir damals erzählt, dass sie ihren Mann verlassen und ein neues Leben beginnen will. Ich habe sie dazu ermutigt.« Sie zuckte mit den Schultern. »Ich konnte ja nicht wissen, dass Ann Beck nicht mehr ganz dicht ist. Statt ihren Mann zu verlassen, ist sie einfach abgehauen. Sie ist untergetaucht und hat alle Hinterbliebenen im Ungewissen darüber gelassen, was mit ihr passiert ist.«

Ihre Mutter schob den Teller zur Seite und legte ihren Kopf ab, ihr Vater hatte die Arme verschränkt und die Augen geschlossen.

»So sieht es aus«, erklärte Junia.

Sie schwiegen. Sie schwiegen einige Minuten lang, dann zahlten sie und fuhren zurück zur Wohnung. Sie richteten die Betten her, Junia legte ihren Eltern Handtücher bereit und zeigte ihnen das Bad.

»Wirst du hierbleiben? Hier im Allgäu?«

Junia schüttelte hilflos den Kopf. »Ich weiß es noch nicht. Im Moment weiß ich noch gar nichts. Ich wollte euch sehen. Ich wollte, dass ihr mich mitnehmt. Ich wollte zurück an den Niederrhein. Jetzt fühlt es sich falsch an.«

Ihre Mutter nickte still.

Als Junia früh am Morgen aufwachte, stellte sie sich Thies' ergraute, wachsartige Haut vor. Ekel überkam sie, ersetzte die Trauer. Sie prägte sich sein neues Gesicht lange ein, wollte ihn tot in Erinnerung behalten, nicht lebendig. Tot. Sie wollte, dass er jemand anderes wurde und je länger sie sich vorstellte, dass er kalt und marmoriert war, desto stärker wurde das Gefühl, dass es einen echten Thies in ihrem Leben nie gegeben hatte.

»Ich komme nicht mit«, erklärte sie ihren Eltern beim Frühstück. »Ich kann nicht. Ihr müsst ohne mich zurückfahren.«

Sie schaute den Rücklichtern hinterher, bis sie nur noch klein und verschwommen waren. Sie wollte ihnen nachrennen, ihre Eltern zurückholen, wollte mitfahren, von hier verschwinden, aber verschwinden konnte sie nicht. Ob sie sich hier oder am Niederrhein versteckte, es änderte nichts an der Tatsache, dass sie gesprungen war. Sie hatte vor dem Abgrund gestanden, intuitiv geahnt, dass ein gieriger Schlund, schwarz und grauenvoll, sie tief unten in Empfang nehmen, verschlingen würde. Trotzdem hatte sie nicht gezögert. Sie war gesprungen. Ohne Furcht. Warum? Junia dachte unentwegt darüber nach. Lag auf dem Boden, starrte an die Decke und fragte sich, warum sie so wenig überrascht war. Ohnmächtig, kraftlos, müde, aber keinesfalls überrascht. Thies.

Sie fuhr mit ihrem Mountainbike zum Hotel, schlich sich zur Küche.

»Ich weiß nicht, warum ich hier bin«, erklärte sie Marten. »Ich weiß aber noch weniger, wo ich sonst hinsoll.«

Als Marten sie in den Arm nahm, konnte sie endlich weinen. Lautlos, ohne ein Schluchzen.

»Soll ich zu dir kommen?«, fragte er. »Ich kann ein paar Tage bei dir wohnen.«

Junia lehnte ab. »Ich möchte wieder arbeiten, hier wohnen. Ich möchte das Gefühl haben, dass ich jederzeit wegkann. Die Wohnung fesselt mich. Sie hängt wie eine schwere Kugel an meinem Bein. Ich möchte sie leer räumen, ich möchte da raus. Ich möchte so tun, als hätte es sie nie gegeben.«

»Ich kann dir helfen. Wir alle können dir helfen.«

Junia lächelte matt. »Ich steige nächste Woche wieder ein. Ich muss auf mein Fahrrad. Ich will nicht aufhören. Ich kann nicht.«

»Ablenkung wird gut sein«, bestätigte Marten.

»Vielleicht melde ich mich nicht immer«, bereitete Junia ihn vor. »Ich werde diese Woche schon fahren, allein, vielleicht irgendwo Pause machen und übernachten. Ohne Telefon. Ich will, dass alles stehen bleibt. Ich möchte so tun, als hätte es die Zeit mit Thies nie gegeben. Ich möchte bis an mein Lebensende hierbleiben.« Sie kam sich albern vor.

»Vielleicht ist das nicht der richtige Zeitpunkt, dir das zu sagen, aber ...« Marten zögerte. »Ich bleibe nur noch bis Oktober hier.«

»Dann gehst du zu deinem Bruder, ich weiß. Nach Irland.«

»Ich werde dort bleiben. Oberhalb von Oysterhaven.«

»Dort bleiben?«

Marten lächelte schief. »Ist an der Zeit.«

Junia verschränkte ihre Arme. »Vor ein paar Wochen hast du behauptet, du wärst überall zu Hause. Vor ein paar Wochen hast du gesagt, dass du nirgendwo länger bleiben kannst.« Junia war plötzlich enttäuscht. »Du hast mal gesagt, dass es zwei Arten von Menschen gibt, die Fernweh haben ...«

»Die einen sagen, ich will hier weg und die anderen sagen, ich will dahin«, bestätigte Marten. »Ich bin gern allein. Die Menschen, die mir etwas bedeuten, kommen irgendwie mit. Sie sind da. Sie bleiben.«

»Und ich? Ich will immer nur weg.«

Marten holte tief Luft. »Ich möchte, dass du mitkommst. Ich möchte, dass du da bist. Ich möchte, dass du bleibst.«

Junia starrte ihn an, blinzelte. Marten. Sie schüttelte den Kopf. »Ich organisiere mir ein Zimmer, ich hole meine Sachen. Dann fahre ich.«

»Mit deinem Mountainbike?«

Sie nickte. »Ich muss mich sortieren.«

Auf dem Weg zurück zur Wohnung erhielt sie eine Nachricht von einer fremden Telefonnummer.

»Hallo, Junia, Thies hat dich geliebt. Er hat dir einen Brief hinterlassen. Können wir uns treffen? Isa.«

Junia las die Nachricht ein weiteres Mal, dann noch einmal.

Die Buchstaben verschwammen, Tränen tropften auf ihr Display. Sie setzte sich auf die Bank, auf der sie schon in den vergangenen Tagen grübelnd gehockt hatte.

Sie schaute auf den See, die Enten schwammen sorglos wie immer, ließen sich treiben. Sie vergrub ihr Gesicht in den Händen, und als nach einer halben Stunde keine Tränen mehr kamen, nahm sie ihr Telefon und schrieb zurück.

»Hallo, Isa! Wann und wo? Junia.«

Einem Entenpaar folgten hektisch sechs kleine Küken.

Junia stand auf und ging.

KAPITEL 26

Schaum lief zwischen seine Zehen. An anderen Tagen hätte er sich mit Leichtigkeit seiner Fantasie hingegeben, hätte liebliche Bilder in den Blasen gesehen und sich abenteuerliche Geschichten erzählen lassen, heute aber entdeckte er nur teuflische Fratzen, die sich dämonisch mit seinem schweren Geheimnis verbünden wollten. Titus ließ sich abtrocknen, die Haare föhnen, den Schlafanzug anziehen.

»Du bist ja ganz verbrannt«, stellte seine Mutter besorgt fest. »Kein Wunder, dass du dich kaum noch bewegen kannst. Wo hast du dich denn herumgetrieben?«

Titus zuckte unbeteiligt mit seinen Schultern.

»Und getrunken hast du auch kaum. Das geht so nicht«, schimpfte sie. Sie reichte ihm die Zahnbürste. »Morgen bleibst du zu Hause.«

»Auf keinen Fall«, widersprach Titus hektisch. »Ich muss morgen wieder los. Ich muss morgen wirklich wieder los«, betonte er.

»Und was gibt es Wichtiges, dass du nicht einen einzigen Tag Pause machen kannst?«

Titus überlegte krampfhaft. »Ein Experiment. Ich habe Kröten gefunden. Morgen muss ich ihnen Wasser bringen, sonst sterben sie.«

»Bring ihnen Wasser, und wenn das erledigt ist, kommst du zurück.«

Titus nickte. »Ich habe meine Steinschleuder verloren.«

»Dann baust du dir eine neue.«

»Sie war die beste, die ich je hatte. Ich muss sie wiederfinden.«

Seine Mutter seufzte. »Morgen trägst du einen Hut und ein langes Shirt, und du wirst zurückkommen, sobald die Kröten Wasser haben.«

»Und meine Steinschleuder?« Titus schlug seine Augen nieder. »Ich werde niemals mehr …«

»Morgen nicht.« Seine Mutter schob ihn über den Flur in sein Kinderzimmer. »Bella geht morgen mit ihren Freundinnen schwimmen. Kannst du nicht auch mal etwas mit anderen unternehmen? Verabrede dich doch mal mit Bjarne. Der Junge kommt in deine Klasse. Es wäre schön, wenn ihr euch schon kennen würdet.« Sie deckte ihn zu. »Außerdem müsstest du dann nicht immer allein herumstreunen.«

»Mir gefällt es aber, allein zu sein.«

»Du bist ein Träumerle, Junge.« Sie gab ihm einen Kuss. »Du bist ein Träumerle.«

In der Nacht schlich sich Titus aus dem Bett. Auf Zehenspitzen und in geduckter Haltung tapste er zu Bellas Zimmer. Die Tür war angelehnt, er stupste sie vorsichtig an, wartete steif. Bellas pinkfarbenes Nachtlämpchen tauchte den Raum in behagliche Stimmung. Titus kam sich schäbig vor. Bellas Zimmer bestand aus rosa gestrichenen Wänden und weißen Möbeln. Auf ihrem Schreibtisch standen angespitzte Stifte in einer Box, eine glitzernde Schreibtischunterlage lag bereit, ein ordentlich gepackter Schulranzen mit fliegenden Pferden und leichten Wolken wartete auf die Einschulung. Bellas Zimmer war aufgeräumt. Einhörner und Pferde mit Flügeln, daneben Feen mit buntem Haarschmuck standen sortiert in einem Regal, die Kissen auf ihrem kleinen Schlafsofa hatte sie nach Farben sortiert, und für den nächsten Tag hing ein gebügeltes Kleid über ihrem Schreibtischstuhl. Bellas Zimmer wirkte mädchenhaft, zart und ordentlich, während seines einem Schrottplatz, einem Trödelmarkt glich. Titus straffte seine Schultern. Erst musste er sich um den Motorradfahrer kümmern, dann würde er sein Zimmer aufräumen und wie Bella werden. Vielleicht würde Bjarne ein guter Freund sein, und er würde sich zum Schwimmen verabreden und ein gebügeltes T-Shirt für den nächsten Tag bereitlegen. Vielleicht. Vielleicht aber war Bjarne wie er und gar nicht wie Bella. Vielleicht wollte Bjarne auch nicht eingeschult werden, und vielleicht hatte Bjarne deswegen ebenso wenig einen Schulranzen wie Titus.

Seine Mutter hatte ihm gedroht, dass sie ihm einen Ranzen aussuchen würde, wenn er nicht mitkäme, und dass er dann damit leben müsse, dass auf seiner Schultasche ein Delfin oder ein Wal abgebildet sei, aber Titus hatte nichts darum gegeben, und weil seine Mutter nie wahr machte, was sie androhte, hatte er stoisch gewartet.

»Die nehme ich«, hatte er vor zwei Wochen verkündet und seiner Mutter eine alte Ledertasche unter die Nase gehalten.

»Die ist kaputt, das geht nicht.«

»Wir können neue Gurte kaufen.«

»Auf keinen Fall. Du bekommst einen neuen und vernünftigen Schulranzen, sonst melde ich dich wieder von der Schule ab, dann bleibst du eben hier.«

»Dann bleibe ich eben hier«, hatte Titus gelassen erwidert. »Macht mir gar nichts. Will ich sowieso viel lieber.«

Eine Woche später hatten neue Gurte auf seinem Bett gelegen.

Titus schlich zu Bellas Kommode. Er öffnete leise die erste Schublade und suchte angestrengt nach der Pinzette, die sie zwischen Schmuck und Spangen aufbewahrte, tapste die Treppe hinunter in die Küche und holte sich ein gespültes Marmeladenglas aus dem Schrank unter dem Backofen. Die Geräusche schienen ihm unverhältnismäßig laut, er traute sich kaum zu atmen. Die Uhr über der Küchentür tickte unbeirrt, und Titus zuckte zusammen, als er plötzlich einen Schatten bemerkte. War der Motorradfahrer … Er schüttelte den Gedanken ab. Bestimmt nur die Katze, beruhigte er sich. Ob der Motorradfahrer schlief? Titus verdrängte das Bild, hatte Angst, es würde ihn einholen und schuldig sprechen, die Nacht noch schwärzer färben.

Er drehte den Schlüssel, öffnete die Haustür, schlüpfte hindurch, in den Händen Bellas Pinzette und das Glas. Der Mond schaute vorwurfsvoll auf ihn herab, und das Licht der Laternen warf gruselige Schatten, die wie bizarre Masken auf ihn lauerten. In einer der Masken erkannte er Mittke. Es schauderte ihn. Er beeilte sich. Die Augen weit aufgerissen, hüpfte er behände über Mittkes Abbild. Er steuerte auf das Treibhaus Nummer vier zu, tapste hindurch, suchte im dämmrigen Licht die Gänge ab. Er marschierte an den Tischplatten vorbei zu den Trogbeeten, entdeckte endlich den blauen Eisenhut. Mit der Pinzette zupfte er vorsichtig eine der rispenförmigen Blüten ab und ließ sie in das Glas fallen. Er schüttelte sie hin und her, hob das Gefäß hoch in die Luft und schaute durch den Boden hindurch die blauviolett schimmernde Blüte an. Dann zupfte er eine weitere ab, beschloss, dass zehn Blüten ausreichend waren, und achtete sorgfältig darauf, weder Stiel noch Blätter zu berühren. Zufrieden machte er sich auf den Weg zurück und schlich über den Hof. Überall auf dem Boden krochen Nacktschnecken, die ihre schleimigen Spuren zogen. Titus ekelte sich. Er hatte Angst, eine der glitschigen Schnecken mit seinen nackten Füßen zu erwischen.

Im Badezimmer ließ er eine winzige Menge heißes Wasser in das Glas tröpfeln, verschloss es sorgfältig mit dem Deckel. Die Pinzette reinigte er gründlich mit Desinfektionsmittel aus dem Medizinschrank, legte sie zurück in Bellas Schublade. Das Glas mit dem Blütensud versteckte er in seinem Kleiderschrank.

Titus schlüpfte ins Bett und gähnte, feilte noch eine Weile an seinem Plan. Er beschloss, dass er ein schlechter Mensch war. Bald würde er aufhören, würde wie Bella sein und sich auf die Schule freuen, und dann würde er Bjarne zum Kirschkuchen einladen. Er dachte an Bella und an die Schule, an Bjarne und an Kirschen. Er dachte so lange an Kirschen, bis ihm die Augen zufielen.

KAPITEL 27

»Hier ist jemand an der Pforte, der Sie sprechen möchte.«

Theodor stöhnte. »Das auch noch. Ich habe überhaupt keine …«

»Sie sollten herunterkommen. Mit der Frau stimmt etwas nicht.«

Theodor war plötzlich hellwach. Er knallte den Hörer auf, sprang vom Stuhl, rannte aus seinem Zimmer den Flur entlang, vorbei an Franz Burg, der leichenblass erstarrte und ihm unverständliche Warnungen hinterherrief, und vorbei an Lonne, die gelangweilt im Flur auf und ab ging. Er stolperte die Stufen im Treppenhaus hinunter, riss die Tür auf und stürzte an der Cafeteria vorbei ins Foyer.

Theodor erkannte sie sofort. Sie stand steif und kerzengerade an der Wand, hatte sich fest dagegengepresst, ihre viel zu weite Kleidung fiel in langen Bahnen an ihr herab, ihre Haut pergamentartig und schneeweiß, die Augenlider grau und das Gesicht knochig. Es glich einem Totenschädel. Alles an der Frau sah leblos aus.

Berne Jurin.

Theodor nickte ihr zu.

Auf dem Weg in sein Besprechungszimmer wechselten sie kein Wort. Theodor war um Zurückhaltung bemüht. Am liebsten hätte er ihr sofort versichert, dass sie ab jetzt therapeutisch versorgt wäre, ein Therapieplatz für sie bereitstünde, er einen Plan hätte, sich um sie kümmern würde, sie bei ihm in guten Händen wäre. Sie sah so zerbrechlich aus, dass er nicht sicher war, ob sie es aus eigener Kraft bis zum Büro schaffen würde. Theodor war kurz davor, sie väterlich zu stützen, ihr über den Rücken zu streicheln. Er nahm sich vor, behutsam, fürsorglich, wohltätig zu sein, ihr das Gefühl zu vermitteln, dass endlich alles gut würde.

»Bitte«, er forderte sie auf, Platz zu nehmen. »Möchten Sie etwas trinken?«

Berne lächelte dankbar. »Haben Sie Saft?«

Theodor rief in der Cafeteria an und ließ Orangensaft bringen. Berne setzte das Glas an, hielt es mit zittrigen Händen umklammert. Wie einen übergroßen Pokal, der ehrfürchtig gehalten wurde. Theodor empfand Mitleid.

»Ich habe Sie gesucht«, eröffnete er das Gespräch. »In der Wohnung.«

»Und mich nicht gefunden.«

Theodor zuckte zusammen. Er war irritiert. Bernes Stimme war nicht tot. Ganz und gar nicht. Bernes Stimme passte überhaupt nicht zu ihrem äußeren Erscheinungsbild. »Nein. Ich wusste nicht, wo ich sonst noch suchen sollte.« Er fühlte sich ertappt.

»Nein? Wussten Sie nicht?«

Theodor öffnete seinen Mund, schloss ihn sogleich wieder. Er starrte Berne an, ihr Blick hellwach, kämpferisch, sortiert.

»Ja, da staunen Sie, nicht wahr? Im Internet. Sie hätten recherchieren können, ob ich irgendwo vermisst werde.« Sie schaute ihn prüfend an. »Oder?«, schob sie hinterher. »Sie kannten meinen Namen. Sie hätten meiner Familie Bescheid geben können. Sie hätten zur Polizei gehen, nach mir fragen können. Sie hätten mich suchen lassen können. Es gibt allerlei, was Sie hätten unternehmen können, um mich zu finden und um mir zu helfen. Aber das Einzige, was Ihnen einfällt, ist, in der Wohnung nachzuschauen und sich dann zu verkriechen.«

Theodor war vollkommen irritiert. Bernes Ton war scharf, ihr Blick angriffslustig. Sie wirkte ganz anders als die vielen Tage zuvor, an denen er sie besucht hatte, an denen sie zusammengekauert und abwesend herumvegetiert war, an denen sie kein Wort zustande gebracht, kein einziges Mal die Augen geöffnet hatte. Er räusperte sich unbehaglich. »Sie haben gewusst, dass ich bei Ihnen war«, stellte er fest. »Sie haben mich aufgesucht, sind aus eigenen Kräften hierhergekommen. Das ist ein gutes Zeichen«, lobte er.

»Sparen Sie sich das!« Berne umklammerte ihr Glas. Die Knöchel ihrer Hände leuchteten weiß. »Ich bin nicht hier, damit Sie mich mitleidig therapieren.« Sie sah ihn eindringlich an. »Ich bin hier, damit Sie mir sagen, was ich meinem Sohn erzählen soll.«

Theodor faltete seine Hände. »Ich verstehe.« Bernes Blick durchdrang ihn wie eine Schwertspitze. Er schloss seine Augen. »Es ist gut, dass Sie sich vorbereiten möchten.« Er nickte besonnen. »Es ist möglich, dass sich Ihr Sohn zunächst abweisend und unsicher verhält. Er wird nicht gleich erkennen, wer Sie sind. Möglicherweise wird er spüren, dass Sie eine Rolle in seinem Leben gespielt haben. Es wäre gut, wenn ihn eine vertraute Person bei Ihrem ersten Aufeinandertreffen begleitet.« Er öffnete seine Augen. Berne hatte ihre Lippen fest aufeinandergepresst und starrte ihn an. Theodor atmete geräuschvoll aus, lehnte sich in seinem Sessel zurück. Er wollte weg, wollte ihrem Blick entkommen. »Wie sind Sie hierhergelangt?«, fragte er vorsichtig.

»Verunsichert Sie das?«

»Keineswegs.« Theodor lächelte. »Ich bin froh, dass Sie zu mir gefunden haben.«

»Das wundert mich.« Berne verzog keine Miene.

»Ich kann Ihnen helfen«, versicherte Theodor.

»Um Ihr Gewissen zu erleichtern?«

Theodor räusperte sich. »Darf ich fragen, Berne …«

»Nein«, unterbrach ihn die tote Frau. »Dürfen Sie nicht.« Sie stellte ihr Glas ab. »Sie dürfen gar nichts. Sie haben Ihr Recht auf Fragen verwirkt.«

»Wie kommen Sie darauf, dass …«

»Nur ich werde Fragen stellen.« Berne Jurin blinzelte jetzt. »Meine erste Frage lautet: Haben Sie eigentlich eine Ahnung, wer ich bin?«

Theodor hob verwundert seine Augenbrauen. »Natürlich«, antwortete er. »Sie sind Berne Jurin.«

»Und? Wer ist Berne Jurin?«

Theodor lächelte gönnerhaft. »Was wird das hier? Eine Anklage?« Er stand auf. »Sie sind Berne Jurin.« Theodor wandte sich ab und steuerte auf den Medikamentenschrank zu. »Die Frau«, ergänzte er unbehaglich. Er schwitzte. »Ich muss mich auf den nächsten Patienten vorbereiten«, entschuldigte er sich.

»Nein, Sie wollen so tun, als seien Sie beschäftigt, weil Sie nicht damit gerechnet haben, dass ich hierherkomme.«

Er schaute zu ihr, sein Blick milde. »Nein.« Theodor sprach langsam. »Ich habe erwartet, dass Sie kommen, und bin erleichtert, dass Sie zu der richtigen Entscheidung gelangt sind, sich an mich zu wenden.« Er verschloss den Schrank, setzte sich Berne gegenüber, überschlug gelassen seine Beine und legte seine Hände in den Schoß. »Und nun?«, fragte er und wartete.

»Und nun …« Berne ahmte ihn nach, überschlug ihre Beine und faltete ihre Hände. »Und nun erzählen Sie mir, wer ich bin.«

Theodor antwortete nicht.

»Möchten Sie mir stattdessen lieber erklären, wer Sie sind? Oder vielleicht, was ich der Polizei über Sie erzählen soll?«

Theodors Puls stieg, er versuchte, seinen Gräuel zu verbergen. »Worauf wollen Sie hinaus?« Er lächelte angestrengt.

Bernes Blick verriet Abscheu.

»Ich bin für Sie da.« Theodor machte eine einladende Geste. »Ich freue mich, dass Sie hier sind. Sie haben richtig entschieden.«

»Sie wissen doch, was mit mir passiert ist?«

»Ann Beck hat es mir erzählt«, bestätigte Theodor.

Berne verengte ihre Augen. »Was genau hat Sie Ihnen denn erzählt?«

»Nun, zunächst eine Geschichte, an der ich meine Zweifel hatte.« Er wog ab. »Ann Beck hat …«

»Fangen Sie früher an«, unterbrach Berne ihn. »Wie sind Sie überhaupt in Kontakt gekommen?«

»Zum ersten Mal auf einer Veranstaltung. Ann Beck stellte sich mir als Elenor Moos vor und behauptete, mich zu kennen.«

»Aber Sie kannten die Frau nicht?«

»Noch nie gesehen.« Er schüttelte den Kopf.

»Trotzdem ließen Sie sich überzeugen?«

»Keineswegs«, widersprach Theodor. »Sie kam mir suspekt vor. Die Behauptung, wir würden uns kennen, erweckte Misstrauen in mir.«

»Und dann? Was haben Sie gesagt?«

»Nichts.« Theodor verschränkte seine Arme. »Ich habe mich von ihr abgewandt, sie stehen lassen. Ich gebe zu, dass ich kein Interesse hatte, mich mit ihr zu unterhalten.«

»Warum nicht?«

Theodor benetzte seine Lippen. »Weil …«

»Weil sie Ihnen zu labberig vorkam?« Berne lachte bitter. »Als Ihre Patientin wäre sie doch ein geeignetes Opfer, nicht wahr?«

Theodor schüttelte irritiert den Kopf. »Warum glauben Sie, dass Patienten meine Opfer …«

»Weiter.« Forderte Berne knapp. »Kein Interesse an der Frau, die behauptet, Sie zu kennen, und dann? Was ist dann passiert? Haben Sie gedacht, dass Sie sich nicht erinnern und fertig?«

»Ganz und gar nicht. Sagen wir mal so … Elenor Moos' hilflose Ausstrahlung stand im Gegensatz zu ihrem aufdringlichen Verhalten. Es passte nicht zusammen.« Wie auch bei dir, du tote Frau, dachte er still. Er suchte nach den richtigen Worten. »Sie verhielt sich paradox. Sie tat überschwänglich, ihr gesamtes Erscheinungsbild aber war …«

»Schlaff«, vollendete Berne den Satz steif. »Sie haben sich vor Elenor Moos geekelt.«

»Ich komme nicht ganz mit. Warum sollte ich mich vor ihr ekeln?« Theodor versuchte, ruhig zu atmen, spürte, wie er allmählich in Wallung geriet.

»Dann formuliere ich es mal anders: Sie ergötzen sich an psychisch labilen Personen und vergreifen sich an deren menschlichen Makeln.«

»Wie bitte?«

»So, wie ich es sage.« Berne hob ihre Augenbrauen. »So, wie ich es sage«, wiederholte sie. »Sie haben gern Menschen um sich, die Ihre Hilfe benötigen. Aber wehe, ein solcher Mensch begegnet Ihnen außerhalb Ihres geordneten Rahmens.« Sie lächelte kalt. »Das halten Sie nicht aus, davor ekeln Sie sich, ist es nicht so?«

Theodor stand auf. »Sie sprechen in Rätseln. Vielleicht brechen wir das Gespräch lieber ab.«

»Vielleicht brechen wir das Gespräch ab«, wiederholte Berne. »Ja, vielleicht. Dann erkläre ich meinem Sohn nicht, warum ich so lange weg war. Soll ich ihm einfach sagen, dass ich nicht weiß, wie sich die Dinge gefügt haben? Soll ich ihm sagen, dass sich meine Geschichte nicht erklären lässt? Dass sie sich nicht erklären lässt, weil mir niemand die Wahrheit sagt?« Sie schluckte geräuschvoll. »Was ist nur mit Ihnen beiden los? Was ist mit Ihnen los, dass Sie mir beide die Wahrheit verschweigen?«

»Niemand verschweigt Ihnen die Wahrheit«, widersprach Theodor energisch. »Das ist Unsinn.«

»Unsinn?« Berne atmete geräuschvoll aus. »Ann Beck war an der Entführung beteiligt, habe ich recht? Ist es das, was Sie mir nicht erzählen wollen?«

Theodor wehrte ab.

»Was dann?«

»Gar nichts.« Theodor schüttelte den Kopf. »Gar nichts. Es ist, wie Ann Beck Ihnen erzählt hat.«

»Ann Beck hat mir nichts erzählt. Ich wäre nicht hier, würde ich meine Geschichte kennen. Ich wäre nicht hier, wären alle Fragen beantwortet. Ich wäre nicht hier, wenn ich alles beisammenhätte. Wissen Sie, wo ich wäre, hätte meine Geschichte einen Anfang und ein Ende? Wissen Sie wo?«

Theodor nickte knapp.

»Ich wäre zu Hause«, flüsterte Berne. »Längst zu Hause.«

»Was fehlt Ihnen denn noch, um nach Hause zurückzukehren? Ich kann Ihnen einen Klinikplatz anbieten, wir können die Zeit aufarbeiten, wir können …«

Berne sprang auf und schrie. Der Schrei war inbrünstig, durchdrang die Stille. Die Stille um die wahre Geschichte, die Stille um das Geheimnis und um Ann Beck, durchdrang die Stille um Theodors Versagen, durchdrang die Stille um die Schuld und die Einsamkeit, der sich Theodor seit Tagen widersetzte.

Theodor klatschte laut in seine Hände. »Hören Sie auf«, herrschte er Berne an. »Sofort!«, befahl er. Er schubste sie in den Sessel zurück. »Sonst lasse ich Sie einweisen«, drohte er ungehalten.

»Sie werden mir Rede und Antwort stehen«, befahl Berne streng. »Wenn nicht, werde ich Sie bei der Polizei anzeigen.«

Theodor zeigte auf Berne. »Wofür denn? Wofür wollen Sie mich überhaupt anzeigen? Was soll das alles hier?« Er versuchte ein Zittern in seiner Stimme zu unterdrücken, sprach laut und energisch. »Was erlauben Sie sich? Sie kommen in meine Klinik, und was tun Sie? Sie greifen mich an, Sie sprechen in Rätseln, Sie …« Er fuchtelte mit seiner Hand in der Luft herum. »Sie bringen hier alles durcheinander.«

Berne lachte künstlich. »Ich bringe hier alles durcheinander? Was denn? Was bringe ich durcheinander? Vielleicht Ihre Vorstellung, ein väterlicher Wohltäter zu sein, der mein Leben«, sie schüttelte wild den Kopf, »nein«, fauchte sie, »der meine Psyche wieder auf die richtige Bahn bringt? Das haben Sie sich vorgestellt, richtig? Sie haben gedacht, dass ich komme und Sie anbettele, Sie haben gedacht, dass ich wie ein Häufchen Elend vor Ihnen krieche und Sie anflehe, mir aufzuhelfen.« Sie stand auf, zeigte auf ihn. »Das haben Sie doch, ist es nicht so?«, schrie sie zornig. »Sie sind ein jämmerlicher und widerlicher Psychiater, der seine Speicher mit den Unzulänglichkeiten seiner Patienten auffüllt und sich als überlegener Gott an ihrem Leiden bedient, von ihrer Abhängigkeit lebt, sich abzapft, was er …«

Theodor konnte nicht anders. Er fasste in ihre Haare, zog an ihnen. Diese Berne, er würde sie noch aus dem Fenster werfen. Hasserfüllt blickte er auf sie herab und plötzlich kamen ihm Bilder, wie sie gefesselt und geknebelt in dem Verlies lag. »Ja, da haben wir's«, schrie er sie an, seine Hände zitterten. »Sie …«, drohte er ihr. Er verstummte, starrte Berne verblüfft an, bewegte sich nicht. Theodor leckte seine Lippen. »Scheiße«, flüsterte er.

KAPITEL 28

»Wie soll das laufen?«, hatte er gefragt und dabei weiter in seiner Zeitung gelesen.

»Ich könnte einen kleinen Laden anmieten.«

Er hatte nicht reagiert.

»Unsere Küche ist groß, es geht auch ohne Laden. Ich könnte hier zu Hause backen.«

Rainer hatte einen Schluck Kaffee genommen.

»Ich könnte eine Unternehmensgesellschaft gründen, dann hafte ich nur beschränkt.« Sie hatte sich aufgerichtet. »Nur mit meinem Geschäftsvermögen.« Ann hatte nervös gewartet. »Ich kann aber auch ein Gewerbe anmelden.« Sie hatte überlegt. »Ich melde nur ein Gewerbe an.«

»Und?«

»Was, und?«

Er hatte eine fragende Geste gemacht. »Und dann backst du?«

Ann hatte ihre Füße fest auf den Boden gepresst. »Ja.« Mehr war ihr nicht eingefallen.

»Eine Konditorei muss in die Handwerksrolle eingetragen werden. Es ist ein zulassungspflichtiges Handwerk.« Er hatte sie mitleidig angeschaut. »Du hast nicht einmal einen Meisterbrief.«

»Ich könnte einen Ausübungsberechtigten ernennen.«

»Wer soll das sein? Du hast niemanden. Oder kennst du etwa jemanden?«

Ann hatte stumm genickt.

»Ach, und wer soll das sein?«

»Mein Chef.« Ann hatte mit den Schultern gezuckt. »Das macht er schon. Er mag mich.«

»Du wirst keine Konkurrenz sein.« Rainer hatte gelacht.

»Ein Gesundheitszeugnis habe ich schon.«

Rainer hatte weiter Zeitung gelesen.

»Ich kann auch ohne einen Meistertitel und ohne meinen Chef eine Konditorei eröffnen. Es gibt Ausnahmefälle, in denen das genehmigt wird.«

»Dann nur zu«, hatte Rainer abwesend gesagt.

Ann war aufgestanden. Aus ihrem Schlafzimmer hatte sie einen Ordner geholt, ihn auf den Tisch gelegt, aufgeschlagen. »Ich habe schon einen Finanzplan erstellt«, hatte sie verkündet. »Ich habe ausgerechnet, wie viel Kapital ich für die Gründungs- und Anfangsphase benötige.« Sie hatte weitergeblättert. »Und hier«, sie hatte auf eine Tabelle gezeigt. »Das ist die Einrichtung. Ich habe aufgelistet, was ich alles einkaufen muss. Die Einrichtung und die Produktionsgeräte.« Rainer hatte einen kurzen Blick darauf geworfen. »Ich habe die laufenden Betriebskosten ausgerechnet.« Sie hatte nervös ihre Haare zurückgestrichen. »Aber jetzt brauche ich das ja nicht mehr, ich backe ja hier in der Küche.« Sie hatte sich wieder hingesetzt. »Viel lieber hätte ich einen kleinen Laden, in dem ich Kunden empfangen kann.« Sie hatte schnell gesprochen. »Ich weiß genau, wie er eingerichtet sein würde. Weiß und mit knalligem Pink, ich habe schon ein Logo erstellt.« Sie hatte in ihrem Ordner geblättert und ihm das Logo hingeschoben. »Siehst du?«, hatte sie ihn aufgefordert. Das Logo bestand aus einer mit wenigen Linien gezeichneten vierstöckigen Torte in den Farben Weiß und Pink, ihre Initialen bildeten eine Art Sahnehäubchen. »Die Torte, aber ohne die Buchstaben, wird es als Aufkleber geben. Kriegt jeder Kunde. Und ich werde pinke Schleifchen verschenken, wenn man eine Hochzeitstorte bestellt. Darauf sind meine Initialen zu sehen. Die Hochzeitsgäste können sich die Schleifchen …«

»Warum erzählst du mir das?«, hatte Rainer sie unterbrochen. »Du verhältst dich wie ein kleines Kind. Du willst eine Konditorei eröffnen? Dann mach es doch einfach. Such dir deine Kunden und backe ein paar Torten.« Er hatte an ihr herabgeschaut. »Ich gebe dir Geld«, hatte er zugestimmt. »Es ist gut, wenn du ein bisschen beschäftigt bist.«

Ann hatte geschluckt. »Ich brauche nur etwas Geld, um die Startphase zu bewältigen. Ich zahle es dir zurück.«

Rainer hatte gelächelt. »Du wirst kaum so viele Torten backen können, dass du damit Einnahmen erzielst. Aber«, er hatte seine Zeitung zusammengelegt, »du hast ja Zeit.« Er war aufgestanden. »Lass mich wissen, was ich dir im Monat zur Verfügung stellen muss, damit du glücklich bist.« Er hatte sich seine Schuhe angezogen. »Ich bin heute Mittag nicht da«, hatte er von der Haustür aus gerufen. »Es reicht mir, wenn du für heute Abend kochst.«

»Ich hasse dich«, hatte Ann geflüstert.

Sie hatte ihren Ordner zurück ins Schlafzimmer gebracht, sich aufs Bett gelegt. Dann hatte sie versucht, nicht zu weinen, hatte sich vorgestellt, dass sie in ihrem Laden stehen und backen würde. Der Laden wäre geräumig, einladend, hell, in der Mitte des Raumes eine bequeme Sitzgruppe aus pinkfarbenen Sesseln. Die Torten aus Plastilin würden dekorativ in den Regalen stehen, für jede Sparte unterschiedliche Motive als Anregungen. Ann hatte sich vorgestellt, dass Kunden durch den Laden schlendern, sich anschließend mit ihr zusammensetzen würden. Ann war darüber eingeschlafen und erst wach geworden, als es an der Tür geklingelt hatte.

»Das wollte ich dir schon gestern geben«, hatte ihre Schwägerin verkündet. »Wir waren vor zwei Wochen dort. Vielleicht ist das was für euch?« Sie hatte ihr einen Prospekt gereicht. »Man kann da Sport machen.« Sie hatte ihren Kopf zur Seite geneigt. »Rainer meinte, dass …« Sie hatte auf den Prospekt gedeutet. »Rainer meinte, dass ich dir den Prospekt geben soll. Du würdest euren Urlaub dieses Jahr planen, damit du …«

»Damit ich eine Beschäftigung habe?«, hatte Ann gefragt.

»Darf ich reinkommen?«

Ann war einen Schritt zur Seite gegangen.

»Hast du bis eben geschlafen?«, hatte Sanja ungläubig gefragt.

Ann hatte den Kopf geschüttelt. »Was ist das für ein Urlaub?«

»Ein Sporthotel in Sulzberg. Man kann von dort aus den Geißhorn erkennen«, hatte ihre Schwägerin bedeutungsvoll verkündet.

»Und was machen wir da?«

»Urlaub.« Sanja hatte mit den Schultern gezuckt. »Rainer sagte, dass du in den Urlaub fahren möchtest.«

»Und ich soll dort Sport machen?«

»Er meinte, dass deine Depression vielleicht damit zusammenhängt.«

»Meine Depression? Was für eine Depression?«

»Na ja …« Sanja hatte auf Anns Haare gedeutet. »Du bist ja nicht einmal zurechtgemacht.«

Ann war sich durch ihr langes Haar gefahren.

»Vielleicht bringt dich der Urlaub auf andere Gedanken. Du musst ja keinen Sport machen. Rainer hat schon erwähnt, dass du sowieso nicht …«

»Und wenn doch? Wenn ich doch Sport machen möchte?«

Sanja hatte gequält gelächelt. »Kannst du Rainer ja sagen.«

Ann war stumm geblieben.

»Hast du etwas zu trinken für mich?« Sanja hatte sich einen Stuhl genommen. »Geht es dir gut?«, hatte sie gefragt.

Ann hatte vor ihrer Schwägerin gestanden und nicht gewusst, was sie antworten sollte.

»Rainer meinte, dass du hier …« Sie hatte sich umgeschaut. »Dass du nicht mehr alles schaffst.«

»Wie meint er das?«, hatte Ann unsicher gefragt.

»Du wärest überfordert.«

»Womit denn überfordert?«

»Mit allem.« Sanja hatte einen mitleidigen Gesichtsausdruck aufgesetzt. »Heute Mittag geht er wieder auswärts essen, um dich zu entlasten. Das geht doch nicht.«

»Aber Rainer hat mir gesagt, dass er heute Mittag …«

Sanja hatte abgewinkt. »Du musst dich nicht rechtfertigen.«

Ann war in die Küche gegangen, um Sanja ein Glas Wasser zu holen.

»Wann hast du das letzte Mal die Fenster geputzt?«, hatte sie Sanja aus dem Wohnzimmer rufen hören. »Die Sonne ist aber auch gemein, da sieht man immer alles.«

Ann hatte ihr das Glas Wasser hingestellt.

»Rainer arbeitet viel, um dir das alles zu ermöglichen. Wer so viel Platz hat, der hat auch viel zu tun.« Sie hatte Ann verständnisvoll angesehen. »Das ist nicht immer einfach.«

Ann hatte sich gesetzt. »Und wenn ich etwas ganz anderes will?«

Sanja hatte geseufzt. »Du musst dich nur um ein bisschen Wäsche kümmern, ihr habt ja nicht einmal Kinder, und um eine warme Mahlzeit und den Haushalt hier. Was ist so schlimm daran?«

Ann hatte geblinzelt. »Ich hätte gern etwas, was mich erfüllt.«

Sanja hatte die Augen verdreht. »Wie kann einen das nicht erfüllen?« Sie war aufgestanden und durch das riesige Wohnzimmer gestapft. »Ihr habt sogar einen Pool. Was würde ich darum geben, würde mir mein Bruder einen Pool schenken.«

»Aber ich brauche das ja alles gar nicht«, hatte Ann versucht sich zu wehren. »Ich gehe doch gar nicht schwimmen.«

»Ja, hat Rainer mir schon erzählt. Wir können dir Hilfe suchen. Es gibt Therapeuten, die dir helfen, wieder etwas Schwung zu bekommen. Es gibt Tabletten, die deine Hormone wieder in das richtige Gleichgewicht bringen. Vielleicht liegt es daran.«

Ann hatte den Kopf geschüttelt. »Ich bin nicht depressiv. Ich hätte nur gern das Gefühl, dass ich …« Sie hatte nach den richtigen Worten gesucht. »Dass ich etwas Eigenes habe.«

»Niemand ist schuld, dass du nicht schwanger wirst, Ann. Auch Rainer nicht.« Sanja hatte gestöhnt. »Rainer hat wahrscheinlich recht. Du hast alles, nur was du nicht haben kannst, wünschst du dir.« Sie hob ihre Augenbrauen. »Das ist ihm gegenüber nicht fair. Zumal du ja auch etwas dafür tun könntest?«

»Wofür?«, hatte Ann erstaunt gefragt.

»Du könntest abnehmen. Vielleicht liegt es daran. Mehr Sport machen. Du hast hier einen Pool.« Sie hatte eine energische Geste Richtung Veranda gemacht. »Was braucht es denn noch?«

»Aber …«

»Ja, dafür musst du ja selbst etwas tun, das kann dir Rainer nicht kaufen. Das ist das Problem.« Sie war aufgestanden. »Andere Frauen würden dein Paradies zu schätzen wissen«, hatte sie verärgert festgestellt. »Aber du suhlst dich in deiner

Depression.« Sanja war zu Tür gegangen. »Ich habe Rainer versprochen, dir den Prospekt zu bringen. Es wäre schön, wenn du dich mal darüber freuen könntest.« Sanja war zu ihrem Auto gestapft, hatte ihr Smartphone genommen und im Auto zu telefonieren begonnen. Ann hatte die Tür geschlossen.

In der riesigen Diele hatte sie an die hohe Decke gestarrt und geseufzt. Dann hatte sie überlegt, wie sie Rainer eine Freude bereiten konnte. Er liebte Lammlachse. Sie hatte beschlossen, ihm ein besonderes Essen zu kochen, hatte den Rest des Tages die Fenster geputzt.

Als sie am späten Abend zu Tisch saßen, hatte sie das Wort ergriffen. »Es tut mir leid, Rainer.« Sie hatte in ihrer Tomate herumgestochert. »Ich wollte nicht, dass du dir Sorgen machst.«

»Sorgen?« Er hatte nicht einmal aufgeschaut. »Ich mache mir keine Sorgen.«

»Sanja hat gemeint, dass du …«

»Sanja will dir nur helfen, mehr nicht. Vielleicht kann sie ein bisschen im Haushalt mit anpacken. Oder wir besorgen noch eine weitere Putzfrau.«

»Aber ich brauche doch gar keine Hilfe.«

Rainer hatte nicht geantwortet.

»Ich schaffe das alles allein.« Ann war unwohl auf ihrem Stuhl hin- und hergerutscht. »Und ich werde schwimmen gehen.«

»Jetzt auf einmal ist dir der Pool doch gut genug?«

Ann hatte genickt. »Deine Schwester hat uns einen Prospekt dagelassen. Von einem Hotel in Sulzberg.«

Rainer hatte schweigsam gekaut.

»Wir könnten dort zusammen sein, Urlaub machen. Wir könnten dort einfach mal nicht arbeiten.«

»Wir?« Rainer hatte hochgeschaut. »Wir könnten mal nicht arbeiten? Aber du arbeitest doch gar nicht?«

»Dann eben du. Du könntest mal Urlaub machen. Mit mir.«

»Ja, und parallel dazu bezahle ich deinen Pool.«

Ann hatte geschluckt. »Ich habe heute die Fenster geputzt.«

Rainer hatte seinen Stuhl zurückgeschoben und war aufgestanden. »Ja«, hatte er gesagt. »Dafür hast du auf einmal Zeit.«

Ann wartete. Sie schaute auf ihre Hände und ihre dicken Schenkel, die sich unförmig auf den Stuhl pressten. Sie betrachtete ihre Handschellen.

Ann fühlte sich trocken und leer. Gestrandet. In ihrer Brust ein Klumpen, der sich seit den Geschehnissen im Degenhardt nicht mehr auflösen wollte. Ein schwerer Klumpen, der alles zusammenklebte. Zugeschnürt wie ein Paket, das man auf eine Reise schicken wollte. Auf eine weite Reise, nur, dass Ann viel lieber nach Hause wollte.

Einer der beiden Wachtmeister blickte sie an. »Geht los«, sagte er.

Ann hatte Schwierigkeiten aufzustehen. Die Handschellen verhinderten, dass sie sich abstützen konnte. Sie quälte sich umständlich in den Stand. Ihr war schwindelig.

Sie wurde durch eine Tür geführt. Stille. Der Boden grau meliert. Oder sandfarben. Fliesen. Teppich. Sie konnte es nicht erkennen. Die Farbe wechselte, das Muster auch, das Material, die Höhe. Mühelos. Ann senkte ihren Blick, traute sich nicht aufzuschauen. Sie hatte Angst, jemand könnte wegnehmen, woran sie festhielt. Ann tapste wie eine Teichralle, konnte ihre Beine nur schwer kontrollieren. Sie setzte einen Fuß vor den anderen, bei jedem Schritt erzeugte sie ein lautes Klatschen. Linoleum. Grau meliert. Um sie herum verschwammen Konturen, das Bild verzerrte sich, Linien fransten aus. Ann konzentrierte sich. Auf die Hand des Wachtmeisters an ihrem Arm und auf ihren festen Klumpen in der Brust. Bruchstücke platzten ab, hinterließen Hilflosigkeit, Scham, Unzulänglichkeit. Teppich. Ann wollte zurück. Zurück in einen Raum, der kein Fenster hatte, der sie hielt und umklammerte. Sie erreichten einen Stuhl, Ann setzte sich, wurde sogleich wieder aufgefordert, sich zu erheben.

»Die Handschellen«, erklärte der Wachtmeister. »Und dann dorthin.« Er schob sie vor sich her, Ann erkannte nur schemenhaft einen Tisch und einen Stuhl. »Jetzt setzen«, forderte er sie auf.

Ann nickte gehorsam. Ohne Handschellen fühlten sich die vergangenen Stunden, der vergangene Tag, die vergangene Nacht in Gewahrsam verloren an. Verloren, verblichen, unwirklich.

»Alles in Ordnung?«, flüsterte eine Stimme. Leen Rogers Stimme. Ann kam sie vertraut vor. »Kein Wort.« Jemand tätschelte ihre Hand. Leen. Leen tätschelte ihre Hand. Ann hätte gern geweint, aber der Klumpen in ihr schnürte ihre Kehle zu.

Ann dachte an ihr Logo. Das Pink erstrahlte als lackierte Fläche zwischen weißen Linien. Ihre Initialen tanzten. Ann Beck. Ann Beck. Ann Dair. Sie würde ihren Mädchennamen wieder annehmen.

Sie stellte sich vor, wie Rainer sie küsste. Liebevoll lächelte er sie an. »Ich werde dir noch deine Fotos laminieren, du kannst sie morgen mit in den Laden nehmen. Dein Ordner wird platzen«, strahlte er. »Ich habe alle Torten aus Plastilin schon in den Kofferraum geräumt. Wir trinken noch einen Kaffee zusammen, dann fahren wir sie hin. Dein Laden wird morgen glänzen, das verspreche ich dir.« Rainer setzte sich zu ihr. »So wie du.«

»Wirst du bei der Eröffnung mit dabei sein?«, fragte Ann aufgeregt.

»Natürlich! Alle werden kommen.« Er küsste sie erneut. »Alle werden kommen.«

Plötzlich dachte sie an Junia. Ob ihre Torte angekommen war? Dann fiel ihr ein, dass sie in ihrer Wohnung im Flur lag. Die Torte würde nie … Sie musste Leen unbedingt bitten, Junia zu finden. Ja, das musste sie. Junia hatte ihr Glück angestoßen, hatte sie ermutigt, überzeugt, unterstützt. Ihr Laden, ihr neues

Leben, alles hatte sich gefügt. Ann schüttelte den Kopf. »Nein«, flüsterte sie. Ganz und gar nicht. Es gab keinen weißen Laden mit pinkfarbenen Sesseln. Es gab keinen Ordner mit laminierten Fotos von Torten, es gab keinen Rainer, der sie unterstützte. Es hatte nur ein schäbiges Appartement gegeben, dunkel, fremd, hässlich, und auf dem Sofa eine dürre Frau. Ann überkam Übelkeit. Berne. Die gab es auch noch.

Sie wurde angestupst.

»Jetzt«, flüsterte jemand. »Was wir besprochen haben.«

Ann schaute auf. Neben ihr saß Leen Roger, gar nicht elegant, sondern in einer schwarzen Robe. Gegenüber hatte sich ein Mann niedergelassen, am Kopf des Tisches drei weitere Männer und eine Frau. Stühle, Tische, Männer, Frauen. Teppich. Linoleum. Ann hätte sich gern geduckt.

»Möchten Sie einen Verteidiger benennen?«, wiederholte der Richter seine Frage.

Ann erinnerte sich, räusperte sich. »Ja«, wollte sie sagen, aber es kam nur ein kehliges Krächzen. Sie nickte.

Sie wünschte sich in ihre Zelle zurück. Dort erschien ihr alles echter, wirklicher, geruhsamer. Ann wünschte sich den Moment zurück. Wünschte sich zurück ins Degenhardt, wünschte sich zurück zu Katina, wünschte sich zurück zu dem Augenblick, in dem sie den Entschluss gefasst hatte. Ann wünschte, sie könnte sich noch einmal entscheiden, könnte ihr Schicksal noch einmal in die Hand nehmen, könnte noch einmal neu vor ihrem Leben sitzen.

Sie hätte den Aal ein weiteres Mal erstochen.

Sie hätte.

KAPITEL 29

»Wir wollen immer alles bereithaben«, erklärte er seinem Sohn. Das tat er jeden Abend.

»Und wenn sie heute Nacht zurückkommt, wird sie mir einen Gutenachtkuss geben?«

»Mama wird zu dir kommen und dich küssen und streicheln.«

Jeden Abend stellte Torge dieselben Fragen. »Werde ich es auch nicht verpassen?« Torges Blick sorgenvoll.

»Ehrenwort«, antwortete Pius und nahm Torges kleines Gesicht in seine Hände. »Du bist das Wichtigste in Mamas Leben, und sie wird alles tun, was möglich ist, um zu dir zurückzukehren.«

»Jetzt noch die Blumen.« Torge tauschte das Wasser in der Vase aus. »Morgen pflücken wir neue«, entschied er. »Was machen wir eigentlich, wenn wieder Winter ist?«

»Ja, der Winter. Der ist kalt und wir können keine Blumen mehr pflücken, was?« Pius schluckte. »Ich glaube, bis dahin ist Mama wieder zurück, und wenn nicht …« Pius zuckte gelassen mit den Schultern. »Wenn nicht, dann stellen wir eine Schale mit Lebkuchen hin.«

»Einverstanden.« Torge hüpfte. »Und wenn wieder Sommer ist, esse ich alle Lebkuchen auf«, verkündete er. Er sprang zum Bett und schlug Bernes Decke auf.

»Bereit?«, fragte Pius.

Torge kletterte auf seinen Schoß. »Bereit.«

Sie schlossen ihre Augen.

»Lieber Gott, ich danke dir für den tollen Sommertag, und dass ich heute mit Torge schwimmen durfte. Das Blödeste war, dass mich eine Bremse gestochen hat, und das Schönste, dass

Miss Gina nicht mehr lahmt.« Pius machte eine Pause. »Ich wünsche Mama, dass es ihr gut geht und dass sie bald zu uns zurückkommt.«

Torge rutschte unruhig auf seinem Schoß hin und her. »Lieber Gott, alles an meinem Tag war schön, und bitte mach, dass Mama bald wieder da ist.« Er sprang vom Schoß. »Jetzt noch eine Geschichte«, wünschte er sich und rannte in sein Zimmer.

Torges nasse Haare glänzten dunkel, seine nackten Beine waren übersät mit blauen Flecken und Stichen. Torges Augen wirkten müde, er gähnte.

Pius streichelte seinen Sohn in den Schlaf, lauschte seinem gleichmäßigen Atem. In Torge sah er Berne. Es versetzte ihm einen Stich. Er dimmte das Licht und schlich hinaus, warf einen Blick in sein Schlafzimmer und auf die leere Bettseite. Er schleppte sich zu Bernes Matratze und kniete nieder, seinen Kopf legte er ab, vergrub ihn in seinen Armen. »Bitte«, flüsterte er. »Du musst doch bald zurückkommen.«

Er holte sich Wein, setzte sich an den Küchentisch. Bis tief in die Nacht hinein arbeitete er, sortierte Rechnungen und Belege, erledigte Überweisungen. Er brachte den Ordner in sein Büro und entfernte den Zettel, den er Berne zuletzt geschrieben hatte. Er heftete ihn ab, strich liebevoll über seine Zeilen. Dann schrieb er einen neuen.

»Meine Berne, wenn du da bist, komm hoch ins Bett, aber gib Torge noch einen Kuss, das habe ich ihm versprochen.«

Er klebte ihn von außen an das große Tor, kontrollierte, ob der Ersatzschlüssel noch hinter der Hausnummer klemmte.

Er drehte seine Runde über das Gestüt, dann ging er schlafen.

Im Traum kam Berne zurück. Wie in jeder Nacht.

KAPITEL 30

Seit Stunden wog sie ab, auf eine makabre Art und Weise, ob es sich für sie lohnen konnte zu kämpfen. Ihr angeborener Todestrieb wurde durch die ausweglose Situation gesteigert, intensiviert, hatte schon eine Form der Genugtuung angenommen. Fast närrisch hatte sie sich an der Erkenntnis ergötzt, dass von nun an nichts mehr von Bedeutung war. Lieber wollte sie sterben, als dass sie Ruben eine emotionale Stütze war, ihm als Komplizin auf dem letzten Trip in den Tod zur Seite stand. Isa kam der Gedanke absurd vor, das Ergebnis ihrer Abwägungen jedoch erschütterte sie keineswegs: Sie hatte keinen Grund, an ihrem Leben festzuhalten. Sie hatte ihren Entschluss gefasst, hatte entschieden, dass hier in der Dunkelheit alles zu Ende ging, hatte darüber Euphorie empfunden, ihr bedingungsloses Einverständnis gegeben. Ihrer Einwilligung war der Befehl gefolgt, ihr Herz möge endlich zu schlagen aufhören, aber es hatte nicht gehorcht. Isa hatte bitter geschmunzelt. Der Trieb zu überleben war mit Kampfgeist verbunden, die Erfüllung zu sterben jedoch entzog sich ihrem Einfluss. Hier in der Dunkelheit konnte Isa noch so oft und mit überzeugender Autorität verlangen, ihr Herz möge endlich stillstehen, gehorchen würde es trotzdem nicht. Isa würde so lange in der kalten Hölle schmoren müssen, bis ihre Organe von selbst versagten, ohne ihr Zutun, ohne dass sie es würde beschleunigen können. Keine besonders neue Erkenntnis, allenfalls ein lästiges Ritual, mit dem sie schon ihr Leben lang in die Schlacht gezogen war, mit dem Unterschied, dass nun jemand um sie kämpfen würde. Um ihr Leben, um ihre Gesellschaft, um ihre Verbundenheit: Ruben.

Isa hatte sich auf den Boden gelegt. Der Untergrund hart und feucht, die Kälte hatte sich immer tiefer in ihre Knochen gebohrt. Ihre Schultern schmerzten, ihr Kopf hämmerte, sie wünschte sich Zigaretten, wenn sich schon nichts anderes erfüllen sollte. Isa hatte kein Zeitgefühl, vermutete aber, dass Ruben bereits mehrere Stunden nicht mehr hier gewesen war. Ob es Tag war oder Nacht? Isa konnte sich zeitlich nicht orientieren, hatte jedes Gefühl verloren. Wenn man auf den Tod wartete, konnten sich Minuten schier unendlich hinziehen, während im Kampf ums Überleben jede Sekunde zählte. Isa stöhnte. Sterben. Sterben. Sterben.

Und wenn sie erneut den Raum abging und nach einem scharfen Gegenstand suchte? Damit könnte sie ihre Pulsadern aufschneiden, in der Kälte ein längerer Prozess, aber immerhin würde sie ihr Sterben beschleunigen.

Sie stützte sich mit beiden Ellenbogen ab, ihr Kopf dröhnte bedrohlich, sie setzte ihren Fuß auf und kam umständlich in den Stand. Sie schnitt eine Grimasse, die sie sogleich bereute. Der Schmerz breitete sich wie eine Druckwelle auf ihrem Gesicht aus. Ihre Augen ließen sich noch immer nicht öffnen, ihre Zunge hatte einen pelzigen Belag angenommen. Isa schüttelte sich. Vor Ekel, vor Kälte.

Sie stapfte los, schlurfte über den Boden, ihre Hände schützend hinter ihrem Rücken verschränkt. Das gestaute Blut in ihren Fingern klopfte im Takt ihres Pulses, die Verbände waren stramm, sie hatte das Gefühl, ihre Hände hatten keine andere Wahl als abzusterben. Vielleicht war das ihr Schicksal. Finger für Finger und Hand für Hand würde das Blut gefrieren und ihre Extremitäten in einen nekrotischen Zustand versetzen, bis eine Blutvergiftung Auslöser für ihren letzten Atemzug sein würde.

Niemand würde um sie trauern. Niemand.

Isa hatte sich ihr Leben nie anders vorgestellt. Ihren Tod auch nicht. Hatte sie überhaupt eine Vorstellung davon gehabt?

Von ihrem Leben und von ihrem Tod? Hatte es jemals Träume, Zuversicht, eine Perspektive gegeben? Isa konnte sich nicht erinnern, hatte immer nur gekämpft, und jetzt, heute und hier, am Ende ihrer Bedeutungslosigkeit, hatte sich ihr Dasein noch immer nicht gelohnt. Nicht eine einzige Sekunde. Nicht einmal der Alkoholentzug hatte etwas daran geändert. Nicht einmal der.

Isa tapste weiter, versuchte herauszufinden, ob sich irgendwo in ihrem Körper noch so etwas wie ein Wille befand, der sie die letzten Meter tragen würde. Keine Befreiung, keine Rettung, kein besonderer Showdown. Nur ein scharfer Gegenstand. Nur ein einziger. Irgendetwas, was sie verwenden konnte, um sich die Adern aufzuschneiden. Der Gedanke an das warme Blut kam Isa behaglich vor.

Es war schwierig, sich ohne Hände zu orientieren. Sie nahm sie widerwillig zu Hilfe, vorsichtig tastete sie sich mit ihren tauben Fingerkuppen die Wand entlang. Eine Schraube, ein Stück kantiges Blech, irgendetwas, was sich eignete. Isa fuhr die gesamte Tür entlang, von ganz unten nach ganz oben, systematisch, zur Mitte, wieder zurück. Nichts. Gar nichts. Sie schlurfte weiter, streckte sich jetzt, um Millimeter für Millimeter abzusuchen. Der Schmerz in ihren Händen übertünchte jedes andere Gefühl. Isa hatte plötzlich Angst, sie könnte den geeigneten Gegenstand verpasst haben. Hatte es schon einen herausstehenden Nagel gegeben? Isa beruhigte sich. Irgendetwas hätte sie sicher registriert, und wenn es nur eine Unstimmigkeit gewesen wäre, die sie aufgefordert hätte, genauer nachzufühlen. Ihr war so kalt, dass jede Bewegung schwergängig, eine Qual, eine Tortur war. Ihre Gelenke wurden von starken Klemmen festgehalten, die sich mit jedem Befehl enger zusammenzogen. Sie hätte sich gern eine Pause verordnet, aber der Boden und die Wände waren hart und kalt, sie wollte sich nicht anlehnen und auch nicht wieder hinlegen. Isas Verlangen nach einer Zigarette war schier unendlich. Sie stellte sich vor, wie sie das Nikotin in ihre Lunge einsog, wattierter Qualm ihre Alveolen begeisterte, emporstieg, sie entspannte. Isa gähnte, und plötzlich überkam sie Übelkeit. Vielleicht vor Schmerz, vor Kälte, vor Beklommenheit. In ihrem Mund lief kalter Speichel zusammen, sie würgte, dann erbrach sie Galle und Blut. Isa begann zu wanken. Die Ausweglosigkeit, mit der sie sterben wollte, aber nicht konnte, war zum Verzweifeln. Sie kauerte sich auf den nassen Boden, dachte an Wärme. Dachte an Wärme und an nichts anderes mehr, fragte sich, wo sie nur blieb und ob es sie jemals gegeben hatte. Übrig blieb nur die tiefe Kälte, sie passte zu ihr. Sie wischte sich das Erbrochene aus ihren Mundwinkeln, ihr Hals brannte. Geräusche. Sie richtete sich auf, versuchte, sich zu orientieren. Die Geräusche kamen von der Tür. Ruben. Isa empfand augenblicklich Erleichterung, unsicher, ob es die Erleichterung über das Leben oder über die Chance auf einen schnellen Tod war.

Licht fiel herein, Isa schaffte es, ihre Augen einen winzigen Spalt zu öffnen. Unter Schmerzen, unter großem Kraftaufwand. Immerhin. Sie erkannte schemenhafte Konturen.

»Ich sagte doch, du bekommst Gesellschaft«, hörte sie Ruben sagen.

Isa erstarrte. Die Frau, die Ruben hinter sich herzog, sah verunstaltet aus. Die Augen geschlossen, Blut bedeckte den Oberkörper. Isa glaubte zu erkennen, dass die Frau bereits tot war.

»Jetzt bist du nicht mehr allein.« Er zog die Frau in die Mitte des Raumes, Isa blinzelte auf das groteske Bild. Achtlos ließ er den Arm der fremden Frau fallen.

»Ist sie tot? Schleppst du mir eine Tote an?« Isa ekelte sich. Die Frau war dünn, muskulös, hatte kupferblondes Haar. »Du hast sie umgebracht«, stellte Isa fest. »Und jetzt bringst du sie her?«

»Sie ist nicht tot.«

»Was hast du mit ihr gemacht? Wer ist sie?« Isa schielte zur Tür. Fliehen. Die Tür zuknallen, koste es, was es wolle.

Ruben zeigte auf den schlaffen Körper. »Das ist Junia, Thies' neue Freundin. Du wolltest sie doch kennenlernen. Jetzt habt ihr Gelegenheit dazu.«

»Und sie lebt noch?«

»Sie wird gleich wach. Ist nur ein kleines Schlafmittel.«

»Und was soll sie hier? Warum schleppst du sie her? Wird das der Friedhof der …«

»Unbedeutenden Frauen?«, vollendete Ruben ihre Frage. »Vielleicht. Aber dann müsste Emma noch her.« Er hob seinen Zeigefinger. »Da hättest du übrigens recht mit deiner Vermutung. Emma ist tatsächlich tot. Tot, tot, tot.« Ruben leckte sich die Lippen. »Du denkst, ich bin wahnsinnig, oder?«

Isa zuckte mit ihren Schultern.

»Du könntest mir helfen«, forderte Ruben sie auf. »Ihr beide könnt noch ein paar Tage leben.«

»Will ich aber nicht«, lehnte Isa ab. »Ich will sterben, so schnell wie möglich.«

»Das will niemand, auch du nicht.«

Isa hätte ihm gern ihren Mittelfinger gezeigt. Sie deutete auf Junia. »Was soll das? Wozu soll das gut sein?«

Ruben schaute zu Tür. »Solltest du abhauen, werde ich dich …«

Isa regierte blitzschnell, sprang auf, stolperte zur Tür und hetzte hindurch, stieß dabei mit ihrer Hand gegen die Wand, ließ einen Schrei los. Sie drehte sich panisch um, erhaschte einen Blick zurück, stemmte sich mit beiden Händen von außen gegen die Tür, versuchte, ihr gesamtes Körpergewicht einzusetzen, ihre Hände steif, warf sie sich mit ihrer Schulter dagegen, rutschte weg, raffte sich mit aller Kraft wieder auf, begann zu kreischen. Ruben hatte den Eingang fast erreicht, Isa keuchte, startete einen neuen Versuch. Die Tür war schwer, ließ sich keinen Zentimeter in die richtige Richtung schieben. Isa fluchte vor Verzweiflung, sah Ruben auf sich zukommen. Sie entschied sich um, ließ von der Tür ab und stolperte die Stufen hinauf, stieß sich dabei das Schienenbein auf, es entlockte ihr einen gellenden Schrei. Sie hatte die oberste Stufe fast erreicht, als Ruben sie packte, ihr beherzt die Luft abschnürte. Isa lachte. Lachte lautlos, rang nach Atem, stürzte rückwärts die Stufen hinab, suchte verzweifelt Halt und riss sich ihren Arm an Brombeerhecken auf, die den Eingang zugewuchert hatten. Mit dem Kopf stieß sie gegen etwas Hartes.

Schwarz.

Dunkel.

Kalt.

So schnell. Der Tod. Bitte.

KAPITEL 31

Sie starrte auf ihre Füße. Vielleicht das einzige Körperteil, das ihr gefiel. Leen nützten ihre schönen Füße nichts. Sie lag im Sterben.

»Bitte nicht«, flüsterte sie, tastete erneut nach dem Knoten in ihrer Brust.

Sie ging duschen, bereitete Frühstück zu. Katta war fröhlich und gut gelaunt. In der Küche saßen sie gemeinsam am Tisch und lasen beide in ihrer Zeitung.

»Deine Mandantin sitzt in Untersuchungshaft?«, fragte Katta plötzlich. »Ich bin neugierig.« Sie lächelte auffordernd.

»Ich habe Ann Beck gestern gesprochen.« Sie nahm einen Schluck Orangensaft. »Irgendetwas stimmt nicht mit ihr.«

Katta lachte. »Natürlich nicht, sonst hätte sie wohl kaum einen Mann erstochen.«

»Nein«, entschied Leen. »Ann Beck ist nicht kriminell. Sie ist …« Leen überlegte. »Sie wirkt kindlich und naiv. Sie schafft es nicht, die Geschehnisse in ein realistisches Gefüge einzuordnen. Ihr ist nicht bewusst, in welcher Relation ihre Taten stehen. Das Ausmaß der Konsequenzen ist für sie unüberschaubar.«

»Noch. Sie ist durcheinander.«

»Das spielt auch eine Rolle«, bestätigte Leen. »Möglicherweise wird sich alles setzen.«

»Wie lief es gestern?«

»Wie erwartet. Allerdings glaube ich nicht, dass Ann Beck etwas davon mitbekommen hat.«

»Sie steht unter Schock.«

Leen nickte langsam. »Ich werde heute zu ihr fahren. Ich muss erst einmal herausfinden, wie sie selbst ihre Lage einschätzt.«

»Und Theodor?«, fragte Katta.

»Und Theodor?« Leen zuckte mit ihren Schultern. »Was ist mit Theodor?«

»Brauchst du ihn für den Fall?«

»So wenig wie möglich.«

»Wie kannst du nur? Wie kannst du das für ihn tun?«

Leen starrte auf ihr Croissant. »Und wenn ich's genau aus diesem Grund mache?«

»Um ihm einen Gefallen zu tun?« Katta lehnte sich zu ihr hinüber. »Nur wenige Menschen kennen Theodor Stein so, wie du ihn kennst«, flüsterte sie. »Vielleicht bist du sogar die Einzige. Und niemand, niemand hat einen Gefallen so wenig verdient wie er.«

»Und wenn es gar kein Gefallen ist?« Leen trank ihren Saft leer, schob die Krümel auf ihrem Teller zu einem kleinen Haufen zusammen.

»Sondern?«, fragte Katta irritiert.

»Es ist nicht so, dass ich es mir vorgenommen hätte.« Leen lehnte sich zurück und verschränkte ihre Arme. »Es hat sich so ergeben.«

»Du sprichst in Rätseln. Was hat sich so ergeben?«

»Ich habe überlegt, wo Berne Jurin wohl ist. Sie hat die Wohnung verlassen und wollte Anns Schilderungen nach zur Polizei. Allerdings hat sie eine posttraumatische Belastungsstörung. Wahrscheinlich weiß sie nicht, wo sie hier ist, geschweige denn, wo sie war. Sie läuft also los und will zur Polizei, fragt Passanten möglicherweise nach dem Weg. Bei der Polizei ist sie nie angekommen, das habe ich bereits überprüft, also habe ich gestern alle Krankenhäuser in Wiesbaden angerufen und verlangt, mich mit Berne Jurin zu verbinden.«

»Und das hat geklappt?«

Leen nickte. »Bereits der zweite Anruf war ein Treffer. Sie liegt auf der Gynäkologie.«

»Und wer ist Berne Jurin?«

Leen seufzte. »Die entführte Frau aus der Hütte. Du weißt es doch. Die Frau, die Ann Beck aus der Hütte geholt hat.«

Katta winkte ab. »Natürlich, ja, ich weiß.«

Leen war unsicher, ob Katta damit nur ihre Demenz überspielte. »Berne Jurin ist entführt worden, und Ann Beck hat sie befreit. Ann Beck hat Bernes Entführer erstochen. Deswegen verteidige ich sie.«

Katta lächelte. »Das weiß ich doch. Und Theodor Stein hat dich angerufen.«

»Theodor Stein hat mich angerufen, damit ich Ann Beck vertrete«, wiederholte Leen. »Und Ann Beck hatte Theodor Stein aufgesucht, weil er Berne Jurin als Psychiater behandeln sollte.«

»Die befand sich nämlich bei Ann Beck zu Hause.« Katta lachte. »Siehst du? Ich bin nicht ganz so dumm. Ich vergesse zwar viel, aber manches eben nicht.«

Leen lächelte erleichtert. »Ich habe mich mit Berne Jurin verbinden lassen und ihr erklärt, wer ich bin. Sie hat einem Besuch zugestimmt.«

»Und?«

»Berne Jurin ist bei klarem Verstand. Die Polizei hat sie bereits befragt, zwei Kommissare auch. Sie weiß mittlerweile, dass ihr Entführer von Ann Beck erstochen worden ist.«

»Eigentlich hättest du nicht mit ihr in Kontakt treten dürfen.«

»Doch. Nichts spricht dagegen.« Leen holte tief Luft. »Ich bin von Ann Beck beauftragt worden, mich um alles zu kümmern. Wer sonst kann das übernehmen? Ann Beck macht sich Sorgen um Frau Jurin, immerhin hat sie die Verantwortung für diese junge Frau übernommen. Es ist selbstverständlich, dass ich mich um ihren Verbleib kümmere und dafür sorge, dass Berne in gute Hände kommt.« Sie machte eine Pause. »Aber Frau Jurin wünscht überhaupt nicht, dass man sich um sie kümmert.«

»Was dann?«

»Berne Jurin will nach Hause zu ihrem Mann und zu ihrem Sohn.«

»Und warum ist sie nicht längst dort?«

»Weil sie ihre eigene Geschichte noch nicht kennt. Sie ist wie besessen davon, herauszufinden, wie sich die Dinge zueinander verhalten. Sie hat mir erklärt, dass sie nicht nach Hause zurückkehren kann, solange sie den Anfang und das Ende ihrer schicksalhaften Entführung und Befreiung nicht zusammenbringt. Sie hat Puzzleteile, aber es fehlen etliche.«

»Hat sie denn keinerlei Erinnerungen?«

»Doch, hat sie. Aber welche Rolle Ann Beck wirklich spielt, hat ihr noch niemand erzählt.«

Katta nickte nachdenklich. »Und du? Hast du es ihr gestern erzählt?«

Leen schüttelte den Kopf. »Natürlich nicht. Damit wäre die Grundlage meiner Verteidigung beim Teufel. Ich habe ihr lediglich einen Tipp gegeben.«

»Einen Tipp?« Katta wirkte durcheinander. »Ich verstehe nicht.«

»Ich darf Frau Jurin nicht die Wahrheit erzählen, aber jemand anderes kann das.«

»Theodor Stein«, Katta riss ihre Augen auf.

»Theodor Stein«, bestätigte Leen. »Aber wir kennen doch Theodor Stein«, lächelte sie angeekelt. »Unser gottgleicher Psychiater wird niemals zugeben wollen, dass er hier einen groben Fehler begangen hat. Dass er Ann Beck die fadenscheinige Version der Geschichte abkaufte und nichts unternahm, hat Berne Jurin viel Zeit gekostet …« Leen sog geräuschvoll die Luft ein. »Ich habe Berne unterschwellig empfohlen, Theodor Stein aufzusuchen und sich von ihm die fehlenden Puzzleteile zu holen.« Sie stand auf und räumte die Teller zusammen.

»Das wird sie niemals schaffen. Theodor Stein wird …«

»Ich habe sie ausreichend auf das Gespräch vorbereitet«, erklärte Leen ernst. »Sie gefällt mir. Sie ist zäh. Sie sieht aus wie der Tod, aber sie ist kämpferisch. Sie wird Theodor Stein aus seiner Komfortzone holen.«

»Aber wenn Theodor ihr die Wahrheit erzählt, wird Berne Jurin klagen. Sie wird ihn und Ann Beck …«

»Nur zu.« Leen lächelte gelassen.

»Und was hast du davon?«

Leen überlegte lange. »Ich möchte Theodors Leben zerstören.« Sie nickte knapp. »Ich werde ihn am Nasenring durch die Manege ziehen.«

Kattas Lächeln hatte etwas Abscheuliches.

KAPITEL 32

Titus staunte. Der Blütensud hatte sich kaum verändert. Die Konsistenz gleich, die Farbe der Flüssigkeit unbedeutend, mit etwas Fantasie trüb, geruchlos. Er war enttäuscht. Die Essenz seines sorgfältig abgepflückten Aconitum napellus hätte sich in spektakulärer Art und Weise verwandeln sollen, verzaubert sprudelnd und brodelnd, gar giftig blau gefärbt und mit beißendem Geruch. Titus hatte geträumt, dass man den sprudelnden Sud die Treppe hinunter und aus der Haustür hinaus über den Hof … Nichts. Er zuckte mit den Schultern. Dann eben nicht. Es würde trotzdem funktionieren.

Titus schraubte das Marmeladenglas sorgfältig zu, stellte es auf die Fensterbank. Er zog sich an, stopfte Murmeln und drei rote Legosteine in seine Hosentaschen. Er wog ab. Würde er einen Rucksack benötigen? Seine Mutter würde ihn ohne eine Flasche Wasser nicht aus dem Haus lassen, wenn er überhaupt durfte. Wahrscheinlich hatte sie längst entschieden, dass Titus zu Hause bleiben musste. Er sog angestrengt die Luft ein. Titus beschlich eine Vorahnung. Seine Mutter würde ihn heute nicht gehen lassen.

Er öffnete leise die Zimmertür, schlich die Treppe hinunter. Auf der letzten Stufe machte er kehrt. »Mein Sud«, flüsterte er und schüttelte den Kopf. Er übersprang Stufen und hetzte in sein Zimmer zurück. Nicht auszudenken, wenn Bella sein sorgsam hergestelltes Gift in die Finger bekäme. Sie würde ihn verpetzen, und er würde sich unangenehmen Fragen stellen müssen, so wie einst im Herbst, als er Pilzsuppe gekocht und in den Kühlschrank gestellt hatte.

»Davon kann man sterben«, hatte sein Vater ernst und mit

sorgenvoller Miene behauptet. »Keine Pilze mehr«, hatte er befohlen und seine Suppe in die Toilette geschüttet. Titus hätte Bella am liebsten gekratzt, mindestens zwei Tage hatte er nicht mehr mit ihr gesprochen. Seine Eltern waren mit ihm und Bella durch die Gewächshäuser gelaufen.

»Engelstrompete«, hatte sein Vater erklärt. »Hängende Blüten, sehr beliebt, aber hochgiftig. Schon kleinste Mengen, wenige Samen, können für euch den Tod bedeuten.«

»Wie stirbt man?«, hatte Titus wissen wollen.

»Elendig.« Seine Mutter hatte Titus über den Kopf gestreichelt. »Elendig.«

»Wie genau?«

Seine Mutter hatte sorgenvoll mit den Augen gerollt. »Das musst du nicht wissen, Titus.«

»Bewusstseinsstörungen, Erbrechen, trockene Schleimhäute, Sehstörungen und Halluzinationen. Irgendwann Herzversagen«, hatte sein Vater aufgezählt und den strafenden Blick seiner Mutter ignoriert. »Du wirst Schmerzen haben und qualvoll deinen letzten Herzschlag …«

Titus hatte die Augen aufgerissen. »Das Herz hört auf zu schlagen?«

Sein Vater hatte bedeutungsvoll genickt. »Ebenso bei Goldregen oder Herbstzeitlose …«

»Alle Blumen, die schön aussehen, sind giftig«, hatte seine Mutter verallgemeinert. »Dieses Gewächshaus ist für euch tabu, verstanden? Verboten!«

Titus hatte enttäuscht ausgesehen, Bella hatte geheult.

»Und was ist das hier?«, hatte Titus gefragt und fasziniert auf die blau schimmernden Blüten gezeigt.

»Blauer Eisenhut.«

»Giftig?«

»Europas giftigste Pflanze.«

Titus hatte den Ausführungen seines Vaters ehrfürchtig zugehört. »Die ganze Pflanze enthält Aconitin, ist schon in geringer Menge tödlich.«

»Welche Teile der Pflanze braucht man, um jemanden zu töten?«

»Titus!« Seine Mutter hatte empört den Kopf geschüttelt, und Bella hatte sich ängstlich versteckt.

»Das spielt keine Rolle. Alle Teile der Pflanze sind giftig. Alle. Schon eine Berührung kann Vergiftungserscheinungen hervorrufen.«

»Auch die Stängel?«

»Auch die Stängel.«

»Die Blüten?«

»Hochgiftig.«

Titus war aufgeregt von einem Bein auf das andere gehüpft.

»So, und jetzt gehen wir«, hatte seine Mutter gesagt und Titus an seinen Schultern zum Ausgang des Gewächshauses geschoben. »Mehr musst du nicht wissen.«

Titus huschte mit Rucksack und Marmeladenglas in die Küche, packte einen Löffel ein, füllte seine Flasche mit Wasser auf und suchte im Brotkasten vergeblich nach Brötchen.

»Du könntest welche holen gehen.«

Titus erschrak, schüttelte den Kopf. »Wieso bist du schon wach? Ich habe überhaupt keine Zeit«, erklärte er.

Sein Vater hob erstaunt seine Augenbrauen. »Du hast Ferien, wie kannst du da keine Zeit für ein Frühstück haben?«

»Ist eben so.« Titus zuckte teilnahmslos mit den Schultern. »Ich muss jetzt los.«

Sein Vater stellte sich ihm in den Weg. »Ich hole Brötchen, und du wirst den Tisch decken. Nach dem Frühstück …«

»Du hast ja noch deinen Schlafanzug an«, stöhnte Titus. »Das kann noch ewig dauern.« Er ließ sich auf den Stuhl fallen. »Wäre ich mal früher aufgestanden«, schimpfte er, wackelte mit seinen

Beinen hin und her, stützte seinen Kopf auf und schob seinen Unterkiefer vor. »Und wenn ich keinen Hunger habe?«

»Freuen wir uns, dass du einfach so bei uns bist.«

Sein Vater duschte, während Titus unwillig den Tisch deckte. Bella fauchte ihn an, dass Messer auf die rechte Seite des Tellers gehörten und sie viel lieber von ihrem pinkfarbenen Frühstücksbrettchen essen wollte. Seine Mutter fragte, ob er ein Ei und Orangensaft wolle, was bedeutete, dass Sonntag war, und sonntags dauerte das Frühstück besonders lange. Titus wurde nervös. Was, wenn der Motorradfahrer aufgestanden und davongelaufen war? Was, wenn er hier klingelte und seinen Eltern erzählte, wie es zu dem Unfall gekommen war?

»Ich möchte doch einen Schulranzen«, verkündete Titus kurze Zeit später beim Frühstück. »Und gestern habe ich mit Bjarne gespielt.«

»Wie bitte?« Seine Mutter ließ ihr Brötchen auf den Teller fallen.

»Du lügst«, rief Bella. »Du bist nur herumgestreunt. Weißt du überhaupt, wo Bjarne wohnt?«

»Ich habe nicht direkt mit Bjarne gespielt«, räumte Titus ein. »Ich habe es mir nur vorgestellt.« Er rollte mit seinen Augen.

»Du willst einen Schulranzen?« Mama hielt ihre Hand vor den Mund. »Wirklich?«, freute sie sich.

Titus nickte. »Einen Schulranzen.« Er holte tief Luft. »Und vielleicht kann Bjarne mein Freund werden?«

Bella runzelte ihre Stirn. »Was willst du vertuschen?«, fragte sie. »Irgendetwas stimmt doch nicht!«

»Hör sofort auf, Bella«, ermahnte Mama. »Dann gehen wir morgen einen Schulranzen kaufen«, strahlte sie und streichelte Titus' Hand. »Damit machst du mich sehr glücklich.«

Titus lächelte zufrieden. »Ich möchte auch eine Schreibtischunterlage.« Er zeigte auf Bella. »Und weiße Regale.« Er biss in sein Brötchen und stopfte sich das Ei in den Mund. Er kaute angestrengt, trank den Orangensaft in einem Zug leer und legte die zweite Brötchenhälfte zurück in den Korb. »Ich bin fertig«, verkündete er und schob seinen Stuhl zurück. »Kann ich jetzt los?«

»Heute nicht.« Seine Mutter schüttelte vorsichtig den Kopf.

»Titus hat was ausgefressen, wollen wir wetten?«

Bella, Bella, Bella. Vielleicht sollte lieber sie seinen Sud trinken.

Er brachte seinen Teller in die Küche und stellte sich vor seine Mutter, seinen Blick demütig gesenkt. »Bellas Zimmer ist viel schöner als meins. Ich möchte auch so ein Zimmer haben.« Er seufzte. »Ich bin traurig.« Er ließ sich von seiner Mutter auf den Schoß ziehen. »Können wir meine Wände streichen? Und können wir Bjarne zum Kirschkuchen einladen?«

»Natürlich können wir das.« Mama streichelte ihn tröstend über den Rücken. »Wollen wir heute Kuchen backen und Bjarne anrufen? Wir könnten ihn und seine Eltern einladen, was meinst du?«

»Aber wir wollten doch schwimmen gehen.« Bella sprang vom Stuhl. »Das hast du versprochen.«

Titus versteckte sich und versuchte, besonders weinerlich zu klingen. »Bella hat es so gut«, sagte er traurig. »Ich habe es nicht gut. Mein Zimmer ist nicht schön und einen Schulranzen habe ich auch nicht. Und weil Bella heute schwimmen gehen möchte, kann Bjarne nicht zum Kirschkuchen kommen.« Er zog geräuschvoll seine Nase hoch. »Ich wollte mich heute so gern mit Bjarne …«

»Du wolltest den Kröten heute Wasser bringen, richtig?«, sagte seine Mutter schnell. »Du wolltest heute noch mal los, oder nicht?«

»Ich will viel lieber Kuchen backen und Bjarne einladen. Aber weil Bella …«

Bella schlug ihre Hand auf den Tisch. »Ich hasse dich, Titus. Immer müssen wir das machen, was du willst, nie können wir …«

»Du hattest doch ein spannendes Experiment vor? Das wird bestimmt schön«, unterbrach Mama hektisch. »Dann darfst du auch direkt los«, flüsterte sie. »Und du nimmst dir eine Packung Kekse mit, was meinst du?«

Titus stimmte widerwillig zu. Er rutschte vom Schoß und schlurfte zum Schrank, um sich eine Packung herauszuholen. Er packte sie traurig in seinen Rucksack.

»Hier, nimm noch eine Flasche mit«, schlug seine Mutter vor und reichte ihm Himbeersaft. »Das wird bestimmt schön heute.«

Titus zuckte mit den Schultern. »Muss ich die Zähne putzen?«, fragte er enttäuscht.

Mama küsste ihn. »Zisch los«, forderte sie ihn auf und gab ihm einen Klaps auf seinen Po.

Titus schlurfte zur Tür, über den Hof mit gesenktem Kopf, als er hinter dem Gewächshaus Nummer vier war, rannte er los. Er schlängelte sich durch die Brennnesseln und zum ausgetrockneten Bach, die Kröten waren kaum noch zu erkennen. Titus hielt sich die Nase zu und stocherte mit einem Stock in einen der verwesten Reste herum, bis er die leere Froschhülle aufgespießt hatte. Er lief mit ihr wie mit einer Fackel, hüpfte, sprang, die Froschleiche klebte an der Spitze. Den Stock bohrte er an einer Weggabelung vorsichtig in den Boden. Gestern hatte er hier lange überlegen müssen und nur zufällig den richtigen Weg gewählt. Heute wollte er damit keine Zeit verschwenden. Wer weiß, wie schnell er später zurückrennen musste. Vielleicht würde der aufgespießte Frosch Mittke sogar davon abhalten, ihm bis nach Hause zu folgen. Vielleicht.

Titus lief weiter, zu seiner großen Überraschung fand er seine Steinschleuder wieder, die er glücklich und erleichtert einpackte. Unversehrt. Sie war das wichtigste Utensil überhaupt.

Er näherte sich dem Hof, verlangsamte sein Tempo. Er hockte sich auf seinen Posten, verschaffte sich einen Überblick. Pepper fehlte. Titus' Herzschlag beschleunigte sich, nervös suchte er den Hof ab. »Pepper, wo bist du?«, fragte er flüsternd. Er entdeckte ihn nirgendwo. Nicht im Schatten, nicht unter dem Pick-up. Die Bestie war spurlos verschwunden.

Entschlossen rutschte er den steilen Hang zur Straße hinunter, rannte in gebückter Haltung, kam sich dabei wichtig und ebenso albern vor.

Das Motorrad entdeckte er sofort. Hinter dichtem Gebüsch versteckt, unangetastet, geheimnisvoll. Eine schwere Leiche, erkaltet, starr. Die große Maschine hatte an Zauber verloren. Sie lag im Gras, als wäre sie niemals bewegt worden. Titus berührte vorsichtig den Auspuff. Kalt. Er strich über den Tank, umfasste ehrfürchtig den Griff. Er erschrak, als eine kleine Heuschrecke davonhüpfte, fühlte sich ertappt. Titus schaute sich um. Niemand war weit und breit zu sehen. Und der Fahrer? Hatte jemand den Motorradfahrer gefunden? Ein Fußgänger, der zufällig hier entlangspaziert war? Hatte der Mann vielleicht nach Hilfe gerufen? Oder hatte Pepper ihn gerochen und war seiner Spur bis zum Graben gefolgt? Titus beschlich ein ungutes Gefühl. Vielleicht hatte er Pepper deswegen nicht auf dem Hof finden können? Vielleicht würde Pepper jeden Moment um die Ecke hetzen und ihn stellen?

»Ich muss nachschauen«, murmelte er nervös.

Am liebsten hätte er sich in Bellas Zimmer verkrochen. Die weißen Regale und der ordentlich gepackte Schulranzen kamen ihm paradiesisch vor. Er zuckte mit den Schultern. Heute nicht. Heute musste er zu Ende bringen, was er begonnen hatte.

Er machte sich auf den Weg über die Straße und schlich zu der Stelle, an der er den Motorradfahrer hatte liegen lassen. Er entdeckte seine Fußspitze im tiefen Gras. Titus holte tief Luft, sein Herz klopfte schnell. Er schloss seine Augen, bereitete sich vor. Auf was eigentlich? Darauf, dass der Mann kein Gesicht mehr hatte? Oder dass er mit geöffneten Augen ins Leere starrte? Darauf, dass Maden seine Augen ausgehöhlt, Fliegen sein Gehirn in Beschlag genommen hatten? Hatte er noch Beine, die Arme, den Oberkörper? Würde er nur noch aus Haut und Knochen bestehen? Titus schüttelte den Kopf. »Nein«, sprach er laut zu sich selbst. »So schnell geht das nicht.« Er rollte mit seinen Augen. »Er lebt, das ist alles«, beruhigte er sich.

Tatsächlich hatte sich der Motorradfahrer nicht bewegt, hatte seine Position nicht verändert, lag noch immer da. Wie tot. Titus presste die Lippen aufeinander. Wie tot. Titus hatte Angst. Er beugte sich über ihn, mit geschlossenen Augen, mit zusammengepressten Lippen, mit angehaltener Luft. Vorsichtig öffnete er seine Augen einen Spalt. Ihm entfuhr ein Schrei, er sprang zurück, stolperte über den ausgestreckten Arm des Mannes, fiel, schrie, schrie, schrie, versuchte, sich aus seinen Klauen zu befreien, aber der Motorradfahrer hielt ihn fest, grapschte nach ihm, stöhnte, bäumte sich auf, hielt Titus fest, seine Zähne gefletscht, Titus schrie noch lauter, fiel ins hohe Gras, es zerschnitt seine Haut, er versuchte zu strampeln, den Mann zu treten, wie eine Bestie rollte er … Plötzlich hörte Titus eine Grille. Er öffnete seine Augen einen winzigen Spalt, gerade so viel, dass er nur etwas Licht wahrnahm, hielt inne. Es blieb still. Der tote Mann bewegte sich nicht, bewegte sich nicht und hatte sich nicht bewegt, lag da wie eh und je, schlaff, ohne jedes Lebenszeichen, ergeben, wehrlos. Tot.

Tot?

Titus näherte sich, lauschte.

Tot?

Dann hörte er Peppers Kette.

Mit einem Mal stellten sich Titus' Haare auf. Er blinzelte gegen die Sonne, versuchte hektisch zu erkennen, was um ihn herum geschah. Wo war Pepper? Wo war er? Titus hörte ihn, hörte ihn, sah ihn aber nicht. Titus' Atem ging schnell, sein Herz raste. Wo war Pepper?

»Wo bist du?«, hörte sich Titus schreien.

Er hockte sich hin, riss seinen Rucksack herunter, die Schnalle klemmte, er riss an der Kordel, wühlte panisch, holte das Glas heraus, öffnete den Deckel, hielt das Gefäß wie eine Waffe vor sich, schaute sich hektisch nach allen Seiten um. Er hörte Pepper. Titus hörte Pepper, den verdammten Pepper.

»Wo bist du?«, flüsterte er gespannt. »Zeig dich, Pepper, zeig dich.«

Aber Pepper zeigte sich nicht, nirgendwo. Nicht vor ihm, nicht in der Ferne. Pepper war nirgendwo zu sehen. Titus schluckte, seine Schultern taten weh, verkrampft und in gebeugter Haltung, das Glas, die Sonne, das Gift, der Tod. Titus sackte zusammen. Weiße Regale. Wieso konnte er nicht Bella sein?

Er beruhigte sich, verschloss das Glas sorgfältig, stellte es ins hohe Gras. Pepper war weder zu sehen noch zu hören. Nichts. Titus' Ohren rauschten. Pepper. Bestie. Mittke. Wieso nur war er hierher zurückgekommen?

Er dachte an Weihnachten, an Spekulatius, an Tannenzweige und Kerzen. Schnee. Schnee würde den Hof unter sich vergraben. Pepper würde nicht mehr in der staubigen Hitze liegen und auf ihn warten. Und Bjarne? Bjarne und er würden morgens in die Schule laufen.

Titus wandte sich um, sein Blick fiel genau zwischen die Beine des Motorradfahrers. Ein nasser Fleck hatte sich gebildet, es stank nach Urin. Titus stand auf, zögerte nicht mehr, beugte sich über das Gesicht des Mannes. Zu seinem Erstaunen waren die Augen weit aufgerissen und starrten ihn an.

Sie starrten ihn an, und Titus starrte zurück.

KAPITEL 33

»Wollen wir es noch mal versuchen?«, fragte Ann vorsichtig.

»Was ist denn jetzt schon wieder?« Rainer knipste das Licht an. »Seit einer halben Stunde stellst du diese Fragen.« Er setzte sich auf. »Musst du sterben?«

»Was?« Ann fuhr sich durch ihr langes Haar. »Wieso sterben?«, fragte sie unsicher.

»Weil man dann solche Fragen stellt. Wenn man nicht mehr lange hat, beginnt man damit, andere verrückt zu machen.«

»Ich mache niemanden verrückt.«

»Doch, das tust du. Mich. Du machst mich verrückt. Hätten wir eine Katze, würde sie achtmal aus dem Fenster springen.«

»Was?«

»Achtmal.«

»Wieso denn achtmal?«

»Weil sie siebenmal überleben und beim achten Mal endlich sterben würde.«

»Was redest du denn da, Rainer? Wieso haben wir eine Katze?«

Da war er wieder, der hasserfüllte Blick, das Zurschaustellen seiner Abscheu, das Unverständnis über die Situation, über ihre Naivität, ihre Dummheit. Ann wusste es genau.

Rainer schlug seine Bettdecke zurück, strampelte mit den Füßen genervt das Ende von sich, tat es so entschlossen, dass er sich nur noch mehr darin einwickelte. Rainer fluchte, stand auf, mitsamt der Bettwäsche, stapfte in weißen Boxershorts, mit Armbanduhr und nacktem Oberkörper ins Gästezimmer.

Rainer verschwand. Rainer verschwand häufig.

Ann wusste ganz genau, wie lange Rainer brauchte, um vom Schlafzimmer ins Gästezimmer zu stampfen, um im Vorbeigehen die Tür zuzuknallen, sodass das laute Geräusch zu ihr herüberschoss wie eine programmierte Abfuhr, eine gesteuerte Rakete, endgültiger Liebesentzug. Als Ann die Tür zufallen hörte, zuckte sie dennoch zusammen. Das Zeichen seiner Herrlichkeit. Für Ann blieb nichts übrig. Nichts. Kein Streit, keine Diskussion, nichts, womit sie sich weniger allein gefühlt hätte. Sie blieb einsam zurück, versteinert. Nicht einmal ein Seufzen wollte ihre Situation relativieren.

Rainer blieb in solchen Nächten fort. Nur ein einziges Mal war er zurückgekommen, hatte sich wieder in sein Bett gelegt. Ann hatte damals vorgetäuscht zu schlafen, hatte kaum zu atmen gewagt, sich nicht gekratzt, als ihre Schläfe kitzelte, ihre Beine nicht bewegt, obwohl sie schmerzhaft kribbelten, hatte sich nicht geräuspert, als sich ihre Kehle trocken und ihre Zunge geschwollen anfühlte. Irgendwann war Rainer eingeschlafen, das hatte sie an seinem Atemrhythmus erkannt.

In all diesen Nächten schlief Ann nicht. In diesen Nächten blieb sie wach, starrte auf die grünen Zeiger ihrer kleinen Nachtuhr. Zeiger, die unbeirrt wanderten, während ihr eigenes Leben stehen blieb. Ann atmete still. Rainer hatte nichts für sie. Keine Zuneigung, keine Liebe. Keine Ablehnung, keinen Hass.

Ann stellte sich in diesen Nächten vor, dem ein Ende zu setzen. Ann stellte sich vor, Schlafmittel einzunehmen, nicht mehr aufzuwachen.

Wie würde Rainer reagieren, wenn sie eines Tages nicht mehr aufstand, ihre Augen geschlossen blieben?

Sie hätte sich gern vorgestellt, dass er sich vor das Bett knien, sie anflehen würde: »Ann, Ann. Ich liebe dich so, es tut mir leid, Ann, Ann, bitte wach auf.«

Aber Ann wusste, dass Rainer nichts dergleichen über die Lippen kommen konnte. Rainer würde still auf sie herabschauen. Wenige Sekunden. Er würde nur wenige Sekunden brauchen, dann würde er Erleichterung empfinden. Diese Vorstellung kränkte Ann am allermeisten.

Die grünen Zeiger. 8.00 Uhr. Sie stand auf, schlüpfte in ihre Hausschuhe, den Bademantelgürtel zog sie sorgfältig zu, kaschierte ihren Bauch. Sie hatte zugenommen, abgenommen, zugenommen. Sie hatte gestern nur Tomaten und Salat gegessen, trotzdem hatte Rainer keine Anerkennung dafür übriggehabt. Rainer hatte beim Abendessen auf sein Smartphone geschaut, auf sein Tablet, nicht auf ihren Salat, nicht auf ihre Bemühungen, ihm zu gefallen.

Sie schlich über den Flur. Das Gästebett war leer. Sie schüttelte die Decke aus, trug sie zurück ins Schlafzimmer. Sie hörte Rainer duschen, bereitete Frühstück zu. Er war später dran als sonst.

»Ich habe zu schwimmen begonnen.«

Rainer nickte knapp, trank Kaffee im Vorbeigehen, knöpfte seine Weste zu, während er auf den Bildschirm starrte. Bunte Zahlen und Diagramme sprangen hin und her. Rainer stöhnte.

»Möchtest du ein Croissant?«

»Ich muss los.«

»Wir könnten in Ruhe zusammen frühstücken.«

»Ich muss los.«

»Nie bist du da.« Ann verschränkte trotzig ihre Arme. »Immer bin ich allein.«

»Wenn du mich nachts schlafen lassen würdest, müsste ich …«

Ann stampfte mit dem Fuß auf. »Ich dachte, wir fahren zusammen in den Urlaub. Wir beide.« Sie hüpfte zur Haustür und versperrte den Weg. »Wieso lässt du mich immer nur allein?«

Rainer starrte sie an. »Hast du den Verstand verloren?« Er runzelte angestrengt seine Stirn.

Ann schüttelte den Kopf. »Ich dachte, dass wir Kinder wollen?«

»Du dachtest, dass wir Kinder wollen?« Rainer wirkte belustigt. »Brauchst du jemanden zum Spielen?«

»Das haben wir doch mal entschieden? Wir wollten ein Kind haben.«

»Man hat nicht einfach ein Kind.« Er wedelte mit seiner Hand vor sich her. »Du bist jetzt schon überfordert.«

»Wie kannst du so etwas sagen?«

»Schau dich mal an.« Er packte Anns Schultern mit beiden Händen, schob sie über den Flur. Sie stolperte, der Bademantel öffnete sich. In dünnem Hemdchen, durch das ihre schweren Brüste wie überfüllte Wasserballons schimmerten, kam sie vor dem Spiegel zum Stehen. Er zeigte auf seine Armbanduhr. »Es ist kurz nach 8.00 Uhr in der Früh. Du trägst einen Bademantel und Frühstück gab es heute nicht«, sagte er. »Und das Kind? Hätte es mit etwas Glück gestern deinen Salat geknabbert?«

»Rainer …«, flüsterte Ann.

»Heute so, morgen so.« Er wandte sich ab, nahm sein Jackett und schaute sie mitleidig an. »Wie möchtest du dich um ein Kind kümmern, wenn du gestern noch eine Konditorei eröffnen wolltest?«

Sie schüttelte hektisch den Kopf. »Nein, das ist nicht richtig.«

»Heute verhält es sich wieder anders?«, fragte er verständnisvoll. Seine Stimme klang künstlich. »Du weißt doch selbst nicht, was du möchtest.« Er schaute zur Decke, seufzte angestrengt. »Du möchtest Kuchen backen«, sagte er lapidar. »Wenn du willst, dass ich dir deine illustren Ideen bezahle, solltest du mich nachts schlafen lassen.«

»Aber Rainer …« Ann holte Luft.

»Kannst du nicht ein einziges Mal etwas wollen und dabei bleiben? Warum bist du nur so undankbar und wechselhaft?«, unterbrach er sie und öffnete dabei die Haustür. »Womit habe ich das verdient?«, fragte er verzweifelt. »Ich möchte meine

Ruhe haben, verstehst du das, Ann? Weißt du, was das ist? Ruhe?« Er ließ seinen Arm lautstark auf seinen Oberschenkel fallen. »Ruhe«, wiederholte er. »Du strengst mich an. Du verlangst von mir, dass ich ständig um dich herumtanze, dich beglücke und deine unersättliche Langeweile vertreibe. Du verlangst von mir, dass ich zu Hause bin und mich nachts mit dir unterhalte. Ich soll dir Geld geben für deine Kuchen, vor einem halben Jahr wolltest du einen Hund haben.« Er lachte laut. »Einen Hund«, betonte er. »Und jetzt ist ein Kind doch besser?« Rainer schüttelte den Kopf. »Ann, ich möchte dir gern helfen, aber du lässt mich ja nicht. Die Angebote meiner Schwester schlägst du aus, nur ein Glas Wasser hat sie gestern von dir bekommen, das muss man sich mal vorstellen.« Er tippte sich an die Stirn. »Ein Glas Wasser. Dabei hat sie dir sogar Hilfe angeboten.« Er nahm seine Schlüssel. »Wenn ich heute Abend zurück bin, können wir über den Urlaub sprechen. Vielleicht wirst du irgendwann zufrieden sein«, seufzte er.

Ann hörte die Autotür zuschlagen, der Motor startete.

Rainer verschwand.

Sie tapste zurück ins Haus, schloss leise die Tür. Wie konnte Rainer so falschliegen?

Ann legte sich auf das frisch gemachte Gästebett, weinte. Das Kissen schenkte ihr keinen Trost, erstickte nur das laute Schluchzen. Sie presste ihr Gesicht fest hinein, wollte sich gerade zusammenrollen, als sie das Klimpern eines Schlüsselbunds hörte, Poltern, lautes Krachen,

»Ihre Anwältin ist da«, hörte sie. »Stehen Sie auf.«

Ann schaute auf. Beigefarbene Wände glotzten sie an. »Ist gut«, sagte sie schnell, rutschte aus dem unbequemen Bett. »Komme ich einfach so mit?«, fragte sie und zeigte auf sich herab. »Lasse ich das an?« Sie trug dunkelrote Kleidung, in der sie noch fetter wirkte. Noch fetter. Nichts hatte sich geändert.

Leen Roger saß am Tisch, die Hände gefaltet. Ann ließ sich vorsichtig auf den Stuhl sinken.

»Hallo, Ann. Wie geht es Ihnen?«

»Nun sind wir in Frankfurt«, lächelte Ann und strich über ihre kurzen Haare. »Ich habe es mir schlimmer vorgestellt.« Sie nickte schwach. »Hier sind alle nett.«

»Wenn Sie jemanden haben, der Ihnen Geld überweist, kann ich das veranlassen. Sie können hier darauf zugreifen und sich etwas kaufen.«

»Etwas kaufen?«, fragte Ann überrascht. »Was soll ich denn hier kaufen?«

»Es gibt eine Einkaufsliste. Darauf stehen zum Beispiel Kaffee oder Süßigkeiten. Rauchen Sie?«

Ann schüttelte den Kopf.

»Ein Verwandter oder Freund überweist Ihnen auf das Konto der Justizkasse einen Betrag.« Leen machte eine Pause. »Im Verwendungszweck steht Ihr Name, Ihr Geburtsdatum und ›Einkauf‹. So haben Sie hier ein wenig Geld zur Verfügung.«

»Aber wer soll mir denn etwas überweisen wollen? Wer?«

»Vielleicht eine Ihrer Freundinnen? Oder Ihr Ehemann?«

Ann kicherte. »Nein. Sicher nicht. Rainer weiß gar nicht, dass ich hier bin.«

»Dass er davon erfährt, wird sich auf Dauer nicht vermeiden lassen.«

Ann schluckte. »Besser nicht. Ich tauche eines Tages einfach wieder bei ihm auf. Er wird sowieso nicht fragen, wo ich war.« Ann schaute auf ihre pummeligen Knie. Sie könnte hier endlich abnehmen, dachte sie plötzlich. Alles könnte anders werden. Sie würde eines Tages zu Rainer zurückkehren und alles würde neu beginnen.

»Gibt es etwas, was ich regeln sollte? Was ist mit Ihrem Appartement?«

»Berne wird sicher dahin zurückkehren«, wehrte Ann ab. »Es ist ihr Zuhause. Sie hat sich dort immer wohlgefühlt. Ich möchte es ihr nicht nehmen. Wer weiß, wo sie gerade ist, die Arme.«

»Ich habe Berne Jurin gefunden.« Leen Rogers Blick war unerbittlich und scharf. »Sie liegt im Krankenhaus auf der Gynäkologie.«

»Auf der Gynäkologie?«, fragte Ann überrascht. »Sie wollte zur Polizei, nicht in ein Krankenhaus.«

»Berne Jurin muss untersucht werden. Sie hat ein halbes Jahr schlimmste Misshandlungen über sich ergehen lassen.«

Ann schüttelte vehement den Kopf. »Berne hätte mir davon erzählt, sie hat mir alles anvertraut.«

»Berne Jurin wird heute entlassen.«

»Sie kann in meine Wohnung zurück. Möchte sie das?«

Leen Roger schüttelte den Kopf. »Sie möchte nach Hause zu ihrer Familie.«

Ann erinnerte sich. Die dürre Frau hatte eine Familie, was sonst. Einen Mann, einen Sohn, ein Leben. Am Ende hatte sich das alles nicht gelohnt. »Ich habe den Aal für Berne getötet, wissen Sie das?« Ann presste ihre Hände aneinander. »Nur für Berne. Mir hat er nichts getan.« Sie zuckte mit den Schultern. »Ich kannte ihn ja kaum.« Sie überlegte still. »Ich hätte das alles nicht tun dürfen, oder?«, fragte sie. »Jetzt sitze ich hier, und es hat nichts gebracht. Ist Berne sauer auf mich?«

»Ich weiß nicht, ob Frau Jurin überhaupt irgendeine Meinung zu den Geschehnissen hat. Sie wird sich an Theodor Stein wenden.«

»Ja«, sagte Ann hektisch. »Das ist eine gute Idee.« Plötzlich hatte Ann Bedenken. Würden die zwei ganz ohne sie eine eingeschworene Einheit werden? War sie selbst raus? Nicht mehr wichtig? Ann seufzte. Hatte Theodor ihre beste Freundin akquiriert? Hatte Theodor ihre Gutmütigkeit ausgenutzt, ihr Berne weggenommen?

»Können Sie sich an den Moment erinnern?«

»Was?«, entfuhr es Ann. »Welcher Moment?«

»Im Degenhardt.«

Ann überlegte. »Sollte ich?« Sie versuchte, ihrer Stimme einen geheimnisvollen Unterton zu verleihen. »Also …« Sie zögerte. »Ist es nicht besser, wenn ich es gar nicht war?«

Leen Roger wirkte angeekelt. »Es gibt etwa 40 Zeugen, die alle aussagen werden, dass Sie den Mann erstochen haben. Niemand wird Zweifel daran haben.«

»Und da ist nichts zu machen?«

Leen Roger neigte ihren Kopf zur Seite. »Hier geht es nicht so sehr darum, ob Sie den Mann erstochen haben.«

»Sondern?«, fragte Ann neugierig.

Leen Roger zögerte.

»Sie möchten mir nichts verraten, stimmt's?« Ann lächelte. »Das ist schlau.« Sie nickte anerkennend. »Sehr schlau. Sie sind Anwältin. Sie werden mir Fragen stellen und nichts von Ihrer Strategie erzählen. Sie glauben, dass ich sonst alles kaputt mache, stimmt doch?«

Leen Roger zeigte auf ihren leeren Block. »Ich werde viele Fragen stellen. Vor allem aber werde ich Sie beraten.«

Diese Anwältin, dachte Ann. Was für ein Glück. »Werden Sie mich jeden Tag besuchen?«

Leen schüttelte den Kopf.

»Wann kann ich zurück zu Rainer?«

»Gibt es jemanden, der sich um Ihre Angelegenheiten kümmern kann? Verträge, Zahlungen, Arbeitgeber, Haustiere, Kinder, Auto …« Sie machte eine ausladende Geste. »All diese Dinge.«

»Ich habe das alles nicht.«

»Aber Sie haben doch irgendwo gewohnt?«

»In einem Appartement.«

»Sie haben sicher Lebensmittel im Kühlschrank?«

»Um so etwas kümmern Sie sich?« Ann staunte. Alltägliches. Am Ende schien alles banal. Lebensmittel im Kühlschrank. Plötzlich bereute Ann, dass sie für Berne im Gefängnis saß. »Ich wollte das nicht tun«, begann sie. »Ich hätte den Aal nie erstochen, wenn Berne nicht so undankbar gewesen wäre. Berne hat nie zu schätzen gewusst, dass ich sie aus dem Verlies befreit habe. Sie hat immer nur herumgelegen und vor sich hingestarrt. Wir hatten keine schöne Zeit zusammen.« Ann schüttelte bekümmert den Kopf. »Mal abends zusammen lachen und erzählen, etwas unternehmen. All das hätte Berne ablenken können.« Sie machte eine Pause. Berne. Die dürre Berne. »Nichts.« Anns Augen füllten sich mit Tränen. »Nichts«, wiederholte sie. »Jetzt sitze ich hier und Berne ist immer noch nicht meine Freundin. Was habe ich denn falsch gemacht? Wieso kann denn nicht irgendjemand mit mir zusammen sein wollen?« Sie konnte ein Schluchzen nicht mehr unterdrücken. »Was ist denn so falsch mit mir?«, fragte sie verzweifelt. »Ich kann das nicht länger. Wieso will denn niemand kommen und mein Freund sein?« Sie legte ihre Arme ab, den Kopf hinein, weinte hemmungslos. Spucke tropfte aus ihrem Mund, Tränen mischten sich darunter. Sie spürte Leen Rogers Blick, der sie verachtend … Spätestens jetzt hatte Ann versagt. Auch Leen nicht. Auch Leen würde kein weiteres Mal mit ihr zusammen sein wollen. Niemand. Rainer. Rainer am wenigsten. Theodor, Berne, Leen, Rainer, Junia. Niemand würde sich mit ihr treffen wollen, weil sie immer nur weinte, weil sie immer nur weinte und weinte und weinte. Ann schlug mit ihrer flachen Hand auf den Tisch. »Nichts«, schrie sie. »Nichts ist übrig geblieben, wissen Sie das eigentlich?« Ann hob ihren Kopf, Leen hatte sich Notizen gemacht, saß ihr unbeteiligt gegenüber, die Arme ungeduldig verschränkt. »Was ist mit Ihnen?«, fragte Ann gefasst. »Warum sitzen Sie einfach da und kümmern sich nicht um mich?«

Leen Roger schüttelte den Kopf. »Das tue ich. Nur deswegen bin ich hier.«

»Aber Sie sind so lieblos«, stellte Ann fest.

»Wissen Sie, warum Sie hier sind?«

»Das haben Sie mich schon mal gefragt. Ja«, bestätigte Ann.

»Warum?«

Ann zuckte mit den Schultern. »Ich habe den Aal erstochen.«

»Geben wir dem Mann, den Sie immerzu ›Aal‹ nennen, mal einen Namen. Er heißt Thies Heumann.«

Ann nickte. »Ich habe mir schon gedacht, dass er einen richtigen Namen hat.« Sie zog geräuschvoll ihre Nase hoch. »Thies Heumann.« Ann fand, dass der Name nicht zu ihrem Aal passte. »Thies Heumann ist ein schöner Name«, stellte sie fest. »Hätte ich gewusst, dass er Thies Heumann heißt, hätte ich ihn nicht angerührt.« Sie verzog das Gesicht. »Thies Heumann«, flüsterte sie. »Der Aal. Thies. Der Aal. Thies. Der Aal.«

»Wie haben Sie Thies Heumann erstochen?«

Ann blickte auf. »Können wir das lassen?«

»Können wir das lassen? Was können wir lassen?«

»Erstochen ... Immer sagen Sie, ich habe jemanden erstochen. Es ekelt mich. Ich möchte niemanden erstochen haben. Es klingt endgültig und nach einem Verbrechen, aber ich bin so nicht. Ich kann niemanden erstechen, das würde ich nie tun.« Ann wackelte mit ihrem Kopf hin und her, dann kniff sie die Augen zusammen. »Ich weiß, dass ich es getan habe, aber ich erinnere mich nicht daran. Ich habe nie vorgehabt, so etwas zu tun. Ich kann das nicht. Ich kann so was nicht. Wirklich nicht. Ich war ...«

»Sie waren in einem seelischen Ausnahmezustand«, vervollständigte Leen den Satz.

»Was?«

»Sie haben sich in einer besonderen psychischen Verfassung befunden.«

»Und in welcher?«

»Sie haben im Café gesessen. Die Tür ist aufgegangen und Thies Heumann ist hereingekommen.«

»Ja.« Ann rutschte an die Sitzkante. »Genau«, bestätigte sie. »Der Aal.«

»Der Aal«, bestätigte Leen knapp. »Sie haben Thies Heumann als den ›Aal‹ erkannt. Das hat Sie äußerst irritiert.« Leen Roger hob ihre Augenbrauen. »Nicht nur irritiert. Es hat Sie in höchstem Maße verstört. Sie haben Ihren Augen nicht getraut, kann ich mir das so vorstellen?«

Ann nickte langsam.

»Der Entführer taucht plötzlich auf. Zum ersten Mal stehen Sie sich gegenüber.«

»Er hat mich angesehen. Verschwörerisch. Ich bin sicher, dass er mich erkannt hat.«

»Hatte er Sie denn zuvor gesehen? Wusste er, wer Sie sind?«

Ann überlegte. Sie hatte sich immer nur versteckt. Sie war sicher, dass sie sich nie gezeigt hatte. Kein einziges Mal hatte der Aal ihr Gesicht gesehen, nicht einmal bemerkt, dass sie irgendwo im Gebüsch gehockt und ihn beobachtet hatte. Als Ann in die Hütte eingebrochen war, hatte es weit und breit keinen Aal gegeben. Er war zurückgekommen, als sie nach dem Autoschlüssel gesucht hatte, aber auch da hatte er sie nicht entdeckt. Oder war er ihr gefolgt? Ann schüttelte den Kopf. »Nein, ich bin sicher, dass er mich nicht gesehen hat. Oder doch?« Sie war unsicher. »Vielleicht …«

»Es besteht die Möglichkeit, dass er Sie gesehen hat, richtig?«

Ann presste ihre Lippen aufeinander, rümpfte die Nase. »Vielleicht.«

»Machen wir aus dem Vielleicht ein Ja. Sie sind sicher, dass Thies Heumann Sie zuvor gesehen und im Degenhardt erkannt hat. Sie gingen davon aus, dass er absichtlich das Café aufsuchte.«

»Warum sollte er?«

»Um Sie zu treffen.«

»Aber wir haben uns nicht verabredet«, widersprach Ann hektisch. »Das hätte ich nie gemacht. Auf keinen Fall. Ich hasse den Aal.«

»Nicht verabredet.« Leen Roger schüttelte den Kopf. »Thies Heumann ist Ihnen gefolgt. Dass er im Degenhardt aufkreuzt, hat Sie in Alarmbereitschaft versetzt.«

Ann war irritiert. Warum sollte ihr der Aal gefolgt sein? »Ich habe mich gewundert«, wog Ann ab. »Aber dass der Aal mir gefolgt ist, glaube ich nicht.«

»Was haben Sie gefühlt, als Thies Heumann zur Tür hereinkam?«

Ann holte tief Luft. »Das war schlimm. Plötzlich war alles um mich herum weg. Nichts sonst war mehr da, nur noch der Aal. Er hat mir direkt in die Augen gesehen. Ich habe an die vielen Stunden im Gebüsch gedacht, in denen ich gewartet habe. Daran, dass mir die Beine eingeschlafen sind, daran, dass ich Rainer verlassen habe. Ich habe daran gedacht, dass Berne nicht glücklich ist. Sie hat sich kein einziges Mal bei mir bedankt. Kein einziges Mal hat sie mir gesagt, dass sie glücklich ist mit mir, dass sie gern meine Freundin ist. Im Gegenteil. Sie hat mich verletzt, hat gemeint, dass der Aal mein Bruder ist.« Ann starrte Leen an. »Können Sie sich das vorstellen? Sie hat geglaubt, dass der Aal mein Bruder ist«, wiederholte sie.

»Kurzum: Thies Heumann hat Sie in einen seelischen Ausnahmezustand versetzt.«

»In einen seelischen Ausnahmezustand«, bestätigte Ann. »Wenn Sie es so nennen wollen? Ich hätte auch einfach mit Katina plaudern können.« Ann senkte ihre Stimme. »Aber ich hatte Angst, dass er wieder geht. Berne hätte mir nie verziehen.«

»Hatten Sie die Tat geplant?«

»Was?« Ann war erstaunt über die Frage. »Geplant? Ich wusste ja nicht einmal, dass er überhaupt zur Tür hereinkommen würde.«

»Was ist dann passiert? Erzählen Sie mir, woran Sie sich erinnern können.«

Ann überlegte. Voneinander unabhängige Ereignisse waren zufällig in Verbindung gebracht worden. Während der Aal in der Nacht Berne in die Hütte gebracht hatte, war sie vor Rainer weggelaufen. Wo fing die Kausalität an? Es war vergebens, darüber nachzudenken. War es schon seit ihrer Geburt auf nichts anderes hinausgelaufen? Oder war es Zufall? Ein Umstand, der ihr das Leben gekostet hatte. »Eine innere Gewissheit hat mein Handeln gesteuert, ohne dass ich an der Richtigkeit auch nur den geringsten Zweifel gehabt habe.« Ann holte tief Luft. »Katina hat den Mund geöffnet, sprachlos, verunsichert, weil ich aufgestanden bin, weil ich nach dem Messer gegriffen habe. Ja, ich glaube, deswegen.« Ann versuchte sich zu erinnern. »Ich bin langsam auf den Aal zugegangen. Er hat gelächelt. Ein Moment vermeintlicher Intimität. Ich weiß das alles noch.« Ann nickte. »So war's.«

»Es gab also keine Waffe, die Sie mitgebracht hatten?«

»Nein«, sagte Ann hektisch. »Oder sollte ich?«, fragte sie unsicher. »Ich hätte das Messer auch von zu Hause …«

»Hier geht es noch um keine Strategie, Ann. Hier geht es nur um die Wahrheit.«

Ann beobachtete, wie Leen Rogers krauses Haar zittrig hin- und herwackelte. Ob sie es kämmen konnte? »Ich hatte kein Messer dabei.«

Leen Roger schrieb etwas auf. »Weiter?«, fragte sie.

»Ich bin auf den Aal zugegangen, dann habe ich ausgeholt.«

Leen hob ihre Augenbrauen. »Und?«

»Ich habe zugestochen. Wie viel Kraft ich einsetzen sollte, wusste ich nicht. Ich habe in seinen Bauch gestochen. Dreimal. Ich glaube, dreimal.«

»In den Bauch. Wollten Sie den Aal töten?«

Ann seufzte. »Kann man so nicht sagen. Ich habe oft daran gedacht, dass er es verdient hätte. Vielleicht nicht so, aber irgendwie so ähnlich.« Ann überlegte. »Ich weiß nicht. Für Berne habe ich es gern gemacht. Es war gut so.«

»Beantworten Sie meine Fragen kurz und knapp, ohne Umschweife. Einverstanden?«

Ann nickte vorsichtig, war fasziniert von Leens Ausstrahlung. Leen wirkte stark, selbstbewusst, autoritär. Sie hatte noch nie jemanden getroffen, dessen Gesichtshälften so wenig zusammenpassten.

»Frau Beck?«

Ann zuckte zusammen. »Ich habe nicht aufgepasst.«

»Hatten Sie vor, den Aal so mit dem Messer zu treffen, dass er stirbt?«

Ann schüttelte den Kopf. »Ich habe …«

»Ohne Umschweife«, unterbrach Leen.

»Ja. Ich glaube schon. Ich habe …«

»Sie hatten geplant, den Aal zu töten. Warum haben Sie nicht ins Herz gestochen?«

»Was?« Ann ekelte sich.

»Warum haben Sie Thies Heumann in den Bauch gestochen?«

»Das schien mir am einfachsten.«

»Inwiefern schien Ihnen das am einfachsten?«

Ann schloss die Augen. Das viele Blut. »Das Herz ist so weit oben«, antwortete sie leise. »Ich hätte meinen Arm dafür heben müssen. Ich hatte Angst, dass der Brustkorb …«

»Gehen Sie konform, dass die Wahrscheinlichkeit, jemanden zu töten, am höchsten ist, wenn man ihm direkt ins Herz sticht?«

Ann presste ihre Handballen auf die Augen. Das viele Blut. Ihre klebrigen Hände. »Der Aal ist trotzdem gestorben«, sagte Ann leise.

»Nur, weil Sie seine Bauchaorta getroffen haben.«

Ann riss ihre Augen auf. »Das stimmt also doch? Der Aal hatte recht? Er hat mir gesagt, dass ich seine Aorta getroffen habe und mich gefragt, wo das viele Blut hinsoll. Das hat er mich gefragt«, rief Ann aufgeregt.

»Wann? Wann hat er mit Ihnen darüber geredet?« Leen wirkte vollkommen irritiert.

»Nur in meinem Traum«, wehrte Ann ab. »Nicht in echt.«

»Behalten Sie das für sich.«

»Was?«

»Behalten Sie das auf jeden Fall für sich. Sie wissen nichts von einer Bauchaorta. Sie haben doch keine medizinischen Vorkenntnisse?«

Ann war unsicher. »Was meinen Sie damit?«

»Anatomie? Kennen Sie sich damit aus? Haben Sie in dieser Richtung versierte Kenntnisse? Eine Ausbildung, ein Studium«, zählte Leen ungeduldig auf. »Sind Sie zum Beispiel Krankenschwester oder Physiotherapeutin?«

Ann schüttelte den Kopf. »Nein«, sagte sie. »Nichts.«

»Gut. Dann bleibt es dabei. Sie wollten den Aal nicht töten.« Leen räusperte sich. »Und glauben Sie, dass Sie in Notwehr gehandelt haben?«

Ann überlegte. In Notwehr. Warum nicht? Immerhin hatte sie es für Berne getan, und Berne war in Not. Ann verscheuchte den Gedanken. Natürlich nicht. Notwehr. Das war etwas ganz anderes. In Notwehr handelte man, wenn man körperlich angegriffen wurde. »Nein«, sagte sie entschlossen.

»Warum sind Sie der Meinung?«

Ann bekam Bauchschmerzen. Diese Fragen. Rainer hatte auch immer …

»Sie haben Thies Heumann erkannt«, stellte Leen Roger barsch fest.

Ann gab auf, Leen Roger zu folgen.

»Sie waren sich sofort sicher, dass der Entführer nur aus einem Grund im Degenhardt aufkreuzte: Er ist Ihnen bis nach Wiesbaden gefolgt, er suchte Sie auf, um Sie zu töten.«

»Was?«, entfuhr es Ann laut.

Leen sprach langsam und deutlich. »Sie waren sich absolut sicher, dass Thies Heumann nur wegen Ihnen da war. Er ist gekommen, um Sie zu töten, weil Sie die Einzige sind, die sein Gesicht kennt, richtig?«

Ann traute sich nicht zu antworten.

»Was haben Sie getan, nachdem Sie den Mann niedergestochen haben?«

Ann überlegte angestrengt. Ihr Herz raste. Sie wollte nach Hause. Nach Hause. Sie hätte sich gern ins Bett gelegt. »Ich bin aufgestanden und habe mir die Hände gewaschen.«

»Haben Sie das Messer mitgenommen?«

Ann nickte langsam.

»Sind Sie gerannt?«

»Was?«

»Immer dieses ›Was‹ …«, stöhnte Leen. »Sind Sie gerannt? Schnell gelaufen? Normal gegangen?«

»Normal gegangen.« Ann antwortete wie ferngesteuert.

»Hat Sie jemand aufgehalten?«

Ann schüttelte den Kopf. »Niemand. Ich habe mir die Hände gewaschen.«

»Und das Messer?«

»Habe ich auf das Waschbecken gelegt. Dann bin ich rausgegangen.«

»Und auch da hat Sie niemand angesprochen oder zurückgehalten?«

»Nein. Ich bin einfach rausgegangen. Ich habe mich draußen hingesetzt und gewartet.«

»Worauf?«

»Das weiß ich nicht mehr. Ich weiß es nicht mehr. Eigentlich weiß ich gar nichts mehr.«

»Auf die Polizei, richtig? Sie haben darauf gewartet, dass die Polizei kommt und die Dinge regelt. Aus diesem Grund haben Sie nicht den Versuch unternommen, die Tatwaffe zu verstecken.«

»Nein«, schüttelte Ann den Kopf. »Ich glaube, so war es nicht. Ich habe eigentlich nur …«

»Haben Sie sich bei der Festnahme gewehrt?«

Ann schüttelte stumm den Kopf. Sie wollte schlafen.

»Ich erzähle Ihnen jetzt, wie es war«, verkündete Leen Roger bestimmt. »Thies Heumann kommt zur Tür herein. Sie erkennen ihn sofort. Sie denken an Berne Jurin, die Sie aus der Hütte befreit haben. Sie haben sich vorgestellt, dass Thies Heumann Sie bedrohen und sich von Ihnen zu Berne führen lassen wird. Thies Heumann ist ein fanatischer und kranker Psychopath. Sie wollen Berne beschützen, die anderen Gäste beschützen, Sie wollen sich schützen. Sie wollen ihm zuvorkommen. Möglicherweise hatte er eine Pistole dabei, würde Geiseln nehmen …« Sie rollte mit den Augen. »Aus diesem Grund sind Sie aufgestanden und haben diesen Mann aus dem Verkehr gezogen.« Leen hob ihren Zeigefinger. »Sie wollten ihn lediglich außer Gefecht setzen, nicht töten. Sie treten von selbst zurück, den Unwert ihrer Tat erkennend, niemand muss Sie aufhalten oder überwältigen. Sie flüchten nicht. Sie waschen sich in Ruhe die Hände, dann gehen Sie hinaus. Sie können das viele Blut nicht sehen, warten auf die Polizei. Dass der Entführer in diesem Moment stirbt, können Sie nicht ahnen.«

Ann gähnte müde. »Können wir jetzt aufhören?« Sie wollte auf Rainer warten. Er würde am Abend endlich mit ihr über den bevorstehenden Urlaub sprechen. Vielleicht konnte sie ihre Schwägerin auf einen Kaffee einladen. Kaffee statt Wasser. Zitronenrolle. Ann lächelte zufrieden.

Zitronenrolle.

KAPITEL 34

Die Untersuchung hatte keine überraschende Neuigkeit ergeben, dennoch war Berne enttäuscht. Sie hatte bis zum Schluss auf ein Wunder gehofft, es hatte ihr Kraft gegeben.

Sie hatte im Verlies an ihre Schwangerschaft gedacht, sich auf eine sonderbare Art und Weise nicht allein gefühlt. Es hatte sie bestärkt, nicht aufzugeben. Sie hatte in die viele Dunkelheit hinein gedanklich mit ihrem Baby gesprochen, hatte versichert, dass es nicht anders sein konnte, als dass sie es gemeinsam wieder hier hinausschafften. Sie hatte sich mit einer naiven Selbstverständlichkeit vorgestellt, dass sie ihr Kind in einer glücklichen Umgebung entbinden würde, dann, wenn alles vorbei war. Das Bild hatte in ihrem Innern geleuchtet. Glückseligkeit. Sie hatte es nicht loslassen wollen. Pius und Torge, ihre Eltern und Freunde, alle waren sie da, um das Baby anzuschauen. Berne hatte unbeugsam an der Überzeugung festgehalten, dass es wider die Natur war, als schwangere Frau in einem Verlies zu bleiben. Schwanger. Schwanger. Dieser Zustand würde sie über jedes Schicksal erheben, eine andere Option hatte es für Berne nie gegeben.

»Vorsichtshalber möchten wir gern eine Ausschabung vornehmen«, hatte die Ärztin erklärt. »Das sieht zwar alles gut aus und deutet darauf hin, dass der Abgang in einem sehr frühen Stadium stattgefunden hat, dennoch möchten wir sichergehen.«

»Ich habe erst kurz vor meiner Befreiung Blutungen bekommen.« Berne hatte geschluckt. Sie hatte das Baby nie gespürt, hatte sich beruhigt, sich vorgestellt, dass es gut war, wenn der Mann nichts von der Schwangerschaft wusste. Sie hatte Stolz empfunden, so etwas wie Solidarität. Ihr Baby hatte sich genau richtig verhalten, und Berne hatte sich bis zum Schluss darauf verlassen, dass sie pünktlich hinauskäme, dass sie es am Ende gemeinsam geschafft hätten.

»Wir nennen das Phänomen verhaltenen Abort.« Die Ärztin hatte den Stuhl zurück in seine Ausgangsposition gefahren und Berne aufgefordert, sich wieder anzukleiden. »Der Embryo oder Fötus stirbt, verbleibt aber unbemerkt manchmal Wochen oder auch Monate in der Gebärmutter.« Sie hatte Bernes Arm gestreichelt. »Ich kann Sie beruhigen. Ihre Schwangerschaft war sicher nicht weit fortgeschritten.«

Berne hatte stumm genickt, sich angezogen.

»Ich kann Sie beruhigen«, hatte sie die Ärztin immer und immer wieder sagen hören. Zurück in ihrem Zimmer hatte sie sich verloren auf die Bettkante gesetzt. »Ihre Schwangerschaft war sicher nicht weit fortgeschritten.«

Tröstende Worte. Tröstende Worte für schwangere Frauen. Berne war die Zeit im Verlies über also doch allein gewesen. Von Beginn an. Ohne einen Verbündeten. Ohne ihr Baby. Berne hatte sich verlassen, hintergangen, verwundet gefühlt, sich ins Bett gekauert. Ihr Baby. Ihre Hoffnung. Die Hoffnung auf ein gutes Ende. Es hatte keines gegeben.

Am Mittag war ihr das OP-Hemdchen gereicht worden. »Bald haben Sie alles geschafft«, hatte Schwester Jolene liebevoll erklärt. »Ist nur ein kleiner Eingriff. Sie brauchen keine Angst zu haben.«

Berne hatte versucht, nicht zu weinen, hatte zur Decke geschaut, sich konzentriert. Sie war im Krankenhausbett über den Flur geschoben worden, und als ihr die Tränen auf dem Weg zum OP in ihre Ohren rannen, hatte sie sich so einsam wie noch nie gefühlt. Ohne ihr Baby hatte die Zeit im Verlies nichts übrig gelassen. Nichts.

Mit der Narkose war sie dankbar in ein leeres Zeit- und

Raumkontinuum verschwunden. Zurück auf dem Zimmer, hatte man sie schlafen lassen. Am Mittag war ein Pfleger gekommen.

»Hier ist jemand für Sie am Telefon. Eine Frau.«

Berne hatte das Telefon irritiert angestarrt.

»Leen Roger. Ich bin Anwältin, Ann Becks Strafverteidigerin. Darf ich Sie besuchen kommen? Ich habe ein paar Fragen an Sie und wichtige Informationen, die Ihnen weiterhelfen können.«

Die Stimme hatte streng geklungen. Autoritär. Berne hatte sofort gedacht, dass sich Leen Roger nie hätte entführen lassen.

»Sie können gern kommen«, hatte sie heiser zugestimmt.

Eine halbe Stunde später hatte Leen Roger an ihrem Bett gesessen, und es hatte keine weiteren zehn Minuten gedauert, da hatte sich Berne wie ein Phönix aus der Asche erhoben. Sie hatte sich stark gefühlt, hatte die letzten eigenen Reserven mobilisiert, hatte entschieden, dass sie so lange nicht nach Kälberberg zurückkehren würde, bis sie den Kampf um die Wahrheit gewonnen hatte. Berne hatte erstaunt zugesehen, wie sich Leen Roger um ihre Entlassung gekümmert hatte.

»Morgen früh. Morgen früh holen Sie sich Ihr Leben zurück.«

Leen hatte ihr ein Hotelzimmer reserviert und ihr erklärt, wo sie Theodor finden würde. Sie hatte ihre Hand gedrückt. »Die Wahrheit wird Ihre Geschichte zusammenfügen. Dann gehen Sie nach Hause.«

Berne hatte geweint, und Leen Roger hatte ausgesehen wie eine unbeugsame Kriegerin. »Ann Beck lässt Ihnen Grüße ausrichten.«

Berne war stumm geblieben.

»Ich hole Sie morgen früh ab. Kann ich Ihnen etwas mitbringen?«

Berne hatte mit den Schultern gezuckt.

»Ich fahre Sie ins Hotel. Von dort können Sie sich an Theodor Stein wenden. Was ist mit Ihrer Familie? Ist sie informiert? Werden Sie abgeholt?«

»Ich erreiche meinen Mann nicht. Pius Jurin. Ich liebe ihn.«

»Haben Sie seine Telefonnummer?«

»Niemand geht dran. Er hat kein Mobiltelefon, nur den Festnetzanschluss vom Gestüt.«

»Und da haben Sie's probiert?«

Berne hatte genickt. »Schon mehrmals.«

»Ich ...«

»Nein«, hatte Berne unterbrochen. »Ich möchte nicht, dass er ... Ich möchte einfach nach Hause. Ich möchte nichts vorbereiten oder ankündigen. Ich möchte nach Hause kommen, und es soll so sein wie immer.«

Leen hatte vorsichtig gelächelt. »Haben Sie das den Ärzten und der Polizei gesagt?«

»Ja. Ich habe darum gebeten, dass erst einmal niemand Bescheid bekommt.«

»Ihr Mann und Ihr Sohn sind noch ein paar weitere Tage im Ungewissen. Ist das wirklich die richtige Strategie? Wünschen Sie sich nicht, die beiden zu erlösen?«

»Ich habe Angst«, hatte Berne geflüstert. »Angst, dass sie mir vorher sagen, dass ich nicht zurückkommen soll. Am Telefon. Ich habe Angst, dass ich nie wieder nach Hause kommen kann.«

Leen hatte keine Miene verzogen.

»Können Sie das verstehen?«

»Nein.«

Berne war zusammengezuckt. »Nein?«

»Nein. Vermutlich machen sich alle große Sorgen.«

»Ja, und dann muss ich erzählen, wo ich war.«

»Das werden Sie sowieso.«

»Und wenn nicht? Wenn ich es einfach für mich behalte? Wenn ich einfach mit niemandem darüber spreche? Ich möchte nicht, dass alle im Dorf wissen, was passiert ist. Ich möchte nicht, dass man mich ansieht und ...« Berne hatte das Pfefferminzöl tief in ihre Lungen gesogen. »Ich möchte niemandem erzählen, was passiert ist. Niemandem. Nicht einmal Pius. Ich habe Angst, dass er sich vor mir ekelt. Davor habe ich Angst.«

Leen hatte genickt. »Von Ihrem Hotelzimmer aus können Sie sich frei bewegen. Aus medizinischer Sicht gibt es keinen Grund, im Krankenhaus zu bleiben. Man wird Ihnen vorschlagen, Sie in einer psychiatrischen Klinik unterzubringen.«

»Das will ich nicht«, hatte Berne abgewehrt. »Auf keinen Fall. Ich will nach Hause.«

»Das habe ich verstanden.«

»Und Theodor Stein? Wird er mich einweisen lassen?«

»Nicht, wenn Sie die Zügel in der Hand behalten.«

»Was soll das heißen?«

»Theodor Stein hat eine Information für Sie, die er gern für sich behalten möchte. Sie sollten dafür sorgen, dass er sich bedrängt, in der Defensive fühlt, und ihm die Information entlocken.« Leen Roger hatte einen kleinen Zettel aus ihrer Hosentasche geholt. »Wenn Sie nicht mehr weiterkommen, geben Sie ihm diesen Zettel.«

Berne hatte auf die Zahlen gestarrt. »Was ist das?«

»Das wird er Ihnen erzählen.«

»Warum tun Sie das? Was für eine Information?«

Leen Roger hatte gelächelt. »Sie bekommen Ihre Geschichte nicht zusammen, richtig?«

Berne hatte vorsichtig genickt.

»Was fehlt Ihnen?«

»Ann Beck.«

»Ihnen fehlt Ann Beck?«

»Ich muss mich von Kälberberg aus auf die Suche machen. Ich kann nur ins Leben zurück, wenn ich … Ich bin so. Ich bin sehr pragmatisch.« Berne hatte sich geräuspert. »Ich war sehr pragmatisch«, hatte sie sich korrigiert. »Ich war irgendwann mal so.«

Leen Roger hatte gelächelt. »Was fehlt Ihnen?«

»Wieso hat mich Ann Beck befreit? Wie konnte sie wissen, dass ich in der Hütte bin? Wieso nimmt sie mich mit nach Hause?«

»Was hätte sie stattdessen tun sollen?«

»Die Polizei rufen. Ich hätte sofort ...«

»Ja«, hatte die Anwältin sie unterbrochen.

»Ich glaube, dass Ann Beck beteiligt ist.«

»An der Entführung?«

»Sie ist eine Komplizin. Sie hat es nicht mehr ausgehalten und mich befreit. Und damit der Entführer nichts ausplaudert, hat sie ihn erstochen.«

Leen Roger hatte die Luft eingesogen.

»Ist es so?«

»Theodor Stein wird es Ihnen erzählen.« Die Anwältin hatte auf den Zettel gezeigt. »Wenn er selbst nicht zu reden beginnt, reichen Sie ihm den Zettel«, hatte sie wiederholt. »Sie werden Ihre Geschichte bekommen.«

Berne hatte sie unsicher angeschaut.

»Theodor Stein wird alles versuchen, möglicherweise wird er Sie einweisen wollen.«

»Kann er das?«

»Sie sollten sich auf das Gespräch vorbereiten. Sie sollten es nicht aus der Hand geben. Lassen Sie sich von seinem psychiatrischen Gesäusel nicht um den Finger wickeln.«

»Können Sie mir dabei helfen?«, hatte Berne vorsichtig gefragt.

Zum ersten Mal hatte Leen Roger geblinzelt. »Aus diesem Grund bin ich hier.«

Berne hatte dankbar gelächelt. Dankbar und irritiert.

Den ganzen Nachmittag hatten sie das Gespräch vorbereitet. Leen Roger, die Kriegerin. Eine Amazone.

»Sie könnten mir einfach sagen, welche Rolle Ann Beck spielt? Wenn Sie die Wahrheit kennen, warum muss ich dann erst ...«

Die Anwältin hatte sie unterbrochen. »Ich bin Ann Becks Verteidigerin. Ich unterliege der Schweigepflicht.«

Berne hatte nachdenklich genickt.

Den ganzen Abend war sie im Krankenhaus immer und immer wieder das Gespräch durchgegangen. Hatte ihre Antworten geübt, hatte sich Theodor Stein vorgestellt.

Am nächsten Morgen hatte Leen Roger sie abgeholt.

Theodor Stein hatte ihre Haare gepackt, und Berne hatte sich zum ersten Mal wach gefühlt. Zum ersten Mal hatte Berne das Gefühl gehabt, sie würde sich ihr Leben zurückholen können. Ihr Leben und die Wahrheit.

Sie würde bald nach Hause zurückkehren.

KAPITEL 35

Er hörte Torge die Treppen herunterspringen.

»Gut geschlafen?«, fragte Pius fröhlich. »Und wollen wir Mama einen wunderschönen Guten Morgen wünschen?«

Torge befreite sich hektisch aus seinen Armen. »Habe ich schon«, rief er laut und rannte zum Schuhschrank.

»Hast du?« Zu seiner Enttäuschung war sein Sohn angezogen, im Begriff, das Haus zu verlassen. »Wohin denn so eilig?«, fragte er lachend. »Wir müssen doch erst noch Guten Morgen sagen.« Er streichelte Torge über den Kopf. »Komm, das wollen wir nicht vergessen.«

In der Küche bereitete er Kakao und Kaffee zu.

»Heute feiert Janne Geburtstag, und ich bin eingeladen«, verkündete Torge stolz. »Ich muss ihm noch ein Bild malen. Er hat sich eins mit Pferden gewünscht, weil ich sie so gut zeichnen kann.« Er fischte ein gefaltetes Bild aus seiner Tasche. »So wird es aussehen.«

»Und was sind das für Pferde?«

Torge zuckte mit den Schultern. »Irgendwelche Pferde.«

»Und haben die alle einen Namen?«

Torge schüttelte unbeteiligt den Kopf.

»Keine Namen?«, fragte Pius erstaunt. »Du könntest ihnen die Namen unserer Pferde geben. Zum Beispiel könnte dies hier Miss Gina heißen. Und das hier sieht aus wie Mamas Lieblingspferd, oder?«

»Das sind nur irgendwelche Pferde.« Er rutschte vom Stuhl. »Heute sollst du mich spät abholen. Janne und ich brauchen Zeit.«

»Ich könnte Janne heute mitnehmen, dann könnt ihr hier noch ein wenig feiern? Und wir könnten Mama neue Blumen pflücken.«

»Nein, heute nicht«, entschied Torge und rannte zur Tür.

»Halt.« Pius holte Bernes eingerahmtes Foto. »Wir müssen noch …« Er wedelte mit dem Bild in der Luft hin und her.

Torge lächelte schief. »Aber nur kurz«, verkündete er.

Torges schwitzige Hände zappelten ungeduldig in den seinen.

»Guten Morgen, liebe Mama«, begann Pius. »Hast du gut geschlafen? Torge feiert heute Geburtstag, denn Janne wird …« Er schaute seinen Sohn fragend an.

»Vier«, ergänzte Torge. »Und jetzt muss ich los.« Er sprang vom Schoß und rannte hinaus.

Pius seufzte.

Er brachte Torge in den Kindergarten, war enttäuscht, dass er nur einen flüchtigen Kuss bekam.

»Er ist sehr fröhlich geworden«, bestätigte die Erzieherin. »Seit ein paar Wochen kommt er richtig aus sich heraus. Das freut uns alle sehr.« Sie lächelte. »Es ist ein gutes Zeichen. Er ist auf dem richtigen Weg.«

Pius schluckte. »Auf dem richtigen Weg?«, fragte er vorsichtig.

»Vor ein paar Wochen war er noch so still«, erklärte sie. »Wir haben uns alle Sorgen gemacht. Da konnte man ihn kaum ablenken oder beschäftigen. Er hat immer hier gesessen«, sie zeigte auf die Fensterbank. »Das war sein Platz. Er hat sich immer ein kleines Kissen aus der Puppenecke geholt und aus dem Fenster geschaut.«

Pius schloss seine Augen und atmete tief ein, traute sich nicht zu fragen, auf wen Torge tagein tagaus gewartet hatte. Er wusste es längst.

»Das haben wir anfangs auch gedacht.« Die Erzieherin nickte.

»Nein?«

»Nein.« Sie nahm ihn zur Seite. »Wir waren unsicher, ob wir Sie anrufen sollten. Wir haben viel über Torge und seine …«, sie zeichnete zwei Anführungszeichen in die Luft, »… Geschichte gesprochen und entschieden, dass Torge am meisten geholfen ist, wenn er einen ganz normalen Alltag erlebt. Wir hatten das Gefühl, dass Sie als Vater Zeit brauchen, sich zu sortieren. Wir haben Torge immer mit einbezogen, aber der Junge wollte nur dort sitzen, und wir haben das akzeptiert.«

»Er hat auf seine Mama gewartet.« Pius schaute traurig.

»Nein.« Die Erzieherin lächelte. »Nein, das hat er nicht.«

»Nein?«

»Nein. Er hat auf Sie gewartet.«

»Auf mich?« Pius schüttelte ungläubig den Kopf. »Aber wieso denn auf mich? Ich war doch immer da?«

»Wir wussten nicht, wie wir es Ihnen sagen sollten. Wir wollten Sie nicht noch mehr belasten«, entschuldigte sie sich. »Wir fanden es nicht angemessen, Ihnen unsere Bedenken anzumelden.«

»Was für Bedenken?« Pius' Herz klopfte wild. »Was für Bedenken?«

Die Erzieherin wirkte unsicher. »Einige von uns finden es schwierig, wie Sie mit der ganzen Sache umgehen.«

»Mit der ganzen Sache?«

»Na ja«, die Erzieherin suchte nach den richtigen Worten. »Berne eben.«

»Berne eben, was soll denn das bedeuten? Dass Berne verschwunden ist? Meinen Sie das?«

Die Erzieherin nickte stumm.

»Und was ist damit?«

»Einige aus dem Team finden, dass Sie Torge überfordern.«

»Und womit überfordere ich ihn?« Pius holte tief Luft. Ihm wurde schwindelig. Er suchte nach einer geeigneten Sitzmöglichkeit, entschied sich für die Fensterbank und lehnte sich an.

»Torge hat erzählt, dass Sie ihm versprochen haben, ihn eines Tages abzuholen, und dass Sie beide nach Hause kommen würden und seine Mutter vor der Tür sitzen würde.« Die Erzieherin hatte schnell gesprochen. Sie blinzelte. »Er hat hier auf Sie gewartet in dem Glauben, dass er seine Mutter wiedersehen kann, wenn Sie ihn nur abholen.«

Pius stieß sich von der Fensterbank weg. »Wie bitte?«, fragte er ungläubig.

»Wir haben alle das Gefühl, dass Torge darüber nicht Hoffnung schöpfte, sondern dass es ihn belastet hat. Es hat ihn gequält, hier zu sein, bestand doch die Möglichkeit, dass seine Mutter zu Hause schon auf ihn wartete und er wertvolle Stunden mit ihr verpassen könnte.«

Vor Pius schwankte der Raum hin und her. Er schloss seine Augen.

»Ist Ihnen nicht gut?«, hörte er. »Ich hole Ihnen ein Glas Wasser. Kommen Sie, wir gehen in einen anderen Raum.« Die Erzieherin lief hektisch in die Küche, forderte Pius auf, ihr zu folgen.

»Wir wussten nicht, ob wir Ihnen das sagen können«, erklärte sie mitleidig. »Wir haben uns nicht getraut. Wir wollten Sie damit nicht … Jetzt ist Torge fröhlich, sehen Sie? Er wartet nicht mehr. Wir glauben, dass es besser für ihn ist, wenn seine Mutter nicht mehr so präsent ist. Für Kinder ist es irgendwann an der Zeit, die neue Situation anzunehmen.«

Pius nahm einen Schluck Wasser. Er starrte auf seine Schuhe. »Was für eine neue Situation?«, fragte er steif.

»Torge ist jetzt sehr gut mit Janne befreundet. Die beiden spielen ausgelassen miteinander. Er ist so weit, er kann jetzt in ein neues Leben finden.« Sie räusperte sich. »Und Sie auch«, schob sie hinterher. »Sie müssen das auch. Sie müssen doch wieder normal leben. Wenn Sie immer nur daran glauben, dass Ihre Frau irgendwann zurückkommt, verpassen Sie Ihr Leben.« Sie setzte sich neben ihn. »Ist es nicht an der Zeit, dass Sie mit der Sache abschließen? Dass Sie Ihr Gestüt wieder mit vollem Einsatz führen, einen ganz normalen Alltag erleben? Die Praxis verkaufen? Sich verabreden? Vielleicht können Sie eine neue Frau kennenlernen, und Torge hat eine Chance auf ein Geschwi…«

Pius stand abrupt auf. »Wie können Sie nur?«, flüsterte er. »Wie können Sie es wagen, mir Ihre geschmacklosen Gedanken so pietätlos …« Er schüttelte ungläubig den Kopf. »Wir sind ein winziges Dorf. Wir haben hier nur ein paar Seelen. Sie sind eine der wenigen, die ich sieze, mit denen ich privat nichts zu tun habe, und gerade Sie nehmen sich das Recht heraus, mir zu empfehlen …«

Die Erzieherin stand auf. »So ist es nicht gemeint. Sie sollen Frau Jurin nicht vergessen, Sie sollen doch nur …«

»Endlich begreifen, dass es vorbei ist, dass sie für immer weg ist, dass sie nicht zurückkommt, dass ich besser eine neue Frau kennenlerne, damit Torge noch einen Bruder oder eine Schwester bekommen kann.« Pius rollten Tränen über die Wangen. »Haben Sie eigentlich eine Ahnung, dass ich nicht nur meine Frau, sondern auch ein weiteres Kind verloren habe? Berne war schwanger, wir haben uns auf das Baby gefreut. Ein halbes Jahr, nicht einmal ein halbes Jahr ist es her, und Sie finden, dass ich damit abschließen soll?«

»Ich wollte Sie nicht …«

»Das haben Sie aber«, unterbrach Pius. »Haben Sie aber.« Er wandte sich zur Tür, drehte sich zu ihr um. »Tun Sie das nie wieder«, flüsterte er.

Auf dem Rückweg weinte er ungehemmt. »Berne, Berne, Berne«, wimmerte er. »Wo bist du nur? Was ist mit dir passiert?«

Er entfernte den gelben Zettel, der am Hoftor klebte: »Liebste Berne, ich bin in wenigen Minuten zurück, ich bringe Torge in den Kindergarten. Warte in der Küche auf mich, dann trinken wir Kaffee. P.S.: Im Kühlschrank steht frischer Holundersirup.«

Im Büro schaute er auf sein Telefon. Eine unterdrückte Nummer. Vier Anrufe. Er starrte versteinert auf die vier verpassten Anrufe. Vier verpasste Anrufe. Vier. Für einen Moment wollte er hoffen, dass es Berne war, dann stand er auf, schleppte sich die Treppe hinauf und legte sich mitsamt Schuhen auf ihre Bettseite, den Zettel verknäult in der Hand.

Er war allein. Allein, während sein Sohn ausgelassen Geburtstag feierte. Es versetzte ihm einen Stich.

KAPITEL 36

Emmas Wagen war bis zum Bersten gefüllt. Auf den Sitzen und im Kofferraum lagen Tüten mit Aufbackbrötchen und Baguettes, Pizza, Heringssalat, Schokolade, ein Karton Eier, ein Netz Zwiebeln, Lauch, eine Packung Tomaten, ein Zopf Knoblauch, Ingwer, eine Tüte Nüsse, mehrere Tüten Reis, Nudeln, ein riesiger Sack Kartoffeln, eine Tüte Möhren, abgepacktes Hackfleisch, Fertiggerichte in Dosen, Milch, Sahne, Käse … Das Auto war über und über bepackt. Er stand vor der geöffneten Beifahrertür, schwitzte, sein Herz klopfte beständig gegen die heiße Luft an.

Im klimatisierten Supermarkt hatte er wahllos in die Regale gegriffen, hatte damit gerechnet, dass jemand kam und ihm auf die Schulter klopfte.

»Ruben Olberding? Sie haben das Recht zu schweigen …«

Es schauderte ihn. Ein Versteckspiel.

Jetzt kamen ihm die Lebensmittel schwachsinnig vor. Ingwer und Möhren. Henkersmahlzeit.

Er schlug die Autotür zu, glotzte die klebrigen Scheiben an, glotzte auf knusprige Insekten und glotzte auf graue Taubenscheiße. Kopfschmerzen, die Haut brannte, seine Füße wund. Er wünschte sich in den kalten schwarzen Bunker.

Und dann?

War er seinem Überlebensprinzip bis zur letzten Minute ausgesetzt? Würde er die Zeit bis zum bitteren Ende ausreizen, auskosten, leer melken? Die Essenz seines Lebens verkochte gerade in der unerbittlichen Hitze. Ruben hatte keine Ahnung, keine Idee, was er mit dem Rest seiner Zeit anfangen sollte. Wie lange hatte er noch? Einige Stunden? Tage? Wochen? Er hätte sich gern darauf verlassen, dass er sterben würde, dass es irgendwann so weit war. Keine Festnahme, lieber sollte ihn der Tod erlösen, aber dazu mussten die letzten Sandkörner fallen. Im Moment klemmten sie fest wie kleine Felsen in einem Nadelöhr.

Er hatte noch keine Idee, wie er die Lebensmittel zum Glashaus bringen konnte. Zu Fuß auf keinen Fall, entschied er. Isa und Junia? Zu riskant. Junia war schnell und jung. Sie würde ihm einfach davonrennen, und Ruben würde schwitzen.

Junia hatte auf seine Nachricht reagiert, war zum vereinbarten Treffpunkt gekommen. Ein Biergarten unterhalb des Waldrandes direkt neben den Tennisplätzen. Leer, weit und breit kein Gast.

»Das ist nur ein Beruhigungsmittel«, hatte er Jan erklärt. »In ihr Getränk, nichts weiter.« Jan hatte nervös genickt, und Ruben hatte ihm auf die Schulter geklopft. »Passiert nichts. Wirst schon sehen. So ein Junggesellinnenabschied ist unter Ärzten immer ein wenig derber.«

»Wir dürfen so was eigentlich nicht. Sind das K.-o.-Tropfen?«

»Es gibt keine K.-o.-Tropfen.« Ruben hatte gelacht. »Das nennen alle nur so. Die Dosierung macht's. Wir wollen die Kleine wirklich überraschen. Sie wird aufwachen und im Paradies sein, ein weißer Strand, Palmen, türkisfarbenes Meer, und sie wird keine Ahnung haben, wie sie dort hingelangt ist. Überall wird sie Hinweise finden und rätselhafte Menschen werden ihr geheimnisvolle Dinge verraten. Das wird ein riesiger Spaß. Und wenn sie alle Rätsel gelöst hat, wartet ihr Liebster am Strand zur Kokosnusstrauung.«

Jan hatte es immerhin mit einem Lächeln versucht. »Und ihr wird wirklich nichts passieren?«

»Ich bin Arzt«, hatte Ruben erklärt. »Das ist die Zukünftige meines besten Freundes. Willst du mich verarschen?«

»Und wenn ich Ärger bekomme?«

»Deswegen habe ich ja auch dich gefragt.« Ruben hatte ihm zugezwinkert. »Auf dich kann man sich verlassen. Die anderen hier sind doch alles Spießer.« Er hatte ihm einen Schein hingehalten. »Für deine Umstände«, hatte er erklärt. »Und wenn du mal was brauchst, sprich mich an.«

»Was soll ich denn brauchen?«

»Irgendwas. Irgendwas halt.« Er hatte aufgezählt. »Schmerzmittel, Rezepte, Krankschreibungen, weiß der Geier, worauf du so stehst.«

Ruben hatte sich versteckt und gebannt beobachtet, wie Jan hilflos hin- und hergetapst war, vor lauter Nervosität ein Glas hatte fallen lassen.

Junia war zu Fuß gekommen, hatte sich einen Platz im Schatten gesucht, eine Apfelschorle bestellt, daran genippt, aufmerksam nach Isa Ausschau gehalten. Ruben hatte sie warten lassen, sich nicht gezeigt, hatte gehofft, sie möge endlich größere Schlucke nehmen. Nach 20 Minuten hatte sie besorgt auf die Uhr gesehen, auf ihr Smartphone, hatte das Glas in einem Zug geleert, dabei ihr Gesicht verzogen. Zum ersten Mal hatte Ruben so etwas wie Enttäuschung in ihren Augen gesehen. Niemand da. Keine Isa. Kein Liebesbrief. Kein Thies. Sie hatte dagesessen, immer noch geduldig wartend, dann endlich war der Moment seines Triumphes gekommen: Junias Augenlider waren schwer geworden, schläfrig, sie hatte sich umgeschaut, ihre Arme und Beine hatten nicht mehr wie sonst gehorcht. Jan hatte aufgeregt gewinkt, ihm Zeichen gegeben, zitternd das Glas weggetragen, sich seine feuchten Hände an der Schürze abgewischt.

Junia war handlich, wog keine 50 Kilogramm. Er hatte sie auf den Rücksitz gelegt, und weil er sie nicht angeschnallt hatte, war sie während der Fahrt von der Sitzbank gerollt. Als er sie aus dem Auto hatte ziehen wollen, war ihr Oberteil bereits vollgesaut gewesen. Unmengen Blut, ohne dass er hätte erkennen können, woher es kam. Es war ihm sowieso egal.

Der lange Weg zum Glashaus hatte ihn angestrengt. Junia

hatte er wie einen Sack Mehl über die Schultern gehängt, sie würde noch lange schlafen, er hatte keine Eile. Immer wieder hatte er eine Pause eingelegt, sich gesetzt, sich erholt, Kräfte gesammelt. Er hatte Ewigkeiten gebraucht. In dem kalten Bunker hatte er Junia auf den Boden gelegt, während Isa wie ein nervöses Tier um sie herumgeschlichen war.

Ruben beschloss, dass er ohne die Lebensmittel zum Glashaus gelangen musste. Er ließ die Insekten und die Taubenscheiße verbrennen, der Weg kostete Kraft und Zeit. Ruben versuchte, seinen Schritt zu beschleunigen, im Takt eines Songs, den er gedanklich vor sich hinsummte.

Ob Junia inzwischen wach geworden war?

Endlich hatte er das Haus erreicht. Er warf einen Blick in den Bunker. Isa hing schlaff mit geschlossenen Augen in der Ecke, Junia lag in der Mitte des Raumes. Später, entschied er.

Sein Kollege hatte letztes Jahr die Alpen überquert. Ruben schnalzte mit der Zunge. Verdammt, irgendwo musste ein Mountainbike stehen. Irgendwo musste der Mann sein Fahrrad versteckt haben, es würde seinen beschwerlichen Weg zum Auto erleichtern.

Ruben schlich um das Glashaus herum, suchte nach einem Schuppen oder einer Garage, einem Carport. Hinter dem Haus fand er vergilbtes Gras, es wucherte hüfthoch, einen Schuppen fand er nicht. Er lehnte sich an eine Regentonne, wischte sein Gesicht trocken. Es stank nach Katzenkot.

Isa hatte ihn enttäuscht, hatte versucht zu entkommen. Als sie aus dem kalten schwarzen Loch gestürmt war, hatte er für einen kurzen Moment Panik gehabt, sie würde es wirklich schaffen. Gerade rechtzeitig hatte er sie erwischt, und trotz seiner nachsichtigen Bemühungen hatte sich Isa ernsthaft verletzt, war gegen die schwere Tür gefallen und mit dem Kopf gegen den Eisenriegel geprallt.

Zwei Frauen. Er hatte sich das Schlachtfeld nur widerwillig angesehen. Beide verunstaltet, es hatte ihn genervt.

Und Fitz? Hatten sie ihn schon erwischt? Fitz.

»Was ist jetzt wieder? War nicht alles geklärt?«

»Ja, alles geklärt.«

»Und deswegen rufst du mich an? So oft? Ich habe unzählige Anrufe von dir auf meinem Handy. Ist was schiefgelaufen?«

»Nichts. Isa hat unterschrieben und ist cool. Ich habe sie in ihre Wohnung nach Bierstadt gebracht. Die Katzen wollte sie allein holen.«

»Und hat sie dir die Briefe gegeben?«

»Alle 15 Stück.«

»Und?«

»Und was?«

»Was ist drin?«

»Fotos von uns. Unsere Namen, Adressen, ein Stick.«

Fitz.

Ruben schleppte sich zum Bunker, holte Kabelbinder aus seiner Tasche. Eigentlich hatte er einen anderen Plan gehabt, dachte er enttäuscht. Isas Körner rieselten durch die enge Passage ihrer Sanduhr. Nicht mehr lange. Ruben schüttelte den Kopf.

Als er die Stufen vom Bunker hinunterstapfte und krampfhaft überlegte, wie er den unerträglich heißen Weg zum Auto und wieder zurück ein weiteres Mal überhaupt schaffen sollte, registrierte er im Augenwinkel eine Bewegung. Etwas huschte an ihm vorbei, Ruben drehte sich blitzschnell um. Nichts. Nirgendwo. Gar nichts. Er hielt die Luft an, mit weit aufgerissenen Augen suchte er die zugewucherten Brombeerhecken ab, raste mit seinem Blick die Grasnarbe seitlich des Bunkers entlang, die sich dünn und unauffällig in einen immer breiter werdenden Trampelpfad verwandelte. Ein Trampelpfad. Ein kleiner Weg, den Ruben zuvor übersehen hatte.

»Wo führst du denn hin?«, flüsterte er. »Komm, zeig dich.«

Er beschloss, sich später um Isa und Junia zu kümmern. Die Kabelbinder legte er auf die unterste Stufe, folgte dem schmalen Pfad, der sich durch immer dichter werdende Hecken schlängelte.

Das, was er am Ende seiner Erkundung entdeckte, änderte alles. Ruben leckte sich die Lippen. »Geile Scheiße«, flüsterte er.

KAPITEL 37

Theodor hatte ihr Gesicht gestreichelt, war ihre Augenbrauen entlanggefahren. »So unterschiedlich.« Er hatte den Kopf geschüttelt. »Wir gehen schwimmen, hast du Lust?«

»Jetzt?«, hatte sie überrascht gefragt.

»Nur wir beide.« Er war losgerannt, hatte ihre Hand genommen. Ihre Hand, wie auf Samsø. »Komm, ich weiß, wohin.«

Sie hatten ihre Fahrräder geholt, waren zum See gefahren. Theodor hatte seines an ihres gelehnt, Leen hatte dieser Geste etwas Romantisches abgewonnen.

»Zieh dich aus.«

»Wir schwimmen nackt?«

»Was denn sonst?«, hatte er gelacht und sich das T-Shirt über den Kopf gezogen. »Na los«, hatte er sie aufgefordert und seine Shorts weggeschleudert.

Leen hatte sich geniert. »Ich möchte gar nicht so gern«, hatte sie leise geantwortet.

»Was ist dabei? Ich werde dir schon nichts weggucken.« Er hatte sie müde angelächelt. »Oder glaubst du, ich habe es darauf abgesehen? Und wenn schon, du bist der spannendste Mensch, dem ich je begegnet bin«, hatte er gerufen und war in den See gerannt. Sein nackter Po hatte weiß geleuchtet.

Leen hatte wie angewurzelt im Gras gestanden, sich umgeschaut. Wie konnte das wahr sein? Wie überhaupt hatte sie zu dem Glück gelangen können, dass Theodor den Nachmittag mit ihr verbringen wollte?

Sie hatte tief Luft geholt. »Also gut«, hatte sie geflüstert.

»Wir sind uns schon einmal begegnet, habe ich recht?«, hatte Theodor auf dem Rückweg von der Schule gefragt. »Dein Gesicht vergisst man nicht.«

»Im Sommerurlaub vor ein paar Jahren.«

»Ja«, hatte er nachdenklich geantwortet. »Ich habe dich vor dem Gewitter beschützt.«

»Was hast du?«, hatte Leen bestürzt gefragt.

»Vor dem Gewitter.« Er hatte mit den Schultern gezuckt. »Du hattest Angst, erinnerst du dich nicht?«

Sie war empört stehen geblieben. »Ich hatte Angst? Spinnst du?«

»Wieso denn nicht? Ist doch nichts dabei. Die meisten Menschen haben Angst vor Gewitter.«

»Weil du mich so hässlich findest?«

»Was?« Er hatte überrascht gewirkt. »Was hat das denn damit zu tun?«

»Vergisst man mein Gesicht nicht, weil ich so hässlich bin?«

Theodor hatte nachdenklich die Stirn gerunzelt. »Was ist mit dir? Schämst du dich, weil du Angst vor Gewitter hast?«

»Nein.« Leen hatte sich geärgert. »Ich schäme mich kein bisschen.«

»Was ist es dann? Warum bist du so schroff? Habe ich irgendetwas Falsches gesagt?«

»Auf Samsø schon.«

»Ich habe dir doch nur geholfen?«

»Du hast behauptet, dass mich das Gewitter holt.«

Er hatte sie mitleidig angeschaut. »Du hast wirklich Angst gehabt, oder? Wenn du schon an so was glaubst?« Er hatte mit den Augen gerollt.

»Nein, überhaupt nicht«, hatte sie sich gewehrt. »Ich habe keine Angst vor Gewitter.«

»Warum glaubst du dann, dass es dich holt?« Er hatte gegrinst.

»Weil du es behauptet hast, und du hast mein Gesicht in den Sand gedrückt.« Sie hatte sich geräuspert. »Ich habe keine Luft mehr bekommen.«

»Ja.« Theodor hatte sie nachdenklich angeblickt. »So hat es sich bei mir auch angefühlt. Der Wind hat meinen Kopf hinuntergedrückt. Ich habe geglaubt, dass ich ersticke.«

Leen hatte ihn ungläubig angestarrt. »Das war nicht der Wind. Das warst du. Du hast meinen Kopf in den Sand gedrückt.«

Theodor hatte seine Arme verschränkt. »Also stimmt es doch, was die anderen erzählen?«

Leen hatte ihre Augen verengt. »Welche anderen?«

»Ist nur so ein Gerede.« Er hatte abgewinkt. »Die sagen, du bist verrückt, denkst dir Sachen aus. Ich habe es nicht glauben wollen, aber das mit dem Gewitter …« Er hatte mit der Zunge geschnalzt. »Irgendwas stimmt nicht mit dir, oder?«

»Du hast behauptet, mich würde das Gewitter holen, weil ich so hässlich bin.« Sie hatte tief Luft geholt. »Und dann hast du mich ersticken wollen.«

Er hatte sie feindselig angeschaut. »Du bist doch krank.« Er hatte sich von ihr abgewandt und war losgegangen.

»Warte«, hatte Leen ihm hinterhergerufen. »Wie soll das denn sonst gewesen sein?«

»Du behauptest, ich hätte dich ersticken wollen, weil das Gewitter hässliche Menschen holt. Geht's noch?« Er hatte sich mit dem Finger an die Stirn getippt. »Du spinnst.«

Leen war neben ihm hergestapft. Mit einem Mal hatte sie zu zweifeln begonnen. »Und wie war es dann?«, hatte sie ihn vorwurfsvoll gefragt.

»Du hast Ameisen beobachtet und dann zu weinen begonnen. Weil ich dachte, dass du gebissen worden bist, habe ich meinen Speichel auf deinen Finger tropfen lassen. Das kannst du nicht leugnen.«

Leen hatte nach Luft geschnappt.

»Was ist denn jetzt schon wieder? Ist das vielleicht auch falsch?«

»Du hast deine Spucke absichtlich auf den Sandhügel tropfen lassen, um mich zu ärgern, um meine Ameisen zu quälen. Und dann hast du mir gesagt, dass ich hässlich bin.«

»Wie bitte?« Er war stehen geblieben. »Was bitte an dir ist hässlich? Was? Was? Was?«

Leen hatten die Worte gefehlt.

»Was soll denn an dir hässlich sein?« Er hatte seine Hand gehoben, gezögert, dann hatte er Leens Augenbrauen gestreichelt. »So unterschiedlich.« Kopfschüttelnd. »Gehen wir schwimmen, hast du Lust?«

Leen hatte ihr Kleid ausgezogen, ordentlich gefaltet, die Unterhose zwischen zwei Schichten versteckt, war in den See gelaufen, eine Hand vor ihrer Scham, die andere vor ihren winzigen Brüsten. Leen war die Einzige in ihrer Klasse, die mit 11 Jahren schon Schambehaarung hatte. Hatte sie beim Schwimmen festgestellt. Die Mädchen hatten neugierig gekichert, und Leen hatte sich geschämt.

»Ist doch herrlich, oder?« Theodor hatte ihr zugewinkt. »Komm her, wenn du dich traust!«

Leen hatte das kühle Wasser zwischen ihren Beinen gespürt. »Machst du das öfter?«, hatte sie Theodor gefragt.

»Und du?«

Leen hatte den Kopf geschüttelt. »Nicht mal auf Samsø im Meer.«

»Vergessen wir die Geschichte einfach? Du lieferst ihnen damit nur noch mehr Stoff, dich für verrückt zu erklären.«

Leen hatte unbehaglich genickt.

Er hatte ihr Wasser ins Gesicht gespritzt. »Ich mag dich.« Dann hatte er Luft geholt und war hinter ihr wieder aufgetaucht. »Kannst du gut schwimmen?«

Leen hatte sich bemüht, vor ihm davonzuschwimmen. »Lass das«, hatte sie Theodor aufgefordert, der sich immer wieder genähert und ihre Beine mit seinen berührt hatte. Sie hatte Angst, dass er ihr zu nahe kam, sie unter Wasser ziehen wollte. Das Wasser. Der Sand. Die Dünen. Der Tod.

»Wollen wir ein Wettschwimmen machen? Zur Boje?«, hatte Theodor vorgeschlagen.

Leen hatte nicht gezögert. Sie war losgeschwommen, hatte die Boje fixiert, weit draußen in der Mitte des Sees, war so schnell geschwommen, wie sie konnte. Sie hatte sich gewundert, jeden Moment damit gerechnet, dass Theodor sie überholen würde, aber er war nirgendwo aufgetaucht. Außer Atem hatte sie die Boje erreicht, sich umgedreht und war augenblicklich erstarrt. Sie hatte Theodor gesehen, wie er sich weit hinten am Ufer gebückt hatte, um etwas aufzuheben. Ihre Kleidung. Er hatte ihre Kleidung aufgehoben, hatte sich im Lauf sein T-Shirt angezogen, seine Shorts. Sie hatte ungläubig beobachtet, wie er davongerannt war.

»Nein«, hatte Leen geflüstert. »Bitte nicht.«

Sie war zurückgeschwommen, hatte sich versichert, dass sich niemand in der Nähe aufhielt, hatte sich auf den nassen Boden gekauert, ihr Kinn auf den Knien abgelegt, die Beine umschlungen, war hin- und hergeschaukelt. Sie hatte sich taub gefühlt, krampfhaft überlegt, wie sie nach Hause gelangen sollte. Irgendwann hatte sie Stimmen gehört.

»Da ist sie ja.«

»Kommt schnell, bevor sie abhaut.«

Leens Herz hatte gepocht, sie hatte sich noch enger zusammengerollt.

»Wie er gesagt hat, sie ist nackt«, hatte einer gekichert und sich genähert. »Hallo, Leen.« Er war um sie herumgeschlichen, hatte die anderen herbeigewinkt. Sechs Jungs aus Theodors Klasse, Leen kannte sie alle.

»Na, dann zeig doch mal?«, hatte der Junge sie aufgefordert und ihr an die Schulter gefasst.

Leen hatte seine Hand weggeschlagen.

»Wir wollen nur was sehen, weiter nichts.«

Leen hatte ihre Augen fest zusammengekniffen.

»Wenn du dich zeigst, verschwinden wir wieder. Los, nur einmal.«

»Haut ab«, hatte Leen gezischt.

Einer der Jungen hatte ihren Arm gepackt. Leen hatte Mühe sich zu wehren, ihre zusammengekauerte Position zu halten. Sie hatte versucht, die beiden Jungen zu treten, aber es hatte nichts genützt. Sie hatten Leen an den Händen über das sandige Gras gezogen, ihren Körper damit zur Schau gestellt. Jemand hatte Fotos gemacht, während alle anderen gelacht hatten.

»Darf ich mal anfassen?« Einer der Jungen hatte nach ihrer Schambehaarung gegrapscht. »Genau wie auf dem Kopf.«

Sie hatten sich vor Lachen die Bäuche gehalten.

»Zischen wir ab«, hatte einer vorgeschlagen. »Sonst kriegen wir noch Flöhe.«

Leen war aufgesprungen, hatte Theodors Fahrrad umgeworfen, war mit ihrem eigenen nach Hause gefahren. Nackt und versteinert.

»Möchtest du etwas essen?«, hatte Katta gefragt, aber Leen hatte nur ihren Kopf geschüttelt.

Ihr Vater hatte sie ins Bett gebracht und zugedeckt. »Wer war das?«

Leen war seinem ernsten Blick ausgewichen. »Theodor Stein. Er hat die Jungs zu mir gelockt.«

»Haben sie dich angefasst?«

Leen hatte den Kopf geschüttelt. »Fotografiert.« Sie hatte sich auf die Seite gedreht und geschluchzt.

»Schläfst du?«

Leen schreckte auf, blinzelte.

»Dachte ich mir doch«, lächelte Katta fröhlich. »Hier, siehst du? Ich kann das auch.«

Sie reichte Leen ein Glas mit eiskalter Pfefferminzmilch.

»Hattest du schon dein Fußbad?«, fragte Leen schläfrig.

»Ich habe nachgedacht.« Katta setzte sich, streckte ihre Beine aus. »Was, wenn wir das Schwimmbad anders bauen?«

Leen schmunzelte. »Wir hatten noch nicht einmal darüber gesprochen, ob wir es überhaupt bauen, wie können wir es da anders bauen?«

»Es braucht ein riesiges Becken für uns. Ein riesiges rundes Becken, was meinst du?«

»Weil wir so viel planschen?«

»Es muss rund sein. Vielleicht oval.«

»Dann schwimmen wir im Kreis wie Goldfische.«

Katta lächelte nachdenklich, nippte an ihrer Milch.

Leen fand, dass Katta noch Ewigkeiten leben sollte. Sie streichelte ihre Schulter. »Das Wasser könnte über den Rand hinweg in ein Kiesbett laufen.«

»Und in eine Aufbereitungsanlage.«

»Oval«, sagte Leen anerkennend. »Und riesig groß?«

»Ist doch genial«, lachte Katta stolz. »Und was erzählt Ann Beck?«

Leen räusperte sich. »Sie ist gefasst, denke ich.«

»Kannst du mit ihr sprechen?«

»Ja«, sagte Leen nickend. »Es läuft besser, als ich gedacht habe.«

»Und hast du schon eine Idee, worauf es hinausläuft? Bist du bei Mord oder Totschlag?«

»Gar nichts von beidem.«

»Kein Totschlag?« Katta trank ihr Glas leer. »Totschlag, minder schwerer Fall, weniger kannst du nicht schaffen.«

»Körperverletzung mit Todesfolge.«

»Sie hat ihn erstochen.«

»Ann Beck hat ihn nur außer Gefecht setzen wollen. Dass er dabei stirbt, war nicht ihre Absicht.«

Katta sog die Luft ein. »Verschuldeter, aber verständlicher Zustand der Erregung.«

Leen stand auf. »Ich muss arbeiten und nachdenken.« Sie küsste Katta auf die Wange. »Danke für die Milch.«

»Kommst du noch mal wieder? Ich habe die Melone schon in winzige Stücke geschnitten.«

Leen lächelte.

Nach einer halben Stunde legte sie ihren Kopf ab und schloss die Augen. Sie beschloss, dass sie für heute genug hatte.

Sie war am nächsten Morgen gegen den Willen ihres Vaters zur Schule gegangen. Theodor hatte an der Straßenecke auf sie gewartet. Sein leidvoller Blick hatte ihr Übelkeit verursacht.

»Wieso bist du einfach weggegangen?«, hatte er vorsichtig gefragt. »Es tut mir so leid, Leen. Ich weiß auch nicht, was ich mir dabei gedacht habe«, entschuldigte er sich. »Es sollte eine Überraschung sein.«

Sie hatte ihn feindselig angeschaut.

»Du warst einfach weg, weißt du, wie blöd ich mir vorkam? Wieso bist du denn nackt nach Hause gefahren? Spinnst du?« Er hatte ihr eine Tüte mit ihren Klamotten gereicht.

»Du widerlicher Lügner.« Sie hatte ihm vor die Füße gespuckt.

»Nur, weil ich mir einen kleinen Scherz erlaubt habe?«

»Ein Scherz? Was bitte ist witzig daran?«

»Man kann doch mal Klamotten klauen. Leen, das ist nicht so schlimm. Das macht man so.«

»Die haben mich fotografiert«, hatte sie ihm erklärt. »Die haben mich fotografiert und mich angefasst.«

Theodors irritierter Blick hatte sie verunsichert. »Wer?«, hatte er tonlos gefragt. »Wer hat dich fotografiert?«

»Deine Klassenkameraden.« Sie hatte auf ihn gezeigt. »Du hast ihnen gesagt, wo ich bin. Du hattest es von Anfang an geplant.«

Theodor hatte hektisch den Kopf geschüttelt. »Das läuft hier gerade gewaltig schief. Was soll ich? Ist das dein Ernst?«

»Die wussten ganz genau, dass ich nackt bin. Die hatten einen Fotoapparat dabei. Das ist doch kein Zufall?«

»Hast du Wahnvorstellungen? Ich wollte mit dir schwimmen gehen und habe mir einen Spaß erlaubt.« Seine Stimme hatte gezittert. »Gestern Morgen wirfst du mir vor, dass ich dich im Sommerurlaub vor ein paar Jahren umbringen wollte, und jetzt das? Was ist nur mit dir los?« Theodor hatte vor ihr gestanden, seine Verzweiflung hatte echt gewirkt.

»Warum wussten die denn sonst, wo sie mich finden? Und warum hatten die einen Fotoapparat dabei? Niemand hat so etwas. Einen Fotoapparat. Weißt du, wie teuer …«

»Ich weiß es nicht, Leen. Ich bin kein Hellseher. Ich habe nichts damit zu tun, das musst du mir glauben.« Er hatte abwehrend seine Hände gehoben. »Wir müssen für Biologie eine Fotocollage erstellen.« Er hatte entschuldigend genickt. »Projektwoche. Vielleicht ist das der Grund?«

»Die haben gemeint, dass du recht hattest.«

»Womit?«

»Dass ich nackt bin.«

Theodor hatte sich auf den Bordstein sinken lassen. »Oh, nein. Jetzt verstehe ich.« Er hatte sein Gesicht verdeckt. »Scheiße«, hatte er geflüstert.

»Was?« Leen war nervös von einem auf das andere Bein getapst.

»Jetzt verstehe ich. Ich hatte deine Klamotten in der Hand und mich im Gebüsch versteckt. Dann habe ich die Jungs gesehen und sie verscheucht. Du seist nackt, sie sollen woanders fotografieren, habe ich ihnen gesagt.«

Leen hatte den Kopf geschüttelt. »Das kann ich dir nicht glauben«, hatte sie geflüstert. »Warum hast du mir dann nicht geholfen?«

Theodor war aufgestanden. »Ich bin losgelaufen, hatte mir vorgestellt, dass du im Wasser bleibst, konntest ja nicht weg ohne dein Kleid. Ich bin mit Eis zurückgekommen, ich wollte dir eine Überraschung machen.« Er schüttelte den Kopf. »Aber du warst einfach weg.«

Leen hatte geschluckt. »Ich will dir das nicht glauben.«

Theodor hatte ihre Hand genommen. »Das war einer der schönsten Nachmittage, die ich hatte, und jetzt ist alles kaputt. Du musst mir glauben, Leen.« Er hatte sie lange angesehen. »Ich dachte, wir könnten …«

»Einen Scheiß können wir.« Leen hatte sich losgerissen und war zur Schule gerannt.

Sie war Theodor aus dem Weg gegangen, hatte ihn ignoriert. Zwei Wochen später hatten ihre Fotos in der Jungentoilette gehangen.

»Häng sie sofort ab«, hatte sie Theodor befohlen.

»Glaubst du mir denn, dass ich nichts damit zu tun habe?«, hatte er sie verletzt gefragt.

»Spielt das eine Rolle? Häng sie ab, sonst bring ich dich um.«

»Du bist nicht fair.« Er hatte sie angesehen. Liebevoll, zärtlich, hoffnungsvoll.

Leen hatte nicht zu atmen gewagt.

»Ich hänge die Fotos ab, wenn du mit mir ausgehst.«

Sie hatte ihn zur Seite geschubst. »Dann mach ich's eben selbst.«

Sie war in die Jungentoilette gestürmt, hatte die Fotos abgerissen, in ihren Ranzen gestopft.

Leen seufzte. Wie hatte ihr Vater das alles ertragen? Das fragte sie sich zum wiederholten Male. Fragte sich, für wen die Zeit wohl unerträglicher gewesen war. Für sie oder für ihn? Und Katta? Wie war sie damit umgegangen? Konnte man das überhaupt? Damit umgehen? Fragen.

Leen hatte Theodor wochenlang gemieden, hatte ignoriert, dass man auf dem Schulhof über sie tuschelte. »Darf ich auch mal ein Zimmer in deiner Herberge mieten? Ich bringe auch einen Floh mit.«

Theodor war um sie herumgeschlichen, hatte nicht aufgegeben, ihr hinterherzulaufen, sie anzusprechen, sie einzuladen. Irgendwann hatte er sich als Ameise verkleidet und ihr den Weg versperrt.

»Vielleicht jetzt?«, hatte er gefragt.

»Woher weißt du das mit den Ameisen?« Misstrauisch.

»Du liegst jeden Mittag auf dem Boden und beobachtest sie. Du schenkst ihnen Melonenstückchen.«

»Was geht dich das an?«

Er hatte an sich hinuntergeschaut. »Gar nichts.« Aus seiner Tasche hatte er ein Stück Melone geholt und ernst daran herumgeknabbert. »Und sonst so?«, hatte er kauend gefragt.

»Ist das eine Frage?«

»Keine Ahnung.« Er hatte mit den Schultern gezuckt. »Ich weiß nicht, was ich sonst sagen soll.«

»Vielleicht kannst du mich noch mal fragen?«

»Und sonst so?«, hatte Theodor wiederholt.

»Nein.« Leen hatte abgewinkt. »Nicht das. Ob ich mit dir ausgehe.«

Theodor hatte seine Augen aufgerissen. »Im Ernst?« Er hatte sich umständlich aus seinem Ameisenkostüm befreit. »Gehst du mit mir aus?«

Sie waren durch die Innenstadt geschlendert, und Theodor hatte ihr ein Eis ausgegeben.

»Warum willst du mit mir befreundet sein?«, hatte sie ihn gefragt.

»Warum nicht?«

»Weil ich hässlich bin? Weil niemand etwas mit mir zu tun haben möchte? Weil man mir Binden auf meinen Kopf klebt?«

»Hast du Geschwister?«

Leen hatte sich fast verschluckt. »Nein«, hatte sie geantwortet.

»Auf Samsø warst du nur mit deinem Vater.«

»Und?«

»Willst du auch mal Anwältin werden?«

»Woher weißt du das?«

»Dass du Anwältin werden willst?«

Leen hatte den Kopf geschüttelt. »Dass mein Vater …«

»Das weiß doch jeder«, winkte er ab.

»Und was weiß man sonst noch so?«, hatte sie trotzig gefragt.

»Du hast deine Mutter verloren, stimmt das?«

Leen hatte ihre Augen verengt. »Und weiter?«

»Deine Schwester …«

Leen war von ihm weggewichen. »Lass das!«, hatte sie befohlen. »Gar nichts ist mit meiner Schwester.«

Theodor hatte abwehrend seine Hände gehoben. »Ist ja gut.« Er hatte ihre Hand genommen und sie näher zu sich gezogen. »Wenn du möchtest, gehen wir zusammen zum Friedhof.«

»Du hast dumme Ideen.«

»Ist doch schwer, allein dort hinzugehen«, hatte er gelächelt. »Ich habe auch jemanden verloren, und ich gehe nicht gern zum Friedhof. Also nicht allein.« Er hatte das Thema gewechselt. »Magst du noch etwas anderes, außer Ameisen?« Er hatte auf sein Kostüm gezeigt.

»Nichts sonst.« Leen hatte das Gespräch beenden und nach Hause gehen wollen.

»Komm, wir gehen dir auch eine Verkleidung besorgen.« Er war aufgestanden. »Oder hast du vor, dich zu Hause zu verstecken?«

»Ich werde zu keiner Party gehen«, hatte sie abgewehrt. »Ich brauche kein Kostüm.«

»An Halloween wird man nicht eingeladen, an Halloween platzt man am besten einfach so in irgendein Wohnzimmer.«

»Niemand will mich sehen.«

»Muss ja auch keiner«, hatte Theodor gegrinst.

Sie hatten ihr künstliche Blutegel besorgt und in der Apotheke Verbandsrollen.

»Die färben wir mit schwarzem Tee ein«, hatte er verkündet. »Und wir verstecken dein …« Er hatte auf ihre Haare geschaut und seinen Blick sofort wieder abgewendet. »Das war nicht so gemeint«, hatte er sich entschuldigt. »Ich mein ja nur, dass wir dich unkenntlich machen müssen.«

»Schon gut«, hatte sie gelächelt.

An Halloween hatte er sie mit den Verbandsrollen eingewickelt, ihr Haar darunter versteckt, hatte lange herumhantiert. Leen hatte nicht weiter darüber nachgedacht, hatte kein einziges Mal kritisch hinterfragt, warum er gerade am Kopf so lange gebraucht hatte. Sie war auf der Party nicht erkannt worden, die eine Gesichtshälfte verbunden, die andere halb frei. Sie hatte sich als Theodors neue Freundin Agnes ausgegeben.

Als sie am nächsten Tag zum Friedhof gegangen war, um zusammen mit Katta an Allerheiligen eine Kerze aufzustellen, hatte sie auf den Grabstein ihrer Schwester gestarrt und die Luft angehalten. Der Grabstein war mit roter Farbe besudelt, Leens Nacktfoto prangte in der Mitte des Steins, gut sichtbar, ein überdimensional großes Büschel mit krausem Haar hatte man Leen als Schambedeckung in den Schritt geklebt. Sie hatte nicht den Mut gehabt, sich an den Hinterkopf zu fassen, Kattas Blick hatte ausgereicht, um ihre Frage zu beantworten. Leen war auf das Grab getreten, hatte ihr eigenes Haarbüschel vom klebrigen Stein entfernt. Sie hatte an Theodor gedacht und daran, dass er der bösartigste Mensch auf der ganzen Welt sein musste.

»Wer war das?«, hatte Katta streng gefragt.

»Theodor Stein.«

»Was hast du mit Theodor Stein zu tun? War er nicht …«

Leen hatte abgewinkt.

Im Auto hatte sie aus dem Fenster gestarrt und sich geschworen, dass sie kein einziges Wort mehr mit ihm sprechen würde.

KAPITEL 38

Theodor sah aus, als hätte er den Verstand verloren. Er hatte sich gesetzt, Schweißperlen schimmerten auf seiner Stirn.

Berne nahm einen Schluck Orangensaft, sie zitterte. Leen Roger hatte recht gehabt. Leen, die unbeugsame Kriegerin.

»Was haben Sie eigentlich erwartet?«, unterbrach Berne die bedrohliche Stille.

Theodor zuckte zusammen. »Erwartet?«

»Ja, was haben Sie gedacht, passiert, wenn Sie zu mir kommen und sich auf einen Stuhl setzen?«

Er runzelte seine Stirn. »Ich verstehe Ihre Frage nicht.«

»Ann Beck sucht Sie auf und bittet um Hilfe. Wie muss ich mir das vorstellen?«

Theodor schloss seine Augen. »Ganz einfach«. Er atmete geräuschvoll aus. »Sie erzählte mir, dass ihre Freundin nackt vor der Tür gesessen hätte.«

»Ich«, bestätigte Berne.

»Sie.« Theodor rieb seine Augenbrauen. »Sie hätten nackt vor der Tür gesessen.«

»Einfach so?«

»Nachdem Sie ein halbes Jahr spurlos verschwunden waren.«

Berne lachte. »Da hat sie ausnahmsweise mal nicht gelogen.«

Theodor starrte sie ungläubig an. »Haben Sie eine Erinnerung an den Moment der Befreiung?«

»Nicht so schnell«, wehrte Berne ab. »Im Moment stelle ich die Fragen.« Leen Roger. Berne dachte immerzu an Leen Roger. »Ich soll also nackt vor Anns Tür gesessen haben?«

»Ich kenne die Wahrheit nur bedingt. Genau wie Sie.«

»Sie wissen viel mehr, als Sie zugeben.«

»Bitte.« Theodor legte seine Fingerspitzen aneinander.

Berne nickte. »Sie haben ihr geglaubt, dass ich ein halbes Jahr lang verschwunden war?«

»Warum nicht?« Er räusperte sich. »Ich hatte keinen Grund, daran zu zweifeln.«

»Was hat Ann noch erzählt?«

»Dass sie sich nicht auskenne, aber der Meinung sei, Sie seien traumatisiert, hätten eine posttraumatische Belastungsstörung.«

Berne blinzelte. »Weiter?«

»Sie vermutete, dass Sie gefangen gehalten wurden.«

»Wie kam sie darauf?«

Theodor zögerte. »Sind Sie sicher, dass …« Er holte tief Luft. »Ann Beck hat sich viel Mühe gegeben, Ihnen zu helfen. Sie hat sich große Sorgen gemacht.«

»Gefangen gehalten«, unterbrach ihn Berne. »Wie kam sie darauf?«

»Sie haben in einer Position gekauert, die Ann vermuten ließ, dass Sie an den Armen und Beinen gefesselt worden sind.«

Berne schluckte. Sie holte sich das Pfefferminzöl aus der Hosentasche. »Ist von Ihnen, nicht?«

»Das kann helfen, wenn Sie …«

»Ich weiß«, unterbrach Berne schroff. »Und glauben Sie das auch?«

»Meine Erfahrung mit Patienten bestätigt das«, antwortete Theodor. »Auch ein Händeklatschen kann helfen. Ein Eiswürfel.« Er zeigte auf das Pfefferminzöl. »Vielleicht haben Sie das nicht immer dabei.«

»Das habe ich nicht gemeint.« Berne schüttelte den Kopf. »Ich habe gefragt, ob Sie das auch glauben.«

»Was glauben?«

»Dass ich gefesselt war.«

Theodor nickte vorsichtig. »Es hat den Anschein gemacht.«

»Und?«

»Hören Sie mir zu, Berne.« Er schloss seine Augen. »Ich verspreche Ihnen, dass ich alles erzähle, was ich weiß. Ich verspreche Ihnen, dass ich zur Verfügung stehe, egal wie lange Sie meine Hilfe benötigen.«

»Aber?« Berne stellte das Pfefferminzöl auf den kleinen Tisch. Theodor sah blass aus. »Sie haben doch ein Aber für mich, höre ich das richtig heraus?«

»Lassen Sie mich vorab erklären, was im Moment mit Ihnen los ist.«

»Glauben Sie, das weiß ich nicht?«

»Es kann sehr hilfreich sein, wenn ich Ihnen aus psychologischer Sicht …«

»Papperlapapp.«

»Von mir aus nennen Sie es aus medizinischer Sicht …« Er machte eine lapidare Handbewegung. »Es kann hilfreich sein, wenn ich Ihnen darlege, was im Moment mit Ihnen passiert. Das hilft zu verstehen, warum Sie sich an viele Dinge nicht erinnern, Geschehnisse durcheinanderbringen.«

Berne wartete.

»Sind Sie einverstanden? Darf ich?«

Berne nickte. Ihre Augenlider zitterten. Sie versuchte, sich auf Theodors Augenbrauen zu konzentrieren. Nicht abrutschen, nicht abrutschen, nicht abrutschen. Leen Roger.

»Alles, was ich Ihnen erzähle, alles, worüber wir sprechen, kann eine Dissoziation auslösen. Sie wissen sich schon sehr gut zu helfen. Sie riechen am Pfefferminzöl.«

»Es macht mich wach.«

»So kann man es beschreiben.«

»Wenn ich nicht daran rieche …« Sie schüttelte den Kopf. »Vergessen Sie's.«

»Dann?«

Berne zögerte. »Dann verschwinde ich. Es ist, als würde ich abtauchen.«

»Dieser Zustand geht von selbst wieder vorbei, aber es ist sinnvoll, ihn erst gar nicht zuzulassen. Machen Sie sich in diesen Momenten klar, wer Sie sind, wie Sie heißen, wo Sie sich befinden.«

»Das hilft nicht.« Berne schüttelte den Kopf. »Ich kann es nicht beeinflussen.«

»Durch das Pfefferminzöl schon. Während Sie daran riechen, denken Sie daran, wer und wo Sie sind. Ist Ihnen klar, wo Sie sich im Moment befinden?«

Berne rollte mit ihren Augen. »In Wiesbaden.«

»Und weiter?«

»In Ihrer Klinik.« Sie presste ihre Lippen zusammen. Das Appartement. Dunkelheit. Duschen. »Ich habe kaum Erinnerungen an die Zeit in Anns Wohnung.«

»Ja.« Theodor stand auf.

»Was machen Sie?«

»Ich hole mir ein Glas Wasser. Nur ein Glas Wasser.«

Berne rutschte tiefer in den Sessel. Sie schloss die Augen. Ich bin in Wiesbaden, ich heiße Berne Jurin, ich komme aus Kälberberg, ich bin Tierärztin, dachte sie still.

»Die Zeit in Bernes Wohnung haben Sie nicht bewusst erlebt, weil Sie sich in einem tranceartigen Zustand befanden. Das ist häufig der Fall nach solchen Erlebnissen. Diese Phase dauert bei den meisten vier Wochen, manchmal auch länger.«

Länger. Länger? »Wie lange war ich bei Ann?«

Theodor räusperte sich. »Etwas über sechs Wochen. Vielleicht acht, vielleicht auch länger.«

Bernes Augen brannten. Sie schluckte. Nicht weinen. »Sechs Wochen«, flüsterte sie. »Sechs Wochen.«

»Die Zeit kommt Ihnen wie eine Verschwendung vor, nicht wahr?«

Berne nickte stumm. »Ist sie doch auch. Ich hätte längst bei Pius sein können. Bei Torge.« Sie lehnte sich vornüber und vergrub ihr Gesicht in den Händen. Sie versuchte, gleichmäßig zu atmen. Manchmal kam es ihr vor, als explodiere ihr Herz.

»Die Zeit war sehr wichtig, Berne. Sie haben das Schwerste überstanden. Jetzt wird es immer besser und einfacher. Sie sind klar bei Verstand, Sie haben Ihre Flashbacks gut im Griff, um mehr darf es jetzt nicht gehen. Es ist noch zu früh, Erlebtes zu verarbeiten. Im Moment sollten wir Sie nur stabilisieren und dafür sorgen, dass Sie nach Hause können.«

»So?« Sie zeigte an sich herab. »Ich sehe tot aus.«

»Die Zeit ist nicht spurlos an Ihnen vorübergegangen«, bedauerte Theodor.

»Was wissen Sie denn schon davon? Sie kannten mich doch vorher gar nicht.«

»Sie haben es angedeutet.«

»Dann soll ich nicht erzählen, woran ich mich erinnere?«

»Es kommt darauf an. Es kann helfen. Sie können durch Erinnerungen aber auch in eine dissoziative Störung abrutschen.«

»Deswegen wollen Sie mir nicht die Wahrheit sagen?«

Theodor zögerte. »Ich möchte vorsichtig sein.«

»Leen Roger hat mich besucht.«

Theodor neigte den Kopf, etwas huschte an ihm vorbei, ein Schatten. Sein Blick wachsam. Er lächelte, veränderte seine Sitzposition. Berne bekam trotz der Hitze Gänsehaut.

»Und?«, fragte Theodor.

»Was glauben Sie?« Berne versuchte, ihrer Stimme einen festen Klang zu verleihen. »Was hat mir Leen Roger wohl erzählt?«

Theodor hob den Kopf. Eine kaum wahrnehmbare Bewegung. »Bleiben wir vielleicht bei Ihren ursprünglichen Fragen. Sie wollten wissen …«

»… welche Rolle Ann Beck spielt«, vervollständigte Berne den Satz. Leen Roger. Sie zu erwähnen war ein Fehler gewesen, dachte Berne. »Ja, richtig. Ich bin nicht Anns Freundin. Ich saß auch nicht nackt vor ihrer Tür.« Sie holte sich das Pfefferminzöl. Nicht abrutschen, nicht abrutschen, nicht abrutschen. Berne nahm einen tiefen Atemzug. »Ann hat mich aus dem Verlies geholt. Wie konnte sie wissen, dass ich darin versteckt war?«

Theodors Mundwinkel zuckte. Er atmete geräuschvoll aus. »Ann Beck verbrachte ihren Urlaub in einem Hotel ganz in der Nähe der Hütte, in der Sie versteckt worden sind.«

Berne versuchte zu atmen. Ihr Herz klemmte in den Startlöchern, wartete auf den Schuss.

»Bei einer Wanderung hat sie zufällig beobachtet, wie ein Mann«, er machte eine hilflose Geste, »der Mann, der Sie entführt hat, in die Hütte hineinging. Etwas an ihm und der Situation war ihr komisch vorgekommen.«

Bernes Herz war vorbereitet, in Begriff Anlauf zu nehmen, loszujagen. Sie schloss die Augen.

»Sie traute der Situation nicht und verschaffte sich Zugang.« Theodor räusperte sich. »Das ist alles. Den Rest haben Sie selbst erlebt.«

Bernes Augenlider zitterten. Dunkel. Zeit. Weißes Rauschen. Das Geräusch. Die Stimme. Zählen. Torge. Der Startschuss. Ein Schuss. Ein Knall. Berne riss ihre Augen auf. Theodor hatte in seine Hände geklatscht.

»Sind Sie da?«, fragte er.

Berne versuchte zu nicken.

»Wie heißen Sie?«

»Berne Jurin.«

»Sie sind in Sicherheit. Sie sind …«

»Hören Sie auf!«, schrie Berne. Sie ballte ihre Hände zu Fäusten. »Lassen Sie das. Ich weiß, wer ich bin, ich weiß, wo ich bin. Ich weiß, dass ich nach Hause muss.« Sie hielt inne. Dann flüsterte sie heiser: »Warum hat sie mich nicht in ein Krankenhaus gebracht? Warum ist sie nicht zur Polizei gegangen?«

Theodor blickte unbehaglich drein. Berne beobachtete fasziniert eine Schweißperle, die erst langsam, dann immer schneller die Schläfe hinabrann. Er wischte sie weg, fuhr mit seiner Hand über das Hosenbein. »Ich sollte weiter ausholen«, entschuldigte er sich. »Allerdings kann ich nur wiedergeben, was ich nach und nach herausgefunden habe. Ann Beck war sehr sparsam in ihren Erzählungen.« Theodor stand auf und holte sich ein Tuch. Er tupfte seine Stirn trocken. »Verzeihung.«

»Ann?« Berne glaubte, jeden Moment das Bewusstsein zu verlieren.

»Ann«, bestätigte Theodor. »Ann ist verheiratet. Unglücklich verheiratet. Sie leidet unter der geringen Wertschätzung ihres Mannes. Sie plant, während ihres Urlaubs unterzutauchen und ein neues Leben ohne ihn zu beginnen. Sie täuscht vor …« Er suchte nach den richtigen Worten. »Sie verschwindet einfach.« Er leckte sich die Lippen. »Sie möchte nicht, dass sie jemand findet. Sie möchte ihren Ehemann unbedingt im Ungewissen lassen.« Er wackelte mit dem Kopf hin und her. »Natürlich war das nicht richtig.«

Gleich vorbei. Sie taxierte das Pfefferminzöl.

»Wollen wir eine Pause machen?«, fragte Theodor.

Berne schüttelte den Kopf. »Weiter«, forderte sie Theodor auf.

»Sie beschließt, von einer Mountainbike-Tour nicht mehr zurückzukommen und flüchtet in den Wald. Dort beobachtet sie den Mann …« Theodor hielt inne, nickte nachdenklich. »Ann Beck schreibt ihrem Mann einen Liebesbrief. Sie wünscht sich, damit ihre Liebe wieder neu zu entfachen. Sie kehrt zurück und …« Er schob seine buschigen Augenbrauen zusammen. »Was weiß ich«, sagte er barsch. »Sie findet das Verlies und beschließt, Sie nach Wiesbaden mitzunehmen. Sie möchte nicht zur Polizei gehen. Auch nicht anonym.« Er machte eine hilflose Geste. »Ich kann doch auch nichts dazu sagen«, bedauerte er.

»Und wird Leen Roger die Geschichte bestätigen?«

Theodors Blick verriet Irritation. »Leen Roger ist Anns Verteidigerin. Ich weiß nicht, welcher Strategie sie folgt. Spielt das eine Rolle?«

»Nein«, antwortete Berne nachdenklich. »Wohl kaum.«

»Haben Sie jetzt alle Puzzleteile zusammen?« Theodor wirkte erleichtert.

»Es ist erstaunlich, dass Ann Beck den Mann hier in Wiesbaden trifft, oder nicht?«

Theodor schloss seine Augen, seufzte angestrengt.

»Die beiden haben sich gekannt, ist es nicht so? Ann Beck hat sich mit ihm verabredet.«

»Warum sollte sie das tun?«

»Weil sie ihn erpresst hat? Vielleicht wollte sie ihm sagen, wo ich bin, und dafür Geld kassieren? Vielleicht steckt sie mit ihm unter einer Decke? Ist deswegen nicht zur Polizei gegangen?« Berne nickte hektisch. »Ann Beck ist seine Komplizin. Irgendwann hält sie es nicht mehr aus und befreit mich.«

»So ist es nicht.« Theodors Stimme klang energisch. »Ann Beck hat nichts mit dem Entführer zu tun. Sie hat ihn nur erkannt. Er war rein zufällig dort, das können Sie mir glauben. Ann Beck hat sehr unter der Situation gelitten.«

»Ann Beck muss meinen Entführer töten, damit ihre wahre Geschichte nicht an die Oberfläche gelangt. Er war der Einzige, der wusste, dass Ann Beck an der Entführung beteiligt war.«

Theodor schüttelte den Kopf.

»Nein? Was hat sie Ihnen denn erzählt? Wie hat sie Ihnen gegenüber begründet, dass sie nicht zur Polizei ging?«

»Gar nicht.« Theodor stand auf, begann hin- und herzulaufen. »Gar nicht«, wiederholte er. »Sie hat behauptet, dass die Polizei bereits ermittelt, man den Täter sucht. Sie hat mir glaubhaft versichert, dass Sie bereits vernommen worden sind und man auf der richtigen Spur ist.«

Berne lachte schrill.

»Ja«, sagte Theodor leise. »Ich weiß.« Er ließ sich in seinen Sessel plumpsen. »Das ist schiefgelaufen, Berne, das wissen wir doch alle. Sie ändern nichts, indem Sie weiter in der Wahrheit herumstochern. Es ist niemand glücklich damit. Auch Ann Beck nicht. Aber wissen Sie, es ist Zeit. Sie müssen nach Hause. Sie müssen nach Hause zu Ihrem Mann und zu Ihrem Sohn. Hier ist die Irrfahrt zu Ende.« Er schaute sie eindringlich an. »Hier ist die Irrfahrt zu Ende.«

Berne holte den weißen Zettel aus ihrer Tasche, entfaltete ihn. Sie reichte ihn Theodor.

Theodors rosige Hautfarbe rutschte hinab, als hätte jemand einen Stöpsel gezogen.

Berne schluckte. »Dann erzählen Sie mal«, flüsterte sie.

KAPITEL 39

Titus hatte es ausgehalten. Vielleicht wenige Sekunden, vielleicht eine halbe Minute. So oder so, es hatte sich endlos angefühlt. Er war zurückgesprungen, weil ihm der Blick des Mannes bedrohlich nahegekommen war. Aus seinen Augen hatte ihn der Tod angesehen, als bräuchte er lediglich etwas Zeit. Zeit, um ihn anzufallen.

Titus traute sich nicht, seine Augen zu schließen, sich dadurch eine Auszeit zu verschaffen. Er hatte Angst, dass der Motorradfahrer aufstehen und ihn packen würde, er hatte Angst, dass Pepper angeschossen käme, um ihn zu stellen, und erst recht hatte er Angst, dass ihm schwindelig würde. Titus' Herz klopfte hart und fest in seiner Brust, er hatte einen trockenen Mund, die Hitze, der Gestank, die Einschulung, Bjarne, Kirschkuchen, der Tod. Er schüttelte den Kopf. Die Bilder vom Unfall, sie hatten sich in Tausend Splittern über ihn ergossen, das Geräusch des Motors suchte ihn in den Träumen auf, der Gestank von eingetrocknetem Urin würde ihn ab jetzt durch den Tag begleiten. Titus hatte beständig das Gefühl, die Hitze habe sich in seinem Innern festgebrannt. Er drohte zu verglühen. Die schwere Last seiner Schuld hatte sich in eine Walze verwandelt, die im Zentrum seiner Gefühle hin- und herrollte und alles einebnete. Er wollte Bella sein. Bella kühlte sich im Wasser ab, rutschte, schwamm, tauchte, während er in die weit aufgerissenen Augen eines Mannes starrte.

Er holte den Löffel und die Flasche Wasser aus seinem Rucksack. Die Flasche war warm. Warm. Unbehaglich warm. Er beugte sich vorsichtig über das Gesicht des Mannes, nickte ihm zu. Der Mann bewegte seine Lippen, versuchte zu sprechen, aber Titus wollte ihm nicht zuhören. Wieso lebst du eigentlich noch, fragte er sich. Nur deswegen musste er hierher, nur deswegen musste er sich kümmern. Titus fand, dass es seine Pflicht war, den Mann zu erlösen. Auch, damit er ihn nicht beschuldigen konnte. Er nahm einen Schluck von dem unbehaglich warmen Wasser, bereitete sich vor. Er öffnete das Gefäß mit dem giftigen Sud, hielt es mit gestrecktem Arm von sich weg. Auf seinen Knien rutschte er vorsichtig näher.

»Ist besser so«, entschuldigte sich Titus heiser.

Er tauchte den Löffel in den Sud. Wie würde der Mann sterben? »Elendig«, hatten seine Eltern erklärt. Elendig. Titus presste seine Lippen aufeinander. Er hatte Angst, die Dämpfe einzuatmen. Elendig. Würde Titus schnell genug weglaufen können? Er wollte nicht zusehen, nicht schon wieder. Er wollte nichts hören, nicht dabei sein, er wollte es nicht getan haben. Er wollte nicht wieder in eine solche Situation geraten.

Vielleicht würde damit nur alles schlimmer werden, statt aufzuhören? Was, wenn der Mann trotzdem weiterlebte? Wenn ihn jemand fand?

Der Motorradfahrer würde Titus wiedererkennen. Er würde ihn beschuldigen. Seine Mutter würde ihn nicht mehr lieben können. Sie würde ihn nicht mehr lieben können, und es würde niemals Kirschkuchen mit Bjarne geben. Niemals.

Titus schüttelte den Kopf. Er verschloss das Glas sorgfältig. Dann eben Wasser. Wasser. Damit konnte niemandem etwas geschehen. Vielleicht würde der Mann von selbst sterben. Heute Nacht. Ganz von allein. Ohne Titus' Zutun.

Er hielt dem Motorradfahrer die Flasche hin, hatte Hoffnung, er würde sie gierig an sich reißen, sich bedanken. Aufstehen. Gehen. Und dann? Titus würde ins Gefängnis kommen. Vielleicht gab es so etwas. Ein Kindergefängnis. Ein Gefängnis für Kinder.

Titus zog seine Hand wieder zurück. Kein Wasser. Zu gefährlich. Oder konnte er doch? Dem Mann Gift einflößen? Titus wog ab. Vielleicht. Aber nur, wenn er schnell genug davonrennen konnte. Nur dann.

Titus stand auf. Er musste seine Entscheidung vertagen. Sollte der Motorradfahrer morgen noch leben, würde er ihn vergiften. Er würde. Und dann würde er wegrennen. Nach Hause. Er würde Kirschkuchen backen.

Wie der Mann wohl hieß?

Titus überlegte, ihm einen Namen zu geben, entschied sich dagegen. Der Mann sollte gar nicht erst existieren. Gab er ihm einen Namen, würde er ihn niemals vergessen können. Er würde für immer schuld sein. Für immer. Pepper und Mittke lebten, deswegen hatte er sie getauft, sich die Namen ausgedacht. Wie sie wohl wirklich hießen?

Vielleicht hatte der Motorradfahrer ein Telefon dabei? Oder ein Portemonnaie?

Titus traute sich nicht, den Mann anzusehen. Er sollte die Hosenbeine in Höhe der Taschen absuchen.

Sollte er?

Nur ein Blick. Ein kurzer Blick. Titus huschte mit seinen Augen zu den Beinen, ekelte sich vor der Hitze, vor dem Urin, vor seiner Idee, den Mann zu durchsuchen.

Wenn er nicht verraten werden wollte, nutzte es nichts. Sitzen bleiben und Angst haben, das konnte nicht gut gehen. Er musste aufstehen. Musste aufstehen und etwas tun. Musste den Mann anfassen. Den Mann und seinen Tod. Noch nicht ganz. Noch lebte der Motorradfahrer. Noch.

Titus erhob sich, ihm wurde schwindelig. Die Hitze. Er stützte sich ab, schaute sich um. Öde Stille. Niemand weit und breit. Gut, dachte er. Er wollte dem Blick des Mannes kein weiteres Mal begegnen, versuchte, sich nur auf die Hosentaschen zu konzentrieren. Vorsichtig. Nicht in den Urin fassen. Titus würgte. Nicht in den Urin fassen.

Kein Portemonnaie, kein Telefon. Nichts.

Nichts.

Titus hatte nicht damit gerechnet. Hatte gedacht, dass er weitere Minuten beschäftigt sein würde, seine Entscheidung hinauszögern konnte. Hatte gedacht, dass er etwas finden würde, was ihm Aufschluss darüber gab, was zu tun war. Den Mann erlösen, den Mann liegen lassen, dem Mann Wasser geben. Hilfe holen.

Nichts.

Und in der Jackentasche?

Titus hielt eine Hand vor seine Augen. Nicht den Mann ansehen. Nicht den Mann ansehen. Er blinzelte, konzentrierte sich. Nur die Jackentaschen. Er griff hinein, wühlte, hielt inne. Ein kleiner Gegenstand, hart. Er zog ihn vorsichtig heraus. Ein Schlüssel. Auf dem Anhänger stand ein Wort, kaum lesbar. Titus versuchte, die einzelnen Buchstaben zu erkennen. Es fiel ihm schwer. Er strengte sich an, erschrak, als er neben sich eine Eidechse rascheln hörte. Titus konnte lesen, nicht gut, aber er konnte. Die Buchstaben ergaben keinen Sinn. Er gab auf, weiter darüber nachzudenken. Immerhin, er hatte einen Schlüssel.

Und jetzt?

Er schaute auf, verschaffte sich einen Überblick. Die kurvige Straße, asphaltiert, er wollte sie nicht entlanglaufen. Der Motorradfahrer war aus einem kleinen Weg gekommen. Titus wusste, was zu tun war. Er würde sich auf den Weg machen. Wenn er zurückkehrte und der Mann noch lebte, würde er ihm das Gift verabreichen.

Titus lief los, schaute sich nicht um, sein Blick in die Ferne gerichtet, den Schlüssel in der Hand. Es würde schon gut gehen, dachte er.

Irgendwie.

KAPITEL 40

Fitz glaubte kein Wort.

Seit zwei Stunden saß er auf seinem alten Jugendbett im Keller und dachte nach. Dachte nach über Briefe, Videos, über Ruben. Ruben hatte den Verstand verloren.

Fitz schwenkte sein Glas, nahm den letzten Schluck Tomatensaft. Er schmeckte säuerlich.

Die Hitze hatte sich über Deutschland festgebacken, schon seit über einer Woche waren es mehr als 38 Grad. Kein Schwimmbad, das ärgerte ihn am meisten. Kein Schwimmbad und keine Klimaanlage. Keine große Küche, kein lichtdurchflutetes Wohnzimmer, keine Terrasse, keine große Fensterfront und kein Schlafzimmer mit nackten Frauen. Seine Mutter würde ihn gleich fragen, ob er schmutzige Wäsche mitgebracht hatte. Fitz gähnte müde.

Minuten schon stierte er sein altes Kinderzimmer an. Dunkle Regale, die wackelig auf braun-orangefarbenem Teppich standen, zur Hälfte abgekratzte und verblichene Aufkleber, die am Kopfende des Bettes seine kindliche Leidenschaft für schnelle Autos dokumentierten. Der Raum stank schimmelig, dunkel, billig. Souterrain. Er schämte sich.

Fitz raffte sich hoch, zog eine Kiste aus dem Regal heraus. Staub wirbelte auf, legte sich auf seine Oberschenkel. Er pustete ihn fort.

Die Kiste war schwer. Briefe, Fotos, alte Comic-Hefte. Er fand einen Flicken zum Aufnähen, einen Fliegenpilz. Fitz schmunzelte. Den hatte er seiner Schwester geklaut. Einen Anhänger und eine Hundemarke drehte er geduldig in seiner Hand. Wie alt war er gewesen? Vielleicht acht? Kurz nach dem Umzug, da hatten sie seinem Vater schon das linke Bein amputiert. Fitz hatte sich vor dem glatten Stumpf geekelt. Wenn er daran dachte, taten ihm seine unteren Schneidezähne weh.

»Ist, als würde man mit den Nägeln über die Tafel kratzen«, hatte er irgendwann gejammert. Er hatte seinem Vater trotzdem die Zeitung vorgelesen, auf den rosigen Stumpf geglotzt. Fitz schüttelte sich.

Er durchwühlte die Kiste, fand Notizen und vollgekritzelte Blätter, Zeichnungen, sogar ein altes Freundebuch aus der Grundschulzeit. Er blätterte darin herum, verzog sein Gesicht, als er Mariannes Seite aufschlug.

»Marianne«, schmunzelte er.

Das Mädchen hatte sich mit ihm den Schulweg geteilt. Jeden Morgen hatte sie auf ihn gewartet, in Sandalen und Söckchen und in einem Kleid mit bunten Regenschirmen darauf. In Mariannes Leben war alles bunt, sogar das Zimmer. Er hatte ihr die Hausaufgaben gebracht, als sie an Scharlach erkrankt war, und war dabei versehentlich auf ihren Hamster getreten. Marianne hatte geheult.

»Kann ich doch nichts für«, hatte er sich verteidigt und einen bunten Waschlappen von einem bunten Teppich aufgehoben. Der tote Hamster war aus dem Waschlappen herausgepurzelt, hatte auf sonderliche Art und Weise schief ausgesehen. Marianne hatte hysterisch nach ihrer Mutter gerufen.

Eine Woche lang hatte Fitz ihr versprochen, einen neuen Hamster zu besorgen, aber Marianne hatte auf dem Schulhof wütend abgelehnt.

»Glitzi war nicht irgendein Hamster«, hatte sie geschimpft. Ihre Freundin hatte fürsorglich Mariannes Hand gehalten und Schuld zuweisend genickt. »Er war etwas Besonderes. Du hast ihn getötet.«

»Ich habe ihn nicht getötet. Ich bin draufgetreten. Das ist etwas anderes.«

Marianne hatte einen schrillen Schrei losgelassen und war bestürzt in die Mädchentoilette gerannt, um sich von ihrer besorgten Freundin trösten zu lassen.

Seit Glitzis unglücklichem Ableben hatte sie ihm feindselige Blicke zugeworfen. Wenn Fitz zufällig neben ihr gelaufen war, hatte sie ihre Schritte beschleunigt, ganz so, als könne er sie bloß mit seiner Anwesenheit um ein weiteres Haustier erleichtern. Irgendwann hatte er keine Lust mehr gehabt, hatte ihr gedroht. »Wenn du nicht aufhörst, mir die Schuld für den Hamstertod zu geben, werde ich dein Fahrrad anzünden.«

Am selben Nachmittag hatte es einen Anruf gegeben und sein Vater hatte ihn ins Wohnzimmer zitiert.

»Hast du das Fahrrad von dem kleinen Mädchen angezündet?«, hatte er gefragt.

»Was? Nein! Gar nichts hab ich.«

»Ihr gedroht?«

Fitz hatte abgewogen. »Vielleicht.«

»Junge«, hatte sein Vater geseufzt und sich eine Zigarette gedreht. »Wenn du kleinen Mädchen drohst, muss ich dich wegsperren.«

»Ich habe ihr nicht gedroht.«

»Was dann?«

»Sie beschuldigt mich.«

»Dass du ihr Fahrrad angezündet hast?«

»Nein«, hatte er sich gewehrt. »Sie beschuldigt mich, ein Mörder zu sein. Ich habe Glitzi auf dem Gewissen. Ihren scheißblöden Glitzi.«

»Ist das ein Fisch?« Sein Vater hatte ungläubig an seiner Zigarette gezogen.

»Ein Hamster.«

»Du hast ihren Hamster getötet?«

»Ich bin versehentlich draufgetreten.«

Sein Vater hatte gehustet. »Da kann man nichts machen.« Er hatte seine Augen geschlossen und sich zurückgelehnt.

Noch am selben Tag hatte Fitz eine Tierhandlung aufgesucht, aber die Verkäuferin hatte den Kopf geschüttelt. »Musst mit deiner Mutti wiederkommen.«

Er war durch die Gänge spaziert, hatte sich Fische und Schildkröten angesehen und sich immer näher zu der Abteilung mit den Nagetieren vorgearbeitet. Blitzschnell hatte er in den Glaskäfig mit den Hamstern gefasst und einen davon in seine Jackentasche gestopft.

Marianne hatte ihn auf dem Schulhof überrascht angeschaut, und der Hamster hatte vor Angst in seine Hand gepinkelt.

»Für dich. Ist kein Glitzi, aber vielleicht kann er einer werden.«

Marianne hatte vor lauter Glück vergessen, dass er ein Mörder war.

Fitz strich über ihr Foto. Marianne. Er war bis zum Abitur

mit ihr in dieselbe Klasse gegangen, und tatsächlich hatten sie es Jahre nach dem Hamstertod ein paar Wochen miteinander versucht. Aber Marianne war wegen allem und jedem enttäuscht und sauer, vor allem wollte sie nicht gebumst werden, und er hatte irgendwann aufgegeben, ihr zu gefallen.

Jemand klopfte an die Zimmertür. Seine Mutter fragte nach der schmutzigen Wäsche. »Und dein Vater will wissen, warum du hier bist.«

»Ich bin euer Sohn, ist das nicht Grund genug?«

»Du bist nie hier.« Sie zuckte mit den Schultern. »Es gibt gleich Hähnchen mit Pommes.«

Fitz stellte die Kiste zurück ins Regal. Er würde sich hier eine Weile verstecken müssen.

»Du hast was verbrochen, oder?«, fragte sein Vater.

»Ich bin hier, um euch zu besuchen. Ist das so ungewöhnlich?«

»Du versteckst dich doch nicht vor der Polizei?«

Fitz setzte sich. »Soll ich dir etwas vorlesen?«

»Einen Scheiß sollst du. Sag mir, warum du hier bist.« Er kratzte sich seine ranzigen Achseln.

Fitz antwortete nicht. Er holte die Zeitung und begann laut zu lesen.

»Hab ich schon«, unterbrach sein Vater ungeduldig. »Mach ›Lokales‹.«

Eine halbe Stunde später brachte Mutter Hähnchen und Pommes. Sein Vater aß im Sessel, den Teller in seinem Schoß. Fett tropfte auf sein Unterhemd.

»Ich will keinen Gurkensalat«, schimpfte er.

Der Fernseher lief. Sie aßen schweigend am Wohnzimmertisch. Fitz schob unauffällig Zigarettenhüllen und Puzzleteile zur Seite, die sich unter Tabakkrümel und Zucker gemischt hatten. Er staunte über die gnadenlose Zuverlässigkeit, mit der seine Eltern alle denkbaren Klischees erfüllten.

Am Abend ließ sich Fitz von seiner Mutter das Bett überziehen.

»Und wie lange willst du bleiben?«, fragte sie, klopfte in einer schlampigen Geste das Kopfkissen zurecht. »Ich will hier keinen Ärger haben.«

»Ein paar Tage. Gibt keinen Ärger.«

Sie hielt inne. »Das stinkt doch. Du bist hier hundert Jahre nicht aufgetaucht. Nicht mal, als Issel gestorben ist. Bist du krank?«

Fitz schüttelte den Kopf. »Alles ist gut, Mutti. Ich will euch nur besuchen. Ein paar Tage, nichts weiter.«

»Deine Schwester kommt auch nicht mehr«, beschwerte sie sich. »Beide seid ihr weg.« Sie strich ihre Schürze glatt. Gelb mit feinen Blümchen. Seine Mutter hatte zugenommen, sah aufgedunsen auf.

»Trinkst du?«, fragte Fitz. »Du säufst doch?«

»Sei still, du weißt gar nichts. Dein Vater …«, sie hob ihren Zeigefinger. »Dein Vater, der trinkt, seit er kein Bein mehr hat.« Sie zündete sich eine Zigarette an. »Es hätte alles anders kommen sollen.«

»Wie denn? Ihr hättet doch auch so nichts aus eurem Leben gemacht.«

Sie ließ sich auf das Bett plumpsen, zupfte ihren Rock unter der Schürze zurecht. Als würde das irgendetwas ändern.

»Und Edward?«

»Was ist mit Edward?«, fragte seine Mutter müde.

»Ja, was ist mit ihm?«

Seine Mutter zuckte mit den Schultern. »Nichts ist. Edward sitzt in seiner Kneipe. Ist niemand hier, der hingeht, trotzdem hat er jeden Tag geöffnet.« Sie lachte schäbig. »Geh hin«, forderte sie ihn auf. »Sag ihm Guten Tag. Er wird dich sicher noch erkennen.«

»Braucht ihr Geld?«

Sie zog eine Grimasse. »Wir wollen dein Geld nicht. Glaubst du denn, wir können das nicht allein?«

Er holte ein Bündel aus seiner Tasche. »Habe ich immer dabei. Ist für dich.« Er warf die Scheine in ihren Schoß.

»Das musst du nicht tun.« Sie stopfte das Geld in ihre Schürzentasche.

Fitz staunte, hatte Edward kaum wiedererkannt. Er saß auf einem der Barhocker und trank Schnaps. Der Mann starrte den Fernseher an, ohne anwesend zu sein.

»Hallo, Edward, du lebst ja noch.«

Edward hatte einen glasigen Blick. »Du bist's«, grinste er. »Lässt dich auch mal wieder blicken?«

»Ich wollte nur sichergehen, dass es dir gut geht.«

»Du traust dich ja was«, sagte er anerkennend. »Ich will ja nicht gierig sein, aber meinen Mund kann ich nicht ewig halten.«

»Dann pass auf, dass dir nichts passiert.«

Edward wirkte verunsichert. »Schon gut, war ja nicht so gemeint.« Er zeigte hinter die Theke. »Mach dir selbst eins.«

Fitz zapfte sich ein Bier. »Und ist hier was los?«

Edward schüttelte seinen Kopf. »Nix.«

»Du sagst mir doch Bescheid, wenn jemand kommt?«

Edward schaute kritisch. »Ist was passiert?«

»Ich muss eine Weile hierbleiben.«

»Wegen Ewra?«

»Die suchen mich.«

»Hier?«, staunte Edward. »Hier in meiner Kneipe?«

»Schon gut«, wehrte Fitz ab. »Halt dich einfach an die Abmachung.«

»Und bist du mit deinem Auto da?«

»Wohl kaum mit dem Zug.«

»Stell's auf meinen Hof. Niemand hat hier so ein Auto. Niemand. Wenn die kommen, finden sie dich.«

»Mein Porsche ist weg?«

»Wolltest du so.« Edward rülpste. »Und wo schläfst du?«

»Bei meinen Eltern.«

»Kannst zu mir kommen.«

»Schon gut. Ich geh mal wieder, wollte nur sicher sein, dass du mir Bescheid gibst.«

»Kannst dich auf mich verlassen, Junge, das weißt du doch.«

»Das weiß ich doch.« Fitz klopfte ihm auf die Schultern. Wusste er nicht. Edward.

Fitz lief über die Hauptstraße zurück, war wachsam. Sie würden ihn hier suchen, seine Eltern befragen. Er konnte sich auf niemanden verlassen.

Er beschleunigte seine Schritte. Sein Versteck im Souterrain. Schäbiger ging's nicht.

KAPITEL 41

Sie hatte elende Kopfschmerzen, ihr war kalt, Schulter und Rücken taten weh, fühlten sich steif an.

Stockfinster.

Junia versuchte sich zu bewegen, aber ihre Arme wollten nicht gehorchen. Sie brauchte einen Moment. Die Erkenntnis, dass ihre Hände hinter dem Rücken gefesselt waren, irritierte sie, kam ihr unwirklich vor. Die Orientierung fiel ihr schwer, zeitlich, räumlich. Alles war schwarz, sogar ihre Gedanken. Es roch nach feuchtem, modrigen Pilz.

»Hallo?«, versuchte sie es leise, hörte, dass jemand da war, sich bewegte.

»Du lebst ja.« Eine überraschte Nuance in der Stimme. Eine Frau. Eindeutig eine Frau. Die Stimme klang sympathisch, etwas nasal.

»Es geht so«, antwortete Junia. »Bist du das, Isa?«

Die Frau lachte.

Junia versuchte, ihre Sitzposition zu verändern, versuchte, sich mit ihren Schuhen abzudrücken und näher an die Wand zu rutschen. »Was machen wir hier?«

Sie hörte Isa gähnen. »Wir warten.«

»Auf was?«

»Auf den Tod.«

»Wie lange bist du schon hier?«

»Ein paar Tage, schätze ich. Auf jeden Fall so lange, dass ich's nicht mehr weiß.«

»Und weißt du wenigstens, was das hier ist? Wo wir sind?«

»In irgendeinem Loch.« Isa stöhnte. »Was weiß ich, und eigentlich ist es auch egal.«

Junia nickte. »Ich habe keine Erinnerungen mehr, wie ich hierhergekommen bin.«

Isa antwortete nicht.

»Weißt du es? Kannst du dich an irgendetwas erinnern?«

»Du stellst ja Fragen. Musst du das tun?«

Junia schüttelte den Kopf. »Du bist die Frau von Thies. Weißt du, dass Thies nicht mehr lebt?«

»Mir egal.«

Junia schloss ihre Augen. »Und möchtest du nicht mit mir reden?«

»Ich konzentriere mich aufs Sterben, da ist reden sehr hinderlich.«

»Ich will nicht sterben.« Junia schüttelte den Kopf. »Auf keinen Fall.«

»Schön für dich.«

Junia seufzte. »Was machen wir hier?«

»Verrecken.«

»So ein Quatsch.« Junia ballte ihre Hände zu Fäusten. »Natürlich nicht.« Es kribbelte. Im Wechsel wiederholte sie. Öffnen, schließen, öffnen, schließen. »Bist du gefesselt? Ich aktiviere meine Venenpumpe. Das durchblutet die Hände. Solltest du auch machen.«

»Einen Scheiß sollte ich.«

»Dann sag mir, wie ich hier auf die Toilette gehen kann. Am besten, bevor du stirbst.«

Isa lachte künstlich. »Lass es laufen.«

Junia verzog das Gesicht. »Spinnst du?«

»Wenn du eine andere Idee hast, mach. Ich habe mich schon viermal eingenässt. Ruben lässt sich alle paar Stunden hier blicken. Mit etwas Glück verprügelt er dich nicht. Pinkeln ist da das kleinste Problem.«

»Hat Ruben uns hierher gebracht?«

»Wer sonst?«

»Hat er dich verprügelt?«

»Vermutlich sehe ich nicht sonderlich gut aus.«

»Und hast du Schmerzen? Kann ich irgendetwas für dich tun? Ich könnte versuchen aufzustehen. Mir tut nichts sonderlich weh, außer, dass ich mich ziemlich steif fühle.« Junia lächelte gequält.

»Du bist blutüberströmt hier angekommen. Ruben hat dich über den Boden gezogen.«

»Ja, mein Rücken und meine Schultern tun weh. Sonst nichts. Meine Hände. Meine Hände auch, aber das liegt nur an den viel zu engen Fesseln.«

»Das sind Kabelbinder.«

»Dann eben Kabelbinder.« Sie zuckte mit ihren Schultern. »Weißt du, warum uns Ruben hierher gebracht hat?«

»Er wird gesucht.«

»Ja, die wollen ihn festnehmen. Er war an einer Vergewaltigung beteiligt. Irgendein geisteskranker Perverser hat sie gefilmt und das Video der Polizei geschickt.«

Isa grunzte. »Weiß ich. Und ich weiß, wer noch auf dem Video zu sehen ist.«

Junia schluckte. »Thies und Fitz.«

»Hast dich ja ganz schön in ihm getäuscht.«

»Du dich auch. Ihr wart verheiratet. Das ist irgendwie schlimmer.«

Isa schmunzelte. »Natürlich.«

»Ist doch so?«

»Ist doch so«, äffte Isa nach. »Ist doch so.«

»Was habe ich dir getan? Oder ist es, weil ich mit Thies zusammen war?«

»Ruben will nicht allein sein, das ist alles.« Isa hustete. »Er hat uns deswegen hierher gebracht.«

»Und was hat er vor mit uns?«

»Das weiß er selber nicht.«

Öffnen, schließen, öffnen, schließen. »Und gibt er dir zu trinken? Bekommst du etwas zu essen?«

»Wir sind hier nicht im Flugzeug«, stöhnte Isa. »Nichts gibt's.«

»Und die Nachricht war nicht von dir, oder?«

»Welche Nachricht?«

»Das war eine Falle, schätze ich. Ruben hat mich zu einem Biergarten gelockt.«

»Hättest du dir doch denken können, oder?«

»Er hat geschrieben, dass Thies mich geliebt hat und es einen Brief für mich gibt. In deinem Namen. Du wolltest dich mit mir treffen.«

»Und du hast es geglaubt?«

»Warum nicht? Ich hatte mich sogar gefreut, dass wir uns kennenlernen.«

»Du spinnst ja.«

Junia seufzte. »Dann stirb doch, wenn du unbedingt willst.« Sie stieß sich von der Wand ab, beugte sich weit nach vorn und stellte ihre Beine auf. Mit Schwung kam sie in die Höhe. »Ich bleibe auf jeden Fall nicht hier sitzen und warte, bis er zurückkommt.« Junia tapste die Wand entlang. Sie war kalt und feucht, sie spürte, wie Putz und Dreck auf den Boden rieselten.

»Hab ich alles schon gemacht«, verkündete Isa.

»Woher willst du wissen, was ich tue?«

»Höre ich.«

»Und?«

»Nichts.«

»Nichts? Gar nichts?«

»Dieser Raum hier ist komplett leer. Hier gibt's gar nichts. Nicht einmal Spinnweben.«

»Wo sind wir überhaupt? Also, konntest du ... warst du bei Bewusstsein, als ...«

»Jap.« Isa hustete. »Ein ewig langer Weg. Man muss einen ewig langen Weg hierher latschen.«

»Und dann?«

»Weiß ich nicht. Man geht Stufen runter.«

»Und wie sieht das aus, wo wir hier sind? Ist das ein Keller in einem Haus?«

»Man gelangt von hier direkt ins Freie.«

»Und dann?«

»Ich konnte nichts sehen.«

»Hat er dir die Augen verbunden?«

»So ähnlich.«

»Soll heißen?« Junia wurde ungeduldig. »Jetzt lass dir doch nicht alles aus der Nase ziehen. Ich will hier wieder raus, am liebsten, bevor Ruben kommt.«

»Das kannst du vergessen.«

»Hast du's schon probiert?«

»Und nicht geschafft. Als er dich gebracht hat, hat er die Tür offen gelassen. Ich bin rausgestürmt und wollte sie zuschließen, ihn einsperren, dass er hier verreckt und verhungert, aber die Tür ist zu schwer.«

»Du wolltest sie zuschließen?«

»Was sonst?«

»Ich wäre mit Ruben hier drin gewesen. Du hättest mich hier verrecken und verhungern lassen?«

»Ist das so schlimm? Ich kenne dich doch gar nicht.«

»Deswegen?«

»Was hätte ich denn sonst machen sollen?«

»Mich mitnehmen.«

»Was stellst du überhaupt solche Fragen? Ist ja nicht passiert.«

Junia nickte. Isa. »Und in diesem Raum ist nichts?« Eher eine Feststellung als eine Frage. »Und die Tür?«

»Ist abgeschlossen.«

»Hast du mal probiert, dich dagegenzuwerfen?« Junia versuchte zu erkennen, wo sich die Tür befand. »Hier?«, sie machte eine Kopfbewegung in eine Richtung.

»Ich weiß nicht, wo du bist oder wohin du zeigst, aber sie ist links von mir.«

Isas Stimme. Sie kam eindeutig von der Wand gegenüber. Junia tapste in die Richtung, in der sie den Eingang vermutete, drehte sich auf der Stelle, tastete die Wand ab, mit beiden Händen hinter dem Rücken, erst weiter links, dann weiter rechts, und fand sie. Sie fühlte den Beschlag, das Schloss, die Klinke. »Dann versuch ich's mal«, ermutigte sie sich. Öffnen, schließen, öffnen, schließen.

Sie holte tief Luft, warf sich mit ihrer gesamten Seite und mit aller Kraft gegen die Tür. Nichts, außer Schmerzen. »Mist«, fluchte sie.

»Hab ich dir doch gesagt.«

»Wann wird Ruben wiederkommen?«

»Was weiß ich.«

»Wo ist er überhaupt?«

»Was weiß ich.«

»Und wenn sie ihn festnehmen?«

»Was weiß …«

»Hör auf«, befahl Junia. »Das hilft uns nicht weiter.«

»Ich sag doch, ich will sterben.«

»Wie kannst du das wollen?«, fragte Junia. »Wie kann man sterben wollen?«

»Wie kann man leben wollen?«

»Das ist ein natürlicher Instinkt. Jeder gesunde Mensch möchte leben.«

»Ist bei mir anders.«

»Und warum hast du dich nicht längst umgebracht? Wenn du so wenig leben möchtest, wie du behauptest, hättest du's längst tun können.«

»Es ging eben immer weiter. Nicht schön, aber es ging.«

»Hast du Thies geliebt?«

»Quatsch.« Isa lachte. »Bist du blöde?«

»Thies hat mir erzählt, dass er dich geliebt hat.«

»Hat er nicht.«

»Doch«, versicherte Junia. »Das hat er wirklich.«

»Das hat er dir vielleicht erzählt, aber stimmen tut es nicht.«

»Und warum habt ihr überhaupt geheiratet?«

»Ging eben nicht anders.«

»Das klingt etwas paradox, findest du nicht?« Sie rollte mit den Augen. Es war schwierig, sich mit jemandem zu unterhalten, dessen Mimik man nicht sah. »Wir brauchen einen Plan. Auch wenn du sterben möchtest, möchte ich hier gern wieder raus. Du kannst ja bleiben.«

Isa antwortete nicht.

»Wenn Ruben kommt, müssen wir ihn gemeinsam überwältigen. Du lenkst ihn ab, und ich stoße ihn um. Dann müssen wir gemeinsam …« Die Vorstellung, sie würden gemeinsam auf Ruben eintreten, in den Bauch, in die Genitalien, ins Gesicht, verursachte Junia Übelkeit. »Wir müssen ihn treten. Ich in die Genitalien, du ins Gesicht.«

»Ja, sicher.« Isas Stimme klang müde.

»Kann ich mich auf dich verlassen?«

»Wenn ich bis dahin nicht tot bin.«

»Ruben wird schon kommen, meinst du nicht?«

»Ruben wird gerade festgenommen, und wir werden hier verrecken.«

»Muss das sein?« Junia setzte sich wieder, probierte, ihre Arme nach unten zu schieben, um rückwärts hindurchzusteigen. Wie ein Springseil, dachte sie. Sie schüttelte den Kopf. »Na, komm«, flüsterte sie. Sie streckte ihre Arme so lang wie möglich nach hinten aus, versuchte, sich mit ihrem Hinterteil hindurchzuzwängen. Sie drehte und wand sich, legte sich flach auf den Boden, versuchte, auf ihre Arme zu rutschen, sich zusammenzurollen und die Arme über ihr Gesäß zu schieben, versuchte es in Seitenlage, im Stand. Ihr schmerzte der Rücken und ihre Ellenbogen, ihre Schultern, ihre Handgelenke fühlten sich wund an, aufgescheuert. Junia gab auf. Nichts zu machen. Nichts. Sie seufzte. Blieb im Moment nur, sich hinzusetzen und zu warten, sich mit Isa zu unterhalten.

War auf Isa Verlass?

»Du musst Ruben ein Bein stellen«, entschied sie. »Wenn ich Ruben umwerfe, musst du ihm zeitgleich ein Bein stellen, so können wir es schaffen. Er wird das Gleichgewicht verlieren. Er wird einen Schritt machen, um sich aufzufangen. In diesem Moment wird er über deinen Fuß stolpern. Ich werfe mich noch einmal gegen ihn, dann müssen wir beide auf ihn eintreten.« Sie verzog das Gesicht. »So muss es laufen.«

»Wenn Ruben überhaupt zurückkommt.«

»Warum tust du das?« Junia presste ihr Lippen aufeinander. Was, wenn Ruben wirklich nicht mehr zurückkam? Wenn sie ihn erwischt hatten, so, wie Isa es vorausgesagt hatte? Es würden unendliche Stunden vergehen. Tage. Niemand würde sie hier finden. Junia erschrak. Niemand würde sich überhaupt auf die Suche nach ihr machen.

Marten.

Marten? Würde er sich Sorgen machen? Würde er intuitiv glauben, dass ihr etwas zugestoßen war?

Sie atmete geräuschvoll aus. Warten. Irgendwann würde Ruben schon kommen. Was hatte er davon, sie hier verhungern zu lassen? Es war so kalt. Überall kam Kälte angekrochen. Junia hatte Durst, musste auf die Toilette, ihre Hände kribbelten. Diese Kälte. »Und du?«, fragte sie. »Wie hältst du die Kälte aus?«

Isa hustete. »Hast du Zigaretten dabei?«

»Quatsch.« Junia schüttelte den Kopf. »Rauchst du?« Dann fiel es ihr wieder ein. »Du hattest ein Aneurysma. Besser für dich, du wärst gestorben, oder?«

»Was hatte ich? Ein was?«

»Ein Aneurysma. Hat Thies erzählt.«

»Was hat er sonst noch erzählt?«

Junia zuckte mit den Schultern. »Dass du einen Entzug gemacht hast. Einen Alkoholentzug.«

Isa lachte. »Das stimmt ausnahmsweise.«

»Und?«

»Und was? Nichts und. Einen Alkoholentzug, was gibt es da noch für ein ›und‹?«

»Bist du fertig? Also, trinkst du jetzt nicht mehr?«

»Hast du eine Flasche Wodka dabei?«

»So was hast du getrunken?«

»Halt dein Maul.«

Junia rollte erneut mit ihren Augen. »Meine Güte. Kann man sich denn wirklich gar nicht mit dir unterhalten?«

»Ich habe die Vergewaltigung gefilmt.«

Junia erstarrte. »Was hast du?«, fragte sie ungläubig.

»Jap.«

Ewra Waldman. Junia überkam Übelkeit. »Du?«, fragte sie. »Dann warst du diejenige, die … Hast du der Polizei das Video geschickt?«

»Den Medien.«

»Wieso …« Junia schluckte unbehaglich, war nicht sicher, ob sie die Antwort darauf überhaupt hören wollte. »Wieso hast du das zugelassen? Wie konntest du …« Sie schüttelte den Kopf. »Wie konntest du dabei zusehen?« Sie presste sich mit dem Rücken an die kalte Wand. Es war so dunkel, dass sie nicht einmal schemenhaft erkennen konnte, wo sich Isa befand. Dem Klang der Stimme nach saß sie ihr direkt gegenüber.

»Hättest du nicht gemacht, oder?«, fragte Isa.

»Wieso …«, hauchte Junia. »Wieso hast du ihr nicht geholfen?«

Isa antwortete nicht.

»Wie kann man …«

»Ist ja gut«, unterbrach Isa. »War halt so. Ich habe es nicht direkt erkannt. Sah aus, als hätte Ewra Spaß gehabt.«

»Spaß? Ewra ist dabei ums Leben gekommen.«

»Weiß ich. Aber das hat gedauert.«

Junia würgte.

»Krieg dich wieder ein. Hört sich alles viel schlimmer an, als es war. Mein Gott, sonst hätte ich doch geholfen.«

»Solltest du?«

»Was?«

»Solltest du das filmen? Hatten sie dich gefragt?«

»Kann sein.«

»Was meinst du mit ›kann sein‹? Haben sie oder haben sie nicht?«

»Weiß ich nicht mehr.«

»Das ist gelogen. So was muss man doch wissen? Oder hast du dir deinen Verstand komplett weggesoffen?«

»Vorsicht.«

»Du bist krank. Wie kann man nur? Wie kann man dastehen und es filmen? Und dann auch noch … Du hast es gewusst. Du hast gewusst, dass alle drei beteiligt waren, und du heiratest Thies?« Junia redete sich in Rage. »Was bist du für ein kranker Mensch? Du hast Thies geheiratet«, wiederholte sie. »Er hat Ewra vergewaltigt.«

»In deinem Schlafzimmer.« Isa lachte.

Junia hätte sich fast übergeben. »Du bist die widerlichste Person, die mir je begegnet ist«, hauchte sie.

»Und du eine Heilige.«

Junia lehnte ihren Kopf an die Wand. Ihre Augen füllten sich mit Tränen. Ewra. Wie konnte es so jemanden geben wie Isa? Wie Ruben? Wie Fitz? Wie konnte es so jemanden geben wie Thies? Sie unterdrückte mit zusammengekniffenen Augen und weit geöffnetem Mund ihr Schluchzen, den Kopf an die Wand gelehnt, still und in die Dunkelheit hinein.

Ewra.

Was hatte dieses arme Mädchen nur für qualvolle Minuten erlitten?

Junia versuchte, die vielen Bilder abzuwehren, nicht zuzulassen, zu verscheuchen.

Das Schlafzimmer.

Ewra war darin gestorben. Ein junges Mädchen. Ewra Waldman. »Mein Gott«, flüsterte Junia.

Warum hatte Isa das Video verschickt, wenn sie selbst es gewesen war, die gefilmt hatte? Warum, wenn sie die Vergewaltigung zugelassen hatte? Warum überhaupt? Und warum erst jetzt?

Junia zog ihre Nase hoch. »Warum erst jetzt?«, fragte sie.

Isa antwortete nicht.

»Warum erst jetzt, frage ich dich«, rief Junia. »Warum nicht schon vor Jahren? Warum hast du dich dazu entschieden? Weil Thies dich verlassen hat?«

»Schön wär's.« Isa lachte künstlich.

»Was dann? Wolltest du die drei erpressen?«

Plötzlich kam Junia die Idee mit der Erpressung zu einfach vor. Zu einfach, zu spät. Warum hätte sie das tun sollen? Um Geld zu verlangen? Jetzt erst? Weil Thies sich getrennt hatte? »Du wolltest sie erpressen, oder?«, fragte sie. »Du dachtest, dass sie darauf anspringen. Worum ging es dir? Um Geld? Ging es dir darum?«

»Kannst du einfach mal still sein? Ich versuche zu sterben.«

Junia lachte schrill. »Das wäre sowieso nicht gut gegangen. Ruben lässt sich nicht erpressen. Lieber würde er seinen Tod in Kauf nehmen, als dir einen Triumph zuzugestehen.« Sie schüttelte den Kopf. Ihre Wangen fühlten sich von den Tränen noch kälter an, als sie sowieso schon waren. »Thies vielleicht. Vielleicht hätte Thies sich erpressen lassen«, überlegte Junia laut. »Obwohl, er hatte kein Geld. Und Fitz?« Sie zuckte mit den Schultern. »Kann ich nichts zu sagen. Ich habe ihn nie kennengelernt.«

»Du hast alle drei nie kennengelernt.«

Junia überlegte nachdenklich. »Und das mit dem Aneurysma stimmt nicht?«

»Kein bisschen.«

»Warum hat er das erzählt?«

»Was weiß ich? Was hat er überhaupt erzählt?«

»Er hätte dich geliebt, aber jetzt seist du anders als früher. Du wärst eine Trinkerin, und durch das viele Rauchen und den Alkohol hättest du ein Aneurysma bekommen. Außerdem seist du arbeitslos geworden und hättest in der Reha 30 Kilo zugenommen.«

Isa lachte. »Gute Geschichte.«

»So oder so ähnlich.«

»Ich kann dir versichern, dass Thies mich nie geliebt hat.«

»Und du ihn?«

»Auch nicht.«

Junia entfuhr ein Schrei. »Ich weiß es«, rief sie. »Natürlich. Die Vergewaltigung hat vor eurer Ehe stattgefunden. Du hast Thies zur Ehe gezwungen.«

»Wenn ich könnte, würde ich jetzt in die Hände klatschen.«

»Stimmt das?« Junia verzog ihr Gesicht. »Mein Gott. Nichts von dem, was Thies mir erzählt hat, ist wahr, oder?«

»Vermutlich nicht.«

»Und Ruben? Was musste er tun?«

»Nichts.«

»Blödsinn. Und Fitz?«

»Lass gut sein«, stöhnte Isa. »Was spielt das alles für eine Rolle? Ist doch sowieso vorbei.«

Junia schluckte. Skurril. Das alles war so skurril. Öffnen, schließen, öffnen, schließen. Wenn doch Ruben nur zurückkäme. Sie wollte nicht darüber nachdenken, wie sich das Sterben anfühlte. Noch nicht.

Ihr war kalt.

KAPITEL 42

Ann hatte lange überlegt. Lammlachse oder Rindersteak? Dorade oder Thunfisch? Kein Salat, dafür Kartoffeln und marinierte Paprika.

Sie hatte aufgeräumt, sie hatte die Betten frisch bezogen, sie hatte Rainer neues Rasierwasser besorgt und frische Blumen auf seinen Nachttisch gestellt. Sie war schwimmen gegangen, hatte nur einen Saft getrunken, hatte sich geduscht, sich zurechtgemacht. Sie war einige Male durch die riesige Villa gelaufen und hatte hier und da zurechtgerückt, was nicht an seinem Platz stand. Sie war von Raum zu Raum gewandert, und mit jedem Zimmer hatte sie sich weniger wie jemand gefühlt, der ein Zuhause hatte. Ihr fehlte nicht nur ein Zuhause, ihr fehlte ein Leben. Ein eigenes Leben. Überhaupt ein Leben.

Liebe.

So viele Jahre. Jahre über Jahre. Jeden Tag. Jeden Tag stand Ann morgens auf und bereitete Rainer Frühstück zu. Croissant und Orangensaft, Kaffee. Wie in einer schlechten Serie. Sie selbst frühstückte nichts, sondern sah zu, wie Rainer kaute und schlürfte, still seine Zeitung las, interessiert seine Aktien verfolgte und hier und da etwas notierte. Mit ihr gesprochen hatte er nie.

»Hast du gut geschlafen?«

Rainer sah in der Regel nicht einmal auf, nickte nur geistesabwesend. Wenn überhaupt.

»Hast du einen Wunsch?«

Rainer nahm dann den letzten Schluck Kaffee, stand auf. »Im Gegensatz zu dir bin ich zufrieden.«

»Nein, als Abendessen. Ob du dir etwas Besonderes wünschst.«

»Und einmal selbst entscheiden kannst du nicht?«

Während Ann abräumte, zog sich Rainer die Schuhe an. Manchmal schaute sie ihm dabei zu, manchmal hörte sie nur die Haustür zufallen.

Sobald Rainers Auto morgens außer Sichtweite war, setzte sie sich an seinen Schreibtisch und transferierte Geld. Wenn sie sich besonders traurig und einsam fühlte, überwies sie sich eine größere Summe, wenn sie ihre Schuldgefühle zu sehr belasteten, weil Rainer in der Nacht wieder nicht geschlafen hatte, eine kleinere. So richtig wusste sie nicht, was sie mit dem Geld anfangen würde, aber es gab ihr ein sicheres Gefühl. Einmal die Woche lief sie zu einem Bankautomaten und holte Bargeld ab. Das versteckte sie in einer kleinen Tasche neben der Waschmaschine.

Rainer kümmerte sich nicht um Wäsche. Rainer kümmerte sich um gar nichts. Sie hatte keine Bedenken. Er würde das Geld nie finden. Er würde nicht einmal sehen, dass es auf seinem Konto fehlte. So war Rainer. Mit ihr. Mit ihrer Existenz.

Wenn sie morgens das Frühstück weggeräumt hatte, begannen zähe Stunden. Unendlich viele Stunden. Diese Stunden fraßen sie auf, und weil sie davor noch mehr Angst hatte, fraß sie selbst. Sie stopfte Schokolade in sich hinein, nur damit eine weitere halbe Stunde verstrichen war.

Hier auch. Nur hatte sie hier keine Schokolade.

Ann hockte auf dem Bett und starrte auf das Radio. Ein Radio aus den Siebzigerjahren. Marke Universum, das hatte sie schon herausgefunden. In den vielen Stunden, die sich noch länger anfühlten als in der Villa, hatte sie herausgefunden, dass sie alles falsch gemacht hatte. Alles. Von Beginn an.

Als ihre Großmutter gestorben war, hatte sich Ann verlassen gefühlt. Es gab niemanden für sie. Keine Mutter, kein Vater. Keine Freunde. Da hatte sie zum ersten Mal daran gedacht, eines Tages zu verschwinden. Sie hatte lange überlegt, wohin sie eigentlich verschwinden wollte, aber eine richtige Idee dazu war ihr nicht gekommen. Vielleicht war es der Wunsch nach einem Freitod, aber dann war Rainer erschienen. Warum eigentlich? Warum hatte er sie überhaupt angesprochen? Und warum hatte er sie so wenig geliebt?

Sie hatte ihr Leben auf ihn abgestimmt. Sie hatte alles aufgegeben, um für Rainer da zu sein, und irgendwann war Rainer nicht mehr da, und sie hatte aufgegeben.

Einmal hatte sie versucht, ihn unter Druck zu setzen.

»Vielleicht ist es besser, wenn wir nicht mehr zusammen sind, oder?«, hatte sie vorsichtig gefragt und Angst vor der Antwort gehabt.

»Wenn du glaubst, dass es dir dann besser geht?«

»Und dir?«

Er hatte gelacht. »Geht es jetzt um dich oder um mich? Ich dachte, du wolltest dich trennen?«

Ann hatte den Kopf geschüttelt. »Ich habe nur darüber nachgedacht, ob es überhaupt noch gut ist, dass wir zusammen sind.«

»Und was soll besser sein, wenn wir es nicht mehr sind?« Er hatte seine Augenbrauen hochgezogen. »Du beschwerst dich darüber, dass ich nie da bin. Ständig redest du mir Schuldgefühle ein, machst mich für dein Glück verantwortlich, wartest darauf, dass ich abends heimkomme. Wenn ich dann hier bin, geht das Genöle los.« Er rollte mit den Augen. »Du redest von nichts anderem als davon, dass du einsam bist. Und jetzt möchtest du dich trennen? Erklär mir, Ann, was an der neuen Situation würde dich weniger einsam machen?«

Ann hatte keine Antwort darauf gewusst.

»Dann trenn dich doch einfach, Ann. Such dir eine Wohnung und geh. Am Ende soll es mir recht sein.«

Anns Herz hatte geklopft. Es war klein und hart geworden, es hatte sich hinter der anrollenden Panik verkrochen. »So habe ich es doch nicht gemeint.« Ann hatte tief Luft geholt. »Ich möchte mich gar nicht trennen. Ich möchte mit dir zusammen sein.«

»Und da soll ich jetzt noch durchblicken?«

Ann hatte zu weinen begonnen. »Und der Urlaub?«

Rainer war aufgestanden und ins Bett gegangen. In der Nacht hatte sie sich an ihn schmiegen wollen, nur ein einziges Mal, aber er hatte sie abgewehrt. »Was machst du denn da? Bist du jetzt verrückt geworden?«

Ann war ins Gästezimmer gewackelt und hatte sich in den Schlaf geweint. Sie hatte selbst nicht mehr verstanden, was mit ihr los war. Sie hatte an ihren Vater gedacht, der nie nach Hause gekommen war, sie hatte an ihre Oma gedacht, um deren Hass und Unmut sie jeden Tag tänzelte, und sie hatte an ihre Mutter gedacht, die sie nicht kannte. Und plötzlich war Ann zum ersten Mal die Idee gekommen, dass es vielleicht doch jemanden gegeben hatte, der sie geliebt hatte. Bisher war sie immer davon ausgegangen, dass ihre Mutter gestorben war und dass Ann für sie keine Rolle gespielt hatte. Aber vielleicht hatte ihre Mutter sie geliebt? Sich auf Ann gefreut? Vielleicht hatte sie die gesamte Schwangerschaft über für Ann gesungen und ihren Bauch gestreichelt?

Ann hatte ihr neues Glück in dieser Nacht kaum fassen können. Es hatte ihr Mut gemacht. Wenn das Leben nicht zu ihr kommen wollte, musste sie eben zum Leben kommen, und Junia hatte ihr den letzten Anstoß dazu versetzt, sie in die richtige Richtung geschubst. Junia hatte ihr aufgezeigt, dass sie auf der Suche nach einem Zuhause war, nach einer Heimat, nach einem Sinn, nach Liebe.

Übrig geblieben war nichts. Nichts.

Ein Radio. Eine Zelle. Der Aal. Blut.

Ann schaute sich um, dann kauerte sie sich zusammengerollt in das unbequeme Bett.

Sie hatte Sehnsucht. Nicht nach Rainer. Nicht nach einem richtigen Leben. Sie hatte Sehnsucht nach ihrer Mutter. Zum ersten Mal. Ein Bild dazu fehlte. Ann hatte ihre Mutter nie gesehen. Es hatte keine Fotos gegeben, nicht einmal einen Namen. Jetzt war es Ann egal. Sie vergrub ihr Gesicht in die Kissen und schluchzte. »Mama, es tut mir so leid«, flüsterte sie.

Anns Seele schmerzte unerbittlich. Hier lag sie nun, einsam und ohne jede Perspektive. Sie saß im Gefängnis und war schuld an dem Tod des einzigen Menschen, der sie je wirklich geliebt hatte.

KAPITEL 43

Er hatte die Flyer gestern schon fertigstellen wollen, aber es war ihm nicht gelungen. Nachdem er sich ins Bett gelegt und vor dem Leben verkrochen hatte, war er eingeschlafen und erst wieder aufgewacht, als sein Telefon geläutet hatte.

»Ist alles in Ordnung mit Ihnen?«, hatte die Erzieherin gefragt. »Es wird jetzt wirklich Zeit, dass Sie kommen. Die Kinder sind alle abgeholt worden, auch Janne.«

Pius war aufgesprungen und losgerannt. Zum ersten Mal hatte er keinen Zettel an das Tor geklebt.

Torge war ihm fröhlich in die Arme gesprungen. »Das war der beste Tag meines Lebens«, hatte er gerufen.

Pius hatte sich entschuldigt. »Ich bin wohl eingeschlafen. Das Gespräch heute Morgen hat mich sehr mitgenommen.«

Die Erzieherin hatte ihren Blick gesenkt. »Es tut mir wirklich leid, wenn ich Ihnen da zu nahe getreten bin. Das war nicht meine Absicht.«

»Schon gut«, hatte Pius sie beruhigt. »Sie können ja nichts dafür.« Er hatte sich geräuspert. »Also, dass alles so ist, wie es ist.«

»Wir machen uns Sorgen um Sie, das ist alles. Vielleicht braucht es einfach noch etwas Zeit«, hatte sie entschuldigend gesagt. »Wir fühlen uns sehr hilflos.«

Pius hatte Torge spielen geschickt und sich gesetzt. »Ich bin auch hilflos. Das bin ich wirklich. Aber ich liebe meinen Sohn, und ich liebe Berne.«

»Das weiß ich doch«, hatte sie abgewehrt. »So war das nicht gemeint. Ich wollte bloß …«

»Wenn wir morgens aufstehen, sagen wir Berne zuallererst Guten Morgen«, hatte er sie unterbrochen. »Wenn wir das Haus verlassen, hinterlassen wir eine Nachricht, falls sie zurückkommt. Die Hoffnung darauf, dass sie irgendwann vor der Tür sitzt und auf uns wartet, ist das Einzige, was uns am Leben hält. Berne ist nicht tot. Berne lebt. Wir wissen, dass sie lebt.«

Die Erzieherin hatte Mühe, ihr Mitleid zu verbergen. »Ich weiß das alles«, hatte sie heiser geantwortet.

»Abends sagen wir Gute Nacht. Wir erzählen von unserem Tag. Und wissen Sie, warum wir das alles tun?«

Die Erzieherin hatte kaum merkbar den Kopf geschüttelt.

»Wir machen das, damit wir Berne nicht vergessen. Wir machen das, damit Berne, wann immer sie zurückkommt, willkommen ist. Wir warten auf sie, wir glauben daran, dass sie eines Tages wieder da ist, und dann will ich, dass Torge nicht überrascht ist. Ich will, dass er sie umarmt. Mama ist wieder da. Es soll sich normal anfühlen. Ich will, dass er sie bis dahin nicht verloren hat.« Er hatte seine Augen geschlossen. »Wissen Sie, was das Schlimmste wäre?« Er hatte innegehalten. »Das Schlimmste wäre, wenn Berne zurückkäme und Torge bis dahin vergessen hätte, wer sie ist.«

Die Erzieherin hatte seinen Arm gestreichelt. »Jeder findet seinen eigenen Weg, mit besonderen Schicksalen umzugehen.«

»Sie halten nichts von meinem.«

»Das stimmt nicht.«

Pius war aufgestanden, hatte Torge geholt. Sie waren wortlos gegangen.

Auf dem Rückweg hatte Pius über das Hoffest nachgedacht. Für Berne war es das Highlight des Jahres. Auf dem gesamten Hof waren Strohballen verteilt, als Sitz- und Klettermöglichkeit. Es gab ein Maisbad und eine Bobbycar-Bahn für die Kinder, man durfte sich die Pferde anschauen und die Ziegen striegeln. Es gab Spanferkel, Kuchen und Salate. Es gab jede Menge Bier, Spiele und eine Musikkapelle. Man durfte Kaninchen streicheln und Esel füttern, und weit draußen auf einer der Wiesen lief ein Wassersprenger, unter dem kreischende Kinder hin- und herrannten. Das Hoffest kostete Eintritt, trotzdem kamen die Leute, auch von den umliegenden Dörfern. Berne hatte letztes Jahr wochenlang darauf hingearbeitet.

Pius seufzte. Er hatte Angst vor dem Hoffest, hatte nicht einmal angefangen, etwas vorzubereiten. Was würde Berne tun? Sie würde sich eine Liste machen und sie abarbeiten. Sie würde vormittags ihre Praxis öffnen, Meerschweinchen impfen und Hundepfoten verbinden, und am Nachmittag würde sie zusammen mit Torge die umliegenden Bauernhöfe abfahren. Abends, wenn sie Torge ins Bett gebracht hätte, würde sie sich an die Liste setzen, ihn um Rat fragen, Entscheidungen treffen, die Flyer gestalten und herumtelefonieren.

Und er?

Nichts. Gar nichts. Er konnte gar nichts. Er konnte im Bett liegen und schlafen, dumme Zettel schreiben, schaffte es gerade so, Torge vom Kindergarten abzuholen. Berne hatte alles viel besser gemacht, Torge jeden Tag etwas Neues gezeigt und beigebracht. Pius stützte seinen Kopf. Er konnte Torge nicht einmal schwimmen beibringen. Fahrradfahren. Pfeifen. Vor allem, weil er Angst hatte. Angst, dass Torge irgendwann alles konnte und seine Mutter noch immer nicht da war.

Beim Abendessen erzählte Torge ausgelassen von seinem Tag. »Ich habe Janne vier Bilder gemalt. Und überall waren Pferde drauf.« Er nippte an seinem Kakao. »Und Janne hat Kuchen mitgebracht, und er wird mich zu seiner Geburtstagsfeier einladen.« Torge strahlte.

»Dann müssen wir ein Geschenk kaufen«, schlug Pius vor. »Gleich morgen, was meinst du?«

»Einen Fußball. Janne liebt Fußballspielen.«

»Und du?«

Torge schüttelte den Kopf. »Ich liebe Pferde.«

»Und Mama«, rutschte es aus Pius heraus. Er räusperte sich. »Das hatte ich nicht sagen wollen, Torge. Das ist Quatsch.«

»Aber ich liebe Mama doch.«

Pius gab seinem Sohn einen Kuss. »Mama liebt dich auch.« Torge lächelte unbehaglich.

»Bald ist Hoffest«, verkündete Pius schnell. »Freust du dich?«

Torge nickte eifrig. »Wird Janne auch dabei sein?«, fragte er. »Ich will mit Janne in der Scheune schlafen.«

»Wer wird noch alles dabei sein?«

Torge zählte auf. Kinder aus der Nachbarschaft und aus dem Kindergarten. »Vielleicht können wir kleine Kätzchen verschenken?«

»Was ist mit Mama?«

Torge hüpfte vom Stuhl. »Vielleicht mag ich Fußball doch«, erklärte er und räumte seinen Teller weg.

»Und Mama? Wird Mama dabei sein?«, rief Pius hinterher, aber Torge war schon die Treppe hinauf in sein Zimmer gelaufen.

Während Torge schlief, erstellte Pius eine Liste, änderte eine letzte Kleinigkeit auf dem Flyer und druckte ihn aus. Er würde ihn kopieren und verteilen lassen, eine Liste per E-Mail verschicken, in die sich jeder seiner Reitschüler eintragen konnte. Es mussten Kuchen gebacken und Salate gespendet werden, die Heuballen fehlten noch, und die Getränke waren auch noch nicht bestellt. Es gab viel zu tun, und Pius war sich nicht sicher, ob es ihn in den nächsten Tagen ablenken konnte oder überfordern würde.

Zum ersten Mal konnte sich Pius nicht auf das Hoffest freuen. Berne fehlte, und am liebsten hätte er das Fest dieses Jahr abgesagt, aber er traute sich nicht. Er traute sich nicht, weil ihn die Leute dann noch mitleidiger ansehen würden, er traute sich nicht, weil er Torge enttäuschen würde, vor allem aber traute er sich nicht, weil er Angst hatte, dass Berne genau an diesem Tag zurückkehren würde.

KAPITEL 44

Er hatte sich eine Tablette eingeworfen. Seine Schläfen hämmerten. Schon wieder, dachte er. Aber dieses Mal würden es nur harmlose Kopfschmerzen sein, von der Hitze, von der Anstrengung, und auch durch die belastende Situation, in der er sich befand.

»Ich habe heute schon wieder gelogen«, seufzte Lonne. »Und ich habe ganz genau gewusst, dass ich es tue. Also nicht vorher, aber in dem Moment.«

»Worum ging es?«

»Ich habe jemandem erzählt, dass ich einen Herzfehler hätte.«

»Jemandem von hier?«

Lonne nickte unglücklich. »Nach dem Mittagessen.«

»Was war der Anlass, diese Geschichte zu erzählen?«

Sie klemmte ihre Hände unter die Oberschenkel. »Elias hat gemeint, er hätte einen Sehnenfaden in der linken Herzkammer.«

»Und?«

»Das sei nur eine Anomalie, sagt er.«

Theodor wartete geduldig.

»Naja«, Lonne schaute zur Decke, »es kam mir so vor, als wolle er damit etwas Besonderes sein.«

»Und ist er das nicht?«

Lonne runzelte die Stirn. »Nein«, sagte sie empört. »Das ist nur …«, sie schüttelte verständnislos den Kopf, »das ist nur ein Sehnenfaden. Nichts Ernstes. Gar nichts.«

»Und hat Sie das gestört?«

»Allerdings.« Lonne verschränkte ihre Arme. »Hallo? Ein Sehnenfaden. Das ist lächerlich. Es lohnt sich nicht einmal, das zu erzählen.«

»Und was zu erzählen, lohnt sich Ihrer Meinung nach?«

Lonne zuckte mit den Schultern. »Ein echter Herzfehler zum Beispiel.«

»Und den haben Sie dann mit ins Spiel gebracht.«

»Ich habe erzählt, dass ich mit einem Herzfehler auf die Welt gekommen bin. Erst habe ich überlegt, dass ich schon im Mutterleib operiert …« Sie winkte ab. »War mir dann zu krass. Ich habe behauptet, dass ich nach meiner Geburt mehrere Stunden und in sehr vielen Sitzungen am Herzen operiert worden bin.«

Theodor nickte verständnisvoll.

»Es seien sogar Spezialisten eingeflogen worden, weil mein Herzfehler so selten sei.« Sie schnitt eine Grimasse. »Bisschen drüber, oder?«

»Der Zweck heiligt die Mittel.«

Lonne runzelte ihre Stirn. »Hä?«, sagte sie. »Verstehe ich jetzt nicht. War das richtig?«

Theodor schmunzelte. »Es kommt darauf an. Wie hat Elias denn reagiert?«

»Er wollte meine Narbe sehen.«

»Ups«, Theodor sog die Luft ein. »Und? Wie sind Sie damit umgegangen?«

»Ich habe gesagt, dass ich sie nicht zeigen will. Sie sei hässlich, weil die Narbe so häufig geöffnet worden wäre. Ich würde deswegen auch nicht schwimmen gehen oder im Sommer schöne Tops anziehen. Ich habe sogar gesagt, dass ich gar nicht schwimmen gelernt hätte, weil ich …« Sie überlegte. »Na, weil ich die schreckliche Narbe eben nicht zeigen will.«

Theodor lächelte.

»Elias meinte dann, dass es sogar Menschen gäbe, die sich genau deswegen ablichten lassen. Fotoshootings und so.«

»Sie aber nicht?«

»Ich nicht. Es hätten schon mehrere Agenturen angefragt, aber ich hätte immer abgelehnt.«

»Und wie fand Elias Ihre kleine Geschichte?«

»Sie finden mich peinlich, oder?«

Theodor antwortete nicht.

»Er war erschüttert. Oder sagen wir mal, interessiert.«

»Und schon haben Sie von seinem Sehnenfaden abgelenkt.«

»Und was mache ich jetzt?«

»Gar nichts«, erklärte Theodor gelassen. »Jetzt müssen Sie sich anstrengen, die Geschichte aufrechtzuerhalten.«

Lonne riss ihre Augen auf. »Aber das soll ich doch nicht mehr.«

»Was sollen Sie nicht mehr?«

»Sie haben mir gesagt, dass ich nicht mehr lügen darf.«

Theodor wehrte ab. »Nein, das habe ich nie gesagt.«

»Aber …« Lonne rümpfte die Nase. »Bin ich deswegen nicht hier? Damit ich nicht mehr lüge?«

Theodor lehnte sich zurück. »Sie sind sehr kreativ. Vielleicht sollten wir versuchen, Ihre Fähigkeiten zu optimieren? Wenn Sie eine solche Geschichte erzählen, muss sie dauerhaft stimmen, das wollen Sie doch?«

Lonne schaute irritiert. »Vielleicht?«

»Nun, wenn Sie eine riesige Narbe haben, wird es schwierig sein, die Wassergymnastik mitzumachen, die hier jeden Morgen stattfindet.«

»Aber die ist Pflicht.«

»Ganz genau«, bestätigte Theodor.

»Wenn man die nicht mitmacht, dann muss man die Klinik verlassen.«

»So ist es.«

Lonnes Blick verriet völlige Irritation. »Und was wollen Sie damit sagen?«

»Elias ist erst seit gestern Vormittag hier. Morgen früh wird er an der Wassergymnastik teilnehmen.«

Lonne nickte. »Und?«

»Und Sie nicht.«

»Aber ich muss sie mitmachen.«

»Aber Sie können nicht.«

»Warum? Warum sollte ich sie nicht mitmachen können? Ich habe bisher immer daran teilgenommen. Wenn ich sie ausfallen lasse, dann muss ich gehen.«

»So sind die Regeln.«

»Aber ich will hierbleiben.« Lonne rutschte nervös an die vorderste Kante ihres Sessels. »Ich möchte nicht gehen.«

»Das werden Sie wohl müssen.«

Lonne stand auf. »Auf keinen Fall. Ich bleibe hier. Ich mache die Wassergymnastik mit.«

»Ohne Narbe?«

Lonne setzte sich, legte ihren Kopf auf den Tisch, schloss ihre Augen.

»Sie könnten sich eine Narbe besorgen«, schlug Theodor vor. »Halloween. So etwas feiern Sie doch bestimmt auch, oder?«

Lonne antwortete nicht.

»Sie könnten sich in einem Laden für Scherzartikel eine Narbe zum Aufkleben besorgen, nein?«

»Sind Sie jetzt übergeschnappt?« Sie nahm hektisch ihre Hand vor den Mund. »Wollte ich nicht sagen!«

»Schon gut.«

»Wir haben Sommer. Halloween ist erst im Herbst. Außerdem darf ich nicht raus. Ich kann mir eine solche Narbe also gar nicht besorgen.«

»Stimmt.« Theodor tat so, als habe er diesen Umstand nicht bedacht. Er machte einen angestrengten Gesichtsausdruck, grübelte. »Ich sollte später zum Kiosk ins Foyer gehen. Die sollen so etwas mit in ihr Sortiment aufnehmen.«

»Sie nehmen mich doch hoch.«

Theodor antwortete nicht.

»Sie verarschen mich.«

»Warum sollte ich das tun?«

»Sie können unmöglich ernst meinen, was Sie da gesagt haben. Das geht doch nicht.«

»Warum nicht? Es wäre doch eine gute Lösung? Sie können Ihre Lüge aufrechterhalten, und die Wassergymnastik könnten Sie trotzdem mitmachen.« Er schlug seine Hände laut gegeneinander. »Zwei Fliegen mit einer Klappe.«

»Aber warum sollte ich das tun? Was hätte ich denn davon?« Lonne schüttelte den Kopf. »Das ist doch totaler Quatsch? Ich kann doch nicht für immer so tun, als hätte ich eine Herz-Operation gehabt?«

»Warum nicht?«

»Was ist, wenn ich mal vergesse, die Narbe aufzukleben?«

»Das dürfen Sie natürlich nicht. Sie müssen immer daran denken. Einmal vergessen heißt …«, er schnippte mit den Fingern, »die Lüge platzt.«

»Und wenn ich … die anderen … die haben mich schon ohne Narbe schwimmen sehen. Die werden sich plötzlich wundern.«

»Sie könnten behaupten, dass Sie die Narbe schon immer hatten. Das merken die gar nicht«, winkte Theodor ab. »Nur Mut.«

Lonne schüttelte den Kopf. »Das kann ich doch nicht machen«, flüsterte sie. »Das wird auffliegen. Und dann glaubt mir niemand mehr etwas.«

»So schlimm ist das nicht. Versetzen Sie sich doch einmal in die Lage der anderen. Wenn einer Ihrer Mitpatienten bisher ohne Narbe schwimmen gewesen wäre, und dann plötzlich hätte er eine Narbe, ja, meine Güte, darauf würden Sie ihn doch nicht ansprechen?«

»Ich weiß nicht. Doch, ich denke schon.«

Theodor seufzte. »Na gut, dann sprechen Sie Ihren Mitpatienten eben an. Und dann? Dann versichert er Ihnen, dass die Narbe schon immer da war.«

Lonne schüttelte vehement den Kopf. »Das wäre mir aufgefallen. Mir fällt jedes noch so kleine Detail auf.«

Theodor winkte genervt ab. »Gut, dann würde Sie Ihr Mitpatient eben aufklären. Er würde Sie darüber informieren, dass er die Narbe nur aufgeklebt hat, um einem anderen zu suggerieren, dass er von Geburt an einen Herzfehler hatte und sich schon mehreren Operationen hatte unterziehen müssen.« Er rollte mit seinen Augen. »Was bitte ist schon dabei?«

»Das ist megabescheuert.« Lonne tippte sich an die Stirn. »Total absurd.«

»Was genau soll jetzt so absurd sein?«

»Na, sich eine Narbe aufzukleben und …« Sie hielt inne. »Ja«, stöhnte sie. »Ich weiß. Sie wollten, dass ich das selber herausfinde, oder?«

»Ich wollte lediglich Vorschläge machen, wie Sie Ihre Lüge aufrechterhalten können.«

»Dass das nicht richtig sein kann, weiß ich selber.« Sie stützte ihren Kopf mit beiden Händen, die Ellenbogen auf ihrem Schoß. »Das haben Sie absichtlich gemacht.«

»Jetzt sind Sie unfair. Ich helfe Ihnen und dafür verurteilen Sie mich.«

»Was soll daran denn eine Hilfe sein?« Lonne schnaubte vorwurfsvoll. »Sie sind mein Psychiater. Wie können Sie mir raten, eine Lüge aufrechtzuerhalten?«

»Ja, aber warum denn nicht?«, fragte Theodor empört. »Ist es nicht das, worum es geht? Was ist denn so schlimm daran?«

»Das glaubt mir doch niemand. Plötzlich habe ich eine Narbe, einen Tag zuvor aber noch nicht. Das ist ein megadämlicher Vorschlag.«

»Und haben Sie einen anderen?«

Lonne überlegte stumm. »Keinen«, motzte sie.

Theodor wartete. Er tippte dabei mit den Fingern seiner rechten Hand einzeln auf den Oberschenkel.

»Ich muss Elias sagen, dass das Quatsch ist.«

»Dass was Quatsch ist?«

»Das mit dem Herzen.« Sie wehrte genervt ab. »Was ich erzählt habe eben. Die Narbe und die Operationen.«

»Sie könnten die anderen einweihen. Alle. Dann könnten Sie Elias mithilfe der anderen weiterhin in dem Glauben lassen, Sie hätten einen schweren Herzfehler.«

Lonne wirkte frustriert. »Ich hab's ja längst verstanden. Sie können damit aufhören.«

»Wie wird Elias reagieren?«

»Was weiß ich.« Sie schaute in ihren Schoß. »Weswegen ist Elias hier?«

»Das darf ich Ihnen nicht sagen.«

»Und wenn ich es ihm erzähle? Wenn ich ihm sage, dass ich hier bin, weil ich mir Geschichten ausdenke?«

»Finde ich eine gute Sache«, lobte Theodor anerkennend.

»Das ist nicht gelogen.«

»Und sehr mutig. Verdient Anerkennung.«

Lonne schaute unglücklich.

»Was meinen Sie? Wird Elias wütend sein?«, fragte Theodor. »Wird er Sie verurteilen?«

»Ich glaube, er wird es nicht schlimm finden.«

»Das glaube ich auch, Lonne.«

»Soll ich das so machen? Gleich noch?«

Theodor nickte. »Dann werden sich die Lüge und der ganze Stress darum einfach in Luft auflösen, oder? Stellen Sie sich mal vor, was es bedeutet hätte, wenn Sie die Lüge aufrechterhalten müssten? Sie hätten sich eine Narbe besorgt. Sie hätten die anderen einweihen müssen.«

»Oder ich wäre nicht mitgeschwommen, aber dann wäre ich morgen schon nicht mehr hier.«

»Und hätte sich das Opfer gelohnt?«

Lonne schüttelte den Kopf. »Kein bisschen. Eigentlich habe ich ja gar nichts davon.«

»Wovon haben Sie nichts?«

»Na, von der Geschichte mit dem Herzen. Vielleicht hat er kurz gestaunt, aber eigentlich nicht einmal das.«

»Wie hätten Sie denn sonst reagieren können, als Elias von dem Sehnenfaden erzählt hat?«

Lonne zuckte mit den Schultern.

»Was glauben Sie, warum hat Elias von seinem Sehnenfaden in der linken Herzkammer erzählt? Was wollte er von Ihnen?«

»Meine Aufmerksamkeit?«

»Und hat er die bekommen?«

Lonne schüttelte traurig den Kopf. »Eigentlich nicht.«

»Und wie hätten Sie reagieren können, um ihm zu geben, was er braucht? Setzen wir mal voraus, dass Sie recht haben, und er hat Aufmerksamkeit gesucht«, schob er hinterher.

»Ich hätte Fragen stellen können. Wann hat man den Sehnenfaden das erste Mal entdeckt? Tut er weh? Beeinträchtigt er beim Sport? Solche Fragen, oder?«

»Das sind gute Fragen, finde ich. Wie hätte Elias wohl darauf geantwortet?«

Lonne zuckte mit den Schultern. »Ich glaube, er hätte alles abgetan. Er hatte im Vorfeld schon erklärt, dass es nur eine Anomalie sei und nichts Besonderes.«

»Warum hat er bloß davon erzählt?«

»Ja, bescheuert, oder nicht? Keine Ahnung. Warum?«

»Weil die Geschichte zu ihm gehört. Elias erzählt die Geschichte, weil sie einen informativen Unterhaltungswert hat, sonst nichts.«

Lonne blinzelte kaum merkbar. »Und hätte ich dann auch eine von mir erzählen sollen?«

»Haben Sie denn eine?«

»Sind alle gelogen«, erklärte sie frustriert. »Eigentlich habe ich keine eigenen Geschichten.«

»Was gehört denn zu einem Menschen?«

»Wie meinen Sie das?«

»Was macht einen Menschen aus?«

»Alles.« Lonne wog ab. »Alles, was er ist und was er erlebt hat.«

»Seine Interessen?«

»Auch.«

»Welche Interessen haben Sie?«

»Schauspielerin.« Sie rümpfte ihre Nase. »Also nicht, dass ich das könnte, aber es interessiert mich.«

»Haben Sie das Schauspielern jemals ausprobiert?«

»Nein.«

»Dann können Sie nicht wissen, ob Sie es können. Außerdem ändert es ja nichts an Ihrem Interesse.«

Lonne nickte ergeben.

»Haben Sie schon einmal daran gedacht zu schreiben?«

»Tagebuch?«

»Geschichten.«

»Weil ich so gut lügen kann?«, lachte sie.

»Weil Sie so kreativ sind, fantasievoll. Sie können sich bis ins letzte Detail in eine Situation hineindenken. Das ist eine sehr besondere Fähigkeit, um die Sie viele Menschen beneiden.«

Lonne seufzte. »Meinen Sie das wirklich?«

»So, wie ich es sage. Vielleicht können Sie sich vorstellen, Ihre Geschichten niederzuschreiben.« Er hob seinen Zeigefinger. »In dem Bewusstsein, dass sie erfunden sind.«

»Haben Sie schon einmal gelogen?«

Theodor räusperte sich. »Jeder Mensch tut es. Lügen ist eine Strategie, mit der man sich zum Beispiel einen Überlebensvorteil verschaffen kann. Nicht jede Lüge ist verwerflich.«

»Und meine? Sind meine Lügen verwerflich?«

»Manche lügen aus Not, andere aus Höflichkeit.«

»Und ich?«

»Wir müssen Lügen von Falschaussagen abgrenzen, die Motive hinterfragen. Warum Sie lügen, haben wir miteinander erarbeitet, erinnern Sie sich?«

Lonne nickte.

»US-Forscher haben herausgefunden, dass pathologische Lügner offenbar weniger graue Substanz im präfrontalen Cortex haben.«

»Und was ist dieses … präfrontale Dingsbums?«

»Es ist unsere Kontrollinstanz.«

»Und es kontrolliert, ob man lügt?«

»Es ist die Kontrollinstanz für Handlungen, für Entscheidungen und für Moral. Wer krankhaft lügt, hat zwar weniger graue Substanz, dafür aber auch deutlich mehr weiße.«

»Und wozu soll die gut sein? Also, die weiße?«

»Die weiße Substanz ist der Verbindungsstoff der Neuronen. Lügner haben also eine viel größere Zellenvernetzung, sind also besser zu assoziativen Verknüpfungen in der Lage.«

»Heißt das, Lügner sind viel einfallsreicher und kreativer als andere?«

Theodor lächelte. »Eine gute Idee, es positiv zu formulieren. Aber es heißt nicht, dass jeder kreative Mensch auch ein Lügner ist. Das Lügen grundsätzlich ist nicht immer schwarz. Es gibt auch weiße Lügen, wenn wir andere zum Beispiel nicht verletzen möchten, oder blaue Lügen, wenn wir jemanden nicht verraten wollen.«

»Und welche Farbe haben meine Lügen?«

»Ihre Geschichten würde ich keiner Farbe zuordnen können. Hier müssen wir viel mehr auf die Hintergründe schauen, und das haben wir in den letzten Sitzungen schon erfolgreich getan. Heute haben wir sogar festgestellt, dass es dieses eine Mal besser ist, die Lüge aufzulösen, statt sie aufrechtzuerhalten. Sie haben selbst erkannt, dass der Gewinn aus Ihrer Geschichte vernichtend klein ist.« Theodor nickte anerkennend. »Sie sind sehr kreativ, Sie haben enorm viele Ideen. Ich glaube, dass es Ihnen helfen kann, sie zu kanalisieren.«

»Indem ich schreibe?«

»Probieren Sie es aus. Vielleicht wird es ein Jugendroman oder ein Krimi?« Er stand auf. »Werden Sie gleich zu Elias gehen?«

»Er liest im Park. Ich werde es ihm sagen.«

»Und können Sie sich darauf freuen?«

»Ihm zu sagen, dass ich gelogen habe?«

»Ihm zu sagen, dass Sie ein sehr kreativer Kopf sind und gerade neue Ideen sammeln, damit umzugehen.«

Lonne lächelte. »Wenn Sie meinen?« Sie stand auf. »Ich glaub' schon«, schob sie hinterher.

Theodor kochte sich Tee, schrieb das Gesprächsprotokoll, legte es zu Lonnes Akte.

Er starrte aus dem Fenster, nahm kleine Schlucke. Mit jedem Schluck waren seine Hände in Bewegung, hatten zu tun, waren beschäftigt, abgelenkt, ausgetrickst. Die Schlucke wurden kleiner, noch kleiner. Theodor konzentrierte sich auf Nanosekunden, Picosekunden, Femtosekunden. Mit jedem Schluck wurden die Einheiten kürzer, weniger, blasser.

Bedeutender, gewaltiger.

Mit dem letzten Schluck war alles leer. Die Einheiten, die Tasse, die Fähigkeit, sich abzulenken. Leer die Zeit und leer der Raum, leer das Leben und das Glück. Nichts. Nur der Sog seiner Hosentasche überdeutlich. Bernes Zettel. Er brannte sich wie heiße Glut in sein Gewissen, brannte sich in seine Reue, in seine Schuld, in seine Unfähigkeit.

Theodor gab nach, griff hektisch in seine Tasche, als könne er sich damit einer paradoxen Erlösung unterwerfen, sich Erleichterung verschaffen, abkühlen.

Sich stellen.

Er versteckte den Zettel in seiner Faust, starrte auf den Parkplatz. Nur ein einziges Datum. Acht Zahlen. Drei Punkte. Was war das schon?

Nichts.

Nichts, und für Berne alles.

28.11.2018. Eine weiße Lüge. Eine Lüge, um jemanden zu schützen. Nicht Ann. Nicht sich.

Berne.

Er faltete den Zettel auseinander. Mit geschlossenen Augen bereitete er sich vor.

28.11.2018. Das Puzzleteil, nach dem Berne so vergeblich

gesucht hatte, der entscheidende Hinweis, der Code zur Entschlüsselung, die Fahrkarte in den Kern und zum Urknall ihrer Geschichte, in das Gemisch aus Lügen und Hilflosigkeit.

Ann, Rainer, Theodor, Wiebe.

Berne würde verbrennen. Mitsamt der Erkenntnis, dass sie am Tag ihrer Entführung hätte gerettet werden können. Das Wissen darüber, dass jeder Tag im Verlies einer zu viel gewesen war, dass jeder einzelne hätte verhindert werden können, würde Berne das Leben nehmen. Mit Leichtigkeit.

28.11.2018. Ein Anruf hätte genügt. Ein Anruf bei der Polizei, mehr hätte es nicht gebraucht. Anonym. Von Ann Beck. Ein kurzer Hinweis, und Berne wäre das letzte halbe Jahr erspart geblieben. Ein kurzes Telefonat, und Torge hätte seine Mutter nicht verloren. Ein Notruf, und Berne wäre einfach nach Hause zurückgekehrt. Einfach.

Es gab nichts. Keine Entschuldigung, keine Erklärung, keine Ausrede. Es gab nichts, was die Wahrheit hätte erträglicher machen können. Es hatte am 28.11.2018 die Chance gegeben, jede einzelne Stunde im Verlies zu verhindern, von der ersten Minute bis zur letzten. Ann hatte diese Möglichkeit am 28.11.2018 durch ihre Finger rinnen lassen. Ann hatte zugelassen, wie Bernes Schicksal an ihr vorbeigezogen war. Jeder Qual, der Berne ausgesetzt worden war, mehr als ein halbes Jahr lang, mehr als 180 Tage, mehr als 4.320 Stunden, mehr als 259.200 Minuten, fehlte plötzlich die alles entscheidende Komponente, mit der man Ereignisse zu definieren versuchte. Die Komponente eines Schicksals, einer Existenzgrundlage, um sie zu erklären, um sie zu ertragen, um sie zu akzeptieren, um mit ihnen zu leben und umzugehen. Ein Anruf hätte genügt. Ein Anruf hätte genügt.

Wenn Ann doch nur angerufen hätte.

Eine weiße Lüge. Weiß. Weiß wie der Schnee, die Kälte, die Stille. Weiß wie die Wahrheit.

Ungeheuerlich.

Berne hätte nie davon erfahren dürfen.

In Theodor keimte ein Gefühl auf, loderte kalt. Mit einem Mal hasste er Ann. Über alle Maßen hinaus. Zum ersten Mal wünschte er sich, dass Ann Beck verurteilt, bestraft, zur Verantwortung gezogen würde. Ungeachtet ihrer Kindheit, ihrer persönlichen Geschichte, ihrer psychischen Konstitution. Ungeachtet der Chance auf Therapie oder Heilung. Ungeachtet aller Hintergründe, die es als Psychiater zu beleuchten gab.

Theodor wünschte sich, dass Ann im Gefängnis blieb. Für immer und ewig. Ann Beck hatte alle auf dem Gewissen. Berne, Torge, Rainer, den Aal, sich.

Und Leen?

Leen Roger würde Ann vor dem Gefängnis bewahren.

Er hatte einen Fehler begangen.

KAPITEL 45

Die schrille Türklingel hatte sich in seinen Traum geschlichen. Eine zahnlose Frau mit großem Hut hatte ihm Zirkuskarten verkaufen wollen. Im Traum hatte er sich gefragt, warum die Alte einen Handkarren bei sich hatte. Einen Handkarren mit gerupften Hühnern. Sie rannten nach und nach die Straße hinunter. Kopflos. Die Frau hatte ihm die Schuld dafür gegeben, hatte behauptet, dass sie nun nicht mehr in den Zirkus zurückkehren könne, denn er habe sie verflucht, und sie müsse von nun an bei ihm leben. Er hatte ihr die Tür vor der Nase zugeschlagen, aber sie hatte erneut geklingelt. Nach und nach hatte sich das Bild seines schäbigen Jugendzimmers über den Traum gelegt. Die Tür. Die Klingel. Hier. Heute.

Er warf seine Bettdecke zurück, hielt inne, als er Stimmen vernahm. Nur Edward. Er atmete geräuschvoll aus. Nur Edward.

Er zog sich ein T-Shirt über, lief mit nackten Füßen die steile Treppe hinauf in den Flur. Wie dunkel und klein hier alles war, dachte er. Hatte er als Kind auch schon diese Enge gespürt? Sie kam aus den Seitenwänden gekrochen, fiel die Decke herunter, drückte sich durch den Boden in seine Fußsohlen.

»Dein Mercedes.« Edward hatte sich zurechtgemacht, weltmännisch die wenigen Haare zurückgegelt und zu einem Zopf gebunden. »Der muss weg. Sofort.«

»War jemand da?«, fragte Fitz leise.

»Wovon redet ihr?« Seine Mutter gaffte um die Ecke, eine Pfanne mit gebratenen Eiern in der Hand.

»Nichts. Wir reden nur so.«

»Was ist mit deinem Auto?« Sie setzte sich an den Tisch,

schaufelte Ei auf den Teller. »Ich habe doch was von einem Auto gehört?«

»Schon gut, Mutti.«

»Ich habe dir gesagt, der Junge hat Ärger«, rief sein Vater aus dem Wohnzimmer. »Habe ich dir gesagt.«

Fitz schnippte mit den Fingern vor dem Blickfeld seiner Mutter herum. »Hör nicht auf ihn«, befahl er. »Hör nicht auf ihn. Vielleicht kreuzt hier demnächst jemand auf, der nach mir sucht. Wenn ihr sagt, dass ich nicht hier bin, passiert euch nichts.«

»Du drohst uns, Junge?« Seine Mutter stand auf und brachte einen Teller mit Toast und Eiern ins Wohnzimmer. »Nicht, dass du recht behältst«, hörte Fitz seine Mutter schnauzen.

»Er muss hier wieder weg, das sage ich doch.«

Fitz stand auf. »Schon gut. Ich verschwinde.«

»So war das ja nicht gemeint«, rief seine Mutter, setzte sich zurück an den Tisch, nahm argwöhnisch zur Kenntnis, dass Edward in ihren Toast gebissen hatte, Kaffee nachgoss. »Kriegt Edward Geld von dir?«, fragte sie. »Und wir? Wenn jemand kommt, sag ich, du bist nicht hier, hast dich zuletzt vor ein paar Jahren blicken lassen.« Sie glotzte gierig. »Ist nicht so, dass ich das verlange. Aber ein bisschen was kann doch drin sein? Ein bisschen mehr als gestern. Ein kleiner Trost dafür, dass du nie hier bist.«

»Es müssen mindestens zehn Jahre sein.«

»Zehn Jahre?«

»Mindestens zehn Jahre darf ich nicht mehr hier gewesen sein«, sagte er laut und deutlich. »Zehn Jahre.«

»Und was ist mit deinem Auto?«

Fitz winkte ab. »Nur ein Missverständnis.«

Seine Mutter nickte stumm.

Du dreckiger Geier, dachte Fitz. Ich komme dir gerade recht. Alles an seiner Mutter widerte ihn an. Die Kleingeistigkeit, die scharfsinnige Gier. Wie die einer Hyäne.

Im Mercedes strich Edward über das Armaturenbrett, öffnete das Fenster, verstellte seinen Sitz.

»Zum Hof«, entschied er. »In meine Scheune.« Er kratzte sich den Nacken. »Kannst im Dachstuhl schlafen.«

Während Fitz am Haupthaus vorbei zur Scheune fuhr, redete Edward hastig auf ihn ein. »Siehst du? Niemand kommt hierher. Alles sicher. Kannst so lange bleiben, wie du willst.«

Fitz parkte den Wagen, zeigte auf das große Tor. »Da rein?«, fragte er. »In das scheißkaputte Ding?«

»Gib mir deine Schlüssel. Ich mach das.«

Fitz ertrug geduldig das nervöse Zucken um Edwards Mundwinkel. Säufer. Lügner. Gauner. »Du hast den Porsche nie verbrannt, oder?«

»Die waren nie hier, Fitz, ich schwöre.«

»Du hast den Porsche nie verbrannt«, wiederholte Fitz langsam und deutlich, stieg aus.

Edward sprang nervös hinter ihm her, stellte sich vor das schwere Scheunentor. »Nicht, Fitz. Ich kann das erklären.«

Fitz zeigte auf seinen AMG GT. »Da stehen 212.000 Euro. Tut weh, den zu verbrennen. Will ich nicht, mach ich nicht. Aber der Porsche, Edward. Der hatte verschwinden müssen.« Er zeigte mit dem Finger auf die Scheune. »Du hattest nur diesen einen Auftrag. Wenn die den hier finden, dann finden sie Ewra.«

»Ewra ist weg.« Edward öffnete das schwere Tor. »Der Porsche ist so schön. Ich konnte nicht.«

»Ewra hat auf der Rücksitzbank gelegen, also ist sie nicht weg. Wenn die den Wagen auseinander…«

»Dann verbrennen wir den Porsche eben jetzt«, schlug Edward vor. »Ist doch noch nicht zu spät.« Er stolperte über einen zugeschnürten Müllsack. »Nur ein toter Marder«, entschuldigte er sich. »Kannst reingucken. Ist nichts Verbotenes.«

Es stank nach verwestem Fleisch. »Scheiße noch mal, was ist das? Warum lässt du das Tier hier vergammeln?«

»Nur ein Marder«, wiederholte Edward. Er zeigte auf den Porsche, zugedeckt mit einer Plane. Es lagen Autoreifen und Schrott darauf. »Man erkennt nicht einmal, dass da ein Auto steht. Ist sicher, Fitz, glaub mir.«

»Du kapierst es nicht, oder?«

»Wir verbrennen ihn heute Abend. Spricht doch nichts dagegen?« Edward schüttelte unglücklich den Kopf. »Hier war niemand.« Er stellte eine Leiter zur Seite, begann, die vielen Ölfässer in verschiedene Ecken zu werfen, räumte Nägel in eine Kiste, schob mit dem Fuß Autoteile und einen Werkzeugwagen zur Seite. »Hier ist Platz, siehst du?« Er zeigte auf den Mercedes. »Kannst ihn hier reinstellen.«

Fitz parkte seinen Wagen in der Scheune, räumte ihn aus. »Das wird niemals funktionieren. Die werden alles finden, alles.« Sie deckten den Wagen ab, legten vorsichtig die Leiter und die Ölfässer darauf. »Was für ein Schwachsinn«, schimpfte Fitz. »Kinderkacke, weißt du das? Das alles hier ist Kinderkacke. Die werden keine fünf Minuten brauchen.«

»Wieso redest du immer davon?« Edward wischte sich mit dem Handrücken die Stirn trocken. Schmierige Ölspuren verteilten sich über sein Gesicht. Er sah aus wie ein Versager. War er auch.

Sie liefen durch die Hitze zum Haupthaus, setzten sich an den Küchentisch.

Edward holte Bier. »Was ist auf einmal los? Meldest dich jahrelang nicht, und jetzt?«

»Jetzt schon.«

»Aber niemand …«

»Es ist ein Video aufgetaucht«, unterbrach ihn Fitz.

Edward riss seine Augen auf. »Ein Video? Von dem Porsche?«

»Der Vierer, Mann. Ewra.« Er nahm einen Schluck Bier. »Die suchen mich.«

Edward verzog keine Miene.

»Die werden herkommen.«

»Du spinnst doch«, flüsterte Edward unsicher.

»Meine Eltern, Eddie. Meine Eltern. Mein Vater. Mein Vater wird's sagen.«

Edward schüttelte den Kopf. »Hierher?«, fragte er unsicher. »Hierher? Zu mir?« Er schluckte.

»Wo ist Ewra?«, fragte Fitz. »Wo ist sie?«

»Weg. Verbrannt. Vergraben. Was weiß ich. Weg eben.«

»Wo?« Er sah Ewra, die sich auf seinem Beifahrersitz rekelte, während er ihre weiche Muschi leckte.

Edward fixierte seine Bierflasche, scheuchte eine Fliege weg. »Warum hast du mir das nicht eher gesagt? Ich hätte was machen können. Fitz, ich hätte das hinbekommen.«

»Du hättest was hinbekommen? Was?« Fitz gab ihm eine lapidare Backpfeife. »Eddie, Scheiße, was hättest du denn hinbekommen sollen?«

»Den Porsche verbrennen.« Edward rollte mit seinen Augen. »Scheiße, Fitz.« Er holte tief Luft. »Vielleicht waren die doch schon hier«, sagte er heiser. »Gestern Mittag.«

Fitz' Nackenhaare stellten sich auf. Er räusperte sich unbehaglich.

»Ich glaub, die waren hier.« Edward nickte nervös. »Ich muss dir was zeigen.« Edward stand auf. Sein Gesicht weiß. Entgeistert, die glasigen Augen grau. »Die waren gestern hier, Fitz.« Er wirkte verzweifelt. »Die waren hier. Komm mit, Junge, ich zeig dir was.«

Fitz schloss seine Augen. Sie würden alles finden. Sie würden den Porsche finden. Sie würden ihn finden.

Vorbei.

KAPITEL 46

»Wenn man in eine Gemeinschaftspraxis kommt, in der die vier Ärztinnen von lauter Arzthelfern umgeben sind, dann, ja, dann hat die Emanzipation Einzug gehalten«, stöhnte Leen.

»Wir sind medizinische Fachangestellte, keine Arzthelferinnen mehr. Das ist Emanzipation genug.« Die Frau reichte ihr einen Bogen und einen Stift. »Sie ...«

»Ich möchte nur meinen Knoten abklären lassen«, unterbrach Leen. »Nichts weiter.«

Das Wartezimmer war leer, glich eher einer großzügigen Nische, umgeben von Glaswänden, durch die man einen guten Blick auf den Empfang und den Eingangsbereich hatte.

Leen setzte sich steif, nahm eine Zeitschrift, blätterte unbeteiligt darin herum. Mode. Lifestyle. Storys. Damit konnte sie nichts anfangen. Leen besaß keine Handtasche, keinen Schmuck, sie kaufte keine Schminke und sie ging nicht zur Maniküre. Sie trug teure Hosenanzüge, vor allem, weil sie neutral waren und sie sich um Farben und Design keine Gedanken machen musste. Sie trug weiße, schlichte Hemden und weiße, schlichte Unterwäsche. Sie trug schwarze Schuhe mit dünnen Schnürsenkeln, zwiegenäht mit doppelter Sohle ohne Absatz, ohne Lochverzierung, mit offenem Schnürschaft. Sie trug keine Nylonstrümpfe und auch keinen Gürtel, sie besaß kein Tuch, keine Ohrringe, nicht einmal eine Uhr. Dass sie Tampons benutzte, war das Einzige, was daran erinnerte, dass sie eine Frau war. Und dass sie einen Knoten in ihrer Brust hatte.

Niemand hatte irgendetwas mit ihrer Brust zu tun, nicht einmal sie selbst. Birk. Birk vielleicht. Er hatte sie auf dem Schulhof begrapscht, alle anderen hatten im Kreis gestanden und ihn angefeuert. Leen hatte ihn mit ihrer Faust unter seinem Kinn getroffen. Er war umgefallen wie ein nasser Sack. Es war still geworden, niemand hatte sich bewegt. Leen hatte auf den armen Jungen herabgesehen und anschließend einen Blick in die Runde geworfen. »Noch jemand?«, hatte sie gefragt.

Tage später hatte Theodor sie auf dem Schulweg abgefangen. »Stimmt das? Du hast Birk einen Kinnhaken verpasst?«

»Zisch ab!«

»Ziemlich cool«, hatte er zugegeben. Er hatte ihren Arm gepackt. »Ich muss mit dir reden.«

»Darauf falle ich nicht noch einmal herein.« Sie hatte sich losgerissen.

»Ich habe mit deinem Haarbüschel nur Schlimmeres verhindert«, hatte er erklärt.

Leen war schneller gelaufen.

»Willst du wissen, was sie mit dir vorhatten?« Theodor hüpfte neben ihr her. »Das war ein Deal.«

»Das kannst du deiner Oma erzählen«, hatte sie gezischt und sogleich bereut, dass sie überhaupt geantwortet hatte.

»Die wollten dich erschrecken. Auf dem Friedhof.«

Leen hatte versucht, nicht hinzuhören.

»Deswegen wollte ich mit dir zusammen dahin. Ich wollte nicht, dass sie dich abfangen.«

»Klar«, Leen war stehen geblieben und hatte sich an die Stirn getippt. »Das passt mal wieder zusammen. So, wie du ihnen gesagt hast, sie sollen mich nicht fotografieren oder mein Fahrrad an den Müllwagen klemmen.« Sie hatte den Kopf geschüttelt. »Immer bist du nur zufällig in der Nähe, oder? Ich glaube dir kein Wort mehr. Nie wieder.«

»Musst du ja auch nicht.« Theodor hatte etwas aus seiner Tasche geholt. »Weißt du, was das ist?« Er hatte ihr einen Zeitungsausschnitt hingehalten. »Das ist die Todesanzeige von deiner Schwester.«

»Na, und?« Leen hatte geschluckt.

»Die wollten sie an den Grabstein kleben.«

Leen hatte Theodors Behauptung keine Beachtung geschenkt, so getan, als würde es sie nicht interessieren.

»Die wollten dein Nacktbild dazukleben. Mit deinem Todesdatum. 31. Oktober … Du weißt schon, Halloween. Und dann wollten sie dich abfangen und dich am Grabstein festbinden.«

Leen hatte auf den Boden gesehen. »Was hätte das schon geändert?«, hatte sie geflüstert.

»Ich habe ihnen einen Deal vorgeschlagen. Ein paar Haare von dir, und sie lassen dich an Halloween in Ruhe.«

»Sie haben das Büschel Haare auf den …«

»Ich weiß«, hatte Theodor sie unterbrochen. »Aber das ist besser, als dich abzufangen und anzuketten.«

Sie hatte mit den Schultern gezuckt.

»Du vertraust mir nicht, oder? Du glaubst, dass ich es war. Du glaubst, dass es keinen Deal gegeben hat. Du glaubst, dass ich mit dir schwimmen war und dann die Jungs geholt habe.«

»Wie soll es sonst gewesen sein?«

»So, wie ich's dir sage.«

Leen hatte geschnaubt. »Wer's glaubt.« Sie hatte Theodor stehen lassen, sich auf den Weg nach Hause gemacht.

»Und wenn ich dich beschütze?«, hatte er ihr hinterhergerufen. »Dir Bescheid gebe, wenn sie was vorhaben?«

Leen wurde aufgerufen.

»Wann haben Sie den Knoten zum ersten Mal gefühlt?«

»Vor einer Woche.« Sie räusperte sich. »Ganz deutlich.«

Sie verschränkte ihre Arme hinter dem Kopf. Der Arzt tastete beide Brüste ab, kleine, schnelle Bewegungen, zappelnd, hektisch, flatterhaft. Leen schloss die Augen.

»Ich werde eine Sonografie machen.«

Sie legte sich auf die Liege, das kalte Gel auf dem Ultraschallkopf verursachte ihr Gänsehaut.

»Mit der rechten ist alles in Ordnung«, beruhigte er sie. Er zeigte ihr den hellen Fleck, der sich beim Schall der anderen Brust auf dem Monitor abzeichnete. »Ich kann hier keine Flüssigkeit erkennen«, erklärte er.

»Ist das gut?«

»Flüssigkeit würde auf eine Zyste hindeuten.«

»Dann ist es Krebs?« Auf dem Monitor sah Leen Kreuze und gestrichelte Linien. 18 Millimeter.

»Wenn man etwas als Tumor bezeichnet, dann sagt es noch nichts darüber aus, ob er gutartig oder bösartig ist.« Er reinigte den Schallkopf und steckte ihn zurück in seine Halterung. »Ich werde Ihnen einen Termin in der Radiologie besorgen.«

»Für eine Mammografie?«

Er nickte. »Und es werden Proben entnommen.«

»In einer Operation? Mit Vollnarkose?«

»Mit örtlicher Betäubung. Es ist eine Art Kugelschreiber, den man ansetzt. Es klackt, vielleicht zwei- oder dreimal wird gestanzt. Die Proben werden dann zur weiteren Untersuchung verschickt, das Ergebnis besprechen wir hier in meiner Praxis.«

»Wie lange dauert das alles?«

Er überlegte. »Nächste Woche ist der Termin in der Radiologie. Dann braucht es noch eine weitere Woche, bis die Ergebnisse da sind.«

»Zwei Wochen?«

»In etwa.«

»Und wenn es dann zu spät ist?«

Er reichte ihr Papiertücher, stand auf. »Kommen Sie«, forderte er Leen auf.

Gemeinsam gingen sie zum Empfang. Er ließ eine seiner Angestellten in der Radiologie anrufen. Leen bekam einen Zettel mit einem Datum und einer Uhrzeit.

»Und jetzt mache ich nichts?«, fragte sie.

Er verabschiedete sich. »Vor allem machen Sie sich keine allzu großen Sorgen.« Er lächelte betroffen. »Warten wir erst einmal das Ergebnis ab.«

Leen lief durch die Hitze zu ihrem Auto, schnallte sich an, lehnte ihren Kopf an das Fenster. Sie fühlte den Knoten durch ihr dünnes Hemd. Er saß direkt über der Brustwarze.

»Dann eben nicht«, flüsterte sie. »Dann eben keine Brüste mehr.«

Was, wenn sich ihr Körper aller unnötigen Teile entledigen wollte? Für nichts und niemanden waren ihre Brüste gut. Vielleicht für Theodor. Da war sie zwölf gewesen. Theodor hatte sie so lange überredet, bis sie nachgegeben hatte.

»Was soll ich denn noch machen?«, hatte er gefragt. »Wie kannst du alles, was ich tue, infrage stellen?«

Sie hatte stumm auf ihre Ameisen geschaut.

»Dann eben nicht.« Er hatte sich abgewandt, hilflos seine Schultern hängen lassen. »Du willst einsam und ein Opfer bleiben. Du willst, dass sie dich fertigmachen. Stimmt doch, oder?«

Leen hatte an ihrer Unterlippe gekaut.

»Wir könnten wenigstens so tun, als ob. Wir müssen ja nicht in echt ... ich meine, wir können einfach nur ... es reicht, wenn sie glauben, dass wir ...«

»Und was soll sich ändern?« Leen hatte den Kopf geschüttelt. »Ich habe kein Interesse.«

»Das halte ich für einen Fehler.«

»Schön für dich.«

Er hatte sich zu ihr heruntergekniet. »Sie werden kommen.«

»Sollen sie doch. Ist mir egal.«

»Sie werden kommen und dich holen, Leen, kapierst du das nicht? Die werden dich nackt über die Straße ziehen.«

»Und du willst das verhindern?«

»Ich will nicht nur, ich kann. Ich kann dafür sorgen, dass sie aufhören.«

Leen war aufgestanden. »Und wie?«

»Wir geben vor, ein Paar zu sein. Du und ich.«

»Spinnst du?«, hatte Leen entgeistert gefragt. »Du weißt nicht, was du da sagst.«

»Weiß ich wohl. Wir als Paar.« Er hatte ihre Hand genommen. »Niemand wird mehr ein Wort darüber verlieren. Niemand wird irgendetwas mit dir tun. Leen, die wollen dich abends abholen und … die wollen Sachen mit dir machen.«

»Nichts von dem, was du sagst, ist wahr. Vielleicht bist du der Anführer? Du warst im Waschsalon mit dabei.«

»Erst viel später, das hast du ja wohl mitbekommen.«

»Und die anderen waren nur zufällig dort?«

»Das sind nicht meine Freunde.«

»Deswegen gehst du abends mit ihnen Döner essen? Ich habe euch gesehen, am selben Abend.«

»Das mit dem Waschsalon tut mir leid.«

»Ja, immer tut dir alles leid.« Leen hatte ihn mit der Hand auf den Arm geschlagen. »Immer tut dir alles nur leid, aber wenn so etwas passiert, weißt du, wenn die wieder irgendetwas machen, dann bist du in der Nähe. Das ist doch kein Zufall.«

»Weil ich es verhindere«, hatte er wütend geschrien und sie gepackt. »Weil ich Schlimmeres verhindere. Ich wusste, was sie vorhatten.«

»Du warst zu spät.«

»Weil mein Fahrrad einen Platten hatte. Ich bin gerannt.«

»Du warst kein bisschen verschwitzt.«

Theodor hatte sie losgelassen. »Es ist vergeblich, oder? Es ist vergeblich, dir zu erklären, dass alles viel schlimmer wäre, wenn ich nicht auf dich aufpassen würde.«

»Seit Jahren läufst du mir hinterher. Bist du's nicht endlich mal leid?«

»Ich habe dir mein T-Shirt gegeben, meine Boxershorts. Du wärst nackt nach Hause gegangen, wenn ich nicht da gewesen wäre.«

»Sie haben meine Sachen bei 90 Grad gewaschen.«

Theodor hatte genickt. »Weiß ich doch.«

»Die sind eingelaufen, ich kann sie nicht mehr tragen. Meine Schuhe auch nicht.«

»Leen, ich weiß das.«

»Und wovor hast du mich jetzt gerettet?«

Theodor hatte sie eindringlich angesehen. »Sie wollten dich in die Maschine stecken. Dich, Leen. Mit Haut und Haar. Verstehst du das? Dich.«

Leen hatte den Kopf geschüttelt, hatte nicht gewusst, was sie darauf antworten sollte.

»Ich habe im Vorfeld mit ihnen verhandelt. Ich habe dafür gesorgt, dass sie nur deine Klamotten in die Maschine schmeißen.«

»Ich glaub dir kein Wort. Du bist ein Lügner.«

Theodor hatte tief Luft geholt. »Was …«

»Wieso? Wieso tust du das?«, hatte sie ihn unterbrochen.

Er hatte sie nachdenklich angesehen. »Weil ich was für dich übrighabe.« Er hatte ihre Hand genommen. »Du musst normal werden. Du musst dich normal verhalten. Du musst aufhören, eine Einzelgängerin zu sein.«

»Ich muss gar nichts. Ich muss nur meine Schule zu Ende bringen.«

»Du wirst auf ewig und immer Jungfrau bleiben.«

Leen hatte nicht glauben wollen, was sie gehört hatte. »Was werde ich?«

»Du wirst als Jungfrau sterben. Du wirst niemals jemanden küssen, du wirst niemals angefasst werden.«

Leen hatte geblinzelt. »Was hat das mit all dem zu tun?«

»Die wollen was mit dir machen, Leen.« Seine Stimme hatte verzweifelt geklungen. »Wir müssen uns nicht als Paar zeigen, wenn du nicht willst, aber können wir nicht wenigstens ... Ich meine, können wir nicht wenigstens heimlich zusammen sein?«

Theodors Vorschlag hatte Leen vollkommen irritiert. »Was ist mit dir?«, hatte sie ihn gefragt. »Du willst mit mir zusammen sein? Du?«

»Ich.« Theodor hatte genickt. »Und willst du wirklich, dass ich darum bettele?«

Leen hatte Theodor wortlos angestarrt. »Du willst mit mir zusammen sein?«, hatte sie geflüstert. »Niemand will das.«

Theodor hatte sich blitzschnell nach vorn gebeugt und seine Lippen auf die ihren gepresst. Seine Zunge hatte sich in ihren Mund gedrängt, er hatte ihren Hinterkopf gehalten, wie damals in Dänemark. Dann hatte er gestöhnt. »Du willst mich nicht«, hatte er genervt festgestellt und sie losgelassen. »Jemand Besseren wirst du kaum kriegen.« Er hatte sie stehen lassen, war gegangen.

Die ganze Nacht über hatte Leen von Theodors nassem Kuss geträumt.

»Können wir vielleicht doch miteinander gehen?«, hatte sie ihn am nächsten Tag auf dem Nachhauseweg gefragt.

»Weil du's dir überlegt hast?«

Leen hatte Theodor plötzlich mit anderen Augen betrachtet. Sie hatte seine Ohren bestaunt, seinen Haaransatz, seine geschwungenen Augenbrauen. Sie hatte seine Lippen küssen wollen, und sie hatte sich an seine nasse Zunge erinnert. Warm, weich, aufregend.

»Vielleicht ist die Idee doch nicht so gut«, hatte er erklärt. »Du bist viel jünger als ich. Das passt nicht zusammen.«

»Was? Was passt nicht zusammen?« Sie hatte Panik bekommen. »Ich dachte ...«

»Ja«, hatte er abgewehrt. »Aber weißt du, Birk ... Du hast ihm eine runtergehauen. Wer weiß, was du mit mir machst, wenn ich ...«

»Aber das ist etwas ganz anderes«, hatte sie ihn unterbrochen. »Du darfst das.« Sie hatte sich gewundert. Gewundert darüber, dass sie ihm die Erlaubnis erteilt hatte, ihre Brüste anzufassen. Leen hatte Bauchschmerzen bekommen, einen trockenen Mund. Theodor. Er war so viel älter als sie, er wirkte plötzlich fremd, stark, unnahbar. Leen wollte nicht. Wollte nur küssen. Nur ein einziges Mal. »Du darfst das.« Sie hatte genickt.

»Das klingt, als würde es nur darum gehen, aber das tut es nicht. Weißt du, Leen, du bist noch ein kleines Mädchen.«

»Ich bin zwölf, ich bin nicht mehr klein«, hatte sie versichert. »Was ist jetzt auf einmal? Warum sagst du so was?«

Theodor hatte sie lange angeschaut. »Ich weiß doch auch nicht.« Er hatte mit den Schultern gezuckt. »Wenn ich nach den Sommerferien die Schule wechsle, bist du auf dich allein gestellt. Ich wollte dir helfen. Wir gehen zusammen, niemand fasst dich mehr an, aber du willst nicht. Wir hätten ja gar nicht …« Er suchte nach den richtigen Worten. »Wir hätten ja nichts miteinander anfangen müssen, doch nach außen hätte es …«

Leen hatte sich auf Zehenspitzen gestellt und ihn geküsst. Sie hatte seine Hand genommen und auf ihre Brust gepresst, ihre Zungenspitze wild entschlossen in seinen Mund geschoben und sich an ihn gedrückt. Bitte, hatte sie still und heimlich gefleht. Sie hatte seine Hand gespürt, hatte ihre Augen zusammengekniffen. Irgendwann hatte ihr Nacken geschmerzt, aber sie hatte sich nicht getraut, den Kuss zu beenden. Er hatte seine Hand unter ihr dünnes Hemd geschoben und ihre Brüste gestreichelt, und Leen hatte gedacht, dass sie jeden Moment ohnmächtig werden müsste. Vor Glück, vor Aufregung, vor Angst. Theodor.

»Wir sollten woanders weitermachen«, hatte er vorgeschlagen. »Komm.« Er hatte ihre Hand genommen und war mit ihr die Straße entlang zum Ende der Siedlung gelaufen.

Wie in Dänemark. Leen hatte Seitenstiche bekommen, so schnell war Theodor gerannt, ihre Hand fest umklammert, sein Blick konzentriert. Am Siedlungsrand hatte er sie weiter in den Wald hineingezogen. »Zum Bach«, hatte er entschieden. »Da geht's.«

Sie hatten sich nebeneinandergelegt, Leen noch außer Atem, aber Theodor hatte ihr keine Zeit zum Verschnaufen gelassen. Er hatte ihre Augenbrauen gestreichelt, seine Zunge in ihr Ohr gesteckt. Gänsehaut hatte sich über ihren gesamten Körper gelegt, hatte jedes einzelne Haar aufgestellt, ihre Sinne geschärft. Leen war fasziniert, elektrisiert, hatte sich selbst seufzen hören, als er erneut ihre Brüste gestreichelt und sie geküsst hatte. Sie hatte nicht gewusst, wo sie ihre Hände lassen sollte, hatte sie irgendwann um Theodors Hals gelegt, und als er sich auf sie gelegt und sie sein schweres Gewicht gespürt hatte, hatte sie umständlich versucht, ihre Beine um seine Hüften zu legen. Sie hatte seinen harten Schritt gespürt, etwas zu fest hatte sich Theodor an sie gepresst, die Knöpfe seiner Jeans hatten sich in ihr Schambein gebohrt. Er war so schwer, so fordernd, aber Leen hatte keine seiner Bewegungen missen wollen, hatte alles vergessen, auch, dass sie Theodor nie wieder hätte trauen dürfen.

»Ist alles in Ordnung mit Ihnen?« Jemand klopfte an die Scheibe.

Leen zuckte zusammen. »Alles in Ordnung«, versicherte sie, setzte sich aufrecht in ihren Sitz. Sie startete den Motor, atmete tief ein, stellte das Radio an. »Dann los«, flüsterte sie.

Auf dem Weg zurück versuchte sie, die anderen Bilder auszublenden. Versuchte sich zu konzentrieren, auf die Straße, auf den Verkehr, und darauf, dass sie eine Frau war.

Als sie die Hofeinfahrt entlangfuhr und zum Erker hinaufschaute, erschrak sie. Katta. Katta war nirgendwo zu sehen. Leen sah zuerst in der Küche nach, dann in Kattas Schlafzimmer. Draußen hörte sie Stimmen. Sie rannte die Treppe hinunter und stürzte in den Park. Dort stand sie. Stand auf dem Rasen in luftigem Sommerkleid und unterhielt sich fröhlich mit einem Mann in Stoffhose und mit kurzärmligem Hemd. Der Mann notierte etwas, machte Fotos. Katta gestikulierte wild, der Mann nickte mehrmals. Seine roten Haare wirkten rostig.

»Guten Tag«, rief Leen, streckte dem Mann ihre Hand entgegen.

»Wenn Sie erlauben?« Er wischte seine Handfläche am Hosenbein ab. »Es ist sehr heiß«, entschuldigte er sich. Er zeigte auf Katta. »Ich hatte schon das Vergnügen«, lächelte er. »Wir sind eigentlich fertig.«

»Und womit genau sind Sie fertig?«

»Ich habe alle Maße, die ich benötige. Und Ihre Mutter hat mir freundlicherweise eine Skizze überreicht.«

»Sie sprechen vom Schwimmbad?« Leen fächerte sich Luft zu. Diese Hitze.

»So, wie wir besprochen haben«, erklärte Katta. »Und wir müssen uns beeilen, du stirbst doch bald.«

Der Mann starrte Leen entgeistert an.

»Schon gut«, beruhigte ihn Leen. »Ich sterbe nicht.« Sie schob Katta aus der Sonne in die Küche. »Du nimmst jetzt ein Fußbad«, verkündete Leen, »und ich verabschiede den Mann.«

»Herr Leier«, sagte Katta aufgeregt. »Herr Leier wird uns das Schwimmbad bauen. Ist das nicht herrlich?«

In der Hofeinfahrt hielt Leen vergeblich nach seinem Auto Ausschau. »Sind Sie zu Fuß hierhergekommen?«, staunte sie. »Bei der Hitze?«

»Mir macht die Hitze nichts«, wehrte er ab. »Alle Menschen beschweren sich über den harten und langen Winter, und wenn er vorbei ist, beschweren sie sich über einen zu heißen Sommer.« Er lächelte.

»Und hat Ihnen meine Mutter etwas zu trinken angeboten?«

Herr Leier setzte seinen Hut auf. Er hatte Sommersprossen und schneeweiße Haut. »Ist schon in Ordnung«, wehrte er ab.

»Möchten Sie vielleicht eine kalte Pfefferminzmilch?«

Der Mann neigte seinen Kopf zur Seite, seine Augen hatten einen karibischen Schimmer. Wie das Meer, dachte Leen.

Sie bereute ihre Einladung. »Ich sterbe nicht«, erklärte sie auf dem Weg zurück in den Park. »Meine Mutter ist dement. Manchmal bringt sie Dinge durcheinander.«

»Ehrlich gesagt, kam sie mir in unserem Gespräch gar nicht vergesslich vor. Möchten Sie noch einmal mit mir durchgehen, was Ihre Mutter und ich besprochen haben?«

»Sie werden doch sicher ein Angebot erstellen?«

»So waren wir verblieben.«

»Und kommt Ihnen irgendetwas an dem Schwimmbad komisch vor?«

Er schmunzelte. »Ihre Mutter wünscht, dass das Schwimmbad rund wird. Rund und riesig groß.« Er tupfte sich mit einem Tuch die Stirn trocken.

Leen ließ den rothaarigen Mann auf der Bank im Garten Platz nehmen, bereitete in der Küche die Pfefferminzmilch zu, während Katta fröhlich strahlte.

Als Leen mit beiden Gläsern zurückkehrte, saß Herr Leier kerzengerade, mit seinem Hut fächerte er sich Luft zu.

Er nippte vorsichtig an seinem Getränk. »Das schmeckt ja fantastisch«, flüsterte er. Etwas Milch hatte sich in seinen orangefarbenen Bartstoppeln verfangen. »Ich habe so etwas noch nie getrunken.« Er nahm behutsam eine gesalzene Nuss aus der Schale.

Leen fielen die bunten Sommersprossen auf seinen Händen auf. Rote, braune, weiße. Wie der Sand in Dänemark.

Herr Leier räusperte sich. »Werden Sie viele Partys feiern?«

»Das Schwimmbad ist nur für Katta und für mich.«

Er lächelte. »Haben Sie Kinder?«

»Und Sie?« Leen schloss ihre Augen, schämte sich für ihre indiskrete Frage. Sie nahm hektisch einen Schluck Milch. »Verzeihung, manchmal überkommt es mich. Dann stelle ich Fragen. Sie müssen sie nicht beantworten.«

»Das stört mich nicht«, lächelte er. »Ich habe selten die Gelegenheit, einer Anwältin Rede und Antwort zu stehen.«

Leen verschluckte sich fast. »Und wie lange laufen Sie nach Hause?«

»Etwa eine halbe Stunde. Ich bin froh, dass Sie mich davon abgehalten haben.«

»Die Sonne wird später etwas weniger heiß sein.« Sie schaute auf ihre Füße. »Wenn Sie möchten, dann können …«

»Ja.« Herr Leier stand auf. »Sehr gern. Ich heiße übrigens Ante«, stellte er sich fröhlich vor. »Und so dürfen Sie mich auch nennen. Meine Lieblingstiere sind Nilpferde.«

In diesem Moment erschien Katta mit einem Teller winzig kleiner Melonenstückchen. »Und Leen ist die Ameisenkönigin«, sagte sie ernst. »Sie ist eine erhabene Göttin, an manchen Tagen gutmütig, an anderen böswillig.«

»Ist schon gut, Katta«, winkte Leen ab.

»Wenn Sie wüssten«, erwiderte Ante. »Wenn Sie wüssten, wie gut mir die Pfefferminzmilch schmeckt.«

Katta legte zwei winzige Melonenstückchen auf den Boden, setzte sich hochzufrieden auf den Gartensessel gegenüber.

»Und jetzt?«, fragte Ante neugierig.

»Jetzt kommen Ameisen und tragen die Geschenke fort«, flüsterte Katta. »Das machen wir jeden Abend.«

Ante beugte sich vornüber. »Sie füttern Ameisen?«

»Das klingt etwas verrückt«, wehrte Leen ab. »Natürlich nicht.«

»Natürlich nicht? Was tun wir dann? Wir füttern Ameisen«, erklärte Katta streng. »Ganz genau das tun wir.«

»Also doch.« Ante Leier lehnte sich zufrieden zurück. »Fantastisch«, flüsterte er.

»Niemand tut das.« Leen schüttelte den Kopf.

»Niemand.« Ante nickte abgelenkt.

Während er still an seiner Pfefferminzmilch nippte, dachte Leen an Theodor. Daran, dass sie ihn plötzlich mit anderen Augen gesehen hatte, ihr jedes winzige Detail aufgefallen war. Wie elektrisiert hatte sie ihn gemustert, ihn gerochen, seine vielen Hände auf ihrem Körper gespürt. Er hatte sie geküsst, auf ihr gelegen, hatte seine Hose geöffnet und ihre Hand hineingeschoben. Leen hatte sich erschrocken.

»Ich mach schon«, hatte er geflüstert. »Du willst doch auch?«

Leen hatte zugestimmt, ängstlich und fasziniert, hatte gezittert vor Aufregung.

»Ich bin ganz vorsichtig. Ganz vorsichtig«, hatte er geflüstert. »Okay?« Er hatte innegehalten. »Okay?«, hatte er erneut gefragt und Leen hatte genickt, sich Hose und Schlüpfer ausgezogen. Sie hatte gedacht, dass sie ihm vertrauen sollte, unbedingt, um alles in der Welt und für diesen Moment. Sie hatte gedacht, dass von nun an alles anders würde, dass es endlich so weit war. Dass was so weit war? Darauf gewartet hatte sie nie. Nie darauf gehofft, nie daran gedacht, nie für sich in Anspruch genommen, dass sie eines Tages einen Freund haben würde. Nie daran gedacht, dass sie küssen, plötzlich überall berührt werden würde. Leen hatte gespürt, dass alle Sinne geschärft, alle Hormone an ihrem richtigen Platz gewesen waren. Bereit. Sie hatte sich trotzdem überfordert gefühlt.

Theodor hatte sein steifes Glied in die richtige Position gebracht, hatte vorsichtig versucht, in sie einzudringen. Leen hatte sich verkrampft, hatte ihn weggedrückt, abgebrochen.

»Nicht?«, hatte er unsicher gefragt.

»Nicht«, hatte sie geantwortet. »Ich …«

»Ist nicht schlimm.« Er hatte es nicht weiter versucht, hatte sein Becken nur sanft bewegt, sie am Hals geküsst, und Leen hatte versucht, keine Angst mehr zu haben.

»Ich mach nichts«, hatte Theodor geflüstert. »Nichts, was du nicht willst.«

Sie war stumm geblieben, hatte sich geärgert, dass sie nun einen Rückzieher gemacht hatte. Im Augenwinkel hatte sie eine Bewegung wahrgenommen, sie abgetan als das Ergebnis ihrer Übernervosität, ihrer Angespanntheit, ihrer Überforderung.

»Wir sind ein paar Jahre auseinander«, hatte Theodor sie verabschiedet. »Ich will nicht, dass du etwas mit mir tust, wozu du noch nicht bereit bist.«

»Aber das ist es nicht«, hatte Leen sich gerechtfertigt. »Ich bin bereit. Es ist nur …« Sie hatte geschluckt. »Ich habe nicht damit gerechnet. Ich habe nicht damit gerechnet, dass du mich wirklich magst.«

»Ja, damit willst du schon seit Jahren nicht rechnen.«

»Können wir nicht erst einmal so zusammen sein?«, hatte sie unsicher gefragt und es sogleich bereut.

Theodor hatte gelächelt. Zum ersten Mal hatte sie gedacht, dass sein Lächeln herablassend war. »Wir könnten es morgen noch einmal versuchen. Dann klappt es bestimmt.« Er hatte sie gestreichelt. »Morgen nach der Schule? Hier?«

Sie hatten sich verabschiedet, mit Kuss, und Leen hatte den ganzen Abend an nichts anderes denken können als daran, dass sie morgen mit Theodor schlafen würde. Sie war stolz, hatte den vielen anderen Mädchen etwas voraus, hatte Brüste und menstruierte, und plötzlich waren ihr die Aspekte ihrer vorzeitigen Entwicklung nicht mehr lästig, sondern angenehm. Leen hatte am nächsten Morgen in den Spiegel geschaut und gedacht, dass sie weniger hässlich wirkte, dass sie vielleicht doch ein normales Leben würde führen können, mit Theodor, mit seiner Familie, wie jemand, der hübsch ist. Leen hatte sich zurechtgemacht, gründlich geduscht, hatte versucht, ihre Haare zu einem strengen Zopf zu binden, es aufgegeben und sie hängen lassen. Sie hatte in den Spiegel geschaut, nackt. Ihre Scham über und über mit Haaren bedeckt, und Leen hatte sich hilflos gefühlt statt erwachsen.

»Und heute klappt es bestimmt?«, hatte Theodor sie in der Pause gefragt und sich nervös umgeschaut.

Sie hatten sich am Bach getroffen, Leen hatte sich ausgezogen und ihre Kleidung ordentlich gefaltet. Theodor hatte sich neben sie gesetzt. »Dann los«, hatte er geflüstert.

Leen hatte vor Nervosität überall Geräusche gehört, hatte sich beobachtet gefühlt. Als Theodor auf ihr lag und einen neuen Versuch startete, presste sie ihre Augen zu, umklammerte seine Hüften mit ihren Beinen, als könne sie damit verhindern, dass er in sie eindrang. Sie hatte Angst vor dem Schmerz, hatte das Gefühl, dass alles nur noch enger wurde. Vorsichtig hatte sich Theodor vorgearbeitet, immer wieder gefragt, innegehalten. Dann hatte er zugestoßen, sie festgehalten und beruhigt, als sie vor Schmerz in seine Schulter gebissen hatte.

»Ist gleich vorbei«, hatte er gekeucht.

Er hatte sich nicht bewegt, hatte gewartet, und Leen hatte das warme Blut an ihrem Schenkel gespürt. Alles in ihr hatte gebrannt.

»Ich mach nichts mehr«, hatte Theodor geflüstert. »Vielleicht morgen?« Er hatte sich neben sie gelegt, in den Himmel geschaut.

»Bist du enttäuscht?«, hatte sie gefragt.

»Kein bisschen. Es ist geschafft.«

»Was ist geschafft?«

»Na, das.«

Leen war irritiert gewesen. »Wie meinst du das?«

Theodor machte einen gequälten Gesichtsausdruck. »So, wie ich es meine. Ist besser so, glaub mir. Besser so, als anders.«

»Wie meinst du das? Anders?«

Theodor hatte sich nervös umgesehen. »Wie soll ich dir das nur sagen?« Er hatte in seine Hände gespuckt und angefangen, ihre Schenkel sauber zu wischen. »Zieh dir was an, sie können jeden Moment hier sein.«

Leen war wie erstarrt, hatte sich nicht bewegt.

»Ich bin wenigstens vorsichtig gewesen, Leen.«

»Was?«, hatte sie geflüstert.

»Die wollen dich entjungfern, Leen. Davon sprechen die seit Wochen. Es geht ihnen nur darum.«

»Was?«

»Ich habe nur vorbereitet, damit es nicht so wehtut. Wir tun so, als seist du noch Jungfrau, das ist alles. Die wollen dich mit einem Gegenstand …«

Leen hatte Theodor ins Gesicht geschlagen. Sie war aufgesprungen und hatte ihre Kleider zusammengesucht, sich hüpfend ihre Unterhose angezogen, dabei nervös registriert, dass sie Stimmen hörte. Sie hatte sich umgeschaut. Vier Jungs. Theodors Klassenkameraden. Wenige Schritte entfernt.

»Leen«, hatte Theodor gebettelt. »Mach einfach mit.« Theodor hatte sie mit einer schnellen Bewegung auf den Boden gezerrt, sie auf den Rücken gedreht, sich auf sie gelegt. »Mach einfach mit«, hatte er geflüstert. »Die wollen was sehen, das ist alles.«

Schritte. Lachen. Jemand hatte sie mit einem Stock berührt. »Du hast gesagt heute Mittag. Idiot! Du bist ja schon dran.«

Leen hatte geschrien, als Theodor sie festgehalten hatte. »Nicht, Leen, bitte«, hatte er gefleht. »Gib ihnen einfach, was sie wollen. Ich bin vorsichtig«, hatte er ihr ins Ohr geflüstert.

Als sie um sich geschlagen und ihn mit der Faust getroffen hatte, war er aufgesprungen. Er hatte sich vor Schmerzen gekrümmt, seine tropfende Nase gehalten. Leen hatte versucht aufzustehen, aber jemand war auf ihre Hand getreten. Sie hatte dem Jungen ins Bein gebissen, und während er vor Schmerz aufgeschrien hatte und zurückgesprungen war, hatte sie es in den

Stand geschafft. Sie hatte zur Kenntnis genommen, dass Theodor Hose und Shirt einsammelte, hektisch in seine Schuhe stieg.

»Dann macht halt«, hatte er die anderen aufgefordert. Er hatte Leen scharf angesehen. »Du kapierst gar nichts. Gar nichts.« Seine Stimme heiser. Er war davongestapft. Davon. Weg. Hatte sich nicht einmal mehr umgedreht.

Leen hatte überlegt abzuhauen, davonzurennen, zu verschwinden. Dann hatte sie sich umentschieden. Sie war geblieben. Mit ihr die vier Jungs.

Zu Hause hatte sie sich geduscht, sich ins Bett gelegt. Sie hatte geschlafen, ihre Hausaufgaben erledigt. Dann hatte sie für Latein gelernt, ihre Tasche gepackt, ihre Kleidung für den nächsten Tag zurechtgelegt. Sie hatte noch lange auf ihrem Bett gesessen, sich wund gefühlt, sich geschworen, ab heute niemandem mehr zu vertrauen. Sie hatte entschieden, dass ihr Jungfernhäutchen nicht wichtig war, dann hatte sie zu weinen begonnen. Sie hatte an Theodor gedacht und daran, dass er ein schlechter Mensch war. Von Beginn an, all die Jahre. Systematisch. In Dänemark am Strand, in den Dünen. In Deutschland auf dem Schulweg, am Bach. Sie hatte ihre Gefühle verworfen. Alle miteinander. Alle.

Sie hatten gemeinsam zu Abend gegessen. Leen hatte nicht damit gerechnet, dass jemand anrufen würde, hatte die Vorkommnisse längst gelöscht, abgehakt, erledigt. Als Katta aufgelegt, sich zurück an den Tisch gesetzt hatte, war ihr Gesicht weiß. Alles an ihr war weiß. Die Nase, die Wangen, die Stirn, selbst die Lippen. Katta hatte ihren Teller von sich geschoben, Leen eindringlich angeschaut.

»Ich möchte nicht darüber sprechen«, hatte Leen geflüstert.

»Worum geht es?« Ihr Vater hatte seine Gabel abgelegt. »Was ist passiert? Leen? Katta?«

Leen hatte die Luft angehalten.

»Die Polizei hat angerufen.«

»Die Polizei?« Leens Vater hatte die Augen aufgerissen. »Die Polizei? Wegen Leen?«

Katta hatte genickt. »Das war Kai, er wollte uns vorwarnen.«

Leen hatte ihre Beine zusammengepresst und auf ihren Teller gestarrt. Sie hatte gekaut, Kartoffeln und Gulasch, hatte angefangen, die Erbsen auf ihrem Teller zu zählen.

»Leen?« Ihr Vater hatte sie an der Wange berührt. »Wegen dir?«

»Deine Tochter hat sich geprügelt. Sie ist angezeigt worden. Demnächst kommt der Brief zur Vorladung.«

»Was ist passiert, Leen?«

»Nichts«, hatte Leen geflüstert. »Nichts.«

»Nichts?« Katta hatte einen Schluck Wein genommen. »Kreuzbandriss, Nasenbein mehrfach gebrochen, zwei Rippen und die Hand. Ich konnte mir nicht alles merken. Einer von ihnen ist operiert worden, weil sein Hoden …« Katta hatte sich geräuspert. »Es gibt vier verletzte Jungs, die alle im Krankenhaus liegen. Sie haben Anzeige erstattet.«

»Weil sie mich vergewaltigen wollten.«

Ihr Vater hatte sich verschluckt. »Weil sie dich vergewaltigen wollten? Wann und wer?«

»Ältere Jungs. Nach der Schule. Unten am Bach.«

Katta war aufgestanden, hilflos auf- und abgelaufen. Sie hatte ihre Hände vor der Brust gefaltet, der knarrende Holzboden hatte Leen beruhigt, Geborgenheit geschenkt.

»Was ist passiert?« Die Stimme ihres Vaters streng, besorgt. »Was genau ist passiert, Leen?«

»Vielleicht will sie es nicht erzählen?«, hatte Katta eingeworfen. »Vielleicht will sie nicht?«

Beide hatten sie fragend angesehen. Leen war aufgestanden und hatte ihren Teller weggeräumt. Dann hatte sie sich hinter ihren Stuhl gestellt, die Lehne umklammert. »Ich war mit Theodor zusammen.«

Leens Vater hatte mit der flachen Hand auf den Tisch geschlagen. »Theodor?«, hatte er geschrien. »Theodor? Wieso schon wieder Theodor? Ich dachte, der Junge wäre Vergangenheit? Was hast du mit diesem Theodor? Warum lässt du dich immer wieder auf ihn ein?«

»Lass sie doch erst einmal erzählen«, hatte Katta streng befohlen. »Schreien hilft jetzt nicht weiter.«

Leen hatte geschluckt. »Ich war mit Theodor im Wald. Wir haben den Nachmittag miteinander verbracht. Wir …« Sie hatte sich wieder gesetzt. »Ich weiß auch nicht.« Sie hatte den Kopf in ihren Arm gelegt und laut geweint. »Ich weiß nicht, wie ich es sagen soll«, hatte sie geschluchzt. »Theodor hat mich glauben lassen, dass er mit mir gehen will.«

»Dieser Theodor«, hatte ihr Vater wütend gebrüllt. »Dieser Theodor, ich mache ihn fertig, das kannst du …«

»Halt deinen Mund«, hatte Katta geschrien. Sie hatte Leen in den Arm genommen und sie hin- und hergewiegt. »Weine, Kind, weine erst mal«, und Leen hatte gehorcht.

»Und jetzt von vorn«, hatte ihr Vater irgendwann das Weinen unterbrochen. »Was ist passiert?«

Leen hatte erzählt. Hatte von Theodor erzählt und von den vier Klassenkameraden, hatte ihre Theorie geäußert. »Theodor ist der Anführer, ich bin mir sicher. Er fädelt die Dinge ein, weil er mich quälen will. Er ist ein Sadist.«

»Und tut so, als sei er dein Wohltäter und Freund. Darüber holt er sich auf der anderen Seite seine Anerkennung und Zuneigung. Von dir.« Katta hatte genickt.

Leen hatte unglücklich auf ihre Hände geschaut. »Er tut so, als würde er Schlimmstes verhindern, in Wirklichkeit aber ist er der Initiator. Ich hasse ihn.«

Am Abend hatte ihr Vater am Bett gesessen und sie gestreichelt, während Katta mit einer befreundeten Gynäkologin telefoniert hatte.

»Können wir es dabei belassen?«, hatte Leen gebettelt.

»Eine Vergewaltigung können wir nicht nachweisen. Im tatsächlichen Sinne hat es sie auch nicht gegeben. Wir können nicht einmal beweisen, dass die vier Jungs … Die Situation stellt sich nach außen unglücklich dar. Du hattest mit Theodor Verkehr, ihr wurdet überrascht.«

»Aber ich habe mich nur gewehrt.«

Zum ersten Mal an diesem Abend hatte ihr Vater gelächelt, seine Augen hatten geblitzt. »Und wie.« Er hatte seinen Kopf geschüttelt. »Wie hast du das nur geschafft? Vier Jungs?«

Leen hatte tief Luft geholt. »Einfach so.«

Sie hatte in der Nacht geschlafen. Tief und fest, so gut wie noch nie. Das Ereignis, besonders aber, dass Leen vier ältere Jungs krankenhausreif geprügelt hatte, hatte sich wie ein Lauffeuer herumgesprochen. Die einen hatten Leen anerkennend zugenickt, die anderen einen riesigen Bogen um sie gemacht.

Und Theodor? Theodor hatte die Schule für sein Abitur verlassen. Hin und wieder waren sie sich begegnet und hatten so getan, als würden sie sich nicht kennen. Leen hatte irgendwann erfahren, dass er Psychologie studiert und die Klinik seines Vaters übernommen hatte. Theodor hatte einige Male in der Zeitung gestanden, Projekte nach vorn gebracht. Leen hatte sich auf das Strafrecht konzentriert, war weggezogen und erst wieder mit dem frühen Tod ihres Vaters nach Wiesbaden zurückgekehrt. Leen hatte nichts, nur ihren Beruf. Sie hatte keine Haustiere, keine Freundinnen, keine Beziehung, keine Kinder. Sie hatte es nie wieder versucht. Hatte aufgegeben zu glauben, dass sie normal sein würde, hatte aufgegeben zu glauben, dass sie jemand lieben konnte. Leen hatte Theodor erst wiedergesehen, als sie im Fokus der Presse gestanden hatte. Zwangseingewiesene Patienten deutschlandweiter Kliniken hatten gegen ihre Einweisung geklagt, und Leen hatte mit ihrer Strategie Grundsatzentscheidungen angestoßen und sogar eine vorübergehend ersetzende

Regelung durch das Bundesverfassungsgericht erwirkt. Es hatte Debatten gegeben, öffentliche Sitzungen, Talkshows und Interviews. Leen hatte sich zum ersten Mal der breiten Öffentlichkeit gestellt, sich immer weiter in das Nest der Psychiater vorgearbeitet, hatte gekämpft und gearbeitet wie ein Tier, nebenbei Psychologie studiert, hatte sich selbst zu einer Spezialistin gemacht, zu einer Fanatikerin. Sie hatte nicht genug kriegen können. Bei den wenigen Begegnungen mit Theodor hatte sie ihn gesiezt, alles andere ausgeblendet. Sie hatte ihn nie wieder angesehen. Nie wieder so angesehen wie damals. Auch niemand anderen mehr. Sie hatte es weder in Erwägung gezogen, noch hatte sich die Notwendigkeit dazu ergeben. In Leens Leben waren einfach keine Menschen mehr aufgetaucht. Bis heute. Heute saß ein Mensch neben ihr. Kein Klient, kein Kollege. Ein Mensch. Ante. Irgendetwas an ihm kam ihr ungewöhnlich vor. Vielleicht der rote Bart, die weiße Haut, die karibischen Augen. Seine viel zu spitze Nase und die eingezogene Unterlippe wirkten lächerlich. Seine Hände filigran, weiblich, trotz der orangefarbenen Haare darauf. Leen schaute weg. »Und besitzen Sie überhaupt ein Auto?«, fragte sie.

Ante lächelte erschrocken. »Ich habe nicht einmal einen Führerschein.« Er zeigte auf die Melonen. »Sehen Sie? Schon zwei sind weg.«

»Und Sie erledigen alles zu Fuß?«

»Oder mit dem Fahrrad, mit dem Bus, mit dem Taxi.«

»Und das funktioniert?«

»Sehr gut sogar.« Er stand auf und hob seinen Zeigefinger. »Jetzt ist mir noch etwas eingefallen.« Er setzte sich in Bewegung. Mit großen Schritten lief er über den Rasen und schaute sich geschäftig um. Er fischte einen leeren Blumentopf unter einer Tanne hervor. »Darf ich?« Er fand eine Harke und einen weißen großen Stein. Er steckte damit ein langes Rechteck ab, diente selbst als einer der Eckpfeiler. »So«, rief er Leen zu und zeigte in großzügiger Geste über den Rasen. »So stelle ich mir Ihr Schwimmbad vor. Eine einzige Bahn. Sehen Sie?« Er schritt das Rechteck entlang. »Sie werden schwimmen, sonst nichts. Sie werden nicht Ballspielen, Sie werden keine Partys feiern. Nur schwimmen. Und so …«, er stapfte zu dem weißen Stein und versetzte ihn um einige Meter nach hinten, die Harke legte er passend dazu auf die andere Seite, »so haben wir eine einzige Bahn. 25 Meter lang.« Er breitete seine Arme aus. Ernst. Unaufgeregt. »Eine einzige Bahn, mehr brauchen Sie nicht.«

»Das will ich«, flüsterte Katta.

Ante Leier hatte es auf den Punkt gebracht. Je länger Leen darüber nachdachte, desto faszinierter war sie. Fasziniert von der Idee. Fasziniert von Ante Leier. Fasziniert von seinem Pragmatismus.

Ein Mensch.

Leen lachte laut.

KAPITEL 47

Titus lief und lief, die Sonne drückte ihn zu Boden. Den Schlüssel hatte er fest in seiner Hand versteckt, niemand sollte ihn sehen, niemand sollte Verdacht schöpfen. Ein Junge mit Rucksack. Warum nicht?

Er fragte sich, wie lange er noch laufen sollte. Er fragte sich, wohin ihn der Weg führen würde. Zu einem Haus? Ans Ende der Welt? Was, wenn es kein Ende gab? Was, wenn er irgendwann entscheiden musste, umzukehren? Titus schüttelte den Kopf. Das kam nicht infrage. Er musste irgendwohin gelangen, er musste an ein Ziel kommen. An irgendeins. Er musste entscheiden, wie es weitergehen konnte, er musste etwas finden, was ihn leiten würde. Ihn und sein Gift, Mittke und Pepper. Ob Pepper im Schatten vor sich hin döste? Auf ihn wartete? Ob Mittke wieder auf ihn schießen, ihn dieses Mal treffen würde? Dann würde er neben dem Motorradfahrer liegen und verbluten, und Pepper würde sich über ihn beugen und ihn … Was, wenn Pepper sich losmachte? Die Spur roch und die Fährte aufnahm? Was, wenn er plötzlich aus dem Gebüsch … Pepper würde vom Hof hetzen, und Mittke würde mit seinem Gewehr … Titus schloss die Augen. Mittke würde Pepper mit dem Gewehr folgen, dem Motorradfahrer ins Gesicht schießen, und dann würden sie ihn mitnehmen. Auf den Hof. Titus blieb stehen, schaute sich um. Weit und breit nur ein zugewachsener Weg, der ihn ins Nichts führte. Was sollte Titus hier? Vielleicht war der Motorradfahrer stundenlang unterwegs gewesen, und er, Titus, würde diesen Weg zu Fuß niemals schaffen, niemals ankommen. Titus holte tief Luft. Er musste umkehren. Er musste dafür sorgen, dass Pepper und Mittke auf ihrem Hof blieben. Er musste dafür sorgen, dass die beiden ahnungslos … Pepper. Pepper würde die Fährte aufnehmen. Pepper würde Mittke anführen. Titus war plötzlich sicher. Pepper würde … Pepper musste sterben. Pepper und der Motorradfahrer. Dann würde alles gut werden.

Er nickte entschlossen, machte auf dem Absatz kehrt, lief den schmalen Weg zurück, konzentrierte sich darauf, sorgfältig seine Umgebung zu taxieren. Er schreckte auf, als ein Schmetterling sein Blickfeld kreuzte, er schreckte auf, als ein

Vogel das Weite suchte. Titus' Sinne waren geschärft. Er roch Heu und hörte Grillen, er sah die heiße Luft tanzen und flimmern, er spürte die vielen Steine unter seinen Sandalen. Die Träger seines Rucksacks drückten auf seine Schultern. Dann fiel es ihm ein. Er hatte Proviant bei sich. Eine Pause. Zeit für eine Pause, die hatte er noch. Pepper würde schlafen, noch würde er schlafen.

Titus ließ seinen Rucksack ins gelbe Gras fallen. Hier war alles vertrocknet, die Gräser wie Stroh. Er kroch so weit es ging in den Schatten, Dornen piksten in seinen Rücken und verfingen sich in seinem T-Shirt. Er holte das kleine Glas mit dem Sud heraus, stellte es neben sich, ließ es nicht aus den Augen. Wie es wohl schmecken würde? Süßlich? Bitter? Neutral? Er hätte gern einen Schluck genommen, traute sich nicht einmal, daran zu riechen. Er hatte Angst. Der Sud würde ihn umbringen.

Er nahm einen Schluck Wasser, aß Kekse. Vier Stück, das schien ihm ausreichend. Er hatte noch einen langen Weg vor sich. Titus überlegte angestrengt, stellte sich vor, wie Pepper vor dem Glas stehen und daran riechen würde. Pepper würde versuchen, es auszulecken und mit der Schnauze ungeschickt darin herumwühlen. Das Glas würde umfallen und der Sud in die trockene Erde sickern. Kein Gift mehr, vorbei. Und wenn er einen Keks in den Sud tunkte und auf den Hof legte, sodass Pepper ihn nicht übersehen konnte? Würde die Menge reichen? Er schaute in die Packung. Acht Kekse waren darin. Acht. Acht würden reichen. Die Menge an Gift, die der Keks wie ein Schwamm in sich aufsaugen würde, musste genügen.

Titus stand entschlossen auf. Er hockte sich vor das Glas, öffnete es ehrfürchtig. Er durfte keinen einzigen Tropfen abbekommen, unter keinen Umständen mit der Flüssigkeit in Kontakt geraten. Vorsichtig nahm er einen Keks aus der Packung und zerbrach ihn in zwei Teile. Er ließ ihn vorsichtig in das

Glas fallen, beobachtete, wie sich die Flüssigkeit um den Keks schmiegte, ihn tiefer sinken ließ. »Noch einen«, flüsterte Titus. Er ließ die zweite Hälfte hineingleiten, noch eine weitere. Wartete, staunte fasziniert. Nach ein paar Minuten hatten die drei Hälften alles verschlungen, hatten den Sud vollständig absorbiert. Drei Hälften Keks, die einen qualvollen Tod bereithielten. Einen aufgequollenen und matschigen Tod.

Titus schraubte das Gefäß wieder zu, verstaute es in seinem Rucksack. Er steckte die Kekse zurück in die Packung, schaute sich um. Nichts deutete mehr darauf hin, dass er hier eine Pause eingelegt hatte. Er fühlte sich unsichtbar. Unsichtbar und leise.

Er lief los.

Und der Schlüssel? Hektisch suchte er in seinen Taschen. Kein Schlüssel. Er kehrte um, fand den Schlüssel im Gras liegend. Glück gehabt.

Den Motorradfahrer ignorierte er. Er nahm einen großen Bogen, lief quer über das Feld und durch den Graben zum steilen Hügel, den er hinaufeilte. Er suchte die Saftpackung, fand einige Meter entfernt seinen Posten. Mittke hatte seine Anwesenheit vor ein paar Tagen gespürt, hatte sich von Pepper warnen lassen. Titus war unsichtbar geblieben. Unsichtbar und unentdeckt. Jetzt erst recht.

Er hockte sich leise in die staubige Erde. Schon wieder diese winzigen Fliegen. Titus schloss seine Augen. Er musste sie ausblenden, ignorieren, sich nicht von ihnen ablenken lassen. Er holte tief Luft, verschaffte sich einen Überblick.

Wo war Pepper?

Titus wanderte die schwere Kette entlang, fand Pepper schlafend unter dem Wellblech.

Und Mittke?

Kein Mittke. Weit und breit kein Mittke. Auch kein Schweißgerät. Nichts. Nur Stille. Titus überlegte. Er musste einen geeigneten Platz suchen. Plötzlich kam er sich dumm vor. Pepper würde Fleisch fressen, keine Kekse. Er hätte sich Fleisch besorgen und das Gift hineinspritzen sollen. Warum hatte Titus nicht vorher daran gedacht? Kekse. Pepper würde nie und nimmer Kekse fressen. Kein Hund dieser Welt würde das tun. Oder doch? Vielleicht hatte Pepper Hunger? Vielleicht Durst? Titus ärgerte sich. Wahrscheinlich hätte der Sud Pepper besser gefallen. In der Hitze ein Schluck Flüssigkeit, statt vollgesogene Kekse im Dreck. Titus seufzte. Er hatte nicht nur einen Versuch. Wenn es heute nicht klappte, dann eben morgen, er würde sich irgendwoher ein Stück Fleisch besorgen. Vielleicht bei Rosemarie. Pepper würde das Fleisch verschlingen. Und sterben. Ein Versuch. Ein Versuch mit Keksen. Er musste nur einen geeigneten Platz finden.

Titus entschied, die vergifteten Kekse in den Schatten zu legen. Vielleicht unter den Pick-up? Darunter hatte sich Pepper am ersten Tag verkrochen. Wie der Hund wohl mit richtigem Namen hieß? Und Mittke? Titus musste schmunzeln. Er fand, dass er sich tolle Namen ausgedacht hatte. Pepper und Mittke, anders konnten die beiden nicht heißen, beschloss er.

Er holte das Gefäß aus seinem Rucksack, den Löffel. Er würde die Kekse mit dem Löffel auf den Boden schaufeln. Vielleicht würde sich Pepper täuschen lassen, vielleicht auch nicht. Vielleicht würde Pepper sterben, vielleicht auch nicht.

In der einen Hand das Gefäß, in der anderen den Löffel, rutschte er den Hügel hinab zum Hof, hielt inne. Pepper schlief, weit und breit Stille und Harzgeruch. Titus traute sich kaum zu atmen, sein Herz klopfte schnell. Er hatte Angst, dass sich das Gift durch den Boden fressen und ihn umbringen würde. Er überlegte, wie schnell Pepper hier sein würde, schaute sich um. Den Hügel hinauflaufen, das würde Titus schaffen, und die Kette würde Pepper zurückhalten. Ein Leben für Titus, etwas anderes kam nicht infrage. Er würde sich heute Abend in sein Bett legen und Bella nebenan summen hören. Er würde schlafen und über Nacht zu einem guten Jungen werden.

Und der Motorradfahrer? Titus erschrak. Und der Schlüssel? Titus schüttelte den Kopf. Eins nach dem anderen. Erst musste er Pepper ausschalten, dann endlich wäre seine Angst gebändigt. Die Angst, Pepper würde aus einem Gebüsch herausstürmen und ihn zerfleischen.

Er bewegte sich einen kleinen Schritt vorwärts, in geduckter Haltung, es kam ihm wichtig vor. Er ließ Pepper nicht aus den Augen, setzte einen Fuß vor den anderen. Er lief vorsichtig und langsam, leise, mit Bedacht, versuchte, aus dem Augenwinkel zu erkennen, wie weit er sich von seinem Posten entfernt hatte, malte sich aus, wie Pepper losstürmen und Titus den Hügel hinaufhetzen würde. In Sicherheit, auf seinen Posten, während Pepper wie ein wildes Tier auf- und ablaufen, bellen und seine Zähne fletschen würde.

Plötzlich hob Pepper den Kopf, gähnte mit weit aufgerissenem Maul. Titus hielt den Atem an, hätte vor Anspannung gern seine Augen geschlossen. Er entschied, dass das Risiko zu groß war. Er würde den Weg zum Pick-up nicht schaffen, nicht, ohne dass Pepper ihn stellen würde.

Er schraubte vorsichtig den Deckel auf, hielt das Gefäß von sich weg. Mit dem Löffel holte er die aufgequollenen Kekse heraus, Pepper im Blick. Er hockte sich vorsichtig hin, ließ die Kekse behutsam in den Staub rutschen. Pepper. Für dich. Stirb.

Dann hörte er die Kette. Pepper stand, schüttelte sich. Titus schlich rückwärts zurück zum Hügel, war plötzlich unsicher, ob Peppers Kette bis hierher reichte. Ein Versuch. Titus war zuversichtlich. Irgendwann. Vielleicht morgen. Vielleicht gleich. Jetzt. Pepper hob den Kopf, die Ohren und die Rute aufgestellt. Die Bestie stürmte los. Titus stolperte vor Schreck zunächst rückwärts, schaffte es, die Richtung zu wechseln, rannte zum Fuße des Hügels, das Glas und den Löffel ließ er fallen. Auf allen vieren stürmte er den steilen Hang hinauf, rutschte ab, heißer Staub wirbelte auf. Er zog sich an einer Brennnessel hoch, an einer zweiten, seine Hände brannten, er musste husten, fühlte den Staub in seiner Lunge. Oben angekommen, keuchte er, versteckte sich hinter einer Tanne. Er hatte plötzlich Angst. Panische Angst davor, Peppers Augen zu sehen. Titus postierte sich, lauschte angestrengt, hörte Pepper bellen, das Bellen kam immer näher. Er hörte, dass Pepper auf und ab lief, dabei knurrte. Titus kniff die Augen zusammen. Er würde es nicht schaffen. Titus würde es nicht schaffen. Er wollte sich hinstellen und auf Pepper hinabsehen, aber er traute sich nicht. Er hatte Angst vor den großen Zähnen und den wahnsinnigen Augen, er hatte Angst vor dem staubigen Fell und der hochgestellten Rute. Er hatte Angst, Angst, Angst. Pepper kläffte bedrohlich, knurrte, Titus war sicher, dass sich Pepper von der Kette … Er rannte los, rannte und rannte, rannte den Weg nach Hause, ohne sich umzusehen. Die tote Kröte auf dem Stock verschaffte ihm wertvolle Zeit, er lief. Taub, blind, ohne zu überlegen. Neben dem ausgetrockneten Flussbett machte er halt, stützte sich auf seine Knie, keuchte. Dann fiel ihm der Rucksack ein. Er schüttelte den Kopf. Morgen. Er würde ihn morgen holen, würde nachsehen, ob Pepper noch lebte. Dann würde er sich auf die Suche machen. Mit dem Schlüssel. Er würde nicht aufhören. Titus nickte. Aufgeben gab es nicht. Er würde es zu Ende bringen, den zugewachsenen Weg entlanglaufen.

Bella konnte er noch sein Leben lang werden.

KAPITEL 48

Nicht ob, sondern wie.

In den letzten Stunden hatte er sich gefragt, wie ihn der Tod holen würde. Der Tod. Das Ende. Ein infernales Ereignis. Eine Tatsache. Er hatte keinen Zweifel daran. Er wartete, aber der Tod ließ sich Zeit, die Sonne nicht. Die Sonne schien und schien, sie brannte, sie zog jedes letzte Tröpfchen aus seinem Körper. Sein Schweiß verdunstete, noch bevor er in die Luft emporsteigen konnte.

Nichts. Da war nichts. Keine Wärme, keine Kälte. Keine Arme, keine Beine. Nur die Baumspitzen, die verschwammen und sich drehten.

Und der Junge.

KAPITEL 49

Junia lief auf und ab. Wie ein Tier im Käfig, dachte sie. Hospitalismus, Kaspar-Hauser-Syndrom. Es gab keine Lichtquelle, keine Orientierung. Vollständiger Reizentzug. Junia hatte Angst.

Angst vor Ruben, Angst vor seinem Wahnsinn, Angst vor der Ungewissheit.

Ruben würde irgendwann kommen. Er würde kommen und sich an der Situation ergötzen. Er würde faseln, lachen. Ruben würde ihren Tod nicht initiieren. Er würde sie nicht umbringen, sich anstrengen, in ihr Sterben investieren. Er würde nur warten, Zeit schinden, ihren Tod lapidar in Kauf und zur Kenntnis nehmen. Ein unbedeutender Tod. Junias Tod. Der Tod würde vorbeikommen, und für niemanden würde sich etwas ändern. Junia hatte zum ersten Mal Angst, dass ihre Situation keinen Ausweg bereithielt.

»Wenn Ruben kommt, bist du dabei?«, fragte sie in die schwarze Stille hinein. »Kann ich mich auf dich verlassen?«

Isa hustete.

Junia presste ihre Lippen aufeinander. Hatte sie sich gedacht. Dann musste sie allein gehen. Musste zur Tür rennen, musste hinausstürmen und sie zustoßen. Musste beide einsperren. Isa und Ruben. Rennen. Sie musste rennen, mit den Händen hinter dem Rücken, musste weglaufen, Hilfe holen. Irgendwer würde Isa und Ruben aus dem schwarzen Loch befreien. Die Polizei. Junia nickte in die Dunkelheit hinein. Die Polizei.

»Was läufst du hier herum?«, krächzte Isa plötzlich. »Kannst du nicht einfach still warten? Dasitzen und warten?«

»Stört es dich?«

»Dein Leben nervt. Du nervst. Wozu soll das gut sein?«

»Es soll mich wachhalten. Ich möchte nicht einschlafen. In der Kälte.«

»Du musst pinkeln.«

»Ich möchte nicht sterben, das unterscheidet uns. Deswegen sitzt du da und hustest, während ich laufe und meine Venenpumpe anrege. Ich bin nicht so wie du.«

»Ruben wird nicht kommen. Es ist nur eine Frage der Zeit, bis …«

»Sei still«, befahl Junia scharf. »Dein Tod nervt. Du nervst.«

Isa hustete.

»Siehst du? Du hustest, das ist kein gutes Zeichen.«

»Für mich schon.«

Junia stöhnte. »Was ist nur mit dir passiert, dass du so bist?«

»Ja, Engelchen. Du hast sicher tolle Eltern.«

»Woher willst du das wissen?«

»Kann doch nicht anders. Naiv. Heilig. Ich kotze gleich.«

»Hattest du überhaupt Eltern?«

»Soll ich dir erzählen, wie man Kinder zeugt? Das geht nur mit Mama und Papa«, säuselte Isa. »Papa steckt seinen ...«

»Du bist blöde«, unterbrach Junia. »Einfach nur blöde.«

»Meine Eltern hießen Gregor, Milli, Karin und Robin. Sie waren zwischen 30 und 60 Jahre alt. Manchmal wurden sie abgelöst von Mattis, der jeden Freitag kam und sich bescheuerte Handwerksprojekte ausdachte.«

»Du bist ein Heimkind.«

»Und du ein Scheißerchen.«

»Deswegen.«

»Was?«

»Deswegen bist du so abstoßend. Du bist in einem Heim groß geworden. Offensichtlich nicht zu deinen Gunsten. Ich dachte, das Klischee eines Heimkindes wäre veraltet, aber bei dir trifft es haargenau zu.«

»Ja, und das klassische Heimkind stirbt mit einem klassischen Elternhauskind in einem kalten Bunker.«

»Natürlich.« Junia setzte sich wieder. »Aber leider wird sich das Elternhauskind retten, während das Heimkind elendig auf dem Boden kauern und vor sich hinsterben wird.«

»Leider wird es das Elternhauskind nicht weit schaffen. Es wird auf seiner Flucht sterben.«

»Nein.« Junia holte tief Luft. »Ganz und gar nicht.«

»Und was machst du noch mit deinem Leben?«

»Leben.«

»Nein.«

»Doch.«

»Nein, ich meine wirklich.«

»Wird das etwa ein Gespräch? Auch noch ein tiefgründiges oder gar philosophisches?« Junia lachte künstlich. »Keine Ahnung, was ich mache. Im Moment ist mein Leben aus den Fugen geraten, weil ich mit einem Toten zusammen bin.«

»War.«

»Und dieser Tote hat ein junges Mädchen vergewaltigt und hat eine Frau in einem Verlies versteckt.«

»Thies?«

»Ist sonst noch jemand tot?«

»Du spinnst doch.«

»Nicht gewusst? Fällt mir schwer zu glauben. Ich bin bisher davon ausgegangen, dass du seine Komplizin bist.«

»Was will ich mit einem Verlies?«

»Was willst du mit einem Video?«

»Das ist Unsinn. Ich habe nichts damit zu tun. Nicht einmal davon gewusst.«

»Ja.« Junia stöhnte. Enttäuscht, dass ihr Augenrollen unbemerkt blieb, von der Dunkelheit absorbiert wurde.

»Und wer hat es dir erzählt?«, fragte Isa.

»Die Polizei.«

Isa hustete. »Dumm. Und egal.«

»Ja, dir ist alles egal. Mir nicht.«

»Und was machst du so mit deinem Leben, wenn es vorbei ist?«

»Wenn es vorbei ist? Dann wohl gar nichts mehr.«

»Nein, wenn du hier raus bist.«

»Glaubst du also doch daran?«

»Dass du hier rauskommst?«

»Ja.«

»Nein.«

»Warum fragst du dann?«

»Aus Neugier.«

Junia wirkte enttäuscht. »Was weißt du von mir?«

»Nichts.«

»Gar nichts?«

»Ich kenne nur deinen Vornamen und weiß, dass sich Thies in dich verliebt hat.«

»Schwer zu glauben.«

»Bist du so unerträglich?«

»Nein, aber es fällt mir schwer zu glauben, dass sich Thies verlieben konnte, überhaupt in der Lage war, normal zu fühlen.« Junia schluckte. »Wie gut kanntest du ihn?«

»Thies und ich hatten nicht viel miteinander zu tun.«

»Aber ihr habt zusammengewohnt.«

»Wir haben uns kaum gesehen.«

»Ihr hattet ein gemeinsames Schlafzimmer.«

»Thies … Das war nicht so, wie es nach außen aussieht. Er hat auf dem Sofa geschlafen. Oder im Krankenhaus. Wir waren selten gemeinsam in der Wohnung.«

»Wie habt ihr das nur ausgehalten?«

»Das kannst du nicht verstehen.« Isas Stimme klang müde.

»Nein.« Junia schüttelte den Kopf. »Niemand kann das.«

»Also, was machst du mit deinem Leben?«

Junia zuckte mit den Schultern. »Ich werde die Wohnung wieder ausräumen. Ich werde alle Möbel verkaufen, ich werde alles, was mich an Thies erinnert, verschwinden lassen.« Junia überlegte. »Ich werde gehen.«

»Gehen?«

»Ja«, bestätigte Junia. »Ich werde alles wieder aufgeben.« Sie seufzte. »Ich hatte eine schöne Kindheit. Meine Eltern waren fürsorglich, mir hat es an nichts gefehlt. Ich habe Geschwister.« Sie machte eine Pause. »Ich weiß nicht, warum ich hier landen konnte. Hier. Vielleicht, weil ich nie etwas Richtiges gelernt habe.«

»Hast du nicht?«

»Nein.«

»Wie hast du dein Geld verdient?«

»Im Ausland. Ich bin Trainerin.«

»Trainerin?« Isas Stimme klang abwertend. »Was soll das sein?«

»Ich führe Mountainbike-Touren, ich gebe Kurse. Sport. Nur Sport. Von morgens bis abends.«

Isa grunzte belustigt. »Und wohin willst du gehen?«

Junia überlegte. »Kannst du verstehen, dass ich hierbleiben wollte? Ich wollte hier mein Leben beginnen. Ich meine, wirklich beginnen. Ich wollte mit Thies Kinder kriegen.«

»Meine Güte.«

»Du nicht?«

Isa stöhnte. »Und warum bleibst du nicht hier?«

»Weil alles vorbei ist. Nichts von dem, was ich die letzten Monate erlebt habe, ist wahr. Es gibt keinen Thies. Es hat ihn nie gegeben. Es gab weder Liebe noch Träume. Es hat nie eine Zukunft gegeben. Von jetzt auf gleich geplatzt.«

»Kannst du nicht einfach allein weitermachen? Was ist so schlimm daran?«

»Du verstehst das nicht.«

»Nein.«

»Heimkind.«

»Schlampe.«

»Ich habe das Video nicht gedreht. Ich bin nicht so verdorben wie du. Gut, dass du stirbst.« Junia schloss ihre Augen.

»Ich dachte, du wolltest dich mit mir unterhalten?«, erwiderte Isa.

»Jetzt nicht mehr.«

»Wenn Ruben kommt, helfe ich dir.«

»Auf einmal?«

»Ich muss hier nicht raus.«

»Das weiß ich längst.« Junia schluckte. »Warum hast du so wenig Angst?«

»Sagt wer?«

»Du tust so.«

»Vielleicht stimmt das. Vielleicht habe ich keine Angst. Vielleicht kann ich so etwas nicht fühlen, vielleicht habe ich aber auch einfach keinen Grund dazu. Ich verliere nichts, wenn ich sterbe.«

»Du verlierst dein Leben. Das ist ziemlich viel. Das ist alles, was du hast. Kannst du nicht neu anfangen?« Junia biss sich auf die Lippe. »Menschen wollen … Sie wollen überleben. Das ist ein Instinkt. Warum willst du es nicht? Warum hast du dich nicht längst umgebracht, wenn du so wenig daran hängst?«

»Wird das ein letztes Gespräch? So ein Gespräch zur Umkehr? Und dann nehme ich meinen letzten Atemzug?«

»So meine ich das nicht. Ich habe kein Interesse, dich zu missionieren.«

»Nein.« Isa kicherte. »Das wäre auch zu kitschig.«

»Warum bist du eigentlich so sicher, dass du stirbst?«

»Ruben.«

»Ruben? Weil Ruben dich umbringen wird?«

»Hat er schon.«

»Noch lebst du.«

»Ich bin nicht so wie du.«

Junia stöhnte. »Das wissen wir doch schon.«

»Nein, körperlich. Du bist jung.«

»Mit mir ist nichts. Ich habe nur elende Kopfschmerzen und mir ist übel.« Junia verzog das Gesicht. »Ich glaube, von dem Zeug. Irgendwas hat er mir gegeben.«

»Ruben hat meinen Kopf gegen einen Briefkasten geschlagen. Mehrmals.«

Junia sog die Luft ein. »Hast du eine Gehirnerschütterung?«

»Meine Nase und meine Hände sind gebrochen. Ich schmecke Blut.«

»Davon stirbt man nicht.«

»Wenn du's sagst.«

»Du schmeckst Blut?«

»Vergiss es.«

»Vielleicht fühlt es sich schlimmer an, als es ist.«

»Bestimmt.«

»Und wenn ich dich hier raushole? Würdest du dann neu anfangen?«

»Nein.«

»Nein?« Junia ärgerte sich. »Warum denn einfach ›nein‹?«

»Weil da nichts ist. Womit soll ich denn neu anfangen?«

Junia änderte ihre Sitzposition. Ihre Hände waren eiskalt. Alles in ihr war kalt. Wie viel Zeit war vergangen? »Es gibt immer einen Weg.«

»Es gibt immer einen Weg«, äffte Isa nach.

»Glaubst du wirklich nicht daran, dass Ruben herkommt?«

»Nein.«

»Scheiße«, flüsterte Junia.

Sie war müde, setzte sich auf. Ihr Rücken schmerzte, alles schmerzte. Nicht einschlafen, dachte sie. Nur nicht einschlafen. Und wenn sie noch einmal herumgeisterte? Einen weiteren Versuch startete, die Tür zu öffnen? Junia schüttelte den Kopf. Vergebens. Sie würde sich nur verletzen. Und wenn sie doch etwas schlief? Um Kräfte zu sammeln? Um Zeit zu schinden?

»Isa?«, fragte sie.

»Engelchen?«

»Hör auf, mich so zu nennen.«

»Was ist schlimm daran?«

»Ist es denn so schwer, mich Junia zu nennen?«

Isa atmete geräuschvoll aus. »Was ist jetzt? Musstest du nicht pinkeln?«

»Ruben wird kommen. Wo soll er sonst hin?«

»Ruben ist festgenommen worden.«

»Und das war's?«

»Wenn du einen anderen Vorschlag hast, helfe ich dir.«

»Das sagst du nur so«, Junia schnaubte. »Du bist falsch. Wer eine Vergewaltigung filmt und daraus Profit schlägt, der kann …«

»Dann eben nicht«, unterbrach Isa barsch.

»Wer zu so etwas in der Lage ist, gehört …«

»Sag ich doch.«

Junia schüttelte den Kopf. »So einfach ist das nicht. Tut dir das Mädchen denn kein bisschen leid?«

»Es ist tot.«

»Es ist tot«, wiederholte Junia. »Mehr fällt dir nicht dazu ein?«

»Ich kann es nicht mehr lebendig machen.«

»Du hast ihren Tod gefilmt.«

»Das hättest du nie getan, stimmt's? Du hättest ihr geholfen.«

»Natürlich, was sonst?«

»Ich sag doch, du bist ein Engelchen.«

Junia ließ einen Schrei los. »Dass es solche Menschen überhaupt gibt!« Sie streckte wütend ihre Beine aus. »Du bist krank.« Sie schloss ihre Augen, wartete, ließ Zeit vergehen. Zeit. Dunkelheit. Kälte.

»Isa?«, fragte sie nach einer Weile.

Isa antwortete nicht. Vielleicht aus Genugtuung. Vielleicht, weil sie nicht mehr lebte.

Mit einer Toten im selben Raum. Junia schüttelte den Kopf, beruhigte sich. So schnell starb niemand. Auch nicht jemand, der gern tot sein wollte. Isa döste vor sich hin. Schlief. Das war alles.

»Isa?«, fragte Junia ein weiteres Mal. Keine Antwort. »Dann eben nicht.« Lächerlich.

Junia drehte sich umständlich auf die Seite, legte sich auf den Rücken, die Beine angewinkelt, die Hände unter ihrem Gewicht ausgestreckt. Der Boden war kalt. Kalt. Kalt. Kalt. Ihre Arme kribbelten, ihr Rücken schmerzte. Sie rollte sich auf die Seite, versuchte es auf dem Bauch. Keine einzige Position war erträglich. Wenn sich doch nur die Tür öffnen ließ. Wenn Ruben noch ein einziges Mal käme. Mit oder ohne Isa, sie würde sich befreien. Dieser Ort konnte nicht das Ende sein, den Tod bereithalten. Sie war noch nicht so weit.

Sterben. In der Kälte, in der Dunkelheit. Ohne Marten.

Es passte nicht. Der Tod passte nicht.

Er passte nicht zu ihrem Leben.

KAPITEL 50

Noch sechs Stunden.

Berne lag auf dem Bett, die Arme und Beine angezogen. Sie schaute aus dem Fenster.

Bernes Leben stand still. Alles stand still. Nur das weiße Rauschen war noch da, wurde von der Eigenfrequenz ihrer Träume aus dem schwingfähigen Amplitudenbereich katapultiert. Berne hatte Angst vor dem weißen Rauschen. Es wirkte bedrohlich, weit, laut.

Sollte sie frühstücken?

Berne überlegte, was sie zu Hause um diese Uhrzeit getan hatte. Hatte sie Torge geweckt? Ihm Essen zubereitet? Es fiel ihr schwer, sich zu erinnern.

Sie hatte gestern angerufen. Von der Rezeption des Hotels aus. Hatte die Nummer des Gestüts gewählt. Ob es Pius noch gab? Ob es das Gestüt noch gab? Niemand hatte den Hörer abgenommen, das hatte Berne verunsichert. Pius besaß kein Mobiltelefon, oder doch? Hatte sie dieses Fragment nur falsch in Erinnerung, nicht richtig einsortiert? Manchmal fehlten ihr ganze Segmente. Sie waren verschwunden. Weg.

Sie hatte in ihrer Tierarztpraxis angerufen, die Nummer kannte sie auswendig. Es lief ein Band, eine Ansage.

»Achtung: Wie die Polizei am Freitag mitteilte, gibt es Hinweise auf vergiftete Köder im Bereich Obersteinbeck, Kälberberg, am Mittellandkanal. Mindestens drei Hunde und eine Katze sind den Ködern mutmaßlich zum Opfer gefallen. Lassen Sie Ihre Tiere in dem Bereich nicht frei herumlaufen. Sorgen Sie dafür, dass Ihre Hunde nur angeleint unterwegs sind und nichts aufnehmen. Informieren Sie andere Tierhalter. Sachdienliche Hinweise können der Polizei gemeldet werden. Sie sind verbunden mit der Tierarztpraxis Jurin in Kälberberg. Sie rufen außerhalb der Öffnungszeiten …« Sie hatte aufgelegt. Dann erst hatte sie verstanden, dass es ihre eigene Stimme gewesen war, die sie über die Köder und die Öffnungszeiten informiert hatte. Die Ansage hatte sie kurz vor ihrer Entführung aufgenommen. Nachdem eine Katze bereits qualvoll an dem Gift verendet war, hatte sie innerhalb einer Woche zwei Hunde einschläfern müssen. Ja, dachte Berne. Sie hatte Blätter mit Hinweisen und einer Telefonnummer aufgehängt. Mit Torge zusammen. Er hatte sein Laufrad mitgenommen, war mit ihr durch die Wälder gestreift. Es hatte Schnee gelegen und Torge hatte Schwierigkeiten gehabt, vorwärtszukommen. Er hatte sich über seine Reifen beschwert, geschimpft, dass ein Schlitten viel besser gepasst hätte. Am Abend hatte er gebadet und sie hatte ihn in den Schlaf gestreichelt. Dann war sie losgegangen. Losgegangen und nicht mehr zurückgekommen.

Was hatte sie getragen? Sie konnte sich nicht mehr erinnern, hatte Angst, dass sie abrutschen würde. In das weiße Rauschen, in die ewige Dunkelheit, in das Verlies.

Sie waren immer gemeinsam aufgestanden. Sie und Pius. Pius hatte geduscht, und sie war im Bademantel und in Pantoffeln die Treppe hinuntergegangen. Ihr Bademantel war weiß. Berne schüttelte den Kopf. Sie hatte immer erst nach Torge geschaut. Das hatte sie immer als Allerserstes getan. Berne sah ihren kleinen Jungen ausgestreckt im Bettchen liegen, ein Bein hing heraus, seine Arme hatte er entspannt oberhalb seines Kopfes abgelegt. Sie lächelte, hörte Pius in der Dusche singen. Pius war immer fröhlich, das hatte sie geliebt. Sie hatte alles an ihm geliebt. Hatten sie gemeinsam Kaffee getrunken? Sie erinnerte sich, dass sie Torge hatten schlafen lassen. Die erste Stunde in der Küche hatten sie stets allein verbracht. Mit Zeitung und Kaffee. Hatten sie sich unterhalten? Berne überlegte. Pius' Stimme. Sie war dunkel und rau, wenn er noch müde war. Kaffee und der Geruch frisch gedruckter Zeitung. Berne sog alles in sich auf. So musste es gewesen sein. Hatte Pius gefrühstückt? »Nein«, sagte Berne laut und erschrak vor ihrer eigenen Stimme. Berne überlegte angestrengt. Kaffee und Zeitung. Pius hatte jeden Artikel gelesen, hatte er einen Toast dazu gegessen? Toast mit Butter und Marmelade? Welche Marmelade? Aprikose. Berne fiel es ein. Aprikosenmarmelade. Zwei Toastscheiben mit Butter und Aprikosenmarmelade. Sie hatte den Geruch geliebt, die Geräusche, wenn er in die krosse Scheibe gebissen, dazu seinen Kaffee geschlürft und ihn auf die Untertasse zurückgestellt hatte. Das Blättern und Sortieren der Zeitung, sein frisches Rasierwasser. Sie hatte diese Stunde in der Küche geliebt. Geliebt. Sie hatte. Berne erinnerte sich. So musste es gewesen sein, sie nickte. Und dann? Pius hatte sicher sein Geschirr weggeräumt, war aufgestanden. Hatte er das Haus verlassen? War er zu den Pferden gegangen? Berne schüttelte den Kopf. Pius hatte Torge geweckt. Hatte ihn geweckt und ihn angezogen. Wenn Berne aus der Dusche gekommen war, hatte Pius … Ja, Berne fiel es wieder ein. Torge hatte ihre nasse Haut gefühlt und ihr Gesicht geküsst, dabei gelacht. Während sie sich angezogen und ihre Haare gekämmt hatte, hatte sie die beiden gehört. Pius hatte Torge etwas vorgelesen, in der Küche. Was hatte Torge gefrühstückt? Auch einen Toast? Joghurt mit Banane. Und sie selbst? Sie konnte sich nicht erinnern. Was hatte sie gefrühstückt? Hatte sie eine Lieblingsmarmelade? Sie sah Pius. Schwarze Haare, einen schwarzen Bart. Seine unteren Zähne standen schief, Berne liebte es, wenn er lachte und sie einen Blick darauf werfen konnte. War Torge in den Kindergarten gegangen? Wer hatte ihn gebracht? Sie hörte plötzlich Schritte, Pius hantierte. Hantierte an einem Schloss. Sie hörte es klappern. Das Verlies. Berne erschrak, riss ihre Augen auf. Sie war hier. Hier und verscheuchte das weiße Rauschen. Sie musste frühstücken. Sie musste zu Kräften kommen. Sie musste sich vorbereiten.

Berne stand auf, ging ins Bad, schaute in den Spiegel. Ihre hohlen Wangen, die tief liegenden Augen, die ausgedünnten Haare. Berne fand, dass sie tot aussah. Tot. Schon ein halbes Jahr tot. Schon länger als ein halbes Jahr tot. Sie schluckte. Torge und Pius, keiner der beiden würde sie lieben können. Und wenn sie sich in der Stadt Kleidung kaufte? Sich schminken ließ? Immerhin würde sie dann nicht mehr aussehen wie eine Tote. Eine Tote aus einem Verlies. Oder doch? Torge. Er würde sie nicht mehr wiedererkennen. Er würde sie anstarren und sich hinter Pius verstecken. Es würde keine kleinen Ärmchen geben, die sich um ihren Hals schlangen und sich an sie drückten. Da war keine weiche Wange, die sich an ihre schmiegte. Der Geruch.

Würde Torge so riechen wie früher? Seine Haare. Sie schloss ihre Augen. Nein. Torge würde nur dastehen und sie verstört ansehen. Nachdenklich. Dann würde er sich umdrehen und davonlaufen.

»Wo warst du so lange?«, würde Pius entgeistert flüstern. »Weißt du eigentlich, was du da …«

Tränen liefen ihr die Wangen hinunter. Warme, salzige Tränen. Sie schluchzte, öffnete ihre schmalen Lippen, Spucke tropfte über ihr Kinn ins Waschbecken. Sie hatte Angst. Angst, dass Pius und Torge sie nicht mehr lieben konnten. Sie hatte Angst, dass sie erzählen musste, wo sie das letzte halbe Jahr gewesen war. Sie hatte Angst, dass Pius sich vor ihr ekelte. Vor ihr. Vor ihrem Mund. Vor ihrer Seele. Vor allem.

Sie putzte sich die Zähne, schrubbte ihr Zahnfleisch. Es blutete. Sie verbrühte sich, als sie ihren Mund mit zu heißem Wasser ausspülte.

Sie setzte sich auf das Hotelbett, ihren Kopf in die Hände gestützt. Aus dem großen Wandspiegel glotzte sie ein Gespenst an. »Ich bin Berne«, sagte das Gespenst laut. Sie holte tief Luft. »Ich kann nichts dafür«, flüsterte es. Sie schämte sich. Ihre Worte klangen albern. Sie schüttelte ihren Kopf. Sie würde nach Hause kommen. Sie würde nach Hause kommen und Pius würde sie in den Arm nehmen. Wortlos. Torge würde auf sie zurennen. Keiner der beiden würde Fragen stellen. Sie würden sich am Abend Pizza bestellen, sie würde Torge vorlesen, ihn in den Schlaf streicheln. Dann würde sie ein Bad nehmen, und Pius würde sie lächelnd anschauen.

»Und ist es nicht zu heiß für das Baby?«

Berne zuckte. Es gab kein Baby. Sie musste Pius erzählen, dass ihr Baby nicht geblieben war. Sie musste ihm erzählen, dass sie ihr Baby verloren hatte. Musste sie?

Sie griff in ihre langen, dünnen Haare. Sie wollte weitermachen. Wollte Torge in den Kindergarten bringen, wollte, dass die Erzieherinnen ein fröhliches »Guten Morgen« trällerten, wollte, dass sie niemand erstaunt ansah, entgeistert, überrascht. Wollte in ihre Praxis gehen, einen Blick ins Wartezimmer werfen, eine Hundepfote versorgen, ein Meerschweinchen kastrieren. Sie wollte ihren Tag beginnen, wollte am Nachmittag auf die Höfe fahren, zusammen mit Torge, als hätte sie nie damit aufgehört. Sie wollte mit Pius Apfelwein trinken und am Abend für ihre Gäste kochen. Sie wollte das Hoffest vorbereiten. Sie wollte. Sie wollte. Sie wollte. Sie wollte das weiße Rauschen hierlassen.

Sie stand auf. Wie dünn sie war. Es war nichts mehr von ihr übrig. Sie griff in ihre Hosentasche. Theodor hatte ihr Geld geliehen.

Sie sollte frühstücken gehen.

Im Frühstückssaal des Hotels setzte sie sich in die hinterste Ecke. Eine Servicekraft kam, nickte freundlich. »Möchten Sie?«, fragte die Frau.

Berne überlegte. Wollte sie?

Dampfender Kaffee, Berne saugte den Duft auf.

Die Frau zeigte auf das Buffet. »Bitte. Wenn Ihnen noch etwas fehlt, geben Sie Bescheid.«

Berne lächelte. »Ja«, flüsterte sie. »Wenn mir noch etwas fehlt.«

Sie wanderte das Buffet entlang. Brötchen, Croissants, mehrere Brotlaibe. Eine Pyramide mit verschiedenen Müslisorten, kandiertes Obst, Joghurt, Aufschnitt, Käseplatten, Lachs, Rührei in allen Varianten, sogar Pfannkuchen und Vanillesuppe.

Berne aß ein Toastbrot mit Aprikosenmarmelade.

Sie beobachtete, wie ein Junge zwei hart gekochte Eier aus dem Korb fischte und auf einem flachen Teller zu seinem Platz balancierte. Mochte Torge Eier? Sie kam sich schlecht vor. Torge mochte Bratwurst. Bratwurst vom Turmfest. Und auf den Strohballen hüpfen. Torge mochte Schokoladeneis.

Sie zahlte ihr Zimmer, ging durch die Tür, hinaus. Hinaus. Immer wieder. Ins Freie. Sie kannte sich in Wiesbaden nicht aus, lief einfach los. Irgendwann würde sie in die Stadt gelangen. Dort würde sie sich etwas zum Ankleiden kaufen. Dann würde Theodor kommen. Würde er? Sie waren verabredet. Er würde.

Sie lief die Wilhelmstraße entlang, sah Menschen und Autos. Menschen, die einfach spazierten, Autos, die an Ampeln hielten. Jemand hörte laut Musik, klopfte dabei mit seinen Fingern auf das Lenkrad.

Im Takt.

Berne hatte schon ein halbes Jahr lang keine Musik mehr gehört. Sie lauschte gebannt. Lauschte der Gitarre und der Stimme, verlor sich im Rhythmus der Hände. Jemand stieß mit einer Handtasche gegen ihre Hüfte. Sie trat einen Schritt zurück. »Entschuldigung«, flüsterte Berne.

»Geht es Ihnen gut?«

Nicht schon wieder. Sie versuchte, sich zu konzentrieren. Geht es mir gut? »Geht es Ihnen gut?«, fragte Berne schnell.

Die Frau sah irritiert aus. »Alles in Ordnung mit Ihnen?«

»Ja, ja.« Berne nickte. »Alles in Ordnung mit mir.«

»Vielleicht benötigen Sie einen Schluck Wasser?«

»Es geht mir gut.« Berne saß auf dem Boden, schon wieder. Sie schaute in fragende Gesichter. Jemand hockte sich zu ihr herunter und fühlte ihren Puls. Nicht schon wieder.

»Ist Ihnen nicht gut?«

»Doch, alles ist bestens«, hörte sie sich sagen. Sie schmeckte Cola. Jemand hatte ihr eine kleine Flasche gereicht.

Sie versuchte aufzustehen. Nicht jetzt. Ich lasse dich hier, ermahnte sie das weiße Rauschen. Jemand half ihr auf.

»Kommen Sie, ich bringe Sie wenigstens über die Straße.« Eine Frau hatte ihren Arm genommen, stützte sie.

»Ich bin nicht schwanger«, flüsterte Berne traurig. »Das ist vorbei. Ich muss es Pius noch sagen.«

»Sehen Sie? Hier ist etwas Schatten. Da vorne gibt es ein Café. Vielleicht können Sie dort nach Eiswürfeln fragen.«

Berne lächelte. Und jetzt gehen, dachte sie. Einfach verschwinden. Bitte.

»Warten Sie, ich helfe Ihnen.«

Nein, ich mache das schon, wollte Berne sagen, aber ihre Stimme versagte. »Bitte rufen Sie keinen Notarzt«, flüsterte sie. »Bitte keinen Notarzt.«

»Schon gut«, beruhigte sie die Frau. »Das kriegen wir auch so hin.« Berne bekam Traubenzucker gereicht. »Vielleicht sind Sie unterzuckert?«

»Pfefferminzöl«, hauchte Berne.

»Ja, das kühlt bei dem Wetter, nicht? Ich kenne das von meinem Sohn. Er ist Fußballer. Vor dem Spiel sprüht er sich etwas Pfefferminzöl auf den Puls.«

»Ja«, sagte Berne. »Bei Pferden regt es die Verdauung an und sorgt dafür, dass mehr Gallensäure gebildet wird.« Sie schüttelte ihren Kopf. »Ich bin etwas durcheinander.«

»Haben Sie mit Pferden zu tun?«

»Schon gut.« Berne stopfte sich Traubenzucker in den Mund. Er löste sich auf. Pulvrig. Süß. Bernes Mund fühlte sich noch trockener an. »Schon gut.«

»Sie sehen viel besser aus«, lächelte die Frau. »Wollten Sie in die Stadt? Dann können wir noch ein Stück zusammen laufen.« Sie schaute Berne eindringlich an. »Ich wollte auch in diese Richtung.« Sie zeigte an einem Schuhgeschäft vorbei in den Eingang einer Passage. »Die Wilhelmpassage«, erklärte sie. »Dort entlang?«

Berne nickte dankbar.

»Es soll heute ein Gewitter geben«, plapperte die Frau fröhlich. »Ein bisschen Regen täte den Pflanzen und Bäumen gut, nicht wahr? Haben Sie den Rasen im Kurpark gesehen? Niemand kommt mehr hinterher, er ist ganz braun und trocken.«

»Ja«, sagte Berne. »Der Sommer ist sehr heiß.« Dann fiel ihr ein, dass sie den Winter verpasst hatte. Hatte es Schnee gegeben? Regen? War es kalt gewesen? Ein ganzer Winter. Sie hatte einen ganzen Winter verschlafen. Wie ein Hase in seiner Höhle. Die Vorstellung gefiel ihr. Sie lächelte.

»Na, sehen Sie. Jetzt geht es Ihnen schon wieder gut«, stellte die Frau erleichtert fest. »Ich arbeite hier.« Sie zeigte auf eine Boutique. »Ich wünsche Ihnen alles Gute.«

»Gibt es Kleider?«, fragte Berne schnell. »Verkaufen Sie Kleider? Oder irgendetwas, was ich tragen kann? Ich brauche etwas Besonderes zum Anziehen. Etwas sehr Schönes. Etwas, was meinem Mann und meinem Sohn gefällt.«

Die Frau lächelte. »Wir finden bestimmt was für Sie.« Sie holte einen schweren Schlüsselbund aus ihrer Tasche, öffnete drei Schlösser, ging für das letzte tief in die Hocke. Berne hatte Sorge um den engen Rock der Frau, und dass sie mit den hohen Schuhen umknicken würde, aber die Frau war geübt.

»Das machen Sie jeden Tag, oder?«, fragte Berne.

»Jeden Tag.«

»Ja«, flüsterte Berne. »Ist das Ihr eigenes Geschäft?«

»Seit 20 Jahren.« Die Frau öffnete die Ladentür und schaltete das Licht ein. Ein großer Kronleuchter hing von der Decke herab, alles andere war schlicht und modern. Die Boutique sah edel aus. »Ich öffne erst um zehn, aber Sie können sich schon einmal umschauen«, lächelte sie. »Ich habe etwas vorzubereiten. Ein paar Minuten sind noch Zeit.«

Berne schlenderte die Regale und Ständer entlang. »Was verkaufen Sie denn?«, fragte sie unsicher. Die Kleider sahen bunt und ausgefallen aus. Sie hatte plötzlich Angst, dass sie die Frau enttäuschen musste. Was hatte Berne vor dem Winter getragen? Wer war sie gewesen?

Die Frau kramte in ihrer Kasse, sortierte Zettel und machte sich Notizen. »Ibiza, Rich Hippie, das passt nicht zu Ihnen.«

Sie schüttelte den Kopf. »Mode aus Italien, zum Beispiel etwas Verspieltes und Romantisches von Sister vielleicht. Oder aus Kanada, Joseph Ribkoff.« Sie hielt inne, musterte Berne. »Zu Ihnen passt elegante und schicke Mode. Sie haben die passende Figur dazu. Oder Jus d'orange, klassisch und modern.« Sie zeigte auf ein Regal gegenüber. »Schauen Sie dort.« Sie holte ein dunkelblaues Kleid hervor. »Schlicht und für sehr schmale Hüften geschnitten.« Sie lächelte anerkennend. »Oder probieren Sie dieses. Petrol und mit weitem Rückenausschnitt.«

Berne nickte unbehaglich.

»Für welchen Anlass ist es gedacht?«

Berne zuckte zusammen. »Ich komme nach Hause.« Ihre Stimme versagte, sie schluckte. »Ich komme einfach nur nach Hause.«

Die Frau streichelte Berne über den Rücken. »Lassen Sie sich Zeit. Wir können ganz viel ausprobieren. Irgendwann wird das passende Kleid dabei sein.« Sie lächelte. »Haben Sie eine bestimmte Farbe, die Sie gern mögen? Oder vielleicht besondere Schuhe, die Sie tragen möchten?«

Berne schüttelte den Kopf und schaute an sich herab. »Nur das«, fiepste sie. »Haben Sie einen Stuhl?«

Die Frau sprang in die Umkleidekabine und holte einen Hocker. Sie ließ Berne Platz nehmen.

»Ich bin Minna.« Sie drückte Bernes Schultern. »Und ich mache uns jetzt ein Glas Prosecco.« Sie lief hektisch hinter den Tresen und öffnete einen kleinen Kühlschrank. »Der bringt den Kreislauf wieder in Schwung.«

Berne nahm vorsichtig einen kleinen Schluck.

»Sie haben eine schwere Zeit hinter sich, oder?« Minnas Augen wach, Lippenstift hatte sich um den Glasrand gelegt. »Das sieht man Ihnen an. Sie müssen nicht darüber sprechen, wenn Sie nicht mögen.«

Berne schüttelte den Kopf. »Ich weiß nicht, wie ich es sagen soll«, flüsterte sie.

»Dann sagen Sie einfach nichts«, schlug Minna fröhlich vor. »Wir können auch so ein Kleid für Sie finden. Wissen Sie, manchmal hilft es mir, das Richtige herauszusuchen, wenn Kundinnen etwas über sich erzählen. Wenn ich etwas über meine Frauen weiß, kann ich besser einschätzen, was zu ihnen passt. Aber es geht auch so.« Minnas Schmuck klimperte. Sie trank ihr Glas leer. »Ich habe das Gefühl, dass es ein trauriger Anlass ist, zu dem Sie Ihren Mann und Ihren Sohn wiedersehen?« Minna hielt Bernes Arm. »Auf der Beerdigung? Sind die beiden ...« Sie machte eine hilflose Geste.

Berne schüttelte entgeistert den Kopf. »Nein«, rief sie. »Die beiden leben. Und ich lebe auch.« Berne stand auf. »Es ist schwierig, das zu erklären.« Sie überlegte. Dann holte sie tief Luft. »Wir haben uns schon ein halbes Jahr lang nicht mehr gesehen. Ich war verschollen.«

Minna blinzelte irritiert. Dann lachte sie erschrocken.

»Entführt. Ich bin entführt worden. Vor ein paar Tagen bin ich freigekommen.«

Minna wurde ernst. »Das habe ich ja noch nie gehört«, flüsterte sie entgeistert. »Entführt?«

»Ich habe die Sachen hier nur geliehen.« Sie zupfte an der schwarzen Stoffhose herum. »Ich muss unbedingt schön aussehen, wenn ich nach Hause komme.« Berne nahm einen großen Schluck Prosecco. Er schmeckte sauer. Bier. Berne trank Bier. Sie lächelte. Ja, Bier.

Minna stand entschlossen auf. »Wir werden Sie zauberhaft anziehen.« Sie nickte. »Und ich habe noch eine Idee.« Sie holte ihr Telefon, fuhr Berne durch das dünne Haar, während sie auf das Freizeichen wartete. »Wir machen Sie richtig schön«, flüsterte sie.

Berne trank den Prosecco, schaute sich um. Wie würde Torge sie wohl am besten wiedererkennen? War ein Kleid die richtige Wahl? Was hatte sie sonst getragen? Sie war Tierärztin. Sie trug Hosen und Boots. Hosen und Boots, sie erinnerte sich an ein kariertes Hemd. Ein kariertes Hemd und eine Weste. Berne lachte plötzlich. Ein Kleid. Sie konnte kein Kleid tragen. Es passte nicht zu ihr. Sie hatte noch nie Kleider getragen. Sie trank auch keinen Prosecco. Bier. Sie trug Jeans, Hemd, eine Weste. Und sie trank Bier. Berne verzog das Gesicht. Prosecco. Kleid.

Minna half ihr aufzustehen. »Sie probieren das hier, während ich meine Freundin anrufe.« Sie hielt ein petrolfarbenes Kleid in die Höhe. »Das können nur sehr wenige Frauen tragen. Es ist aus der neuen Kollektion. Sie werden damit einmalig aussehen.«

Berne willigte ein. Sie wackelte in die Umkleidekabine. Ihre Muskulatur wollte nicht gehorchen, seit sie aus dem Verlies befreit worden war. Sie hatte Schwierigkeiten zu laufen, hatte Schwierigkeiten, sich zu koordinieren. Die Gelenke waren steif, sie hatte Gleichgewichtsstörungen, Schwindel. Vor allem hatte sie keine Kraft.

In der Umkleidekabine öffnete sie ihre Schuhe, stapfte zittrig auf den beigefarbenen Boden. Der Vinyluntergrund war schwarz gesprenkelt, als hätte man zerrissene Papierstückchen verklebt. Bernes kleine Füße, verschwitzt und in dunklen Socken, mischten sich unbeholfen unter das Muster, verschwanden. Berne lehnte sich an die Wand, atmete ruhig. Die Hose. Jetzt die Hose. Ihre Arme und Beine gehorchten, sie zog ihr T-Shirt über den Kopf, versuchte in das Kleid hineinzusteigen, hatte Angst, es dabei zu zerreißen. Sie schaute auf das Etikett. 320 Euro.

»Brauchen Sie Hilfe?«, rief Minna.

Während sich Berne das Kleid anlegen ließ, schloss sie ihre Augen. Sie musste aufstoßen, Prosecco und Traubenzucker sprudelte sich durch ihre Speiseröhre. Berne wurde übel.

»Es gibt nur wenige Frauen, die das tragen können«, stellte Minna zufrieden fest und klopfte seitlich an ihre Hüften. »Sitzt wie maßgeschneidert.«

Berne ließ sich aus der Kabine vor den Spiegel ziehen.

»Wie gefällt es Ihnen?«

Berne starrte sich an, sich und das Kleid, sah eine graue Frau mit grauen Augen und grauer Haut. In ihr war kein Leben, das Kleid konnte daran nichts ändern.

»Und jetzt noch die Haare und das Gesicht«, schlug Minna vor. »Und die Nägel.« Sie machte eine Bewegung, als lackiere sie sich ihre eigenen Fingernägel. »Eine Freundin kommt hierher.« Sie strahlte. »Wir machen Sie wunderschön«, hauchte sie geheimnisvoll.

Berne nickte stumm. »Haben Sie eine Toilette?«, fragte sie trocken.

Sie setzte sich auf den Klodeckel, vergrub ihr Gesicht in den Händen. Sie hatte das Gefühl, ihr Kreislauf würde jeden Moment versagen, hatte Angst, dass Minna nichts anderes übrig blieb, als den Notarzt zu rufen. Sie rutschte umständlich auf den Boden, neben dem Toiletteneimer und einer Packung Klopapier, ihre Beine legte sie auf dem Klodeckel ab. Das schöne Kleid. Hier und jetzt. Es roch nach Reinigungsmitteln.

Berne rauschte in die Tiefe.

Sie würde das Kleid nun doch zerreißen.

KAPITEL 51

Fitz hatte sich einige Male umgeschaut. Ängstlich. Nicht ängstlich. Ängstlich. Ihn störte seine ungewohnte Schreckhaftigkeit, sie kam ihm lächerlich vor, ärgerte ihn. Die Sonne brannte vom Himmel, fräste sich in seinen Scheitel. Verdächtige Geräusche, genau wie in der Nacht damals.

Ewra hatte im Schlafzimmer gelegen, tot, still, leise, aber der Rest der Welt hatte ihn mit seinen Geräuschen in den Wahnsinn getrieben. Jetzt lief er Edward hinterher, über den Hof, als würde er ihm auf dem Weg dahin folgen. In den Wahnsinn.

»Sie waren hier.« Edward konnte maßlos übertreiben. Schon immer. Vielleicht, weil er selbst niemanden darstellte. Edward, in einem alten Western der übrig gebliebene Gauner, der schlechte Mensch. Niemandes Freund, niemandes Feind. Jemand, den man nicht bei sich haben wollte. Edward wäre jemand, der am Ende sterben würde. Edward wäre jemand, der das Sterben verdient hätte, dem man nicht nachtrauerte. Vordergründig lieb und demütig, bescheiden, im Kern verdorben. Edward würde in ein gekochtes Ei beißen und mit vollem Mund reden, während ihm jemand anderes von hinten das Messer in den Rücken schleuderte. Edward war jemand, den man nicht mal dann brauchte, wenn man einen Mord begangen hatte. Fitz stöhnte. Wie hatte er Edward in jener Nacht beauftragen können, Ewra zu entsorgen?

»Kann ich zu dir?«

»Fitz? Bist du das?«

»Bist du auf deinem Hof? Ich brauche eine halbe Stunde.«

»Sicher, kannst immer kommen. Ziehst du Dreck hinter dir her?«

»Schon gut, Eddie, ich komme mal vorbei.«

»Ich komme mal vorbei?«

Fitz hatte Eddie abgewürgt, aufgelegt. Er würde Ewra auf die Rückbank legen, losfahren. Ihm würde schon was einfallen. Thies hatte geschlafen, auf dem Sessel, hatte gelb ausgesehen und sich eingenässt. Idiot, aber so war er.

»Wer war das? Wo kommst du mal vorbei?« Ruben hatte die Arme hinter seinem Kopf verschränkt. »Fitz?«

»Edward. Alter Freund. Hat einen Hof in der Nähe. Ich bringe ihm Ewra.«

Ruben hatte einen Schluck Whisky genommen, mit den Schultern gezuckt. »Mach doch.« Er hatte sich aufgesetzt. »Oder müssen wir dich dazu um Genehmigung bitten, Isa?«, hatte er in die Küche gerufen.

»Was habt ihr vor?«, hatte Isa gefragt, mit einem Küchenhandtuch ein Glas abgetrocknet, als wären sie eine Familie.

»Hast du eine andere Idee?«

»Ich weiß ja nicht einmal, wovon ihr redet.«

»Musst du auch nicht«, hatte Fitz das Gespräch unterbrochen. Er war aufgestanden. »Komm mit«, hatte er Ruben befohlen. »Komm mit hoch.« Er war ins Schlafzimmer gegangen, hatte Ewra aus dem Betttuch gewickelt. Ewra war schlaff und schwer, gar nicht mehr schön und jung. »Wir wickeln sie ein. Fest. Das muss halten.«

»Sie soll weg?«

Fitz hatte nicht geantwortet.

»Wo willst du sie hinbringen? Auf einen Hof? Hier nebenan? Spinnst du?«

»Beeil dich lieber.«

Sie hatten Ewra eingewickelt wie rohen Fisch in einer Sushirolle. Mit saurem Reis und geröstetem Seetang, mit Klebeband umwickelt. Eine Larve. Sie hatte gerade so in den Porsche gepasst. Fitz hatte sie hineinpressen müssen wie in ein Reagenzglas.

»Und jetzt?«

»Halt mir Isa vom Leib.«

»Und Thies?«

»Den auch.«

»Nein, was machen wir mit ihm? Der dreht durch. Der wird petzen.«

»Der pennt.«

»Er ist bewusstlos. Ist gegen die Heizung geknallt. Scheiße, der hat was abgekriegt.«

»So ist's halt.«

»Und Isa?«

»Später. Erst mal schaffen wir Ewra weg.«

»Wie du meinst.«

Ruben hatte ihn hilflos angesehen und Fitz hätte ihn gern geohrfeigt. »Reiß dich zusammen, fetter Arsch«, hätte er ihm befohlen, aber er hatte keine Zeit mehr gehabt. Er war eingestiegen und losgefahren. Ewra auf der Rücksitzbank, eng eingeklemmt, sie war nicht einmal in den scharfen Kurven hin- und hergerollt.

Fitz hatte überall Geräusche gehört, sich unterwegs verrückt gemacht, aber niemand hatte sich um die eingewickelte Made geschert. Er war eine halbe Stunde später auf Edwards Hof gerollt.

»Es ist 2.00 Uhr in der Früh«, hatte Edward ihn müde empfangen.

»Geht nicht anders. Mach deine Scheune auf.«

»Die Scheune? Die ist voll, da kannst du nicht reinfahren.«

»Wohin dann?«

Edward hatte fieberhaft überlegt, sich seinen Bauch gekratzt. Er hatte mit den Schultern gezuckt. »Was weiß ich. Sag mir erst, was los ist.«

Fitz hatte den Porsche hinter die Scheune gefahren und dort abgestellt. »Nicht hier draußen«, hatte er geflüstert.

Am Küchentisch hatten sie Bier getrunken, Fitz hatte seine Flasche gierig geleert. »Wir hatten einen Dreier.«

»Wir?«

»Thies, Ruben, ich.«

»Einen Dreier?« Edward glotzte angeekelt. »Ihr drei?«

»Mit einem Mädchen.«

»Dann hattet ihr einen Vierer.«

»Scheißegal.«

»Und?«

»Tot.«

»Tot? Das Mädchen?«

Fitz hatte genickt. »Das muss weg.«

Edward war aufgesprungen, hatte dabei seine Flasche umgeworfen. Mit beiden Händen hatte er hektisch versucht, den Schaum zurück in die Mitte der Tischplatte zu schieben. »Du hast sie hergebracht«, hatte er panisch festgestellt. »Du hast sie hergebracht? Das kannst du komplett vergessen.« Der Schaum war die Tischkante hinuntergetropft. »Hau ab. Nimm das Mädchen wieder mit. Was denkst du dir denn? Ich bin doch kein Friedhof.«

»Ich geb dir was dafür.«

»Ich scheiß auf dein Geld. Hau ab.« Edward hatte aufgegeben, hatte das Bier auf den Boden tropfen lassen, sich wieder hingesetzt.

Fitz hatte gelassen beobachtet, wie die Schaumpfützen zusammenfanden, kleine Bilder ergaben.

»Wie viel?«, hatte Edward nach einer Weile gefragt.

»Die Kneipe.«

»Spinnst du? Die ist keinen Pfennig wert.«

»Cent.«

Edward hatte den Kopf geschüttelt. »Will ich nicht.«

»Dann nicht.«

»Den Porsche.«

»Der muss verbrannt werden.«

Edward hatte die Augen aufgerissen. »Verbrannt werden? Hier? Auf meinem Hof?«

»Zusammen mit Ewra.«

Edward hatte laut aufgelacht. Dann war er versteinert. »Was denkst du dir eigentlich? Dass wir hier einfach so eine Leiche verbrennen?«

»Hier kommt niemand vorbei. Mir egal, wie du's machst, aber mach's.«

»Und du?«

»Ich verschwinde wieder.«

»Ohne den Porsche?«

Er hatte Edward eindringlich angeschaut. »Du wirst ihn verbrennen, zusammen mit Ewra.«

»Ich will Geld.«

»20.000 Euro. Mehr ist nicht drin.«

Edward hatte erwartungsvoll in seine Hand gespuckt. »Abgemacht.«

»Gott, Eddie.«

Edward hatte seine Hand beleidigt zurückgezogen und war aufgestanden. »Dann zeig mal.«

Sie hatten sich die zusammengeklebte Ewra angeschaut. Ein Leichenpaket, fest zugeschnürt.

»So hast du sie hergefahren?« Edward war um den Porsche herumgeschlichen, hatte die Beifahrertür geöffnet. »Ist sie schon steif?« Sein Blick fasziniert. Er hatte das Betttuch mit den Fingern tief eingedrückt.

»Lass das«, hatte Fitz ihn aufgefordert.

»Ich kann den nicht verbrennen. Ich kann doch nicht einfach ein Auto verbrennen. Irgendwer ruft die Feuerwehr.«

»Hier ist kein irgendwer.«

Edward hatte geschnaubt. »Du verlangst Sachen …« Er hatte genickt. »Gut. Zusammen mit Ewra?«

»Zusammen mit Ewra und ohne ihre Zähne.«

Edward hatte sich erneut seinen Bauch gekratzt. »Und ich kriege die Kneipe. Und 20.000 Euro.«

»So haben wir's vereinbart.«

Fitz hatte sich von Edward zurückbringen lassen.

»Wo warst du, wir haben versucht, dich anzurufen«, hatte Ruben geschnauzt.

»Was denkst du denn? Dass ich mein Telefon mitnehme? Dann bleiben der Polizei keine Fragen mehr offen.«

»Thies kotzt.«

»Er hat eine Gehirnerschütterung.« Fitz hatte geschmunzelt. »Und Isa?«

»Ist weg.«

Fitz hatte ihn teilnahmslos angesehen.

Und Edward? Edward lief voran, hatte nichts von all dem erledigt. Es gab den Porsche noch, und wer wusste es schon, vielleicht auch Ewra. Ja, vielleicht hatte Edward nicht einmal Ewra verbrannt, sondern auf der Rücksitzbank vergammeln lassen.

»Komm, Fitz, mach schnell.« Edward hastete geduckt über den Hof. »Scheiße, du hättest mir das früher sagen müssen, dann hätte ich was machen können. Aber so?« Er schüttelte den Kopf.

Edward war ein Riese, zwei Köpfe größer als Fitz, aber Fitz konnte in ihm nur ein unbeholfenes Kleinkind sehen. Er ärgerte sich. Der Porsche würde alles auffliegen lassen. Kein Porsche, keine Leiche, keine Leiche, kein Mord. Hätte klappen können. Und das Video? Fitz schüttelte den Kopf. In den letzten Wochen hatte er sich nur darum bemüht, eine falsche Fährte zu legen, unauffindbar zu sein. Er hatte das alles schon vorausgesehen, seine Antennen aufgestellt. Dass Thies und Ruben eines Tages auffliegen lassen würden, was er bis an sein Lebensende hätte spielen können, war keine große Überraschung. Es hatte ihn ein Lächeln gekostet, seine Flucht zu imitieren. Man konnte problemlos verschwinden, ein paar Tage, aber dann wurde das Eis dünn. Er hatte sich mit einer Kreditkarte acht verschiedene Flugtickets in die Vereinigten Arabischen Emirate besorgt. In Schardscha hatte er Großprojekte im Randbereich des alten Stadtkerns und in Richtung Südwesten entlang der künstlichen Meeresbuchten. Er hatte sich von seinen Kontakten am Hafen Bur Khalid verschiedene Alibis gekauft, jeder hatte ihn gesehen, mal hier, mal da. Andere Flugtickets gingen zum Dubai International Airport. Er hatte gepackt, sich mit dem Taxi zum Flughafen bringen lassen, hatte dem Taxifahrer ausreichend Trinkgeld gegeben, eine Visitenkarte auf der Rücksitzbank liegen lassen. Er hatte eingecheckt, seine Koffer aufgegeben, war möglichst nervös und hektisch an den Kameras vorbeigelaufen, hatte dafür gesorgt, dass sein Aufenthalt am Flughafen schlüssig und plausibel erschien, hatte dafür gesorgt, dass es wirkte, als sei er auf der Flucht, hatte sich auffällig hinter Stellwänden und Pflanzen versteckt, sich ständig umgeschaut. Das alles hatte er wiederholt, insgesamt achtmal an drei verschiedenen Flughäfen. Er hatte gewusst, dass ihm das gesamte Prozedere nur ein paar Tage Zeit verschaffen würde, ein Verwirrspiel, keine echte Fährte, aber es würde die Polizei anstrengen, Zeit kosten, überfordern und vor allem nerven. Immerhin würde es dauern, bis sich die acht Telefone in verschiedenen Taxen und Bussen als Flop erwiesen hatten, bis die Flugtickets alle überprüft, die Aufnahmen von den verschiedenen Flughäfen durchgesehen worden waren. Man würde nicht lange brauchen, um die Flugtickets zu sortieren und festzustellen, dass er in keines der Flugzeuge wirklich eingestiegen war. Es würde nicht lange dauern, und man würde zu dem Entschluss kommen, dass er damit die Absicht verfolgt hatte, falsche Fährten zu legen, und es würde nicht lange dauern, bis man zu dem Entschluss kommen würde, dass er höchstwahrscheinlich überall sein konnte, nur nicht in einer der sieben vereinigten Emirate von Arabien. Fitz wollte in wenigen Tagen zwischen Containerfracht und der Mannschaft in Jebel Ali an Land gehen, Kontakte hatte er genügend, alles war geplant. In den letzten beiden Tagen hatte er nichts anderes getan, als genau das: seine Flucht vorbereiten, seine Flucht vortäuschen.

Ruben hatte sich am Telefon verraten, hatte durchklingen lassen, dass alles faul war, dass sie ihn suchten, dass das Video längst im Umlauf war. Fitz hatte es an der nervösen Stimme erkannt, er hatte Ruben förmlich schwitzen hören, hatte immer damit gerechnet. Und jetzt? Jetzt lief er hinter Edward über den staubigen Hof und ließ sich zeigen, warum irgendwer laut Eddie schon hier gewesen war. Polizei, Kommissare? Die tauchten hier auf und schauten sich um, stellten Fragen. Niemand, wirklich niemand würde heimlich herumschleichen und eine Botschaft hinterlassen. Das war nur in Edwards Kopf passiert, schwirrte herum, weil Edward zu viele Filme geschaut hatte, sich spannende Ereignisse zusammenreimen wollte. Edward, der gelangweilte Riese, der gern ein Gangsterleben gehabt hätte, aber nichts anderes darstellte als einen Versager, einen dummen Gauner, jemanden, der sich beschäftigen musste.

»Du musst es dir anschauen, Fitz«, keuchte Edward. »Ich bin erst nicht drauf gekommen, aber jetzt wird mir alles klar. Die waren hier, die haben uns eine Nachricht hinterlassen. Fitz, die sind gefährlich, die werden uns umbringen.«

Fitz packte Edwards Overall und zerrte ihn zurück. »Eddie, du hast eine Meise. Was redest du da? Wer soll denn hier gewesen sein? Wir sind in Deutschland. Kein Western, kein Gaunerfilm. Niemand kommt hier vorbei.«

Edward glotzte enttäuscht, riss sich los. »Wirst schon sehen, ich zeig's dir. Vielleicht ist es dir egal, mir aber nicht. Die haben ihn getötet. Die haben Mogli getötet.«

»Wer ist Mogli?« Fitz verzog das Gesicht. »Scheiße, was für ein Mogli? Meine Güte, Eddie, du bist nicht mehr ganz dicht. Du gehst mir auf die Nerven.«

Edward riss die Scheunentür auf, der Gestank von verwestem Tier schlug ihnen entgegen. Fitz hielt sich die Hand vor die Nase, würgte.

»Sag ich doch«, schnauzte Edward trotzig, stapfte entschlossen zu dem blauen Müllsack, in dem gestern noch der Marder gelegen hatte. Er bückte sich, riss ihn auf, trat einen Schritt zurück. »Und, was sagst du jetzt?«

Fitz sah nur schwarzes Fell, gab auf, wollte sich ersparen, genauer hinzusehen. »Kein Marder?«, fragte er. »Was ist es dann?«

»Mogli.«

»Ja, und Mogli ist?«

»Mein Hund.« Edward zeigte auf den Kadaver, lief hin und her. »Mein Hund, Fitz.« Er gab vor, die Fassung zu verlieren, spielte übertrieben den trauernden Besitzer.

»Und? Der ist tot. Was hat das mit Ewra zu tun?«

»Die haben ihn vergiftet.« Edward hockte sich hin, griff in das staubige Fell. »Die waren schon ein paar Tage zuvor hier, sind herumgeschlichen. Ich habe auf sie geballert, da war erst mal Ruhe. Ich habe ihnen richtig Angst eingejagt.« Er leckte sich die Lippen, nickte hektisch. »Und jetzt haben sie Mogli vergiftet. Erst haben sie ihn getroffen, irgendwann mittags, er hat gewinselt und gejault. Dann haben sie einen Köder ausgelegt. Er ist elendig verreckt, Fitz. Elendig. Hab's nicht mehr ausgehalten. Ich habe meinen eigenen Hund erschossen.« Edward schüttelte den Kopf. »Hab ihn erschossen.«

Fitz holte tief Luft. »Edward«, sagte er, »das ist ja alles schön und gut …«

»Schön und gut? Schön und gut?« Edwards enttäuschter Blick wechselte zwischen Fitz und Mogli hin und her, er rieb sich seine Augen. »Gar nichts ist schön und gut.«

»Nein, traurig«, sagte Fitz. »Sehr traurig.«

»Er war ein guter Wachhund. Das hat er nicht verdient.«

»Nein, hat er nicht verdient.« Fitz machte eine Pause. »Aber Moglis Tod hat nichts mit Ewra zu tun oder damit, dass hier irgendjemand aufgetaucht ist. Das läuft so nicht, verstehst du das, Eddie?«

»Du hast kein Herz«, flüsterte Edward. »Du hast keine Ahnung, was Mogli mir bedeutet hat.«

»Das mag sein, trotzdem war niemand hier. Niemand kommt und vergiftet deinen Hund. Das ist hanebüchen.«

»Wer soll es dann gewesen sein? Ich habe hier nur meinen Hof. Wir sind friedlich.«

»Ja.«

»Da wollte uns jemand Angst einjagen.«

»Nein.«

»Und warnen.«

»Nein, glaub mir.«

Edward schrie. »Das sagst du so. Wie kannst du dir da sicher sein? Mogli wurde vergiftet, das ist sicher, du hättest ihn sehen müssen. Er ist verreckt. Richtig verreckt.«

»Ist ja gut«, Fitz schüttelte den Kopf. »Ich muss hier raus.« Er stürmte aus der Scheune in die Hitze, holte tief Luft. Der Geruch hatte sich auf seine Schleimhäute gelegt, Fitz versuchte, in kurzen Stößen auszuatmen, den Gestank wegzuschleudern. »Scheiße, du musst das Tier begraben oder verbrennen oder was weiß ich. Ist ja nicht auszuhalten.«

Edward stand vor dem blauen Sack wie ein gebrochener Mann. »Mein Mogli«, flüsterte er. »Ich habe ihn richtig gemocht. Jetzt ist er tot. Wegen dir.«

Fitz stöhnte. »Schaff das Tier weg. Unter die Erde.« Er ließ

Edward stehen, schleppte sich zurück zum Haupthaus. Der ganze Hof glich einem Schrottplatz. Überall große Maschinen, Bleche, die herumlagen, Teile, die sich in großen Haufen um noch größere Autoleichen türmten. »Was machst du hier eigentlich den ganzen Tag?«, rief Fitz in Richtung Scheune. »Wozu hast du das ganze Zeug?«

Er bekam keine Antwort.

Fitz überlegte. Was sollte er noch vertuschen? Wenn man seine Fährte aufnahm, ein wenig recherchierte, landete man bei seinen Eltern in Kempten. Hier war er aufgewachsen, hier hatte er Ruben und Thies kennengelernt. Die beiden waren wahrscheinlich längst observiert worden. Er konnte nichts mehr tun, musste Edward alleinlassen, zum Hafen und auf das Schiff. Er würde sich nicht schnappen lassen, um keinen Preis der Welt. Um keinen scheißeinzigen Preis der Welt.

Er entschied, dass es Zeit war zu verschwinden. Er holte seinen Rucksack, warf ihn sich über die Schulter. Dann hielt er inne, stutzte. Er hörte Schreie. Schreie von weit her. Von draußen. Er unterdrückte den ersten Impuls, sich zu ducken, sich auf den Boden zu hocken, blieb stehen, starrte aus dem Fenster, versuchte herauszufinden, aus welcher Richtung die Schreie kamen, versuchte einzusortieren, was sie zu bedeuten hatten. Es waren panische Schreie. Angsterfüllt, hysterisch, kopflos. Fitz trat aus der Tür, schaute in die Richtung, aus der sie kamen. Er sah nichts, außer einem Hügel, der die Sicht versperrte. Er entschied, geduldig zu warten, registrierte im Augenwinkel, dass Edward angeschlichen kam, genauso verdutzt, sich wortlos neben ihn stellte. Fitz hielt die Luft an, wartete.

»Was ist das?«, hauchte Edward.

»Jemand schreit.«

»Schreit?«

»Jemand schreit um Hilfe.«

»Und kommt näher«, erwiderte Edward. »Was zum Teufel …«

Fitz' Augen brannten vor Anspannung. Brannten vor Anspannung und Ungeduld. Und dann kam er. Kam über die Kuppel des kleinen Hügels und schrie, wedelte mit den Armen, rutschte auf dem Po den Hügel herunter, riss Brennnessel mit sich, Staub wirbelte auf. Ein kleiner Junge, vielleicht fünf oder sechs Jahre alt, lief auf ihn zu, auf ihn und Edward, mit hochrotem Kopf, und schrie.

»Das gibt's doch nicht«, flüsterte Edward.

Fitz konnte nicht anders. Es überkam ihn wie eine Lawine. Sein schallendes Lachen schlug dem Jungen direkt ins Gesicht, brachte ihn zum Stehen.

Der Kleine starrte die beiden entsetzt an, dann stützte er seinen Oberkörper mit beiden Armen auf den Oberschenkeln ab, schnappte nach Luft. Er japste wie ein Fisch an Land.

»Wer bist du denn?«, fragte Edward.

Statt zu antworten, kotzte der kleine Junge im hohen Bogen vor Edwards Füße.

Fitz' Lachen blieb stecken. Am liebsten hätte er mitgekotzt.

KAPITEL 52

»Was würden Sie antworten, wenn ich Sie …«

»Gar nichts. Ich möchte keine Fragen mehr beantworten.«

Theodor nickte. »Merken Sie einen Unterschied?«

Franz starrte grimmig auf seine Füße. »Von was?« Er stand auf, wippte, setzte sich wieder. »Was für einen Unterschied?«

»Sie nehmen Medikamente. Hat sich etwas geändert?«

»Ich koste 18,5 Milliarden Euro. Das hat sich geändert.«

Theodor hob seine Augenbrauen. »Sie kosten 18,5 Milliarden Euro?«

»Ja.« Franz überlegte. »Ja. Und vorher nicht. Vorher habe ich gar nichts gekostet.«

»Ich bin neugierig. Wen kosten Sie 18 Milliarden Euro und warum?«

Franz schüttelte seinen Kopf. »18,5 Milliarden.«

»18,5 Milliarden Euro.«

»Enorme Ausgaben. Antipsychotische Medikamente kosten das Gesundheitssystem weltweit jährlich 18,5 Milliarden Euro.«

»Weltweit und jährlich. Das betrifft nicht Sie allein.«

Franz wirkte irritiert. »Geben Sie mir ein Placebo?«

»Nein.«

»Eine umfassende Metaanalyse hat ergeben, dass die Rückfallquote unter Gabe von antipsychotischen Medikamenten auf jährlich 27 Prozent gegenüber 64 Prozent bei Placebo gesunken ist, und Sie geben mir ein Placebo.«

»Wie kommen Sie darauf?«

»Ich habe keine der genannten Nebenwirkungen.«

»Und was sind die genannten Nebenwirkungen?«

»Bewegungsstörungen, Müdigkeit, Gewichtszunahme.«

»Muss nicht auf alle Patienten zutreffen. Freuen Sie sich darüber, statt sich zu sorgen.«

»Deswegen sind hier alle so vorwurfsvoll. Ich bin teuer. Jeder bezahlt für mich. Jeder weiß es.«

»Gibt es sonst eine Veränderung?«

»Warum sonst? Ich hatte von keiner erzählt.«

»Sie sagten, dass Sie nun 18 Milliarden Euro kosten.«

»18,5.«

»Das ist bisher die einzige Veränderung, die Sie feststellen konnten?«

»Vielleicht.«

»Sie ist nicht korrekt. Sie entspricht nicht der Wahrheit. Sie kosten das System keine 18,5 Milliarden Euro.«

»Sie wollen mich entwerten.«

»Nein. Ich will bei den Fakten bleiben. Das ist doch in Ihrem Sinne?«

»Woher wollen Sie das wissen?«

»In den letzten Gesprächen haben Sie mich mit enormen wissenschaftlichen Fakten beeindruckt. Es wäre schade, würden Sie nun pauschalisieren, statt sich wirklich mit dem Thema auseinanderzusetzen, wenn es Sie schon interessiert.«

»Das kann ich eben nicht mehr. Ich leide unter kognitiven Störungen.«

»Die da sind?«

»Ich kann nicht mehr denken. Ich kann mich nicht mehr konzentrieren. Ich kann nicht mehr …« Franz Burg stand auf, wippte, wippte höher, setzte sich wieder. »Ich komme nicht mehr dorthin. Sie haben mir das genommen. Sie und die Medikamente. Ich habe keinen Draht mehr.«

»Zu den Stimmen?«

»Hören Sie auf mit Ihren Stimmen. Das sind nicht einfach Stimmen. Ich bin raus.«

Theodor nickte. »Sie leiden unter Schizophrenie.«

»Ja, bleibt häufig ein Leben lang, und die Wirksamkeit der Medikamente lässt mit der Zeit nach.«

»Das ist nicht immer der Fall.«

»Ich gehe verloren.«

Theodor setzte sich auf. »Wenn Sie sagen, dass Sie keinen Draht mehr haben, keinen Zugang, dann hat sich ja doch eine Menge verändert.«

»Ja.«

»Wie fühlt es sich an für Sie?«

Franz zuckte mit den Achseln. »Schlecht.«

»Beschreiben Sie das, was Sie ›schlecht‹ nennen.«

»Ich bin mehr im Außen.«

»Mehr im Außen?«

»Mein Inneres ist wie ein Gefängnis. Es wird immer enger. Es gibt mir Sicherheit, aber nicht immer. Manchmal weiß ich, dass ich raus muss, aber ich kann nicht. Und jetzt bin ich nicht mehr eingeschlossen. Ich bin mehr ...« Franz überlegte. »Ich bin mehr in der Mittelzone, zwischen innen und außen. Ich kann mich mehr bewegen. Ich kann raus, und ich kann rein. Ich kann raus, rein, raus, rein. Rein und raus. Und dazwischen.«

»Können Sie steuern, wo Sie sind?«

»Ja.« Franz schüttelte seinen Kopf. »Das ist schlimm.«

»Warum schlimm?«

»Macht mir Angst. Ich bewege mich nicht selbstverständlich in der Welt. Immer und überall kommen Gefahren auf mich zu. Immer und überall schauen mich Leute an und denken was. Denken was über mich, und was ich denke. Denken über mein Denken nach. Innen und außen. Ich kann dann nicht mehr rein, nicht mehr raus, nicht mehr rein, nicht mehr raus.« Franz holte tief Luft. »Ich werde von innen durch meine Gedanken bedrängt und von außen durch die Menschen. Ich weiß nicht, wohin.«

»Und ohne Medikamente haben Sie sich in Ihr Inneres begeben?«

»Ja. Hat sich sicher angefühlt. Da war was. Jetzt ist es weg.«

»Ihr Inneres war komfortabel?«

»Nicht immer.« Franz schnippte mit seinen Fingern, roch an seiner Handfläche.

Theodor kam das Gespräch zäh vor. Er hatte heute keine Lust, hatte das Gefühl, dass er nicht mehr weiterkam. Nicht nur bei Franz, auch bei allen anderen. Er hatte das Gefühl, dass er die vielen absonderlichen Persönlichkeiten nicht mehr ertragen wollte. Tagein, tagaus. Immer. Immer wieder. In seinem Leben war es nie um etwas anderes gegangen. Nur um kranke Seelen, um Psychosen, um Störungen. Schicksale, Abgründe, Skurrilitäten. Und er selbst? Hatte immer einen festen Standpunkt gehabt, hatte unter beiden Beinen den Boden gespürt. Festen Boden. Mit Wiebe.

»Die Medikamente sorgen für ein Fundament, auf dem Sie sich bewegen können.«

»Nein.«

»Sie können sich daran gewöhnen. Sie können lernen …«

»Nein.«

Und jetzt? Sein eigenes Leben hatte einen neuen Kurs eingeschlagen, sich verselbstständigt. Es gab keinen Boden mehr. Hatte es den jemals gegeben, oder hatten ihn seine Patienten in der Vergangenheit nur beflügelt?

»Sie schweben derzeit zwischen der Wirklichkeit und …«

»Nein. Sicher nicht. Ich schwebe nicht. Ich hocke. Irgendwo. Ich weiß nicht, wo, das ist das Schlimmste, aber alle anderen wissen das. Alle wissen es besser, nur ich nicht. Ich versuche, Kontakt aufzunehmen, aber nichts ist mehr da.«

»Zu wem Kontakt?«

Franz starrte Theodor eindringlich an.

»Zu wem Kontakt?«, wiederholte Theodor die Frage. Ungeduldig. Er ärgerte sich. Ärgerte sich über seine Unfähigkeit, das Gespräch in eine sinnvolle Richtung zu lenken.

»Das hatte ich Ihnen erzählt. Nur Ihnen. Haben Sie es vergessen? Sie hören mir nicht zu. Sie finden mich lächerlich.«

»Hören Sie auf.«

»Hören Sie auf? Womit denn?« Franz räusperte sich. »Womit denn? Das System zu hinterfragen? Damit? Soll ich eine Marionette der Gesellschaft werden? Sie möchten mich wegsperren, das möchten Sie. Sie möchten, dass ich meinen Mund halte. Sie möchten, dass ich funktioniere. Sie möchten mir Medikamente geben und dann soll alles laufen. Ich habe das vorausgesehen. Sie machen mich stumpf, sie machen mich willenlos, taub, gefügig.«

»Ich helfe Ihnen.«

»Eben nicht. Sie helfen mir nicht, im Gegenteil, Sie machen alles kaputt. Sie machen mich kaputt. Das machen Sie. Ich kann nirgendwo mehr hin, dabei bin ich es wert ...«

»Nein«, sagte Theodor laut.

Franz Burg starrte ihn an und erhob sich. »Was?«

»Sie setzen sich sofort wieder hin«, befahl Theodor streng. »Sofort.«

Franz blieb stehen.

»Sofort.« Theodor zeigte auf den Sessel. »Sonst lasse ich Sie ...«

»Da haben wir's!«, schrie Franz Burg. »Haben Sie das gehört?«, fragte er in den Raum hinein, in eine Runde von Personen, die nicht anwesend waren. Er zeigte auf Theodor. »Da sind wir also. So habe ich es vorausgesagt. Herr Stein will verhindern, dass ich meine Mission erfülle, dass ich sie zu Ende bringe.« Er nickte heftig. »Deswegen bin ich hier. Nur deswegen.« Er hielt inne. »Sie ... Sie sollen mich einfangen, stimmt's? Sie kommen von ganz oben«, flüsterte er.

»Wir bleiben bei der medikamentösen Therapie«, verkündete Theodor. »Sie sind schizophren. Das ist eine Krankheit.«

Franz Burg setzte sich wieder, lehnte sich zurück. »Können

wir es nicht anders nennen? Eine besondere Form der Wahrnehmung und …«

»Nein.«

Franz zuckte überrascht.

»Es ist eine Krankheit. Sie ist belastend. Für Sie und für Ihr Umfeld. Sie ist nervig.« Theodor schluckte. »Sie ist, wie sie ist, da können wir nichts beschönigen oder verharmlosen, und nur weil Sie sie anders nennen wollen, wird sie dadurch nicht besser.«

Franz runzelte die Stirn.

»Ja, was bringt es, wenn ich Sie mit Samthandschuhen begleite, Ihnen vorsichtig nahelege, dass Sie etwas Besonderes sind und eine besondere Form der Wahrnehmung haben? Was bringt es, wenn ich Sie behutsam dahin führe, dass Sie Medikamente nehmen möchten, Sie davon überzeuge, dass Sie eine besondere und wichtige Persönlichkeit sind, für die Gesellschaft ein Gewinn? Nein, das sind Sie nicht. Sie kosten uns Geld. Sie kosten uns eine Menge Geld. Und ich mache mein Leben lang nichts anderes, als mich um Sie alle zu kümmern.« Theodor stand auf. »Um Sie alle. Um Sie und um Ihre Mitpatienten. Sie sind lästig. Sie werden niemals eine Chance haben, normal zu sein. Sie werden sich niemals anpassen können oder zu etwas Besonderem beitragen.« Er setzte sich an seinen Schreibtisch. »Was tue ich hier eigentlich?«, flüsterte er. »Was habe ich hier getan? Was mache ich hier schon seit 30 Jahren?«

»Sie sind sehr verletzend.« Franz hatte einen trotzigen Gesichtsausdruck angenommen. »Was Sie gesagt haben, müssen Sie zurücknehmen.«

»Gar nichts muss ich«, sagte Theodor verärgert. »Ich muss gar nichts.«

Franz zog seinen Pullover zurecht, strich über seine Hose. »Ich bin ein wertvoller Mensch. Ich kann meine Krankheit annehmen als das, was sie ist. Ich kann Medikamente nehmen, ich kann vielleicht Verantwortung tragen, wenn sich alles eingependelt hat. Sie brauchen das nicht so zu sehen, aber ich weiß, dass es stimmt.«

»Sie haben mich eben noch davon überzeugen wollen, dass Sie der Einzige sind, der versteht, worum es hier geht.«

»Wie bitte?«

»Sie haben eine Mission, und wir halten Sie auf. Sie werden von der Gesellschaft hintergangen, ich bin ein Handlanger. Ich soll verhindern, dass Sie …« Theodor stöhnte laut. »Meine Güte, eine Verschwörung. Sie glauben, dass sich alle gegen Sie verschwören, oder? Das ist immer so. Ihr seid alle gleich.«

»Ich habe eine Krankheit.«

»Ach.« Theodor schlug mit der flachen Hand auf den Schreibtisch. »Ach, jetzt haben Sie eine Krankheit?«

»Das haben Sie doch vorhin gesagt?« Franz Burg runzelte seine Stirn. »Sie haben das vorhin gesagt. Nein?«

»Nein?« Theodor schloss seine Augen. Nein, dachte er. Nein. Ich darf nicht so sein. Nicht so. Er holte tief Luft. »Sie haben eine Krankheit. Sie leiden unter Schizophrenie.« Er rieb seine Augenbrauen. »Die Medikamente sorgen dafür, dass Sie weitestgehend normal leben können. Die Stimmen, und ja, ich nenne sie Stimmen, werden verschwinden. Das Medikament braucht seine Zeit. Es wird Phasen geben, in denen Sie gut zurechtkommen, es wird Phasen geben, in denen es schwieriger wird. Sie werden hier nicht einfach medikamentös eingestellt und dann entlassen. Nein, wir werden Sie begleiten und dafür sorgen, dass Sie …« Er öffnete seine Augen.

Der Sessel war leer, Franz Burg verschwunden, gegangen, die Tür angelehnt.

Theodor legte seinen Kopf auf den Schreibtisch. »Mein Gott«, flüsterte er. »Ich will nicht mehr. Ich will das alles nicht mehr.« Dann fiel ihm Panama ein. Was war daraus geworden? Was war aus ihm geworden? Aus ihm und Wiebe? Er hatte längst einen Nachfolger suchen wollen. Er hatte längst sein Haus verkaufen wollen. Und Wiebe? Stand sie noch hinter dem Plan? Hatte sie das je getan? Hatte sie überhaupt je hinter ihm gestanden? Wann war sein Leben aus den Fugen geraten? Wann genau? Mit Elenor Moos? Damit, dass er sie auf dem Kongress hatte stehen lassen? Hätte er sich mit ihr unterhalten sollen? Wäre dann alles anders gekommen?

»Mensch, Theo, du bist hier? Wir haben uns ja ewig nicht gesehen. Wie geht es dir?«

»Wer sind Sie?«

»Mein Name ist Elenor Moos. Wir haben uns auf einer Fortbildung kennengelernt. Das war … meine Güte. Das ist bestimmt zehn Jahre her. Oder nein. Noch länger. Fast 15 Jahre.«

»Oh, ist das so?« Theodor hätte neugierig lächeln sollen. »Ich erinnere mich nicht an Sie.«

Nein. Er hätte einfach so tun können, als hätte er die Frau wiedererkannt.

»Ja, ich erinnere mich«, hätte er lachend antworten können. »Ich erinnere mich.«

»Wie geht es dir? Wo hat es dich hin verschlagen?«

»Mich? Na, hierhin. Ich bin hiergeblieben. Ich lebe hier in Wiesbaden. Ich führe eine private Klinik.« Er hätte eine einladende Geste machen können. »Und Sie? Was zieht Sie nach Wiesbaden?«

»Ich bin Psychiaterin und suche neue Herausforderungen in einer neuen Stadt. Ich bin erst kürzlich hierhergezogen. Ich dachte mir, dass so ein Kongress ein guter Einstieg ist, um Kontakte zu knüpfen.« Elenor hätte lachen können. »Und schon treffe ich dich, was für eine Überraschung.«

Theodor hätte nicken können. »Ja, was für eine Überraschung. Und wie stellen Sie sich …«

»Bitte, wir können uns doch duzen? Lassen wir die blödsinnige Etikette.«

Theodor hätte in ein Stück Baguette beißen können. »Ja, gerne.« Er hätte wahrscheinlich Platz gemacht für jemanden, der sich hätte vorbeischlängeln wollen. »Und was konkret hast du vor? Hier in dieser Stadt?«

»Ich war in der forensischen Psychiatrie zu Hause«, hätte Elenor sagen können. »Aber ich möchte wechseln. Es belastet mich zu sehr. Ich möchte in die Neuropsychiatrie einsteigen.«

»Das ist genau …«

»Ich weiß, ich habe oft von dir in der Zeitung gelesen, darum freut es mich umso mehr, dass ich dich hier treffe. Vielleicht habe ich es sogar gehofft.« Elenor hätte verschmitzt grinsen können.

»Ich suche einen Nachfolger.«

»Für deine Klinik?«

»Ja, es wird Zeit.«

»Du hörst auf?«

Theodor hätte sie sehnsüchtig anblicken können. »Ich möchte nach Panama. Mit meiner Frau Wiebe.«

»Habt ihr Kinder?«

»Ja, drei. Sind alle erwachsen und im Ausland.«

»Und deine Frau? Ist sie hier?«

Theodor hätte glücklich nicken können. »Ja, sie unterhält sich gerade mit Leen Roger.« Hätte er gezuckt? Geschluckt? Innegehalten? »Leen Roger wäre auch ein interessanter Kontakt für dich. Sie ist Anwältin und verteidigt psychisch kranke Gewaltverbrecher. Genau dein Thema.« Leen Roger. Leen Roger ist nicht ganz dicht, hätte er still und leise gedacht. Nimm dich in Acht vor ihr, sie verdreht Tatsachen. Sie ist … sie ist … Ja, was war sie eigentlich?

»Nicht mehr mein Thema.«

»Bitte?«

Elenor Moos hätte ihn anlächeln können. »Gut gemeint, aber ich möchte doch weg von der forensischen Psychiatrie. Ich möchte wechseln.«

»Ja«, hätte Theodor zugestimmt. »Ja, stimmt, das hattest du gesagt.«

Wie wären sie auf Berne gekommen?

»Du, Theodor, ich brauche deine Hilfe«, hätte Elenor ernst gesagt. »Ich brauche deine Hilfe als Psychiater.« Sie hätte ihre Stimme gedämpft. Wahrscheinlich. »Seit einigen Tagen wohnt eine fremde Frau bei mir. Ich weiß nicht, woher sie kommt und was ihr zugestoßen ist, aber sie ist offensichtlich schwer traumatisiert. Sie hat vor meiner Tür gesessen, nackt, und ich habe sie hereingelassen.«

»Wie bitte? Und hast du …«

»Natürlich habe ich sofort die Polizei gerufen.«

»Und? Was sagen die?«

»Sie ermitteln, aber die Frau ist nicht vernehmungsfähig. Sie benötigt in erster Linie jemanden, der sich ihrer Konstitution widmet. Sie ist in denkbar schlechter psychischer Verfassung. Meinst du, dass du mal zu mir kommen könntest, um mit ihr zu arbeiten? Ich würde dich für deine Bemühungen auch …«

Und da waren sie wieder. Waren mittendrin. Mitten in der Katastrophe, die so unaufhaltsam ihren Lauf genommen hatte. Nichts an dem Gespräch hätte irgendetwas geändert. Theodor hatte Elenor nicht stehen lassen, aber das Ergebnis wäre das gleiche geblieben. Elenor Moos war nicht Elenor Moos. Und Elenor Moos war erst recht keine Psychiaterin. Theodor seufzte. Was dann? Und wohin?

»Mensch, Theo, du bist hier? Wir haben uns ja ewig nicht gesehen. Wie geht es dir?«

»Wer sind Sie?«

»Mein Name ist Ann Beck. Wir haben uns … Wir kennen uns nicht. Wir sind uns noch nie begegnet.«

Theodor hätte sie stehen lassen. Hätte er?

»Herr Stein, kann ich Sie einen Augenblick sprechen?«

»Natürlich, gern.« Er hätte eine einladende Geste machen können.

»Mein Name ist Ann Beck. Ich bin Konditormeisterin und wohne noch nicht lange in Wiesbaden. Meine Freundin ist in einem sehr schlechten Zustand. Sie benötigt dringend psychiatrische …«

Alles gelogen. Erstunken und erlogen. Von vorn bis hinten. Ann Beck war keine Konditorin. Ann Beck hatte keine Freundin. Keine einzige.

»Mein Name ist Ann Beck. Bei mir zu Hause befindet sich eine Frau, die ich nicht kenne. Ich habe sie aus einem Verlies befreit.«

Ja. So. Theodor hätte in diesem Moment erstaunt die Augenbrauen heben können.

»Ja, das klingt sonderbar, nicht?«

»Sie? Sie haben die Frau befreit?«

»Ja.«

»Sie allein?«

»Ohne die Polizei«, hätte Ann unglücklich zugeben können. »Aber seien Sie unbesorgt, die Polizei ist mittlerweile …«

Theodor schüttelte den Kopf.

»Ohne die Polizei«, hätte Ann unglücklich zugeben müssen. »Ich weiß nicht …«

Theodor hätte nicken können. »Ich höre Ihnen zu. Erzählen Sie alles in Ruhe.«

So war er nicht. Er verzog das Gesicht.

Theodor grunzte, er spürte seine Füße kaum, bewegte sie. Speichel war aus seinem Mundwinkel gelaufen. Er wischte ihn mit seinem Ärmel weg, legte seinen Kopf wieder auf die Schreibtischunterlage.

»Ich habe vor einem halben Jahr beobachtet, wie ein Mann eine Frau in ein Verlies gebracht hat.«

Weiter, dann kann alles gut werden. Für mich. Nur für mich. Mehr verlange ich nicht. Theodor schämte sich.

»Ich habe ein halbes Jahr verstreichen lassen.«

»Wie bitte?« Entrüstet. Er hätte nicht anders reagieren dürfen.

»Ich habe in Kauf genommen, dass die arme Frau ein halbes Jahr in diesem Verlies gequält worden ist. Ich allein. Niemand anderes ist schuld. Sie nicht. Sie am wenigsten, Theodor Stein. Sie sind nicht schuld. Sie können nichts dafür. Nur ich. Nur ich allein bin schuld. Ich möchte, dass Sie mir helfen. Die arme Frau liegt bei mir zu Hause und ist schwer gestört. Sie sollen zu mir kommen. Bitte. Kommen Sie zu mir und helfen Sie mir. Als Psychiater. Ich werde Sie dafür bezahlen.«

»Nein«, hätte Theodor entsetzt entgegnet. »Natürlich nicht.« Er hätte seinen Teller weggestellt und sein Telefon herausgeholt. Ja, das hätte er. »Sie bleiben hier, und wenn Sie sich von der Stelle rühren, werde ich Sie augenblicklich …«

Ann Beck hätte wahrscheinlich geblinzelt. Unsicher, eingeschüchtert.

»Haben Sie mich verstanden?«, hätte er eindringlich gefragt. Seine Stimme hätte tiefer geklungen als sonst. »Sie bleiben hier stehen.«

Hätte Ann Beck die Flucht ergriffen? Theodor nickte. Warum nicht? Ann Beck hatte sich in ihm getäuscht. Ann Beck hatte erwartet, in ihm einen Komplizen zu sehen, aber Sie hatte danebengelegen, dachte er zufrieden. Sie hatte danebengelegen. So war er nicht.

»Kein Geld der Welt würde ich annehmen.« Alle 80 Anwesenden plötzlich still, die Gespräche unterbrochen. Alle würden ihn und Ann Beck anstarren. Ann Beck, die auf dem Boden lag. Und er? Theodor über ihr, ihre Jacke fest im Griff. Alles im Griff. Ann. Berne. Sich. Die Wahrheit. »Sie glauben doch nicht, dass ich Ihr Verbrechen decke? Sie glauben doch nicht, dass ich auch nur eine Minute zögere, die Polizei zu alarmieren? Sie glauben doch nicht, dass ich mich auf so einen schmutzigen Deal einlasse? Ich bin ein ehrenwerter Mann. Ich habe als Psychiater …«

Zu dick. Er schüttelte den Kopf.

»Hallo? Hier spricht Theodor Stein. Ich möchte jemanden melden, der ein Verbrechen begangen hat …«

Genau. Ein Verbrechen. Ich habe von einem Verbrechen erfahren. Ann Beck hat ein Verbrechen begangen und möchte mich mit hineinziehen, möchte mich als Komplizen … aber ich habe sofort …

Er hörte Applaus. Erst vereinzelt, dann immer dichter. Die Gäste waren aufgestanden, applaudierten. Der Applaus wurde immer kräftiger, tosender. Wo war Wiebe? Wiebe stand da, schaute ihn an. Stolz, als hätte sie es immer gewusst. Und dann sah er Leen. Leen schob einen Mundwinkel zur Seite. »Okay«, würden ihre Augen sagen. »Ich habe falschgelegen.«

»Und ich dich geliebt.«

Theodor riss seine Augen auf, setzte sich aufrecht hin. Franz Burg stand wieder im Raum, vor ihm, die Arme verschränkt.

»Und jetzt?«, fragte er.

Theodor räusperte sich. »Und jetzt gehe ich zur Polizei und werde Anzeige erstatten. Anzeige gegen mich selbst.«

Theodor stand auf und verließ den Raum, ließ Franz Burg stehen, ließ Lonne de Jong stehen, Livia Coorp, Ann Beck, Wiebe. Leen Roger. Ließ Leen Roger im Regen stehen. In genau dem Regen, den es auf der Insel Samsø nie gegeben hatte. Am Ende würde niemand trocken bleiben.

KAPITEL 53

Sie hatte den sich ständig ändernden Himmel bestaunt. Sie hatte den gesamten Tag damit verbracht. Hatte mit einer Decke in der Hängematte gelegen und zugesehen, wie sich die Wolken kitzeln, verändern, vorantreiben ließen. Vom Wind. Über die unendliche Weite des Himmels. Weil sie konnten. Weil sie nichts anderes zu tun hatten. Weil sie nie herunterfallen würden.

Sie war am Abend zum Rocky Beach spaziert, hatte auf den hohen Klippen gestanden und über das Meer geschaut, hatte die Arme ausgebreitet, sich tragen lassen.

Heute Morgen hatte sie ihm erklärt, was passieren würde. Er war gegangen, hatte sich in den unendlichen Weiten versteckt. Es hatte zu regnen begonnen, nass und verfroren war er zurückgekehrt.

»Warum kannst du es nicht gut sein lassen?«

Sie stand auf. »Was stört dich so sehr? Du hast doch nichts damit zu tun?«

Er schüttelte den Kopf. »Nichts damit zu tun? Du drehst dich im Kreis.«

»Lass mich«, wehrte sie sich. »Ich denke nach.«

Er sah sie enttäuscht an. »Du schleppst es mit hierher, das tust du. Jemand kommt und bringt es mit. Bringt alles mit. Und dann bleibt es hier, verstehst du das denn nicht?«

»Nein«, erwiderte sie knapp. »Lass es mich machen. Dann ist es vorbei.«

»Wozu?« Er zog sie zurück auf den Stuhl. »Sag mir, wozu das gut sein soll? Warum kann es nicht anders vorbei sein? Ich möchte niemanden hier haben. Ich möchte nicht, dass Fragen gestellt werden. Ich möchte nicht, dass es sich verbreitet.« Er faltete seine Hände vor der Brust. »Es gehört nicht hierher«, flüsterte er. »Es gehört nirgendwohin.«

»Die Wolken werden es mitnehmen«, lächelte sie.

»Das ist Unfug.«

»Es kann anderen helfen.«

»Auf unsere Kosten.«

»Wenn sie kommen, Fragen stellen, Fotos machen, dann weiß ich, es ist echt.« Sie presste ihre Lippen aufeinander. »Dann weiß ich, mein neues Leben ist echt.«

Er holte tief Luft. »Gehöre ich überhaupt zu dir?«

»Ich liebe dich«, versicherte sie.

»Du tust es trotzdem. Gegen meinen Willen.«

Sie räusperte sich. »Danach ist es vorbei«, sagte sie heiser. »Versprochen.«

Sie setzte sich auf die Fensterbank.

»Du bist melancholisch, seit sie angefragt haben. Es ist nicht gut für dich.« Er schüttelte den Kopf. »Für uns.«

Sie lehnte ihren Kopf an, streckte ihre Beine aus, bestaunte den sich ständig ändernden Himmel. Wie gestern. Verbrachte den gesamten Tag damit. Wie gestern.

Die Wolken nahmen Geschichten mit. Auf Nimmerwiedersehen. Weil sie konnten. Weil sie nichts anderes zu tun hatten. Weil sie nie herunterfallen würden.

Keine Geschichte der Welt konnte so schwer sein, dass sie eine Wolke zum Abstürzen brachte.

Und wenn doch?

KAPITEL 54

Ann schleppte sich über den Gang.

»Wir danken Gott dafür, dass jeden Morgen eine Idiotin aufsteht, die zu unserer Belustigung beiträgt.«

So oder so ähnlich. Sie hatte es gestern auf einer der Karten gelesen. Zettel, Karten, Sprüche. Hingen alle an der Aufsichtskabine in der Wäscherei, kamen von draußen. Ann kamen all diese Dinge befremdlich vor. Von draußen, von einer anderen Welt. Von überhaupt irgendeiner Welt. Hier drinnen gab es keine. Alles war versteinert, betoniert, starr, leblos. Für Ann fühlte sich der Tag im Gefängnis glatt an. Glatt die Wände, glatt der Boden, glatt der Tagesablauf. Glatt ihr roter Anzug, glatt ihre Gedanken. Sie rutschten über den Beton, ließen sich nicht einfangen, wirbelten zwischen den Mauern umher und knallten gegen Türen. Sie wollten raus, weg, davon, aber konnten nicht. Blieben gefangen, genau wie Ann. Manchmal lauerten sie, passten Ann ab, standen Spalier, wenn sie sich mit ihren trägen Beinen vorwärtsbewegte. Wohin eigentlich? Nur ans Ende. An jedes Ende. Es gab keinen Anfang mehr, ausgelöscht, so wie ihre Existenz und die Liebe, die es nie gegeben hatte. Ann saß, ging, schlief, ohne eine Erinnerung, und noch bevor sie morgens aufwachte, spürte sie die harten Wände, den Boden, die Decke. Sie schlichen sich in ihre Träume, in die letzten Minuten, in das Grau, in das Grau und das Grauen eines jeden Morgens, wie eine Presskabine, deren Unerbittlichkeit Ann hilflos ausgeliefert war. Manchmal verließ sie sich darauf, dass es vorbei sein würde, aufhörte. Es kam Euphorie, dann der Fall. Wohin? Ann träumte davon, dass sie aus den hohen Toren spazieren und neu anfangen würde. Sie würde tief einatmen, es kam ihr lächerlich vor, und dann würde sie loslaufen. Sie würde laufen, sie würde sich leicht fühlen, sie würde sich nicht vorwärtsschleppen, über den Flur zwischen Stahl und Beton, sondern unter leichtem Himmel, und er würde sie tragen. Wohin? Wer war Ann, dass sie weitermachen konnte? Womit? Ihr Leben hatte aus nichts bestanden, und selbst das hatte sich aufgelöst, in Luft, ohne irgendetwas übrig zu lassen.

»Nach dem Urlaub musst du gehen, Ann. Ich ertrage es nicht mehr.«

Ann hatte Rainer angestarrt. Sie hatte nicht geatmet, hatte nichts mehr gehört, hatte nur auf seine Lippen gesehen. Die Lippen hatten sich bewegt, hatten Worte geformt. Ann hatte sich der Gedanke aufgedrängt, dass es Zeit war. Zeit zu sterben.

»Ich werde morgen die Mountainbike-Tour mitmachen«, hatte sie hektisch erklärt.

»Ist mir egal, Ann. Du kannst hier machen, was du willst. Tu es oder lass es.« Er hatte Kaffee getrunken, in sein Brötchen gebissen, mit Butter und rohem Schinken, einer Scheibe Schwarzbrot.

»Wieso sind wir in den Urlaub gefahren?«, hatte sie leise gefragt.

»Weil du darum gebettelt hast.«

»Und jetzt?«

»Hier können wir uns aus dem Weg gehen.«

»Aus dem Weg gehen?«

Er hatte mitleidig von seiner Zeitung aufgeschaut. »Du bist unglücklich, Ann. Ich möchte nicht weiter dafür verantwortlich sein.«

Sie hatte den Kopf geschüttelt. »So ist es nicht«, hatte sie geflüstert. »Ich liebe dich.«

Rainer hatte gelächelt, und Ann hatte auf ihr Brötchen

gestiert. Sie hatte ihre Schultern und ihren Kopf hängen lassen, so knapp über dem Teller, dass beim Ausatmen Krümel willkürlich über die Tischdecke geflogen waren. »Entschuldigung«, hatte sie genuschelt und sich aufgesetzt.

»Du wirst ohne mich ein besseres Leben haben. Du wirst lernen, mit Geld umzugehen, du wirst eine Beschäftigung finden.«

»Was werde ich?«, hatte sie entgeistert gefragt.

»Unsere Ehe klafft immer weiter auseinander. Wie eine …« Er hatte seine Hand gehoben, die Luft mit einer virtuellen Schere zerschnitten. »Siehst du das denn nicht?«

Ann hatte den Kopf geschüttelt.

»Nein?« Rainer hatte seine Hand sinken lassen. »Siehst du überhaupt irgendetwas, Ann? Kommt irgendetwas bei dir an?«

Ann hatte mit den Schultern gezuckt.

»Genau. Du weißt es selbst nicht.«

»Warum tust du das?«

»Nein!« Rainer hatte ungeduldig den Kopf geschüttelt. »Nicht so.« Er hatte einen Schluck Orangensaft genommen. »Es ist müßig, dir zu erklären, warum ich diese Entscheidung getroffen habe. Du wirst sie sowieso nicht verstehen.« Er hatte seine harten Worte mit einer lapidaren Handbewegung weggewischt. »Siehst du das denn anders? Schau dich doch mal an?« Er hatte angeekelt sein Gesicht verzogen. »Ich kann nichts mit dir anfangen, Ann. Nichts.«

»Rainer«, hatte sie geflüstert.

»Ja, Rainer, Rainer, Rainer. Hör auf damit.« Er hatte seine Zeitung zusammengefaltet. »Ich kann es nicht mehr hören. Ich kann dich nicht mehr hören. Dein Jammern, deine Depressionen, deine Fresssucht. Ann, ich möchte dir das nicht einmal mehr erklären. Nicht einmal mehr das.« Er war aufgestanden. »Ich kaufe dir eine Wohnung. Willst du das?«

Anns Augen hatten sich mit Tränen gefüllt.

»Ja«, hatte er entschieden. »Und dann wird es dir besser gehen.« Er war gegangen, hatte Ann allein im Frühstückssaal zurückgelassen, ihr Leben lapidar zerstampft, zerquetscht, zermalmt.

Ann hatte gestern in ihrer Zelle gedacht, dass sie Rainer fragen musste. Fragen musste, ob er bei seinem Vorhaben geblieben war. »Willst du dich immer noch trennen?«

Nein, sie musste ihn anders fragen. Vielleicht sollte sie ihre Ehe nicht infrage stellen. Vielleicht sollte sie einfach nur zurückkommen und so weitermachen wie bisher. Rainer hatte nie gefragt, wo sie gewesen war. Einen Tag, manchmal mehrere. War nach Hause gekommen, hatte sich an den Tisch gesetzt und Toast mit Spiegelei gegessen.

»Willst du nicht wissen, wo ich war?«

»Bitte?« Er hatte überrascht aufgesehen. »Was ist? Was soll ich wissen?«

»Ich war weg, Rainer. Hast du's denn nicht bemerkt?«

»Doch, habe ich. Aber jetzt bist du hier.« Er hatte hektisch gekaut, auf seine Uhr gesehen.

»Und?«

»Was, und?«

»Wunderst du dich nicht?«

Er hatte sein Besteck auf den Tisch fallen lassen. »Was? Was ist denn, Ann? Muss ich jetzt immer genau wissen, wo du bist? Muss ich das?«

»Ich weiß nicht. Vielleicht ein bisschen? Vielleicht sollte es dich wenigstens ein bisschen interessieren?«

»Nein.«

Ann war zusammengezuckt. »Nein?«

»Darf ich jetzt meinen Toast weiteressen oder soll ich ihn wegschmeißen?«

Ann hatte den Kopf geschüttelt. »Ich war weg, Rainer. Hast du dir denn keine Sorgen gemacht?«

Rainer war aufgesprungen, hatte seinen Teller genommen und den Rest Toast mit Spiegelei in den Müll geworfen. Er hatte sein Jackett vom Barhocker genommen und die Haustür zufallen lassen.

Vielleicht hatte sie Glück. Vielleicht hatte er sich besonnen. Jetzt, wo Ann wirklich so lang verschwunden war, hatte es ihm vielleicht doch Sorgen bereitet? Vielleicht sogar hatte er Sehnsucht nach ihr. Hatte er? Vielleicht.

Sie entschied, dass sie einfach nach Hause gehen würde. Sie würde die Haustür öffnen, würde ihren Schlüssel auf die Kommode legen, würde ihren Hund begrüßen. Sie lächelte. Vielleicht hatte Rainer wirklich einen Hund besorgt. Einen kleinen Hundewelpen. Für sie. Zur Feier ihrer Rückkehr. Sie würde Rainer etwas Besonderes kochen. Am Ende war ihr Verschwinden doch zu etwas gut gewesen, entschied sie zufrieden.

Anns Schritte wurden schneller, leichter. Sie zog eine Grimasse. Sie musste sich dringend etwas Schönes zum Anziehen besorgen. Am liebsten wäre Ann gehüpft vor Erleichterung.

Sie wurde in den Raum geführt, setzte sich, starrte auf den dunkelroten Stoff ihrer Hose.

»Sie verstehen den Tatvorwurf?«, fragte Leen Roger.

Ann schaute auf. »Das haben Sie mich schon einmal gefragt.«

»Ich weiß. Verstehen Sie den Tatvorwurf?«

»Ja, verstehe ich.«

»Was wird Ihnen vorgeworfen?«

»Ich habe den Aal getötet.«

Leen Roger nickte. »Thies Heumann. Ich habe gestern …«

»Können Sie Rainer anrufen? Rainer Beck?«

»Ihren Ehemann?«

»Ja«, bestätigte Ann.

»Kann ich. Was soll ich ihm ausrichten?«

»Sie sind so hart. Sie sprechen so kurz und knapp.« Ann

schüttelte den Kopf. »Sie sind so kaltherzig. Möchten Sie denn gar nicht wissen, warum ich das plötzlich will?«

Leen Roger blätterte in einem Stapel bedrucktem Papier, an den Seiten ragten gelbe Zettelchen heraus.

»Nein?«, fragte Ann. »Möchten Sie nicht?«

Leen Roger blickte überrascht auf. »Was soll ich?«

»Sie hören mir gar nicht zu.«

»Ich soll Rainer Beck etwas ausrichten. Sagen Sie mir einfach, was, und ich werde das erledigen.«

»Es ist Ihnen wirklich egal, oder?«

Leen Roger verengte ihre Augen. »Was ist mir egal?«

»Ich.«

»Dann säße ich wohl kaum hier.«

»Ich bin Ihnen egal.«

»Was soll ich Ihrem Ehemann ausrichten?«

»Es ist Ihnen egal, wie es mir geht. Es interessiert Sie gar nicht. Sie machen nur Ihren Job, stimmt's?«

»Seien Sie froh darüber.«

»Und was, wenn ich das gar nicht will?«

»Dann entziehen Sie mir das Mandat. Ganz einfach.«

»Auch das wäre Ihnen egal.«

Leen Roger sortierte die Papiere wieder ein, klappte die Akte zusammen. »Was ist los mit Ihnen? Sie vergeuden wertvolle Zeit. Zeit, die Sie bezahlen müssen.«

»Sie mögen mich nicht.«

»Das muss ich auch nicht. Ich bin Ihre Anwältin, nicht Ihre Freundin.«

»Ja, niemand ist das. Wissen Sie was? Nicht einmal Berne kommt mich besuchen. Niemand schickt Blumen.«

»Sie tun so, als seien Sie Patientin in einem Krankenhaus.«

Ann lachte trotzig. »Und? Ich habe den Aal nicht für mich getötet. Für Berne. Für Berne habe ich's getan. Hätte ich mal nicht.« Sie verschränkte ihre Arme.

»Können wir weitermachen?«

Ann nickte stumm.

»Was soll ich Ihrem Mann ausrichten?«

»Er soll kommen.«

»Hierher?«

»Nein. Vergessen Sie das. Ich werde lieber einfach zu ihm gehen.«

Leen Roger öffnete die Akte, suchte nach einer bestimmten Seite, fand sie. »Ich möchte noch einmal auf Ihre Beziehung zu Theodor Stein zurückkommen. Wann und wie haben Sie sich kennengelernt?«

»Er wollte mir eine Wohnung kaufen.«

»Theodor Stein?«, fragte Leen entsetzt, starrte dabei auf ihre Unterlagen. »Theodor Stein wollte Ihnen eine Wohnung kaufen?«

»Wussten Sie, dass er sich von mir getrennt hat?«

Leen Roger schaute auf. »Ich wusste ja nicht einmal, dass Sie eine Beziehung geführt haben.« Sie verzog das Gesicht.

»Wir sind verheiratet.«

Leen Roger schüttelte den Kopf. »Sie meinen Rainer, Ihren Ehemann, nicht Theodor Stein.«

»Wen denn sonst?« Ann pustete in die Luft. »Eine Wohnung.« Sie überlegte. »Er war der Meinung, dass ich ohne ihn glücklicher bin. Er hat es einfach gesagt.« Ann schaute zur Decke. »Einfach gesagt.«

Rainer. Hätte er nach dem Urlaub einen Rückzieher gemacht? Hätte er sich zu Hause einfach wieder dem normalen Leben gewidmet, wäre morgens aufgestanden, hätte gefrühstückt, hätte sich bis abends aus dem Staub gemacht, hätte sie ignoriert? Hätte, hätte, hätte. Sie lächelte. Jetzt hatte Rainer längst vergessen, dass er sich von ihr hatte trennen wollen. Rainer hatte auch vergessen, wie lecker ihre Lammlachse waren. Jetzt konnte endlich alles anders werden. Jetzt konnte sie endlich heimkehren, und er würde sie nicht mehr ignorieren. Jetzt würde er sich an sie schmiegen. Ann schüttelte den Kopf. Niemals. Niemals würde er. Er würde niemals zugeben, dass er sie vermisst hatte. Sie zuckte mit den Achseln. Musste er ja auch nicht. So war er. So war er immer schon gewesen. Man konnte Rainer nicht ändern. Vielleicht wollte sie das auch nicht mehr. Sie wollte nur zu ihm, mehr nicht. Sie wollte zu ihm und endlich glücklich werden. Er würde gar nicht merken, dass sie da wäre. Es gab keinen Grund für ihn, sich zu trennen. Keinen Grund, dafür würde sie sorgen. Plötzlich überkam sie schlechte Laune. Sodbrennen. Leen Roger saß ihr gegenüber und tat so, als wäre nichts mehr wichtig. Als hätte Ann kein Leben mehr. Sehr wohl hatte sie eins. Es würde jetzt erst richtig beginnen. Mit Rainer.

»Rainer wird mich abholen. Niemand kommt an Rainer vorbei.« Ann lächelte stolz.

»Ich habe keine Zeit für so was.«

»Für so was?«

»Für so was.« Leen Roger stand auf.

»Sie stellen mir immer nur Fragen«, wehrte Ann ab. »Was sollen die bringen?« Ann knabberte nervös an ihrer Unterlippe, schmeckte Blut. »Warum muss nicht auch Berne ins Gefängnis? Warum sitzt sie nicht hier und trägt diesen hässlichen Anzug?« Sie zupfte wütend an ihrem Oberteil herum.

Leen Roger setzte sich wieder auf ihren Platz. »Wann haben Sie sich entschieden unterzutauchen?«

Ann rümpfte ihre Nase. »Das ist eine schwierige Frage. Muss ich ein Datum nennen?«

»Ungefähr. Einen ungefähren Zeitraum.«

Ann atmete geräuschvoll aus. »Irgendwann. Ich kann nicht sagen, wann genau. Ich bin gegangen, einfach so. Es war kalt. Sehr kalt. Ich habe mich wirklich bemüht. Ich habe sogar meinen Schlüssel verloren und bin noch einmal zurückgerannt. Da lag Berne schon unter dem Auto.«

»Das verstehe ich nicht.«

»Sie konnte ja schlecht in der Sonne liegen.«

»Sagten Sie nicht gerade, es war sehr kalt?«

Ann kicherte. »Den Schlüssel habe ich erst viel später verloren. Ich weiß nicht mehr genau, aber da war es heiß.«

Leen wehrte ab. »Von vorn.« Sie hatte eine leere Seite vor sich liegen. »Wir fangen ganz woanders an. Erzählen Sie mir von Rainer.«

Ann lächelte. Sie begann zu erzählen. Von Rainer, davon, dass zwischen Ihnen nur Kälte herrschte, von seiner Gleichgültigkeit und ihrer Unzufriedenheit.

»Und Ihre Eltern? Waren sie mit Rainer einverstanden und damit, dass Sie so früh geheiratet haben?«

Ann schluckte, faltete ihre Hände und legte sie in den Schoß. »Ich habe keine Eltern.«

»Tot?«

Ann nickte.

»Wann?«

»Schon wieder. Sie sind schon wieder so erbarmungslos, so hart.«

»Wann?«, wiederholte Leen unbeirrt.

Ann seufzte. »Ich habe meine Mutter nie kennengelernt.«

»Sind Sie zur Adoption freigegeben worden?«

»Nein.«

Leen schaute auf. »Was dann? Lassen Sie sich nicht alles aus der Nase ziehen.« Sie schüttelte ungeduldig den Kopf. »Kommen Sie.«

»Ich habe meine Mutter umgebracht.«

»Das ist Blödsinn.«

»Ich bin schuld an ihrem Tod.« Ann schluckte.

»Ein Unfall?«

»Bei der Geburt. Sie ist gestorben, weil sie mich auf die Welt gebracht hat.«

»Dafür können Sie nichts«, bemerkte Leen knapp.

»Das macht es nicht besser. Meine Mutter hat mich geliebt. Ich habe den einzigen Menschen, der mich je geliebt hat, umgebracht. Sie hatte sich sehr auf mich gefreut. Ich war ihr Ein und Alles.«

Leen Roger atmete geräuschvoll aus. »Sie hatten eine schwere Kindheit«, stellte sie fest. »Ihre Mutter stirbt, bevor Sie überhaupt auf die Welt kamen, und Ihr Vater …«

»Hören Sie auf.« Ann schluckte. »Lassen Sie das.«

»Ich bin nicht so.« Leen schüttelte den Kopf. »Ich kann kein Mitgefühl aufbringen. So etwas liegt mir nicht.«

»So etwas liegt Ihnen nicht? Was soll das heißen?«

»Ich bin nicht in der Lage, Empathie zu empfinden.«

»Empathie?«

»Mitgefühl.«

Ann nickte stumm. »Das ist einfach.«

Leen wirkte überrascht. »Einfach?«

»Ja«, bestätigte Ann vorsichtig. »Sie sagen mir, dass Sie kein Mitgefühl aufbringen können.«

»Das ist doch nicht einfach.«

»Warum nicht? Sie können Fragen stellen, eine nach der anderen. Ohne Rücksicht.« Ann kratzte sich am Hals. »Ohne Rücksicht darauf, wie es mir dabei geht.«

Leen tippte mit dem Kugelschreiber auf das Blatt Papier. »Wissen Sie, was ich als Strafverteidigerin tue?«

»Sie verteidigen mich.«

»Sagen Sie mir, was Sie sich darunter vorstellen. Welche Rolle spiele ich genau?«

»Sie verteidigen mich.«

»Ann Beck«, sagte Leen Roger streng. »Sie formulieren jetzt genau, warum Sie mich aus Ihrer Sicht brauchen.«

Ann bekam Bauchschmerzen. »Ich weiß nicht, was Sie meinen«, sagte sie weinerlich. »Ich will das nicht.«

»Es ist aber wichtig. Ich kann Sie nicht verteidigen, wenn Sie mich nicht arbeiten lassen.«

»Aber ich lasse Sie doch arbeiten. Ich bin hier, ich störe Sie gar nicht. Wieso glauben das immer alle? Rainer auch. Er konnte nie ertragen, dass ich neben ihm sitze. Er hat sich immer gestört gefühlt. Dabei mache ich gar nichts.« Sie unterdrückte ein Räuspern. »Ich bin einfach nur hier. Darf ich das denn nicht?«

Leen Roger schüttelte den Kopf. »Sie sind mit Abstand die wichtigste Person, die einzige Person, die einzige Person auf der ganzen Welt, die mit mir zusammen eine Strategie ausarbeiten kann, um Sie zu verteidigen.«

Ann schaute trotzig zur Seite.

»Um Sie zu verteidigen, Ann. Und wissen Sie, was das wirklich heißt? Sie verteidigen? Was, Ann, verteidige ich denn?«

»Was ich getan habe«, flüsterte Ann.

Leen klatschte laut in ihre Hand. »Nein«, rief sie. Ann zuckte zusammen. Schluckte. Gleich würde sie weinen. »Nicht, was Sie getan haben, Ann. Das brauche ich niemandem zu erklären. Sie haben Thies Heumann erstochen. Er ist gestorben. Er ist tot. Thies Heumann ist tot. Sie haben ihn mit einem Messer erstochen, und alle können es bezeugen. Die Staatsanwaltschaft wird darin einen Mord sehen wollen. Mit Leichtigkeit.«

Ann schüttelte den Kopf. Der Kloß im Hals rutschte höher, drückte ihr die Kehle zu. »Sie sind hässlich«, sagte sie heiser.

Leen stand auf, stützte sich auf den Tisch, lehnte sich zu Ann herüber. »Ich möchte es aus Ihrem Mund hören.«

Ann kniff ihre Augen fest zusammen.

»Sie werden zu einer lebenslangen Haftstrafe verurteilt.«

Und da kamen sie angerollt. Ihre Augen brannten, als hätte sie zu lange in die helle Sonne geschaut, in ihren Ohren rauschte es.

»Sie werden für den Rest Ihres Lebens im Gefängnis bleiben, wenn ich es nicht schaffe, aus Ihrem Mord an Thies Heumann eine Körperverletzung mit Todesfolge zu machen.« Leen holte tief Luft. »Kennen Sie die Unterschiede?«

»Hören Sie auf«, fiepste Ann.

»Erst, wenn Sie verstehen, um was es hier wirklich geht.«

Ann öffnete ihre Augen. Ein Schwall Tränen schoss heraus, tropfte auf den Tisch. »Um was?«, flüsterte sie.

Leen hob ihre Hand, streckte den Daumen aus. »Mord«, sagte sie. »Vorsätzlich, geplant, heimtückisch, grausam, aus niederen Beweggründen. Der Täter muss die Arg- und Wehrlosigkeit des Opfers ausgenutzt haben.« Leen nickte knapp. »Übertragen wir es auf Ihre Situation im Degenhardt: Sie beobachten im Wald eine Straftat. Sie werden Zeugin. Sie wissen ganz genau, was Heumann mit dieser Frau vorhatte, sonst wären Sie wohl kaum ein halbes Jahr später zurückgekehrt.« Leen riss ihre Augen auf. »Sie wollen nicht auffliegen. Wollen unter keinen Umständen, dass jemand herausbekommt, wer Sie sind und wo Sie sich befinden. Warum? Weil Sie Ihrem Ehemann systematisch Geld gestohlen haben. Nun gibt es keinen Diebstahl in der Ehe, aber ein kleines Detail fehlt noch. Rainer Beck hatte sich einen Tag vor Ihrem Verschwinden von Ihnen getrennt.« Sie ließ ihre Hand sinken. »Weil Berne skeptisch ist, Ihnen auf die Schliche kommt, Sie sogar als Komplizin sieht, planen Sie, Heumann zu ermorden. Eigentlich möchten Sie sich dazu ein Messer besorgen. Ein Messer, das Sie nur zu diesem Zwecke und nur an besagtem Tag bei sich tragen. Eine Tatwaffe, die Sie sich nur beschaffen, um Heumann zu töten, im Degenhardt, weil Sie ihn heimtückisch in eine Falle locken, ihn dorthin bestellen. Aber Sie sind schlau. Sie haben sich erkundigt. Sie wissen ganz genau, dass Sie überführt werden können, weil Sie die klassischen Qualifikationsmerkmale eines Mordes erfüllen, würden Sie sich ein Messer besorgen. Ist Ihnen zu heiß. Sie bestellen absichtlich ein Gericht, zu dem man ein Steakmesser serviert bekommt. Das ist Ihre Tatwaffe. Sie sind vorbereitet, als Heumann das Degenhardt betritt. Dass Sie beide nur zufällig aufeinandertreffen, ist schwer zu glauben. Thies Heumann kommt aus Kempten. Was soll er hier? Und was soll er hier in Wiesbaden im Degenhardt, wo Sie zum gleichen Zeitpunkt zu Mittag essen? Die Wahrscheinlichkeit eines Zufalls ist hier vollkommen ausgeschlossen.« Leen lächelte. »Vollkommen.« Sie hielt inne. »Mit wem waren Sie verabredet?«

»Was?« Ann schüttelte irritiert den Kopf.

»Mit wem haben Sie im Degenhardt zu Mittag essen wollen?«

»Mit Katina.«

»Wer ist Katina?«

»Eine Freundin.«

»Wie lange kennen Sie Katina schon?«

Ann zögerte. »Nur ein paar Tage.«

»Also ist sie nicht Ihre Freundin.«

»Wie können Sie …«

»Sie ist nicht Ihre Freundin«, unterbrach Leen scharf. »Sie kennen diese Frau kaum.«

»Aber …«

»Gehen Sie öfter hier in Wiesbaden essen?«

»Nein«, flüsterte Ann.

»Nein? Sie waren auch noch nie im Degenhardt?«

Ann schüttelte stumm den Kopf.

»Und treffen Sie sich öfter mit Freundinnen? Verabreden Sie sich regelmäßig?«

»Nein.«

»Zum ersten Mal? Sie gehen an besagtem Tag zum ersten Mal aus? Sie gehen an besagtem Tag zum ersten Mal ins Degenhardt? Mit einer Frau, die Sie erst wenige Tage kennen?«

Ann nickte.

»Wer von Ihnen war zuerst da?«

»Wie meinen Sie das?«

»War Katina schon da, als Sie im Degenhardt eintrafen?«

»Nein.« Ann schüttelte den Kopf, starrte auf ihre Hände. Kein Ring. Keine Ehe. Oder doch?

»Sie sind zuerst da?«

»Habe ich doch schon gesagt.«

»Ist das Degenhardt voll?«

»Nein, nicht so.«

»Sie treffen zu einer Uhrzeit ein, in der das Degenhardt weniger voll besetzt ist?«

»Das war keine Absicht.«

»Wann gehen Menschen frühstücken?«

Ann verzog das Gesicht. »Morgens?«

»Menschen gehen morgens frühstücken. Wenn Sie in ein Café gehen, um zu frühstücken, warum tun Sie das?«

Ann zuckte mit den Schultern.

»Warum sind Sie mit Katina essen gegangen? Warum haben Sie nicht allein zu Hause im Stehen in der Küche eine Mahlzeit zu sich genommen?«

»Weil wir uns verabredet haben.« Ann schaute zur Decke. »Wir sind Freundinnen.«

»Nein.« Leen schüttelte den Kopf. »Das sind Sie nicht. Sie sind keine Freundinnen, aber Sie haben sich verabredet. Was haben Sie erwartet, Ann? Was haben Sie geglaubt, passiert bei dem Treffen mit Katina?«

»Wir unterhalten uns.«

»Sie unterhalten sich.« Leen hob ihre Augenbrauen. »Sie unterhalten sich. Deswegen trifft man sich. Und deswegen haben sich auch alle anderen Gäste im Degenhardt eingefunden. Man verabredet sich, um sich zu unterhalten, um eine schöne Zeit miteinander zu verbringen. Da kann ein Frühstück schon einmal länger dauern, oder?«

Ann runzelte ihre Stirn. »Ich verstehe nicht, was das alles soll? Was sind das für Fragen? Woher soll ich das alles wissen?«

»Wer auswärts frühstücken geht, möchte ein paar schöne Stunden mit lieben Freunden verbringen, richtig?«

Ann nickte vorsichtig.

»Sie kommen zu einer ganz bestimmten Uhrzeit ins Degenhardt.«

»Weil ich mich verabredet habe.«

»Die meisten Gäste sind mit dem Frühstück fertig, haben gerade das Degenhardt verlassen. Die Gäste für das Mittagessen sind noch nicht eingetroffen. Das Degenhardt ist fast leer.«

»Und?«

»Haben Sie freie Platzwahl?«

Ann holte tief Luft. »Vielleicht?«

»Und wo setzen Sie sich hin?«

»Was?«

»Wo? Wo genau haben Sie sich im Degenhardt einen Platz gesucht?«

Ann überlegte angestrengt. »Ganz hinten. In der hintersten Ecke.«

»Mit dem Blick zur Tür.«

Ann hielt den Atem an. »Aber doch nicht …«

»Jeder Anwesende im Degenhardt wird bezeugen, dass Sie ins Degenhardt spaziert sind und sich einen Tisch in der hintersten Ecke gesucht haben. Sie setzen sich mit dem Rücken zur Wand, so, dass Sie den Eingang genau im Blick haben.« Leen lächelte kalt. »Das Degenhardt füllt sich schnell. Sie haben also genau den richtigen Moment abgepasst. Dazu sind Sie sogar einige Minuten früher als verabredet gekommen, und das, obwohl Sie sich niemals verabreden, obwohl Sie keine Freundinnen haben, obwohl Sie niemals essen gehen. Nur zufällig an genau dem Tag, an dem Sie planen, Thies Heumann zu ermorden.«

Ann öffnete ihren Mund, starrte Leen Roger an.

»Ganz genau. Und was bestellen Sie sich?«

Ann schüttelte den Kopf.

»Eine Suppe?«

»Ich …«

»Bringt Ihnen die Kellnerin einen Löffel?«

»Ich habe einen Burger bestellt.«

»Einen Burger. Einen Burger, für den die Kellnerin ein scharfes Steakmesser bringt. Es liegt neben Ihrem Teller. Es liegt dort, weil Sie es so wollten. Weil Sie nur darauf gewartet haben, dass Thies Heumann zur Tür hereinspaziert.«

»Wieso tun Sie das?«, fragte Ann heiser. »Ich habe nichts …«

»Und dann stehen Sie auf. Sie stehen auf und nehmen das Messer. Thies Heumann war keine zwei Minuten im Degenhardt, er hatte noch nicht einmal die Zeit, sich einen Platz zu suchen. Sie wollten verhindern, dass er sich hinsetzt, ein Tisch im Weg steht. Sie wollten freien Zugang, wenn Sie zustechen.«

Ann schloss ihre Augen.

»Wusste Thies Heumann, wer Sie sind? Hat er Sie je gesehen?«

Ann antwortete nicht.

»Sie haben sich nie gezeigt, habe ich recht? Er hatte keine Ahnung, wer Sie sind. Heumann konnte nicht im Geringsten erwarten, dass Sie aufstehen würden, um ihn zu ermorden. Sie haben sich seine Arg- und Wehrlosigkeit zunutze gemacht, und das ist noch nicht alles: Sie haben eine Straftat damit vertuschen wollen. Zwei herausragende Qualifikationsmerkmale.« Leen hielt inne. »Das alles macht es zu Mord.«

Leen Roger setzte sich, hob ihren Zeigefinger. »Totschlag. Ein vorsätzliches Tötungsdelikt ohne Mordmerkmale.« Sie nickte knapp. »Soll ich weitermachen?«

»Nein«, flüsterte Ann.

»Nein?«

»Sie haben beim letzten Mal ganz andere Sachen gesagt.« Ann

wischte sich ihre Tränen von den Wangen. »Sie haben beim letzten Mal gesagt, dass ich aus Notwehr gehandelt hätte. Und jetzt? Jetzt sagen Sie mir, es wäre Mord gewesen.« Sie zog geräuschvoll ihre Nase hoch. »Sie sollen das nicht. Sie dürfen das nicht. Sie dürfen so nicht zu mir sein.« Ann schluchzte. »Wieso sind Sie überhaupt hier?«

»Um Sie zu verteidigen. Sie, Ann.«

»Ich habe einen Mord begangen.«

»Das möchte die Staatsanwaltschaft gerne so sehen.«

»Aber Sie haben es eben gesagt. Sie waren diejenige, die ihre Meinung geändert hat, oder nicht?«

»Möchten Sie zu lebenslanger Haft verurteilt werden, Ann?«

Ann schniefte. »Wahrscheinlich nicht.«

»Das werden Sie aber.«

Ann schluckte. »Will ich aber nicht.« Sie schaute auf. »Werde ich?«

»Die Fakten sprechen dafür. Lebenslang.«

Ann schüttelte den Kopf. »Aber Sie müssen etwas dagegen tun? Sie müssen der Staatsanwaltschaft klarmachen, dass ich niemals vorhatte, den Aal zu töten. Sie müssen denen sagen, dass ich nur Burger bestellt habe, weil … Mir war das Mittagessen egal. Ich hätte auch eine Suppe gegessen.« Ann wartete, aber Leen reagierte nicht. Sie hatte sich zurückgelehnt, ihre Arme verschränkt. »Sie müssen denen sagen, dass ich das alles nur für Berne getan habe. Nur für Berne.« Ann nickte traurig. »Nur für Berne.« Sie schüttelte den Kopf. »Vielleicht auch für Rainer. Ich wollte ihm kein Geld stehlen. Ich wollte nichts Böses tun. Ich wollte das alles nicht. Ich wollte den Aal nicht töten. Ich wollte Berne nicht in der Hütte lassen. Ich weiß auch nicht. Ich wollte immer nur …« Ann seufzte, stützte ihren Kopf ab. »Ich wollte immer nur Bernes Freundin sein. Nur das.« Sie überlegte. Hatte sie das wirklich gewollt? Oder hatte sie das alles nur für Rainer getan? »Ich liebe Rainer«, sagte Ann. »Ich wollte eigentlich immer nur zu ihm zurück, und dass er mich endlich wieder liebt. Sie müssen denen sagen, dass ich das alles nicht wollte.«

»Genau«, lächelte Leen. »Endlich haben Sie es verstanden.«

Ann schaute auf. Leen Roger war gar nicht so hässlich, fand sie.

»Wie lange halten Sie es im Gefängnis aus?«

Ann blinzelte. »Gar nicht«, flüsterte sie.

»Dann sollten wir daraus eine Körperverletzung mit Todesfolge machen. Minder schwerer Fall. Höchstens drei Jahre.«

»Und wie?«

»Indem Sie mir meine Fragen beantworten.«

Ann atmete geräuschvoll aus.

»Alle Fragen. Ohne Ausnahme«, verkündete Leen.

»Alle Fragen«, wiederholte Ann.

»Besonders die, die am meisten wehtun.«

»Okay«, fiepste Ann.

KAPITEL 55

Junia hielt es nicht mehr aus. Hielt nicht mehr aus, dass es dunkel war, der Boden hart und kalt, die Luft schwarz. Sie hatte Magenschmerzen.

Isa schnarchte. Immerhin.

Und Marten? Hatte er probiert, sie zu erreichen? Hatte er einen Versuch unternommen, sie zu suchen?

Sie hätte dankbarer sein müssen. Dankbarer dafür, dass er sie vor dem Unglück bewahren wollte. Immer wieder.

Marten hatte damals ihre Hände genommen. Er hatte warme, trockene Hände gehabt. Etwas rau, sehr groß. Fast ein bisschen grob. Sie hatte in diesem Moment an Thies gedacht, war abrupt aufgestanden, hatte verlegen gelacht.

»War es das?«, hatte Marten gefragt. »Weil ich deine Hände gehalten habe? Deswegen?«

Und wenn sie nicht aufgestanden und weggegangen wäre? Wenn sie ihn stattdessen angelächelt hätte?

»Marten, ich bin mit Thies zusammen.«

»Thies ist nicht der, für den du ihn hältst.«

»Warum sagst du das?«

»Weil ich es weiß. Ich kann so was.«

»Ich kann so was? Was kannst du?«

Marten hätte genickt. »Fühlen. Ich habe eine gute Menschenkenntnis.«

»Und? Was sagt sie dir?«

»Thies wird dein Leben zerstören.«

Junia sah sich lachen.

»Das sage ich nicht nur so. Nicht, weil ich … nicht, weil ich … ich weiß nicht, Junia. Ich …«

Junia nickte in die Dunkelheit hinein. »Ich komme mit«, flüsterte sie in die Kälte. »Ich komme mit, Marten.«

Und dann?

»Thies, ich habe mich vertan. Manchmal passiert das.«

»Du hast dich vertan? Was soll das bedeuten? Womit hast du dich vertan?« Thies hatte immerzu Fragen gestellt. Ganz viele hintereinander.

»Mit meiner Liebe.«

»Mit deiner Liebe? Wie meinst du das? Mit deiner Liebe zu mir?«

»Ich habe sie mir eingeredet.«

»Wie kann man sich Liebe einreden? Wie kann man? Ich verstehe nicht, was du sagst. Du machst mir Angst. Was ist los mit dir, Junia?«

»Ich liebe dich nicht, das ist los. Ich habe es mir nur eingeredet.«

»Jetzt warte doch mal. Bitte, Junia, zieh keine voreiligen Schlüsse. Du liebst mich, das weiß ich. Ich weiß es, du weißt es. Warum sollte sich das plötzlich geändert haben?«

Junia hatte es gewollt. Junia hatte Thies lieben wollen. Sie hatte es sich vorgenommen, weil ihr die Gelegenheit dazu begegnet war. Junia schüttelte den Kopf. Nichts hatte gestimmt. Nichts. Es hatte keine Isa gegeben, kein Aneurysma, keine Fahrdienste, keine Steuerschulden. Nichts. Wie hatte Thies vorher gelebt? Vor der Vergewaltigung? Wo hatte er gewohnt? Hatte er eine Beziehung gehabt? Junia grübelte angestrengt. Wie hatte Thies' Leben ausgesehen? Sie holte tief Luft. Zum ersten Mal wurde ihr bewusst, dass sie keine Ahnung hatte. Thies' Vergangenheit hatte aus einer einzigen Lüge bestanden. Sie hatte akzeptiert, dass nichts von dem, was Thies ihr erzählt hatte, der Wahrheit entsprach. Aber stattdessen? Stattdessen? Junia hatte sich nie die Frage gestellt. Vor der Vergewaltigung, vor Isa, vor ihr. Und wenn sie Ruben fragen würde? Sie verwarf die Idee. Er würde ihr nur weitere Lügen erzählen. Junia lachte lautlos. Ruben würde nicht zurückkommen. Selbst wenn sie ihn wirklich ausfragen wollte, es würde nie dazu kommen. Ruben war weg. Hier gab es niemanden. Nur die schwarze Zeit, die sich verlor, die keinen Anhaltspunkt bot, die keine Orientierung bereithielt. Die schwarze Zeit und die Schmerzen. Ihre Hände drohten gefühllos zu werden, Gesäß und Steißbein taub, ihr Kopf hämmerte. Diese Kälte, diese Kälte, diese Kälte. Und Isa? Isa hatte zu schnarchen aufgehört. Still. Schwarz und still. Kalt. Diese Kälte lag in der Luft, wog schwer, vakuumierte jede Form der Zuversicht.

Junia versuchte, ihre Sitzposition zu verändern, schaffte es, im Wechsel ihre Gesäßhälften anzuheben. Erst die rechte, dann die linke, spürte, wie sich das kalte Blut kribbelnd verteilte. Ein Hauch von Leben zwischen Taubheit und Schmerz, mehr gab es nicht. Der Kabelbinder um ihre Handgelenke war so eng, dass der Schmerz in ihren Händen langsam der Kälte wich. Ihr Herz klopfte schwerfällig.

»Isa?«, fragte sie leise.

Wenn wenigstens irgendwo ein Tropfen stetig auf ein Blech fallen würde, sie hätte sich stoisch daran orientieren können. Dieser Tropfen hätte alle paar Sekunden ihr Bewusstsein genährt. Aber es gab kein einziges Geräusch. Kein Geräusch, keinen Geruch. Nur die Dunkelheit. Schwarz.

Und die Kälte.

Würde sie? Würde sie sterben? Der Gedanke daran schlich sich unauffällig heran. Hier und da lauerte er, sie registrierte ihn im Augenwinkel. Er stand da, schüchtern, beobachtete sie erwartungsvoll. »Jetzt?«, wollte er fragen.

Ruben würde kommen. Er würde die Tür öffnen und Junia würde hellwach sein. Sie würde aufstehen.

»Bleib sitzen«, würde Ruben befehlen.

»Ich muss auf die Toilette. Lass mich rausgehen. Ich kann nicht … ich will nicht in die Hose … Das kannst du auch nicht wollen.«

»Warum nicht? Was sollte ich dagegen haben? Ihr beide werdet sterben. Mit oder ohne Pisse.«

»Lass mich auf die Toilette gehen. Bitte, Ruben.«

»Was kriege ich dafür?«

Junia schüttelte den Kopf. So war Ruben nicht. Er würde sich niemals an ihr vergreifen. Niemals. Er hatte Angst vor ihr, hasste sie.

»Komm mit.« Ruben würde sie auf die Füße zerren. »Geh halt pinkeln.«

Sie würde hinausgehen, das grelle Sonnenlicht, es würde sie blenden. Wie warm es war. Wie warm und hell.

»Hier?«, würde sie ihn irritiert fragen und sich hinhocken, während er ihr zusehen würde. Junia spürte den warmen Urin zwischen ihren Beinen. Sie ließ es laufen. Warm. Wie warm es war.

Und dann? Sie trat Ruben in den Schritt. Während er sich krümmte, den Kopf tief geneigt, hob sie einen großen Stein auf, streckte sich, schleuderte ihn von oben an seinen Hinterkopf. Er stöhnte, sackte zusammen. Sie traf noch einmal und noch einmal und noch einmal. Der Urin zwischen ihren Beinen wurde kalt. Und noch einmal.

Aufdringlich war er nicht, der kleine Gedanke an den Tod. Hatte sich wieder getrollt, während Junia auf Ruben eingeschlagen hatte. Sie rannte los. Zwischendurch fiel ihr ein, dass sie Isa vergessen hatte, aber sie rannte weiter. Rannte und rannte. Wohin? An Wiesen vorbei. Felder, Wiesen, die Niers. Und dann traf sie auf den Stier. Er stand auf der Weide, sie war außer Atem, sah im Nebel seine Gestalt. Die weißen Spinnennetze hingen wie Zuckerwatte zwischen Stacheldraht und Zaun. Sie konnte den Boden nicht sehen, verdeckt, grau, der Nebel dicht. Wo sollte sie entlangrennen? Sie musste hinübergelangen, Ruben wäre gleich hier, würde wie ein Zombie hinter ihr herkommen. Sie kletterte durch den Zaun, Spinnennetze verklebten ihr Haar, ihre Sicht. Wo war der Stier? Sie lief los, lief über kleine Hügel, durch tiefe Schlaglöcher, an der Tränke vorbei. Lief durch den dichten Nebel, durch das nasse Grau, der Stier eine schwarze Silhouette im Nichts. Junia stolperte. Stolperte, fiel, und da tauchte er wieder auf, der Tod. Er war freundlich, liebevoll, fürsorglich. Wahrscheinlich sanft, doch Junia hatte ihn lieber wieder weggescheucht. Fast mit schlechtem Gewissen. Gewehrt hatte sie sich, gegen die Einsamkeit, die sie aufsuchte. Der Tod war ihr einziger Gefährte, aber sie durchschaute das Konstrukt, schüttelte den Kopf. Sie lächelte. Der kleine Freund, ihr einziger in diesem Nebel, in der Dunkelheit. Das Ende verlockend. Wohlig. Und der Stier? Der kleine Freund war rücksichtsvoll. Ließ ihr Zeit. Warum nicht, dachte sie jetzt. Sie hatte ihn so lieb. Er war für sie da. Alle anderen waren weg. Peer und Marten, Thies, Ann und ihre Eltern. Und Isa? Der Tod hatte sie schon geholt, sanft gestreichelt und behutsam durch den kalten Tunnel geführt.

»Bist du so weit?«, fragte ihr kleiner Freund. Und der Stier? Der Stier war verschwunden. Sie lag auf nassem, kaltem Boden. Die Weide eine Wolke.

»Und dann?« Junia wollte noch ein bisschen Zeit herausschlagen. Sterben wollte sie nicht, aber es war so kalt. Trockene, unbarmherzige Kälte. Mit dem Leben hatte sie nichts zu tun.

»Wohin du willst«, erklärte ihr der Tod. Sanftmütig, verständnisvoll, verlockend.

»Gehörst du mir?«, fragte sie ihn.

Der kleine Freund strahlte jetzt, als hätte sie endlich etwas Wesentliches verstanden. Er nickte. »Nur dir«, versicherte er glaubhaft.

»Und wohin gehen wir?«

»Ich lasse dich nicht allein.«

»Ich will nicht mit dir gehen.« Junia wurde skeptisch.

»Schschscht«, machte der Tod und hielt weiche Finger vor seine Lippen. Wann immer er sich bewegte, lösten sich farbige Kristalle aus seiner Figur und verschwanden wieder. Der Tod so bunt. Nicht schwarz. Es gab keinen Nebel mehr.

»Ich soll sterben«, stellte Junia fest.

Der Freund, die Figur, der Tod, einladend und unverbindlich. Abermillionen Kristalle, die jeder für sich bunt explodierten und sie faszinierten.

Sie suchte nach einem Gedicht. Nach einem Anker. Irgendetwas in ihrem Bewusstsein, was sie zurückholte, wachhielt. Und dann war da wieder Thies. Immer sah sie Thies, der von einem Wolf gerissen und weggezogen wurde. Seine Beine so schlaff, die Arme weit von sich gestreckt, sein Gesicht ausdruckslos. Er war schuld daran, dass sie hier im Sterben lag. Hier, mit ihrem einzigen Freund.

»Ich werde nicht mit dir gehen«, verkündete sie.

Ihr kleiner sanftmütiger Freund nickte. »Dann komme ich später wieder.« Die Kristalle verblassten, er wandte sich ab, im Begriff zu verschwinden.

»Halt! Nein!« Junia wollte nicht schon wieder so allein sein. Diese Einsamkeit. Dieser Nebel. Hier an der Niers, zwischen weißen Spinnweben und nassem Gras.

Der kristallene Freund kam näher, reichte ihr seine Hand. »Komm!«, forderte er sie auf. »Komm!«

Er nahm ihren Atem mit, zog sie zu sich. Es war plötzlich so leicht, wurde wärmer, kein Stier, kein erdiger Boden, keine Dunkelheit mehr. Kein kalter Tunnel und am Ende Licht. Nur Kristalle. Bunt.

Sie ließ sich fallen, aber sie fiel nicht. Er war schon da, der Freund, und hielt sie.

Vielleicht würde sie Thies doch hassen. Irgendwann.

Marten. Der Stier. Die Silhouette.

Der warme Nebel. Sie hatte alles verloren.

KAPITEL 56

Er lachte. Lachte über die skurrilen Gegebenheiten, über das, was er sah, es wirkte unwirklich, war unwirklich, hatte nichts zu tun mit dem, was er erwartet, sich erhofft, sich gewünscht hatte. Eigentlich, dachte er, hatte er es vor allem nicht verdient. Monster. Teufel. Er war ein Dämon, Schwein und Scheusal, eine Chimäre. Löwe, Ziege und Schlange zugleich. Chímaira, Tochter der Ungeheuer Echidna und Typhon, nur, dass es Pegasus selbst sein würde, der an dem zerschmolzenen Bleiklumpen qualvoll ersticken musste. Ruben hatte seine Freude daran.

Er suchte, suchte im Carport nach dem Schlüssel. In der Ecke lag eine Tüte mit Staubsaugerbeuteln und einem alten Lappen. Eine Wanze fiel heraus, blieb auf dem Rücken liegen. Es knackte leise, als Ruben sie zertrat. Aus einem der Pfosten ragten Nägel, er verletzte sich an der Stirn, als er sich bücken und alte Fahrradreifen hochheben wollte. Er fluchte, rieb sich die Stirn. Kein Schlüssel. Musste er doch ins Haus, nachsehen, vielleicht gab es ein Schlüsselbrett, eine Kommode im Flur, irgendetwas.

Er stapfte den Pfad vom Carport zurück, schüttelte den Kopf, entschied sich dagegen, ließ den Bunker liegen, ließ Isa und Junia liegen. Eigentlich hatte er jedes Interesse verloren. Eigentlich wollte er den Bunker nicht noch einmal betreten. Eigentlich wollte er aufhören, mit was, wusste er nicht. Ruben wusste nicht einmal, wie es überhaupt weitergehen sollte. Nicht nur in den nächsten Stunden, sondern für den Rest seines Lebens. Wo sollte er hin? Was hatte er davon, Isa und Junia in dem Bunker sterben zu lassen? Was hatte er davon, sich zu verstecken? Was hatte er davon, weiterzumachen? Er würde für immer auf der Flucht sein, und irgendwann würden sie ihn doch finden. Irgendwann, und Ruben hatte das Gefühl, dass es gar nicht mehr so lange dauern würde. Niemand konnte erfolgreich untertauchen, nicht einfach so, nicht in Deutschland, nicht als Trio, nicht als jemand, dessen Identität keinen Spielraum ließ. Ruben grübelte. Was, wenn das Video nicht eindeutig war? Vielleicht hätte er es sich doch anschauen sollen, dann abwägen können, ob er eine Chance hatte? Woran sollte jemand festmachen, dass sich Ewra nicht freiwillig hingegeben hatte? Eine Frau, drei Männer. Das war in sämtlichen Pornos zu finden. Und das viele Blut? Das gab es auch. Es gab Pornos, in denen wurden Frauen mit dem Kopf in eine Kloschüssel getaucht und von hinten gefickt, es gab Pornos, in denen wurde eine Frau von zehn oder mehr Männern zum Verkehr genötigt, ein Spiel, freiwillig, ganze Orgien bestanden daraus, Frauen zu erniedrigen oder Vergewaltigungen zu inszenieren. Niemand konnte beweisen, dass Ewra gegen ihren Willen gezwungen worden war, niemand konnte beweisen, dass Ewra tot war, erst recht konnte niemand beweisen, dass sie an den Folgen der Vergewaltigung … Er schüttelte den Kopf. Dass sie an den Folgen des animalischen, wilden und einvernehmlichen Sex gestorben war. Niemand konnte es nachweisen. Niemand, denn dazu hätte Ewra Anzeige erstatten, untersucht werden müssen, dazu hätte

Ewras Leiche auftauchen müssen, und wenn nicht Ewras Leiche, dann wenigstens eine lebendige Ewra. Keine Leiche, kein Tod. Kein Tod. Ewras Tod war nicht passiert, es war gar nichts passiert. Es gab nicht einmal ein Messer, mit dem Ewra bedroht und gefügig gemacht worden war. Es gab keine Fesseln, es gab keinen einzigen Hinweis. Anal und oral … Bei einer Vergewaltigung erhöhte es das Strafmaß. Aber es hatte keine gegeben. Keine Vergewaltigung. Ruben, Thies, Fitz. Alle drei hätten die gleichen Zeugenaussagen machen können. Ruben schüttelte den Kopf, wischte sich Blut von der Stirn. Ein guter Anwalt hätte ihn rausgehauen. Warum hatte er den Postboten nicht daran gehindert? Daran gehindert, die Briefe mitzunehmen? Warum hatte er ihn nicht mit noch mehr Geld bestochen? Warum hatte er den kleinen Mann nicht davon überzeugen können, ihm die Post auszuhändigen? Niemand war so zäh, niemand, auch nicht der kleine Postbote, der kleine Postbote, der kleine Postbote, der keinen Nachteil gehabt hätte. Ruben rieb sich die Schläfen. Zu spät. Ganz einfach zu spät.

Er holte einen weiteren Schlüssel aus seiner Tasche, öffnete die Haustür. Das Glashaus. Er sollte nicht mit Steinen werfen, dachte er grimmig. Es gab keine Steine.

Im Haus war es heiß, stickige Luft empfing ihn. Spärlich, modern eingerichtet, keine Dekoration. Sein Kollege war ein Designfetischist, dachte Ruben neidisch. Es gefiel ihm.

Wann hatte er eigentlich seinen eigenen Geschmack aufgegeben? Mit Emma? Wieso überhaupt hatte er sie kennengelernt? Wieso hatte er sie in sein Leben gelassen? Mit ihr hatte sich alles verändert. Er hatte es anders haben wollen, hatte sich zu spät Gedanken darüber gemacht, dass Emma ihn störte. Er ließ sich im Wohnzimmer auf das Sofa plumpsen, breitete seine Arme aus, legte sie auf der Lehne ab, den Kopf nach hinten geneigt.

Gab es hier Whisky? Gab es hier etwas zu essen? Eine Tiefkühltruhe? Er würde sich auf die Suche machen, noch hatte er Zeit, die letzten Stunden in seinem Leben. Warum nicht?

Er stand entschlossen auf, lief herum, schaute in die Schubladen. Der Kühlschrank war leer, die Tür stand offen. Nichts zu holen, dachte er enttäuscht. Dann eben nur den Schlüssel. Er musste den Schlüssel finden.

Er suchte systematisch das ganze Haus ab, beide Etagen. Durchsuchte Kommoden und Schränke, schaute in Taschen nach. In einem der Kartons unter dem Bett fand er ihn und triumphierte. Er holte sich den Helm, die Motorradjacke, die Handschuhe. Sein Kollege war übergewichtig, die Motorradjacke und der Helm trotzdem eng. Besser als nichts, entschied er.

Im Carport klemmte er die Batterie an, setzte sich auf die Maschine. Er drehte den Schlüssel. Zu seinem Bedauern ließ sich der Motor nicht starten. Er probierte es ein zweites Mal, ein drittes Mal, wollte schon fluchen, als ihm einfiel, dass er den Ständer noch nicht hochgeklappt hatte. Es war Jahre her, dass er gefahren war, zuletzt mit Thies' Maschine. Er hatte fast alles vergessen. Die Nadel zeigte einen halb vollen Tank an, er lächelte zufrieden. »Dann los«, murmelte er in seinen Helm, der ihm seine speckigen Wangen in die Augen drückte.

Er stieß sich ab, rollte rückwärts aus dem Carport, zog die Kupplung, legte den Gang ein. Er ließ die Kupplung langsam kommen, war wackelig, die Maschine eigentlich zu groß für ihn. Sie machte einen Ruck, er nahm seinen rechten Fuß hoch, gerade so, dass er jederzeit Halt finden konnte, legte den zweiten Gang ein, gab etwas Gas. Er war unsicher, beruhigte sich. Reine Gewöhnungssache, ermutigte er sich. Er fuhr gemäßigt den schmalen Pfad entlang, schaltete hoch in den dritten Gang. Mehr erst mal nicht, dachte er, erleichtert, dass er sich konzentrieren musste, alles vergessen konnte. Auf der kurvigen Straße fiel es ihm leicht, Gas zu geben, er legte sich noch nicht in die

Kurven, war vorsichtig, wurde mit der Zeit immer schneller. Er fuhr die Straße kilometerweit entlang, verlangsamte sein Tempo, schaltete herunter, bremste. Vorsichtig wendete er die Maschine, keuchte, schwitzte dabei. Das Anfahren bereitete ihm Probleme, wie eine Blockade, die seine Routine ausschaltete. Er fuhr zurück, dieses Mal schneller, fuhr die Straße weiter und immer weiter, bis er erneute umkehrte, beschleunigte, hatte nicht vor, damit aufzuhören. Es lenkte ihn ab.

Er bog in den schmalen Pfad ein, fuhr ihn entlang, nur ein kleines Stück, bis er neben Emmas Auto zum Stehen kam. Er holte sich eine Tüte Erdnussflips, trank Cola. Während er gierig kaute, hörte er einen Knall. Ein Schuss. Er schaute sich um. Schon wieder. In einigen Abständen ein dritter Schuss, ein vierter, ein fünfter. Intuitiv duckte er sich, Stille. Er leckte seine Finger sauber, schleuderte die leere Tüte und die Colaflasche in Emmas Auto, setzte seinen Helm auf, startete die Maschine.

Und dann?

Dann gab es nichts mehr. Keine Erinnerung, kein Gefühl, kein Leben. Ruben wusste, dass nichts mehr von Bedeutung war. Nur noch eines: nicht ob, sondern wie.

Er fragte sich, wie ihn der Tod holen würde. Der Tod. Das Ende. Ein infernales Ereignis. Eine Tatsache. Er hatte keinen Zweifel daran. Er wartete, aber der Tod ließ sich Zeit, die Sonne nicht. Die Sonne schien und schien, sie brannte, sie zog jedes letzte Tröpfchen aus seinem Körper. Sein Schweiß verdunstete, noch bevor er in die Luft emporsteigen konnte. Nichts. Da war nichts. Keine Wärme, keine Kälte. Keine Arme, keine Beine. Nur die Baumspitzen, die verschwammen und sich drehten.

Und der Junge.

KAPITEL 57

Pius gähnte, rieb erschöpft seine müden Augen.

»Wollen wir uns noch zusammensetzen?«, fragte Imke vorsichtig. »Einen Wein trinken?«

Pius nickte. »Warum ist Ted nicht mitgekommen?«

»Er hatte keine Zeit.«

»Das stimmt nicht.«

Imke winkte ab. »Alles gut.«

»Und?«

»Was, und?«

»Warum ist Ted nicht mitgekommen?«

Imke seufzte. »Er kann das nicht gut.«

»Was kann er nicht gut?«

»Das aushalten.«

»Das aushalten? Was aushalten?«

Sie zuckte mit den Schultern. »Na, das eben.«

»Dass Berne weg ist?«

Imke schaute unglücklich. »Er findet die Situation schwierig.«

»Was für eine Situation? Was meint er genau?«

Imke stand auf. »Lass uns rübergehen. Ich hole Wein.«

Im Wohnzimmer besorgte er Gläser, reichte Imke einen Flaschenöffner. »Was findet er schwierig?«, hakte er nach.

»Du willst es wissen, oder? Kannst nicht einfach akzeptieren, dass Ted nicht da ist?«

»Er ist dein Mann. Warum bist du hier, und er ist es nicht? Warum geht er mir aus dem Weg? Was hat das mit Berne zu tun?«

»Er weiß nicht, wie er damit umgehen soll.«

»Hör auf, Imke. Lass mich nicht um alles in der Welt betteln. Sag mir einfach, was genau mit Ted los ist.«

Imke nahm einen großen Schluck Wein, schloss genüsslich ihre Augen. »Er ist der Ansicht, dass du zu viel leidest. Dass es dir ganz gelegen kommt.« Sie schüttelte den Kopf. »Es tut mir leid, Pius. Eigentlich wollte ich es dir nicht sagen.«

»Ich leide absichtlich?«

Imke nickte. »Sagt er.«

»Das waren seine Worte?«

»Er sagt, dass du langsam damit aufhören könntest. Er ist der Meinung, dass du Berne loslassen musst.« Sie verzog ihr Gesicht. »Das kommt nicht von mir, Pius.«

»Und was sollte ich stattdessen tun?«

»Das Leben genießen.«

»Das Leben genießen?«

»Ja.« Imke lächelte. »Wie alle anderen auch.«

»Welche anderen?«

»Alle anderen, die jemanden verloren haben. Es gibt überall verwitwete Menschen. Irgendwann fängt man neu an. Man muss. Man muss, damit es weitergeht.«

»Verwitwet? Berne ist nicht tot. Und was? Was soll weitergehen?«

Imke stellte ihr Glas ab. »Dein Leben, Pius. Deins und das Leben deines Sohnes«, sagte sie ernst. »Wie lange willst du sie denn noch vermissen? Sie ist seit über einem halben Jahr verschwunden.« Sie seufzte. »Wie lange soll das denn noch gehen? Du tust so, als würde sie zurückkommen. Das ist …« Sie suchte nach den richtigen Worten. »Das ist unrealistisch.«

Pius schluckte, blinzelte. Er hörte sein Herz klopfen. Morgen war Hoffest. Er hatte daran geglaubt, dass Berne zurückkehren würde. Er hatte allen zeigen wollen, dass es sich gelohnt hatte. Dass es sich gelohnt hatte, daran zu glauben. An Berne. An ihre Liebe. An ihr Leben.

»Pius.« Imke streichelte über seinen Arm. »Was ist mit Torge? Ihr lebt wie Geister. Das kann doch nicht gut sein?«

Pius schüttelte den Kopf. »Und du? Bist du auch der Meinung?«

Imke setzte eine mitleidige Miene auf. »Ich verstehe, dass du sie vermisst«, begann sie. »Jeder tut das. Wir vermissen sie alle, an jedem einzelnen Tag. Wenn ich an ihrer Praxis vorbeifahre, habe ich einen Kloß im Hals. Aber ein halbes Jahr, Pius. Mehr als ein halbes Jahr. Was soll denn noch kommen? Wie soll es denn weitergehen? Wie soll Torge denn jemals loslassen können, wenn du ihm keine Chance dazu lässt?« Sie faltete ihre Hände. »Du musst dir neue Ziele setzen. Du musst dir erlauben, wieder glücklich zu sein. Du darfst! Du darfst wieder glücklich sein. Du darfst einen Schlussstrich ziehen, neu anfangen. Alle gönnen es dir.«

»Alle gönnen es mir?« Pius hob seine Augenbrauen. »Ihr glaubt, dass ich eure Absolution brauche?«

»Ist es nicht so? Was ist, wenn du wieder zu leben beginnst? Mal lachst? Ausgelassen bist? Was ist dann? Kommen Schuldgefühle? Denkst du nicht, dass du Berne Unrecht tust? Sie aufgegeben hast?«

Pius verengte seine Augen. »Habt ihr doch alle schon. Reicht das nicht? Ihr habt sie aufgegeben. Gibt es überhaupt jemanden, der an ihre Rückkehr glaubt?«

Imke strich mit ihren Fingern schuldbewusst über das Glas. »Und?«, fragte sie. »Ändert das etwas? Egal, was wir tun, es wird keinen Einfluss darauf haben, ob Berne zurückkommt oder nicht. Verstehst du denn nicht? Egal, ob wir noch daran glauben, egal, ob wir es erwarten oder sie aufgegeben haben, nichts, gar nichts wird irgendetwas an dem Umstand ändern oder ihn beeinflussen. Es macht uns kaputt.«

»Uns?« Pius nahm einen großen Schluck.

»Du bist nicht der Einzige, der Berne vermisst.«

»Nein?«

»Das ganze Dorf. Wir vermissen sie alle.«

»Und ihr seid euch alle einig darüber, dass es nun an der Zeit ist, die Vergangenheit abzuschließen? So zu tun, als habe es Berne niemals gegeben?«

Imke stand auf. »Das ist nicht fair.« Sie lehnte sich an den Küchenschrank, die Arme verschränkt. »Du tust ja gerade so, als wäre es eine Straftat. Niemand hat die Absicht, Berne zu vergessen. Niemand.« Sie schüttelte den Kopf. »Natürlich hat es Berne gegeben. Wir tun nicht so, als wäre das alles nie passiert. Aber das Dorf hat ein Recht auf Leichtigkeit, auf gute Stimmung, auf das Leben, Pius. Die Leute sind ganz betroffen, wenn sie dich sehen. Einige wissen gar nicht, wie sie sich dir gegenüber verhalten sollen. Darf man in deiner Nähe lachen? Darf man ausgelassen sein? Morgen ist das Hoffest. Die meisten kommen aus Mitleid. Die Stimmung wird miserabel sein.«

Pius lachte bitter. »So ist das?«

»Ja, weil du es so willst. Wäre das Hoffest nicht eine gute Gelegenheit, ein Zeichen zu setzen? Zu verkünden, dass man Berne offiziell …« Sie hielt inne. »Es muss ja keine Beerdigung sein. Einfach nur ein Fest, vielleicht mit Luftballons, die in den Himmel steigen, und jeder schreibt Berne zum Abschied einen …«

Pius schlug mit der flachen Hand auf den Tisch. »Das reicht«, herrschte er Imke an. »Schluss!«

Imke setzte sich, trank ihr Glas Rotwein leer. »Ja, das kennen wir schon von dir. Man darf dir nichts mehr sagen. Du wirst bald niemanden mehr haben, Pius. Manche sind der Meinung, dass du besser nicht mehr hier wärest. Was meinst du, warum dein Gestüt fast leer ist? Die Leute wollen fröhlich sein. In deiner Nähe dürfen sie das nicht. Du verbietest es, weißt du das? Mit deiner Ausstrahlung, mit deinem Blick, mit deinem Verhalten. Alles an dir schreit danach, jeden zu verurteilen, der glücklich und ausgelassen ist.« Imke schenkte sich nach. »Du …«

»Geh«, forderte er Imke auf. Er erhob sich. »Geh jetzt«, flüsterte er.

»Nein.« Imke zeigte auf ihn. »Du setzt dich jetzt wieder hin. Ich lasse mir nicht den Mund verbieten. Ich lasse mich nicht aus deinem Haus werfen.« Imke schloss ihre Augen. »Du zelebrierst deine missionarische Trauer.«

Pius nickte.

»Du willst es nicht wahrhaben.« Sie stand auf. »Du willst das alles nicht wahrhaben.« Sie schob ihren Stuhl an, stellte das Weinglas in die Spüle. »Niemand kann für dein Schicksal, Pius. Wir sind unschuldig, und wir lassen uns wegen Berne nicht zu einem traurigen Dorf degradieren. Hörst du? Wir lassen uns von euch nicht unser Leben versauen.«

Pius schaute auf. »Von uns?«

»Von euch«, bestätigte Imke. »Von euch und eurer Scheißgeschichte.«

Sie ließ die Haustür leise hinter sich zufallen.

»Du zelebrierst deine missionarische Trauer«, flüsterte Pius. Er trank den Rest Wein direkt aus der Flasche.

Um 2.00 Uhr in der Früh legte er sich in Bernes Bett.

KAPITEL 58

Er hätte gern mehr getrunken, die Kehle brannte von seinem Erbrochenen, von der Hitze, von der Angst, aber er traute sich nicht. Seine Mutter hatte ihm Cola verboten, weil sie Koffein enthielt, weil sie giftig war, weil sie ihm schaden würde, und Titus hatte Angst, dass er davon sterben musste, hier und jetzt und erst recht in Anwesenheit der beiden Männer.

Sie saßen ihm gegenüber, blickten ihn erwartungsvoll an.

»Wer bist du, Junge?«, hatte der eine gefragt, während Titus nach Luft gejapst hatte. Er hatte wahrheitsgemäß geantwortet.

»Und warum kotzt du uns vor die Füße?«

Titus hatte hektisch geatmet. »Da ist … ich habe …« Er hatte nicht die richtigen Worte gefunden, hatte zu schnell geatmet, hyperventiliert, ihm war schwindelig geworden. Mittke hatte ihn gepackt, wie einen Sack unterm Arm getragen, es hatte seinen Magen schmerzhaft nach oben gedrückt. Mittke hatte ihn über den Hof geschleppt, unter einen Wasserhahn gehalten, und Titus war sicher gewesen, dass er ertrinken musste.

»Lass gut sein, reicht«, hatte der andere Mann gesagt. Sie hatten Titus auf einen Stuhl gesetzt, ihm ein Handtuch gereicht, ein Glas Cola hingestellt.

»Jetzt von vorn«, sagte der Dunkelhaarige. Er sah freundlich aus, ein guter Typ, dachte Titus. Kleiner als Mittke, dafür mit liebevollem Blick, eine Narbe an der Stirn, während Mittke ihm mit den glasigen Augen und nach hinten gekämmten Haaren Angst einjagte.

Mittke lächelte. Ein schauderhaftes, kaltes Lächeln. »Das ist Fitz Menke«, sagte er laut. »Ich bin …«

»Halt's Maul«, schnauzte der Freundliche. »Hast du den Verstand verloren?« Er sprang auf und klatschte Mittke mit der flachen Hand ins Gesicht. »Was erzählst du denn da?«, brüllte er. »Mann, Eddie, du bist für nichts gut.« Er zeigte auf Mittke. »Das hier ist Edward Jungels, auch Eddie genannt«, rief er wütend, schubste den Riesen aus der Tür. »Edward Jungels. Edward Jungels, hast du gehört, Kleiner?« Mittke stolperte aus der Küche. »Wie kannst du ihm meinen Namen nennen?«, zischte der Freundliche. »Mensch, Edward, bist du noch ganz dicht? Ich darf doch gar nicht hier sein, kapierst du das denn nicht?«

»Das ist 'n kleiner Junge. Der hat Angst«, hörte er Mittke flüstern. »Man kann doch mal seinen Namen nennen. Der wird schon nichts erzählen. Ich bin Edward, das ist ein schöner Name. Ist nichts bei.«

Titus schluckte. Edward also. Mittke gab's nicht. Aus und vorbei. Gab keinen Mittke, hatte es nie gegeben. Er hörte die beiden streiten, sie flüsterten. Titus hatte Angst. Ein riesiger Fehler. Er musste hier schnell verschwinden, schaute sich um. Eine Art Küche mit Holzboden, deren dunkelrote Farbe abgeblättert war. Hier standen ein Tisch und drei Stühle. Plastikstühle, in der hintersten Ecke ein verbogener Drahtkorb, darin ein Handtuch, ein kaputter Strohhut, mehrere Holzscheite, geöffnete Dosen mit Resten von Gurken, vergammelte Birnen. Eine Mausefalle war vor ein kleines Loch deponiert worden, scharf, vermutlich mit Hundefutter bestückt. Pepper. Titus riss die Augen auf. Pepper. Wo war die Bestie? Er war kopflos, blind, panisch auf den Hof gerannt. Er hatte erwartet, dass Pepper hier auf ihn lauern würde, und ihn dann vergessen. Titus kam sich unvernünftig vor. Pepper. Natürlich. Wie konnte er so dumm gewesen sein. Und wenn Pepper tot war? Die Kekse gegessen hatte? Er sollte lieber nicht fragen. Keiner der Männer durfte ihn mit Peppers Vergiftung in Verbindung bringen. Wie der Hund wohl wirklich hieß? Mittke war zu Edward geworden. Und Pepper?

Er hörte Schritte. Der Freundliche kam. Fitz. Fitz Menke. Er hatte Titus' Rucksack dabei.

»Von dir«, stellte der Freundliche fest. »Habe ich oben auf dem Hang gefunden. Ist jemand tot?«

Titus zuckte zusammen, nickte vorsichtig. Er kramte in seiner Hosentasche nach dem Schlüssel, fand ihn nicht. »Ich weiß nicht, wo er ist.«

»Der Tote?«, lachte der Mann.

Titus schüttelte den Kopf. »Eine Frau. Da sind zwei tote Frauen.« Er zeigte zum Fenster. »Ich habe sie selbst gesehen.«

Dem Freundlichen entgleisten die Gesichtszüge. »Ich habe einen Scherz gemacht.« Er tätschelte Titus' Knie. »Ganz ruhig. Das war nur ein Witz mit dem Toten.« Er reichte ihm die Cola. »Trink.«

»Kann ich Wasser haben?«

»Der Große jagt dir Angst ein, oder?« Er strich Titus über den Kopf. »Habe ihn weggeschickt«, flüsterte er.

Titus lächelte dankbar.

»Warum bist du hierher gerannt? Wie vom Teufel gejagt?«

»Ich wollte sie nicht finden. Ich habe das nicht gewollt. Ich wollte viel lieber in der Gärtnerei helfen, das schwöre ich.«

»Schschscht.« Fitz schaute ihn eindringlich an. »Wen finden?«

»Die zwei«, erklärte Titus nervös. »Wollte ich wirklich nicht.«

»Die zwei? Die zwei Toten?«

Titus nickte.

»Deswegen bist du gerannt? Weil da zwei Tote sind? Hast du das wirklich gedacht?«

»Nicht gedacht. Gesehen!«

»Wie tot?«

Titus verstand nicht. »Wie meinst du das?«, fragte er. »Tot eben.«

»Naja«, Fitz lächelte. »Tot oder tot. Also, wie lange schon tot? Hast du nur eine Hand gesehen, die aus der Erde ragt, oder hast du ein paar Haare entdeckt?« Er riss seine Augen auf, ließ seine Stimme ehrfürchtig beben. »Uuuuuuuuh …«

Titus schüttelte unglücklich den Kopf. »Die sitzen in einem Versteck.«

»In einem Versteck? Die sitzen?« Der Mann unterdrückte ein Schmunzeln. »Zwei Frauen, die in einem Versteck sitzen?«

»In einem dunklen Versteck. Es stinkt und es ist kalt.«

Fitz Menke verengte seine Augen. »Und was ist sonst noch in dem Versteck?«

»Nichts. Nur die beiden Frauen.«

»Und warum glaubst du, dass sie tot sind?«

Titus zuckte mit den Schultern. »Sehen so aus.«

»Das meinst du ernst, oder? Du glaubst wirklich, dass du zwei Leichen gefunden hast?«

Titus wurde übel. Er presste seine Lippen aufeinander.

»Und du kannst mich dorthin führen?«

Titus stand auf. »Nein«, sagte er schnell. »Ich muss jetzt nach Hause.« Was hatte er sich dabei gedacht, hierher zu rennen? Titus fluchte still.

»Hast was damit zu tun, oder?« Der Mann hielt Titus fest, sog geräuschvoll die Luft ein, drückte ihn zurück auf den Stuhl. »Hast sie nicht zufällig gefunden, he?«

Titus schüttelte hektisch den Kopf. »So war das nicht. Ich kann nichts dafür.«

»Gut, dann führst du mich jetzt dorthin.«

»Kann ich nicht.« Titus hielt die Luft an. »Ich muss nach Hause.«

»Nirgendwohin gehst du, Kleiner. Schon gar nicht nach Hause.«

Titus schluckte, ihm kamen Tränen. »Aber ich muss«, flüsterte er.

Der Freundliche schaute ihn eindringlich an. »Hast du Angst?«

Titus nickte vorsichtig.

»Brauchst du nicht. Du musst sie ja nicht anschauen. Musst mich nur hinbringen.« Er hob Titus' Rucksack auf. »Was finde ich da drin?«

Titus biss die Zähne zusammen, schloss seine Augen. »Nichts.« Jetzt war es vorbei mit ihm. Jetzt würden sie ihn kriegen. Er hielt die Luft an. Er hörte den Reißverschluss, hörte, wie der Freundliche in seinem Rucksack wühlte. »Was ist das?«, fragte er.

Titus öffnete seine Augen. Fitz hatte das Marmeladenglas auf den Tisch gestellt. Reste der Kekse hatten sich darin wie Brei verteilt. Es erinnerte ihn an sein Erbrochenes von vorhin. »Nichts«, antwortete er.

Fitz, der Freundliche, stopfte das Glas zurück in den Rucksack. »Deine Tasche lassen wir hier«, verkündete er. »Auf geht's.«

Titus stolperte über den Hof, hielt unauffällig Ausschau nach Pepper. »Hat der Hof einen Wachhund?«, fragte er leise.

»Hatte. Mogli ist tot.«

»Mogli?« Titus räusperte sich. »Der Hund heißt Mogli?«

»Hieß. Der Köter ist tot.«

»Wie ist er gestorben?«

»Elendig«, bedauerte Fitz. »Aber das musst du nicht wissen.«

Sie liefen schweigend den Hügel hinauf. Titus rutschte. Er wollte nicht schon wieder in die Brennnessel fassen, ließ sich fallen, aber Fitz hatte seinen Arm gepackt und zog ihn hinauf. Er zwinkerte Titus zu. »Alles klar?«, fragte er lachend. Er hatte schwarze Augen. Freundliche Augen. Titus nickte. »Wo entlang?«, fragte der Mann.

Titus zeigte zur Straße. »Da runter«, sagte er heiser.

Er hatte Angst vor dem Motorradfahrer. Sie würden nicht zum Versteck gelangen, ohne den Motorradfahrer zu passieren. »Scheiße«, flüsterte Titus. Seine Gedanken zappelten hin und her, er versuchte herauszufinden, ob es einen anderen

Weg geben würde, schaute über das weite Feld, versuchte, das Glashaus und den Bunker zu finden. Der enge Pfad, das Haus, alles war zugewuchert. Sie würden niemals ankommen, wenn sie nicht genau den Weg zurückverfolgten, auf dem er hergekommen war. Sollte er den freundlichen Mann in die Irre führen? Einfach so lange laufen, bis dieser Fitz keine Lust mehr hatte und aufgeben, umkehren, zurücklaufen würde? Dann könnte Titus nach Hause rennen. Er könnte sich von Mama duschen, sich in ein Handtuch wickeln lassen, Plätzchen essen und Milch trinken, seine Serie schauen, mit Kocko schmusen. Er könnte Bjarne besuchen, und er würde Mama sagen, dass er sie lieb hatte, dass er sich auf die Schule freute, dass er sich nie wieder mit Bella streiten, dass er ab jetzt für immer und alle Zeiten sein Zimmer aufräumen, dass er sein Frühstücksbrettchen abräumen und seinen Po gründlich abwischen würde.

»Bist still«, stellte Fitz fest. Er hielt an, hockte sich zu Titus herunter. Er lächelte. »Du wirst mich doch nicht anschwindeln, oder?«

Titus schüttelte den Kopf.

»Gut. Wo entlang?«, fragte er.

Titus holte tief Luft. »Da liegt ein Motorradfahrer.«

Fitz hob seine Augenbrauen. »Neben den beiden Frauen?«

»Nein, da.« Er zeigte Richtung Wiese. »Da«, wiederholte er. »Ein Unfall.«

Titus versuchte zu erkennen, wo der Motorradfahrer lag, sah nichts, nur die Straße, Gräser, Büsche.

»Ist ein Unfall passiert, ja? Warst dabei?«

Titus schüttelte den Kopf. »Der liegt einfach da.«

»Armer Junge«, murmelte Fitz. »Komm, schauen wir uns an.«

Titus drehte sich blitzschnell um und rannte los. Rannte in die entgegengesetzte Richtung, rannte, rannte, rannte, steuerte auf den Hügel zu, hatte vor hinaufzustürmen, den Rückweg anzutreten. Wenn er nur schnell genug lief, sich nicht umschaute, konnte er es schaffen. Er konnte. Er konnte den ganzen Weg nach Hause rennen, und wenn er erst einmal die Treibhäuser sah, würde ihm seine Mutter schon entgegenlaufen.

Jemand packte sein T-Shirt, Titus riss sich los, der Mann packte beherzter zu, sagte: »Hoooooo …«, als wäre er ein Pferd, das er zu beruhigen versuchte. Titus ließ sich fallen.

»Schön hierbleiben«, sagte Fitz freundlich. »Schön hierbleiben.«

Titus vergrub sein Gesicht, sein Atem ging schnell, ein Stock drückte sich in seinen Bauch. Er versprach still, dass er nie wieder herumstreunen würde, dass er niemals wieder etwas tun würde, worunter seine Mutter leiden musste. Er versprach, dass er Wurst nur noch zusammen mit Brot aß, er versprach, weniger Süßigkeiten zu essen, er versprach, Bellas Münzen nicht mehr hinter seinem Schrank zu verstecken, und er versprach, beim Fußnägelschneiden nicht mehr zu heulen. Er versprach, das Honigbrot unter der Fußmatte von Frau Suhr wieder herauszukratzen und seine Steinschleuder wegzuwerfen. Er versprach, abends im Bett nicht mehr heimlich zu lesen.

Er wurde hochgezogen und auf die Beine gestellt.

»Jetzt erzählst du mir mal, was los ist«, forderte der Mann ihn auf. »Ein Motorradfahrer und zwei tote Frauen. Das ist etwas viel für einen kleinen Jungen wie dich, findest du nicht?« Fitz streichelte seine Wange. »Ist dir da die Fantasie durchgegangen?«

Titus antwortete nicht. Was sollte er auch sagen? Dass er den Motorradfahrer mit seiner Steinschleuder zu Fall gebracht hatte? Dass er den Fahrer hatte liegen lassen? Dass er, Titus, schuld war? Er hatte Angst vor dem Kindergefängnis. Wenn er erst einmal dort war, würde er erst recht nicht Bella werden können.

»Hey, Junge«, sagte der Mann mit den freundlichen Augen und der Narbe. »Weißt du noch, wie ich heiße?«

Titus nickte. Das wusste er noch, was für ein Glück, dann fiel ihm ein, dass es gar kein Glück bedeutete. Er sollte den Namen des Mannes besser nicht behalten haben. Mittke, nein, Edward und der Mann waren deswegen in Streit geraten. Titus war sich plötzlich sicher, dass er an zwei Diebe geraten war. Richtige Diebe. Verbrecher. Gauner. Er kniff seine Augen zusammen, um besser nachdenken zu können. Irgendetwas lief hier falsch. Die beiden waren auf der Flucht, ganz sicher. Titus ließ das Nicken in ein unsicheres, dann sicheres Kopfschütteln gleiten. Er dachte an seine Mutter. Titus senkte seinen Blick. »Ich weiß ihn nicht mehr«, erklärte er betroffen. »Ich habe ihn vergessen. Aber nicht sauer sein, ok?« Er machte eine weinerliche Stimme. »Ich konnte mir den Namen nicht merken. Wegen der Cola«, versicherte er hektisch. »Ich glaube, wegen der Cola.«

Fitz wehrte ab. »Schon gut. Nicht wichtig.« Er reichte ihm die Hand. »Und du bist Titus, ja?«

Titus lächelte.

»Du bist ein kluger Kopf«, sagte Fitz ernst. »Du hast meinen Namen ganz genau verstanden und behalten.«

Titus zuckte zusammen. »Du bist so was wie ein Räuber?«

Fitz lachte, setzte sich auf die Wiese, sein Blick über die weiten Felder. »Mhm«, brummte er.

Titus hockte sich in den Schneidersitz, rupfte einen Grashalm aus, steckte ihn in den Mund, kaute. Huck Finn. Wenn nicht er, wer dann? »Und wenn wir einen Deal machen?«, hörte er Huck Finn mit seiner Stimme fragen. »Wir spucken drauf.« Titus legte sich ins Gras, vor allem, damit er sich nicht erneut übergeben musste. »Also gut«, unterbrach er die Stille. »Ich habe einen Schlüssel geklaut.«

Der Freundliche legte sich neben ihn. »Und weiter?«

»Nichts weiter. Das war's.«

»Bist fünf oder sechs, was?«

»Sechs. Ich komme dieses Jahr in die Schule.«

»Bist ein schlauer Bub. Freust dich drauf?«

»Ja, sehr. Ich habe einen tollen Schulranzen, und Bjarne ist mein Freund, und wir werden uns zum Schwimmen verabreden und gemeinsam den Schulweg gehen, und ich werde nie wieder eine Steinschleuder basteln, und ich werde nie wieder …«

»Du besitzt eine Steinschleuder?«, unterbrach ihn Fitz.

Titus nickte unglücklich.

»Und was machst du so damit?«

Er biss sich auf die Unterlippe. »Nichts.«

Fitz schaute ihn unbeirrt an.

»Vielleicht mache ich doch etwas mit der Steinschleuder.«

»Schon klar.« Fitz setzte sich auf.

»Ich habe mich gestört gefühlt«, begann Titus. »Und da habe ich nachgesehen.«

»Geht es etwas genauer?«

»Ein Motorengeräusch.«

Fitz grinste. »Du hast den Motorradfahrer mit der Steinschleuder getroffen.«

Titus riss seine Augen auf. »Woher kannst du das wissen?«

Fitz lachte laut. »Du erzählst mir, dass dahinten ein Motorradfahrer liegt. Dann erzählst du mir, dass du dich auf die Schule freust.« Er räusperte sich künstlich. »Was nicht stimmt«, schob er leise hinterher. »Und dass du einen tollen Schulranzen hast …«, Fitz flüsterte, »stimmt auch nicht, der Ranzen ist dir scheißegal.« Er knuffte Titus in die Seite. »Dann erzählst du von Kirschkuchen, vom Schwimmengehen, und dass du deine Steinschleuder nie wieder benutzen wirst.«

Titus starrte ihn mit offenem Mund an.

»Ja«, sagte Fitz. »Ich war auch mal ein kleiner Junge. Eins

und eins zusammengezählt: Du hast Scheiße gebaut. Du hast den Motorradfahrer mit der Steinschleuder getroffen, wolltest mal was ausprobieren, ist schiefgegangen, damit hast du nicht gerechnet. Jetzt liegt der arme Kerl da unten im Gras und ist tot, stimmt's?«

Titus schluckte. »Ich wollte das nicht.«

»Schon klar.« Fitz grinste. »Und soll ich dir noch etwas verraten?« Er stand auf, zeigte auf die Stelle, wo der Motorradfahrer lag. »Du hast den Schlüssel aus seiner Tasche gefischt und bist auf die Suche gegangen. Und dann hast du die beiden Frauen gefunden.«

Titus schluchzte.

»Schon gut, Kleiner. Wahrscheinlich hast du damit eine gute Tat begangen.« Er half Titus auf. »Wollen wir nachsehen?«

Titus wollte nach Hause. Er wollte nicht wieder in die Augen des Fahrers starren, er wollte auf keinen Fall in den dunklen Bunker zurück. Das Bild der verunstalteten Frauen verursachte ihm augenblicklich Übelkeit, der Gestank nach Urin, die Kälte, das krustige Blut, die ganze Situation. Er hätte einfach nach Hause laufen sollen. Und jetzt? Jetzt würde er sterben. Er würde sterben, obwohl er Fitz mochte. »Muss ich mit?«, fragte er. »Ich kann nicht. Ich habe Angst vor dem Fahrer und vor den anderen beiden.«

»Wir handeln einen Deal aus«, erklärte Fitz. »Ich behalte dein Geheimnis für mich, und du erzählst niemandem, wie ich heiße.« Er spuckte auf seine Hand, streckte sie ihm entgegen. »Abgemacht ist abgemacht.«

Titus hatte kaum Speichel im Mund. Er versuchte, durch Saugen und das Bewegen seiner Zunge ausreichend Spucke zusammenzubekommen, rotzte das klägliche Bisschen in seine Handfläche und schlug ein.

Fitz verzog das Gesicht. »Gut. Edward … Ach, egal. Auf

geht's.« Er stapfte los, und Titus verwarf den Gedanken, einen erneuten Fluchtversuch zu wagen, lief niedergeschlagen hinterher.

Nach einer Weile hoppelte er etwas schneller und holte Fitz ein. »Wieso kannst du das so gut?«

»Was denn, Junge?«

»Bist du ein Detektiv?«

»Weil ich dein kleines Geheimnis erraten habe?«

Titus nickte.

»Ja, ich bin ein Privatdetektiv. Ich bin auf der Suche nach genau den beiden Frauen. Die gelten als vermisst.« Er blieb stehen. »Jetzt bist du mir zuvorgekommen«, sagte er erstaunt. »Dann müssen wir uns das Geld wohl teilen?«

»Und deswegen darf niemand deinen Namen wissen?«

»Siehst du? Du hast auch das Zeug zu einem Detektiv. Hast scharf kombiniert«, sagte er anerkennend. »Und deswegen halten wir beide zusammen, einverstanden?«

»Ehrenwort.« Titus hüpfte. »Und du sagst niemandem das mit dem Motorradunfall?«

»Ehrenwort. Versprochen ist versprochen und wird nicht gebrochen.«

»Ich auch. Ich sage niemandem, wie du heißt.«

»Und dass du mich hier getroffen hast.«

»Ja«, bestätigte er glücklich. »Wird gemacht.«

»Ich kriege alles raus. Wenn du es jemandem erzählst, erfahre ich es. Dann …«, er schnippte mit den Fingern, »muss ich allen dein Geheimnis verraten. Ist doch klar, oder?«

»Klar.«

»Wir kriegen das hin.« Fitz zwinkerte. »Ich meine, das mit dem Motorradfahrer.«

Titus lief jetzt schneller. Was für ein Zufall, dass er Fitz getroffen hatte. Einen echten Detektiv. Einen echten Detektiv, den er nun zu den beiden Frauen führen konnte. Die Frauen, weswegen Fitz sich hier versteckt hatte. Inkognito. Titus schluckte ein albernes Gefühl in seiner Kehle herunter, musste sich anstrengen, nicht zu glucksen. Er hätte schreien können. Vor Erleichterung, vor Glück, vor Freude.

Jetzt würde alles gut werden.

KAPITEL 59

Leen tauchte auf. Nadelstiche hatten sich wie ein Lauffeuer über ihren Körper verteilt, jeder Zentimeter ihrer Haut hatte sich zusammengezogen, schrie nach Wärme.

Sie stieg aus dem eiskalten Wasser, setzte sich auf den Badewannenrand, wartete stoisch, bis Blau zu Rot wurde, sich Haut und Zellen wieder entfalteten. Sie hatte den Sommer satt, wartete auf den Herbst. Auf modrigen Geruch, auf nasses Laub, auf geisterhaftes Tropfen und auf Pilze, die sich emporreckten. Sie wartete auf Kaminfeuer und heißen Tee, auf Knäckebrot mit Käse und Tomaten, auf Melancholie, auf Stille, auf Stille, auf Stille. Sie freute sich auf ausgedehnte Spaziergänge, auf feuchte Luft, wollte unter gelber Laubdecke verborgene Welten finden, wollte in sich kehren, wollte dem Leben eine Pause gönnen, wollte eine Auszeit, allein sein. Sie hatte nicht einmal mehr Lust auf Katta, die fröhlich und unbeschwert herumgeisterte, ihre gute Laune dominogleich platzierte. Leen war müde, suchte nach Muntermachern, fand sie nicht. Vergeblich. Es war zu heiß, zu stickig. Leen hatte das Gefühl, der Sommer würde sie dieses Jahr um ihren Verstand bringen. Ihren Verstand, den sie fernab jeder Philosophie als ihr kostbarstes Vermögen betrachtete, hatte sich verdünnt, stand nicht im Saft. Ihre Wahrnehmung, Vernunft, ihr Urteilsvermögen hingen mit trockenen Rissen schlaff und welk herunter. Die letzten Wochen. Mechanisch, ohne Leidenschaft, stumpf gesteuert hatte sie sich um Ann Beck gekümmert, Fragen gestellt, Notizen gemacht, sich an den Erkenntnissen bereichert, die sich aus jahrelanger Erfahrung unter ihre Strategie mischten. Ein Spiel. Ein zähes Spiel. Mit Ann Beck machte es keinen Spaß. Es machte keinen Spaß, weil es für niemanden von Bedeutung war. Ob Leen Roger gewinnen oder verlieren würde, spielte für niemanden eine Rolle, nur für Ann Beck selbst, und die zählte nicht.

Sie trocknete sich ab, zog ein luftiges Hemd an, bereitete sich Limettensaft zu, mit Eiswürfeln und Vanille. Ante Leier hatte gestern sein Angebot per Post geschickt, es lag auf dem Küchentisch. Sie überflog lustlos die Positionen, eigentlich war das Schwimmbad Kattas Angelegenheit, nicht ihre, und Leen hatte längst für lächerlich befunden, was sie an Ante vor wenigen Tagen fasziniert hatte. Leen brauchte kein Schwimmbad, auch keine Bahn, eigentlich, dachte Leen, brauchte sie nie irgendetwas. Keine Menschen, keine Unterhaltung. Und wenn sie deswegen so müde war? Sie seufzte.

Woher hatte sie ihren Lebenswillen genommen, der jetzt ausgedünnt herunterhing? Was hatte sie angetrieben? Leen wollte es nicht begreifen. Menschlich und feminin. Sie fand sich bescheuert.

Sie arbeitete bis tief in die Nacht hinein, schlief unruhig.

Um 10.00 Uhr saß sie Ann Beck in Preungesheim gegenüber und staunte über die geschwollenen Augen ihrer Mandantin.

»Haben Sie geweint?«, fragte Leen unverblümt.

»Es gibt keinen Grund zu lachen.«

»Sie wissen noch, was wir vor ein paar Tagen vereinbart haben?« Leen deutete auf ihre Notizen. »Ich werde viele Fragen stellen, und Sie werden sie beantworten, ohne deren Notwendigkeit anzuzweifeln. So kommen wir schnell voran.«

»Ich habe Zeit«, kicherte Ann belustigt.

»Ich nicht.«

Ann wurde ernst. »Sind Sie immer noch der Meinung, dass ich Rainer besser nichts sage?«

»Nicht ›immer noch‹. Ich habe mich zu diesem Thema nie geäußert. Würde ich auch nicht.«

Ann verzog beleidigt das Gesicht. »Ich werde einfach nach Hause kommen. Einfach so, ohne mich anzukündigen.«

»Haben Sie Geschwister?«

»Ich habe meine Mutter getötet. Wie kann ich da Geschwister haben?«

»Mit Leichtigkeit. Weil sie vor Ihnen geboren wurden, oder weil Ihr Vater eine neue Frau hatte.«

Ann kniff ihre Augen zusammen. »Glauben Sie das?«

»Ich ziehe es in Betracht.«

»Und dann?«

»Nichts. Es ist nur eine Frage.«

»Nein. Keine Geschwister.«

»Gibt es sonst jemanden aus Ihrer Familie, mit dem Sie Kontakt hatten oder haben?«

»Nur mit meiner Tante.«

»Die Schwester Ihres Vaters? Die Tante, die Sie nach dem Tod Ihrer Großmutter hätte bei sich aufnehmen sollen?«

Ann nickte.

»Sie hat sich nie wieder gemeldet?«

»Nein. Warum auch. Es ging ja alles weiter.«

»Mit 16 Jahren, richtig?«

»Und mit 18 habe ich geheiratet.« Ann lächelte.

»Hat sich nie eine Behörde gemeldet? Mal geprüft, wo Sie untergekommen sind?«

»Nein.«

»Und Sie haben weiter die Schule besucht?«

»Ich bin nach der neunten Klasse von der Hauptschule abgegangen.«

»Unterschriften? Geld? Verträge? Arzttermine? All das Zeug. Sie waren minderjährig. Wie soll das funktioniert haben?«

»Habe ich gefälscht. Es hat niemanden interessiert. Meine Tante sowieso nicht.«

»Und wollten Sie das so?«

»Vielleicht?«

»Was heißt das, ›vielleicht‹? Sie waren allein. Sie mussten sich allein versorgen, allein einkaufen, allein den Haushalt bewältigen. Wie haben Sie das gemacht?«

»Einfach so.«

»Und die Miete?«

»Ich habe mein eigenes Geld verdient. In der Bäckerei und in der Buchhandlung.«

»Aber Sie können als Minderjährige doch keinen Mietvertrag abschließen. Oder die Miete von irgendeinem Konto überweisen.«

»Das hat meine Tante übernommen.«

»Also doch.«

»Die Miete. Sonst nichts.«

»Die Miete hat Ihre Tante bezahlt. Ansonsten haben Sie sich selbst versorgt, alles allein geregelt?«

»Es gab nichts zu regeln.«

»Wie muss ich mir das vorstellen?«

Ann runzelte ihre Stirn. »Was heißt das genau? Was müssen Sie sich vorstellen?«

»Nun, Sie kommen auf die Welt …«

»Mit Segelohren«, unterbrach Ann. »Riesige Ohren. Ich sah aus wie eine Fledermaus.« Sie zeigte darauf. »Immer noch«, lächelte sie unsicher.

»Sie werden geboren, Ihre Mutter stirbt. Sind Sie dann direkt zu Ihrer Großmutter gekommen?«

»Ich denke schon.«

»Sie wissen es nicht?«

»Es hat niemand mit mir geredet.«

»Gibt es Fotos aus der Zeit? Fotos, die Ihnen erzählen …«

»Nein.«

»Haben Sie sich mal auf die Suche begeben? Auf die Suche nach Ihrer Vergangenheit?«

»Es gibt keine Fotos.«

Leen nickte. »Haben Sie Erinnerungen? Irgendwelche?«

»Vielleicht. Ein paar. Aber ich weiß nicht, ob sie stimmen.« Ann legte ihre Hände flach auf den Tisch. »Es war immer so still.« Sie legte eine Pause ein. »Still und dunkel. Ich hatte ein Zimmer, das noch dunkler war und noch stiller, eine kratzige Tagesdecke auf meinem Bett. Da waren ein dunkles Regal mit Holzengeln und eine Kommode mit Tischdecken.« Sie neigte den Kopf. »Eigentlich war es ein Gästezimmer.«

»Spielzeug?«

»Nein«, sagte Ann schnell. »Meine Großmutter hat eigentlich immer nur geschlafen. Still war's. Ich habe oft auf dem Bett gelegen. Einfach so. Stunden.«

»Sie sind morgens in die Schule gegangen?«

»Ja.«

»Hatten Sie Freunde?«

»Das müssen Sie fragen, oder?«

»Und Sie müssen das beantworten«, entgegnete Leen.

»Keine Freunde.«

»Warum nicht? In der Schule? Sie hatten doch Klassenkameraden?«

»Keine Freunde.«

»Woran lag es? Was glauben Sie?«

»Daran, dass man mit mir nichts anfangen kann?«

»Hat man Ihnen das gesagt?«

»Vielleicht?«

»Beantworten Sie meine Frage.«

Ann knetete ihre Hände. »Ich kann mich nicht erinnern. Es war normal. Normal, dass sich niemand mit mir abgegeben hat. So war das eben.«

»Und hat Ihre Großmutter eingekauft? Gekocht? Sich um Sie gekümmert?«

»Ich denke schon.«

»Sie denken schon?«

»Ich habe eingekauft, meine Großmutter hat gekocht. Ich musste viel essen, damit mein Vater wusste, dass sie sich gut um mich kümmert.« Sie holte tief Luft. »Sehr viel. Ich musste sehr viel essen.«

»Sind Sie gemästet worden?«

»Sie sehen gar keine Notwendigkeit darin, etwas vorsichtiger zu sein, oder? Glauben Sie, dass ich sowieso nichts mehr merke? Weil ich ballaballa bin? Ist es das? Glauben Sie das?«

»Habe ich Ihnen schon erklärt.«

»Was, wenn ich Ihnen solche Fragen stellen würde?«

»Ist Ihr Vater ab und zu mal nach Hause gekommen?«

Ann schaute trotzig. »Etwa einmal im Monat.«

»Und dann?«

»Hat er geschlafen.«

»Sonst nichts?«

»Ich bin im Zimmer eingesperrt worden, damit ich nichts erzähle und ihn nicht störe.« Ann blinzelte. »Da waren die Rollläden geschlossen, und ich durfte nicht auf die Toilette gehen. Meine Großmutter hat erzählt, ich sei bei einer Freundin, also hat mein Vater gar nicht erst nach mir gefragt.« Sie lächelte. »Ich habe immer dicht bei der Tür gehockt, um wenigstens seine Stimme zu hören, aber eigentlich war mein Vater gar nicht nett. Eigentlich weiß ich gar nicht, wie oder wer er war.«

»Sind Sie nie darauf gekommen, Hilfe zu holen?«

Ann hob die Augenbrauen. »Hilfe?«

»Beim Jugendamt zum Beispiel.«

»Wie kommen Sie denn darauf?« Ann rümpfte ihre Nase.

»Sie hätten melden können, dass es Ihnen nicht gut geht. Vielleicht hätte man Sie in einer Pflegefamilie unterbringen können?«

Ann starrte sie an.

»In einer Familie, in der Sie willkommen sind. Mit Geschwistern, mit Eltern, die Sie lieben. Jemand, der sich um Sie kümmert, mit dem Sie sich hätten austauschen, mit dem Sie hätten spielen können. Jemand, der Sie umsorgt, wenn Sie krank sind, der Ihnen das unumstößliche Gefühl gibt, dass Sie ein wertvolles Geschöpf sind, Teil einer Gemeinschaft, mit Zusammenhalt und Gleichgesinnten.« Leen stellte unzufrieden fest, dass Ann keine Reaktion zeigte. »Ein kleines Herzchen in der Brotbox, ein liebevolles Lächeln von Ihrer Pflegemama, eine kleine Überraschung, wenn Sie abends ins Bett gebracht werden, ein warmes Handtuch nach der Badewanne, Finger, die beim Einschlafen sanft durch Ihr Haar gleiten. Geschwister, die an Ihrem Geburtstag für Sie singen, eine Mama, die Ihren Bauch streichelt, wenn Sie Schmerzen haben.«

»Meine Großmutter war da.« Ann schüttelte den Kopf. »Ich wäre in ein Heim gekommen. In ein Heim, in dem Kinder geschlagen und misshandelt werden. Da muss man nachts in einer Ecke stehen, wenn man ins Bett macht.« Sie tippte mit ihrem Finger an die Stirn. »Ganz schlimm«, sagte sie. »Da darf man während der Mahlzeiten nicht reden, und hätten die erst erfahren, dass ich schuld an dem Tod meiner Mutter bin, dann ist was los. Ich kann froh sein, dass mich meine Großmutter nach der Geburt nicht ertränkt hat.« Ann kniff sich in die Hand. »Ich habe das Recht auf Leben mit dem Tag meiner Geburt verwirkt.« Sie lachte schrill. »Da konnte niemand mehr was machen. Niemand. Ich war da, und keiner wollte mich haben. Wohin mit mir? Meine Großmutter hat ihr Leben für mich aufgegeben. Mein Vater hat immer nur geschuftet, dafür, dass ich etwas zu essen hatte, Schulsachen, ein eigenes Bett. Die beiden haben alles für mich aufgegeben, das muss man sich mal vorstellen. Für mich.« Sie nickte. »Ich hatte alles«, betonte sie. »Alles.« Sie lehnte sich zurück. »Ich habe sogar Brötchen und Kuchen mit nach Hause gebracht«, erzählte sie stolz. »Damit wurde es besser. Ich habe nachts gegessen, da ging es.«

»Da ging was?«

»Der Hunger.«

»Ich dachte, Sie sind gemästet worden?«

»Sie sind hässlich.«

»Erst mussten Sie essen, das habe ich doch richtig verstanden? Ihr Vater sollte glauben, dass es Ihnen an nichts fehlt. Und Sie litten trotzdem Hunger?«

»Zu teuer. Als mein Vater gestorben ist, war ich zu teuer. Meine Waisenrente hat nicht ausgereicht, um mich satt zu kriegen. Meine arme Großmutter. Aus der Bäckerei habe ich dann ab und zu mal etwas mitgebracht.« Sie hielt inne. »Die waren richtig nett. Richtig nett zu mir.« Sie seufzte glücklich.

»Das hat Ihnen alles Ihre Großmutter weisgemacht? Das mit dem Kinderheim und mit der Waisenrente?«

Ann reagierte nicht.

»Waren Sie erleichtert, als Ihre Großmutter starb?«

»Oh«, sagte Ann überrascht. »Ich glaube nicht, nein.« Sie überlegte. »War ich?«

»Das frage ich Sie.«

»Ich denke nicht, nein. Ich hatte eher Angst, dass es …« Ann gähnte. »Es war immer so still und die Angst kam überallher.

Kam überallher und hat mich geholt.« Sie versuchte zu lachen. »Bescheuert, nicht?«

»Angst wovor?«

»Dass ich noch einsamer werde, dass noch mehr Menschen wegen mir sterben müssen«, erwiderte Ann schnell. »Niemand. Niemand hat mit mir geredet.«

»Wurden Sie mal in den Arm genommen? Getröstet? Liebevoll umsorgt?«

Ann winkte ab. »Alles nicht so schlimm.«

»Sie waren doch auch mal krank?«

»War ich immer selbst schuld.«

»Soll heißen?«

»Dass ich nicht gut genug aufgepasst habe. Da half nur einschließen.«

»Wie lange haben Sie allein gelebt?«

Ann rechnete laut. »Mit 16 ist meine Großmutter gestorben, mit 17 habe ich Rainer kennengelernt. Bis wir geheiratet haben …« Sie überlegte. »Zwei Jahre.«

»Und es war niemand da?« Leen dachte an ihre eigene Kindheit. Sie war geliebt worden. Über alles. Von ihrem Vater, von Katta. Sie war getröstet, geschaukelt, in den Arm genommen, unterstützt, ermutigt und umsorgt worden. Jeden Abend hatte es Zeit für Geschichten gegeben, jeden Abend war ihre Bettdecke liebevoll über sie gelegt worden, mit Kuss, mit einem Lächeln, mit dem Gefühl, dass man richtig war. Wie einsam musste Ann sich gefühlt haben. Wie abgrundtief einsam und allein. Eine ausweglose Situation, ihr Leben lang. Ihr Leben lang und immer noch.

Ann schaute sie erwartungsvoll an.

»Verzeihung«, entschuldigte sich Leen schnell. »Mir ist noch etwas eingefallen.« Sie tippte mit dem Kugelschreiber auf das Blatt. »Sie haben gesagt, dass Ihre Großmutter gestorben ist, da waren Sie 16 Jahre alt.«

Ann lächelte.

»Haben Sie die tote Frau gefunden? In der Wohnung?«

»Ja«, nickte Ann. »Abends vor dem Fernseher in ihrem Sessel, wie man das so kennt, nicht? Hatte sich eingenässt, der Mund stand schräg und weit geöffnet, die Augen geschlossen. Gelbe Haut. Auch wenn man zuvor noch nie einen Toten gesehen hat, weiß man sofort, wenn es so weit ist.«

»Und dann?«

»Bin ich zur Schule gegangen.«

»Warum? Warum haben Sie nicht sofort angerufen, jemandem Bescheid gegeben?«

»Ich wusste nicht, wem.«

»Ihrer Tante zum Beispiel? Oder dem Hausarzt?«

»Ich wollte sichergehen, dass sie tot bleibt.« Ann kniff die Augen zusammen. »Ich hatte Angst, dass sie wieder zu sich kommt.«

»Ich dachte, es sei umgekehrt gewesen. Vorhin sagten Sie noch, dass Sie immerzu Angst hatten, dass auch Ihre Großmutter eines Tages sterben könnte.«

»Ja«, lächelte Ann verträumt. »Komisch, nicht wahr? Ich habe noch nie darüber nachgedacht. Vielleicht war es genau andersrum. Vielleicht habe ich es mir gewünscht. Also …«, sie zupfte an ihrem Ohrläppchen, »dass sie stirbt.«

»Was haben Sie anschließend getan? Sie sind zur Schule gegangen, und dann?«

»Wieder nach Hause. Ich habe ein paar Stunden gewartet, bin um sie herumgeschlichen. Dann habe ich meine Tante angerufen.« Ann holte tief Luft. »Die hat sich um alles gekümmert.« Ann lehnte sich nach vorn. »Ich habe etwas ganz Schlimmes getan«, flüsterte sie. »Ich habe das Geld für mich behalten. Alles, was ich verdient habe. Beim Bäcker und in der Buchhandlung. Ich habe es gehortet. Ich habe meiner Tante nie gesagt, dass ich Erspartes habe.« Sie schaute sich um, als wolle sie sichergehen, dass niemand mithörte. »Alles«, bestätigte sie. »Keinen Pfennig habe ich abgegeben.«

»Ehrlich gesagt, freut es mich, das zu hören.«

Ann riss ihre Augen auf. »Und bei Rainer? Freut es Sie da auch? Ich habe immer Geld zur Seite gelegt, wissen Sie das eigentlich? Immer.« Sie blinzelte. »Geld oder Liebe.«

»Liebe gab's nicht.«

»Sehen Sie? Sie sind doch gar nicht so komisch. Eigentlich sind Sie ganz nett.« Ann verschränkte ihre Arme. »Haben Sie schon mal jemanden verloren?«

Leen machte sich Notizen. »Weiter«, forderte sie Ann auf. »Wie war Rainer, als Sie ihn kennengelernt haben?«

»Wie immer. Nicht sehr gesprächig.«

»Heißt?«

»Wir haben nie viel geredet. Nur ein bisschen. Aber das hat sich ganz normal angefühlt. Wir haben uns ohne große Worte verstanden.«

»Warum glauben Sie, hat er Ihnen einen Antrag gemacht?«

»Weil ich meinen Job verloren habe.«

»Ist das nicht ein wenig übertrieben? Also, Sie verlieren Ihren Job, und deswegen macht er Ihnen einen Antrag?«

»Was wollen Sie denn hören? Dass er mich geliebt hat?«

»Hat er denn? Hat er Sie geliebt?«

»Wenn Sie denken, dass er schwul ist oder pädophil, dann irren Sie sich. Er ist weder das eine noch das andere. Ich weiß eigentlich nicht, was er ist. Er ist ein Einzelgänger. Ein Einzelgänger, obwohl er eine Schwester hat.« Sie überlegte. »Wahrscheinlich lag es an mir. Er konnte nie etwas mit mir anfangen.«

»Haben Sie ihn geliebt?«

Ann knabberte an ihrer Unterlippe. »Sehr«, antwortete sie.

»Und lieben Sie ihn immer noch?«

Ann nickte. »Und Sie? Lieben Sie jemanden?«

»Waren Sie jemals in Ihrem Leben glücklich?«

»Sie stellen Fragen ...«

»So war es abgemacht.«

»Ich muss darüber nachdenken.«

»Eine spontane Antwort drauf haben Sie nicht? Aus dem Bauch heraus?«

»Nein.«

»›Nein‹ heißt, Sie haben keine Antwort? Oder heißt Ihr ›Nein‹, dass Sie niemals glücklich waren?«

»Ich war glücklich. Einmal. Wissen Sie, wann?«

Leen schüttelte den Kopf. »Wann?«

»Nach meiner Festnahme. Auf dem Polizeirevier. Da war ich glücklich. Die Frau war so nett. Stefanie, die Polizistin.« Ann schmunzelte. »Ich fand sie sehr hübsch und freundlich.«

»In der Nacht Ihres Verschwindens haben Sie sich im Wald versteckt. Was hatten Sie denn überhaupt vor? Hatten Sie einen Plan?«

Ann schloss ihre Augen. »Nein. Bin einfach los.«

»Das war nicht das erste Mal, oder?«

»Ich habe gedacht, dass ich Rainer damit Angst einjagen könnte, dass er mal merkt, wozu er mich hat. Niemand kocht für ihn, niemand räumt auf, niemand ist da, niemand geht einkaufen. Niemand. Kann er mal sehen, wie das ist, er hatte ja überhaupt keine Ahnung davon.« Ann starrte auf die Tischplatte. »Rainer hat das alles nicht gemerkt. Rainer hat nie irgendetwas gemerkt. Ich war Luft für ihn.« Sie legte ihren Kopf auf den Tisch. »Ich war noch nie irgendetwas anderes.«

»Haben Sie jemals etwas nur für sich getan?«

»Wissen Sie, worin wir uns unterscheiden?«, fragte Ann, ließ den Kopf auf dem Tisch liegen. »Bei Ihnen war das eine bewusste Entscheidung. Sie haben sich irgendwann mal bewusst dazu entschieden, einsam zu sein.« Ann schaute hoch. Müde. »Sie wollten es so, stimmt's? Und wissen Sie was? Ich nicht. Ich wollte das nie. Ich wollte nie einsam sein. Ich nicht.«

»Haben Sie jemals etwas für sich getan?«, wiederholte Leen ihre Frage.

Ann stand auf, schleppte sich zur Tür.

»Wo gehen Sie hin?«

»Wohin soll ich denn? In meine Zelle, ich bin müde.«

»Nein. Sie kommen zurück, wir sind hier noch nicht fertig«, befahl Leen streng.

Ann setzte sich widerwillig, pustete eine Strähne aus ihrer Stirn. »Wenn ich schlafe, vergehen ein paar Stunden. Was noch?«, fragte sie.

»In der Nacht laufen Sie los. Sie laufen in den Wald. Was wollten Sie dort?«

»Mich verstecken. Ich wollte raus aus dem Hotel, das ist alles.«

»Wie lange haben Sie sich im Hotel versteckt?«

»Ein paar Tage.« Sie überlegte. »Ich habe irgendwann beschlossen, dass ich es dieses Mal ernst meine. Dass ich gehe. Dass ich wirklich verschwinde. Wissen Sie, was ich noch gedacht habe?«

Leen schüttelte den Kopf.

»Dass ich nicht einmal mehr wissen will, wie Rainer damit umgeht. Ich habe mir gedacht: Wenn ich weg bin, existiert nichts mehr von dem, was ich hinter mich lasse.« Sie machte eine Pause. »Das habe ich gedacht. Ich wollte zum ersten Mal, zum allerersten Mal nicht mehr zurückkommen. Gar nicht so sehr, um Rainer zu verletzen.« Ann schloss die Augen. »Ich wollte zum ersten Mal ein neues Leben beginnen.«

Leen machte sich Notizen. »Warum? Was war dieses Mal anders?«

»Ich habe mich mit Junia unterhalten. Eine Frau wie ich, wir haben viel gemeinsam. Sie hatte auch nie ein Zuhause.«

»Wer ist diese Frau?«

»Eine Mitarbeiterin vom Hotel. Sie hat die vielen Sportkurse angeboten.«

»Sie hatten an der Mountainbike-Tour teilgenommen?«

Ann nickte. »Die Frau war sehr nett zu mir. Zum ersten Mal hat sich jemand mit mir unterhalten. Wirklich unterhalten. Wir haben uns ausgetauscht. Sie hat mir von sich erzählt, und ich ihr von mir.« Ann lächelte verträumt. »Ein richtiges Freundinnengespräch.« Ann Beck sah glücklich aus. Nicht mehr so ängstlich. »Junia ist eine tolle Frau.« Sie riss ihre verweinten Augen auf. »Warum kann sie mich nicht besuchen? Könnte sie das? Dürfte sie?«

»Ich muss fragen. Gut möglich, dass Sie ein oder zwei Besuche in der Woche empfangen dürfen. Nicht lange, vielleicht eine halbe Stunde.«

»Würden Sie? Würden Sie Junia ausfindig machen? Sie erreichen sie über das Hotel. Sie wollte sich eine Wohnung in Sulzberg oder in Kempten nehmen. Mit ihrem neuen Freund. Ich habe ihr sogar eine Torte gebacken.« Ann verzog das Gesicht. »Die verschimmelt jetzt in meinem Appartement. Ich habe sie nicht mehr abgeschickt.« Sie wackelte mit ihrem Kopf. »Dann ist das mit dem Aal passiert.« Ann seufzte. »Wie lange das alles schon wieder her ist. Es kommt mir vor, als lägen Jahre dazwischen.«

»Wie heißt Junia weiter? Kennen Sie ihren Nachnamen?«

»Nein«, bedauerte Ann. »Ich weiß gar nichts. Nur, dass sie glücklich werden wollte. Wie ich. Junia hat mich ermutigt, ein neues Leben zu beginnen, eine Konditorei zu eröffnen. Junia hat mir versichert, dass es dazu nie zu spät ist.«

»Haben Sie jemals wieder Kontakt zu ihr aufgenommen?«

»Ich hätte mich einfach von Rainer trennen sollen, oder?«

»Ich benötige den Namen und die Adresse vom Hotel, in dem Sie Ihren Urlaub verbracht haben.«

»Ja, ich hätte es einfach dabei belassen sollen. Vielleicht liebe ich ihn ja doch nicht?« Ann starrte auf ihre Hände. »Vielleicht.«

»Kommen wir zu der Nacht zurück, in der Sie in den Wald gelaufen sind. Warum in den Wald?«

»Warum nicht?«

»Der Wald schien Ihnen sicher?«

»Was ist mit dem Wald? Was ist daran so …«

»Weil er dunkel und dicht ist? Oder kann es sein, dass Sie einfach rennen wollten?«

»Weiß ich nicht.«

»Es war Ihnen nicht bewusst, dass Sie in den Wald gerannt sind. Halten wir das so fest. Sind Sie zufällig auf die Hütte gestoßen?«

»Ja.« Ann schüttelte sich.

»Was haben Sie gedacht, passiert dort?«

»Ich weiß es nicht mehr. Ich habe es einfach zur Kenntnis genommen.«

»Warum haben Sie nichts unternommen?«

Ann starrte lange auf die Tischplatte. »Ich wusste nicht, was.«

Leen nickte. »Einen Notruf absetzen?«

Ann schaute auf. »Wie denn?«

»Mit einem Telefon?«

»Keins dabei.«

»Sie hatten kein Telefon dabei?«

»Nein«, bestätigte Ann hilflos. »Und Sie? Was hätten Sie gemacht?«

Leen machte sich Notizen. »Was haben Sie geglaubt, hat der Mann vor? Wie haben Sie die Situation interpretiert?«

»Gar nicht.«

»Gar nicht? Oder nur zu diesem Zeitpunkt gar nicht?«

»Weiß ich nicht.«

»Waren Sie zu sehr damit beschäftigt, sich zu verstecken? Wollten Sie vielleicht verhindern, dass man Sie entdeckt? War das Ihre größte Angst?«

»Kann sein.«

»Was sonst?«

»Dass ich zurückmuss.«

»Dass Sie zurückmüssen? Wohin zurück?«

»Ins Hotel.«

»Warum? Wer hätte Sie zurückschicken sollen?«

»Ich mich selbst.«

»Weil?«

»Darum.«

Leen stöhnte leise. »Kommen Sie.«

»Weil ich Rainer gefragt hätte.«

»Rainer? Was hätten Sie ihn gefragt?«

»Was ich tun soll.«

»Auf was bezogen?«

»Weiß ich doch nicht.«

Leen klatschte in die Hände. »Jetzt aber«, rief sie laut. »Was hätten Sie Ihren Mann gefragt?«

»Was ich tun soll«, maulte Ann hektisch. »Ich hätte im Zimmer gestanden und Rainer geweckt. Ich hätte ihn gefragt, was ich jetzt machen soll.«

»Meine Güte, reden Sie doch einmal so, dass ich etwas damit anfangen kann?«

Ann stand auf. Sie stampfte mit dem Fuß, ihre schweren Brüste wackelten. »Woher soll ich denn wissen, was ich tun sollte? Ich habe das immer gemacht. Immer. Ich habe immer Rainer gefragt, und Rainer hätte mir erklärt, dass ich mir wieder was ausdenke, weil ich dumm bin«, kreischte sie. »Immer hat er das. Ich bin dumm, sonst nichts, und ich habe dumme Ideen. Er hätte mich weggeschickt, und dann hätte ich immer noch nicht gewusst, was ich machen soll. Da waren ein Auto und ein Mann im Wald. Und jetzt? Was hätten Sie denn gemacht?«

»Wie lange haben Sie gewartet?«, fragte Leen ruhig.

Ann ließ sich auf den Stuhl plumpsen. »Bis der Aal in der Hütte verschwunden ist.«

»Und dann?«

»Nichts dann.«

Leen schaute Ann eindringlich an. »War es vielleicht so, dass Sie die Situation nicht als echt befunden haben?«

»Ich weiß nicht, was ich antworten soll.«

»Sind Sie jemals in Ihrem gesamten Leben mit einem Verbrechen in Berührung gekommen?«

Ann rümpfte ihre Nase. »Ich weiß nicht.«

»Waren Sie jemals Zeuge irgendeiner Straftat?«

Ann schüttelte vorsichtig den Kopf.

»Schon mal eine Schlägerei gesehen?«

»Nein.«

»Jemanden beim Stehlen erwischt?«

»Nein.«

»Beobachtet, wie jemand Graffiti an eine Wand sprüht?«

Ann kicherte.

»Mülleimer anzündet? Laternen austritt? Eier in offene Fenster wirft?«

»Langweilig, oder?«, entschuldigte sich Ann unsicher.

»Sie wurden noch nie Zeuge irgendeines Verbrechens, können wir das festhalten?«

»Vermutlich schon.«

»Es war eiskalt in der Nacht. Es war dunkel. Sie hatten Angst.« Leen zählte auf. »Angst vor Wildtieren. Angst vor der Ungewissheit. Angst, dass Sie aufgeben und umkehren würden. Sie hatten Angst vor Ihrem Mann.«

Ann schüttelte den Kopf. »So ist das nicht. Ich liebe Rainer.«

»Als Sie losgelaufen sind, in den Wald, allein und ohne einen Plan, haben Sie damit gerechnet, dass Sie jemandem in der Nacht begegnen werden?«

»Eher nicht.«

»Aber vielleicht damit, dass es irgendwo im Gebüsch raschelt? Ein Wildschwein, ein Reh. Ihre Nerven waren angespannt.«

»Kann sein.«

»Aber, dass jemand kommt?«, fragte Leen erstaunt. »Wie groß war wohl die Wahrscheinlichkeit, dass sich diese Situation ereignen würde? Dass Sie ein Auto hören? Mitten im Wald? Genau dort, wo Sie sich hinter kahlen Sträuchern verstecken?«

Ann lachte.

»Gar nicht hoch?«, hakte Leen nach.

»Kann sein.«

Leen sprach langsam und deutlich. »Wie unwirklich muss sich die Situation für Sie dargestellt haben?« Sie ließ die Worte wirken. »Sie verstecken sich hinter kahlen Sträuchern und suchen sich Schutz in der Dunkelheit. Noch nie in Ihrem Leben sind Sie Zeuge eines Verbrechens geworden. Und dann soll da ein Auto kommen? Mitten in der Nacht? Sie müssen doch geglaubt haben, dass Ihnen Ihr Verstand einen Streich spielt?«

Ann blinzelte. »Glauben Sie das?«

»Rainer hätte das geglaubt. Ihr Mann hätte Ihnen eingeredet, dass Sie sich mal wieder etwas ausgedacht haben. Ist doch so? Das haben Sie sich in der Nacht sogar vorgestellt. Sie haben sich vorgestellt, dass er Sie auslacht und beschimpft, deswegen wollten Sie nicht zurück.«

Ann schaute irritiert. »Vielleicht.«

»Sie konnten nicht wirklich erkennen, was da vor sich ging, oder?«

»Ich habe …«

»Sie standen zu weit weg. Es war kalt, dunkel. Es war unheimlich.«

»Es ist nicht so, dass ich …«

»Wie sollten Sie überhaupt auf die Idee kommen, dass in diesem Moment etwas passiert, was nicht richtig ist, wenn Sie in Ihrem gesamten Leben noch keiner vergleichbaren Situation ausgesetzt waren?«

»Konnte ich nicht?«, fragte sie.

»Konnten Sie nicht«, wiederholte Leen. »Die Situation war vollkommen skurril. Sie kam Ihnen unwirklich vor. Sie sind in Panik geraten, waren überzeugt, dass Sie im Begriff waren, durchzudrehen.«

»Aber …«

»Weil Rainer Ihnen das schon seit Jahren impliziert.«

»Impliziert?«

»Einredet.« Leen winkte ab. »Sie wollten nur noch weg. Sie sind gerannt, um Ihr neues Leben zu beginnen und alles andere zu vergessen. Sie wollten alles hinter sich lassen.«

»Ich wäre viel lieber …«

»Ich meine sogar, dass Sie überzeugt davon waren, dass die Situation nie stattgefunden hat.« Leen hob ihre Augenbrauen. »Ein halbes Jahr. Ein halbes Jahr lang haben Sie das geglaubt.«

Ann nickte. »Okay«, flüsterte sie.

»Dann kamen die Albträume, richtig?«

»Woher wissen Sie das?«

»Albträume«, wiederholte Leen. »Schemenhafte Erinnerungen, die Sie nicht mehr losließen. Sie sind sich plötzlich nicht mehr sicher.«

»Nicht mehr sicher? Aber ich …«

»Sie nehmen all Ihren Mut zusammen und fahren zu der Hütte zurück. Sie wollen lediglich sichergehen, dass Sie recht hatten. Wollen ganz sichergehen, dass Sie sich die Situation damals nur eingebildet haben.«

»Das wollte ich wirklich.«

»Ja, das wollten Sie wirklich. Nicht, weil Sie überzeugt davon waren, dass sich vielleicht doch etwas ereignet hat, sondern weil Sie sich nicht eingestehen wollten, dass Sie versagt haben.«

»Versagt?«, flüsterte Ann. »Versagt? Aber wieso denn versagt?«

»Ihr neues Leben. Es hat nicht funktioniert. Sie haben es nicht geschafft.«

»Nicht geschafft? Was habe ich nicht geschafft?«, fragte Ann entgeistert.

»Ein neues Leben zu beginnen. Sie sind weggelaufen, aber gebracht hat es nichts.«

»Woher wollen Sie das wissen?«

»Womit waren Sie das halbe Jahr lang beschäftigt?«

»Was?«

»Das halbe Jahr. Sie haben ein halbes Jahr in Wiesbaden gelebt. Was haben Sie den ganzen Tag getan?«

»Gebacken. Ich habe mir dieses Appartement besorgt, dann habe ich gebacken. Gebacken.« Sie machte eine hilflose Geste. »Gebacken eben. Den ganzen Tag.«

»Für wen?« Leen kniff die Augen zusammen. »Hatten Sie Kunden? Aufträge? Kontakt zu irgendjemandem?«

Ann zögerte. »Eigentlich kann ich es nicht richtig sagen. Vielleicht eher nicht.«

»Wie muss ich mir das vorstellen? Sie wachen morgens auf, Sie gehen abends schlafen?«

Ann nickte beschämt.

»Und weiter?«

»Ich wollte eine Konditorei eröffnen. Ich hatte alles dafür vorbereitet. Es hätte geklappt, aber dann kam Berne dazwischen.«

»Halt.« Leen schüttelte den Kopf. »Was genau haben Sie vorbereitet?«

»Alles in einem Ordner bei Rainer.«

»Und? Was ist in diesem Ordner?«

Ann richtete sich auf. »Alles. Ich hatte ein Logo erstellt, ich hatte ausgerechnet, wie viel Startkapital ich benötige, was ich einkaufen muss.«

»Aber?«

»Ich weiß nicht so genau. Wegen Rainer. Es hat nicht geklappt, weil es Rainer gab.«

»Ich dachte, Sie hätten ihn verlassen?«

»Hat aber nicht geklappt.«

»Was hat denn geklappt? Gibt es irgendetwas, was in diesem halben Jahr funktioniert hat?«

Ann schüttelte trotzig den Kopf. »Nichts, das wollen Sie doch hören? Das wollen alle hören. Nichts. Nichts hat geklappt«, äffte sie.

»Sie sagen, dass Sie gebacken haben?«

»Ja«, antwortete Ann energisch. »Da kann niemand was sagen.«

»Sie haben Torten gebacken?«

Ann nickte.

»Nach Lust und Laune?«

»Nach System.«

»Kommen Sie, lassen Sie mich nicht alles erfragen. Erzählen Sie. Wie muss ich mir das vorstellen?«

Ann stöhnte unbehaglich. »Ich habe Torten gebacken. Verschiedene Anlässe. Geburtstage, Hochzeiten, Geburt und Einschulung, Hobbys. Verschiedene Kategorien eben. Die habe ich fotografiert.«

»Und dann weggeworfen?«

»In den Hausflur gestellt, mit Zettel dran und Papptellern. Haben die gegessen.«

»Die?«

»Alle, die mit in dem Haus gewohnt haben.«

»Und weiter?«

»Nichts weiter.«

»Sie haben jeden Tag gebacken, haben die Torten fotografiert und dann verschenkt?«

»Und meine Website vorbereitet.«

»Das konnten Sie also? Eine Website erstellen?«

»Sogar mit Logo«, berichtete Ann stolz.

»Und? Hat jemand etwas bestellt?«

Ann schüttelte den Kopf.

»Woran lag es?«

»An Rainer.«

»Der war nicht da.«

»Aber er ist es trotzdem. Immer. Er ist immer da und redet mir ein, dass ich dumm bin. Dumm und kindisch.«

»Und deswegen hat es nicht geklappt.«

Ann nickte überzeugt. »Deswegen.«

Leen holte tief Luft. »Was haben Sie erwartet?«

»Erwartet?«

»Was glaubten Sie, sollte sich ändern, wenn Sie weglaufen? Wie hätte Ihr neues Leben aussehen sollen?«

»Gar nicht.«

»Sie hatten keine Vorstellung?« Leen wurde energischer. »Sie müssen doch eine Vorstellung davon gehabt haben, wie Ihr neues Leben aussehen soll, oder nicht?«

»Weiß und pink. Meine Konditorei wäre weiß und pink geworden. Mit einem Boden aus Schachmuster, einer pinkfarbenen Sitzgruppe in der Mitte des Ladens. Weiße Regale, raffiniert ausgeleuchtet. Ich habe … ich berate«, sagte Ann verträumt. »Kunden kommen herein, ich zeige ihnen fertige Exemplare oder sie beschreiben mir, wie ihre Torten aussehen sollen. Dann wird ein Termin festgelegt, es wird angezahlt.« Sie zupfte sich an der Nase. »Ich hatte alles schon fertig. Ich wusste genau, wie.«

»Und Geld hatten Sie genug.«

Ann sah überrascht auf. »Geld?«

»Geld, um das alles umzusetzen.«

Ann nickte stumm.

Leen zeigte auf ihre Notizen. »Und nichts davon hat sich erfüllt.«

»Nein, nichts davon. Ein dunkles Appartement und eine dürre Berne, das war's.«

»Noch nicht.«

»Noch nicht?«

»Nein, erst haben Sie gebacken, in Ihrem, wie Sie selbst sagen, dunklen Appartement. Keine Aufträge, kein Erfolg, kein Laden, der weiß und pink glänzt, keine Kunden, die Ihnen die Tür einrennen.«

»Alles nur wegen Rainer.«

»Und dann?«

»Und dann was?«

»Wann haben Sie den Entschluss gefasst, zu der Hütte zu fahren?«

»Kann ich nicht sagen. Von Anfang an?«

»Als klar war, dass sich alles nicht so entwickeln wird, wie Sie es sich erhofft hatten, richtig? Sie kamen nicht weiter. Sie haben in Wiesbaden gebacken, ohne Erfolg. Zurück wollten Sie nicht, aber ein neues Leben hatte sich auch nicht ergeben.«

»Na, und?«

»Da haben Sie einen Ausweg gesucht. Eine Möglichkeit, sich der endgültigen Situation zu entziehen.«

Ann runzelte die Stirn. »Verstehe ich nicht.«

»Sie sind einfach losgefahren. Aus Langeweile. Sie haben Abwechslung gebraucht. Sie haben einen Grund gesucht, warum Sie nicht weitermachen müssen.«

»Aber ich wollte doch weitermachen.«

»Ja, das glauben Sie vielleicht.«

»Nein?«

»Sie sind losgefahren. Ohne Plan, ohne eine Idee, was wirklich passieren würde. Eine wunderbare Gelegenheit, Ihrer nachvollziehbaren Unzufriedenheit zu entkommen.«

Ann schüttelte irritiert den Kopf. »Ich wollte nach Berne schauen. Ich wollte wirklich …«

»Nein«, unterbrach Leen. »Das haben Sie sich so zurechtgelegt. In Wirklichkeit waren Sie nur auf der Suche nach etwas Neuem. Nach etwas, was Sie aus der Gesamtsituation befreit, Ihnen eine Rechtfertigung liefert.«

»Verstehe ich nicht«, flüsterte Ann. »Und außerdem bin ich müde.«

Leen seufzte genervt. »Sie haben niemals damit gerechnet, dass es diese Hütte wirklich gegeben hat, und Sie haben niemals damit gerechnet, dass Sie darin eine Frau finden würden. Der einzige Grund, warum Sie zurückgefahren sind, war der, dass Sie mit Ihrer Gesamtsituation unzufrieden waren, noch einmal nachspüren wollten, ob Sie damals richtig entschieden hatten. Sie wollten sich in das Gebüsch hocken und eine Antwort auf Ihre Frage finden. Die Hütte war eine Art Orakel, die Ihre alles entscheidende Frage beantworten sollte.«

Ann gähnte. »Welche Frage denn?«

Leen räumte ihre Blätter zusammen. »Haben Sie jemals in Ihrem Leben eine für Sie unhaltbare Situation geändert? Haben Sie jemals etwas für sich getan?«

»Ich verstehe nicht, was Sie da fragen.« Ann stand auf. »Sie sind so anstrengend. Ihre Fragen sind so anstrengend.« Sie schlurfte zur Tür. »Den Aal getötet«, gähnte Ann. Sie blinzelte müde. »Das habe ich für mich getan.«

Leen stützte ihren Kopf ab. »Sie machen mich wahnsinnig«, fluchte sie leise.

KAPITEL 60

Zehn Löffel Zucker. Er rührte minutenlang seinen Espresso, spürte die winzigen Kristalle, die sich auf dem Tassenboden sammelten, in Fahrt kamen, zentrifugal ihre Kreise drehten. Feines Knistern und Knirschen, bis sich der Zucker vollständig aufgelöst hatte. Nichts mehr übrig, was mit bloßem Auge erkennen ließ, dass die schwarze Flüssigkeit ungenießbar sein würde.

Er hatte nicht vorgehabt, einen Espresso zu trinken, hatte aber auch nichts unternommen, als er ihn geordert, mit fremder Stimme bestellt hatte. Der Kellner hatte mit gelassener Selbstverständlichkeit genickt, die kleine Tasse gebracht, dabei abwesend andere Tische observiert. Alles im Blick, auch den kleinen Yorkshireterrier, der sich mit seiner Leine um das Stuhlbein gewickelt hatte und die Schuhspitzen seines Frauchens leckte. Theodor rührte stoisch, rührte und beobachtete still die zitternden Haare, die die winzigen Ohren des kleinen Hundes verdeckten, schwarz und braun, während der geschlossene Knirps der Dame regenbogenfarben glänzte. Es hatte nicht geregnet, es würde nicht regnen. Es war heiß und trocken. Der Regenschirm der Hundebesitzerin war so fehl am Platz wie der Espresso, aber niemandem würde es auffallen. Niemandem, außer Theodor.

Er ließ den Espresso stehen, legte passendes Kleingeld daneben. Genau abgezählt. 2,20 Euro. Dann überlegte er es sich anders. Er klemmte einen Fünfeuroschein unter den winzigen Teller. Ein Anfang. Immerhin.

Er haderte, wählte Richards Telefonnummer, entschied sich um, legte auf. Er geisterte ziellos durch die Stadt, nahm oberflächlich wahr, dass er sich schlecht fühlte. Er verspürte Hunger, Durst, Müdigkeit. Er hatte geschwollene Füße, die Hitze drückte sich durch seine helle Stoffhose. Er machte größere Schritte, versuchte, Schwung aufzunehmen, wusste noch weniger, wohin er sollte, schlug den Weg nach Hause ein.

Er zog sich aus, legte sich auf das Sofa, nackt, wie Wiebe gestern. Weg. Sie war weg, im Museum, hatte ihn stehen lassen, ihn und seine Unzulänglichkeit, ihn und seinen widerwärtigen Charakter.

Theodor empfand Abscheu. Nicht nur Ann gegenüber. Auch Berne wollte er löschen. Die blasse dürre Frau, sie hatte ihn provoziert, hatte ihn so lange getrieben, bis er zugepackt hatte. Alle hatten ihn verlassen. Ann, Berne, Wiebe. Alle. Alle auf ihre Art und Weise. Theodor war allein. Allein und nackt, nicht in der Lage, die richtigen Dinge zu tun. Er suchte und suchte nach dem entscheidenden Impuls, nach einer Idee, nach einer Lösung, die ihm einen Plan bescherte, einen Plan, den er abarbeiten konnte, um die Ereignisse in die richtigen Bahnen zu lenken, aber so wenig er das Gespräch mit Franz Burg zu Ende gebracht hatte, so wenig konnte er seine Gedanken bündeln und in sinnvolle Schubladen sortieren. Sie lockten ihn nur immer weiter in die Tiefe hinein, in eine dunkle Tiefe, vor der er Angst hatte, weil er sie kannte, weil sie ihm vertraut war, weil er sie einst verlassen hatte und nie wieder betreten wollte. Jetzt kam der Regen, riss ihn immer weiter nach unten in die Katakomben seiner Seele, seines Kerns, den er erfolgreich vergraben hatte. Theodor kam sich lächerlich vor. Livia Coorp, Lonne de Jong, Franz Burg. Er hatte sie alle gehalten, hatte sich über sie gestellt, hatte den Boden gespürt, auf ihrem Rücken, sich platziert, seine komfortable Lage gesichert. Der Monsun, Anns Monsun, er hatte alles unter ihm weggerissen.

»Quatsch«, sagte er laut. »Hör auf.« Er holte Schwung, setzte sich auf. »Was ist denn übrig?«, fragte er streng. »Du steigerst dich hinein, das ist übrig.«

Er stand auf, packte seine Kleidung, die kreuz und quer auf dem Boden lag. Er lief schnell, gezielt, sprang die Treppen hinauf, nahm zwei Stufen auf einmal, schleuderte seine Hose, sein Hemd, seine Socken in die Wäschekiste. Er stieg in die Dusche, holte tief Luft, stieß sie aus. Das kalte Wasser schärfte seine Sinne, legte sich um seinen Verstand, holte ihn ein. Er hörte sich singen, hörte sich pfeifen. Er drehte das Wasser ab, rubbelte seine Haut trocken, grob und schnell, schüttelte seine Arme aus, weg, sagte er sich, alles muss weg.

Er stellte sich vor das Fenster im Wohnzimmer, Shorts und T-Shirt hatte er in die Gefriertruhe gelegt, er tippelte auf einer Stelle, immer schneller, seine blassen Füße zeigten Richtung Garten, er schüttelte sich, schneller und schneller und schneller, dabei stieß er Laute von sich, sie befreiten ihn von der Enge in seiner Brust. »So muss es sein«, schrie er in die Hitze. Inbrünstig. »So muss es sein.«

Er rannte durch das Wohnzimmer, hüpfte, sprang, ließ seine tiefe Stimme zu einem hellen Ton anlaufen, bis er gellend zur Tiefkühltruhe hopste und seine eiskalte Kleidung überzog. »Ja, ja, ja«, ließ er in kurzen Stößen von sich, boxte dabei in die Luft, riss seine Augen auf.

»Hast du den Verstand verloren?« Wiebes Stimme schnitt ihn in zwei Hälften. Unaufgeregt. Sauber. Schnell.

Theodor erstarrte, das kalte T-Shirt, die kalten Shorts, sie bereiteten ihm Schmerzen. Er lehnte sich über die Anrichte, den Kopf legte er in seine Hände. »Wie lange stehst du schon da?«, fragte er.

»Spielt das eine Rolle?«

»Wie kannst du nur?«

»Wie kann ich was?« Sie warf ihren Schlüsselbund auf den Tisch. »Wie kann ich was?«, wiederholte sie scharf.

»Mich so bloßstellen.«

»Das übernimmst allein du, niemand anderes. Ich habe dich nicht entblößt.«

»Du schleichst dich heran. Ich hatte einen intimen Moment.«

»Du bist wie ein Schwachsinniger …«

»Nein«, bellte er laut.

»Ich empfinde Ekel für dich«, sagte sie leise. »Weißt du das?«

Theodor lachte laut. Er gaffte sie an. »Du versuchst es erst gar nicht zu verheimlichen, oder?«, fragte er.

»Hast du diese Nacht überhaupt geschlafen? Wo warst du?«

Theodor hielt den Atem an, sein Magen drückte. »Ich habe mich für die nächsten Tage krankgemeldet.«

»Wo, Theodor?«

»In Meas Bett«, sagte er energisch. »Du willst nicht, dass ich neben dir schlafe. Du hasst mich.«

»Warum bist du hier?« Sie blickte auf ihre Armbanduhr. »Es ist früher Nachmittag.«

»Ja, das stört dich. Und du?« Er machte eine abwertende Geste. »Warum bist du hier?«

»Auf jeden Fall nicht, um hier herumzuspringen und kindische Laute von mir zu geben.« Sie tippte sich an die Stirn. »Du hättest dich mal …«

»Lass das«, befahl er. »Ich werde ein paar Tage wegfahren.«

»Natürlich«, erwiderte sie knapp.

»Interessiert dich nicht, wohin?«

»Wenn ich dich doch hasse?«, fragte sie spöttisch.

Er schüttelte den Kopf. »Ich bringe Berne Jurin zurück.«

»In die Hütte?«

»Was ist nur los mit dir?«, flüsterte er.

»Ja.« Wiebe lachte künstlich. »Was ist nur los mit mir?«, äffte sie ihn nach. »Mit mir ist gar nichts, Theodor.« Sie zeigte auf ihn. »Du«, rief sie. »Du steigerst dich hinein. Steigerst dich hinein in eine Situation, die nicht zu deinem Leben passt. Nicht zu deinem Leben, nicht zu dir, nicht zu uns. Ich frage mich nur, seit wann.« Sie stöhnte übertrieben. »Seit wann hast du dein Leben nicht mehr im Griff? Dein Leben und dich? Uns? Was ist passiert, dass du den Verstand verlierst? Deine Pflichten vernachlässigst? Dich einbringst für irgendeine Kriminelle?«

»Für irgendeine Kriminelle?«

»Ann Beck.« Wiebe schleuderte ihre Schuhe in den Flur. »Ich bin nicht bereit dazu, hörst du? Ich bin nicht bereit, mich für diese Frau zu opfern. Ich werde einen Teufel tun, in dieser hanebüchenen Geschichte mitzugehen. Uns ging es gut, Theodor.« Sie stemmte ihre Hände in die Hüften. »Alles war in Ordnung. Wir haben unser Leben ohne Komplikationen gelebt, unsere Kinder großgezogen. Wir hatten keine großen oder besonderen Störungen. Und weißt du was? Ich habe hart dafür gearbeitet. Während andere sich auf immer größere Katastrophen zubewegen, handle ich vorausschauend. Nie …«, sie schüttelte den Kopf, »nie habe ich etwas einfach auf mich zukommen lassen, und es hätte weiß Gott viele davon geben können. Überall lauern sie. Ein Problem nach dem anderen.« Sie machte eine einladende Geste. »Man kann sammeln. Immer mehr. Kommt alle zu mir!« Wiebe lachte. »Siehst du? Ich könnte Abertausende Probleme haben, aber ich habe sie nicht, und weißt du, woran das liegt?« Sie ging langsam auf ihn zu, ihre Stimme belegt. »An mir, und ich werde nicht mitmachen«, verkündete sie. »Ich werde mir diese Probleme nicht aufhalsen. Deine Probleme. Ich habe versucht, dich davon abzuhalten, aber du wolltest nicht hören. Du hast dich hineinmanövriert und mich hinaus. Du hast es bewusst getan. Bewusst«, wiederholte sie. »Warum? Was war der Auslöser? Was soll das? Warum tust du das?« Wiebe stupste ihn an. »Warum jetzt? Warum musst du genau jetzt nach Panama? Warum musst du dich genau jetzt an einer Situation beteiligen, die dich nichts angeht? Die uns nichts angeht? Die unser Leben stört? Aus der Bahn wirft?« Sie pustete sich eine Strähne aus dem Gesicht. »Alles war in bester Ordnung. Ich hatte es gut, und das ›gut‹ habe ich verdient.« Sie sprach betont langsam. »Ich habe es verdient. Ich hatte alles im Griff. Unsere Ehe. Alles hat funktioniert. Alles«, flüsterte sie. »Und jetzt zerstörst du es. Du zerstörst deinen makellosen Ruf, dein Image. Was sollen die Leute denn denken? Was stimmt nicht mit dir, dass du dich auf so etwas einlässt? Du warst perfekt, Theodor. Jetzt bist du es nicht mehr.« Sie verzog das Gesicht. »Jetzt bist du …«

»Du wolltest auch nach Panama«, unterbrach er sie. »Du hast dich dafür begeistern lassen. Hast du doch?«

»Nein«, antwortete Wiebe. »Nein.«

Theodor schluckte. »Was tust du da?«

»Ich ziehe die Reißleine. Ich werde nicht mit dir untergehen.«

»Spinnst du?« Theodor stützte sich mit einer Hand auf der Anrichte ab. Ihm war schwindelig. »Warum untergehen? Warum gehe ich unter? Warum sollte ich?«

»Weil du dich hast verleiten lassen. Von dieser Frau. Von Ann Beck. Warum eigentlich?« Wiebe verschränkte ihre Arme. »Ja«, nickte sie. »Warum eigentlich?«

»Du tust ja gerade so, als hätte ich …« Er suchte nach den richtigen Worten. »Als würde ich alles permanent … Du tust so, als wäre ich ein Versager. Jemand, der immer nur alles falsch macht. Aber, Wiebe, ich mache nichts falsch. Ich habe noch nie irgendetwas getan, was …«

»Jetzt schon. Du bist nicht makellos, Theodor.«

»Natürlich bin ich das nicht«, rief er. »Niemand ist das.«

Wiebe blinzelte. »Du warst es mal.«

»Und du? Hältst du dich für perfekt?«

»Nahezu.«

Theodor schüttelte den Kopf. »Die Einzige, die hier den Verstand verloren hat, bist du, Wiebe.«

Wiebe lief die Treppe hinauf. »Ich verlasse das sinkende Schiff«, rief sie.

»Ich erkenne dich nicht mehr wieder«, brüllte er ihr hinterher. »Du spinnst! Niemand ist perfekt, du nicht, ich nicht, unser Leben nicht. Niemand, hörst du?«

Wiebe antwortete nicht.

»Ich werde Berne Jurin zurückbringen. Nach Kälberberg. Dann ist alles erledigt.« Er räusperte sich. »Aber weißt du was, Wiebe? Ich habe nicht gewusst, dass du einen makellosen Partner haben wolltest. Makellos«, betonte er künstlich. »Du bist bescheuert. Komplett bescheuert. Vor allem, du bist es auch nicht«, lachte er. »Du machst dich lächerlich.« Er lief die Treppe hinauf, ließ sich aufs Bett fallen. »Und jetzt? Was hast du vor?«

Sie kam aus dem Bad, zielstrebig kämmte sie ihre Haare. »Dich verlassen.«

Theodor setzte sich auf. »Wie bitte?«, flüsterte er.

»Ich verlasse dich«, sagte sie knapp.

»Wiebe!« Theodor starrte sie an. »Das kann nicht sein! Wir lieben uns doch?«

»Du mich.«

»Was?« Er nahm ihre Hand. »Gestern war noch alles in Ordnung. Wie kann auf einmal … Wir wollten nach Panama. Wiebe, bitte. Du kannst doch nicht alles …«

»Nein?« Sie zog ihre Hand weg. »Was, wenn ich dir sage, dass mich jemand besucht hat?«

Theodor öffnete seinen Mund, versuchte zu reagieren. Er starrte Wiebe fassungslos an.

»Ja«, lachte sie bitter. »Jetzt …«

»Nein«, flüsterte er. »Sag, dass du ihr nicht glaubst!«

Wiebe hob ihre Augenbrauen. »Oh?«, sagte sie erstaunt. »Ist da der Groschen schon gefallen?«

Theodor schüttelte den Kopf.

»Nein?« Wiebe kniff ihre Augen zusammen. »Was ich von ihr erfahren habe, Theodor, übersteigt alles. Ob ich es nun glauben möchte oder nicht, spielt keine große Rolle mehr.« Sie holte tief Luft. »So oder so hat es etwas verändert. Es hat meine Liebe zu dir verändert. Ich muss nachdenken.« Sie schloss ihre Augen. »Weißt du, was das Erstaunlichste dabei ist?«

Theodor schüttelte langsam den Kopf.

»Es ist die erste Katastrophe in meinem Leben, der ich ausgesetzt bin, ohne dass ich wirklich etwas dagegen unternehmen kann. Wie ich es auch drehe und wende …« Sie faltete ihre Hände. »Es endet immer falsch.«

»Wovon sprichst du?«

»Es endet in einer Trennung.«

Wiebe lächelte mild. »Das Schlimmste ist, die Geschichten passen zu dir. Ich habe kein einziges Mal gedacht, dass ich …« Sie räusperte sich. »Ich habe dich in all diesen grausamen Geschichten wiedererkannt. Ich habe vor allem verstanden, wer du wirklich bist und dass ich es eigentlich immer schon gewusst habe.«

»Wann?«, flüsterte Theodor.

»Sie hat mich vor einer Woche um ein Gespräch gebeten.«

Er nickte mechanisch. »Warum hast du dich darauf eingelassen? Warum?«

»Weil ich gerne weiß, mit wem ich es zu tun habe.«

»Du liebst mich.«

»Ich werde nicht springen, Theodor. Ich werde nicht mit dir springen.«

»Was erzählst du denn da immer? Nichts ist. Gar nichts ist. Nichts hat sich verändert. Ich bringe Berne Jurin zurück, das ist alles. Wenn das erledigt ist, leben wir wieder wie zuvor. Du kannst doch nicht alles hinschmeißen? Wir wollten nach Panama. Wir haben es gut, Wiebe, und daran muss sich nichts ändern. Du tust so, als hätte ich etwas Grausames getan, etwas Unverzeihliches, aber das habe ich nicht.«

»Nein?«

Theodor sprang auf, holte aus, schlug mit der Faust gegen ein Kissen. »Das ist alles absurd, Wiebe«, schrie er ungehalten. »Alles! Alles, was du tust und sagst. Wir lieben uns, wir haben eine gute Ehe. Was ist denn überhaupt passiert? Ich begreife nicht, was passiert ist. Ich habe dir vor ein paar Tagen noch Kaffee zubereitet und du mir Tee. Wiebe, Herrgott noch mal!«

»Leen Roger«, hauchte Wiebe. »Leen Roger war hier.«

Wiebe verließ das Schlafzimmer, rannte die Treppe hinab. Er hörte, wie sie ihren Schlüssel nahm, ihre Schuhe anzog. Sie ließ die Tür ins Schloss fallen.

Theodor setzte sich aufs Bett. »Wahnsinn«, flüsterte er. »Das ist der Wahnsinn.« Er raufte sich die Haare, begann zu schaukeln. Krank. Das alles war krank. Es entbehrte jeder Relation. Er verstand nicht. Verstand nicht, was überhaupt geschehen war. Mit ihm, mit Wiebe, mit seinem Leben. Wann hatte die Wendung begonnen? Wann hatte sie an Fahrt aufgenommen? Wo würde er am Ende einschlagen?

Er stand auf. Er würde nicht zur Polizei gehen. Immer noch nicht. Er hatte sich umentschieden, obwohl er von der Klinik direkt zum Revier gelaufen war. Immer langsamer war er geworden, seine Schritte taumelnd, und schließlich war er abgebogen, um einen Espresso zu bestellen. Einen Espresso, den er nicht getrunken hatte. Mit zehn Löffeln Zucker.

Er hatte Wiebe geliebt und Wiebe ihn? Er rieb sich seine Augenbrauen. Wiebe würde sich wieder fangen. Würde sie? Theodor wusste längst, dass sie sich gegen Panama entschieden hatte. Gegen Panama, gegen ihn. Ihr leidenschaftliches Blitzen erloschen, nur noch herrische Augen, die ihn abwertend musterten. Leen Roger. Theodor kicherte leise. Leen Roger. Nun hatte sie sich doch geholt, was einst ihm gehörte. Wiebes Solidarität, Wiebes Vertrauen, Wiebes Liebe. Nichts mehr übrig, was mit bloßem Auge erkennen ließ, dass sein Leben süß geschmeckt hatte. Espresso. Bitter. Der Bodensatz. Die Angst. Der Abgrund.

Er würde springen.

Allein. Einsam. Unter Beschuss.

Er schüttelte den Kopf. »Aufhören«, befahl er. »Schluss.« Theodor riss sich los, lief die Treppe hinunter ins Wohnzimmer, bereitete sich Tee zu. Wiebe würde zurückkommen. Er würde erklären können, wer Leen Roger war, dass sie falschlag, dass sie immer falschgelegen hatte, immer schon, immer, von Beginn an, und nie damit aufgehört hatte. Er war nicht so, wie sie ihn immer hatte darstellen wollen. Er war nicht so. Nicht damals, nicht heute.

Er nickte.

KAPITEL 61

Fitz überlegte angestrengt. Je länger er Titus festhielt, desto mehr Aufsehen würde er am Ende erregen. Sein Gesicht, seine Statur, seine Stimme, die Ereignisse, die gesamte Situation würde sich einprägen, würde dem kleinen Jungen in Erinnerung bleiben, an Bedeutung gewinnen. Titus umzubringen kam nicht infrage, Fitz wollte nicht einmal daran denken.

»Ich lasse dich laufen«, verkündete er. »Da vorne?« Fitz zeigte in die Richtung, in der Titus den Motorradfahrer vermutet hatte. »Das reicht mir schon. Und die anderen beiden?«

Der Junge tippelte nervös auf einer Stelle. »Da«, sagte er und zeigte weiter Richtung Osten. »Da muss es sein.«

»Lauf, Titus«, befahl er freundlich. »Lauf zurück nach Hause.«

Titus riss seine Augen auf, seinen Blick nervös in die Ferne gerichtet. »Und du wirst niemandem davon erzählen?«, fragte er unsicher.

»Solange du nicht von mir erzählst«, versicherte Fitz. »So war es vereinbart.«

Titus knabberte an seiner Unterlippe. »Niemandem?«

»Versprochen.«

»Und wenn er tot ist?«

»Spielt keine Rolle.«

Titus schnitt eine Grimasse. »Vielleicht. Vielleicht auch nicht.«

»Spielt keine Rolle«, wiederholte Fitz.

Titus schaute unglücklich. »Wie wird man Detektiv?«, fragte er nachdenklich. »Ich könnte …«

Fitz lachte. »Hau schon ab.«

»Bist du gern in die Schule gegangen?«

»Weiß ich nicht mehr.«

Titus nickte hektisch, dann streckte er Fitz die klebrige Hand entgegen. »Tut mir leid, dass Pepper tot ist«, erklärte er geschäftig.

»Und Pepper ist wer?«

Der kleine Junge klatschte mit der flachen Hand an seine Stirn. »Mogli, nicht Pepper.«

»Werde ich ausrichten.« Fitz schob Titus von sich weg. »Und jetzt gehst du nach Hause.«

Endlich rannte der Junge los, Fitz schaute ihm noch eine Weile hinterher. Er sollte auch rennen, dachte er nervös.

Zuerst entdeckte er die Bremsspuren auf dem Asphalt, die ihn ins Gras und zum Motorrad führten. Er hielt aufmerksam Ausschau. Kein Motorradfahrer weit und breit. Er überquerte die Straße, sah etwas Dunkles im hohen Gras liegen, näherte sich. Er sollte rennen, dachte er erneut, schnell rennen, stattdessen stupste er den Mann an, beugte sich über ihn. Ein Bein verdreht, die Arme weit von sich gestreckt, der Helm gebrochen. Er hatte nur einen flüchtigen Blick werfen, sich dann weiter auf den Weg zu den Leichen machen wollen, nicht, um irgendetwas zu unternehmen, sondern nur, um seine Neugier zu befriedigen. Aus dem flüchtigen Blick wurde genussvolles Betrachten. Das Gesicht des toten Fahrers hatte eine graue Farbe angenommen, sah entstellt aus. Fitz erkannte ihn sofort, starrte bewegungslos auf die leeren Lippen, starrte und starrte und starrte wie versteinert in die Pupillen.

In Rubens Pupillen.

Fitz schüttelte erstaunt den Kopf. »Hurensohn«, flüsterte er. »Bist raus.« Er lachte angestrengt, versuchte abzuwägen.

Rubens Tod hatte keine bedeutende Auswirkung auf seine eigene Situation, das Ausmaß insgesamt bescheiden. Nicht einmal, wenn sie ihn fanden und identifizierten. Er zuckte mit den Schultern. Tot ist tot. So war es eben.

Er schlug den Weg ein, den Titus ihm beschrieben hatte. Zugewuchert und schmal schlängelte er sich zwischen dornigem Gestrüpp und Ackerwinden entlang. Nach langem Fußmarsch gelangte Fitz an einen Stellplatz. Jemand hatte ein Auto abgestellt, Fitz schaute sich aufmerksam um, wollte verhindern, dass ihn jemand sah, vermutete, dass das Auto Ruben gehörte, vielleicht Emma, auf dem Nummernschild ein E und ein O. Emma Olberding.

Er lief weiter, gelangte am Ende des Pfades zu einem einzeln stehenden Haus mit Glasfront, hielt Ausschau nach einer versteckten Tür, suchte nicht lange und fand sie. Sperrangelweit geöffnet – von außen steckte ein Buntbartschlüssel – entdeckte er sie am äußeren Rand des Grundstücks, darüber ein grasbewachsener Hang, der perfekte Ort, um zwei Leichen verschwinden zu lassen. Fitz musste lächeln. Wen hatte Ruben hier versteckt? Er schritt vorsichtig die Stufen hinunter, tastete sich in die Dunkelheit hinein. Kälte empfing ihn, der beißende Geruch nach Urin. Er gewöhnte sich an die Dunkelheit, versuchte zu erkennen, wo sich die Leichen befanden, suchte den schwarzen Raum ab, fand sie. Dann stutzte er. Gänsehaut kroch seinen Nacken hinauf. Irgendetwas stimmte nicht. Hektisch versuchte er sein Gefühl zu benennen, versuchte die Situation zu erfassen, raste mit seinen Augen die Wand entlang. Etwas bewegte sich. Fitz brauchte einen Moment, dann verstand er. Es war der Lichtkegel, der von außen hereinfiel. Er verkleinerte sich, wurde schmaler. Fitz drehte sich blitzschnell um, sah die schwere Tür zukrachen, hörte den Schlüssel im Schloss.

Dann hatte er es: eine.

Eine Leiche.

Die zweite fehlte.

KAPITEL 62

Ann starrte an die Decke. Braune Wasserflecken hatten sich kräuselnd zusammengefunden, bildeten Muster, hier ein Mond mit Rädern, dort eine Schaufel auf einem Tisch, vielleicht auch ein Blumentopf, ein Grab, ihr Grab. Ann schloss die Augen, ihre Hände gefaltet, sie spürte, wie sich ihre Bauchdecke mit der Atmung bewegte, sich ihr Steißbein auf die Sitzfläche drückte, der Stuhl hart und unbequem.

Leen Roger schob einen Brief herüber. Ein Schreiben in einem gelben Umschlag. Außen mit Stempel, Datum, Unterschrift versehen.

»Was ist das?«, fragte Ann verwundert.

»Eine amtliche Zustellung. Sie sind Beteiligte an einem gerichtlichen Verfahren.«

Ann schluckte. »Wegen des Aals?«

»Kann ich Ihnen nicht sagen«, antwortete Leen.

Ann nickte, nahm den Brief in die Hand. »Und jetzt?«

»Öffnen«, forderte Leen Roger sie auf.

Ann zwängte ihre geschwollenen Finger in den kleinen Schlitz oberhalb des Briefumschlags, versuchte, den Brief an der Seite aufzureißen, biss mit den Zähnen eine kleine Ecke ab, fummelte sie angeekelt wieder aus ihrem Mund, schleuderte den Brief über den Tisch. Er landete auf dem Boden. »Kann ich nicht«, maulte sie trotzig.

Leen Roger seufzte. »Bitte.« Eine schnelle Handbewegung. Schnell und gekonnt, als wäre nichts dabei gewesen. »Der Brief ist schon geöffnet worden. Holen Sie ihn einfach heraus.«

Ann dachte an Katina. Sie hatte sich Burger bestellt. Auch schnell und gekonnt. Einfach so. Es war ihr nicht schwergefallen. Und Ann? Ann konnte nichts bestellen, konnte keine Briefe öffnen, nicht einmal die, die schon geöffnet waren, konnte gar nichts, und nicht einmal das. Ann konnte immer nur unglücklich sein. Unglücklich und weinerlich. Undankbar.

»Und?«, fragte Leen Roger. »Werden Sie ihn wenigstens allein lesen können?«

Ann schob ihre Unterlippe vor, hörte Leen stöhnen, sah im Augenwinkel, dass die Anwältin den Brief entfaltete und überflog.

»Rainer Beck hat einen Scheidungsantrag gestellt«, verkündete sie ohne Umschweife.

Ann schaute auf, sah Leen Rogers entstelltes Gesicht, verlor sich in den beiden ungleichen Hälften, überlegte, ob sich das Leben für Leen Roger je gelohnt hatte. Wer war sie? Gab es jemanden, der sie lieben konnte?

»Haben Sie einen Mann?«, fragte Ann. »Liebt Sie jemand?« Sie umkreiste mit dem Finger ihr eigenes Gesicht. »Deswegen, meine ich.«

Leen Roger lächelte. »Das beeindruckt mich nicht.«

»Ich kann wenigstens abnehmen«, stellte sie mitleidig fest. »Aber die hier …«, sie zeigte auf ihre Ohren. »Die bleiben, egal, was ich tue.«

»Die Hauptverhandlung ist auf den …«

»Wurden Sie gehänselt?«

»Lassen Sie das.«

Ann entschuldigte sich. »Ich weiß, was Sie vorhaben. Sie wollen dem Richter weismachen, dass ich von Beginn an keine Chance im Leben hatte, stimmt's?«

Leen Roger blätterte geschäftig in ihren Unterlagen.

»Ihre Fragen zielen darauf ab, mich glauben zu lassen, dass ich keine andere Wahl hatte.«

Die Anwältin schaute auf. »Als was?«

»Als den Aal zu töten. Für Berne«, schob sie hinterher. »Sie wollen, dass ich selbst überzeugt davon bin, dass ich nie …«

»Überlegen Sie sich gut, ob Sie weitersprechen.«

»Wieso?«

»Ich rate Ihnen dringend davon ab.«

»Ich verstehe nicht. Warum darf ich nicht …«

»Seien Sie still!« Leen Rogers Stimme klang herrisch. »Es sei denn, Sie möchten meiner Strategie freiwillig folgen. Nur dann, wirklich nur dann, mache ich weiter. Ich übernehme Fälle ausschließlich, wenn ich weiß, dass ich das Beste für meine Mandanten herausholen kann. Das kann ich nicht, solange Sie gegen mich arbeiten. Lassen Sie mich meine Arbeit machen, Ann, und vertrauen Sie mir. Es braucht Verhandlungsgeschick nicht nur vor Gericht, sondern auch hinter den Kulissen.«

»Ich …«

»Hinter den Kulissen«, betonte Leen. »Bei gerichtlichen Entscheidungen geht es nicht mehr ausschließlich um tatsächliche Rechtsverhältnisse oder Anordnungen.« Sie hob ihre Augenbrauen. »Das verstehen Sie nicht, versuchen Sie es also gar nicht erst. Lassen Sie mich machen, vor allem, machen Sie mit. Wenn Sie hier nicht wieder raus möchten, sagen Sie es mir, dann brechen wir ab.«

»Ich habe doch überhaupt nichts gesagt«, schimpfte Ann weinerlich. »Ich wollte nur fragen, ob Sie …«

»Nein«, unterbrach Leen scharf. »Sie werden …«

Ann ließ ein helles Kreischen los.

Stille.

Leens Augen blitzten.

»Sie hören mir jetzt zu«, befahl Ann hektisch. »Jetzt.« Sie hielt inne, wartete, ob Leen sie unterbrechen, ihr über den Mund fahren würde, aber Leen blieb still, ihre Lippen zu schmalen Strichen geformt. Ann holte tief Luft. »Ich weiß, wie es ist, wenn man in seinem Leben niemals irgendetwas geschenkt bekommen hat. Habe ich auch nicht.« Sie machte eine abwertende Geste, schaute an sich herunter. »So war ich immer schon«, antwortete sie unglücklich. »Und es hat mir immer nur zu meinem Nachteil gereicht.«

»Wird das ein Plädoyer für die erbärmliche Randgruppe, der Sie angehören?«

Ann zuckte zusammen.

»Können wir jetzt weitermachen?«, fragte Leen Roger.

»Und eine blonde Staatsanwältin? Hübsch und schlank?« Ann lächelte verträumt. »Wird ihr der Richter genauso …«

»Was wird das hier?«

»Ich möchte nicht mehr die bemitleidenswerte Ann sein.« Ann schnaubte. »Ich habe den Aal nicht erstochen, weil ich keine andere Wahl hatte. Ich habe ihn erstochen, weil ich etwas für mich getan habe. Ich habe bewusst eine Entscheidung getroffen. Ja, habe ich. Für mich.«

»Haben Sie nicht.«

»Habe ich doch.« Ann verschränkte ihre Arme. Was wusste Leen Roger schon davon? In ihrem Leben hatte es das alles nicht gegeben. »Sie haben gar keinen Mann, oder?«, fragte sie unverhohlen. »Deswegen können Sie nichts verstehen von Liebe und Kummer.«

»Dann erzählen Sie mir mal von Ihrer klugen Entscheidung.«

»Was?«

»Sie behaupten, dass Sie Thies Heumann aus freien Stücken umgebracht haben.«

Ann nickte. »Habe ich«, bestätigte sie leise.

»Dann los.« Leen Roger lehnte sich zurück. »Bitte.«

»Was soll ich machen?«, fragte Ann irritiert. Leen Roger war so launisch. Ann schämte sich. Wenn sie nicht einmal von ihrer eigenen Anwältin Anerkennung und Zuneigung bekam, von wem sonst?

»Sie sollen mich davon überzeugen, dass Sie Thies Heumann freiwillig erstochen haben. Überzeugen Sie mich davon, dass Sie eine Wahl hatten.«

»Hatte ich.«

Leen Roger antwortete nicht.

Ann hatte Angst vor Leens strengem Blick. Er machte sie noch hässlicher. Sie holte tief Luft. »Gut«, sagte sie. »Ich wollte Berne einen Gefallen tun.«

»Hat Frau Jurin Sie darum gebeten?«

»Nicht direkt.«

»Hat sie gesagt: Liebe, liebe Ann Beck, bitte, erstechen Sie meinen Entführer?«

»Nein.«

»Und?«

»Nichts.«

»Warum glauben Sie, dass Sie Berne Jurin damit einen Gefallen getan haben?«

»Habe ich. Ganz sicher.« Ann schüttelte den Kopf. Das hatte Berne nie gesagt. Berne hatte überhaupt nie gesprochen. »Sie hat mir erzählt, dass sie erleichtert sein würde, wenn er tot wäre.«

»Hat sie nicht.«

Ann knetete ihre Hände. »Vielleicht nicht direkt.«

»Hat sie nicht«, wiederholte Leen.

»Aber sie hat es sich gewünscht.«

»Warum sollte sie?«

»Weil das jeder tun würde.«

»Hat Frau Jurin ihren Peiniger nach ihrer Befreiung je wiedergesehen?«

Ann kam durcheinander. Peiniger, Entführer. Thies Heumann, der Aal, der Aal, Thies Heumann. Sie schaute zur Decke. »Nein«, sagte sie genervt.

»Und was hat es dann für einen Unterschied gemacht?«

»Hä?« Ann runzelte die Stirn. »Wieso Unterschied?«

Leen Roger schnippte mit der Hand vor Anns Gesicht hin und her. »Werden Sie wach«, forderte sie. »Strengen Sie sich an«, befahl Leen. »Welche direkte Auswirkung hatte der Tod ihres Entführers auf Frau Jurin? Hat sich irgendetwas für sie geändert?«

»Weiß ich nicht.«

Leen stand auf. »Richtig! Wissen Sie nicht. Und wissen Sie auch, warum nicht?«

Ann versuchte, ihre Tränen zurückzuhalten.

»Weil Sie nicht da waren! Sie haben angeblich freiwillig Thies Heumann …«

»Den Aal!«

»Sie haben angeblich freiwillig den Aal getötet, sind aber dafür direkt ins Gefängnis gewandert. Sie haben Berne im Stich gelassen.«

»Habe ich nicht«, rief Ann.

»Haben Sie doch!«

Ann schnaubte. Sie hatte Berne nicht im Stich gelassen. Im Gegenteil. Sie war bedingungslos für Berne da gewesen, und jetzt konnte sie am wenigsten dafür, dass sie hier festsaß. Wenn nur endlich jemand verstehen würde, warum Ann den Aal hatte töten müssen, dann könnte sie einfach zurück ins Appartement gehen und weiter für Berne sorgen. Ann verzog das Gesicht.

»Sie sind eine kluge Frau«, sagte Leen. »Sie sind fürsorglich. Sie haben sich rührend um Berne Jurin gekümmert. Sie waren eine echte Freundin, und ohne Sie wäre Berne Jurin noch immer in dem Verlies und ihrem Peiniger ausgesetzt. Sie haben eine Heldentat vollbracht, Sie haben die letzten Wochen Unglaubliches bewältigt und geleistet. Rekapitulieren Sie doch mal.« Leen setzte sich wieder, lehnte sich zu Ann hinüber. »Sie haben sich Zugang zu der Hütte verschafft, Sie haben sich dabei selbst in Gefahr gebracht. Im Alleingang befreiten Sie eine fast zu Tode gequälte Frau aus dem Verlies, fuhren sie nach Wiesbaden in Ihr Appartement. Sie wollten ihr eine erneute Pein ersparen, das sehe ich doch richtig? Die Polizei, die vielen Fragen, die Täterbeschreibung, die körperlichen Untersuchungen. Nein«, sagte Leen. »Sie haben sich für Berne Jurin eingesetzt. Sie haben dieser Frau ein Zuhause geboten, Geborgenheit, einen geschützten Rahmen.«

»Ich habe ihr sogar Orangensaft gekauft.«

»Da haben Sie's! Sie haben ihr sogar Orangensaft gekauft«, bestätigte Leen feierlich. »Sie waren für Berne Jurin da, wie niemand anderes. Sie waren eine echte Freundin.« Leen sprach langsam. »Eine echte Freundin.« Sie nickte. »Sie hätten Frau Jurin nie im Stich gelassen, stimmt's? Und nun? Nun wollen Sie mir ernsthaft erzählen, dass Sie klar bei Verstand waren, als Sie zugestochen haben? Dass Sie diesen Schritt bewusst vollzogen haben? Mit allen Konsequenzen?« Sie zählte auf. »Festnahme, Gefängnis, mit Leichtigkeit auf Lebenszeit.« Leen lachte bitter. »Niemals. Berne ganz allein ohne Sie? Sie sind viel zu klug, haben ein Unternehmen aufgebaut, hatten einen Plan. Sie wollten eine Konditorei eröffnen. Warum sollten Sie das alles aufgeben?«

»Ich habe kein …«

»Genau. Sie haben keine richtige Erinnerung mehr«, beendete Leen den Satz. »Die Situation passt nicht zu den meisterlichen Herausforderungen, die Sie bis dahin durchdacht und klug bewältigt haben. Sie steht in keiner Relation zu dem, was Sie vorhatten. Sie wollten ein neues Leben beginnen, nein, Sie haben längst ein neues begonnen. Sie wollten sich weiter um Berne kümmern, Sie wollten …«

»Wir waren gute Freundinnen«, bestätigte Ann traurig.

»Sehen Sie? So etwas tut man nicht freiwillig. Man lässt eine gute Freundin nicht allein, und Sie am allerwenigsten.«

Ann hätte sich gern ihre schweißnassen Hände an ihrer Hose abgewischt, aber sie wollte Leen keinen Anlass geben, ihre Hand wegzuziehen. Ann dachte plötzlich, dass Leen Roger und sie etwas gemeinsam hatten. Ihre Klugheit. Leen Roger hätte den Aal niemals umgebracht. Niemals, und genauso wenig, wie es zu Leen passte, genauso wenig passte es zu ihr. Sie ekelte sich, die Bilder zu diesem Gefühl waren blass geworden, nur das rote Blut, das sah Ann überall. Sie hatte den Aal nicht erstechen wollen. Sie hatte Berne nicht alleinlassen wollen. Eigentlich hatte sie gar nichts von all dem gewollt. Auch nicht, dass Katina sie nun nie wieder treffen würde. Ja. Katina hatte sie auch verloren, dabei waren sie richtige Freundinnen gewesen. Blieb immerhin noch Junia. Ann riss die Augen auf. »Haben Sie Junia erreichen können?«, fragte sie hoffnungsvoll.

Leen atmete geräuschvoll aus. »Nein«, bedauerte sie.

Leen Roger war angespannt, dachte Ann. Vielleicht, weil sie nun doch Anerkennung aufbringen konnte? Leen hatte aufgezählt, was Ann in den letzten Wochen alles gemeistert hatte. Ann lächelte. Es war ihr nie bewusst gewesen, aber Leen Roger hatte recht. Ann hatte das alles allein geschafft. Allein, ohne Rainer. Und dass sie nun im Gefängnis saß? Ann zuckte mit den Schultern. Dafür konnte sie nichts, hatte Leen entschieden, und Ann war sicher, dass Leen Roger nie etwas entscheiden würde, wovon sie nicht überzeugt war. Leen Roger, dachte Ann glücklich. Eine Frau, die nun doch etwas für sie übrighatte. Sie empfand Stolz. Am Ende würde alles gut werden, am Ende hatte sich alles gelohnt. Sie hatte Gutes getan, indem sie den Aal erstochen hatte, auch, wenn das niemand wahrhaben wollte. Ann empfand Stolz. Vielleicht war sie viel schlauer, als alle anderen glaubten. Sie fand, dass sie eine geheimnisvolle Klugheit besaß. Sie lächelte. Sie konnte auch im Gefängnis glücklich werden. Drei Jahre, dann würden sie sich endlich alle wiedersehen. Berne, Junia, Katina, sie alle, und sie würden feiern.

»Im Hotel sagte man mir, dass Junia Kox für längere Zeit außer Haus sein würde.«

»Außer Haus?«, fragte Ann erstaunt. »Was soll das heißen?«

Leen rieb sich das linke Ohr. »Nun muss ich Ihnen etwas sagen, Ann, und es fällt mir schwer, das zu tun.«

Ann bekam augenblicklich Bauchschmerzen. »Was sagen?«, fragte sie vorsichtig. »Ist Junia krank?«

Leen schüttelte den Kopf. »Ich wollte unbedingt den Kontakt herstellen. Ich wollte Ihnen den Gefallen tun, und wenn ich eine Mission habe, lasse ich mich ungern abwimmeln. Ich gewinne immer.« Leen zwinkerte, aber Ann fand, dass es kein zuversichtliches Zwinkern war. »Nun gab ich vor, Junias Mutter zu sein und mir Sorgen zu machen. Ich ließ mich mit einem Kollegen verbinden, der angeblich Bescheid wusste.«

»Worüber? Worüber soll der Kollege Bescheid wissen?« Ann hielt die Luft an.

»Über den Aufenthaltsort.«

»Von Junia?«

»Von Junia.«

»Und?«

»Ich wurde an einen Marten weitergeleitet.«

Anns Herz klopfte bis zum Hals. Was, wenn Junia etwas zugestoßen war? Sie hatte ihr die Torte schicken wollen. Ann bereute plötzlich, dass sie es nicht vor den ganzen Geschehnissen erledigt hatte. Immerhin traf sie keine Schuld daran. Immerhin hatte sie nicht vorgehabt, den Aal zu töten.

»Sie wissen es wirklich nicht, oder?«, fragte Leen mitleidig.

»Was?«

»Junia hat sich eine Auszeit genommen.«

»Ja«, bestätigte Ann. »Sie ist außer Haus.«

Leen schaute Ann eindringlich an. »Weil ihr Freund erstochen worden ist.«

Ein heller Fiepton schlich heran, der Boden bewegte sich. »Ihr Freund?«

»Ihr Freund.«

»Ihr Freund«, wiederholte Ann unsicher.

»Thies Heumann.«

»Thies Heumann.« Ann nickte. Sie klammerte sich an die Tischkante.

»Ja, Thies Heumann. Der Aal.«

Anns Mundwinkel zuckten. »Der Aal«, flüsterte sie. »Aber das war ich nicht, stimmt's?« Der Boden schwappte jetzt vor und zurück. Sie legte ihren Kopf auf die Tischplatte, schloss die Augen.

Ann ließ sich hinabziehen, mit den Füßen voran. Der Sog in die Tiefe war so kräftig wie das Rot. Das Rot, das sich unaufhörlich um sie verteilte.

Blut.

Das Blut vom Aal. Das Blut von Thies Heumann. Das Blut von Junia.

Ann beschloss, dass es an der Zeit war.

An der Zeit, sich das Leben zu nehmen.

KAPITEL 63

Berne hatte sich entschuldigt, das Kleid mit zitternden Händen glatt gestrichen, zurechtgerückt, mit unkontrollierten Bewegungen versucht, ihre Füße von der Toilette zu heben. Minna hatte besorgt auf sie herabgesehen, das Glas Prosecco umklammert, war mit kleinen Schritten zum Telefon geeilt. »Nun rufe ich doch den Notarzt«, hatte sie mit heller Stimme gepiepst.

Berne hatte endlich ihre Füße aufgestellt, sich in den Sitz gestützt. Ihr Sichtfeld war eingeschränkt. Zacken und flimmernde Kristalle hatten sich von der Seite herangewagt, verdeckten die Hälfte des Bildes. Berne musste Minna aufhalten, sie davon überzeugen, dass sie sich wieder fangen würde. »Bitte nicht«, rief sie durch die angelehnte Tür. »Ich kenne das schon, ich bin schwanger, mein Kreislauf ist durcheinander, und mir ist ständig übel. Ich bin erst in der sechsten Woche, das kommt häufiger vor, und dann die Hitze«, beschwerte sich Berne laut.

Pfefferminzöl. Wo war das Pfefferminzöl?

Sie musste sofort aufstehen, musste ihren Kreislauf wieder in Schwung bringen, musste dieses enge Kleid loswerden, musste aus dem Laden raus an die frische Luft. Musste, musste, musste. Sie musste nach Hause. Eigentlich nur das. Sie sehnte sich nach Jeans und einem karierten Hemd, nach ihren Boots, nach Pferden, nach ihren Höfen. Sie sehnte sich nach ihrem Leben und danach, dass alles wieder so war wie eh und je. Sie sehnte sich nach ihrem über und über mit Erde und Haaren beschmutzten Auto, nach dem Geräusch der Schubladen, von denen es im Laderaum unzählige gab. Medikamente, chirurgische Instrumente, zuletzt das neue für die Tierkennzeichnung, Tuben, Salben, ihre Infoblätter zur Krallenpflege. Berne wollte das alles wieder zurück. Berne wollte morgens aufstehen, wollte ihre Praxis aufschließen, wollte mittags mit Torge ihre Höfe abfahren. Berne wollte heimkehren. Zurück zu Pius und Torge, zurück zu ihren Tieren, zurück nach Kälberberg. Berne wollte Freiheit.

»Aufstehen«, befahl sie sich laut, presste ihre Lippen aufeinander. Ihre Beine wollten nicht, alles wackelte, zitterte, waberte. Die Unterschenkel kamen Berne verbogen vor, die Schienenbeine ragten spitz heraus, die Oberschenkel wie die einer Greisin, Beckenknochen und Schambein aufdringlich, sogar ihre Füße waren schmal und knochig. »Aufstehen«, wiederholte sie.

»Kommen Sie, ich helfe Ihnen hoch«, verkündete Minna. Behutsam, mit geschürzten Lippen und äußerster Vorsicht, berührte die Frau Bernes Arm. Ängstlich, als könne sie etwas kaputt machen oder sich anstecken, drehte sie ihren Kopf zur Seite, ihre Nasenlöcher weiteten sich. Minna sah aus, als wäre sie noch nie Teil einer auch nur annähernd so ekelerregenden Situation geworden.

Bernes Beine gehorchten nur, weil sie sich schäbig vorkam. Schäbig, hier in dieser Toilette, in diesem Laden, mit einem engen Designerkleid, mit Minna, die keine Ahnung hatte, dass das Leben außerhalb ihrer Modewelt noch etwas anderes bereithielt als Indigoblau, Pailletten, Musselin, Stufenkleider und Prosecco.

»Helfen Sie mir aus dem Kleid«, bat Berne. »Bitte.«

Minna lächelte schief, schob sie zurück in die Umkleidekabine, zupfte am Reißverschluss herum, raffte den Stoff, zog ihn grob über Bernes Kopf, sodass sich Haare verfingen und Minna ein bestürztes »Oh« von sich gab. »Das ist ja was«, bemerkte sie pikiert, reinigte das Kleid mit einem Tüchlein und einer Rolle, strich es glatt, schüttelte den Kopf, stieß erleichtert Luft aus, mitleidig, betroffen, säuerlich.

Berne schlüpfte in ihre viel zu große Kleidung, vermied es, sich im Spiegel anzusehen, mit gesenktem Kopf entschuldigte sie sich bei Minna, fand keine Worte, versuchte es nicht weiter, stolperte aus dem Laden. Raus, raus, raus. Kopfsteinpflaster, festgetretenes Kaugummi, Aromaschutzpapier einer Zigarettenschachtel, Lutscherstiel, aufgeweichtes Taschentuch. Berne lief. Lief und steuerte weiter auf die Innenstadt zu, orientierte sich, fing ihren Atem ein, wurde langsamer, ihre Beine brannten, ihre Muskulatur war erschöpft.

In einem großen Kaufhaus suchte sie nach Jeans, schaute nach ihrer alten Kleidergröße. In der Umkleidekabine setzte sie sich auf den Hocker, die Jeans ließ sie achtlos fallen, der Teppich übersät mit Flusen und Haaren, das grelle Licht kalt, es flackerte. Berne suchte hektisch nach dem Pfefferminzöl, es fiel auf den Boden, sie rutschte hinterher, legte sich flach auf den Rücken, der Knopf der Jeans drückte sich in ihren Hinterkopf, Berne sog das scharfe Öl in sich auf, träufelte es auf ihre Zunge, spürte das Brennen. Sie holte tief Luft, hustete, schloss ihre Augen, das flackernde Licht bohrte sich durch ihre Lider. Sie hörte Schritte, das Schloss, hörte jemanden hantieren, jemanden, den Mann, presste ihre Augen weiter zusammen, verkroch sich, drehte sich auf die Seite, legte die Hände flach übereinander, die Füße eng zusammen, zählte, flüsterte, es kitzelte sie etwas in der Nase, Torge, Pius, ich komme zurück, bald. Sie musste niesen. Einmal, zweimal, dreimal. Sie roch Rasierwasser, jemand berührte ihre Schulter.

»Hallo?«

Nicht schon wieder. Berne hörte sich schluchzen.

»Kommen Sie!«

Jemand tätschelte ihre Wangen, erst sanft, dann fester. Es brannte, knallte, jemand zog sie an den Füßen, der Knopf an ihrem Hinterkopf drückte sich in die Haut, es wurde schwarz, weiß, es flackerte, ihre Fesseln wurden gelöst, jemand sprach, der Mann sprach, jetzt war es so weit, Mund auf, weg, ich bin bald zurück, Klatschmohn, Wind in den Haaren, weinen, weinen, weinen.

Berne riss die Augen auf, jemand starrte sie an.

»Ich helfe Ihnen«, sagte der Mann. »Sie liegen auf dem Boden.« Er lächelte. »In einem Kaufhaus.« Er zeigte auf den Vorhang. »In einer Umkleidekabine.« Der Mann holte Schwung, stellte Berne beherzt auf die Füße.

Sie taumelte. »Rufen Sie nicht an«, flehte Berne. »Bitte niemanden anrufen.«

»Einen Arzt?«, fragte der Mann. »Nein.« Er schüttelte den Kopf. »Sie sollten lieber einen Kaffee trinken und etwas essen.« Er sammelte das Pfefferminzöl und die Jeans ein, packte Bernes Arm, zog sie aus dem engen Flur der Umkleidekabinen. »Einverstanden?«, fragte er.

Berne nickte.

»Die Jeans …«, er warf sie über einen Ständer, »lassen wir hier.« Der Mann führte Berne die Rolltreppe hinauf in den dritten Stock, ließ sie im Café des Kaufhauses Platz nehmen. »Hier sitzen bleiben«, befahl er streng. »Nicht aufstehen.«

Berne sah ihm hinterher. Er war groß, Kurzhaarschnitt, trug ein Poloshirt, Shorts und Turnschuhe.

Er lief gezielt auf einen Kaffeeautomaten zu, holte Tassen aus dem Regal, drückte Knöpfe, stellte beide Tassen auf ein Tablett. Er schob es die Verkaufstheke entlang, fischte allerlei aus der Kühlung hervor, tauschte um, wog ab, legte etwas auf dem Tablett zurecht, steuerte auf die Kasse zu, lächelte, wechselte Worte mit der Kassiererin, bezahlte.

Er setzte sich Berne gegenüber. »Smoothie«, begann er und stellte eine kleine Plastikflasche mit grüner Flüssigkeit auf den Tisch. »Kaffee, Milch und Zucker«, zählte er auf.

»Schokohörnchen, Müsli mit Obst und Joghurt, Croissant.« Er nippte an seinem Kaffee. »Los, trinken Sie«, forderte er Berne auf.

Berne gehorchte. Der Kaffee schmeckte stark und süß, sie verzog das Gesicht.

»Nicht richtig?«, fragte der Mann.

Berne versuchte zu sprechen, brauchte einen Moment. »Ich glaube, dass ich keinen süßen Kaffee trinke.«

Der Mann tauschte die beiden Tassen aus. »Ich auch nicht«, lächelte er. »Nehmen Sie den hier.«

Berne nahm einen großen Schluck.

»Wie heißen Sie?«

»Berne Jurin, ich bin Tierärztin und wohne in Kälberberg. Ich möchte nach Hause«, hauchte sie.

Der Mann holte sein Smartphone heraus. »Kälberberg«, wiederholte er. »238,4 Kilometer. Über die A 3, weiter auf der A 70.« Er nahm einen Schluck Kaffee, schüttelte den Kopf. »Das ist nicht gerade in der Nähe.«

»Nein«, fiepste Berne.

»Ich frage Sie lieber nicht, warum Sie hier sind.«

Berne lächelte dankbar.

»Auto?«

»Bitte?«

»Sind Sie mit dem Auto hier? Mit dem Zug?«

»Nicht fragen.« Berne lächelte schief.

»Haben Sie einen Plan?«

Berne schüttelte den Kopf.

»Sie wollten sich etwas zum Anziehen kaufen«, stellte der Mann fest. »Dabei helfe ich Ihnen. Dann bringe ich Sie nach Kälberberg.«

Berne schluckte. Tränen schossen in ihre Augen.

»Nur, wenn Sie Ihren Kaffee trinken und etwas essen«, sagte er bestimmt.

»Warum?«, fragte Berne heiser.

»Damit Ihr Kreislauf wieder in Schwung kommt.«

»Nein, warum bringen Sie mich nach Hause?«

Der Mann lächelte. »Ich habe sonst nichts zu tun.« Er biss in das Croissant. »Essen Sie«, sagte er kauend.

Berne knabberte. Knabberte an dem Schokohörnchen, das ihr der Mann herübergeschoben hatte.

»Ich heiße Tobias.«

Berne nickte. »Okay«, sagte sie.

Tobias lachte. »Sie sind verloren gegangen, das sehe ich.«

»Sie wollten nicht danach fragen.«

»Ich habe nicht gefragt. Ich habe eine Feststellung gemacht.«

Berne schmunzelte. »Vielleicht«, antwortete sie.

»Was kaufen wir Ihnen?« Er zeigte zum Ausgang. »Wieder runter in die Damenabteilung. Jeans?«

»Ich brauche alles«, erklärte Berne vorsichtig. »Jeans, Shirt, Hemd.« Sie verzog das Gesicht. »Glaube ich.«

»Schuhe? Unterwäsche?«

Sie zupfte an ihrem Oberteil. »Von Ann. Mehr habe ich nicht.«

Tobias räumte den Tisch ab, schlenderte zurück zu Berne, bedeutete ihr mit einem Kopfnicken, dass sie sich auf die Suche machen würden. Auf die Suche nach Berne. Nach Jeans und kariertem Hemd, nach Boots, nach irgendwas, nach Berne eben.

Sie hatte Kleidergröße 32. Zur Auswahl gab es nur eine einzige Jeans. Berne riss das Etikett ab, behielt die Jeans an. Tobias besorgte ein blaues T-Shirt. »Es ist heiß draußen«, gab er zu bedenken. »Ist eine Jeans wirklich …«

»Und ein kariertes Hemd.«

Sie suchten vergeblich, es gab keines in ihrer Größe, Berne hockte sich auf den Boden, konnte Tränen nicht mehr zurückhalten. Sie begann zu schluchzen.

Tobias setzte sich neben sie, reichte ihr das Pfefferminzöl. »So«, sagte er. »Wir finden ein Hemd.« Er zog sie hoch, schob sie durch die Etage zur Rolltreppe. In der Kinderabteilung besorgte er ein Hemd, das er Berne mit ernstem Gesichtsausdruck über die Schulter warf. Er zeigte auf die Umkleidekabine. »Nicht wieder umfallen«, befahl er.

Tobias bezahlte, reichte Berne am Ausgang das erstandene Paar braune Boots. »Jetzt noch die.«

Er brachte sie ins Parkhaus, zahlte sein Ticket am Automaten. Berne atmete, dachte an Pius und Torge, atmete, dachte an ihr Leben, vor allem aber daran, dass sie atmen musste.

»Es geht los«, sagte Tobias, öffnete ihr die Beifahrertür. »Ich brauche nur noch die Adresse.«

Berne stieg ein, im Fußraum lagen Kopfhörer, sie schob sie vorsichtig zur Seite, stellte ihre Füße ab. Ihre neuen Füße. Boots. Boots, eine Jeans, ein Shirt, ein kariertes Hemd. Sie würde wieder Berne werden.

Tobias startete den Motor, gab die Adresse ins Navigationssystem ein. Kälberberg. In ihrem Bauch flatterte es.

»Mögen Sie Musik?«, fragte Tobias.

»Ich denke schon.«

Sie hörten. Sie hörten Musik. Berne zum zweiten Mal seit über einem halben Jahr.

»Michel Camilo. One more Once«, schwärmte Tobias. Berne schloss die Augen, lauschte der klangvollen Musik, ließ sich fallen, sinken. Sie schwebte über ein Kornfeld, hier und da Klatschmohn, rotes Gift, die Sonne, das Summen. Neben ihr Stimmen, sie verscheuchte die Störenfriede, wollte weiter schweben, es roch nach Sommer und blauem Himmel, und dann verschwand Michel Camilo. Berne stutzte, wollte nach ihm greifen, ihn zurückholen. Jemand schob ihr etwas in den Mund, es roch scharf, künstlich. Sie blinzelte, unter ihr wackelte es, sie hörte Motorengeräusch, erkannte Umrisse. Hektisch, alle um sie herum waren hektisch, geschäftig. Stimmen, jemand rief. Rief ihren Namen. Es war Torge, der von oben in das Verlies schaute, sie wollte sich die Binde von den Augen reißen, aber ihre Hände klebten zusammen. Etwas Hartes traf sie am Hinterkopf, sie drehte ihren Kopf zur Seite, spürte ihre Beine nicht, versuchte die Arme zu heben, aber jemand lag auf ihr, stieß zu, hielt sie fest, drückte etwas in ihren Mund, sie versuchte sich zu wehren, es flackerte, sie riss ihre Augen auf, grelles Licht, das ihre Pupillen verkleinerte, Pfefferminz, sie schnappte nach Luft. Berne biss sich auf die Zunge, schmeckte Blut, ihr Blut. Sie richtete sich auf.

Niemand war da.

Niemand.

Kein Tobias, kein Michel Camilo. Nur die Haare und die Flusen, die Jeans, der Spiegel an der Wand, ein beigefarbener Vorhang.

Berne kauerte sich zusammen, fror. Eine ganze Weile saß sie da, die Arme fest um ihre angewinkelten Beine geschlungen. Dann stand sie auf, nahm die Jeans, legte sie unbeholfen über den Ständer. Sie steuerte mit wackeligen Beinen auf die Rolltreppe zu, fuhr in den dritten Stock, besorgte sich Kaffee, extra stark, einen grünen Smoothie.

Sie setzte sich, nippte, knabberte an einem Schokohörnchen.

Ob Tobias schon in Kälberberg war?

KAPITEL 64

Sie hatten gegessen, hatten gemeinsam den Tisch abgeräumt, sich aufs Sofa gelegt.

»Berichte mir von deinem Tag«, hatte Junia gähnend gefordert.

»Nichts Besonderes passiert, was willst du hören?«

»Irgendwas.«

»Mhm.«

Junia hatte sich aufgesetzt. »Nein?«

»Ich muss etwas regeln. Moment.« Konzentriert und abgelenkt. Er hatte mit seinem Smartphone eine Nachricht geschrieben, dabei angestrengt das Display fokussiert.

»Was?«

Thies hatte nicht geantwortet.

»Was musst du regeln?«, hatte Junia wissen wollen.

»Fitz. Ich muss Fitz etwas schreiben.«

»Fitz?«

Thies hatte genickt. »Fitz, ein Freund.«

»Ich weiß. Der Bauunternehmer, und weiter?«

»Nichts weiter. Ich muss ihm etwas schreiben.«

Junia hatte es teilnahmslos akzeptiert, war aufgestanden, hatte sich eine Wolldecke geholt. »Und jetzt?«

Thies hatte gestöhnt. »Was, jetzt? Ich muss eine Nachricht schreiben, das ist ›jetzt‹.«

»Wie lange noch?«

»Bis sie fertig ist.«

»An Fitz.«

»An Fitz«, hatte er genervt wiederholt. »Je öfter du mich störst, desto länger wird es dauern.«

Junia war aufgesprungen. »Dann gute Nacht«, hatte sie gemotzt.

»Jetzt warte doch!«

»Du bist beschäftigt, hast du ja gesagt.«

»Meine Güte, ein paar Minuten.«

»Du schreibst schon eine halbe Stunde.«

»Du übertreibst. Ich schicke sie jetzt ab und gut ist.«

Junia ließ sich zurück aufs Sofa plumpsen. »Und was schreibst du ihm?«

»Irgendwas halt.«

»Du willst es nicht sagen.«

»Es ist nicht wichtig.« Er hatte sein Telefon auf den Wohnzimmertisch gelegt, hatte aufstehen wollen. In diesem Moment hatte es geklingelt, auf dem Display das Bild eines jungen Mannes: »Eingehender Anruf … Fitz Menke«, stand darunter. Dunkelhaarig, gut aussehend. Junia waren die freundlichen Augen aufgefallen, vor allem aber die Narbe über der rechten Augenbraue.

»Wovon ist die?«, hatte sie neugierig gefragt.

»Fitz ist Motocross gefahren. Lange her.«

»Und hatte einen Unfall?«

»Mhm.«

Sie war Fitz nie persönlich begegnet, sie hatte vergessen, wie er aussah, hatte nicht einmal mehr gewusst, dass es die Situation mit Thies vor einem halben Jahr gegeben hatte. Die Erinnerung daran war weg, verschwunden, abgerauscht. Thies hatte Fitz' Anruf weggedrückt, und so war das Bild seines Freundes aus ihrem Gedächtnis verschwunden. Bis heute, bis vor wenigen Augenblicken.

Das Geräusch herannahender Schritte auf feinen Kieselsteinen hatte zunächst Euphorie und Erleichterung in ihr ausgelöst, sie dann unmittelbar in Alarmbereitschaft versetzt. Sie war zurück in das dornige Gestrüpp gekrochen, hatte sich dort auf den Boden gekauert. In Erwartung, Ruben zu begegnen, hatte sie einen Moment gebraucht, um die Situation zu erfassen. Die schlanke Statur, die dunklen Augenbrauen, die auffällige Narbe. Fitz Menke. Sie hatte keinen einzigen Moment daran gezweifelt, vor allem aber hatte sie keinen Moment daran gezweifelt, dass sie sich vor Fitz verstecken sollte.

Sie hatte still beobachtet, wie Fitz die Stufen herabgeschaut, gezögert hatte, dann hatte ihn das schwarze kalte Loch bereitwillig verschluckt. Junia hatte sich angeschlichen, darauf geachtet, den bewachsenen Streifen entlang der Grasnarbe nicht zu verlassen, sich geduckt, obwohl es dafür keine Notwendigkeit gegeben hatte, und sich die Stufen hinuntergewagt. Sie hatte sich gegen die Tür geworfen und sie zugeschlossen, dann war sie die Stufen hinaufgestolpert und wie angestochen losgerannt. War gerannt, durch die Hitze und um ihr Leben. Auf halber Strecke hatte sie sich in den Kies fallen lassen, ihre Kehle nur noch ein schmaler Schlitz. Sie hatte keine Luft mehr bekommen. Jetzt schleppte sich Junia weiter voran, nervös blickte sie sich um. Nicht nur Fitz, der sich von hinten anschleichen konnte, sondern auch Ruben, der ihr entgegenkommen würde, löste Unbehagen aus.

Wohin?

Einfach laufen, wobei ihr der lang gezogene Kiesweg dafür ungeeignet schien. Hier würde sie jeder schon von Weitem sehen, sich zu verstecken würde vergeblich sein.

Und wegrennen?

Ihre Kraft würde nicht mehr ausreichen, um die Flucht zu ergreifen. Wenn sich Ruben auf den Weg zum Bunker gemacht hatte, würde sie ihm in die Arme laufen, daran konnte sie nichts mehr ändern.

Die Sonne hatte sich gesenkt, Junia lief und lief. Die Hitze kam ihr tödlich vor, die Kälte im Bunker auch. Überall lauerte er, der Tod, den sie hatte wegstoßen können. Sie hatte sich vom Nebel einhüllen lassen, war eingeschlafen, dem Tod ganz nah, war ihm bereitwillig gefolgt, hatte sich ergeben. Ein Geräusch neben ihr hatte den Nebel zerplatzen lassen wie Schaumbläschen. Sie hatte eine Kinderstimme vernommen, der Stier hatte nervös den Kopf gehoben, sie gewarnt. Junia hatte sich umgesehen. Im Lichtkegel hatte ein winziges Menschlein gestanden, ein Zwerg, gerade so groß wie ein kleiner Junge. Der Zwerg hatte geschrien, aus dem weichen Gras war harter Boden geworden, und aus den weiten Feldern wurden undurchdringliche Wände. Junia hatte sich gestört gefühlt, hatte die Augen wieder geschlossen, hatte wieder einschlafen wollen, aber die Stimme des Zwerges hatte alles durchdrungen. Den Nebel, die Idylle. Junia hatte die Augen geöffnet, das Kreischen hatte ihr Gänsehaut verursacht. Weg. Der Junge war weg, das Schreien war leiser geworden. Mit einem Mal wach, ihre Sinne geschärft, die Begegnung mit dem Tod war ihr lächerlich vorgekommen.

Sie war abrupt aufgestanden, ihre Hände noch immer hinter dem Rücken gefesselt. Sie hatte Isa mit dem Fuß anstoßen wollen, sich umentschieden. Raus. Raus aus diesem Versteck, nur raus.

Sie war den Stufen in das gleißende Sonnenlicht gefolgt, hatte ihre Kopfschmerzen ignoriert, ihre nassen Hosenbeine, sie klebten und brannten. Sie hatte sich mit hinter dem Rücken verschränkten Armen, schmerzenden Schultern, tauben Beinen einen Überblick verschafft, hatte sich umgeschaut, sich gefühlt wie ein wildes Tier, das sich nach dem Winter geschwächt aus seiner Höhle quälte.

Sie hatte entschieden, dass sie nichts ausrichten konnte, solange sie der Kabelbinder behinderte.

Junia war zur Haustür gelaufen, hatte sich von der Glasfront geblendet gefühlt, war um das Gebäude geirrt, hatte Angst, Ruben würde jeden Moment aus dem Fenster schauen.

Sie hatte nach einer scharfen Kante gesucht, irgendetwas, mit dem sie den Kabelbinder durchtrennen konnte. Gefunden hatte sie einen Handrasenmäher im hohen Gras, kaputt und verrostet, hatte gejubelt und mit den Füßen die Messerwalze und das Untermesser von den Resten der gebrochenen Haube befreit.

Es hatte Ewigkeiten gebraucht. Ewigkeiten.

Junia hatte aufgeben wollen, war verrutscht, ihre Haut längst wund gescheuert. Ein Krampf in der Schulter hatte sie fluchen lassen, und mit dem heftigen Wutanfall war sie zwischen die Messer geraten und abgerutscht.

Frei.

Junia hatte sich völlig verausgabt, Schweiß war ihr von der Stirn gelaufen, vor Erleichterung hatte sie laut gelacht, das Lachen war in ein verzweifeltes Weinen übergegangen.

Sie war aufgestanden, war zurück zum Bunker geschlichen, um nach Isa zu schauen, als sie die Schritte gehört und sich in das dornige Gebüsch zurückgezogen hatte.

Sie hatte Fitz eingesperrt, war sicher, dass er nicht mehr entkommen konnte, hatte trotzdem beschlossen, dass sie auf der Hut sein musste.

Sie brauchte dringend etwas zu trinken, schaute hoch, als könne sie irgendwo einen Tropfen aus der Luft ergattern, erschrak, weil neben ihr ein parkendes Auto auf der Bildfläche erschien. Ein Kleinwagen. Junia duckte sich, schlich um ihn herum, stellte fest, dass niemand zu sehen war. Die Türen waren verschlossen, ihre Kehle brannte, als sie die vielen Lebensmittel und Getränke sah. Sie schaute sich nach einem großen Stein um, hatte Skrupel, die Scheibe einzuschlagen, entschied sich dagegen. Sie beschloss, dass sie es ohne zu trinken schaffen musste, machte sich weiter auf den Weg.

Wohin eigentlich?

In die Zivilisation, dachte sie, irgendwohin. Irgendwohin, wo ihr gesamter letzter Lebensabschnitt sein Ende finden konnte.

Mit Thies hatte ein Albtraum begonnen, dachte sie.

Warum war er nicht einfach zu Ende gegangen?

Sie war auf die Nachricht hereingefallen, hatte sich betäuben, sich von Ruben in den kalten Bunker schleppen lassen. Was hatte sie dazu veranlasst? Was hatte sie sich versprochen? Hatte sie denn wirklich Thies' Abschiedsbrief lesen wollen? Hatte sie wirklich glauben wollen, dass Thies sie liebt? Und dann? Was hätte sie davon gehabt?

Thies hatte es nie gegeben. Er hatte sie nicht geliebt. Alles Fassade, alles Verlegenheit, um sein Leben einzurahmen. Sein falsches Leben.

Junia ärgerte sich. Wer war sie, dass sie sich dafür zur Verfügung gestellt hatte? Wer war sie, dass sie sich hatte an der Nase herumführen lassen?

Sie schluckte trocken, ihr Kopf hämmerte, sie hörte auf, darüber nachzudenken, konzentrierte sich auf das Vorwärtskommen, darauf, dass ihr Herz weiter schlug, ihre Füße einen Schritt vor den anderen setzten.

Sie lief an einer Wiese vorbei, hohes Gras hatte sich trocken und schlaff niedergelegt. Junia atmete flach, wollte schneller laufen, es gelang ihr nicht. Sie schleppte sich zur Straße, lief sie entlang, stellte sich vor, dass sie es bald geschafft hatte. Irgendwann würde sie an ein Haus gelangen. Sie würde klingeln und Hilfe holen, sie würde die Polizei rufen, sie würde Ruben und Fitz …

Unvermittelt blieb sie stehen, stützte sich auf ihren Oberschenkeln ab. Gestank. Sie nickte. Der Gestank eines verwesten Tieres, als sie am hohen Gras vorbeigelaufen war, ein paar Minuten Fußmarsch von hier. Etwas in ihr löste Zweifel aus. Eine Ahnung, ein Gefühl, ohne dass sie es hätte benennen können. Zurücklaufen konnte sie nicht. Ihre Kräfte reichten nicht aus. Sie musste nur Hilfe holen, nur das, und dann würden sich andere kümmern.

»Ja«, flüsterte sie. Um den Kadaver, um das verweste Tier. Um Ruben, dachte sie plötzlich. Um Ruben.

Sie stolperte weiter die Straße entlang. Weit und breit nur Felder und Wald. Sie musste doch irgendwann an ein Haus gelangen? Und wenn sie abbog? Die Felder durchquerte? Vielleicht konnte sie eine Abkürzung nehmen?

Ihr kam die Straße sicherer vor. Eine Straße würde zwangsläufig in einem Ort enden.

Und dann hörte sie es.

Sie hörte in der Ferne das Geräusch eines Fahrzeugs. Es kam näher und wurde lauter.

Junia sah sich hektisch um.

Aus welcher Richtung kam es?

Sie musste winken, musste dafür sorgen, dass das Auto anhielt.

Und wenn es Ruben war?

Junia bekam Panik, hockte sich an den Straßenrand. Sie kannte Rubens Auto nicht. Dann fiel es ihr ein: der Kleinwagen! Plötzlich war sie sich sicher, dass er zu Ruben gehörte.

Und wo war Ruben? Er konnte unmöglich in der Hitze unterwegs sein. Schwerfällig, fett, er würde diese Tortur niemals auf sich nehmen, wozu auch.

Sie konzentrierte sich auf das Motorengeräusch, es kam nur langsam näher, knatterte. Eher ein Traktor, dachte Junia.

Sie hielt weiter Ausschau, ihr war schwindelig, dann sah sie ihn kommen. Er erschien hinter der Kurve. Junia war es plötzlich egal, ob Ruben darin saß oder nicht, ihr war egal, ob er sie wieder mitnahm. Junia spürte, dass ihr keine Wahl blieb. Sie würde in dieser Hitze, mit immer noch tauben Händen, keine weitere Stunde mehr schaffen. Dann würde Ruben sie aufsammeln, andernfalls würde sie allein verenden.

Sie stellte sich auf die Straße, mit wackeligen Beinen. Die Sonne glühte, der Asphalt glitzerte. Junia hatte nichts mehr übrig, was sie am Leben erhalten konnte. Sie hob ihre Arme. Kein Traktor. Sie versuchte zu erkennen, was sich auf sie zubewegte. In der Kurve weit hinten am Waldrand konnte sie das Fahrzeug von der Seite sehen. Ein weißer Pritschenwagen. Junia schloss ihre Augen, hatte Angst, sich hinzusetzen, sich hinzulegen, hatte Sorge, dass man sie überfahren würde. Sie wartete, atmete, stand, mit den Armen in der Luft, war erleichtert, dass das Fahrzeug seine Geschwindigkeit drosselte, vor ihr zum Stehen kam. Ihre Beine versagten. Sie ließ sich auf den Boden fallen, hörte die Autotür, eine Frau kam auf sie zugelaufen. Junia versuchte zu sprechen, konnte nicht. Alles war trocken, staubig, hell, heiß. Junia ließ sich anfassen, ließ sich tätscheln, hörte, wie jemand sprach, hörte erneut die Autotür, hörte die Stimme eines Mädchens, war erleichtert. Kein Ruben. Kein Fitz. Kein Thies. Sie würde es schaffen.

»Gib mir das Telefon, Bella«, rief eine Frau, die Stimme ganz nah. Jemand legte ihr etwas unter den Kopf, stellte ihre Beine auf. »Halte ihre Füße!« Ein Befehl. Freundlich. Junia war in guten Händen, ließ geschehen, plötzlich war es nicht mehr so heiß, nur noch hell, der Boden unter ihr hart. Sie spürte Wasser auf ihren Lippen, warmes Wasser, es schmeckte süßlich. »Komm, trink«, sagte die Frau. »Kleine Schlucke.«

Junia ließ ihre Zunge umspülen, schluckte vorsichtig. Wasser lief ihr aus dem Mundwinkel, kitzelte ihre Ohren. »Wir rufen den Rettungswagen«, erklärte die Frau. »Die machen das schon.«

Ja, die machen das schon. Was denn eigentlich? Dass es Thies nie gegeben hatte? Dass sie neu anfangen konnte?

Junia öffnete ihre Augen. »Sie müssen die Polizei rufen. Ich bin aus einer Art Kerker geflohen. Ich habe Isa zurückgelassen, vermutlich ist sie tot, und ich habe Fitz eingesperrt. Nach ihm wird gefahndet, er muss festgenommen werden, er darf nicht entkommen. Die Polizei soll mit mir sprechen. Es gibt noch jemanden, der fehlt. Ruben Olberding fehlt. Nach ihm wird ebenfalls gefahndet.«

Ein kleines Mädchen hatte sich ängstlich über sie gebeugt, streichelte unaufhörlich ihre Wange. »Was ist mit der Frau?«, fragte es vorsichtig.

»Vielleicht hat sie sich verlaufen«, antwortete die andere. »Sie braucht Flüssigkeit.«

Verlaufen. Ja, verlaufen hatte sie sich, und war dabei verloren gegangen, dachte Junia.

Die Hände des Mädchens rochen nach Erde. Es erinnerte Junia an den Herbst. Der würde kommen, und dann würde sie mit Marten fortgehen. Nach Oysterhaven, und sie würden Kinder bekommen. Einen Jungen. Ein Mädchen. Ein Mädchen, dessen Hände nach nasser Erde rochen.

KAPITEL 65

Sie hatte sich vorbereitet, die gesamte Nacht an nichts anderes gedacht als daran, dass sie sich während des Gesprächs würde hinsetzen müssen, wie taub, und dass die niederschmetternden, entsetzlichen und endgültigen Worte des mitfühlenden Arztes unverdaut auf sie einprasseln würden.

Stattdessen gab es nichts.

Kein Hinsetzen, keine Worte, weder tröstend noch aufmunternd. Es gab nur die strahlende Sonne, die sich durch das Fenster mogelte.

»Frau Roger?«

Sie hatte aufgeblickt.

»Sind Sie überrascht?«

»Ja.«

»Dann lassen Sie sich die erfreuliche Nachricht …«

»Nein, ist schon gut.«

Der Gynäkologe hatte gelächelt. »Es gibt keinen Verdacht auf einen bösartigen Tumor. Wir können die Zyste ohne Gewebeproben punktieren.«

Leen hatte genickt, einen Termin zur Punktion vereinbart.

Im Auto hatte sie den Kopf geschüttelt. »Gibt's doch gar nicht«, hatte sie geflüstert.

Mit einem Mal war alles vorbei, die gesamte Auseinandersetzung erwies sich als unsinnig, überflüssig, obsolet.

Bei der Mammografie hatte sie ihren ernsten Gedanken zugestimmt, ihnen Raum gegeben, sie einladend in Empfang genommen, sogar zelebriert. Sie hatte das Gefühl gehabt, dass es ein Finale geben würde, eine ersehnte Pause, eine Auszeit, einen Ausnahmezustand. Es hatte ihr das Ende einer stressigen Phase prophezeit.

Jetzt war alles verpufft. Leen fühlte sich vorgeführt.

Sie lachte bitter. Welchem blödsinnigen Schwall an sorgenvollen und melancholischen Gefühlen sie sich hingegeben hatte. Angst hatte wie ein Geschwulst in ihr gewuchert, hatte die letzten Wochen bestimmt, hatte sie durch die Hitze getragen und den Blick auf die wesentlichen Dinge verschattet. Leen fand sich zum ersten Mal in ihrem Leben dumm. Dumm und kindisch. Bemüht, naiv.

Was war übrig von ihr?

Sie hatte immer gern gelebt, sie war kämpferisch gewesen, sie hatte sich mit geschärftem Verstand durch den Tag gearbeitet, zielstrebig Akten durchgelesen, Strategien ausgearbeitet, manipuliert. Es hatte sie glücklich gemacht.

Sie stutzte. Glücklich. Sie dachte an ihre Ameisen. In deren Welt einzutauchen, machte sie glücklich. Von Beginn an. Immer schon. Nichts, was sie sich ausgesucht hatte. Es war einfach immer da gewesen. Auch auf Samsø.

Samsø. Was, wenn Erinnerungen aus der Kindheit keine so große Bedeutung mehr hatten? Wenn sie einen nicht mehr beschäftigten? Weder vordergründig noch unterschwellig? Was, wenn man diesen Erinnerungen sein Leben lang hinterhergerannt war, sie nun eingeholt hatte? Was, wenn man plötzlich nicht mehr wusste, welcher Sinn und Zweck dahintergestanden hatte? Weil man es hinter sich gelassen hatte, weil man sich gelöst hatte, weil man es hatte fallen lassen in einem Moment, der unerwartet erschienen war?

Und dann? Was kam dann?

Zufriedenheit?

Was, wenn sie plötzlich zufrieden war? Was, wenn sie dieses Gefühl nicht kannte? Was, wenn sie Zufriedenheit mit Melancholie verwechselt hatte? Mit Trägheit, mit Unzulänglichkeit, mit Langeweile?

Leen war nicht impulsiv, launisch, wechselhaft, stattdessen

bereit. Sie war immer bereit gewesen. Bereit, am Anschlag, freiwillig. Ihr Antrieb, ihre Persönlichkeit, ihr innerer Kern, er hatte sie immer und immer kämpfen lassen, an der Front, ganz vorne, als würde zu viel Testosteron beständig ihren Motor zum Heulen bringen.

Und jetzt?

Jetzt stand sie an der Startlinie und wartete auf Grün, ohne dass sie zuvor nervös umhergetänzelt war.

Wohin ging es? Wo war das Ziel?

Und wenn es keins gab? Wenn sie es längst aus den Augen verloren hatte?

Um ihr Ziel zu erreichen, hatte sie mehrmals die Umlaufbahn gewechselt.

War sie durcheinandergekommen?

Leen schüttelte den Kopf. Nein, sie hatte ihr Ziel nicht aus den Augen verloren. Im Gegenteil. Sie hatte es erreicht. Sie war angekommen, hatte zugestoßen, getroffen, hatte sich vielleicht ausgeruht, eine Auszeit genommen, war offline gegangen. Vielleicht hing sie noch in der Warteschleife. Vielleicht war es noch nicht zu Ende. Vielleicht aber doch, sie konnte das neue Gefühl nur noch nicht einordnen.

Und wenn sie das Vergangene verpackt hatte? Wenn sie es komprimiert und eingekernt hatte, wenn es jetzt an der Zeit war, es abzustoßen? Wenn es an der Zeit war, die Erinnerungen mit Theodor loszuwerden? Die Erinnerungen, die Erfahrungen, die Qual.

Warum denn nicht? Warum war es nicht endlich so weit? Sie hatte den Moment ergriffen, hatte ihn gepackt. Sie hatte Berne Jurin auf ein Gespräch mit Theodor vorbereitet, sie hatte Wiebe Stein erzählt, unter welchen Umständen sie Theodor kennengelernt hatte, wie hartnäckig er sich an ihr, an ihrem Leben festgebissen, sie gequält und ausgenommen hatte. Er hatte seine eigene Persönlichkeit mit ihren seelischen Eingeweiden gefüttert. Während des Gesprächs mit Wiebe war sich Leen nicht einmal schäbig vorgekommen. Sie hatte es loswerden wollen, es hatte den richtigen Moment dazu gegeben, und sie hatte die Gelegenheit ergriffen, weil sie so war, weil sie Leen war, weil sie die Dinge anpackte und erledigte. Es war die härteste und herausforderndste Mission in ihrer ganzen Karriere gewesen, und sie war keiner Strategie gefolgt. Sie hatte Wiebe angerufen, sie im Museum besucht. Wiebe hatte aufmerksam zugehört, hatte ihr jedes Wort geglaubt, keine Zweifel gehabt, Leen hatte es in Wiebes Augen gesehen. Vor allem hatte sie gesehen, dass Wiebe bereit war. Bereit für die Beichte ihres Mannes, auch wenn sie sie nicht aus seinem, sondern aus Leens Mund hörte.

Leen nickte. Sie hatte sich beständig ihrem Ziel genähert, das Ende im Visier, und dann hatte sie den gesamten Rucksack ausgeleert, ihn ausgeschüttet, war Theodor losgeworden, so, wie sie ihren Knoten loswerden würde, der nun kein Knoten mehr war, sondern eine harmlose Zyste.

Leen erschrak. Ihr Telefon klingelte, sie ermahnte sich zur Besinnung. Sie saß im Auto, fuhr die Hofeinfahrt entlang. Die letzte halbe Stunde war sie abgetaucht, hatte nicht mitbekommen, dass sie sich auf den Weg nach Hause gemacht hatte, und da stand sie. Katta stand am Erkerfenster und winkte ihr zu.

Vielleicht würde doch alles einfach weitergehen, dachte Leen zuversichtlich. Es war nicht zu Ende. Es würde nur einen neuen Lebensabschnitt geben. Ein Abschnitt, den sie leichter angehen würde. Mit ihren Ameisen, mit Katta, ohne Theodor.

Leen lächelte.

Sie nahm den Anruf entgegen.

»Ihre Mandantin hat sich letzte Nacht am Gitter ihrer Gefängniszelle erhängt.«

»Wie bitte?«, rief Leen entsetzt.

»Sie hat sich aus ihrer Kleidung einen Strick gedreht.«

Leen schüttelte den Kopf. »Wie …« Sie parkte ihren Wagen. »Wie konnte ihr das möglich sein? Wurde sie kontrolliert?«

»Sie war bis dahin nicht auffällig.«

»Nicht auffällig? Wie können Sie das wissen?«

»Sie hat im Zugangsgespräch keinerlei Tötungsabsichten geäußert.«

»Das sind standardisierte Suizidprophylaxe-Verfahren, die bringen gar nichts«, schimpfte Leen erbost.

»Nicht nur. Es hat sogar ein Gespräch mit dem Sozialdienst und der Anstaltsärztin stattgefunden. Nichts.«

»Nichts?«

»Ja, die Gespräche und Untersuchungen haben nichts ergeben. Also nichts, was auf einen geplanten Suizid hingedeutet hätte. Wir haben Frau Beck in unregelmäßigen Abständen kontrolliert. Alles war in Ordnung.«

Leen schüttelte den Kopf. »Womit? Wie? Mit ihrer eigenen Kleidung?«

»Ihre persönlichen Anziehsachen waren mit Blut beschmiert, also hat sie Anstaltskleidung bekommen. Es gab bis dahin keinen Hinweis darauf, dass sie …«

»Sie wiederholen sich«, schnauzte Leen. »Verdammt noch mal, wie konnte Ihnen das passieren? Ich bin fassungslos.« Leen hustete. »Warum hat sie keine Papierkleidung getragen?«

»Sie hat sich aus ihrem Anzug einen Strick gedreht. Das ist alles.«

»Das ist alles«, flüsterte Leen. »Ja, das ist alles.« Sie legte auf. »Scheiße«, flüsterte Leen. »Scheiße.«

Ann hätte doch nie den Willen gehabt, sich das Leben zu nehmen? Vielleicht hätte sie sich absichtlich verletzt, das traute Leen ihr zu. Die Deckenlampe zerschlagen und sich mit einer Scherbe schneiden, das hätte zu Ann gepasst. Wenn man nicht weglaufen konnte, musste man eine unerträgliche Situation eben anders lösen, zum Beispiel, indem man sich so verletzte, dass man aus der Zelle getragen und in ein Krankenhaus gebracht werden musste. Immerhin ein paar Tage, die Ann dadurch hätte gewinnen können. Tage, die sie außerhalb der Zelle hätte verbringen müssen. Tage, die ihr zusätzliche Beschäftigung, neue Aufmerksamkeit eingebracht hätten. Aber sich umbringen? Sich erhängen? Vorsätzlich?

Anns Hilflosigkeit.

Was war in den letzten Stunden nur passiert, dass Ann diese schreckliche Entscheidung getroffen hatte?

Junia Kox.

Leen war sich plötzlich sicher. Thies Heumann. Der Aal. Junias Lebensgefährte. Ann hatte erfahren, dass es sich bei dem Toten um Junias Freund gehandelt hatte.

Und?

Der Scheidungsantrag von Rainer Beck. Der auch.

»Mein Gott«, flüsterte Leen.

Sie empfand Trauer.

Am späten Abend grillten sie Zucchini. Katta war redselig, fröhlich, großzügig mit weißem Pfeffer und großzügig mit ihrer Vergesslichkeit.

»Ist kein Tumor«, verkündete Leen. »Nur eine Zyste. Die wird punktiert, und damit ist alles erledigt.«

»Was für ein Tumor?«

»Nein, eben nicht.«

»Warum redest du dann davon?«

»In meiner Brust«, erklärte Leen geduldig. »Ich hatte vor ein paar Wochen einen Knoten gefühlt. In der Sonografie war sehr wenig Flüssigkeit zu sehen, weswegen mein Gynäkologe eine Zyste für unwahrscheinlich hielt. Die Mammografie hat es dann aber eindeutig gezeigt. Kein Krebs.«

Katta nickte. »Gut, dann eben kein Krebs.«

Ja, so einfach war es plötzlich.

Leen streichelte Katta den Rücken. »Meine Mandantin hat sich in ihrer Gefängniszelle erhängt.«

Katta schürzte betroffen die Lippen. »Oh«, sagte sie. »Dann war es das?«

Leen lachte bitter. »Ja, dann war es das. Es ist nichts mehr übrig.«

»Das Schwimmbad.«

»Das Schwimmbad?«

»Das Schwimmbad ist übrig«, verkündete Katta feierlich. »Hast du dir das Angebot angeschaut?«

»Mir ist im Moment nicht danach, das verstehst du doch?«

»Ante Leier hat es mir vorgelesen«, schwärmte sie. »Ein wunderbarer Mann. Bist du ihm begegnet?«

»Nein«, versicherte Leen. »Ich begegne keinen Menschen.«

»Du bist vielleicht bescheuert.«

Leen seufzte. »Ann Beck hat sich das Leben genommen«, flüsterte sie.

»Ann Beck? Welche Ann Beck?«

Ja, welche Ann Beck eigentlich? »Sie war Konditormeisterin«, erklärte Leen betroffen.

Sie kam sich affig vor.

KAPITEL 66

Theodor hörte Bernes Nervosität in der Luft knistern. Er hätte gern nach ihr geschlagen, hätte sie gern zerbröselt, hätte sie gern achtlos zermalmt, stattdessen ertrug er sie neben sich, ertrug, dass er ihrer Nervosität auf kleinstem Raum ausgeliefert war, ihr nicht entkommen konnte.

Im Augenwinkel registrierte er, dass sich Berne Jurin immer wieder ans Ohr fasste, sich über die Haare strich, ihre Wangen entlangfuhr. Beständig war sie damit beschäftigt, sich zu fühlen, zu prüfen, ob die Situation noch real existent war, so zumindest kam es Theodor vor.

Er fuhr konzentriert, achtsam, nicht zu schnell.

Er wollte Zeit gewinnen. Er wollte die Fahrt nutzen, um sich zu sortieren.

Wenn er Berne abgeliefert hatte, würde er nach Hause fahren, und dann würde er sich eine Auszeit nehmen. Er würde seine Klinik abgeben und auswandern nach Panama, er stellte es sich einfach vor, damit er alles andere ertragen konnte. Mit oder ohne Wiebe, vielleicht ohne, vielleicht mit, er hatte keinen Gedanken mehr daran verschwendet, er würde gehen, er würde gehen und alles würde aufhören. Er würde keine Gespräche mehr führen, er würde sie alle fallen lassen.

Theodor empfand Erleichterung, Euphorie. Mit einem Mal schien es ihm, als könne er mit den Fingern schnipsen und ein neues Bild herbeizaubern. Das Bild eines Lebens in Panama, auch ohne Wiebe. Er würde nach Hause kommen, und er würde alles zurücklassen.

»Glauben Sie, dass ich es schaffen kann?«, fragte Berne plötzlich.

»Ihr neues Leben?«

»Mein altes Leben.«

»Wenn Sie das möchten?«

»Glauben Sie, dass ich das möchte?«

»Das kann ich nicht beantworten.«

»Nein«, murmelte Berne. »Das können Sie nicht.« Sie schaute aus dem Seitenfenster. »Es zieht sich zu. Ein Gewitter kommt auf.«

»Haben Sie Angst vor Gewitter?«

Berne schüttelte den Kopf. »Nein«, sagte sie. »Und was ist mit Ihnen? Haben Sie Angst vor Gewitter?«

Theodor lächelte schief. »In einer halben Stunde sind wir da.«

»Ja«, hauchte Berne. »Und ich bringe keine guten Neuigkeiten. Ich habe mein Baby verloren.« Sie lehnte ihren Kopf an die Scheibe.

Theodor hatte keine Lust, darauf zu reagieren. Er nickte stumm.

Ein lauter Donner ließ beide zusammenzucken. Es begann zu tröpfeln.

Berne lachte. »Und wie das passt, nicht wahr?«

Eine halbe Stunde später fuhren sie auf einen großen Hof, ein Gestüt, bewohnt und gepflegt. Niemand war zu sehen. Kein Reiter, kein Pferd, kein Hund.

»Hier?«, fragte Theodor verwundert. »Ist das richtig?«

Berne rutschte nervös auf ihrem Sitz hin und her. »Ja«, hauchte sie. »Und ich möchte, dass Sie einfach wieder fahren. Ich steige aus, und Sie fahren weg. Einfach wegfahren.« Sie schnallte sich ab.

Theodor fuhr so nah wie möglich heran, hielt vor einem großen Eingangstor. »Alles Gute«, flüsterte er.

Berne stieg aus, schaute sich nicht einmal mehr um, stand

da und bewegte sich nicht, ihr Blick auf einen gelben Zettel gerichtet.

»Meine liebste Berne. Ich hole Torge vom Kindergarten ab. Es gibt Pizza. Ich liebe dich.«

Theodor fuhr los, ließ Berne stehen. »Das war's«, flüsterte er, als er vom Hof fuhr.

Und dann kamen sie ihm entgegen.

Ein Mann und ein Junge, Hand in Hand, sie lachten über den Regen, über den Donner. Pius und Torge. Sie lachten ausgelassen. Vielleicht über das Leben. Vielleicht darüber, dass sie nass wurden. Theodor schaltete seine Scheibenwischer ein.

Auf der Rückfahrt weinte er, während der Regen auf seine Scheibe prasselte und Blitze am Himmel tobten.

Er weinte um Ann, um Berne. Er weinte um Wiebe und um Leen.

Er weinte salzige Regentropfen.

KAPITEL 67

Torge hüpfte und schrie, tippelte in kleinen Schritten in die Hofeinfahrt, streckte seine Zunge in die Luft. Der Sommerregen ergoss sich in langen Fäden, das Gewitter über ihnen brodelte, zog sich schwarz zusammen.

Pius drückte Torges kleine Hand, lachte, hüpfte mit. Sein Shirt saugte sich an seiner Haut fest, eine nasse Strähne klebte über seiner Stirn. Er wischte sie zur Seite, schaute auf, der viele Regen vernebelte seine Sicht.

Trotzdem erkannte er sie sofort.

Es war nicht die Frau selbst, die er zuordnen konnte, sondern der Moment. Der Moment: Sie würden um die Ecke kommen und sie würde dort sitzen. Der Moment, auf den er so lange gewartet hatte, der Moment, von dem er Tag und Nacht geträumt hatte, der Moment, um den sich alles drehte.

Sie saß da.

Berne.

Berne saß im Regen, in der Hand einen gelben Zettel, von denen es Tausende gab.

Pius rannte los. Rannte, wurde immer schneller, zog Torge hinter sich her. »Es gibt Pizza«, schrie er in das Gewitter hinein, seine Stimme überschlug sich, seine Tränen mischten sich unter den Regen. »Es gibt Pizza«, schrie er, und aus dem Schreien wurde Lachen. Pius lachte und weinte, lachte und weinte, bis seine Stimme versagte und er nur noch den Regen hörte.

KAPITEL 68

Titus schlich die Treppen hinunter, spürte das warme Holz unter seinen Sohlen. Er hielt mit beiden Händen seine Schlafanzughose fest. Der Bund war ausgeleiert, die Hose drohte herunterzurutschen, die Zähne hatte er sich auch nicht geputzt, stattdessen hatte er sich etwas Zahnpasta in den Mund gedrückt, falls Mama verlangte, dass er sie anhauchte. Immerhin hatte er sich gewaschen, aber nur, weil Bella ihn sonst verpetzt hätte.

Er dachte an den Detektiv. An die freundlichen Augen, die auffällige Narbe.

Wie hatte Fitz wohl seinen Nachmittag verbracht?

Bestimmt hatte er die beiden Toten gefunden, hatte ihre Identität geprüft. Titus rümpfte die Nase. Den scharfen Geruch aus dem Bunker war er nicht mehr losgeworden.

Titus hatte ein dumpfes Gefühl in der Brust, wann immer er an die letzten Tage dachte.

Mama hatte sich heute nur um Bella gekümmert. Bella hatte geheult, den ganzen Abend lang, weil sie das Bild irgendeiner verdursteten Frau nicht hatte vergessen können. Titus hatte während des Abendessens an seinem Käse geknabbert, allein, weil Papa noch unterwegs gewesen und Mama mit Trösten beschäftigt war.

»Ich habe auch ein schlimmes Bild im Kopf«, hatte er gestöhnt. »Zwei Tote in einem Versteck.«

»Hör doch auf, Titus, das passt jetzt wirklich nicht hierher.«

Mama war gestresst gewesen, hatte eine jammernde Bella auf dem Schoß und sorgenvolle Falten auf der Stirn gehabt.

»Du gehst jetzt baden, Bella, wie wäre das?«

Bella hatte weinerlich genickt, hatte sich die Treppe hochschieben und von Mama bemitleiden lassen. »Du isst zu Ende, Titus«, hatte Mama heruntergerufen.

»Und wenn da doch zwei Tote waren?«

»In deiner Fantasie vielleicht«, hatte Bella aus dem Badezimmer gebrüllt. »Du denkst dir wieder abenteuerliche Geschichten aus, die kennt doch jeder, aber heute, das heute war echt, du hast keine Ahnung, was das heißt.«

»Du hast keine Ahnung, was das heißt«, hatte Titus leise seine Schwester imitiert, niemand hatte ihn gehört. »Ach, nein?«, hatte er die große Wanduhr in der Küche gefragt und seinen Teller weggeräumt.

Im Badezimmer war Mama damit beschäftigt gewesen, das Bad einzulassen, und Bella hatte mit verschränkten Armen vor dem Wäschesack gestanden, unbeteiligt zugesehen.

»Hau ab, raus hier«, hatte sie Titus beschimpft, als er auf die Toilette gehen wollte.

»Bella, bitte!« Immerhin hatte Mama in diesem Moment zu ihm gehalten. »Titus muss sich auch bettfertig machen. Er darf hier rein.«

»Er soll mich nicht nackt sehen«, hatte Bella sich beschwert, sich weggedreht.

»Als wenn ich dich angucken würde. So viel Elend …«

Mama hatte sich beiden mit strengem Blick zugewandt. »Ihr hört auf damit«, hatte sie befohlen. »Sofort!«

»Ich will auch baden.«

Mama hatte gestöhnt. »Morgen, Titus, heute nicht mehr, heute badet Bella.«

Titus hatte mit dem Fuß aufgestampft. »Immer nur Bella.«

»Das war heute eine schwierige Situation. Die Frau hat kein sehr schönes Bild abgegeben. Der Rettungswagen, die Polizei, all das, was dann passierte …« Mama schüttelte den Kopf. »Ich weiß nicht, wie du das weggesteckt hättest, aber Bella braucht jetzt wirklich …«

»Da war sogar Blut«, hatte Bella behauptet.

»Ich will baden.« Eigentlich hatte Titus keine Lust gehabt. »Jetzt«, hatte er gesagt und sich ausgezogen.

»Titus stinkt«, hatte Bella entsetzt gerufen und war in die Badewanne geklettert. »Er soll raus hier.«

Mama hatte wortlos das Bad verlassen und sie beide stehen lassen.

Er nahm die letzte Stufe, schlich sich über den Flur zur Wohnzimmertür. Er hörte den Fernseher. Als er die Tür einen Spalt öffnete, sah er erst Papa, der mit ausgestreckten Beinen auf den Fernseher blickte, dann Mama, die längst eingeschlafen war, leise schnarchte.

»Ich kann nicht schlafen«, flüsterte Titus.

Papa setzte sich auf. »Titus, was ist los, es ist doch schon viel zu spät.«

Titus kletterte auf Papas Schoß. »Was war mit der Frau?«

Papa räusperte sich unbehaglich. »Mhm«, brummte er. »Hat Mama denn nichts erzählt?«

Titus schüttelte den Kopf.

»Die beiden sind einer Frau begegnet, die Hilfe gebraucht hat. Sie hatte sehr viel Durst und sich verlaufen.«

»Und warum war dann die Polizei da?«, fragte er.

»Jemand musste die Frau doch nach Hause bringen.«

»Das ist Quatsch«, überlegte Titus. »Der Rettungswagen war da. Er hätte die Frau in ein Krankenhaus bringen müssen, oder nicht?«

»Die Frau hat erzählt, dass noch weitere Menschen Hilfe benötigen.«

»Weitere Menschen? Was für Menschen?«

»Ein Mann und eine Frau.«

»In einem Versteck?«

Papa hob seine Augenbrauen. »Dann hat Mama ja doch alles erzählt.«

Titus nickte. »Tot?«

Papa streichelte Titus' Rücken. »Nein, nein«, lachte er. »Allen geht es wieder gut.«

»Und die Polizei?«

»Und die Polizei? Die hat sich um alles gekümmert.«

»Und war da noch jemand?«

Papa dachte angestrengt nach. Er schüttelte den Kopf. »Nein, das war es schon. Der Frau geht es wieder blendend, und den beiden anderen auch. Alles ist wieder gut«, lächelte er.

»Und man hat niemand anderen sonst gefunden?«

»Nicht, dass ich wüsste. Warum fragst du?«

Titus rutschte von Papas Schoß. »Schon gut.«

Papa gab ihm einen Kuss. »Schlaf jetzt«, sagte er.

Titus hüpfte die Stufen wieder hinauf, kroch in sein Bett.

Er seufzte.

Dann waren es doch keine Toten, entschied er. Sie hatten nur geschlafen, waren müde und haben sicher gefroren.

Und Fitz, der Detektiv? Wahrscheinlich hatte er ganz umsonst das Versteck aufgesucht und nachgesehen, und Titus selbst hatte sich unnötig gefürchtet.

Und der Motorradfahrer?

Titus war sich plötzlich nicht mehr sicher, ob der Motorradfahrer vielleicht doch das Ergebnis seiner Fantasie gewesen war. Er wog ab. Manchmal fühlten sich Dinge echt an, wenn er sie sich nur lange genug vorstellte.

Er beschloss, dass er den Fahrer vergessen würde, entschied, dass es ihn nie gegeben hatte. »Dann eben doch nur das Floß, besser ist das«, nickte er entschlossen. »Das Floß, Huck Finn, der Mississippi. Keine Pferde«, sagte er laut. Dann konnte auch keines durchgehen.

Er kuschelte sich ins Bett, beobachtete das kleine Nachtlämpchen. Es drehte sich, er wartete, bis sein Lieblingsmotiv an der Reihe war, ließ es immer und immer wieder vorbeiziehen.

Er fand, dass es doch besser war, Titus zu bleiben. Bella war nichts für ihn. Er würde einfach Titus bleiben, und morgen würde er baden.

Ihm fielen die Augen zu. Er träumte vom Sommer, vom Mississippi, von den Mücken und davon, dass es Mittke und Pepper nie gegeben hatte.

KAPITEL 69

Sie hatte den sich ständig ändernden Himmel bestaunt. Sie hatte den gesamten Tag damit verbracht. Hatte mit Decke in der Hängematte gelegen und zugesehen, wie sich die Wolken kitzeln, verändern, vorantreiben ließen. Vom Wind. Von der unendlichen Weite des Himmels. Weil sie konnten. Weil sie nichts anderes zu tun hatten. Weil sie nie herunterfallen würden.

Sie war am Abend zum Rocky Beach spaziert, hatte auf den hohen Klippen gestanden und über das Meer geschaut, hatte die Arme ausgebreitet, sich tragen lassen.

Heute Morgen hatte sie ihm erklärt, was passieren würde. Er war gegangen, hatte sich in den unendlichen Weiten der rauen Gegend versteckt. Es hatte zu regnen begonnen, nass und verfroren war er zurückgekehrt.

»Warum kannst du es nicht gut sein lassen?«

Sie stand auf. »Was stört dich so sehr? Du hast doch nichts damit zu tun?«

Er schüttelte den Kopf. »Nichts damit zu tun? Du drehst dich im Kreis.«

»Lass mich«, wehrte sie sich. »Ich denke nach.«

Er sah sie enttäuscht an. »Du schleppst es mit hierher, das tust du. Jemand kommt und bringt es mit. Bringt alles mit. Und dann bleibt es hier, verstehst du das denn nicht?«

»Nein«, erwiderte sie knapp. »Lass es mich machen. Dann ist es vorbei.«

»Wozu?« Er zog sie zurück auf den Stuhl. »Sag mir, wozu das gut sein soll? Warum kann es nicht anders vorbei sein? Ich möchte niemanden hier haben. Ich möchte nicht, dass Fragen gestellt werden. Ich möchte nicht, dass es sich hier verbreitet.« Er faltete seine Hände vor der Brust. »Es gehört nicht hierher«, flüsterte er. »Es gehört nirgendwohin.«

»Die Wolken werden es mitnehmen«, lächelte sie.

»Das ist Unfug.«

»Es kann anderen helfen.«

»Auf unsere Kosten.«

»Wenn sie kommen, Fragen stellen, Fotos machen, dann weiß ich, es ist echt.« Sie presste ihre Lippen aufeinander. »Dann weiß ich, mein neues Leben ist echt.«

Er holte tief Luft. »Gehöre ich überhaupt zu dir?«

»Ich liebe dich.« Sie lächelte.

»Du tust es trotzdem. Gegen meinen Willen.«

Sie räusperte sich. »Danach ist es vorbei«, sagte sie heiser. »Versprochen.«

Sie setzte sich auf die Fensterbank.

»Du bist melancholisch, seit sie angefragt haben. Es ist nicht gut für dich.« Er schüttelte den Kopf. »Für uns.«

Sie lehnte ihren Kopf an, streckte ihre Beine aus, bestaunte den sich ständig ändernden Himmel. Wie gestern. Verbrachte den gesamten Tag damit. Wie gestern.

Die Wolken nahmen Geschichten mit. Auf Nimmerwiedersehen. Weil sie konnten. Weil sie nichts anderes zu tun hatten. Weil sie nie herunterfallen würden.

Keine Geschichte der Welt konnte so schwer sein, dass sie eine Wolke zum Abstürzen brachte.

Und wenn doch?

Am Abend ging sie spazieren, drehte ihre geliebte Runde. Sie stellte sich an den Rand der Klippe, sog die salzige Luft in sich auf.

Irgendwann mal hatte sie die Wahl gehabt, war gesprungen. War tief unten in einer Schlucht gelandet, die Felswände hoch empor, sie hatte den Blick für den Himmel verloren.

Erst Thies, dann Isa. Ruben, Ann. Sie alle waren in der Schlucht geblieben.

»Ich gehe mit dir«, hatte sie verkündet. »Wir gehen zusammen.«

»Ich weiß«, hatte er genickt. »Ich weiß. Und können wir alles andere hierlassen?«

Sie hatte gelächelt.

Vorgestern hatte sich eine Redakteurin gemeldet. »Wir würden Sie gerne interviewen, die ganze Geschichte aufarbeiten, einen kleinen Film drehen, festhalten, wie Sie nun leben, wer Sie geworden sind.«

Wer ich geworden bin, hatte sie überlegt. Wer ich geworden bin.

»Wir würden Ihre Vergangenheit dokumentarisch verarbeiten, Sie anschließend in eine Talkrunde einladen. Können Sie sich das vorstellen?«

Sie hatte sich Bedenkzeit erbeten, ließ sich am Abend vom kalten Herbststurm herumkommandieren, hier oben, am Rand der Klippe.

Sie konnte die Frage nicht beantworten. Wer sie geworden war? Sie hatte keinen blassen Schimmer. Vielleicht nachdenklich, vielleicht noch immer gezeichnet, mitgenommen, entkräftet. Es brauchte noch Zeit, um etwas zu werden.

Vielleicht hatte er recht. Vielleicht gehörte nichts von alledem hierher. Vielleicht würde sie sich damit nur zurückholen, was sie den Abgrund hatte hinterherwerfen wollen.

Vielleicht sollte sie die Vergangenheit ruhen lassen. Ruhen lassen, um wieder zu werden.

Sie kehrte um, ließ den Abgrund stehen, lief los, rannte, immer schneller, sprang in der Dunkelheit über nasse Steine, suchte sich einen Pfad zwischen kurzem Gras und kleinen Hügeln. Sie stürzte ins Haupthaus, schüttelte ihre Haare, zog sich auf dem Weg ins Kaminzimmer ihren Mantel, ihren Schal, die schweren Schuhe aus.

Er saß mit Wein vor dem Feuer. Wie kitschig, dachte sie.

Sie küsste ihn. »Einverstanden«, flüsterte sie. »Fangen wir an. Mit uns. Mit dem Leben.« Sie nahm ihm das Glas aus der Hand, trank einen großen Schluck. »Ich sage ab.«

Marten lächelte erleichtert. »Willkommen in Oysterhaven.«

Junia nickte. »Willkommen zu Hause.«